HEYNE BÜCHER

D1987471

**Fantasy**

Herausgegeben von Wolfgang Jeschke

Von Robert Don Hughes erschienen in der Reihe
HEYNE SCIENCE FICTION & FANTASY:

Der PELMEN-ZYKLUS

Erster Roman: Der Prophet von Lamath · 06/4537
Zweiter Roman: Der doppelköpfige Drache · 06/4538
Dritter Roman: Die Macht und der Prophet · 06/4539


Liebe Leser,

um Rückfragen zu vermeiden und Ihnen Enttäuschungen zu ersparen: Bei dieser Titelliste handelt es sich um eine Bibliographie und NICHT UM EIN VERZEICHNIS LIEFERBARER BÜCHER. Es ist leider unmöglich, alle Titel ständig lieferbar zu halten. Bitte fordern Sie bei Ihrer Buchhandlung oder beim Verlag ein Verzeichnis der lieferbaren Heyne-Bücher an. Wir bitten Sie um Verständnis.

Wilhelm Heyne Verlag GmbH & Co. KG, Türkenstr. 5–7, Postfach 201204, 8000 München 2, Abteilung Vertrieb

ROBERT DON HUGHES

# DER DOPPELKÖPFIGE DRACHE

Zweiter Roman
des Pelmen-Zyklus

*Fantasy*

Deutsche Erstausgabe

WILHELM HEYNE VERLAG
MÜNCHEN

HEYNE SCIENCE FICTION & FANTASY
Band 06/4538

Titel der amerikanischen Originalausgabe
THE WIZARD IN WAITING
Deutsche Übersetzung von Joachim Pente und Rainer Schmidt
Das Umschlagbild schuf Dieter Rottermund

Redaktion: Friedel Wahren

Printed in Germany 1988
Umschlaggestaltung: Atelier Ingrid Schütz, München
Satz: Schaber, Wels
Druck und Bindung: Ebner Ulm

ISBN 3-453-03128-8

# Inhalt

## Kapitel 1

## Ein Traum von Verrat

– Wach wieder auf.

Das waren die ersten Worte des Königlichen Hauses von Chaomonous seit über tausend Jahren. Die nächsten Worte folgten logisch aus ihnen.

– Also ist der Drache tot.

Das Königliche Haus sprach nicht so, wie ein Mensch spricht. Wie sollte es auch, ohne Lunge und ohne Mund? Doch für einen, der die Sprache von Burgen verstand, hätte das Knarren alter Türschwellen oder das Pfeifen eines Luftzugs, der durch einen verwinkelten Gang strich, Gedanken ebenso klar ausgedrückt wie Worte der menschlichen Sprache. Kondenswasser bildete sich auf den Innenwänden des Palastes, als das Haus darum rang zu verstehen, als es versuchte, die Erinnerungen wiederzuerwecken, die in seinen dicken Vorhängen und Kerkern schlummerten – Szenen, die sich irgendwie in ihm gespeichert hatten, selbst während seines langanhaltenden Schlafes.

Der Drache war tot – soviel stand fest. Über Jahrhunderte hinweg war in diesen Hallen über den verfluchten Vicia-Heinox debattiert, war er unzählige Male verwünscht und verflucht worden. Der Drache hatte auf dem zentralen Bergpaß des Einen Landes gesessen, hatte jeglichen Verkehr unmöglich gemacht – und sich selbst damit zum allgemeinen Ärgernis. Zu einem solchen Ärgernis gar, daß das Eine Land schließlich in drei einander bekriegende Staaten zerbrochen war, und der zentrale Paß hatte schließlich den Namen Drachentor erhalten.

In jenen längst vergangenen Tagen hatte der Drache Menschen gierig verschlungen. Das Haus machte sich natürlich wenig daraus, wenn Menschen verschlungen wurden. Von ein paar Ausnahmen abgesehen, war ein Mensch wie der andere, und es bedurfte schon großer Konzentration, sie voneinander zu unterscheiden. Was die Burg indes weit mehr gestört hatte, war die völlige Teilnahmslosigkeit, die der Drache gegenüber Gebäuden an den Tag gelegt hatte. So manch schönes altes herrschaftliche Haus war in den Feuerstürmen untergegangen, die die Bestie entfacht hatte, damals, in jener ersten großen Periode des Brennens. Sogar ein paar seiner, des Hauses, eigenen Türme waren versengt worden ...

– Türme! rief das Haus erschrocken aus und begab sich sofort daran, seinen eigenen gegenwärtigen Zustand zu überprüfen.

– Verblüffend, murmelte ein Fensterrahmen, als die Burg das Ergebnis von tausend Jahren des Reparierens und Erneuerns bemerkte. Neue Türme ragten von neu gepflasterten Höfen auf. Verstärkte Brüstungen, die nach einer offenbar erst jüngst erfolgten Tünchung hell im Sonnenschein leuchteten, starrten grimmig hinunter auf die Stadt, die sich unten dehnte. Bunte Fähnchen flatterten im Wind, festlich und kriegerisch zugleich – eine kecke wie gleichermaßen trutzige Herausforderung an jeden, der die Torheit besitzen mochte, diese Höhen erstürmen zu wollen. Es war ein erregender Anblick – gelinde gesagt –, und das Haus jauchzte vor Vergnügen ...

... Ein kalter Luftzug strich durch den oberen Kerker und ließ die Insassen frösteln und die Wärter verwirrt aus ihrem Dämmerschlaf hochschrecken.

Die bei weitem schönsten von allen Neuerungen jedoch waren Terrassengärten, die aus der Tiefe des Zentrums der Burg bis zum Dach aufstiegen. Springbrunnen und Promenaden zierten dieses prachtvolle Wunderwerk, und das Grün war so lieblich anzuschauen, daß es der Burg den Atem verschlagen hätte – wenn sie denn einen Atem gehabt hätte.

– Wie seltsam, wie wunderlich, zu solcher Größe und Herrlichkeit zu erblühen, während man in tiefem Schlummer lag!

Das Königliche Haus platzte schier vor Stolz angesichts seines neuen Kleides. Ganz offensichtlich ragte es immer noch hoch über alle anderen Gebäude hinaus. Gleichwohl war nicht alles so, wie es hätte sein sollen. Funktionierten seine alten Mauern und Türme auch noch immer so, wie sie es immer getan hatten, desgleichen seine Riech- und Tastorgane, so schienen die neu hinzugekommenen Teile seltsam leer von jeglichem Leben. Die neuen Türme gewährten keinen Blick auf die Landschaft. Die neu gepflasterten Höfe hallten nicht von munteren Gesprächen wider. Entsprang es seiner – des Hauses – Einbildung, oder prickelten die Neubauten tatsächlich wie eingeschlafene Glieder?

– Wacht auf! befahl das Königliche Haus den Neubauten barsch, und es schwitzte noch ein wenig mehr, als es sich angestrengt bemühte, die umgestalteten Sektionen wachzurütteln ...

»Kherda!« kreischte Königin Ligne und fuhr zu ihrem Premierminister herum. »Seht Euch das an!« Sie strich mit feingliedrigen, juwelenberingten Fingern über eine Marmorwand, die plötzlich unerklärlich naß geworden war. »Woher kommt das?« fragte sie, während sie die feuchten Fingerspitzen dicht vor seinem Gesicht aneinanderrieb.

»Ich habe keine Ahnung, meine Königin«, antwortete Kherda leise, verärgert über ihren vorwurfsvollen Ton. Das war nichts Ungewöhnliches. Lignes Ton ging ihm ständig und regelmäßig auf die Nerven, und das von Tag zu Tag mehr. Aber ebenso regelmäßig schluckte Kherda seinen Grimm hinunter und lächelte. Kherda war höchst einfallsreich im Erfinden neuer Wege, seine Unterwürfigkeit zu beweisen. »Vielleicht liegt es am Wetter, meine Königin.«

Das Haus hörte diese Unterhaltung und fühlte Lignes Berührung, während es gleichzeitig hundert andere Kommentare aus hundert anderen Zimmern wahrnahm. Es konzentrierte seine ganze Aufmerksamkeit jedoch auf dieses Zimmer, auf die schwarzhaarige Schönheit und ihren kriecherischen Premierminister. Das entsprang einer alten Gewohnheit. Jahrhundertelange Beobachtung menschlichen Verhaltens hatte das Haus gelehrt, daß – zumindest in der Vorstellung der Menschen – die kritischsten Gespräche an den Höfen von Königen stattfanden. Das war jedoch ein Irrtum, wie die Burg sehr wohl wußte, hatte sie doch gerade aus diesem Thronsaal jahrelang nichts anderes als leeres, schwülstiges Geschwätz kommen hören. Es machte oft viel mehr Spaß zuzuhören, was die Dienstboten und Mätressen und Prinzgemahle zu erzählen hatten, sobald sie außer Hörweite des Regenten waren. Gleichwohl registrierte das Haus mit Erleichterung, daß sich das Thronzimmer nicht sonderlich verändert hatte.

– Die Fundamente sind dieselben geblieben, seufzte das Haus beruhigt. Immer noch so fest, so undurchdringlich wie der Fels, aus dem sie gehauen worden waren. Überhaupt waren die Veränderungen im Grunde eher kosmetischer Natur, eher Retuschen; der Grundplan des mächtigen Palastes war noch immer der gleiche. Nobalog hätte keine Mühe gehabt, ihn wiederzuerkennen.

– Nobalog! seufzte das Königliche Haus, und ein schmerzvolles Dröhnen stieg von der Zisterne unterhalb der Küche auf, als die Burg ihren toten Freund betrauerte. Nein, er war eigentlich noch mehr als ein Freund gewesen, denn er, Nobalog, der Macht-Former – ›der Fette mit der Glatze‹ –, war es gewesen, der der Burg einst Leben und Bewußtsein eingehaucht hatte, vor so vielen, vielen Jahren.

– Vor *wie* vielen? fragte sich das Königliche Haus. Wie lange war das schon her?

Als ob das von großer Wichtigkeit gewesen wäre – nun, da Nobalog längst tot war! Zwar hatte es in jenen alten Zeiten viele gegeben, die mit der Burg gescherzt, mit ihr über aktuelle Ereignisse debattiert oder ihr unverständliche menschliche Witze erzählt hatten, aber nur Nobalog hatte sich je die Zeit genommen, sie zu verstehen. Mehr noch: Von all den Macht-Formern, die durch ihre Gänge gewandelt waren, hatte allein Nobalog ein Gespür für die schädlichen Einflüsse gehabt, die die Magie auf das Haus hatte. Nobalog war wahrlich ein Freund gewesen.

Aber Nobalog war seit langem tot. Das war das Problem mit den Menschenwesen: Sie alle starben irgendwann. Nobalog war zu der Zeit, als der Drache kam, schon tausend Jahre tot gewesen, und er hatte das Haus eingeschläfert.

Das Haus wandte seine Aufmerksamkeit jetzt wieder den Worten von Königin Ligne zu, denn ihre schrille Stimme hatte irgendeine Erinnerung in ihm geweckt. Es hatte sie schon einmal gehört!

– Ich habe Träume gehabt, sagte das Haus leise, Träume, die in Wirklichkeit gar keine waren, sondern Phasen des Erwachens. Deshalb kommt mir einiges bekannt vor.

Um mehr zu erfahren, folgte das Haus der Frau durch den Gang und in den großen Turm hinauf. In diesem befand sich eine riesige schneckenförmig gewundene Wendeltreppe, welche den Dreh- und Angelpunkt des gesamten Burglebens bildete. Wäre sie die Treppe hinuntergegangen, dann wäre sie auf dem Podium der riesigen Halle angekommen, wo alle Bewohner des Palastes ihre Mahlzeiten einnahmen. Das Haus nahm mit gewisser Beunruhigung wahr, daß das obere Ende der Wendeltreppe auf die unterste Gartenterrasse führte. Wenngleich von großer Schönheit, lag dieser neue Bereich außerhalb der Hörweite der Burg. Ligne stieg jedoch nicht so hoch hinauf; sie bog statt dessen ab und stapfte zu den königlichen Gemächern. Noch auf dem Weg zu ihrem Ankleidegemach brüllte sie Befehle, so daß, als sie die Tür öffnete, bereits ein Dutzend Kammerzofen bereit stand, sie umzukleiden.

Das Haus sah aufmerksam zu, als die Kammerzofen die Königin entkleideten. Das Schönheitsideal, das bei Hofe herrschte, hatte sich gänzlich nach Kommentaren der männlichen Bewohnerschaft herausgebildet, und das Haus war sich sehr wohl darüber bewußt, daß viele aus den Reihen der letzteren etwas darum gegeben hätten, dieser Operation beizuwohnen. Für das Haus freilich war die wohlgeformte Gestalt der Königin nicht mehr oder nicht weniger bezaubernd als die aller anderen Kunstwerke, welche die Gänge und Flure schmückten oder auf den Höfen standen. Mochte das herrische Gehabe der Frau den Anschein erwecken, daß sie sich für die wahre Herrin des Palastes hielt, das Haus wußte es besser. Das Haus würde noch immer stehen, wenn sie schon längst von der Bühne abgetreten sein würde. Eher war es umgekehrt, daß das Haus nämlich die Königin als seinen Besitz erachtete, und es war angenehm berührt, daß die gegenwärtige Regentin von solch wohlgefälliger Erscheinung war.

Und doch ... gab es da nicht irgendwelche Zweifel an der Rechtmäßigkeit ihrer Herrschaft?

Das Haus dachte angestrengt nach, versuchte sich zu erinnern ... War da nicht irgendeine Szene in seinem Unterbewußtsein gespeichert, eine Szene, die sich vor nicht allzulanger Zeit ereignet hatte, vor ein paar Monaten vielleicht? ...

»Ich sehe zum Davonlaufen aus!« murmelte Ligne, aber das Bild, das sie im Spiegel sah, strafte ihre Worte Lügen.

»Ihr seht fürwahr königlich aus«, beeilte sich Kherda zu schwärmen. Die alten Gefühle wallten wieder in seinem Herzen auf, jenes jünglingshafte Herzklopfen, das ihn dazu gebracht hatte, Talith zu betrügen, seinen rechtmäßigen König, und das Komplott zu schmieden, diese Frau auf den Thron zu heben. »Wahrhaftig kein Wunder, daß König Talith Euch zu seiner Geliebten erkor.«

»Hört auf, von Talith zu sprechen!« murmelte Ligne. »Ich habe gerade gegessen.«

»Aber es stimmt, meine Königin! Eure Schönheit betörte ihn so ...«

»Wollt Ihr jetzt damit *aufhören*, Kherda!« Die Königin raffte ihre samtenen Röcke und ging zur Tür. »Seid Ihr sicher, daß Joss kommt?«

»Es ist alles vorbereitet, meine Königin«, versicherte ihr Kherda. »General Joss hat die Bedingungen des Abkommens angenommen, und er hat zugesagt, heute zu erscheinen und das Mädchen mitzubringen. Ach ja, da ist noch ein Detail, das ich ...«

»Aber welche Garantien habe ich? Der Mann hat mich vom ersten Augenblick an gehaßt.«

»Er haßt Euch nicht ...«

Ligne zog eine Augenbraue hoch und warf Kherda einen giftigen Blick zu.

»Ich meine, es mag so ausgesehen haben, als hasse er Euch«, beeilte sich Kherda klarzustellen, »aber Ihr müßt Joss auch verstehen. Er verzehrt sich in Treue zum Throne von Chaomonous, und er hat irgendwie gespürt, daß Ihr eine Bedrohung für König Talith darstellt. Und Ihr müßt zugeben, er hatte ja auch guten Grund, mißtrauisch zu sein ...«

»Und jetzt soll er also plötzlich seine alte Ergebenheit vergessen haben und Taliths rechtmäßige Erbin an mich ausliefern?« Ligne unterstrich ihren Sarkasmus, indem sie eine Hand gegen die wohlgeformte Hüfte stemmte.

Kherda hielt seine Ungeduld im Zaum und zwang sich – obwohl er dies alles schon ein dutzendmal erklärt hatte – zu einem Lächeln, während er es noch einmal erklärte: »Talith ist tot, meine Königin. Joss hat niemanden mehr, dem gegenüber er ergeben sein müßte. Warum sollte er weiterhin das Haus Talith unterstützen, da doch der König eine so entscheidende Rolle bei seinem eigenen Niedergang gespielt hat? Schließlich enthob der König Joss am Tage vor der Schlacht seiner Befehlsgewalt – eine ziemlich miese Behandlung angesichts der Treue, die der General seinem König stets erwiesen hat. Und Ihr habt gewiß nichts getan, wodurch Joss sich verletzt fühlen könnte – wenn man einmal davon absieht, daß Ihr ein paar Kommandos hinter ihm hergeschickt habt ...«

»Die er vernichtete«, murmelte Ligne.

»Er ist zweifelsohne ein gewiefter Taktiker«, erwiderte Kherda mit einem Nicken. »Er und ich, wir sind uns nicht gerade hold, wie Ihr wohl wißt, und ich betrachtete es nicht gerade als Segen, den Mann wieder hier in unseren Mauern zu wissen. Andererseits aber ist es weit besser, die Fähigkeiten des Generals für uns als gegen uns zu haben, und seine große Treue gegenüber der Nation und dem Thron hat ihn davon überzeugt, daß ein langwieriger Bürgerkrieg für niemanden von Nutzen wäre.«

»Ja, ja, das sagtet Ihr bereits. Also, wo ist er denn nun?«

»Es ist noch nicht die verabredete Stunde, und es ist ein langer Ritt von ...«

Kherda wurde unterbrochen von einer Serie von Trompetenstößen, die vom Tor des Königlichen Hauses her kamen. Er schaute Ligne mit selbstzufriedenem Lächeln an. »Seht Ihr? Er kommt sogar zu früh!«

»Das paßt zu Joss«, murmelte Ligne.

Die Erinnerung des Hauses an den Traum verblaßte im selben Moment, als wäre an dem Punkt des Gespräches das Haus wieder vom Zustand des Halbbewußtseins in seinen Dämmerzustand zurückgesunken. Angetrieben von brennender Neugierde, verfolgte das Haus diese flüchtigen Gedankenfetzen jedoch weiter. Der rote Faden des Traums tauchte wieder auf ...

Sie standen in der Halle des Friedens: Ligne, Kherda, General Joss – und die Prinzessin Bronwynn. Ligne machte keinen Hehl aus ihrer Begeisterung. Sie lachte und jauchzte jedesmal, wenn sie sprach. »Ihr könnt Euch gar nicht vorstellen, wie ich mich freue, Euch wiederzusehen, Bronwynn!« säuselte sie. »Ich kann Euch nicht beschreiben, wie sehr mich das freut!«

Bronwynn, die Tochter von Talith und rechtmäßige Erbin des Thrones von Chaomonous, schwieg. Statt dessen richtete sie die verblüffend blauen Augen mit sengendem Blick auf den General, der ihr eine Krone versprochen – und sie verraten hatte.

General Joss wich ihrem Blick aus. Doch es war nicht so, daß er sich schuldig fühlte. Er tat lediglich das einzig Vernünftige. Die Rechte einer einzelnen schönen Frau konnten wohl kaum Vorrang haben vor dem Recht einer ganzen Nation auf Frieden – ungeachtet ihres königlichen Geblüts. Auch interessierte ihn ihre Meinung von ihm nicht sonderlich. Joss hatte sich daran gewöhnt, gehaßt zu werden. Gleichwohl war er nie jemand gewesen, dem es Freude bereitet hätte, einem gefallenen Feind den Gnadenstoß zu versetzen, eine Eigenschaft, die man nicht vielen von seinesgleichen nachsagen konnte. Er empfand weder Stolz noch Freude über diesen seinen Verrat. Und trotz des zerzausten Haars des Mädchens und der tränennassen Wangen erinnerten Joss die Augen doch viel zu sehr an die ihres Vaters, als daß er dem Blick hätte standhalten wollen und können. Statt dessen richtete er die Aufmerksamkeit auf Kherda. »Ihr habt die Königin von meiner Bedingung unterrichtet?«

»Welche Bedingung?« schnaubte Ligne und fuhr zu ihrem Premierminister herum, der, ohne es zu merken, einen Schritt zurückwich.

»Eh, so gesehen, hat sich die Frage nie dergestalt gestellt, daß ...«

»Meine Dame«, schnitt Joss, ihm das Wort ab, »ich habe Kherda bei unseren Verhandlungen klar und deutlich zu verstehen gegeben, daß das Mädchen auf keinen Fall getötet werden darf ...«

»Nicht getötet werden!« kreischte Ligne, und ihr Lächeln erstarb schlagartig. »Welch ein Unsinn! Was soll das heißen?«

»Kherda!« donnerte Joss, außer sich vor Zorn.

»Es stimmt«, winselte der Premierminister und wich noch einen Schritt zurück, aus Angst vor einem Hieb von Lignes Katzenkrallen. Hastig fuhr er fort: »Es war eine unumgängliche Konzession, ohne die die Verhandlungen zu keinem erfolgreichen Ergebnis geführt ...«

»Nicht getötet werden!« wiederholte Ligne und ging mit drohender Miene auf den immer noch zurückweichenden Premierminister zu.

»Ich versichere Euch, es war nicht anders zu machen!« heulte der Premierminister und versuchte, sich hinter dem mit grimmiger Miene dastehenden General zu verstecken. Joss trat der vor Wut schäumenden Frau entgegen und baute sich vor ihr auf.

»Es *ist* nicht anders zu machen«, sagte er in einem Ton, der keinen Widerspruch zuließ, und Ligne wandte nun ihre ganze Wut gegen ihn.

»Ihr ... Ihr habt mich *verraten!*« brüllte sie.

»Euch auch?« rief Bronwynn bitter. »Vielleicht sollten wir einen Verein gründen ...«

»Ligne, beugt Euch der Vernunft!« bellte Joss, und die Autorität in seiner Stimme ließ die Königin innehalten. »Ihr habt nichts zu gewinnen, wenn Ihr das Mädchen tötet, aber viel zu verlieren. Ihre Ermordung hätte nur eine weitere Anstachelung des Volkszorns zur Folge, und dieser könnte leicht zu einer Empörung der Massen führen. Nehmt sie in Schutzverwahrung und laßt öffentlich verkünden, sie sei geistig nicht in der Lage zu regieren. Tut, was ich sage ... und ich werde Euren Anspruch auf den Thron mit dem vollen Gewicht meiner Autorität unterstützen.«

»Dieses Mädchen ist die einzige Bedrohung meiner Regentschaft!« schrie Ligne.

»Nein!« brüllte Joss zurück. »Ihr selbst seid es!«

Die Frau starrte ihn an, verdattert ob seiner Tollkühnheit. Als sie wieder sprach, war ihre Stimme merklich ruhiger. »Wie meint Ihr das?«

»Es ziemt sich nicht für eine Königin, sich so von ihren Gefühlen beherrschen zu lassen«, erwiderte er gleichmütig. »Wenn Ihr die Sache einmal ruhig durchdächtet, verständet Ihr vielleicht.«

»Sprecht weiter!«

»Vertraut das Mädchen mir an, und sie wird schließlich Euren Anspruch sogar gutheißen.«

»Das wird niemals geschehen, Joss!« rief Bronwynn rasch dazwischen. »Ich sagte es Euch doch schon heute morgen – der Thron gehört mir.«

»Wie kommt es zu diesem erstaunlichen Sinneswandel?« fragte Ligne den General, den Einwand des Mädchens übergehend. »Ihr wart immer so treu ergeben. Sagt mir, was Euch zu dieser radikalen Kehrtwendung bewegt hat!«

Plötzlich war ihr Ton fast herzlich, wie der General bemerkte. Das war ein vielversprechendes Zeichen. »Offenbar *könnt* Ihr Eure Gefühle beherrschen«, begann er.

»Natürlich kann ich das«, gab Ligne schnippisch zurück. »Beantwortet meine Frage!«

»Ich hatte nicht die Kraft, Euch in die Knie zu zwingen«, gestand der General. »Mein Heer litt Hunger, der Schnee war kalt, und es bestand keinerlei Hoffnung auf den Sieg.«

»Wir hätten siegen können!« rief Bronwynn hitzig. »Wenn Ihr Kontakt mit Pelmen aufgenommen hättet, wie ich es Euch gesagt habe, hätten wir die ganze Armee von Lamath ...«

»Auf dem Hals gehabt?« beendete Joss den Satz für sie. »Nein, danke«, knurrte er und wandte sich wieder Ligne zu. »Mir ist wohler dabei, wenn Chaomonous von Chaonern regiert wird statt von fanatischen Lamathianern in langen blauen Kutten. Das werdet Ihr doch verstehen, nicht wahr, meine Dame?«

Ligne lächelte selbstgefällig. »Das verstehe ich voll und ganz, General. Eure Erklärung war durchaus überzeugend. Kherda, Ihr könntet von General Joss noch eine Menge lernen.«

Dem Premierminister wich das Blut aus dem Gesicht, um gleich darauf als tomatenrote Flut zurückzukehren. Er hätte dazu gern etwas gesagt, aber er fand keine Worte, die seine tiefe Gekränktheit und seine Wut hätten ausdrücken können.

»General«, fuhr die Königin fort, »ich übertrage Euch hiermit mit sofortiger Wirkung wieder die volle Befehlsgewalt über die goldene Horde. Und mit dem Mädchen tut, was Ihr für richtig haltet.« Ligne entließ Bronwynn mit einer knappen Handbewegung.

Joss erkannte dies als einen kühnen Schachzug zur Verteidigung ihrer Überlegenheit in ihrem gegenseitigen Verhältnis. Unter normalen Umständen hätte er mit gleicher Münze zurückgezahlt. Aber diese Frau hatte irgend etwas an sich, irgend etwas Zwingendes in der Kombination ihrer physischen Reize und ihres stählernen Behauptungswillens, das ihn veranlaßte, entgegen seiner Gewohnheit die Erwiderung hinunterzuschlukken, die ihm schon auf der Zunge lag. Ligne entging dies nicht, und bevor er irgend etwas sagen konnte, drehte sie sich auf dem Absatz um und rauschte von dannen.

... Jetzt fielen dem Haus noch verschiedene andere Ereignisse von jenem selben Tag wieder ein, aber es handelte sich dabei um Angelegenheiten von geringer Bedeutung. Im Augenblick war es viel mehr daran interessiert herauszufinden, was sich in den Wochen oder Monaten seit jener Vision ereignet hatte. Seine Neugier war geweckt.

Es brauchte nicht lange, um die Prinzessin zu finden. Ihre Privatgemächer mochten Könige und Kaiser zwar regelmäßig renovieren, aber nur wenige machten sich die Mühe, das gleiche auch mit ihrern Kerkern zu tun. Das Haus fand Bronwynn auf dem Grunde der Grube sitzend.

Obgleich sie in totaler Dunkelheit saß (es war in der Tat so dunkel, daß sie nicht die Hände vor den Augen sehen konnte), vermochte das Haus Bronwynn klar an ihrem verfilzten Haar und dem Fetzen zu erkennen, der von ihrem Kleid übriggeblieben war. Das fehlende Licht war unerheblich – der Gesichtssinn der Burg unterschied sich genauso grundlegend von dem des Menschen, wie ihre Sprache sich von der menschlichen unterschied. Er funktionierte über eine subtile – und total unbewußte – Umformung von magischer Kraft. Dieselbe Art der Umformung gestattete ihr auch, das Rascheln wahrzunehmen, das entstand, als Bronwynn blind im Stroh herumtastete, um ein verlorenes Stück Brot wiederzufinden. »Ich weiß, daß es irgendwo hier ist«, murmelte das Mädchen, während es im Stroh herumwühlte. Es war ihr ein paar Stunden zuvor aus der Hand gefallen – vielleicht waren es auch Tage; wer konnte das in diesem dunklen Loch, in dem die Zeit stillzustehen schien, schon so genau sagen? Und seither suchte sie danach. Ihre Ausdauer wurde genährt von ihrem Hunger – und von der Tatsache, daß sie nichts anderes zu tun hatte.

Das Haus empfand kein Mitleid mit ihr. Es hatte zwar bei den Menschen schon Verhaltensweisen erlebt, die diesem Gefühl entsprungen waren, aber es selbst hatte in den langen Jahrhunderten seines Bewußtsein jemals weder ein Bedürfnis bei sich nach diesem Gefühl wahrgenommen noch eine wie auch immer geartete Neigung, es anderen gegenüber zu empfinden. Daß Menschen andere Menschen hinter Mauern sperrten, hatte zu den ersten Dingen gehört, die die Burg begriffen hatte. Sie sah jedoch wenig Sinn in der Wut und der Verzweiflung, die die Menschen ob ihrer Gefangenschaft empfanden. Schließlich war sie selbst in gewisser Weise eine Gefangene, und ihr machte die Unbeweglichkeit, zu der sie verdammt war, ja auch nichts aus. Was sie freilich nachempfinden konnte, war das Gefühl der Isolation, unter dem Gefangene litten. Und diese Prinzessin war zweifellos einsam, und die Burg beschloß, sich ihr zu nähern.

– Der Gegenstand, nach dem du suchst, befindet sich links hinter dir, sagte das Haus.

Bronwynn zuckte zurück und fiel vor Schreck in einen Haufen Stroh. Verdattert starrte sie hinauf zu dem Gitterrost, der den einzigen Zugang zu dem Loch darstellte. Das Haus lachte still in sich hinein und erzeugte dabei einen leisen Luftzug.

– Jetzt liegt er direkt neben deinem linken Fuß.

»Ist da jemand?« rief Bronwynn. Das heisere Krächzen ihrer eigenen Stimme erschreckte sie für einen kurzen Moment; sie hatte sich während der ersten Woche ihrer Gefangenschaft heiser geschrien, und die feuchte Kälte, die in dem Loch herrschte, hatte das ihre getan. Aber weit unheimlicher war das Gefühl, daß irgend etwas bei ihr in der Zelle war – eine unerklärliche Gegenwart, etwas Nichtmenschliches.

– Es ist das Haus, das da mit dir spricht.

Bronwynn spähte angestrengt in die Dunkelheit, erst in die eine, dann in die andere Richtung. Das einzige, was sie damit erreichte, war, daß ihr schwindlig wurde. »Wer ist da?« flüsterte sie, gegen das Schwindelgefühl ankämpfend.

– Das Haus, sagte das Haus ein wenig verärgert.

Bronwynn konnte sich keinen Reim auf das seltsame Rascheln im Stroh oder auf die raschen Temperaturveränderungen in ihrer Zelle machen. Sie wußte nur, daß sich ihr da irgendeine Macht oder Kraft offenbart hatte; und es gab nur eine Vermutung, die ihr logisch erschien. »Bist du die *Macht,* von der Pelmen mir erzählt hat?«

– Die Macht? fragte das Haus. Der Gedanke war verwirrend.

»Wenn du es bist – und ich bete darum, daß du es bist –, dann bitte ich dich nur um eines: Sag ihm, wo ich bin, und daß er mich retten soll.«

Nun hatte das Haus in den langen Jahren seiner Existenz viele Bitten um Rettung gehört – manche sogar von denen von königlichem Blut. Aber alle diese Bitten waren an das Haus selbst gerichtet gewesen ... nicht an irgendeine *Macht*. Eine solche Bitte ergab keinen Sinn.

– Muß es noch einmal gesagt werden? Es ist das Haus, das mit dir spricht. Was meinst du mit dieser *Macht?*

»Ich fing schon an, daran zu zweifeln, daß du überhaupt existierst. Hast du mich denn in all diesen Wochen nicht einmal rufen hören?« redete die Prinzessin an dem Haus vorbei, was zur Folge hatte, daß dieses noch verwirrter war. Es war, als verstünde sie nicht ein Wort von dem, was das Haus sagte.

– Hörst du denn nicht zu? Oder bringen die Former den Königskindern keine Burgsprache mehr bei?

»Ich, ich weiß ...«, begann Bronwynn und stockte, als ihr plötzlich bewußt wurde, daß sie in einer leeren Zelle saß und mit einem Nichts redete. Sie horchte für einen Moment in die Dunkelheit, und dann murmelte sie: »Werde ich langsam verrückt – genau das, was sie wollen? Nein!« sagte sie mit fester Stimme und fing sofort wieder an. »Natürlich, ich weiß ja, daß du seit Ewigkeiten nicht mehr in Chaomonous aktiv gewesen bist, aber Pelmen hat immer gesagt, er glaube, das sei wegen des Drachen, und je mehr Menschen in diesem Lande von dir erführen, desto offensichtlicher würde deine Gegenwart werden ...«

– Wovon redest du? Wer ist dieser Pelmen?

Bronwynn raffte sich vorsichtig auf und stieß dabei gegen eine Wand. Sie war naß von Schweiß. Merkwürdig, dachte sie; sie konnte natürlich nicht wissen, daß ihre Unfähigkeit, mit dem Haus zu kommunizieren, für den Zustand der Wand verantwortlich war.

»Wenn du es bist, dann bitte ich dich – gib auf Pelmen acht. Und paß auch auf Rosha auf ...«

Das Haus zog sich hastig aus dem Gespräch zurück, völlig verwirrt von dem unverständlichen Zeug, das das Mädchen daherredete. Bronwynn hörte nichts mehr. Sie sank gegen die nasse Wand und seufzte. Ihre Empfindungsfähigkeit, die einst Pelmen zu der Vermutung Anlaß gegeben hatte, daß auch sie vielleicht eines Tages in der Lage sei, die Mächte zu formen, sagte ihr, daß der Moment vorbei war.

»Oder verliere ich doch allmählich den Verstand?« fragte sie leise. Niemand antwortete.

Das Haus hatte ganz ähnliche Empfindungen. Es hatte zu lange geschlafen. Es brauchte jemanden, der ihm half, die offenbar beträchtlichen Lücken in seinem Wissen zu füllen. Rasch machte es die Königin ausfindig. Der Abend hatte den Himmel erst purpurrot, dann schwarz gefärbt, und obwohl ein kalter Wind wehte, schlenderte Ligne gerade die Brustwehr entlang.

– Eine Erklärung ist vonnöten, forderte das Haus.

Ligne blieb nicht einmal stehen. Sie zog sich ihren pelzbesetzten Umhang fest um die Schultern und starrte flußabwärts zum Meer hin. Der Vollmond war am östlichen Horizont aufgegangen und tauchte das Land in bleiches Licht. Der Ärger vom Nachmittag war längst vergessen. Während der Wind ihre kunstvolle Frisur zerzauste, senkte sie den Blick ein wenig und studierte die hintersten Ausläufer ihrer riesigen Stadt. Die fernen Lichter – winzige funkelnde Punkte in der Dunkelheit – sahen von hier aus wie ein Spiegelbild des

Sternenhimmels. Sie war mit den Gedanken weit weg …

– Gibt es keine Höflichkeit mehr? Wo sind deine Manieren? schnaubte das Haus bissig.

Ligne gab keine Antwort. Sie war damit beschäftigt, die Eigenschaften ihrer diversen Liebhaber gegeneinander abzuwägen, ihre Schwächen und Stärken zu analysieren. Das Leben, das sie gegenwärtig führte, langweilte sie. Sie sehnte sich nach irgend etwas Neuem, nach irgendeinem neuen Prickel, der sie aus der Eintönigkeit des Burglebens riß …

– Oder ist die ganze Welt verrückt geworden?

Das Haus geriet langsam in Panik. Warum wollte ihm niemand antworten?

Das Haus hatte den Gedanken lange genug unterdrückt. Jetzt brach er sich mit Macht Bahn in sein Bewußtsein. Der nächste logische Schritt war, sich an den gegenwärtigen Macht-Former der Burg zu wenden und ihn um Rat zu fragen. Das Problem war nur: Das Quartier des Macht-Formers existierte offenbar nicht mehr. Wo sich einst die Gemächer Nobalogs und seiner Nachfolger befunden hatten, waren jetzt die Gartenterrassen.

Mit brutaler Wucht brach plötzlich eine neue Flut von Erinnerungen über es herein – Erinnerungen an die schrecklichen Jahre kurz vor dem Auftauchen des Drachen. Überall tobten fürchterliche Kriege. Das Eine Land, in Jahrhunderten geeint, zerfiel in erschreckend kurzer Frist. Macht-Former duellierten sich ohne Grund und Zweck, einzig um ihres eigenen Stolzes willen, aufgestachelt von Königen und Möchtegern-Königen und anderen, die überhaupt keine Könige mehr haben wollten. Gelehrte, die das Formen in Abrede stellten, verfochten das Primat einer Welt, die einzig auf der Logik gründete – und in dieser Region hatten sie sich mit ihren Thesen durchgesetzt. Einen kurzen schrecklichen Augenblick lang durchlebte das Haus noch einmal jene schlimmen Tage. Noch einmal hörte es das Geklirr von

Waffen in seinen Gängen und Korridoren, noch einmal fühlte es die unaussprechliche Pein, die es durchlitten hatte, wenn Macht-Former seiner Lebenskraft Wunder abgerungen hatten, die manchmal großartig, manchmal furchterregend, stets aber ungeheuer schmerzhaft gewesen waren. Dann verblaßten die Erinnerungen ...

Ligne stand noch immer an der Brüstung und starrte hinaus in die Nacht. Bronwynn wühlte noch immer im Stroh nach ihrer Brotkruste. Und die Burg war allein.

– Gibt es keine Macht-Former mehr? fragte das Haus seine gesamte Bewohnerschaft. Ein paar hielten für einen kurzen Moment verdutzt in ihrem jeweiligen Tun inne und blickten verwirrt auf, die große Mehrheit der Bevölkerung dieser Stadt in der Stadt aber überhörte die Frage der Burg einfach. Niemand ließ sich zu einer Antwort herbei. Kochender Zorn wallte in der Burg auf.

– Diese Fragen *müssen* beantwortet werden! dröhnte es ergrimmt, und für den Rest der Nacht haderten die Palastdiener mit verstopften Rohren, merkwürdigen Luftzügen und Bildern, die von den Wänden fielen.

– Dieses Haus, sagte das Königliche Haus von Chaomonous, läßt sich nicht überhören.

So erfüllt von seinem Zorn war das Haus, daß ihm etwas entging, was es vielleicht als einen willkommenen Besuch begrüßt hätte. Denn draußen, am Fuße einer der mächtigen Mauern, stand eine einsame, in dunkle Kleider gehüllte Gestalt. Und dieser Mann hatte sich zu verschiedenen Zeiten und an verschiedenen Orten als Zauberer von nicht unerheblichen Fähigkeiten bewährt.

Der Wind peitschte das schulterlange braune Haupthaar, als er an der schroff aufsteigenden, felsenkliffartigen Mauer hochblickte. Die Kälte trieb ihm die Tränen in die blauen Augen, aber er wandte den Blick nicht ab. Die Lippen bewegten sich. Sprach er mit sich selbst? Oder mit einem unsichtbaren Zuhörer? Dann, so leise, wie er gekommen war, verschwand er wieder nach Süden, in die kalte Winternacht.

## Kapitel 2

## Einen Weg hinein finden

»›... IHR MEINT, DAS SEI Eure *Tochter*, Herr?‹ fragte ich. ›Ich dachte, es sei Euer Schoßäffchen!‹ Ah-ha-ha-ha!« Gerrig krümmte sich und klatschte sich auf die Schenkel, als er sein heiteres Lachen über die Köpfe der Zuhörer schüttete. Als er sich wieder aufrichtete, zerplatzte eine reife Tomate auf seinem Gesicht und verteilte ihren saftigen Inhalt auf seinem rotgelockten Bart. Gerrigs Lachen erstarb, aber ein grimmiges Lächeln verharrte auf den Lippen.

»Warum lacht Ihr über Eure eigenen Witze?« rief spöttisch der Bauer, der den Volltreffer gelandet hatte.

»Weil Ihr zu dumm seid, um sie zu verstehen, guter Mann. Und da ich Euch ersparen möchte, daß Eure Nachbarn merken, wie blöde Ihr seid, lache ich selbst, damit Ihr wißt, an welcher Stelle die Pointe kommt.« Der Bauer errötete, und seine Freunde kicherten schadenfroh. Wütend schmiß er noch eine Tomate, die aber den Empfänger verfehlte.

Die wiehernde Menge nahm keine Notiz von dem schmutzigen Kind, das hinter dem behelfsmäßigen Vorhang hervorschoß und aufhob, was von den zwei Tomaten übriggeblieben war. Auch hörte sie nicht, wie das Mädchen Gerrig »Möhren!« zuflüsterte. Der Darsteller nickte dem Mädchen kurz zu, und als es wieder von der Bühne verschwunden war, wandte er sich erneut seinem Publikum zu.

»Ihr da«, rief er und zeigte auf den Bauern, der die Tomaten geworfen hatte, »Ihr habt doch keine Phantasie! Tomaten! Eine Tomate oder eine Rübe zu werfen, ist ein Kinderspiel, das kann jeder. Sie sind rund. Aber versucht doch einmal, etwas Längliches zu werfen – einen Kürbis zum Beispiel oder – noch besser – eine Möhre. Dazu braucht man ein scharfes Auge und eine si ...« Gerrig ließ den Satz unvollendet und duckte sich, als ihm zwei Möhren über den Kopf hinwegpfiffen. Eine dritte prallte an dem kahl werdenden Schädel ab und rollte in die Kulisse. Das Publikum tobte vor Wonne.

Gerrig erhob sich langsam, rieb sich die Glatze und murmelte: »Wenn ich mich nicht geduckt hätte, hättet ihr weit daneben getroffen. Ihr müßt besser zielen ...« Ein wahres Trommelfeuer aus Gemüse brach über ihn herein, und er bückte sich und schützte den Kopf mit den Händen. Das kleine Mädchen kam wieder auf die Bühne und schippte die prasselnden Viktualien flugs seiner an der Bühnenseite wartenden Mutter zu. Das Publikum hatte sich endlich anstecken lassen, und alle machten fröhlich mit – mit einer Ausnahme. Gerrig bemerkte den Burschen, als er sich hinkniete, um zwei Rüben von der Bühne zu rollen. Er richtete sich wieder auf und zeigte mit dem Finger auf den Mann.

»Ihr da! Habt Ihr keine Lust, Euren Nachbarn dabei zu helfen, den schutzlosen Darsteller zu bombardieren? Möchtet Ihr Eure Wertschätzung meiner Darbietung nicht zeigen? Macht mit! Beteiligt Euch an dem überschwänglichen Empfang, den Eure Mitbewohner uns bereiten.«

Der Mann hob beide Hände und zeigte leere Handflächen. Eine leicht zu deutende Geste – er hatte nichts zum Werfen. Aber Gerrig sah noch einmal hin, als der Bursche die zerlumpte braune Kutte um sich raffte und das Gesicht verbarg. Gerrig glaubte, diese Geste schon einmal gesehen zu haben.

»Kartoffeln!« zischelte Sherina aus der Kulisse, und Gerrig hub zu einer neuen Schimpftirade an. Bald hatten die Dörfler ihren Vorrat an verwelkendem Gemüse und vergammelnden Früchten verpulvert und wanderten ab, aber er fuhr mit seiner Publikumsbeschimpfung fort, bis auch der letzte Bauer den Heimweg antrat. Dann hüpfte er von der Bühne seines Wagens und ging die zwanzig Schritte zu dem braungekleideten Fremden, der immer noch dastand und guckte.

»Die Vorstellung ist vorüber, mein Freund!« rief Gerrig ihm im Gehen entgegen. »Ihr könnt jetzt nach Hause gehen.« Gerrig war ein großer Mann von stämmiger Statur, mit dicken kräftigen Schultern und Händen, so groß wie Schaufeln. Die Zähne waren perlweiß, und wenn der Bartvorhang über den Lippen sich zu einem Lächeln teilte, war es unmöglich, die glänzenden Eckzähne zu übersehen. Sowohl in seinem Gang als auch in seiner Erscheinung lag etwas Drohendes, und eigentlich hätte der Fremde Angst bekommen müssen – oder zumindest einen kleinen Schreck. Aber die braungekleidete Gestalt blieb ruhig stehen und wartete, bis Gerrig sie erreichen würde; ihre Haltung war wachsam, aber durchaus entspannt. Gerrig verlangsamte die Schritte zu einem drohenden Pirschgang und wiederholte leise: »Ich sagte, Ihr könnt jetzt gehen.« Die Drohung war jetzt nicht mehr versteckt; Gerrigs Ton ließ keinen Zweifel offen.

»Ihr wollt sagen, das war alles?« fragte der Fremdling. »Keine Vorstellung?«

»Ihr habt die Vorstellung gesehen, und Ihr habt die Reaktion darauf gesehen. Und jetzt macht Euch dünne!«

»Aber was ist mit – mit *Schatten einer Meeresnacht* oder *Geschichten von den Sechsen und dem Einen?*«

Gerrig zog eine Augenbraue hoch. »Ihr kennt diese Stücke? Woher?«

»Nun, ich habe sie gesehen, habe gesehen, wie sie aufgeführt wurden.«

»Ach?« machte Gerrig. »Fallen Euch irgendwelche – äh – Rollen aus ihnen ein?«

Ein wohlklingendes leises Lachen kam aus den Tiefen des schlichten Gewandes des Fremden. »Der Kapitän aus den *Schatten* natürlich. Wer könnte seine Schlußrede vergessen?«

»Ja, wer könnte sie vergessen?« bestätigte Gerrig und nickte erfreut. Die Rolle des Kapitäns war immer seine gewesen. Aber rasch kehrte seine abweisende Miene zurück. »Das ist lange her. Wir spielen diese Stücke nicht mehr.« Er wandte sich ruckartig um und rief zu den Wagen: »Sherina! Danyilyn! Kocht es schon?«

»Ja, es kocht schon!« rief eine Frauenstimme zurück, und Gerrig nickte. Dann wandte er sich wieder dem Fremden zu.

»Ich kann an Eurem Akzent nicht erkennen, woher Ihr kommt, aber eins weiß ich: Ihr seid kein Südländer. Seid Ihr vielleicht ein Spitzel vom Hofe der Königin?« Gerrig setzte ein Lächeln auf, als er diese Frage stellte. Aber dieses Lächeln war alles andere als humorvoll.

Wieder lachte der Fremde leise. »In bestimmter Hinsicht komme ich tatsächlich von der Königin. Aber nicht von Königin Ligne, das kann ich Euch versichern – und ich genieße auch nicht die geringste Gunst an ihrem Hofe.«

Gerrig verschränkte die Arme und führte eine Hand an das Gesicht. Er tippte einen Moment lang mit dem Daumennagel gegen die Zähne und dachte nach. Dann zeigte er auf den Fremden. »Gleichwohl müßt Ihr dort gewesen sein. Die Spiele, die Ihr erwähntet, wurden bei Hofe aufgeführt; meines Wissens nach sind sie nie außerhalb von Chaomonous zur Aufführung gekommen. Ihr seid aus der Hauptstadt.«

»Vielleicht.«

»Nicht vielleicht – Ihr *seid* aus der Hauptstadt!« knurrte Gerrig. »Wer seid Ihr?« Der Schauspieler streckte die Arme aus, um den braunen Umhang des Fremden aufzureißen. Dann zog er ein Gesicht. Seine Miene spiegelte die Verblüffung wider, die er darüber empfand, daß er den braungekleideten Fremden nicht eher erkannt hatte.

»Ich muß sagen, Gerrig, du bringst die Suppen-Nummer vollendet. Wenn ich irgendwas Gemüsiges bei mir gehabt hätte, dann hätte ich es dir bestimmt an den Kopf geschmissen.«

»Nun ja«, brummelte Gerrig, und seine Stimme klang wie ein Reibeisen. »An dich komme ich wohl nie ran. Ich bin eine zu große Zielscheibe. Danyilyn! Sherina!«

»Ich sagte dir doch, es kocht, Gerrig!« schrie Danyilyn verärgert zurück.

»Dann deck noch eine Schüssel mehr, Weib. Pelmen ist zurückgekommen.«

Die Truppe war kleiner, als er sie in Erinnerung hatte. Und es gab eine Reihe neuer Gesichter. Die Hälfte der Akteure, mit denen Pelmen jahrelang zusammen gespielt hatte, war nicht mehr dabei. Während er den Blick durch die Runde schweifen ließ, stellte Sherina eine Schüssel voll dampfender Gemüsesuppe vor ihn.

»Da ist sogar eine kleine Fleischeinlage drin«, sagte Sherina mit einem traurigen Lächeln. »Coralai hat es geschafft, einem Hund einen Knochen abzuluchsen.«

Pelmen lächelte gezwungen und blickte hinüber auf Corolai, das kleine Mädchen, das so geschickt die Wurfgeschosse eingesammelt hatte. »Sie ist groß geworden«, sagte er nachdenklich, den unvermeidlichen Schock des Älterwerdens und der Vergänglichkeit spürend, den er immer bekam, wenn er jemanden wiedersah, der noch gestern ein Säugling gewesen war. Die anderen bekannten Gesichter, die um ihn herum versammelt waren, schienen sich mit den Jahren nicht verändert zu haben. Aber Kinder sind nun einmal die Meßlatte der verfließenden Zeit, und Pelmen wurde schmerzlich bewußt, daß eine Menge von ihr verflossen war.

»Iß, bevor die Suppe kalt wird!« mahnte ihn Gerrig, während er sich einen Löffel in den Mund schob. »Es könnte für eine Weile das letzte sein, das du bekommst – falls du planen solltest, bei uns zu bleiben.«

Während Pelmen von seiner Suppe probierte, schaute Sherina ihn erwartungsvoll an. Sie hatte nie das schauspielerische Talent besessen, das andere in der Truppe hatten, aber sie konnte kochen. Als Pelmen anerkennend mit der Zunge schnalzte, war sie zufrieden und machte sich fröhlich wieder an ihre Arbeit.

»Die Suppen-Nummer ist etwas für den Sommer«, sagte Pelmen zu Gerrig, während er auf seinen Löffel blies. »Und jetzt ist schon die Julzeit vorbei – warum überwintert ihr nicht irgendwo?«

»Hast du uns zufällig an der Küste gesucht?« fragte Gerrig, ohne von seiner Schüssel aufzublicken.

»Hab ich.«

»Wir waren nicht da.«

»Das habe ich gemerkt.«

Gerrig blickte immer noch nicht auf. Pelmen verstand. Der Mann war verlegen. »Wir haben ein schlimmes Jahr hinter uns, Pelmen. Das schlimmste, das wir je erlebten. Wir sind bei Hofe in Ungnade seit deiner großartigen letzten Vorstellung mit uns, als du Ligne eine Verräterin schimpftest.« Gerrig gab sich keine Mühe, seinen Sarkasmus zu verbergen. Die letzte Vorstellung der Truppe bei Hofe hatte für alle verheerende Folgen gehabt.

»Sie *war* eine Verräterin«, zwitscherte Danyilyn, als sie quer über die Bühne zu den beiden Männern ging und sich auf den Rand setzte. »Und sie ist es noch immer. Hallo!« Die letzten Worte richtete sie in heiserem Flüsterton direkt an Pelmen.

»Hallo, Danyilyn! Du siehst gut aus, wie immer.«

»Gut genug, um deine Aufmerksamkeit zu erwecken, Reisender?« summte sie.

»Das ist dir immer gelungen, Danyilyn.« Pelmen reckte den Hals und ließ den Blick an der Wagenreihe entlanggleiten. »Aber wo sind alle die andern? Vor einem Jahr waren wir die größte und bestorganisierte Truppe in ganz Chaomonous. Was ist passiert?«

»Einer von uns beschloß, sich in die Politik einzumischen, das ist passiert«, brummte Gerrig und blickte endlich von seiner Suppe auf, um Pelmen anzuschauen.

»Wir haben abgestimmt, Gerrig – vergiß das bitte nicht«, sagte Danyilyn. »Soweit ich mich erinnere, waren wir uns alle einig, daß wir nicht tatenlos dabeistehen und zuschauen konnten, wie Ligne ein Komplott zum Sturz ihres Liebhabers schmiedete. Wir kamen überein, unsere Meinung öffentlich zu äußern.«

»Ja – und das hat uns auch verdammt viel eingebracht«, schnaubte Gerrig und reichte Sherina seine Schüssel für einen Nachschlag. »Ligne sitzt trotzdem auf dem Thron, und wir sind dazu gezwungen, die Bauern zu bitten, uns mit Tomaten zu beschmeißen, damit wir nicht verhungern.«

»Dann ist also all dies jetzt die Folge davon, daß wir Ligne und König Talith kritisiert haben?« fragte Pelmen traurig.

»Nicht ganz, nein.« Danyilyn seufzte. »Obwohl das uns natürlich unser Engagement bei Hofe gekostet hat. Aber das Durcheinander nach Lignes Staatsstreich in der Hauptstadt, der Krieg gegen Lamath, die Zerstörungen durch den Drachen – die Ereignisse des vergangenen Jahres haben das ganze Land ins Chaos gestürzt. Der Drache hat fast die ganze Ernte verbrannt, also gibt's nichts zu essen, und es war ohnehin schon ein schlechtes Jahr, weil so viele Bauern in den Krieg ziehen mußten. Wir sind nicht die einzige Truppe, die gelitten hat.«

»Aber wir können vielleicht besser jammern als die meisten anderen«, sagte eine Stimme hinter Pelmens Rücken, und er drehte sich um und begrüßte Yona Parmi mit einem Lächeln.

»Ich freue mich zu sehen, daß du noch dabei bist«, sagte Pelmen, und Yona schnaubte.

»Soll ich vielleicht meine Familie im Stich lassen? Wenn ich ginge, auf wem sollte Gerrig dann herumhaken?« Dann erwiderte er Pelmens Lächeln. Yona Parmi lächelte nicht mit den Lippen. Sie blieben starr zu einer dünnen Linie zusammengepreßt. Aber daß er sich freute, konnte man daran erkennen, daß die Wangenknochen sich hoben und die Haut des fleischigen Gesichts sich über ihnen spannte. Yona Parmi war ein guter Beobachter von Menschen, und was er in Chaomonous sah, gab ihm wenig Anlaß zum lächeln. Aber wenn er es tat, dann steckte er seine Freunde damit an. Aber das Lächeln verschwand schnell wieder aus seinem Gesicht, und seine Wangenknochen besagten, daß er wieder ernst war. »Wir alle können dir Geschichten ohne Ende von den schlimmen Ereignissen des vergangenen Jahres erzählen, aber was mich im Moment weit mehr interessiert, ist die Frage, warum du zurückgekommen bist.« Sein Ton war nicht vorwurfsvoll. Yona Parmi kannte Pelmen so gut wie alle andern, und er wußte, daß Pelmen nichts ohne Grund tat.

Pelmen ließ den Blick über die Gesichter seiner alten Freunde wandern. Er entdeckte einige Feindseligkeit und auch Bitterkeit, denn es war ein schweres Jahr gewesen, und Pelmen war sich bewußt, daß er einen großen Teil der Schuld an ihrer schlimmen Lage trug. »Ich bin hier, um mich zu entschuldigen«, sagte er leise, »und um euch alle wieder auf die Hauptbühne von Chaomonous zu bringen.«

Verblüfftes Schweigen begrüßte seine Ankündigung. Gerrig faßte sich als erster. »Und wie willst du das anstellen?« knurrte er sarkastisch. »Hast du vielleicht eine Einladung mit Goldrand dabei, als Anerkennung für deine lange Freundschaft mit der Königin, von ihr höchstselbst ausgehändigt?«

»Bis jetzt habe ich noch gar nichts, Gerrig«, erwiderte Pelmen gleichgültig, »aber ich habe die feste Absicht, etwas zu bekommen. Ich habe für jeden von euch eine Abschrift von einem neuen Stück mitgebracht.«

»Wohl wieder so ein explosives Stück politischer Hexerei?« schnaubte Gerrig verbittert.

Pelmen gestattete sich den Anflug eines Lächelns. »Ein bißchen Hexerei mag schon drin sein.« Nur Yona Parmi verstand das leise Zwinkern in Pelmens Auge.

»Nein!« brüllte Gerrig und hieb mit der Faust auf den Wagenboden. »Dir reicht es wohl nicht, daß wir vom Hofe verbannt sind! Jetzt willst du auch noch, daß wir alle über Lignes Feuer rösten!«

Pelmen überging die Vorwürfe seines Freundes. »Willst du es nicht wenigstens erst mal lesen, bevor du dir ein Urteil bildest?«

»Klingt vernünftig«, warf Danyilyn ein.

»Finde ich auch«, meinte Yona Parmi.

»Ich auch«, ließ sich eine Kinderstimme zu Pelmens Füßen vernehmen, und er blickte hinunter in Coralais leuchtende braune Augen. Er kniete sich hin, um sie besser ansehen zu können.

»Wenn ich daran gedacht hätte, wie groß du schon bist, hätte ich auch für dich eine Rolle geschrieben.« Er grinste.

»Soso. Dann schreib eine für mich hinein.«

»Mach ich. Das heißt, falls Gerrig beschließt, dem Stück eine Chance zu geben.«

»Oh, Gerrig wird es bestimmt lesen«, sagte Coralai. »Du mußt ihm bloß ein wenig Zeit geben, damit er Dampf ablassen kann.«

Pelmen blickte in Gerrigs haariges Gesicht, ohne sich die Mühe zu geben, sein Lächeln zu verbergen. Offenbar kannte Coralai Gerrig gut.

Wie alle Stücke aus Pelmens Feder war es ein Stück voller heller Farben und seltsamer Bilder. Man merkte dem Verfasser an, daß er in die Sprache verliebt war, und manche Passagen waren erfüllt von einer Kraft, die tiefe Gefühlsreaktionen hervorrief. Die meisten Stellen aber reizten zum Lachen, denn das Stück war eine Komödie. Eine Komödie mit Widerhaken indes, die sich gnadenlos lustig machte über einen idiotischen König, der zu blind war, um die Machenschaften seiner eigenen Ratgeber zu durchschauen. Mit jeder Zeile wurde deutlicher, wer gemeint war – der törichte König konnte kein anderer als Talith sein. Jedem Mitglied der Truppe war klar, daß sich das Stück gut spielen lassen würde; doch die Leseprobe geriet mit jeder Szene unbehaglicher. Und als die letzte Zeile gesprochen war, war nur noch ein Schauspieler durch und durch angetan von dem Stück – und das war Gerrig. Pelmen hatte bewußt die Mätresse des Königs zur Heldin des Stückes gemacht.

Die Reaktion war für ihn nicht unerwartet. Er blickte von seinem Manuskript auf und ließ den Blick durch die Runde schweifen. »Nun?« fragte er. »Was meint ihr?«

»Ich find's großartig!« platzte Gerrig heraus, ein breites Grinsen auf dem fleischigen Gesicht. »Es hat Tempo, es hat Stil, es hat Schwung, Substanz – und es hat Witz, oh, ich liebe den Witz. Und – es wird mit Sicherheit gut ankommen.«

»Ja, das dürfte es wohl«, sagte Pelmen nickend. Wieder ließ er den Blick durch die Runde schweifen. »Und die andern? Was meint ihr?« Keinen drängte es zu antworten. Pelmen sah Danyilyn an. »Was hältst du von dem Stück?«

Die Schauspielerin biß sich auf die Lippe, setzte ein gezwungenes Lächeln auf, dann zuckte sie mit den Achseln. »Liest sich toll«, sagte sie.

»Aber?« ließ Pelmen nicht locker, worauf sie verlegen lächelte und fortfuhr:

»Ich meine es so, wie ich es gesagt habe. Die Rolle, die du für mich geschrieben hast, ist ausgezeichnet, und es wird großen Spaß machen, sie zu spielen, aber – aber ist es nicht zu eindeutig Ligne?«

»Vielleicht«, sagte Pelmen.

»Nicht vielleicht«, protestierte Danyilyn fast schon ein wenig hitzig. »Sie *ist* es. Und sie wird sich zweifellos darin wiedererkennen ...«

»Glaubst du, daß sie sich gefallen wird?« fiel er ihr ins Wort.

»Sie muß sich ja darin gefallen!« fauchte Danyilyn und machte aus ihrer Abneigung gegen Ligne keinen Hehl. »So gut, wie sie dabei wegkommt!« Plötzlich wurden ihre Augen schmal. »Was ist in diesem einen Jahr mit dir passiert, Pelmen? Das bist nicht du.«

»Vielleicht war ich es nicht«, erwiderte er ruhig.

»Wie kannst du diese Frau unterstützen, die ...«

»Dürfte ich dazu auch mal was sagen?« platzte Gerrig dazwischen, und Danyilyn fauchte:

»Es gibt ja keinen hier, der groß genug ist, dich daran zu hindern.«

»Ich glaube, es ist genau das Stück, das wir gebraucht haben«, sagte Gerrig. »Sicher, vielleicht spiegelt es nicht unsere politische Einstellung wider, aber wir sind Unterhalter, keine Politiker und ...«

Danyilyn ließ eine rüde Bemerkung über Gerrigs Vorfahren fallen. Hätte ein Fremder diese Bemerkung in irgendeiner Kneipe geäußert, dann hätte Gerrig den Burschen zweifellos aus dem Fenster geworfen – wenn nicht gleich auf den örtlichen Friedhof. So aber hielt er schlicht den Mund. Das Bild, das dieser Wortwechsel hervorrief, war das eines Pudels, der einen Bernhardiner jagte, denn obgleich Danyilyns Figur recht üppig war, war sie eigentlich ziemlich klein. Aber sie hatte ein gewaltiges Temperament, und nun, da sie einmal in Schwung war, war sie nicht mehr zu bremsen. Sie wandte sich wieder Pelmen zu und zeterte: »Nachdem du uns erst dazu verleitet hast, diese Schlampe bloßzustellen, willst du uns jetzt zu ihren Hofkaspern machen?«

»Ich will lediglich, daß ihr darüber nachdenkt, ob ihr dieses Stück auf die Bühne bringen wollt«, erwiderte Pelmen ruhig. »Wie du schon gesagt hast, es wird ihr bestimmt gut gefallen, und das dürfte der Truppe ein neues Engagement am Hofe einbringen. Seid ihr erst einmal dort, werdet ihr vielleicht mehr Freiheit haben, die Stücke zu bringen, die euch wirklich am Herzen liegen.«

»Freiheit!« zischte Danyilyn. »Eine schöne Freiheit, die auf Kosten der wahren Königin erkauft wurde!«

»Ich habe gehört, sie sei tot.« Sherina sagte das so leise, daß es fast wie ein Flüstern klang.

»Sie ist nicht tot!« rief Gerrig gebieterisch dazwischen. »Sie ist lediglich verschollen. Die Händler verschleppten sie nach Norden und verkauften sie als Sklavin an den neuen Herrscher von Lamath.«

Pelmen fragte sich einen Moment lang, woher Gerrig diese Fehlinformation wohl haben mochte, aber er schob diesen Gedanken rasch wieder beiseite. Gerrig wußte immer alles; und was ihm an näheren Einzelheiten fehlte, lieferte ihm seine blühende Phantasie. Pelmen richtete seine Aufmerksamkeit wieder auf Danyilyn. »Ist die Freiheit, die öffentliche Meinung beeinflussen zu können, etwas, worüber man verächtlich die Nase rümpfen sollte? Welche Hilfe kannst du der wahren Königin von hier aus dem fernen Süden bieten?«

Danyilyn starrte Pelmen entgeistert an. »Ich kann einfach nicht glauben, daß das von dir kommt.«

Yona Parmi beobachtete diese Auseinandersetzung als stummer Augenzeuge. Während die anderen redeten, beobachtete er Pelmens Augen und suchte im Gesicht des Wanderers nach irgendeinem Hinweis auf seine wahre Absicht. Aber er konnte keine entdecken, denn Pelmens Gesicht war zu einer grimmigen Maske erstarrt, aus der nicht die geringste Gefühlsregung abzulesen war. Doch allein das reichte aus, um Yona Parmi die Gewißheit zu geben, daß Pelmens Anliegen weit über die bloße Inszenierung eines neuen Theaterstückes hinausging. Und er vertraute auf Pelmens Urteilskraft. Deshalb ergriff er jetzt das Wort zugunsten des neuen Projekts, obwohl ihm der Gedanke, daß Ligne auf dem Thron saß, vielleicht sogar noch mehr zuwider war als Danyilyn. »Ich meine, wir sollten es machen.«

Die sprunghafte Schauspielerin wirbelte herum und starrte ihn mit flammendem Blick an. »Du auch?«

Yona Parmis Augen standen eng zusammen und waren sehr matt, aber in ihnen lag eine ruhige Weisheit, die Danyilyn innehalten machte. Er strich sich eine schwarze Strähne aus dem runden Gesicht und sah sie mit schielendem Blick an. »Daß zwischen diesem Stück und den jüngeren Ereignissen deutliche Parallelen bestehen, dürfte wohl allen klar sein – aber keiner kann Pelmen im Ernst vorwerfen, er habe die Sache irgendwie falsch dargestellt. Er hat Talith als einen Trottel dargestellt – der er ja wohl auch war – und Ligne als eine gerissene Intrigantin, die es ausgezeichnet versteht, solche Trottel zu manipulieren – und dieser Darstellung wird wohl auch keiner widersprechen. Das Stück ist sehr unterhaltsam. Die Moral ist einfach – sei kein Narr. Hat er irgend etwas anderes gesagt? Hat er in irgendeiner Weise Lignes Methoden gutgeheißen, sich der Krone zu bemächtigen? Ich meine nicht. Aber Ligne könnte es meinen, und vielleicht findet sie das Stück so gut, daß sie uns zu sich auf das Schloß einlädt. Ist daran irgend etwas Schlimmes?« Yona Parmis kleine schwarzen Augen starrten Danyilyn herausfordernd an. Obwohl er ruhig und bedächtig gesprochen hatte, hatte er doch eindeutig und fest Stellung bezogen, und Danyilyn konnte das nicht mit einer Handbewegung abtun.

»Du ... meinst wirklich, wir sollten es machen?« fragte sie, schon merklich versöhnlicher.

»Ja, das meine ich. Aber ... ich habe da noch eine Frage.«

»Stell sie!« bat Pelmen rasch.

»Königin Ligne kennt dein Gesicht, und ihr beiden seid nicht gerade in Freundschaft voneinander geschieden. Wie willst du es anstellen, so lange zu überleben, daß du dieses Stück noch vor ihr spielen kannst?«

»Ah.« Pelmen lächelte. »Die Talith-Rolle ist ganz eindeutig die eines Narren, richtig?«

»Richtig.«

»Und genau so werde ich ihn auch spielen – in der weißen Maske eines Narren.«

»Und du willst diese Maske die ganze Zeit über auf der Burg tragen?«

»Genau.«

Yona Parmi nickte. »Könnte klappen.«

»Fein.« Gerrig lächelte und rieb sich voller Vorfreude die riesigen Hände. »Wir nehmen uns genug Zeit und machen es richtig. Zum Ende des Frühlings werden wir dann soweit sein, daß wir ...«

»Ich würde die Premiere gern zum Pleclypsa-Winterfest haben«, unterbrach ihn Pelmen.

»Zum Pleclypsa-Winterfest!« schrie Gerrig entsetzt. »Das fängt nächste Woche an. Alle Truppen aus der ganzen Region werden an dem Wettbewerb teilnehmen ...«

»Wir auch.«

»Aber dazu reicht die Zeit nicht mehr!« brüllte der stämmige Schauspieler.

»Doch – wenn wir morgen früh anfangen!« sagte Pelmen. Er ließ den Blick über die einst so stolze Truppe schweifen, die jetzt in fadenscheinige Lumpen gekleidet war. »Das heißt – falls ihr nicht doch die Suppen-Nummer den kulinarischen Genüssen des Königshauses vorzieht.«

Gerrig schluckte heftig, dann blickte er hinunter auf sein Exemplar des Manuskripts, das in der vertrauten schwungvollen Handschrift Pelmens geschrieben war. Dann hob er den Blick wieder. »Wenn jemand mich sprechen möchte, ich bin in meinem Wagen. Ich habe eine Menge Text zu lernen. Ihr andern solltet euch besser auch daran begeben.« Er stand auf und schlenderte schwerfälligen Schritts in Richtung seines Wagens. Die andern folgten seinem guten Rat und begaben sich ebenfalls zu ihren rollenden Heimstätten. Danyilyn indes blieb noch für einen Moment sitzen und beäugte Pelmen mit schelmischem Argwohn.

»Ich kenne dich. Du hast das Stück doch bestimmt nicht geschrieben, um Lignes Wohlgefallen zu erregen.«

»Habe ich das nicht getan?« erwiderte er in gespielter Verblüffung.

»Du verfolgst doch irgendeine Absicht damit«, fuhr sie fort. »Und ich werde herauskriegen, welche.« Sie klemmte sich ihr Manuskript unter den Arm und schlenderte davon.

»Das wird ihr bestimmt nicht leichtfallen«, murmelte Yona Parmi, der zu Pelmen getreten war. »Und mir gewiß auch nicht, könnte ich mir vorstellen.«

»Wovon redest du, Yona?« fragte Pelmen mit unschuldiger Miene.

»Deine Pritsche ist noch immer frei und wartet auf dich«, brummte Yona gutmütig, damit auf die Tatsache anspielend, daß er und Pelmen gewöhnlich zusammen in einem Wagen wohnten, wenn der Wanderer mal wieder mit ihnen auftrat. Während sie zum Wagen gingen, überlegte er sich seine ersten Fragen. Es würde seine Zeit dauern, aber er würde es herauskriegen.

Nach einer Woche, die so mit Arbeit vollgepackt war, daß sie fast unbemerkt, wie im Fluge, verstrichen zu sein schien, hatte Yona Parmi viel über Pelmens Rolle bei den Ereignissen des vergangenen Jahres erfahren. Gleichwohl war er seinem Ziel, nämlich herauszufinden, welche Absicht Pelmen mit seiner Rückkehr zu ihrer Truppe verfolgte, noch kein Stück nähergekommen. Der Stückeschreiber konnte ungeheuer stur sein, wenn er wollte. Aber Yona hatte noch längst nicht aufgegeben.

Sie hatten ihr Lager auf der Wiese eines kleinen Dorfes ein paar Meilen südlich von Pleclypsa aufgeschlagen. Obgleich sich noch keiner aus der Truppe so richtig textsicher fühlte, hatte Pelmen die Uraufführung noch für denselben Abend angesetzt, vor dem ländlichen Publikum. Es würde ihre letzte Chance sein, vor der Eröffnung des Wettbewerbs in der Regionalhauptstadt noch dieses oder jenes zu verbessern oder umzuändern.

Sie stellten die Wagen kreisförmig auf, wobei sie an einer Stelle eine kleine Öffnung ließen. Die Außenseiten der Wagen verhängten sie mit Stoffbahnen, um sicherzustellen, daß diejenigen, die die Premiere verfolgen wollten, für dieses Privileg auch ihren Obulus entrichten mußten. Die Truppe wandte schon seit langem den kleinen Trick an, den größten Burschen im Dorf ein paar Süßigkeiten und freien Eintritt zu gewähren, um nichtzahlende Zaungäste daran zu hindern, unter den Wagen hindurchzukriechen. Diese kleine Investition machte sich stets bezahlt, denn die Rivalität zwischen den älteren ›Wachtposten‹ und den jüngeren Burschen, die nicht dazu auserwählt worden waren, machten das mobile Theater für Tage zum Zentrum des dörflichen Interesses. Aus weitem Umkreis kamen die Leute von den Feldern, um an der Sensation teilzuhaben, die der Auftritt der buntscheckigen, von weither gereisten Fahrensleute verhieß.

Es war später Vormittag, und die Wachtposten vor dem Wagenwall schrien schon angeberisch herum und kamen sich wichtig vor. Jüngere Bengel lagen in den Büschen auf der Lauer und berieten im Flüsterton, wie sie es anstellen konnten, in den Kreis hineinzugelangen. Innerhalb des Wagenringes jedoch geschah kaum etwas. Die Akteure hatten bis tief in die Nacht geprobt und frönten jetzt dem uralten Vorrecht ihres Metiers, nämlich dem langen Schlafen.

Pelmen indes schlief nicht; er ruhte bequem auf seiner flachen Liege. Die beiden Freunde hatten bis tief in die Nacht diskutiert. Yona Parmi hatte gleich am frühen Morgen den Diskussionsfaden an derselben Stelle wieder aufgenommen, so als hätte er nie zwischendurch geschlafen.

»Du hast also versucht, diesem Rosha die Rolle des Drachentöters zuzuteilen, sahst dich aber dann gezwungen, es selbst zu tun, als der Drache wegen seiner Stotterei wütend wurde?«

»Drum gerissen habe ich mich nicht, Yona«, erwiderte Pelmen, während er sein Manuskript vom Fußboden aufhob und darin zu lesen begann. Er fand es immer fürchterlich schwierig, Texte auswendig zu lernen, die er selbst verfaßt hatte. Meistens hätte er sie am liebsten mitten in der Aufführung umgeschrieben. »Irgendeiner mußte es erledigen. So oder so, es war eine Gemeinschaftsarbeit. Ohne die Mithilfe meiner Gefährten wäre ich jetzt im Bauch der Bestie.«

»Hast noch immer die Angewohnheit, dein Licht unter den Scheffel zu stellen, nicht wahr?« fragte Yona Parmi tadelnd. »Es ärgert mich, Pelmen, daß du jedesmal, wenn du zurückkommst, deine jeweiligen Mitstreiter über den grünen Klee lobst und dich selbst so hinstellst, als hättest du lediglich eine unbedeutende Nebenrolle gespielt. Besonders ärgerlich finde ich es, daß du uns offenbar nie in deine Pläne einweihst ...«

»Bitte, Parmi!« stöhnte Pelmen mit gequälter Miene. »Haben wir dieses Thema nicht schon einmal diskutiert?«

»Einige Male. Aber wir scheinen nie zu einem Schluß zu kommen. Du verschwindest immer, um irgendeine neue hexerische Großtat zu vollbringen, die die Kräfte der Natur wieder ins Lot bringt. Und dann kommst du zurück und erklärst bescheiden, nichts, aber auch gar nichts, damit zu tun gehabt zu haben.«

»Was ist mit Coralai im zweiten Akt? Findest du, ihre Szene lenkt zu sehr von der Pointe ab?«

»Oder du versuchst, das Thema zu wechseln.«

»Ich finde, das Tempo des zweiten Aktes ist vielleicht ein bißchen zu schwerfällig ...«

»Was ich nicht verstehe: warum du dich überhaupt mit uns befaßt.«

Pelmen blickte zu ihm auf. »Ich sagte dir doch, Parmi, ich finde, ich bin es euch schuldig, euch wieder in eine bessere Position zu kriegen.«

»Eine lobenswerte Geste, die ich wirklich sehr zu schätzen weiß. Aber ich werde das Gefühl einfach nicht los, daß dahinter noch etwas anderes steckt.«

»Findest du, daß Danyilyn in ihrer Verkörperung Lignes zu offensichtlich ist?«

»Ich dachte, sie könnte gar nicht offensichtlich genug sein, wenn es nach dir geht.«

»So lange, wie sie der Königin gegenüber nicht beleidigend ist.«

»Das macht mich auch wieder stutzig. Wieso diese plötzliche Zuneigung zu einem oberflächlichen Weibsbild, das von nichts anderem beherrscht wird als von seiner ungezügelten Gier nach Macht und nach jungen Kerlen?« Yona zog in gespieltem Entsetzen eine Augenbraue hoch. »Du hast dich doch nicht etwa selbst in sie verliebt, oder?«

Pelmen lachte herzhaft. »So gut müßtest du mich eigentlich kennen.«

»Ja, ja, und außerdem ist da ja auch diese Serphimera, von der du mir erzählt hast. Aber man kann ja nie wissen, oder?« Yona Parmi hob die Achseln. »Nach allem, was wir wissen, könntest du inzwischen schon einer von Lignes Hauptratgebern sein.«

Pelmen rollte sich von seiner Liege und schlenderte an Yona Parmi vorbei zur Tür. Er stieß sie auf und schaute nach draußen. »Schon wieder so ein kalter grauer Tag«, murmelte er. »Hoffentlich regnet es nicht.«

Yona wuchtete sich schwerfällig auf die Beine und spähte Pelmen über die Schulter. »Das gäbe eine ziemlich feuchte Vorstellung. Warum nicht einen Wind herbeizaubern, der die Wolken wegbläst?« Er sagte es in neckischem Ton, beobachtete aber genau die Reaktion seines Freundes.

Aber da gab es nicht viel zu beobachten. Pelmen

lachte nur leise in sich hinein und ging wieder zurück in den Wagen. Er schlenderte zum Waschtisch und schöpfte mit den Händen etwas Wasser aus der darauf stehenden Schüssel, um sich das Gesicht zu waschen.

Aber Yona ließ nicht locker. »Ich weiß, daß du in das Königliche Haus von Chaomonous hinein mußt«, verkündete er, und Pelmen hielt mit dem Waschen inne und schaute ihn an.

»Woher willst du das wissen?«

»Weil es das einzige ist, das irgendeinen vernünftigen Sinn ergibt. Deshalb bist du zu uns zurückgekommen – um in die Burg zu gelangen. Ich verstehe bloß nicht, warum du dich nicht ganz einfach in einen Falken verwandelst und hineinfliegst. Das kannst du doch noch, oder?«

Pelmen trocknete sich das Gesicht ab. »Das würde bedeuten, daß ich formen müßte, Parmi, und wie du weißt, habe ich es noch nie geschafft, die Mächte in Chaomonous zu formen.«

»Ich weiß, daß du immer gesagt hast, du könntest das hier nicht. Heißt das, daß es hier keine Mächte zu formen gibt?«

Pelmen zuckte die Achseln – ein wenig zu übertrieben, wie Parmi fand – und sagte: »Das einzige, was ich weiß: daß ich noch nie irgendwelche Mächte in Chaomonous geformt habe.«

Yona Parmi wurde wütend, denn er sah an Pelmens verschleiertem Blick, daß der Wanderer viel mehr wußte, als er sagte. »Du bist bis letztes Jahr auch noch nie ein Prophet in Lamath gewesen!«

»Das war etwas anderes. Das ging nicht von mir aus. Die *Macht* tat es durch mich.«

»Dann ist die Macht auch diejenige welche, die dir vor langer Zeit auf einem Berggipfel begegnet ist?«

»Richtig.«

»Und du glaubst, die Macht, von der du sprichst, ist nicht mächtig genug, um Drachentor zu überschreiten?«

Pelmen sah Yona an. Zum ersten Mal, seit er zurückgekehrt war, ließ er Yona die Sorge sehen, die er in seinem Innern verborgen hatte. »Du gibst wohl auch nie auf, was?« seufzte er.

»Du hast mir keinen Grund zu der Überzeugung gegeben, daß ich es sollte.« Yona wartete einen Moment, dann bohrte er weiter: »Was bekümmert dich, mein Freund?«

»Ich möchte dich da lieber nicht mit hineinziehen, wenn ich es irgendwie vermeiden kann. Je weniger du weißt, desto weniger kannst du von anderen zur Verantwortung gezogen werden.«

»Das soll heißen: von Ligne, nicht wahr?«

»Von Ligne, von ihren Ratgebern, von wem auch immer, Yona. Meine Sorge geht sehr wohl über die Grenzen dieses vermeintlichen Königreichs Chaomonous hinaus. Es gibt da noch andere in anderen Ländern, die etwas gegen mich haben – gelinde ausgedrückt.«

»Ich hänge aber schon mit drin, Pelmen. Ich bin Teil der Truppe, die dir dazu verhilft, in die Burg zu gelangen. Aber beantworte endlich meine Frage, Mann! Pelmen, der Drachenschreck, hat den Drachen getötet und damit den Paß für den freien Verkehr zwischen den drei Reichen geöffnet. Kann denn die Macht Drachentor nicht ebenso passieren?«

Pelmen überlegte lange, bevor er antwortete. »Sie *hat* Drachentor bereits passiert.«

»Ah ...«, seufzte Yona Parmi, und die dunklen Augen leuchteten auf.

»Und andere Mächte auch.«

Yona sah ihn verdutzt an. »Welche anderen Mächte?«

»Die, die während der vergangenen Jahrhunderte von marischen Macht-Formern geformt wurden«, sagte Pelmen leise. Er wandte den Blick wieder auf Yona Parmi, und dieser konnte die stille Verzweiflung in seinen Augen sehen. »Und ich weiß anscheinend nie, welche welche ist.«

»Du meinst – Mächte aus Ngandib-Mar treiben sich frei bei uns herum?« fragte Yona Parmi mit einem Schaudern. Er verspürte plötzlich den Drang, hinter sich und unter das Bett zu schauen.

»So sieht es jedenfalls aus«, sagte Pelmen nickend. »Vor einer Woche stand ich vor den Mauern des Königlichen Hauses. Da *ist* irgend etwas, Yona. Ich konnte es fühlen.«

Yona Parmi schluckte heftig. »Aber die *Macht* ist doch auch in der Nähe, nicht wahr?« fragte er. Sein Ton heischte nach Bestätigung.

»Bisweilen«, sagte Pelmen nickend. Er konnte sich ein leises Lächeln nicht verkneifen, als er den Ausdruck von Panik im Gesicht seines Freundes sah. »Bist du sicher, daß du den Rest wissen willst?«

»Nicht wissen ist schlimmer als wissen«, murmelte Yona Parmi. »Glaube ich jedenfalls«, fügte er hinzu.

»Das Resultat ist, daß ich innerlich gefesselt bin. Zum einen will ich nicht formen, aus Angst, vielleicht das Falsche zu formen. Zum andern kann ich nicht sicher sein, ob ich nicht selbst jeden Moment von einem, der größer ist als ich, gepackt werde und noch einmal dieses seltsam erhebende Gefühl des Geformt-*Werdens* durchlebe.«

Yona Parmi starrte ihn bloß an; sein Blick war ein wenig glasig.

»Und das alles scheint vom Tode des Drachen herzurühren – für welchen, wie du sagst, ich die letzte Verantwortung trage.«

»Aber wie konnte ...« Yona sprach den Satz nicht zu Ende; er war so verwirrt, daß er gar nicht mehr wußte, was er eigentlich fragen wollte.

»Warum das etwas ausgemacht hat? Ich weiß es nicht. Ich habe aber eine Theorie, nämlich, daß die Öffnung von Drachentor dabei eine Rolle gespielt hat. Tausend Jahre lang haben nur die Kaufmannsfamilien zwischen den drei Ländern verkehren können – die Kaufmannsfamilien, Diebe und Vagabunden wie ich. Und Kaufleute haben naturgemäß wenig Interesse an Mächten irgendwelcher Art – außer an ihrer eigenen Macht, die sie über das Volk haben. Sie haben sich von allen anderen isoliert, und sie haben auch die Bibliotheken der Vergangenheit isoliert. Sie tauschen kein Wissen zwischen den Ländern aus, außer dem, welches ihren Zwecken dienlich ist. Aber jetzt ist Drachentor für den Verkehr offen, Yona, für ganz normale Leute. Es sind zwar bisher noch nicht sehr viele, die diese Möglichkeit nutzen, aber doch einige. Ich weiß von einem Dutzend freier Händler, die den Paß überquerten, bevor eine Bande von Strolchen ihn blockierte. Und nach der Schneeschmelze im Frühling werden sich weitere auf den Weg über den Paß machen, trotz der hohen Zölle, die die Diebe fordern. Und mit ihnen werden Fragen über den Paß kommen, und mit den Fragen ... Mächte.« Pelmen schüttelte den Kopf und seufzte. »Die Welt ist dabei, sich zu verändern, Yona Parmi. Und ich vermag nicht zu sagen, wie das Resultat von alldem aussehen wird.« Er schaute seinen Freund an. Yona Parmi starrte abwesend irgendwohin ins Leere. »Yona? Parmi, ist alles in Ordnung mit dir?«

Yona Parmi schaute ihn an, fuhr sich mit der Zunge über die Lippen, und dann murmelte er: »Sagtest du nicht etwas von wegen wir sollten den zweiten Akt noch einmal durchgehen?«

Pelmen verstand die Reaktion. Oh, wie gut er sie verstand!

»Welche Kraft! Welche Magie! Welche Grazie!« schwelgte Gerrig. Gegenstand dieser seiner Verzükkung war natürlich sein eigenes Spiel. Während der ganzen Aufführung hatte der graue Himmel bedrohlich gegrollt, aber er hatte seine Drohung nicht wahrgemacht. Die Dörfler waren in Scharen herbeigeströmt, hatten das Stück begeistert verfolgt, hatten eifrig applaudiert und sich wieder auf den Heimweg gemacht oder waren noch auf ein Bier oder zwei in die umliegenden Schänken eingekehrt. Die Akteure waren wieder unter sich und wischten sich im schwindenden Licht des frühen Abends die Schminke von den Gesichtern.

»Ich finde auch, es ist ganz gut gelaufen«, pflichtete Pelmen ihm bei.

»Ganz gut? Es lief prächtig! Hast du denn das wiehernde Gelächter nicht gehört, den donnernden Beifall?«

»Donnernd?« schnaubte Danyilyn verächtlich. »Von ein paar hundert Bauern, draußen, an einem wolkenverhangenen Nachmittag? Gewiß, ich bin sehr zufrieden, aber die Vorstellung von ›donnerndem Applaus‹ wollen wir uns doch lieber für morgen abend aufsparen.«

»Du hast recht«, stimmte Pelmen ihr leise zu. »Zweitausend Städter in einem brechend vollen Haus – das ist donnernder Applaus.«

»Denkt doch, was ihr wollt; ich fand es großartig.« Gerrig wischte mit der für ihn charakteristischen Bescheidenheit ihre Einwände hinweg. »Und das Stück ist auch gut.«

»Das Stück ist ausgezeichnet«, brummte Yona Parmi. »Wenn auch ein bißchen geschmacklos«, fügte er hinzu.

»Ich wünschte nur, ich wüßte, gegen wen wir antreten müssen«, murmelte Danyilyn, während sie ihr entzückendes Gesicht in einem kleinen Spiegel begutachtete.

»Regort und seine Truppe werden mit Sicherheit dabei sein«, sagte Gerrig. »Und natürlich Shavor-Brots Truppe, die letztes Jahr einen so miserablen Auftritt hatte ...«

»Ich fand sie gut«, murmelte Yona Parmi, aber nicht so laut, daß Gerrig es hören konnte. Es war ein alter Streit, einer, den es sich nicht wieder aufzuwärmen lohnte. Sherina hörte ihn jedoch, und ihr Schmunzeln zeigte, daß sie mit ihm einer Meinung war.

»... und die hiesige Truppe wird auftreten – Eldroph und Berliath, oder wie heißen die beiden doch gleich?«

»Er ist hervorragend«, sagte Danyilyn nickend. »Sie kann man vergessen.«

»... plus ein Dutzend anderer Truppen. Ich habe gehört, es kommt sogar eine oben von der Küste. Dürfte ein spannender Wettbewerb werden.«

»Wahrscheinlich proben sie alle heute abend irgendwo in der Stadt«, sagte Yona Parmi. Sein Blick ruhte auf Pelmen. »Es wäre doch bestimmt ganz nett, schon im voraus zu wissen, was sie machen.« Pelmen hörte ihn, reagierte aber nicht.

Gerrig kicherte. »Ich hätte nichts dagegen, die eine oder andere gute Stelle zu klauen. Aber das können wir uns aus dem Kopf schlagen – bis Pleclypsa schaffen wir es nicht vor Mitternacht. Was haltet ihr davon, wenn wir statt dessen die Dorfschänke heimsuchen?« Seine Füße waren schon auf dem Pfad, der ins Dorf führte, und Danyilyn und die andern folgten ihm.

Yona Parmi wartete noch und fragte Pelmen: »Was ist? Kommst du nicht mit?«

»Heute abend nicht«, sagte Pelmen laut. »Ich glaube, ich gehe früh zu Bett.« Der wandernde Zauberer mimte ein Gähnen.

»Ach, und du meinst, das nehme ich dir ab?« murmelte Yona Parmi leise. Ein paar Minuten später, just als die durstige Riege lachender Schauspieler den Rand des Dorfes erreichte, vernahm Yona Parmi ein Kreischen, und als er himmelwärts schaute, sah er gerade noch, wie ein Falke hoch über sie hinwegschoß. Als er viele Stunden später in ihren Wagen zurückkehrte, fand er Pelmen auf seiner Couch liegend, wohlig in einen Pelz gehüllt.

»Nun?« fragte er. »Wie stehen unsere Chancen?«

»Yona«, sagte Pelmen und drehte sich mit dem Gesicht zur Wand. »Wir haben nichts zu befürchten.« Er war bereits dabei, seinen ersten Schritt zu planen, sobald sie erst in der Burg wären.

Seit Tagen mühte sich das Königliche Haus im Schweiße seiner Wände ab, wieder zu einer Einheit zusammenzuwachsen, sein Bewußtsein auch auf jene nutzlosen Brüstungen und Türme auszudehnen, die erst erbaut worden waren, nachdem der lange Schlaf es überkommen hatte. Tief in seinem Unterbewußtsein vergraben waren Erinnerungen an jene Zaubersprüche, die Nobalog vor Urzeiten gemurmelt hatte, als er das Haus zum Leben erweckt hatte. Die Burg machte sich dieses Wissen zunutze, sog wundersame Kraft aus der Luft. Nach langer Abwesenheit war die Magie nach Chaomonous zurückgekehrt, und das Haus schwelgte in wiedererwachter Aktivität. Da gab es Gespräche zu belauschen, Drax-Partien zu kommentieren, die Späße von ahnungslosen Possenreißern zu belächeln, heimlich sich treffende Liebespärchen beim Stelldichein zu belauschen. Aber vor dem Vergnügen kam die Arbeit – der langsame, mühselige, schweißtreibende Prozeß, Bewußtsein in die neuen Bereiche des eigenen Organismus zu hauchen. Diese Aufgabe nahm seine ganzen Kräfte in Anspruch – und seine ganze Konzentration, so daß der schreckliche Gedanke keine Gelegenheit hatte, wieder an die Oberfläche seines Bewußtseins zu kommen: daß niemand es hören konnte. Die Vorstellung, für immer allein zu bleiben, war ihm unerträglich. Also richtete es seine ganze Konzentration auf das schwierige Werk.

Oft strichen jetzt unheimliche Luftzüge durch die Gänge, immer dann, wenn die Burg mit befreitem Lachen einen kleinen Fortschritt feierte. Solche Phänomene machten die Bewohner des riesigen Gebäudes nervös. Als Nachkömmlinge von denen, die alles Übernatürliche verworfen und in den Wind geschlagen hatten, hatten die meisten Chaoner mit Aberglauben wenig im Sinn. Dennoch hatte sich so ein seltsames Gefühl, daß da nicht alles mit rechten Dingen zuging, bei vielen von ihnen eingeschlichen, ganz gleich, ob Gelehrter, Soldat, Knecht oder Fremdling. Niemand kannte die Ursache dieser Gefühle, aber es unternahm auch niemand den Versuch, mit anderen darüber zu sprechen, da jeder sich vor dem Spott seiner Freunde fürchtete. Aber die Gefühle wollten nicht verschwinden, und es bereitete dem Haus eine Heidenfreude, das Unbehagen seiner Bewohner zu spüren. Sie würden seine Gegenwart wahrnehmen.

Endlich hatte das Königliche Haus auch die Kontrolle über die Gärten errungen. Es hatte die Gehwege der Terrassen so weit in Besitz genommen, daß es jedes Gespräch im Garten mithören konnte. Es konnte sogar den Duft der Blüten wahrnehmen. Und obgleich es eine eigenartige Verwirrung auf seinen Dächern bemerkte, war es in aufgeräumter Stimmung, während es sich von den Strapazen entspannte und den Schmetterlingen zuschaute, wie sie von Blüte zu Blüte flatterten, ganz so wie die Königin von einem Mann zum andern.

Doch plötzlich wurde seine ganze Aufmerksamkeit zu seinem unteren Kerker hingezogen. Mit einem Schlag verschwand seine angenehme Stimmung und machte wildem Grimm Platz. Ein Eindringling war gleichsam aus dem Nichts aufgetaucht! Das Haus war zu Recht erschüttert, denn während all der langen Jahre seines Wachseins hatten seine Mauern jedem Überwindungsversuch getrotzt, und sein inneres Allerheiligstes war unverletzt geblieben. Es war niemals auf die Idee gekommen, seine Fundamente einmal auf Risse oder Spalten zu untersuchen. Doch es gab solche Risse – Risse, die schon Hunderte von Jahren alt waren.

Es gab einen Mann, der sie alle kannte, so wie eine Ratte ihre Geheimwege in die Speisekammer kennt. Und wie seine Rattenbrüder huschte dieser Mann jetzt durch verborgene dunkle Korridore, blind und taub gegen die Verwünschungen, mit denen das Königliche Haus ihn überhäufte.

Der Ruf des Hauses als Festung war makellos. Und doch hatte es in seiner nunmehr zweitausend Jahre währenden Existenz mehr als ein Dutzend kurzlebige Dynastien beherbergt. Die alten Aufzeichnungen und Chroniken, die die verstaubten Regale seiner Bibliothek füllten, bargen eine trübe Geschichte von Intrigen und Gegenintrigen. Ein Vermächtnis aus jener dunklen Vergangenheit waren die geheimen, durch den Fels getriebenen dunklen Korridore, die sich in der schwarzen Stille unter dem Tanzsaal schnitten und kreuzten. Viele von ihnen waren erst nach dem Auftauchen des Drachen gegraben worden, so daß das Haus nichts von ihrer Existenz wußte. Aber der Mann, der jetzt auf leisen Sohlen durch die düstere Stille schlich, kannte sie alle.

Er fühlte sich in der Finsternis zu Hause, ja, er war ihr sogar in gewisser Weise seelenverwandt. Die Schwärze des Höllenschlundes von Chaomonous war nichts gegen die Tintenschwärze seiner Seele. Sein Gesicht war der Stoff, aus dem Alpträume sind. Sein Name war Admon Faye.

Er war auf der Suche nach etwas. Er glitt von Tür zu Tür in dem düsteren Kerkerlabyrinth und lauschte den Geräuschen und Bewegungen in jeder Zelle so lange, bis er sicher war, daß ihr Insasse nicht der war, dem seine Suche galt. Es war ein Zeugnis für seine Meisterschaft in der Kunst des lautlosen Bewegens, so daß die Bewohner dieser düsteren Stätte, deren Gehör geschärft war durch das Fehlen jedweden Lichts, nicht das leiseste Geräusch von ihm hörten.

Er verließ einen Korridor und glitt mit katzenhafter Geschmeidigkeit in das fackelerhellte Treppenhaus, um noch tiefer in die Grube hinunterzusteigen. Auf Zehenspitzen schlich er in eine muffige feuchtkalte Kammer, in die ein wenig Licht vom Treppenhaus fiel. Im hinteren Teil der Kammer, dem dunklen, fand er einen in den Fußboden eingelassenen Gitterrost. Er kniete nieder und horchte.

Hier, dachte er. Aus der Zelle unter dem Gitterrost konnte er den flachen Atem eines Kindes hören – oder den einer Frau. Er packte mit beiden Händen den schweren Rost und zog. Er war nicht befestigt.

»Nahrung? Bekomme ich endlich etwas zu essen?« rief Bronwynn mit matter Stimme nach oben. »Wo ist die Fackel?« Als er keine Antwort gab, flüsterte sie: »Wer ist da?«

»Psst!« zischte er ihr zu; dann entrollte er ein Seil, das er sich um den Körper gewickelt hatte, und knüpfte in eines der Enden eine Schlinge. »Schlinge das um dich!« flüsterte er wieder und ließ das Seilende in die Dunkelheit fallen. Es klatschte unten auf das Stroh, und er hörte, wie die Frau nach ihm tastete. Sie sprach erst wieder, als sie neben ihm in der Kammer stand.

»Wer seid Ihr?«

Admon Faye hielt das Gesicht von ihr abgewandt und drehte sich so, daß ihm das trübe Fackellicht auf den Rücken fiel, als er sich hinunterbeugte und murmelte: »Halt dich an meinem Gürtel fest und bleib dicht hinter mir!«

Wenig später hatten sie den Kerkerbereich hinter sich gelassen und befanden sich wieder in dem unterirdischen Labyrinth. Nachdem sie eine Weile durch die dunklen Korridore gehastet waren, flüsterte die junge Frau: »Pelmen?« Aber Admon Faye gab keine Antwort.

Einer der geheimen Spalte befand sich nur ein paar Fuß über dem Wasserspiegel des Flusses. Admon Faye blieb nicht stehen, als sie ihn erreichten, sondern sprang hinunter und landete in einem Ruderboot, das er direkt darunter festgemacht hatte. Die junge Frau steckte den Kopf hinaus und mußte sofort die Augen schließen, als das Sonnenlicht sie traf. Aber sie war entschlossen, endlich zu erfahren, wer ihr Retter war, und öffnete sie vorsichtig wieder. Als sie die legendäre Visage von Admon Faye sah, war sie versucht, gleich wieder in den Spalt zurückzuklettern.

»Ihr!« stieß sie angeekelt hervor.

»Ins Boot, Bronwynn!« zischte Admon Faye. »Ich habe keine Lust, einen Pfeil in den Rücken zu kriegen, und ich denke mir, Ihr gewiß auch nicht.«

Ohne ein weiteres Wort zwängte Bronwynn den Körper durch den Spalt und sprang in das Boot. Obwohl ihr graute vor dem, was auf sie zukam, war es immer noch besser als das, was hinter ihr lag. Sie lehnte sich zurück und genoß den Sonnenschein auf dem Gesicht, während Admon Faye den kleinen Nachen geschickt in die Strommitte steuerte, wo er rasch in dem regen Schiffsverkehr untertauchte, der auf dem Fluß herrschte.

Das Königliche Haus verfolgte alles in ohnmächtiger Wut.

## Kapitel 3

## In der Kloake des Sklavenjägers

Es ist eine Ironie von großen Städten, daß sich die Nester der größten Gesetzlosigkeit häufig direkt im Schatten des Hortes des Gesetzes befinden. Das Herz der kriminellen Subkultur von Chaomonous schlug nicht einmal fünfhundert Schritte vom Palast entfernt. Die Flucht mit dem Kahn hatte nicht mehr als vier Minuten gedauert – lange genug für Admon Faye, um das Boot vom Fuße der granitenen Grundfesten der Burg zur Mündung eines nahegelegenen Abwasserkanals zu steuern. Chaomonous war stolz auf sein Kanalsystem, aber niemand in der Stadt war stolzer als die Mörder und Diebe, die sich besser als jeder andere darin auskannten und es als ihr privates Verkehrsnetz nutzten. Nur wenige Minuten nach ihrer Befreiung aus Lignes Kerker fand Bronwynn sich erneut in einer Zelle wieder. Soweit sie es beurteilen konnte, war sie vom Regen in die Traufe gekommen. Sie hatte nur den Ort gewechselt – und die Bewacher.

Jetzt stand sie mit einem kleinen, roh gezimmerten Schemel in der Hand hinter der Tür und wartete auf Admon Fayes Rückkehr. Sie hörte das Schaben eines Ruders an der Wand des Abwasserkanals, dann ein erneutes Schaben von Holz an Stein, als ein Boot anlegte und vertäut wurde. Jemand murmelte leise, bekam aber keine Erwiderung. Sie hoffte, daß das bedeutete, daß er allein gekommen war.

Obwohl es keinen Unterschied gemacht hätte. Sie hatte schon einmal mit Admon Faye gekämpft, hoch im Norden, im Lande Lamath – und der Abdruck seiner Zähne war noch Wochen danach auf ihrer Wange zu sehen gewesen. Rosha mod Dorlyth hatte den Sklavenjäger bei der Gelegenheit um ein Haar getötet, indem er ihn kopfüber in eine tiefe dunkle Grube gestoßen hatte. Aber Admon Faye war ein zäher Bursche – er hatte den Sturz überlebt. Bronwynn wußte, daß sie in ihrem geschwächten Zustand kaum eine Chance hatte, ihm zu entwischen. Aber er konnte ruhig wissen, welche Art von Gefühlen sie für ihn hegte.

Der Schlüssel drehte sich knirschend im Schloß, und Admon Faye steckte die widerwärtige Visage durch den Türspalt. Dann zuckte er mit einem spitzen Schmerzensschrei zurück, als Bronwynn den Schemel mit aller ihr zu Gebote stehenden Kraft direkt in seine Fresse krachen ließ. Er stieß die Tür mit einem Ruck auf und beförderte den Schemel mit einem Fußtritt in die Ecke des Verlieses. Dann packte er Bronwynn beim Kragen ihres verdreckten Kleides und hob sie hoch, bis ihr Gesicht nur einen Zollbreit von seinen lodernden Augen entfernt war. »Du magst zwar eine Prinzessin sein, Schätzchen«, zischte er, »aber ein Lederriemen reißt dir die Haut genausoleicht in Streifen vom Hintern wie einem Sklavenmädchen!« Bronwynn zitterte vor Wut und Angst. Unerklärlicherweise ließ er sie plötzlich wieder herunter, und aller Zorn schwand aus seinem Gesicht. Er hob den Schemel auf, stellte ihn an einen rohen Tisch und bedeutete ihr, sich zu setzen. »Setz dich. Ich habe dir etwas zu essen mitgebracht.«

»Warum haltet Ihr mich hier fest?« schrie sie. »Habt Ihr vor, Ligne ein Lösegeld für mich abzupressen, ist es das? Damit Ihr an meinem Tod doch noch was verdienen könnt?«

Admon Faye steckte sich den kleinen Finger ins Ohr und schüttelte den Kopf. »Tut einem wirklich in den Ohren weh, wenn du hier herumbrüllst. Setz dich hin und iß!«

»Ich rühre nichts an, bis ich weiß, warum ich hier bin!« kreischte sie bewußt schrill.

»Was glaubst du wohl, wozu ich hierhergekommen bin?« brüllte Admon Faye zurück. Diesmal war es an ihr, sich die Ohren zuzuhalten. Der Sklavenjäger lachte. Dann tauchte er unter dem Türbalken weg zum Boot und kam gleich darauf mit zwei Trinkkrügen, einem Laib Brot, einem Topf Honig und mehreren Stücken Käse zurück. Bronwynn lief unwillkürlich das Wasser im Mund zusammen. Es kam ihr vor, als wären Jahre vergangen, seit sie zum letzten Mal etwas anderes als halb verschimmelte Brotkruste in Tunke gegessen hatte. Sie ließ sich auf den Schemel plumpsen, brach den Brotlaib in zwei Hälften und kaute gleich darauf mit vollen Backen auf den Köstlichkeiten, die der Sklavenjäger ihr aufgetischt hatte. Admon Faye ging noch einmal hinaus und kam mit einem zweiten Schemel zurück. Er zog die Tür hinter sich ins Schloß, setzte sich auf den Schemel und lehnte sich mit dem Rücken an die Wand. »Du kannst dir wohl denken, Mädchen, daß ich nicht für alle meine Gefangenen den Kellner spiele. Denk ja nicht, daß ich mir die Mühe gemacht habe, das Boot durch diese Drecksbrühe zu steuern, bloß um dir beim Essen zuzusehen.«

»Warum seid Ihr dann gekommen?« fragte Bronwynn, den Mund voll mit Käse und die Finger von Honig triefend.

»Wir brauchen einander, Bronwynn – du und ich.«

Bronwynn blickte verdutzt auf. Zum ersten Mal hatte sie in Admon Fayes unsäglicher Fratze so etwas wie ein Lächeln aufblitzen sehen. Der Anblick drohte ihr fast den Appetit zu verderben, aber der köstliche Duft des Käses obsiegte über das Ekelgefühl, und sie stopfte sich rasch wieder den Mund voll. »Ich soll Euch brauchen?« fragte sie mit vollem Mund. »Wofür?«

»Zum Beispiel, um dich vor Ligne zu retten.«

»Eine schöne Rettung! Ich bin lediglich von einem Kerker in den andern gewandert.«

»Ich würde mich an deiner Stelle nicht beklagen«, versetzte Admon Faye. »Hier hast du wenigstens ein paar Möbel und eine Fackel ...«

»Und den köstlichen Duft einer Abwasserkloake, die direkt vor meiner Tür vorbeifließt«, schnarrte Bronwynn höhnisch. »Fürwahr eine der feinsten Adressen von Chaomonous!«

»Du wirst nicht lange hier bleiben. Im Augenblick ist es der sicherste Ort für dich in der Stadt. Joss wird bereits jetzt sämtliche Straßen nach uns durchkämmen – und Joss benutzt einen Kamm mit verdammt engen Zinken.«

»Joss!« stieß Bronwynn wütend hervor. »Dieser elende Verräter!«

»Genau der«, sagte Admon Faye mit höhnischem Grinsen. »Du siehst also, du brauchst mich.«

»Ich brauche dich nicht«, schnaubte Bronwynn. Den hochmütigen Gesichtsausdruck, den sie dabei aufsetzte, hatte Admon Faye oft genug bei ihrem Vater gesehen. »Pelmen hätte mich schon rechtzeitig befreit – und wenn nicht er, dann gewiß mein Rosha.«

»Pelmen!« stieß Admon Faye verächtlich hervor, und dann kicherte er leise in sich hinein. Der Klang ließ Bronwynn einen kalten Schauer über den Rücken laufen. »Dein toller Macht-Former tingelt über Land und versucht, die Scherben seiner Schauspielerkarriere wieder aufzusammeln. Er hat anderes im Sinn, als dich zu befreien.«

»Das ist nicht wahr!« protestierte Bronwynn. »Es ist nur so, daß seine übernatürlichen Kräfte hier begrenzt sind. Ihr wißt selbst, daß Magie in Chaomonous nicht funktioniert. Zumindest hat sie das bis jetzt noch nie.«

»Ich weiß nur, daß Pelmen Hunderte von Meilen von hier entfernt ist und versucht, wieder eine Schauspielertruppe zusammenzubekommen. Wenn der ein Macht-Former ist, dann bin ich ein Adonis.« Wieder hallte Admon Fayes schauriges Kichern durch die Zelle, und Bronwynn wandte sich angewidert ab. »Und was deinen stotternden Jungrecken angeht, mit dem brauchst du nicht vor dem Frühlingstauwetter zu rechnen. Drachentor ist völlig zugeschneit. Außerdem erzählen mir die Händler in Ngandib-Mar, daß er, während du im Kerker geschmachtet hast und fast Hungers gestorben bist, sich einen Wanst angefressen hat. Der Bengel genießt seinen Ruhm in vollen Zügen und ist gewiß auch kein Kostverächter, was die jungen Mädchen im Mar betrifft, die ihm natürlich allesamt schöne Augen machen. Glaubst du, das läßt er alles sausen wegen einer dürren Hippe wie dir?«

Bronwynns Stimme war ruhig und beherrscht, als sie erwiderte: »Wenn Ihr Rosha noch einmal herabsetzt, dann schlage ich Euch mit diesem Schemel den Schädel ein; das schwöre ich Euch.«

Admon Fayes Lächeln erstarb, kam aber rasch wieder. Er zuckte die Schultern und deutete auf einen der Trinkkrüge, während er selbst den andern beim Henkel hochhob. »Spül dir erst einmal das Brot runter, damit ich dich überhaupt verstehen kann. Wir haben viel zu besprechen, und ich werde deinen Rosha nicht erwähnen, wenn du Pelmen aus dem Spiel läßt. Es wird höchste Zeit, daß du einigen Realitäten ins Auge siehst.«

»Welchen Realitäten?«

»Zuerst einmal: Ligne möchte dich tot sehen.«

»Warum hat sie mich dann nicht umgebracht? Ich lebte doch monatelang in ihrem Kerker.«

»Kherda und Joss haben sie davon abgehalten. Sie hegen beide eine gewisse Sympathie für dich, weil sie dich haben aufwachsen sehen.«

»Wirklich eine nette Art, ihre Sympathie zu zeigen«, erwiderte Bronwynn sarkastisch, während sie daran denken mußte, wie Joss ihr eigenhändig die Fesseln angelegt hatte.

»Das ist jedoch nicht der einzige Grund. Sie befürchteten, daß es zu einer Volkserhebung gekommen wäre, wenn du getötet worden wärst, und Ligne ließ sich von ihren Argumenten überzeugen.«

»Das ergibt schon mehr Sinn.«

»Gut.« Admon Faye lächelte wieder. »Ich sehe, du hast doch ein Gespür für politische Realitäten.«

»Natürlich habe ich das!« fauchte Bronwynn. »Ich bin ja nicht umsonst bei Hofe groß geworden.«

»Dann wirst du auch nicht überrascht sein, wenn die Königin ihre Meinung ändert und Joss befiehlt, dich zu töten, sobald er deiner habhaft wird.«

»Wann werdet Ihr mich also an ihn verschachern?«

»Du wolltest dich doch an die Realitäten halten, Kind, hast du das schon vergessen?« brummte Admon Faye. »Ich brauche kein Gold. In diesen Abwasserkanälen ist mindestens ebensoviel Gold gelagert wie in den Gewölben des Palastes. Ich verlange, daß ich unbehelligt und in Ruhe meine Geschäfte betreiben kann, und das ist etwas, das Ligne mir nicht geben will. Sie wäre gewiß keine schlechte Herrscherin, wenn sie nicht einen großen Fehler hätte. Sie ist nachtragend. Und eine Königin, die nachtragend ist, kann sich nicht lange halten – schon gar nicht, wenn sich ihr Groll gegen mich richtet! Bloß weil ich es nicht geschafft habe, ihren Befehl bis auf den letzten Buchstaben auszuführen – nämlich dich und Pelmen aus dem Weg zu räumen –, hat sie beschlossen, daß ich sterben soll. Sie mag sich für eine unbesiegbare Regentin halten, aber das wird sie nicht erleben.«

Bronwynn widmete sich wieder ihrer Mahlzeit. »Ihr scheint doch keine Schwierigkeiten zu haben, in die Burg zu gelangen. Warum schlitzt Ihr ihr dann nicht einfach im Schlaf die Kehle auf?«

Admon Faye lächelte erneut. »Ein Plan, der gar nicht so weit entfernt ist von meinem eigenen, kleine Bronwynn. Ich hätte ihn auch schon in die Tat umgesetzt, wenn es mir nicht an zwei Dingen mangelte.«

»Und die wären?«

»Einer ausreichend großen Streitmacht, um die Burg von innen abzusichern – und einem rechtmäßigen Herrscher, den ich an ihrer Stelle auf den Thron setzen könnte.«

Bronwynn hielt mit dem Kauen inne, dann, nach einem Moment, begann sie erneut zu kauen, jedoch langsamer. »Ihr beabsichtigt also, mir mein Königreich zurückzugeben«, sagte sie nüchtern.

»Du bist schneller von Begriff als dein Vater.« Wieder kicherte Admon Faye.

»Das war meine Mutter auch«, bemerkte Bronwynn. »Deshalb räumte Ligne sie auch aus dem Weg.« Sie zog bedeutungsvoll die Augenbraue hoch, dann nahm sie einen tiefen Schluck aus dem Krug und wischte sich den Mund ab. »Was veranlaßt Euch zu glauben, daß ich Euch mehr Freiheit ließe, als Ligne es tat?«

»Eine bestimmte ... Gewißheit deinerseits.«

»Gewißheit worüber?«

»Daß ich dich genausoleicht töten könnte, wie ich sie töten werde«, antwortete Admon Faye und lächelte wieder. Die abgrundtiefe Grausamkeit in seinen tiefliegenden Augen ließ ihr das Blut in den Adern gefrieren.

Bronwynn schwieg lange. Sie aß das Brot ganz auf und leckte sich den Honig von den Fingern. Admon Faye wartete, bis sie fertig war. Dann sagte er: »Ich nehme an, du hast dir die Sache durch den Kopf gehen lassen. Gehst du auf meinen Vorschlag ein?«

Die junge Frau warf ihr goldbraunes Haar schwungvoll über die Schultern zurück und zuckte die Achseln. »Sicher. Bis ...«

»Bis – was?«

»Bis sich die Situation ändert«, sagte sie ruhig, und ihre blauen Augen hefteten sich auf seine. »Immer die Realitäten im Auge behalten, erinnert Ihr Euch?«

Admon Faye musterte sie forschend, darauf wartend, daß sie den Blick senkte. Aber sie schaute ihn fest an. »Wie ich schon sagte, Mädchen, du bist schneller von Begriff als dein Vater.« Er stand auf und wandte sich zum Gehen. Dann, ganz plötzlich und ansatzlos, kam seine Faust aus dem Nichts hervorgeschnellt und landete krachend auf Bronwynns Schläfe. Die Wucht des Schlages schleuderte sie gegen die Wand und von dort auf den Fußboden. Sie schrie vor Schreck und vor Schmerzen laut auf. Er wartete, bis das Echo ihres Schreis verhallt war, und sagte dann: »Aber ich vertraue darauf, daß du nicht versuchen wirst, einen Vorteil aus unserer alten Familienfreundschaft zu ziehen.« Das letzte, was sie hörte, als er ging, war sein schauriges Kichern.

Pleclypsa war eine ummauerte Stadt, die ihre Mauern nicht mehr brauchte. Sie war einstmals die befestigte Hauptstadt einer mit Chaomonous verfeindeten Nation gewesen. Aber das war lange vorbei. Die Pleclypsaner von heute waren weit davon entfernt, feindselige Gefühle gegen Chaomonous zu hegen. Im Gegenteil, sie taten alles, um bei ihren königlichen Oberherren in möglichst gutem Licht dazustehen und sich ihrer Gunst zu versichern, ja, in gewisser Weise waren sie sogar noch chaonischer als die Bürger von Chaomonous selbst. Und diese eigentümliche provinzielle Mischung aus naserümpfender Überheblichkeit und dem Gefühl hoffnungsloser Unterlegenheit gegenüber der Hauptstadt war es, die die Stadtväter von Pleclypsa dazu trieb, alljährlich unglaubliche Summen auszugeben, um die besten Schauspieler des Königreichs zu den Winterfestspielen zu locken.

Bei den Schauspielern waren die Festspiele sehr beliebt. Sie schätzten sie als feste, liebgewordene Institution, als die einzige Gelegenheit im Jahr, wo sie alle zusammenkommen und sich miteinander messen konnten. Verknöcherte Matronen, die normalerweise die tiefe Abneigung der Spießer gegen dieses verwegene Künstlervolk hegten, und insbesondere gegen den Schauspielerberuf, wetteiferten miteinander darin, kostspielige Bankette abzuhalten, an denen sich die Schauspieler erlaben konnten, während sie dem Abend ihres Auftritts entgegenharrten. Die ganze Region versammelte sich in der Stadt, um der Premiere der neuen Stücke beizuwohnen. Gewitzt, wie sie waren, organisierten die ortsansässigen Kaufleute parallel zu den Festspielen eine Kirmes, so daß kulturlose und kulturbeflissene Südländer gleichermaßen in die Stadt strömten – und die Preise für Kost und Logis in die Höhe trieben. Die Straßen waren voll von Leuten; Gold wechselte den Besitzer, und viel von diesem Gold fand seinen Weg in die Taschen der Truppe, die die Anerkennung der Jury fand. Die Farbenpracht, das bunte Treiben und die Dramatik des Augenblicks übten eine große Anziehungskraft auf die Schauspieler aus. Die Folge war, daß das Festival von Jahr zu Jahr länger dauerte, da immer mehr Truppen für ihren Abend auf den Brettern die Werbetrommel rührten.

Der erste Abend des Festivals war fast so spannend wie der letzte, denn an jenem Abend stellte jede der teilnehmenden Truppen einen kurzen Ausschnitt aus ihrem Spielplan für die kommende Saison vor. Die Preisrichter wägten diese Szenen gegeneinander ab und erstellten anhand der sich hieraus ergebenden Rangfolge einen Zeitplan für den weiteren Verlauf des Wettbewerbs, der so kalkuliert war, daß die Spannung am letzten Tag des Festivals ihren absoluten Höhepunkt erreichen sollte; die Gruppen traten in umgekehrter Reihenfolge auf, beginnend mit der, die bei den Preisrichtern den schwächsten Eindruck hinterlassen hatte. Gleichwohl war es beileibe nicht so, daß die Truppe, die als letzte auftrat, auch den ersten Preis erhielt; manche Truppen zogen es vor, in die Mitte der Reihenfolge eingestuft zu werden, mit dem Hintergedanken, die nach ihnen kommenden Gruppen unter Druck zu setzen und gleichzeitig ihren eigenen Auftritt (und das damit verbundene Lampenfieber) früh genug hinter sich zu bringen, um noch genügend Zeit zu haben, befreit und gelöst die herrliche Atmosphäre zu genießen. Andererseits war der psychologische Vorteil, als letzter aufzutreten, natürlich nicht von der Hand zu weisen. All das machte den Auftaktabend nur um so spannender und heißer umkämpft.

Pelmen stand hinten auf der Bühne im Schatten des grünen Samtvorhangs und beobachtete Gerrig. Sein hünenhafter Freund juxte und katzbalgte mit Regort herum, der seit Jahren einer seiner Busenfeinde war. Pelmen ließ sich von Gerrigs lockeraufgeräumtem Gehabe nicht täuschen. Die Spannung, die sich in seinem Innern aufbaute, war für ein geübtes Auge nicht zu übersehen: Sein Lachen war eine Spur zu laut, sein Grinsen eine Spur zu breit. Die leichte, nach außen hin so neckisch wirkende Frotzelei zwischen den beiden Kontrahenten knisterte nur so vor unterdrückter Feindseligkeit und verhieß einen Abend elektrisierender Aufführungen.

Danyilyn gab sich gar nicht erst die Mühe, ihre Nervosität zu verbergen. Sie schritt aufgeregt auf der Bühne auf und ab und haspelte immer wieder laut Textpassagen herunter, um die Akustik des Saales und das Timbre und die Kraft ihrer Stimme zu testen. Es handelte sich ausnahmslos um alte Textstellen, die sie so oft gesprochen hatte, daß ihre Phrasierungen und Modulationen die Routine und Sicherheit des fest Eingeschliffenen heraushören ließen. Sie hätte nicht im Traum irgendwelche neue Textstellen herausschlüpfen lassen – ebensowenig wie die anderen Akteure und Aktricen, die neben und hinter ihr auf der Bühne umherkreisten und sich auf ihre Weise auf ihren Auftritt vorbereiteten. Niemand wollte dem anderen auch nur den kleinsten Fingerzeig geben – schon manch gute Pointe hatte auf diese Weise den ›Erfinder‹ gewechselt.

Aber Pelmen war von ruhiger Zuversicht erfüllt. Er hatte es am Abend zuvor gewagt, in seine andere Gestalt zu schlüpfen; auf Falkenschwingen war er hergekommen und hatte sich die Abschlußproben der anderen Wettbewerbsteilnehmer angeschaut. In gewisser Weise fühlte er sich dabei ein wenig unwohl, denn er war ein Mann von Redlichkeit, und was er getan hatte, grenzte an Betrug. Aber Parmi hatte ihm heute morgen versichert, es sei nur vernünftig, was er getan habe. »Dein Ziel – was immer es auch ist – rechtfertigt gewiß den Einsatz aller Mittel, die dir zu Gebote stehen«, hatte er auf ihn eingeredet. »Außerdem«, hatte er hinzugefügt, »ist es ja nicht so, als ob du ihnen irgendwas von ihrem Mist klauen wolltest.« Und in der Tat waren ihm die anderen Darbietungen allesamt eher enttäuschend erschienen, wenn er das Niveau des vorausgegangenen Jahres zugrunde legte – vielleicht eine Folge der unsicheren politischen Lage. Es war nun einmal schwierig, konsequent zu proben, wenn einem ständig der Magen knurrte. Nachdem er seinem Freund seine Eindrücke geschildert hatte, hatte dieser ihm beigepflichtet, daß sie in diesem Jahr keine große Angst zu haben brauchten. »Unser Material ist einfach besser«, hatte Yona Parmi gebrummt, und Pelmen war geneigt, diese Einschätzung zu teilen.

Deshalb verblüffte es ihn um so mehr, daß Yona Parmi sich jetzt so merkwürdig benahm. Der kleine Schauspieler strich im dunklen Bereich der Hinterbühne herum, spähte hinter staubige Kulissen und beäugte argwöhnisch die auf einem Haufen herumliegenden Requisiten. Pelmen schlenderte zu ihm.

»Suchst du was Bestimmtes?« fragte er. Yona Parmi fuhr erschrocken herum.

»Nein«, brummte er mürrisch. »Ich suche nichts. Das heißt, ich hoffe, nichts zu finden.«

»Da stehen deine Chancen recht gut«, sagte Pelmen lächelnd. Er war sicher, jetzt den Grund für Yona Parmis seltsames Benehmen zu wissen. Seine Bemerkung war nicht spöttisch gemeint.

Yona bückte sich, um hinter einen aus Sperrholz ausgesägten Baum zu schauen. »Der passende Ort für irgendwelche Mächte zum Auf-der-Lauer-liegen«, murmelte er.

»Nach meinen Erfahrungen pflegen Mächte nicht ›auf der Lauer‹ zu liegen. Sie handeln. Ich glaube, sie zögen es vor, draußen auf der Bühne zu sein statt hier in diesem ganzen Staub.«

»Und wieso?«

»Weil dort die meisten Leute sind.« Pelmen zuckte die Achseln. »Und sie sind von Menschen fasziniert.«

»Oh.« Yona Parmi schaute sich suchend um, dann lächelte er gepreßt. »Wenn das so ist, dann halte ich mich lieber hier auf.«

»Du fürchtest dich vor ihnen.«

»Du nicht?«

»Nein. Nicht vor den Mächten selbst. Eher vor den Menschen, die sich ihrer bedienen.«

»Dabei bedienst du selbst dich ihrer. Erst letzte Nacht hast du es getan.«

»Ich weiß«, antwortete Pelmen ruhig.

Yona Parmi verstand. »Du hast vor dir selbst Angst.«

Pelmen nickte, dann zog er lächelnd die Augenbraue hoch. »Und so lange, wie ich so bleibe, wie ich bin, bin ich ziemlich zuversichtlich, daß ich eigentlich nichts bin, wovor man Angst haben muß. Es sind nicht die Mächte, die du fürchten mußt, Parmi, denn wenn sie hier sind und du es nicht weißt, wirst du sie niemals bemerken. Und wenn sie hier sind und du es aber weißt, dann liegt es an dir, sie zu formen. Aber jene anderen, die es wissen und die sie formen – das sind die, vor denen ich Angst habe. Sie formen sie zu ihren Zwecken und Launen – und ich habe zuviel von den Taten der Menschheit gesehen, um diese Vorstellung ermutigend zu finden.«

Yona Parmis ironisches Lächeln gefror. »Und deine Worte finde ich so ermutigend, daß ich mich am liebsten in einem tiefen Loch in der Erde vergrübe.«

»Das habe ich auch schon erwogen«, flachste Pelmen,

aber in seinen Worten schwang mehr als nur ein vager Unterton von Ernst mit.

»Und doch sagst du, daß du Angst hast, geformt zu *werden*. Erklär mir das!«

Pelmen blinzelte, und dann blickten seine Augen durch Yona hindurch, als ob sie auf etwas starrten, das außerhalb des menschlichen Wahrnehmungsvermögens lag. Und als er schließlich sprach, klang seine Stimme leise und geheimnisschwer. »Manchmal habe ich Angst davor. Vielleicht, weil es so unerwartet kommt. Ich spüre eine Macht, ich beginne sie zu formen, doch dann, irgendwie, auf ganz unerklärliche Weise, beginnt plötzlich sie, mich zu formen. Und wenn das geschieht, fühle ich mich auf einmal ganz leicht, wie emporgehoben, und dann fürchte ich nichts mehr. Ich weiß in dem Moment nie genau, was ich tun soll ...« Pelmens Blick fand langsam wieder zurück in Yonas Augen. »Und das ist doch an sich schon ziemlich erschreckend, findest du nicht?«

»Nicht unbedingt. Das heißt, ich bin nicht so ganz überzeugt davon, daß du das wirklich glaubst, sonst würdest du dieser Erfahrung nicht so begierig nachjagen. Aber sag mir, diese religiösen Anhänger von dir ...«

»Sie sind nicht die Anhänger von ›mir‹.«

»... dann eben von dem Propheten ...«

»Auch nicht von ihm.«

»Gut, wie du willst, dann eben von der *Macht* ...«

»Das trifft es schon eher.«

»Haben sie dieses Erlebnis des Geformt-Werdens auch?«

»Manche ja«, erwiderte Pelmen mit der ruhigen Gewißheit von jemandem, der weiß, daß man ihm sowieso nicht glaubt. »Nicht alle. Nicht alle haben bis jetzt begriffen, daß es das ist. Manche greifen nach dem glitzernden Schmuck des Glaubens, ohne den Glauben selbst zu erfahren.«

Yona Parmi nickte gedankenvoll. »Also hast du den neuen Propheten mit der Aufgabe betraut, ihnen zu helfen?«

Pelmen sah ihm in die Augen. »*Ich* nicht.«

Yona Parmi wandte unbehaglich den Blick ab. »Entschuldige«, murmelte er, »aber es fällt ziemlich schwer, seine gesamte Weltanschauung mit einem Schlag zu ändern.«

Pelmen nickte. »Es ist nicht leicht, Handlungen irgend etwas anderem als Menschen zuzuschreiben, wenn man daran gewöhnt ist, sie als die einzigen Beweger zu sehen. Wie ich sagte – es sind Menschen, die den größten Teil des Formens machen, bewußt oder unbewußt. Und vieles davon zum Schlechten«, fügte er mit trauriger Stimme hinzu. Seine Gedanken schweiften für einen kurzen Moment nach Lamath und zu den sanft geschwungenen Feldern und Äckern jener ernsten, hart arbeitenden Gegend. Dann fuhr er fort: »Man könnte es so ausdrücken: Erri, der Prophet, ist verantwortlich dafür, daß er er selbst ist – und dafür, daß er andere in ihm den Unterschied zwischen Formen und Geformt-Werden sehen läßt.«

Yona Parmi zog eine Augenbraue hoch. Selbst im Dunkeln konnte Pelmen deutlich seinen verblüfften Gesichtsausdruck erkennen. »Formt Erri denn nicht?« fragte er.

»Nicht oft.« Pelmen lächelte. »Deshalb ist auch er der Prophet, und nicht ich. Ich bin viel zu ungeduldig. Ich ziehe es vor, mein eigenes Schicksal zu formen.«

»Was dich wiederum gefährlich macht.« Yona Parmi nickte weise.

Pelmen schaute ihn an, ein wenig verblüfft ob dieser Einsicht. Dann nickte auch er. »Genau.«

»Wenn du andererseits nicht diese anderen bekämpfen würdest, diese diversen Macht-Former, die in Ngandib-Mar wohnen, wer täte es dann?«

»Vielleicht die *Macht*«, erwiderte Pelmen nachdenklich. Die Art und Weise, in der er es sagte, zeigte deutlich, daß es etwas war, über das er sich selbst noch nicht im klaren war.

»Warum dann überhaupt kämpfen?«

»Weil es Menschen gibt, die mir nahestehen, die in Not sind«, antwortete Pelmen. Ruhige Entschlossenheit verlieh seinen Worten Nachdruck, als er fortfuhr: »Und es könnte sein, daß die *Macht* entscheidet, ihnen durch mich zu helfen.« Es kam Yona Parmi so vor, als würden Pelmens Augen dabei durch die Dunkelheit lodern. Er empfand eine enorme Erleichterung, als Danyilyn zu ihnen gelaufen kam und sie beide beim Arm packte.

»Wir sind heute abend als dritte dran!« verkündete sie aufgeregt, überzeugt davon, daß ihre Nachricht für Yona Parmi und Pelmen genauso wichtig war wie für sie selbst. Um ihretwillen taten beide so, als wäre es so, und traten mit ihr in das harte grüne Rampenlicht, um mit Aufwärmübungen für ihre Stimmen zu beginnen. Wenig später machte sich Pelmen leise davon, um sich das Gesicht in der Farbe des Mondes zu schminken.

Pezi rülpste. Nun war es nichts Ungewöhnliches, daß der feiste Händler rülpste – einige von denen, die ihn kannten, gingen sogar so weit zu behaupten, daß er niemals einen Satz äußerte, ohne ihn mit einem Rülpser zu untermalen. Ungewöhnlich war jedoch, daß Pezi an fürchterlichem Bauchgrimmen litt. Pezi hatte selten Last mit seinem Magen – er hatte sich schon vor langer Zeit zu einer enormen Ausdehnung erweitert und konnte bequem die gewaltigen Portionen verpacken, die der Kaufmann bei seinen Mahlzeiten in sich hineinzuschichten pflegte; und er hatte es sich schon lange abgewöhnt, gegen diese routinemäßige Quälerei Protest zu erheben. Aber Pezis letzte Freßorgie hatte alles bisher Dagewesene in den Schatten gestellt. Alle Bewohner von Tohns Burg hatten nur noch staunend Mund und Augen aufreißen können angesichts der gigantischen Nahrungsmengen, die in Pezis feistlippigem Mund verschwunden waren. Dabei war er noch nicht einmal fertig: Ein halbvoller Teller mit Roastbeef stand neben ihm auf dem Bett; auf dem Fußboden neben dem Bett stand ein großer Krug Bier; und auf dem Nachttisch gleich hinter dem Krug lagerte ein gewaltiges Sandwich, so turmhoch beladen, daß es jeden Moment umzukippen drohte. Und in der Hand hielt er eine rohe Zwiebel, von der er zwischen seinen donnernden Rülpsern abbiß, als wäre sie ein Apfel. Pezi hatte ein Problem. Und wenn Pezi ein Problem hatte, dann aß er.

Wie die meisten von Pezis Problemen, betraf auch dieses seinen Onkel Flayh. Er und sein Onkel waren an dem Tag aus Lamath geflohen, an dem der Drache gestorben war, aus Furcht vor Repressalien von Pelmen, dem Propheten. Und da sie Händler aus dem Hause Ognadzu waren, hatten sie hier Zuflucht gefunden, in der Familienburg, die von Pezis Onkel Tohn verwaltet wurde. Die darauffolgenden Monate waren sehr spannungsgeladen gewesen, da Flayh und Tohn sich um die Kontrolle über das Familienvermögen gestritten hatten; aber es war eigentlich ein ungleicher Kampf gewesen. Zwar war dies Tohns Burg, und ihre Bewohner gehörten zu seinem Zweig der Familie, aber litt an einem schwachen Herzen. Der strenge Winter und die ständigen Spannungen waren über die Kräfte des alten Rekken gegangen. Sie hatten ihn im Schnee begraben.

Kaum hatte Flayh wieder alle Zügel fest in der Hand gehalten, da hatte er sich gleich wieder mit Feuereifer seinem Steckenpferd gewidmet – der chaonischen Politik. Pezi hatte keineswegs etwas dagegen – es machte ihm sogar Spaß, selbst in der Politik herumzupfuschen, und er war der festen Überzeugung, daß das Haus Ognadzu seine Herrschaft auf den chaonischen Märkten wieder festigen mußte. Während er und sein Onkel sich in Lamath umtriebig gemacht und versucht hatten – wenngleich erfolglos –, die politischen Verhältnisse dort zu manipulieren, hatte das Konkurrenzhaus Uda sich in Chaomonous eine marktbeherrschende Position verschafft, und es ärgerte Pezi ungeheuer, daß er sich seine Lieblingsnaschereien beim Konkurrenten kaufen mußte. In just diesem Moment sollte ein Komplott, das Flayh inszeniert hatte, Früchte tragen – sie hatten mit Admon Faye einen Vertrag abgeschlossen, daß dieser Bronwynn aus dem Kerker von Königin Ligne entführte. Aber genau da lag Pezis Problem. Wo war Admon Faye? Und warum hatte er noch keine Verbindung mit ihnen aufgenommen?

Pezi stand auf, um im Zimmer auf und ab zu gehen. Nach zwei Schritten kam er zu dem Schluß, daß es besser war, wenn er sich wieder hinlegte.

Vor drei Tagen hatte Flayh zu ihm gesagt: »Halt mich über alles auf dem laufenden!« Dann war er in Tohns Bibliothek verschwunden und seither nicht mehr aufgetaucht. Das beunruhigte Pezi. Bevor sie Lamath verlassen hatten, hatte der alte Mann eindeutige Zeichen von geistiger Verwirrung gezeigt – und auch Zeichen von erwachender Formungs-Kraft. Es war Pezi im Grunde einerlei, ob der alte Ziegenbock nun ein Macht-Former oder ob er schlicht verrückt war – beide Möglichkeiten verhießen nichts Gutes für ihn, Pezi.

»Ist er hier drin und praktiziert seine Magie?« rülpste Pezi seine Zwiebel an. »Oder hat sich sein Hirn schon aufgelöst?« Oder, dachte er, ohne es auszusprechen, ist er schon Tohn dorthin gefolgt, wo sich die Toten versammeln? Er verdrängte den Gedanken – der eigentlich mehr eine Hoffnung war – und versuchte, an etwas anderes zu denken. Flayh hatte nämlich auch gelernt, Gedanken zu lesen.

Was sollte Pezi also tun? Seinen Onkel stören, bloß um ihm zu sagen, daß es nichts Neues gab? Warten, bis Admon Faye geruhte, sie vom Erfolg oder Scheitern des Unternehmens in Kenntnis zu setzen? Noch ein Sandwich vertilgen? Er steckte fürwahr in einer Klemme. Die erste Möglichkeit, nämlich seinen Onkel zu stören, verwarf er entschieden, gab es doch kaum etwas, das er mehr genoß als die Phasen der Abwesenheit seines Onkels Flayh. Andererseits – wenn er nicht zu ihm ging und Flayh aber damit rechnete, daß ...

Pezi stieß einen tiefen Seufzer aus. Dann wälzte er sich vom Bett und watschelte zur Tür, mit jedem Schritt Berge von wüst herumliegenden Kleidungsstücken aus dem Weg kickend. Er blieb stehen, die Hand auf der Klinke – wollte er das wirklich tun? »Was soll's?« seufzte er. Er wußte genau, wenn er sich jetzt wieder hinlegte, würde er doch nur wieder essen. Er biß noch einmal kräftig in seine Zwiebel und stopfte sich den Rest in die Tasche. Dann schlurfte er hinaus auf den Gang und machte sich auf den Weg zu Flayhs Arbeitszimmer. Dort angekommen, hielt er erst einmal inne und rüstete sich innerlich gegen die zu erwartende Flut von wüsten Beschimpfungen, mit denen sein Onkel ihn jedesmal willkommen hieß, wenn er ihn bei irgend etwas störte – und bei irgendwas störte er ihn immer. Alsdann holte er tief Luft und klopfte an die Tür. Keine Antwort. Er klopfte erneut, ein wenig fester diesmal. Immer noch keine Antwort. Er bückte sich und hielt das Ohr ans Schlüsselloch, aber er konnte nichts hören. Er richtete sich wieder auf – schon in sich ein schweißtreibender Akt – und hämmerte mit aller Kraft, seine ganzen Pfunde in die Schläge legend, gegen die Eichentür. Dann trat er ein paar Schritte zurück, um nicht die Tür gegen die Nase zu kriegen, wenn Flayh herausgestürmt kam.

Aber nichts geschah. Pezi machte sich allmählich ernstlich Sorgen. Er betätigte ohne große Hoffnung auf Erfolg die Klinke, sicher, daß Flayh ohnehin von innen abgeschlossen hatte. Seine Vermutung trog ihn nicht – die Tür war abgeschlossen.

»Was tue ich jetzt bloß?« murmelte Pezi. Hatte er nicht am Gürtel des Hausmeiers einen Ring voll mit

Schlüsseln baumeln sehen? Er hastete los, um den Mann zu suchen. Er bemühte sich, seine Hoffnungen noch nicht allzusehr hochkommen zu lassen ...

Er walzte schnaufend in die Dienststube des Hausmeiers und brachte sich schweratmend und mit vor Anstrengung gerötetem Gesicht vor dem Schreibtisch des Mannes zum Stehen.

»Ja?« fragte der Hausmeier barsch. Die Art und Weise, wie Flayh Tohn mod Neelis behandelt hatte, hatte die Bewohner der Burg mit großer Abneigung gegen Pezi und seinen Onkel erfüllt. Das Personal der Burg fürchtete Flayh jedoch viel zu sehr, um ihm seine Antipathie offen zu zeigen. Um so mehr kriegte der prahlerische Pezi sie zu spüren.

»Ich brauche Eure Schlüssel«, verlangte Pezi herrisch und hielt dem Mann die geöffnete Hand unter die Nase.

»Meine Schlüssel!« schnaubte der Hausmeier. »Wofür?«

»Mein Onkel hält sich seit drei Tagen in der Bibliothek eingeschlossen. Es ist möglich, daß er tot ist.«

»Eher laufe ich blau an, als daß ich Euch meinen Schlüsselring gebe!« fauchte der Mann grimmig, Gift und Galle spuckend.

Pezi schob das Gesicht ganz nahe vor das des Mannes und brüllte: »Ich sagte, gebt mir die Schlüssel!« Die Reaktion des Mannes kam absolut unerwartet für Pezi, denn der Mann lief tatsächlich fast blau an. Er röchelte, würgte, hustete zweimal, dann drückte er Pezi den Schlüsselring in die Hand und stürmte zur Tür hinaus. Pezi richtete sich auf, ein wenig verdutzt, aber hocherfreut. »Dem habe ich's aber gegeben!« murmelte er, als er den Gang zurück watschelte, die Brust stolz geschwellt ob dieser unerwarteten schnellen Reaktion auf sein gebieterisches Auftreten. Er verschwendete keinen Gedanken mehr an die Zwiebel in seiner Tasche, die ihm in Wahrheit diesen ›Sieg‹ ermöglicht hatte ...

Nach mehrmaligem Probieren fand er einen Schlüssel, der in das Schloß paßte. Er riß die Tür mit mächtigem Schwung auf und marschierte hinein. Er erkannte sofort, daß das ein Fehler gewesen war.

Kerzen und Rauch waren das erste, was er sah – eine Unmenge von Kerzen, die den Raum mit flackerndem Licht erfüllten. Dann entdeckte er Flayh, der ihn im gleichen Moment zum ersten Mal bemerkte. Der kahle Schädel des Alten glänzte in dem unheimlichen Licht, und das gleiche taten seine kleinen runden Knopfaugen. Flayhs Gesichtsausdruck in diesem ersten Moment des Erkennens war der von unbeschreiblicher Überraschung – einen unpassenderen Moment hätte Pezi sich kaum aussuchen können; ebensogut hätte er ihn beim Scheißen überraschen können. Einen Sekundenbruchteil später starrte ein zu Tode erschrockener Pezi in den Rachen eines wilden Hundes, der mit gefletschten Zähnen gleichsam aus dem Nichts herangeflogen kam und ihm nach der Gurgel schnappte. Pezi kreischte entsetzt auf und fiel hintüber. Zu seinem großen Glück krachte das schlanke graue Tier mit der Nase gegen seine mächtige Wampe und flog, von dem gewaltigen Rückstoß hochkatapultiert, kopfüber hinaus auf den Hof. Pezi sah den Hund hinausfliegen, aber es war Flayh, der Sekunden später in den Raum zurückstürmte und die Tür hinter sich zuknallte. Er sah seinen Neffen mit vor Überraschung weit aufgerissenen Augen an.

»Ich habe es vollbracht!« stieß er atemlos hervor.

»Du hättest es *beinahe* vollbracht!« japste Pezi und tastete mit zitternden Händen nach seiner bedrohten Kehle. Er mußte sich erst durch eine Anzahl von Speckrollen hindurcharbeiten, um an sie heranzukommen.

»Glaubst du, irgend jemand hat es gesehen?« fragte Flayh.

»Ich«, ächzte Pezi.

»Ich meine, jemand Wichtiges.« Flayh spähte nach draußen in den Flur, dann kam er wieder zurückgetänzelt, ein furchterregendes Grinsen auf dem runzligen

Gesicht. »Ich habe es vollbracht! Ich habe mein *Alter ego* gefunden! Oh, ich *danke* dir, Pezi, du kannst dir gar nicht vorstellen, wie froh ich bin!«

Pezi wand sich vor Schreck und Entsetzen. Sein völlig übergeschnappter Onkel hatte ihn tatsächlich *umarmt!*

Flayh hüpfte im Raum herum und klatschte in die Hände wie ein Schulmädchen. »Ein Hund! Ich bin ein großer magerer Jagdhund! Etwas Starkes, Mächtiges! Nicht bloß ein Insekt wie Mar-Yilot oder eine Eidechse wie dieser Joooms! Ein Jagdhund! Ein starker, gefährlicher Jagdhund!«

Pezi starrte mit offenem Mund, völlig entgeistert. Endlich regte sich sein Onkel wieder ein wenig ab und wandte sich zu ihm, um ihn anzustarren. »Was gaffst du so?« blaffte Flayh ihn an, und Pezi, tief erleichtert, schloß den Mund. Das klang endlich wieder nach dem Onkel, den er kannte. »Was hast du überhaupt hier zu suchen? Was platzt du ungebeten hier herein? Was hat das zu be ...«

»Ich bringe dir Neuigkeiten«, plärrte Pezi dazwischen, so laut er konnte. Wenn sein Onkel sich fortan in einen Hund verwandelte, sobald er wütend wurde, war Pezi entschlossen, ihn vorher rechtzeitig zu beschwichtigen.

»Neuigkeiten? Von Admon Faye? Was gibt es denn?« raunzte Flayh barsch.

Jetzt saß Pezi in der Klemme. »Eh ... also ... es gibt *keine* Neuigkeiten ...«

»Keine Neuigkeiten? Du störst mich, um mir *keine* Neuigkeiten zu bringen?«

»Das *ist* doch die Neuigkeit«, winselte Pezi. »Daß es keine Neuigkeiten gibt ...«

Flayh stürzte sich auf ihn und packte ihn mit beiden Händen beim Kragen. »Du widerlicher, ekelerregender ...«

»Bitte, Onkel!« krähte Pezi, und Flayh wich hastig auf die andere Seite des Raumes zurück.

»Was hast du gegessen?« fragte Flayh mit blankem Entsetzen im Gesicht.

Pezi starrte ihn an, dann zuckte er die Achseln und zählte auf: »Einen halben Schinken mit Kirschsoße, eine Gänsebrust in Pfefferminzmarinade mit ...«

»Genug!« brüllte Flayh. »Welcher Teufel hat mich geritten, dir eine solche Frage zu stellen ...«

»Bitte, Onkel«, platzte Pezi hastig dazwischen, »ich wollte dich doch nur über die Situation auf dem laufenden halten, wie du es mir gesagt ...«

»Hinaus mit dir! Und bleib mir aus den Augen, bis irgend etwas passiert, das zu berichten sich lohnt. Und gib mir diese Schlüssel da.« Flayh hielt sich die Nase zu und stelzte zu ihm, um ihm den Schlüsselring aus der Hand zu reißen.

»Aber der Hausmeier ...«

»Raus!« brüllte Flayh. Er schob seinen Neffen mit einer Hand – mit der anderen hielt er sich die Nase zu – rückwärts durch die Tür und knallte sie ihm vor der Nase zu. Der Schlüssel drehte sich knirschend im Schloß, und der schwere Riegel schob sich geräuschvoll in seine Halterung.

Pezi stand einen Moment lang nur da und glotzte dämlich die Tür an. Dann merkte er wieder, daß ihm der Bauch weh tat. Er betastete ihn mit beiden Händen und seufzte. »Muß wohl daran liegen, daß ich Hunger habe«, murmelte er. Auf dem Weg zur Küche aß er den Rest seiner Zwiebel auf.

Bronwynn saß mit dem Rücken an die Wand ihres Gefängnisses gelehnt und träumte vor sich hin. Sie hatte es darin zu einer wahren Meisterschaft gebracht in den Monaten ihrer Gefangenschaft. Monaten? Es konnten ebensogut auch Wochen sein – oder Jahre. Nein, Jahre nicht – dann wäre ihr Haar länger gewesen. Jedenfalls war es lange genug, um sich hundert verschiedene Möglichkeiten der Rettung oder Flucht auszumalen.

Und in jedem ihrer Träume war die Hauptfigur ein gewisser Rosha mod Dorlyth.

Rosha, ihr zukünftiger – Recke von Ngandib-Mar. Anfangs hatte es sie verlegen gemacht, wenn sie sich bei ihren extravaganten Phantasien ertappte. Aber jetzt lehnte sie sich einfach zurück und genoß es – sich vorzustellen, wie er die Tür aufbrach, hereinstürmte, sie in seine starken Arme schloß ...

Das unvermittelte Auffliegen der Tür riß sie unsanft aus ihren angenehmen Träumen und konfrontierte sie wieder mit der trostlosen Realität ihres jetzigen Daseins. In allen ihren Träumen von Rettung war keine so unwahrscheinlich wie diese erschienen.

»Na, hast du's dir schön gemütlich gemacht?« fragte Admon Faye mit höhnischer Fröhlichkeit, die sie angewidert aufstöhnen ließ. »Nein? Schade. Ich bin gekommen, um ein bißchen Sonne in dein Leben zu bringen. Steh auf!«

»Weshalb sollte ich das tun?«

Admon Faye gab keine Erwiderung. Er beugte sich herunter, packte Bronwynn unter den Achseln und hob sie einfach hoch. Dann drehte er sie herum, so daß sie mit dem Gesicht zur Wand stand, und bevor sie reagieren konnte, hatte er ihr schon einen Lederriemen um die Hüfte geschlungen.

»Ich will nicht gefesselt werden!« schrie sie und rammte ihm den Ellbogen in den Magen. Er grunzte und boxte ihr auf beide Ohren. Sie trampelte ihm auf den Fuß, fuhr herum, um ihm die Fingernägel durch die Visage zu ziehen, und bekam einen Boxhieb aufs Auge. Benommen taumelte sie gegen die Wand – ihr Widerstand war gebrochen. Admon Faye drehte sie wieder zur Wand und machte sich erneut ans Werk. Er legte ihr den Riemen zuerst um die Brüste, dann ließ er ihn auf ihre Hüften heruntergleiten. »Was tut Ihr da?« fragte sie, obwohl ihr längst klar war, was er bezweckte.

»Ich nehme Maß für neue Kleider. Oder willst du lieber weiter diese Lumpen tragen?«

»Warum habt Ihr mir das nicht gleich gesagt?«

»Oh, Prinzessin Bronwynn, dürfte ich bitte Eure Maße abnehmen?« höhnte er in affektiertem Falsett. Dann knurrte er: »Ich denke, allmählich solltest du kapiert haben, wer hier die Fragen stellt und wer die Antworten gibt.« Er nahm das letzte Maß ab, dann stieß er Bronwynn in eine Ecke der Zelle und steckte den Riemen wieder in die Tasche. Dann richtete er den Finger auf sie. Er sagte nichts, stand bloß da, den Finger auf sie gerichtet, und sah sie an. Dann ging er, genauso schnell, wie er gekommen war, wieder hinaus.

Bronwynn machte sich nicht die Mühe, wieder aufzustehen. Sie blieb liegen, wo sie lag, und versuchte, da weiterzuträumen, wo sie aufgehört hatte. Aber jetzt erfüllten sie die Gedanken an Rosha nur mit Verzweiflung. Denn wenn Lignes Kerker auch noch dunkler gewesen war als dieser hier, so hatte sie dort wenigstens die Hoffnung hegen können, daß Rosha oder Pelmen oder irgend jemand anderes, der auf ihrer Seite stand, sie finden würde. Daß sie hier war, wußte jedoch niemand – niemand außer Admon Faye. Und im Moment erschien ihr selbst Lignes finsteres Loch noch als erträglicher, als den Launen des Sklavenjägers ausgeliefert zu sein. Sie weinte nicht – Bronwynn gehörte nicht zu den Frauen, die ihren Tränen bei jeder Gelegenheit freien Lauf ließen. Obwohl es ihr jetzt gewiß gutgetan hätte. In ihrer Brust steckte ein dicker drückender Klumpen aus enttäuschten Hoffnungen und tiefer Verzweiflung – und es gab nichts, was diesen Druck lösen konnte.

Immer noch vor Wut schäumend, beobachtete das Haus schweigend, wie Joss über eine kleine geheime Treppe hinauf in seine oberen Stockwerke stieg. Es empfand eine enorme Ohnmacht und Verärgerung; obwohl es seine Bewohner auf jede erdenkliche Weise auf den frechen Eindringling aufmerksam zu machen versucht hatte, hatte nicht eine Menschenseele in seinen Mauern auch nur die geringste Reaktion gezeigt. Es hatte Stunden gedauert, bis das Verschwinden der Gefangenen überhaupt erst entdeckt worden war. Und weitere Stunden waren verflossen, bis die Wärter, die die Entdeckung gemacht hatten, sich darauf geeinigt hatten, wer von ihnen die undankbare Aufgabe übernehmen sollte, es der Königin beizubringen. Schließlich hatten sie Hölzchen gezogen, und der unglückliche Verlierer hatte ihr die Botschaft überbracht. Und erst jetzt, einen ganzen kostbaren Tag später, hatte sich die Königin endlich dazu bequemt, ihren Minister für Sicherheit zu sich zu rufen, um ihn über sein Versagen zu informieren. Das Haus hoffte, daß sie den Mann aufknüpfen ließ. Und seine unfähigen Wärter gleich mit, deren Dummheit und Unfähigkeit die Ehre des Königlichen Hauses von Chaomonous besudelt hatten.

Die terrassenförmig angelegten Gärten schwangen sich, aus den Eingeweiden der Burg aufsteigend, spiralförmig empor bis in die luftigen Höhen des Daches selbst. Und über allem wölbte sich, die Blumenpracht des Lustparks krönend und an Schönheit und Wunder noch übertreffend, ein gigantisches Aviarium aus Eisen und buntem Glas. Es ragte fast bis zu den höchsten Türmen der Burg empor, die für sich schon die höchsten im Lande waren. Diese Dachvolière war der wärmste Ort im ganzen Palast; er wurde im Winter stets beheizt, zum Wohle der buntgefiederten Vögel, die er beherbergte. Und ebenso exotisch gefiedert wie diese Vögel waren die farbenfroh herausgeputzten Höflinge, die darunter lustwandelten und sich in eitler Konversation ergingen. Dies war einer der Lieblingsplätze Lignes, fand sie doch, daß die prachtvollen Gärten mit ihrem bunten Licht, das durch die Glaswände des Aviariums flutete, die perfekte Fassung für das Juwel ihrer eigenen Schönheit bildete.

Sie empfing Joss mit einem kühlen Lächeln und kam sogleich zur Sache: »Ich hoffe, Ihr habt nicht bereut, in meine Dienste getreten zu sein, Joss«, sagte sie, während sie einem Pfau eine Handvoll Samenkörner zuwarf. »Für einen Mann von Eurer Rechtschaffenheit muß ein solcher Sinneswandel doch eine ungemein schwierige Sache gewesen sein.«

»Ich müßte lügen, wenn ich das abstreiten wollte, meine Dame.« Joss nickte steif. Er fühlte sich in diesem Garten immer fehl am Platze. Sein Zuhause war nun einmal die Waffenkammer, viele Stockwerke tiefer.

Ligne lächelte, und ihre blauen Augen blitzten. »Und General Joss lügt nie.«

»Nur wenn es für Chaomonous gut ist«, bestätigte er. Sie schwieg, darauf wartend, daß er sich deutlicher ausdrückte, und er ließ sich widerstrebend darauf ein. »Es war keine so schwere Entscheidung mehr, mich von Talith abzuwenden, als er sich erst einmal als Tor erwiesen hatte. Ich stellte mich auf den Standpunkt, daß – wenn er vernünftigen Argumenten nicht mehr zugänglich war – ich ihm auch nicht mehr würde helfen können.«

»Zum Beispiel, als er sich weigerte, Euch zu glauben, daß ich die Absicht hätte, ihn zu stürzen?« fragte sie, immer noch lächelnd.

»Ganz recht«, sagte Joss nickend. Sein Unbehagen wuchs. Ligne war eine unberechenbare Frau mit einem Hang zur Grausamkeit. Er hatte nicht die Absicht, sich mit ihr anzulegen.

»Ich bin sehr angetan von Eurer Tüchtigkeit, Joss, seit Ihr zu der Einsicht gelangtet, daß es sinnlos ist, sich gegen mich zu stellen. Ihr könnt jetzt bequem stehen. Euer außerordentliches militärisches Talent – das Talith so sträflich verschleuderte – findet meinen Gefallen. Als meinen Feind fürchtete ich Euch, Joss. Ich fühle mich weit wohler, seit Ihr mein Diener seid.« Sie wandte sich von ihm ab und streute mit einem graziösen Armschwung Samenkörner aus. »Aber irgendwie gelingt es mir einfach nicht, diesen leisen Zweifel zu zerstreuen, der jedesmal, wenn ich über Euch nachdenke, an mir zu nagen beginnt.« Sie drehte sich brüsk zu ihm um und schaute ihn an. Ihr Lächeln war verschwunden. Ein kalter, harter Glanz lag in ihren blauen Augen. »Ich meine, was Eure immer noch zu bestehen scheinende Zuneigung zu Taliths Tochter Bronwynn betrifft.«

Die meisten Männer waren unter Lignes eiskaltem Blick zusammengezuckt. Nicht so Joss; er erwiderte ihn mit seinem eigenen nicht minder festen Blick. Doch dann – zum Zeichen der Ehrerbietung vor seiner Königin – schlug er die Augen nieder und senkte das Haupt. Als er sie wieder ansah, war sein Gesichtsausdruck demütig, aber offen. »Wie ich schon sagte, ich würde lügen, wenn ich behauptete, daß ich keine Schamgefühle mehr empfinde ob meines Bruches mit der früheren Königsfamilie. Aber ich darf meine Königin daran erinnern, daß ich es war, der Bronwynn vorspiegelte, ich würde mich an die Spitze ihres Rebellenheeres stellen, und der sie dann zu Euch brachte, gefesselt wie eine Verbrecherin. Meine Königin sollte meine Treue ausschließlich an meinen Handlungen messen. Meine Gefühle sind meine Privatsache; ich würde niemals zulassen, daß sie mit der Staatsräson kollidieren.«

»Niemals?« schrie Ligne ihm ins Gesicht.

Joss zuckte mit den Augenlidern, aber er wich nicht zurück. »Niemals«, murmelte er tonlos.

Ligne starrte ihn noch einen Moment lang an, dann milderte sich ihr Blick, und sie wandte sich ab. »Ich glaube Euch«, sagte sie schließlich. »Wenn Ihr plötzlich behauptet hättet, Ihr haßtet Bronwynn, hätte ich gewiß an Euer Ehrlichkeit gezweifelt. Schließlich fand ich immer, daß sie ein reizendes Kind war – Ihr nicht auch?«

»Ja, ich auch«, antwortete Joss, sich des prüfenden Blickes, mit dem sie ihn ansah, sehr wohl bewußt.

»Bedauerlich, daß ich gezwungen war, sie in den Kerker zu werfen, findet Ihr nicht auch?« Ligne zuckte mit keiner Wimper.

»Wenn meine Königin es so empfindet, ja.«

»Und was empfindet *Ihr?*« bellte sie.

Er zögerte einen Moment lang, holte tief Luft und sagte: »Ich lasse meine Gefühle niemals in die Angelegenheiten des Staates hineinspielen.«

»Gut«, schnarrte Ligne, plötzlich wütend, »denn ich werde auch Eure absolute Ergebenheit brauchen, um sie wieder herzuschaffen.«

»Sie wieder herschaffen?« bellte Joss, und sein Körper spannte sich schlagartig. Er begriff in diesem Moment, daß er soeben eine sehr ernste Prüfung bestanden hatte. Und ihm wurde gleichzeitig klar, daß er eine noch schwierigere Prüfung vor sich hatte.

»Sie ist weg«, fauchte Ligne. »Aus meinem Kerker entführt. Meine größte und gefährlichste Rivalin, die einzige, die meine Stellung bedrohen könnte, und sie ist verschwunden, spurlos verschwunden!«

»Ich habe keinen Alarm gehört.«

»Kein Wärter war so dumm, Alarm zu schlagen. Und auch ich ließ keinen Alarm schlagen, als einer der Wärter mir die Nachricht vor ein paar Stunden überbrachte.« Sie starrte Joss an und zeigte auf einen Sperling, der über sie hinwegflog. »Wenn der Vogel weggeflogen ist, hat es dann Sinn, wütend herumzuschreien?«

»Nein, meine Dame«, bestätigte Joss knapp.

»Natürlich behaupten die Wachen, nichts gesehen zu haben«, schnarrte Ligne. »Also lasse ich ihnen die nutzlosen Augen herausreißen. Ihre Schmerzensschreie werden zwar vielleicht meinen Zorn ein wenig besänftigen, aber an der Situation ändert das auch nichts. Oh!« schäumte sie, ballte eine Faust und schüttelte sie über dem Kopf. »Ich sollte Kherda den Hals umdrehen, weil er mich davon abhielt, sie zu töten, solange ich sie noch hatte!« Dann starrte sie vorwurfsvoll Joss an.

Joss räusperte sich. »Meine Königin, ich hege keine

große Zuneigung für Premierminister Kherda, wie Euch sehr wohl bekannt ist, aber ich vertrat diese Politik ebenfalls. Bronwynn öffentlich hinzurichten, schüfe sicherlich kein Vertrauen bei Euren Untertanen …«

»Schulmeistert mich nicht!« zeterte Ligne und stieß wutschnaubend den Zeigefinger wider Joss. Dann wurde ihre Stimme wieder sanfter. »Wie könnt Ihr von mir erwarten, daß ich Rücksicht auf solche Dinge wie das Vertrauen der Öffentlichkeit nehme, wenn meine ärgste und einzige Rivalin frei herumläuft und eine ernste und allgegenwärtige Bedrohung für meine Herrschaft darstellt? Was scheren mich solche Dinge wie Vertrauen und Achtung beim Volk! Ich will Bronwynn, und zwar tot – und ich will, daß Ihr sie tötet.« Sie trat wieder ganz nahe an ihn heran und schob ihr Gesicht so dicht vor seines, daß sich ihre Nasenspitzen fast berührten. »Es erfreut und beruhigt mich zu wissen, daß Ihr Euch in wichtigen Staatsangelegenheiten nicht von Euren persönlichen Gefühlen beeinflussen laßt.« Ihr Blick zeigte, daß sie keinen Widerspruch dulden würde. Joss erhob keinen Widerspruch. »Ich habe diesen Auftrag schon einmal gegeben, wie Ihr wohl wissen werdet.«

»Ja, meine Königin. Admon Faye.«

»Es gibt nur wenige in diesem Land, die in der Lage sind, eine Gefangene aus meinem Kerker zu stehlen. Admon Faye ist der einzige, der mir auf Anhieb einfällt.«

»Ja, meine Königin.«

»Wenn Ihr den Mann findet, tötet ihn auch gleich. Wir sind nicht im Guten voneinander geschieden.«

»Jawohl, meine Königin.«

Ligne schaute ihn an. »Was wartet Ihr noch? Geht!«

Joss wandte sich zum Gehen, mit dem Stiefel einen Pfau beiseite stoßend.

»Und noch etwas!« rief Ligne, und Joss drehte sich wieder um. »Ich habe den Wärter ausweiden lassen. Stellt seine Leiche für ein paar Tage in der Waffenkammer aus, als Mahnung für die Palastwachen, daß sie ihre Pflicht nicht noch einmal vernachlässigen. Und Ihr selbst solltet es Euch auch eine Lehre sein lassen, Joss.« Sie klatschte in die Hände, um sie von den restlichen Samenkörnern zu befreien, die noch daran klebten, dann wandte sie sich um und entfernte sich schnellen Schritts. Joss ging ebenso schnell die Innentreppe hinunter zu den unteren Bereichen der Burg. Je weiter er von der Frau entfernt war, desto sauberer fühlte er sich. Aber Pflicht war Pflicht, und sie hatte recht: Chaomonous konnte sich keine zwei Königinnen leisten.

Bronwynn betastete vorsichtig ihr geschwollenes Auge. Sie sehnte sich nach einem Spiegel. Nicht etwa, weil irgend jemand seinen Besuch angekündigt hätte oder sie mit einem solchen rechnete. So, wie sie jetzt ausschaute, hätte wahrscheinlich selbst Rosha – angenommen, er wäre plötzlich zur Tür hereingekommen, um sie zu retten – die Hände vor den Kopf geschlagen und wäre schreiend wieder hinausgerannt! Aber einen kleinen Spiegel hätte sie trotzdem jetzt gern besessen. Es hätte etwas Tröstliches, genau zu wissen, wie häßlich sie jetzt aussah. Ihre rechte Gesichtshälfte fühlte sich an, als wäre sie auf ihre doppelte Größe angeschwollen, und sie malte sich aus, daß sie in sämtlichen Farben des Regenbogens schillerte. Admon Faye hatte brutal zugeschlagen. Aber was sie viel mehr zittern machte, war die Erinnerung an seinen drohend auf sie gerichteten Zeigefinger. Verständlicherweise machte sie daher auch keinen Freudensprung, als sie jetzt hörte, wie draußen vor ihrer Tür sein Boot anlegte. Sie zwang sich ein höhnisches Lächeln auf das schmerzende Gesicht, aber er sah sie gar nicht an, als er hereintrat und ihr einen Leinensack zuwarf. »Zieh das an!« murmelte er, dann machte er sofort wieder kehrt, knallte die Tür hinter sich zu und schloß sie ab. Sie hörte, wie er in sein Boot sprang. Sie blieb stehen und lauschte.

»Zieh die Sachen an!« rief er durch die Tür, und sie entschied, daß es besser für sie war, wenn sie gehorchte. Sie schnürte den Leinensack auf und musterte lustlos den Inhalt. Plötzlich erwachte ihr Interesse.

Der Sack enthielt ein Paar neue Wildlederstiefel, soweit sie sehen konnte, von sehr guter Qualität; eine Hose aus weichem Leder, vom Schnitt her wie eine Männerhose, aber in ihrer Größe; ein dunkelgrün gefärbtes Wollhemd und eine lohfarbene Herrenweste zum Darüberziehen; und einen bodenlangen Umhang, innen mit Pelz gefüttert und außen mit einer dünnen Pechschicht überzogen, um sie bei schlechtem Wetter sowohl trocken als auch warm zu halten.

»Wo bringt Ihr mich hin?« schrie sie.

»Bist du schon umgezogen?« schrie er zurück.

»Noch nicht ...«

»Wenn ich erst reinkommen und dich selbst ausziehen muß, dann wird dir nicht sehr gefallen, was ich mit dir anstelle.«

Bronwynn zog sich hastig um. Sie war selig, endlich die Lumpen los zu sein, die sie monatelang angehabt hatte, und die Qualität dieser neuen Kleider überzeugte sie, daß Admon Faye nicht übertrieben hatte, als er behauptet hatte, in seinen Verstecken lagere mehr Gold als im ganzen Palast. Der Umhang trug sich besonders gut. Seit Wochen war ihr nicht mehr richtig warm gewesen. »Ich bin fertig!« rief sie, und Admon Faye stieß die Tür auf und packte sie beim Handgelenk. So schnell, daß sie gar keine Möglichkeit hatte, ihm Widerstand zu leisten, drehte er sie um und band ihr die Hände auf dem Rücken zusammen.

»Ich dachte, Ihr wolltet mich zur Königin machen!« schrie Bronwynn.

»Das werde ich auch tun. Falls ich dir nicht vorher die Haut abziehe. Ins Boot mit dir!«

Bronwynn gehorchte ohne Widerrede, und Admon Faye stieß das Boot mit einer Stange von der Mauer ab.

Dann drehte er es mit dem Bug in die Strömung und begann es mit ruhigen, gleichmäßigen Stößen gegen die sanfte Strömung vorwärtszustaken. Bronwynn mußte würgen beim Anblick des Unrats und des Kotes, der an ihnen vorbeischwamm. Sie entschied, daß dagegen sogar der Anblick von Admon Fayes abstoßender Visage vorzuziehen war, und wandte den Blick wieder auf den Sklavenjäger. »Ist es immer so tief?«

»Oft sogar noch tiefer«, antwortete der Sklavenjäger. »Du kannst von Glück reden, daß du es vorgezogen hast, ein braves kleines Mädchen zu sein. Ich hätte dich auch dort lassen können – und im Frühjahr, wenn der Schnee schmilzt, wärst du in der stinkenden Brühe ersoffen.« Er lachte dreckig.

Bronwynn mußte erneut den Blick abwenden. Dieses Lachen machte seinen Anblick noch scheußlicher. Vielleicht war der Müll doch besser. »Wohin fahren wir?«

»Du wirst es wissen, sobald wir ankommen.«

»Es muß irgendwo in der Wirbelsäulen-Kette sein, sonst hättet Ihr mir nicht diesen Umhang mitgebracht ...«

»Ich sagte doch, Mädel, du wirst es wissen, wenn wir da sind.«

Es war klar, daß Admon Faye nichts mehr sagen würde. Bronwynn kuschelte sich in den Umhang, lehnte sich zurück und betrachtete das Spiel der Lichtspiegelungen an der gewölbten Granitdecke über ihr. Der gleichmäßige Rhythmus, mit der die Stange auf den Grund des Abflußkanals stieß und das sanfte Schaukeln des Bootes machten sie schläfrig ...

Sie war schlagartig wieder hellwach, als zahlreiche Händepaare sie aus dem Boot hoben. Wie ein zusammengerollter Teppich wurde sie alsdann unsanft eine Treppe hinaufgetragen. Ihre Träger kicherten und zwickten und kniffen sie während des gesamten Weges zu einem unterirdischen Stall, in dem ein Pferd bereitstand. Dort warfen sie sie mit einem lautstarken »Hau-

Ruck« hoch in die Luft, und sie spreizte instinktiv die Beine und landete hart im Sattel des Pferdes. Man löste ihr die Handfesseln und band ihr die Hände sofort wieder zusammen, diesmal vorn. Dann versetzte jemand dem Pferd einen Klaps auf den Hintern, und es trabte schwerfällig aus dem Stall hinaus und ins Sonnenlicht.

Bronwynn kniff die Augen zusammen. Dies war erst das zweite Mal in mehreren Monaten, daß sie die Sonne sah. Sie senkte den Kopf, um die Augen vor dem grellen Licht zu schützen, aber sie hatten sich rasch an die Helligkeit gewöhnt, und sie sah jetzt, daß sie nur eine von vielen Reitern war, die zum Abmarsch bereitstanden. Sie hörte viele Stimmen um sich herum, konnte aber sofort mühelos Admon Fayes Organ aus den anderen heraushören.

»Was ist mit Joss?« fragte er gerade jemanden.

»Er reitet nach Drachentor. Der Wirt vom *Bullauge* hat ihm von deinen Plänen erzählt.«

Admon Faye stieß ein paar wilde Flüche aus, dann murmelte er: »Hast du dir diesen Wirt vorgenommen?«

»Sein Blut fließt im Abwasserkanal.«

»Aber Joss weiß jetzt Bescheid«, knurrte Admon Faye und fluchte erneut. »Na schön. Dann werden wir eben einen Umweg über den Südlichen Großen Tannenwald machen müssen. Das ist zwar ein ziemlicher Umweg – aber was soll's! Wir werden genau südlich von Tohns Burg aus dem Wald brechen. Joss wird im Paß nichts finden außer einer Menge Schnee.« Admon Faye kicherte leise in sich hinein. »Ich frage mich, wie er das wohl gegenüber unserer holden Königin rechtfertigen wird.« Admon Faye lenkte sein Pferd neben Bronwynn. »Nun, kleines Mädchen, bist du reisefertig?« Bevor sie antworten konnte, packte er die Zügel ihres Pferdes und gab seinem eigenen die Sporen. Bronwynn preßte die Knie fest an den Sattel und lehnte sich nach vorn, als Admon Fayes Halunkenbande nach Westen losgaloppierte, zum Südlichen Großen Tannenwald.

## Kapitel 4

### Ein Recke erlebt eine Überraschung

»VIELLEICHT HAST DU MICH beim ersten Mal nicht richtig gehört, Rosha. Du – bist – *verrückt!*« Dorlyth mod Karis' Gesicht war roter als sein Bart.

»Ich h-h-habe dich beim ersten Mal richtig gehört, Vater. Und bei den anderen M-malen auch.«

»Warum bestehst du dann hartnäckig darauf, dich zum Narren zu machen? Draußen tobt ein Schneesturm!«

Rosha mod Dorlyth, der vorgebliche Kämpe von Heinox, Freund von Pelmen, dem Drachentöter, und Bärentöter aus eigenem Recht, erwiderte nichts darauf. Statt dessen zurrte er den Sattelgurt seines Kriegsrosses ein Loch enger, und dann ging er seine Satteltaschen holen.

Dorlyth fuhr sich mit der Hand durch das unbändige Bartgestrüpp, das seinen Mund umwucherte, und seufzte. »Ich weiß, Sohn, es ist schwer, wieder nach Hause zu kommen, wenn man erst mal ein Held ist, aber ...«

»Es ist nicht schwer, nach Hause zu k-kommen, Vater. Die Sch-schwierigkeit besteht anscheinend eher d-darin, wieder w-wegzugehen. Würdest du mir das da mal anreichen?« Er deutete auf ein Großschwert, das in seiner Scheide an der Wand hing. Dorlyth nickte und nahm es herunter; er streichelte liebevoll mit der Hand darüber, bevor er es Rosha über den Rücken des Pferdes reichte. Er hatte dem Burschen das Schwert erst vor sechs Sommern gegeben, und doch war es schon jetzt die erste Waffe im Lande. König Pahd mod Pahd-el, der Herrscher von Ngandib-Mar, hatte es mit einem Namen geehrt – es war damit das erste Schwert, das einen Namen trug, so lange Dorlyth zurückdenken konnte.

›Thalraphis‹ hatte der König es getauft – ›die Augennadel‹ –, denn obwohl es fünf Fuß maß, war es nicht mehr denn eine Nadel im Auge des großen Drachen Vicia-Heinox gewesen. Mit just dieser Waffe hatte Pelmen den Todfeind der ganzen Menschheit erlegt.

Rosha nahm das Schwert entgegen und befestigte es an seinem Sattel. Dann ließ er den Blick ein letztes Mal durch den Stall schweifen und überlegte, ob er irgend etwas vergessen hatte.

»Rosha – Sohn – überleg es dir noch einmal! Wenn sie dich wirklich ihren Schatz genannt hat, dann wird sie dir nicht davonlaufen und einen anderen heiraten, bevor der Frühling kommt!«

»Es ist nich b-bloß wegen B-bronwynn, Vater. Es ist einfach Z-z-z-zeit zu gehen!« Das stimmte. Seit seiner Heimkehr war er reihum bei jeder reichen Familie von Ngandib-Mar zu Gast gewesen und als Held gefeiert worden. König Pahd hatte zu seinen Ehren das größte Bankett gegeben, das das Land je gesehen hatte. Sein Magen hatte sich bis jetzt noch nicht ganz davon erholt.

Kaum waren die Bankette und Empfänge zur Feier seiner Heldentaten vorbei gewesen, als auch schon die Julzeit begonnen hatte, und wieder hatten die Edelleute und Barone von ganz Ngandib sich förmlich darum geschlagen, ihn als Ehrengast bei den Festen auf ihren Burgen begrüßen zu können. Er war der Schlemmerei und der Lobeshymnen so überdrüssig, daß er hoffte, nie wieder in seinem Leben eine Fasanenbrust oder einen goldenen Weinkelch zu sehen. Dieses ewige als Held Herumgereicht- und Gefeiertwerden war ihm schließlich so auf die Nerven gegangen, daß er nach Hause zurückgeritten war, um in der wohltuenden Stille und Beschaulichkeit der väterlichen Burg wieder zu sich zu finden.

Dorlyth und Rosha hatten gemeinsam am Feuer gesessen, behaglich in Bärenfelle gehüllt, und dem Julscheit dabei zugeschaut, wie es kleiner wurde und schließlich von den Flammen aufgezehrt wurde, und sie hatten endlich einmal Muße gehabt, sich auszusprechen. Rosha hatte eine traurige Wahrheit gelernt. Held zu sein, war weit weniger befriedigend, als Heldentaten zu begehen. Es wurde rasch schal und langweilig.

Und dann war da ja auch noch Bronwynn, die Prinzessin des Goldenen Königreichs Chaomonous, weit im Süden. Ihre letzten Worte an ihn waren eine Liebeserklärung gewesen. Dann war sie davongeritten, um ihren Thron von der falschen Königin Ligne zurückzufordern, und seit jenem Augenblick hatte er nichts mehr von ihr gehört. Tag für Tag hatte er erwartungsvoll zum Horizont geblickt, sehnsüchtig auf einen blauen Flieger wartend, der Nachricht von ihr brachte, aber die blauen Flieger, die auf den Zinnen von Burg Dorlyth landeten, brachten nur weitere Einladungen zu Banketten.

Und das schlimmste war: Er hatte wieder angefangen zu stottern! Es war höchste Zeit, daß er aufbrach!

Er ging zur Stalltür und schaute nach draußen. Dicke Schneeflocken fielen vom Himmel und legten sich sanft auf die drei Zoll dicke weiße Decke, die schon jetzt das Pflaster des Innenhofs überzog.

»Nur ein ausgemachter Narr würde bei diesem Wetter nach Osten reiten«, brummte Dorlyth, »und ich habe keinen Narren großgezogen.« Rosha schwang sich in den Sattel seines Kriegsrosses. »Oder ... vielleicht doch«, murmelte Dorlyth. Rosha wendete sein Reittier und wollte schon hinausreiten, als Dorlyth »Warte!« schrie und nach dem Zügel griff.

»Nein, Vater!« schrie Rosha und klammerte sich mit beiden Armen am Hals seines Pferdes fest, als dieses hochstieg, um seinen Herrn zu beschützen. Das Pferd war ein Geschenk von König Pahd, und es war sehr nervös und feurig.

Dorlyth war ein alter erfahrener Recke, und es war gewiß nicht Torheit, die ihn so alt hatte werden lassen. Er trat hastig den Rückzug auf die andere Seite des Stalles an, fort von den drohenden Vorderhufen des Pferdes, und Roshas Warnschrei löste sich in erleichtertes Kichern auf. Der junge Kämpe glitt aus dem Sattel, nahm den Kopf des Tieres in die Hände und redete beruhigend darauf ein. »Es gehört sich nicht, daß du den Vater deines Herrn trittst, mein Freund. Sei ganz brav und beruhige dich.« Dann wandte er sich zu Dorlyth um, der es vorzog, sich in sicherer Distanz zu halten.

Der alte Recke grinste schief und fragte: »Kann ich jetzt zu dir kommen und dir Lebewohl sagen, ohne befürchten zu müssen, daß ich niedergetrampelt werde?«

Rosha grinste ebenfalls und öffnete die Arme. Dorlyth mod Karis drückte seinen Sohn liebevoll, dann trat er einen Schritt zurück und schaute ihn noch einmal an. »Ein alter Mann ist nun mal nicht gern einsam«, knurrte er bärbeißig. Rosha verstand, was Dorlyth ihm in Wirklichkeit damit sagen wollte ... »Du hast meinen Segen, und ich wünsche dir alles, alles Gute.« Der junge Mann nickte. Dann legte er die Hand auf die Schulter seines Vaters und drückte sie heftig.

»P-paß auf dich auf, hörst du?«

»Das sagst du *mir?* Wer von uns beiden reitet denn hier hinaus in den Schneesturm? *Ich* vielleicht?« Dann blinzelte er und brummte: »Hattest du nicht gesagt, Pelmen wolle mich besuchen kommen?«

»Das sagte er j-jedenfalls. Aber du k-kennst ja P-pelmen.«

»Und ob ich den kenne.« Dorlyth nickte und machte eine säuerliche Miene. »Wenn der sagt, er sei unterwegs, dann bedeutet das: ›Warte bloß nicht auf mich.‹« Rosha stieg wieder in den Sattel, und diesmal bewegte sich das Pferd nicht, als Dorlyth zu ihm trat. »Noch eines«, murmelte Dorlyth, und Rosha sah ihn erwartungsvoll an. »Wenn du dich verheiraten solltest, dann laß es mich wenigstens wissen. Väter interessieren sich für solche Dinge.«

Rosha lachte. Dann hob er ein letztes Mal die Hand

zum Gruße und ritt zur Stalltür hinaus in die kühle klare Morgenluft. Gleich darauf waren Roß und Reiter im wirbelnden Schnee verschwunden.

»Das ging ja erfreulich schnell«, murmelte Dorlyth zu sich selbst. Wenn er eines haßte, dann waren es lange Abschiedsszenen.

Admon Faye gestattete seiner Banditentruppe keine Ruhepause, bis sie die letzten bebauten Felder hinter sich gelassen und den Rand des Südlichen Großen Tannenwaldes erreicht hatten.

Die drei Länder waren durch zwei große natürliche Barrieren voneinander getrennt. Die Wirbelsäulen-Bergkette, eine mächtige Felsenmauer, die Chaomonous von Lamath trennte, nahm ihren Anfang im Osten im Meer in Form einer Inselgruppe, welche den Namen ›Grenz-Meerenge‹ trug. Von der Küste aus zog sie sich über hundertdreißig Meilen nach Westen ins Landesinnere. Die einzige Bresche in dieser massiven, schroff aufragenden Granitbarriere war jener legendäre Paß, Drachentor geheißen. An dieser Stelle teilte sich die Gebirgskette in zwei Ausläufer, die in die beiden Sektionen der anderen geographischen Barriere übergingen – den Großen Tannenwald. Dieses Band zerklüfteten, unwegsamen Waldes war an seiner schmalsten Stelle fünfzig Meilen breit, aber diese befand sich am Fuße der beiden Gebirgsausläufer, wo der Wald so dicht war, daß kein Mensch ihn zu durchdringen vermochte. Die Berge bildeten die Trennlinie, die den Großen Tannenwald in eine nördliche und eine südliche Hälfte teilten.

Achtzig Meilen südwestlich der Wirbelsäulenkette war der Südliche Große Tannenwald passierbar. Aber nur wenige Menschen ließen sich auf dieses Wagnis ein. Die meisten davon waren Sklavenjäger. Jeder andere, der es wagte, allein durch den Großen Tannenwald zu reisen, mußte darauf gefaßt sein, daß er in den Fängen der Sklavenjäger endete.

Wenn Admon Faye je so etwas wie ein Zuhause besessen hatte, dann war es der Große Tannenwald. Seine Schlupfwinkel lagen über den gesamten Wald verstreut. Einige davon waren von enormer Größe, aber sie waren alle so geschickt im Dickicht versteckt, daß nur das geschulte Auge des erfahrenen Waldbewohners sie zu erkennen vermochte. Und erst, als sie einen dieser versteckten Schlupfwinkel erreichten, gestattete Admon Faye seiner erschöpften Truppe eine Ruhepause.

Sein kleines, vierzig Mann starkes Heer hatte sich bei seinem jüngsten Aufenthalt in Chaomonous mehr als verdreifacht, und jetzt stritten sich mehr als hundertfünfzig Mann um die günstigsten Zeltplätze und das beste Brennholz.

Bronwynn blieb jedoch im Sattel ihres Pferdes sitzen. Obwohl sie von dem langen Ritt erschöpft war, weigerte sie sich, sich vom Fleck zu rühren, bis irgendeiner ihr die Fesseln durchschneiden und sie herunterheben würde. Wenn sie schon die Königin von diesem zerlumpten Haufen sein sollte, dann konnte sie wohl ein bißchen Respekt verlangen.

»Hast du vor, dort Wurzeln zu schlagen, Mädchen?«

Der Klang von Admon Fayes Stimme ließ sie zusammenfahren. Er stand hinter ihr, aber sie wandte sich nicht um. »Ich werde so lange hier sitzen bleiben, bis jemand mir die Fesseln durchschneidet und mir hinunterhilft.«

»Versteife dich auf diese Haltung, und du kannst sicher sein, daß niemand es tun wird«, brummte Admon Faye. »Und jetzt steig ab.« Sie rührte sich nicht. »Dir scheint es da oben zu gefallen«, sagte er nach einem Moment.

»Gefallen?« fauchte Bronwynn. »Mein Hintern ist grün und blau.«

»Und wenn er es noch nicht ist, dann wird er es sehr bald sein«, knurrte er drohend, »wenn du dich jetzt nicht gleich herunterbequemst und Brennholz sammelst. Deine Hände sind vorn gefesselt; du kannst ohne Schwierigkeiten allein absitzen.«

Bronwynn seufzte, schwang das rechte Bein über den Kopf des Pferdes, drehte sich im Sattel und ließ sich hinuntergleiten. Sie stöhnte vor Schmerz auf. Die Innenseiten der Schenkel waren wundgerieben, und die Beinmuskeln waren vom langen Sitzen verkrampft. Admon Faye kicherte hinter ihr. Sie drehte sich um und starrte ihn an, den ganzen Haß und Abscheu, den sie für ihn empfand, in ihren Blick legend.

Er war gerade dabei, einen Zweig mit einem schweren Messer zuzuspitzen. Dann drehte er den Zweig um und entfernte zwei Seitentriebe. Ein Stück von ihnen ließ er stehen, groß genug, um ein Stück Fleisch damit aufzuspießen. Erst dann wandte er den Blick auf Bronwynn. »Du willst, daß deine Handfesseln durchgeschnitten werden? Hier hast du ein Messer.« Die Waffe kam auf sie zugeschwirrt, und sie zuckte erschrocken zur Seite. Das schwere Messer landete auf dem Waldboden, knapp vor der Stelle, wo eben noch ihr Fuß gewesen war. »Keine Angst, Eure Hoheit, es hätte Euch schon nicht getroffen«, sagte Admon Faye und kicherte dreckig, und die anderen Banditen, die zufällig in der Nähe standen, fielen mit ein. Dann wandte der Sklavenjäger ihr den Rücken zu und bohrte den Spieß, den er sich gerade zurechtgeschnitzt hatte, am Rande einer alten Feuergrube in den Waldboden. Bronwynn hob das Messer auf und schaffte es schließlich mit einigen Mühen und Verrenkungen, die Handfesseln durchzuschneiden. Dann sah sie sich um. Niemand beachtete sie. Admon Faye stand mit dem Rücken zu ihr, damit beschäftigt, seinen Spieß tiefer in den Boden zu drükken.

Bronwynn war wütend, und ihre Wut vernebelte ihr den Verstand. Ohne die möglichen Folgen zu bedenken, packte sie das Messer mit beiden Händen und stürzte sich auf Admon Fayes breiten Rücken. Doch bevor sie ihn erreichte, wich dieser plötzlich blitzschnell zur Seite aus – und der Spieß steckte auch nicht mehr im Boden. In dem Moment, als sie begriff, daß ihr Angriff ins Leere gehen würde, kam der Spieß im hohen Bogen um sie herum gesaust und krachte schwungvoll und äußerst schmerzhaft auf ihr Hinterteil, und sie landete höchst unrühmlich in der Asche der Feuergrube. Es war nicht der Hieb, der ihr am meisten weh tat. Es war das brüllende Gelächter, das ihre Demütigung auslöste.

»Ist es nicht erstaunlich«, sagte Admon Faye zu einem seiner Spießgesellen, »wie sie alle immer wieder genau das gleiche versuchen?«

»Steh auf, Mädchen«, rief einer lachend, »und tröste dich damit, daß du nicht die erste bist, die diese Kopfsprung-Nummer vorgeführt hat.«

»Ich hoffe, meine Dame«, rief Admon Faye spöttisch, »Ihr wißt es wenigstens zu würdigen, daß ich mit dem Anzünden des Feuers bis *nach* Eurem Auftritt gewartet habe!«

Bronwynn war sicher, daß kein Feuer so heiß brennen konnte, wie es ihre Wangen in diesem Moment taten. Sie hörte, wie jetzt auch im hinteren Bereich des Lagers schallendes Gelächter ausbrach.

Admon Faye kam in die Grube – sie war flach, nicht mehr als einen Fuß tief – und zerrte sie auf die Beine. Sie duckte sich in Erwartung eines erneuten Fausthiebs. Admon Faye fühlte, wie sie zusammenzuckte – und grinste. Er war sowohl vom Instinkt her als auch von seinem Metier her ein Tyrann. Und aus langer Erfahrung wußte er, daß ein erwarteter, aber nicht ausgeführter Schlag einen Menschen manchmal schmerzhafter traf als der härteste Fausthieb. Also hielt er sich zurück. Er stieß sie mit einem verächtlichen Schnauben zur Seite und ließ sie wie ein Häufchen Elend in der Asche stehen, schutzlos dem Spottgelächter seiner Spießgesellen preisgegeben.

Bronwynn spürte die beabsichtigte Demütigung – sie war es nicht einmal wert, geschlagen zu werden! Sie taumelte aus der Grube und setzte sich auf den Rand. Zum ersten Mal seit langer Zeit fühlte sie, wie ihr heiße Tränen über das Gesicht rannen.

Rosha genoß den ersten Tag seiner Reise in vollen Zügen. Der Schneesturm war rasch nach Westen abgezogen, in Richtung der Hohen Stadt von Ngandib, und als die Wolkendecke aufriß, tauchte die Sonne die schneebedeckte Landschaft in gleißendes Weiß. Obwohl er noch viele Meilen entfernt war, glaubte er, im Nordosten schon den Gipfel von Drachentor ausmachen zu können, und der Gedanke an den großen Triumph, den er vor noch nicht allzulanger Zeit dort erlebt hatte und bei dem er eine führende Rolle gespielt hatte, ließ ihm das Herz höher schlagen. Er spornte sein Pferd an, und es fiel in Trab. Schnee stob unter den Hufen seines Kriegsrosses auf, als sie durch flache Täler und über kleine Hügel dahinflogen, vorbei an kleinen Baumgruppen, deren schneebedeckte Äste und Zweige im Lichte der Sonne glitzerten.

Nur wenige Burgen lagen auf ihrem Weg, und Rosha schlug jedesmal einen weiten Bogen um sie. Nicht etwa, weil er Gefahr von ihnen befürchtet hätte: Er konnte einfach nicht die Erinnerung an ein Dutzend häßliche Töchter abschütteln, Mädchen, die ihm von den einflußreichsten Lehnsherren des Landes in einer Aufwallung von väterlicher Fürsorge als Ehegemahlin aufgedrängt worden waren. Rosha erneuerte noch einmal seinen Schwur, niemals mehr an einem Bankett teilzunehmen. Falls ihn aber einer der Herren dieser Burgen sichten sollte, dann fürchtete er, daß er doch nicht darum herumkommen würde. Die Vorstellung, plötzlich einen aufgeregten Boten vor sich auftauchen zu sehen, der ihm eine Einladung zum Mittagsmahl überbrächte, erfüllte ihn mit solchem Unbehagen, daß er sein Pferd zu noch schnellerer Gangart antrieb. Sein Ziel war, Drachentor innerhalb von drei Tagen zu erreichen.

Die Aussicht auf ein neues Abenteuer ließ seine Lebensgeister neu erwachen, und seine Gedanken lösten sich von der Vergangenheit und richteten sich auf die Zukunft. Der Hufschlag seines Pferdes wurde vom Schnee gedämpft, und nichts rührte sich in der weißen Stille, das ihn aus seinen angenehmen Träumereien hätte reißen können.

Er dachte über die Welt nach. Mit dem Tode von Vicia-Heinox hatte zugleich auch die Barriere, die die drei Länder jahrhundertelang voneinander getrennt hatte, zu existieren aufgehört. Und über all diese langen Jahrhunderte hatte es zwischen den drei Ländern nur Krieg gegeben – konnte jetzt wirklich endlich Frieden einkehren? Sein Vater mochte nicht daran glauben. Aber Dorlyth war alt, und seine Abenteuer in der Fremde hatten in ihm eine tiefe Bitterkeit und Skepsis gegen alle Ideen zurückgelassen, die nicht marischen Ursprungs waren. Würden sein Vater und die anderen Führer von Ngandib-Mar die Worte eines Lamathianers jemals mit Wohlwollen betrachten können?

Gewiß doch, Dorlyth hörte ja auch auf Pelmen, und Pelmen war schließlich auch ein Lamathianer – aber nein, das stimmte nicht, dachte Rosha. Pelmen war kein Lamathianer. Aber er war auch kein Mari. Aber schließlich und endlich war Pelmen ein Macht-Former, und machte ihn das nicht zum Mari, zumindest zum Teil?

Weit kritischer für ihn persönlich war freilich das Verhältnis der Mari zu den Chaonern. Seine Bronwynn war die Königin von Chaomonous – oder würde es jedenfalls bald sein. Einen Moment lang malte sich Rosha die Reaktionen jener reichen Lehnsherren aus, die ihm ihre Töchter hatten andienen wollen, wenn sie von seiner Hochzeit mit der Herrscherin ihres verhaßten südlichen Nachbarn erführen.

»Sollen sie sich meinetwegen das Maul zerreißen«,

sagte er zu der Mähne seines Pferdes. »Ich *werde* Bronwynn heiraten!« Rosha lächelte, zufrieden mit sich. Er war nicht über ein einziges Wort gestolpert.

So schön der erste Tag seiner Reise gewesen war, so schlimm waren der zweite und der dritte Tag. Gegen Mittag des zweiten Tages kam erneut ein Sturm auf und zwang ihn, in seinem Zelt Unterschlupf zu suchen und abzuwarten, bis das Gröbste vorbei war. Innerhalb seiner engen Wände aus Fischseide lernten Rosha und sein Pferd sich besser kennen – ein wenig zu gut nach Roshas Geschmack. Er brach früh am nächsten Morgen sein Zelt ab und ritt weiter, aber der Sturm hatte einen gewaltigen Temperatursturz nach sich gezogen, und Rosha erinnerte sich reumütig an die inständigen Bitten seines Vaters, er möge doch bis zum Frühling mit seiner Reise warten. Zwar kam schließlich doch noch die Sonne heraus, so daß es wenigstens hell war, aber ihre Strahlen vermochten die bittere Kälte nicht zu durchdringen. Rosha gefror der Atem auf dem Gesicht, und nicht einmal die Bärenfelle, in die er sich fest einpackte, konnten die Kälte entscheidend abhalten.

Er begann sich nach einem Gefährten zu sehnen, nach jemandem, mit dem er reden konnte, damit seine Gedanken nicht immer nur um die eisige Kälte kreisten. Eine Zeitlang sprach er zu seinem Pferd. Dann teilte er seinem Schwert seine Pläne mit. Schließlich, als ihm nichts mehr einfiel, begann er laut zu singen. Der Nachmittag des dritten Tages sah ihn den kurzen steilen Hang auf der Westseite von Drachentor hinanreiten, aus vollem Halse singend, wobei seine Zähne fröhlich den Refrain klapperten.

Wäre Tibb noch einen Zoll näher an das Feuer herangerückt, dann hätte er glatt mit dem Hintern dringesessen. »Warum habe ich mich bloß von dir dazu beschwatzen lassen?« jammerte er zähneklappernd.

»Aus Gier«, schnaubte sein Kumpan und klopfte sich

auf die Schultern, um zu verhindern, daß sie einfroren. »Aus purer Gier nach gestohlenem Gold. Das ist das einzige, was dich jemals aus Lamath herauslocken könnte.«

»Ja, und wann sehe ich nun endlich was davon?« versetzte Tibb mürrisch. »Du versprachst mir, es läge haufenweise in dieser Höhle herum. Was die ›Haufen‹ betrifft, hast du ja recht gehabt ...« Tibb richtete den Blick mißmutig auf den riesigen Haufen Drachenkot, der den hinteren Teil ihrer kalten Behausung ausfüllte. »Riecht das vielleicht wie Gold?«

»Wir hätten das Gold kriegen können, wenn wir nur früh genug hiergewesen wären«, schimpfte Pinter. »Aber nein – du mußtest ja unbedingt erst den Tempel des Drachen plündern.«

»Ich konnte nicht ahnen, daß der kleine Prophet ihn mit Brettern vernageln würde.«

»Berge von Gold und Diamanten, seit Jahrhunderten in dieser Höhle gehortet, und das läßt du sausen, um ein paar Altarbecher zu klauen!«

»Das waren Becher aus purem Gold! Ein goldener Kelch in der Hand ist tausendmal mehr wert als ein Haufen Drachenscheiße!«

»Ja?« fauchte Pinter, der die langen Arme auf und ab bewegte wie ein Vogel seine Schwingen. »Mann, du kannst froh sein, daß wir genug davon hier haben zum Verbrennen, sonst wärst du nämlich schon zum Eisblock erstarrt!«

»Und ich soll das jetzt wohl alles schuld sein.«

»Ja, ganz recht. Du ganz allein bist schuld. Wenn du nicht soviel Zeit verplempert hättest, wären wir jetzt bei Admon Faye, wo immer der jetzt gerade auch stecken mag. Ich wette, *der* friert nicht.«

»Also gehen wir ihn suchen.«

Pinter schaute Tibb mitleidig an. »Zwei Lamathianer in Chaomonous? Wir würden spätestens heute abend in Eisen liegen.«

»Dann laß uns zurück nach Lamath gehen!«

»Bei dem Wetter?« Pinter stapfte zum Eingang der Höhle und deutete auf den Paß fünfzig Fuß unter ihnen. »Guck dir das doch an!«

Das brauchte Tibb nicht zu tun. Der Paß war seit Wochen zugeschneit. »Wir können doch nicht einfach hier rumsitzen und Däumchen drehen«, murmelte er.

»O doch, das können wir«, schnaubte Pinter. »Wir haben gar keine andere Wahl. Wir können nichts anderes tun als abwarten, bis Admon Faye zurückkommt wie vereinbart. Und das kann noch verdammt lange dauern; der Frühling ist noch weit«, fügte er düster hinzu.

Tibb rückte noch ein wenig näher an das kleine Feuer. Es erzeugte mehr Qualm und Gestank als Wärme, aber es warf überhaupt keine Flammen. »Und wenn er uns gar nicht will?« fragte der stämmige Dieb. »Wenn er statt dessen beschließt, uns zu verkaufen? So was ist schon vorgekommen.«

»Tibb!« Pinter stieß einen tiefen Seufzer aus. »Du sprichst von Admon Faye. Das ist nicht irgendein kleiner hergelaufener Halsabschneider. Der Mann ist ein echter Gesetzloser. Ein Mann von Klasse, ein Mann von Stil und Geschmack ...«

»Sprechen wir vom selben Admon Faye? Oder meinst du nicht den miesen Schauerbock mit der unsäglichen Fresse, bei deren Anblick sogar einem Tugolith die Kotze hochkommt?«

»Tibb, das ist ein Mann, der wahrhaft frei ist. Der beugt das Knie vor keinem, nicht einmal vor Königen.«

»Ein häßlicher Kotzbrocken ist er trotzdem.«

»Und wenn er zurückkommt, bieten wir ihm unsere Schwerter an ...«

»Und hoffen, daß er sie nicht gegen uns richtet.«

»... und den Tribut, den wir in seiner Abwesenheit gesammelt haben«, vollendete Pinter in scharfem Ton, seinen Kumpan wütend anstarrend.

»Der bis jetzt nur in deiner Phantasie existiert«, schnaubte Tibb.

»Es wird schon noch was zusammenkommen«, versetzte Pinter mit verbissener Zuversicht, und als er Tibbs höhnischen Blick sah, wiederholte er trotzig: »Es wird schon noch was zusammenkommen!«

»Klar«, sagte Tibb nickend. »Haufenweise.«

Pinter richtete sich plötzlich auf und horchte. »Hörst du das?«

»Was?«

»Da singt jemand ...«

Tibb lächelte gequält. Er hatte das kommen sehen ... der Schnee, die Kälte, das Zusammenhocken auf engstem Raum ... sein Freund verlor allmählich den Verstand ...

»Hör doch!« schrie Pinter. »Hörst du das denn nicht?«

»Aber sicher doch, Pinter, natürlich hör ich es«, redete Tibb besänftigend auf ihn ein. »Warum kommst du nicht her und setzt dich ...« Er stockte mitten im Satz. Jetzt hörte er es auch.

»Ein Händler!« schrie Pinter und machte vor Freude einen Luftsprung – was er besser unterlassen hätte, denn er stand zufällig genau unter der niedrigen Oberkante des Höhleneingangs. Er jaulte vor Schmerz auf, als er mit seinem Schädel gegen den scharfkantigen Granit knallte und hart auf dem Hintern landete. Aber dieser schmerzhafte Dämpfer konnte seiner freudigen Erregung nur kurzzeitig Abbruch tun. Er rappelte sich auf, faßte sich an den Kopf, schnaufte einmal kurz durch und sagte: »Komm, den dürfen wir uns nicht durch die Lappen gehen lassen!«

»Das ist, eh, das ist wahrscheinlich gar kein Händler«, erwiderte Tibb nervös. »Warum sollte ein Händler ausgerechnet jetzt hier durchkommen?«

»Nun mach schon! Hol die Waffen! Wirf mir meinen Helm rüber! Wir müssen runter und ihn aufhalten, bevor er durch ist!« Das würde kein leichtes Unterfangen werden. Vicia-Heinox hatte sich diese spezielle Höhle gerade wegen ihrer Unzugänglichkeit ausgewählt. Ihr Eingang, der sich fünfzig Fuß über dem Abgrund in der schroff aufragenden Nordwand von Drachentor befand, hatte sich anfangs für die beiden als schier unerreichbar erwiesen. Und ebenso schiere Verzweiflung und die nackte Angst vor dem Erfrieren waren es schließlich gewesen, die Tibb dazu getrieben hatten, die Wand zu erklimmen – das und seine Gier nach Diamanten und Gold. Im Innern der Höhle hatten sie dann die Überreste von Admon Fayes Lager und eine säuberlich aufgerollte Strickleiter entdeckt. Jetzt hüpfte Pinter aufgeregt von einer Seite des Höhleneingangs zum andern und brüllte Befehle, während er versuchte, die Leiter hinunterzulassen. Überhastet und ungeschickt, wie er dabei zu Werke ging, verhedderte er die ordentliche Rolle prompt zu einem unentwirrbaren Knäuel.

Tibb indes hatte nicht die geringste Lust, sein halbwegs behagliches Plätzchen am Feuer zu verlassen – schon gar nicht, um sich mit irgend jemandem herumzuschlagen. »Ich wette, das ist ein Halsabschneider. Nichts anderes als ein Halsabschneider. Noch dazu ein ganz besonders verrücktes Exemplar, wenn er versucht, unter diesen Bedingungen Drachentor zu passieren.«

Pinter zerrte fieberhaft an dem verknäuelten Strickleiterklumpen herum. »Hör auf herumzuspinnen und bring lieber die Sachen dort hier herüber! Sonst ist er an uns vorbei, ehe wir überhaupt die Klippe runterkommen.«

»Wozu soll das gut sein?« nörgelte Tibb, raffte sich dann aber doch auf und ging mit steifen Beinen zu einem Haufen Waffen. »Wir werden nichts als Ärger kriegen mit dem Kerl. Ich garantiere dir, das ist ein Halsabschneider. Niemand außer einem Halsabschneider würde sich mitten im Winter in diesem Paß aufhalten.«

»Wir sind doch auch hier, oder etwa nicht?«

schnaubte Pinter und löste mit einem mächtigen Ruck einen der Knoten – mit dem Erfolg, daß er zwei neue hineinwerkelte.

»Das sagte ich doch!« schrie Tibb.

»Wir sind keine Halsabschneider!« bellte Pinter. »Wir sind Gesetzlose. Gesetzlose! Das ist doch wohl was anderes, oder?«

»Behauptest du«, brummelte Tibb, während er durch die Höhle zu Pinter schlurfte, beide Arme mit Waffen beladen. Er schmiß die ganze Ladung auf den Steinboden und wandte sich suchend nach der Strickleiter um. »Wo ist denn die Strickleiter?«

»Wo mag sie wohl sein?« kreischte Pinter, mit den Nerven am Ende. »Wo kann sie wohl sein, häh?«

»Sieht so aus, als wäre sie verknäuelt«, bemerkt Tibb trocken. Pinter brüllte laut auf, als sich in diesem Moment durch sein Ungeschick die Leiter noch mehr ineinander verhedderte; in seiner Wut trat er mit dem Stiefel gegen den Haufen, den Tibb vor ihm abgeladen hatte. Das Bündel segelte über den Rand des Höhleneingangs, trudelte in die Tiefe und landete in einer Schneewehe auf dem Grund der Schlucht.

»Was soll jetzt dieser Blödsinn?« schimpfte Tibb. »Dein geliebter Admon Faye schmeißt bestimmt nicht seine Waffen von Felsen hinunter.«

»Noch ein Wort von dir, Tibb, und du fliegst hinterher!«

»Du hast mein Schwert verbogen!« zeterte Tibb, über den Rand des Höhleneingangs hinunterspähend. Sein Schwert steckte mit der Spitze nach unten in der Schneewehe. »Schau dir doch nur an, was du angerichtet hast! Du hast es ruiniert!«

»Würdest du mir jetzt endlich helfen, diese verdammten Knoten auseinanderzupfriemeln?« kreischte Pinter. »Er ist gleich weg!«

Rosha hörte auf zu singen. Er hatte das große Bündel von der Klippe herunterfallen sehen, und es erweckte seine Neugier. Er richtete den Blick auf den Höhleneingang über ihm und tat einen Freudenschrei, als er plötzlich eine Strickleiter herunterfallen sah und gleich darauf zwei Gestalten, die hastig heruntergeklettert kamen. »Heda, ihr!« rief er. »Endlich mal eine Menschenseele!«

Drachentor war breit an dieser Stelle, fast eine Viertelmeile von Felswand zu Felswand, und Rosha hätte den beiden verwegen aussehenden Gestalten, die jetzt an dem Bündel herumzerrten, leicht aus dem Weg gehen können. Aber er freute sich so sehr, endlich wieder Menschen zu begegnen, daß der Gedanke an Gefahr ihm überhaupt nicht kam. Er lenkte sein Pferd durch die Schneewehen zu ihnen und begrüßte sie mit einem freundlichen: »Guten Tag, meine Freunde!« Die beiden Diebe richteten sich hastig auf und bauten sich vor ihm auf.

»Halt!« schrie Tibb und hielt ihm eine Schwertspitze vor die Nase.

»Halt dein Pferd an, sonst haue ich ihm auf die Vorderläufe!« ergänzte Pinter, sein Schwert in beide Hände nehmend und zum Hieb ausholend.

»Und laß ja die Finger von deinem Schwert!« knurrte Tibb mürrisch. »Oder ich hacke dich in Stücke.« Wegen dieses verdammten Reiters hatte er sein warmes Plätzchen am Feuer aufgeben müssen, und er war entschlossen, ihn dafür büßen zu lassen.

Rosha hatte gar nicht die Absicht gehabt, nach Thalraphis zu greifen. Er mußte an sich halten, um nicht laut loszugackern. Das Schwert, mit dem Tibb vor seinem Gesicht herumwedelte, war völlig verbogen und sah eher wie ein traurig herunterhängender Schniedelwutz aus denn wie eine furchteinflößende Waffe. »Eure Waffe, Herr«, brachte er mit Mühe heraus, »sieht ein wenig ... mitgenommen aus.«

»Das seh ich auch«, brummte Tibb und musterte mißmutig seine arg demolierte Klinge. Das hätte er besser bleiben lassen. Rosha hatte seinen linken Fuß unauffällig aus dem Steigbügel gezogen, und in dem Moment, als Tibb den Blick von ihm abwandte, trat er ihm mit voller Wucht gegen die Hand. Das Schwert segelte in hohem Bogen durch die Luft, prallte scheppernd gegen die Felswand und fiel in die Böschung. Beide Diebe verfolgten mit verdutztem Blick seine Flugbahn. Rosha hätte genug Zeit gehabt, Thalraphis zu zücken, wenn er gewollt hätte, aber er ließ es stecken. Diese Begegnung machte ihm allmählich Spaß.

Tibb stemmte die Hände in die Hüften und starrte Rosha wütend an. »Ich kann mir nicht vorstellen, daß es davon besser aussieht.«

»Wer weiß?« konterte Rosha grinsend. »Vielleicht ist es dadurch sogar wieder gerade geworden.«

Tibb stapfte wütend zur Böschung, um sein Schwert zu bergen, mit jedem Schritt eine Fuhre Schnee aufwirbelnd, und Rosha wandte sich wieder Pinter zu, der ihn unsicher beäugte.

»Hör zu!« sagte Pinter nervös. »Versuch bloß keine faulen Tricks. Steig von dem Pferd runter, sonst haue ich euch beide zum Krüppel.«

»Oh, wenn ich du wäre, mein Freund, ließe ich lieber die Finger von diesem Pferd«, sagte Rosha lächelnd. »Es ist nämlich ein ganz besonderes Pferd, mußt du wissen, und es sieht es gar nicht gern, wenn mich jemand bedroht.« Rosha war sehr zufrieden mit seiner makellosen Artikulation. Vielleicht lag es daran, überlegte er, daß er wieder allein und ganz auf sich gestellt war; jedenfalls fühlte er sich heute sehr sicher, was sein Sprechen betraf. »Was treibt ihr zwei überhaupt hier? Ihr solltet besser irgendwo gemütlich an einem Feuer hocken.«

»Das hab ich auch«, rief Tibb, »bis plötzlich du hier auftauchtest!« Er hob sein Schwert auf und begutachtete es mißmutig.

»Wir verteidigen unseren Paß gegen Eindringlinge wie dich!« schrie Pinter. »Du wirst Drachentor nicht passieren, ehe du uns nicht den Wegzoll gezahlt hast, den du uns schuldest.«

»Wegzoll? Höre ich recht? Ihr tut ja gerade so, als würde euch Drachentor gehören.«

»Tut es auch.«

»Drachentor und euch gehören? Daß ich nicht lache«, sagte Rosha mit ungläubigem Staunen. »Drachentor gehört niemandem, seit Vicia-Heinox tot ist. Wenn überhaupt jemand einen Besitzanspruch darauf erheben könnte, dann meine Freunde und ich. Schließlich waren wir es, die seinen letzten Besitzer erlegt haben.«

»Was? Wer bist du?« fragte Pinter in aggressivem Ton.

»Rosha mod Dorlyth, der Bärentöter«, erwiderte Rosha ruhig.

Pinter erschrak sichtlich. Er schluckte heftig, dann schrie er: »Tibb!« Gleichzeitig wich er hastig mehrere Schritte zurück, wobei er sich so ungeschickt anstellte, daß er um ein Haar in den Schnee geplumpst wäre.

»Ich komme ja schon«, brummte Tibb und kam zurückgestapft, immer noch kopfschüttelnd sein ramponiertes Schwert beglotzend.

»Das ist einer von ihnen!« schrie Pinter und tänzelte plötzlich aufgeregt hin und her, als rechnete er damit, daß Rosha sich jeden Moment auf ihn stürzen würde. »Das ist ein Kumpan von dem Drachentöter!«

Tibb sah Rosha mit ganz neuen Augen an. Als er in Lamath gewesen war, hatte er Pelmens prophetisches Treiben nicht ohne Neugier verfolgt – und jetzt stand plötzlich leibhaftig jemand vor ihm, der mit dem Propheten durch das Land gezogen war. »Ehrlich?« fragte er in fast ehrfurchtsvollem Ton.

Rosha hatte diesen Ton schon oft gehört, und er zuckte unwillkürlich zusammen. Dann seufzte er tief auf. Er wußte schon, welche Frage jetzt unweigerlich kommen würde – nämlich eben jene Frage, die er nicht mehr hören konnte und die mit einer der Hauptgründe war, warum er aus Ngandib-Mar geflüchtet war: »Wie war Vicia-Heinox wirklich?«

»Du – eh – du hebst jetzt die Hände hoch, Bärentöter!« schrie Pinter nervös. Ihm ging langsam die Luft aus. Es war ziemlich anstrengend, im Schnee hin und her zu tänzeln.

»Wieso?« fragte Rosha ruhig.

»Wir brauchen irgendwas von dir – *(schnauf!)* – das wir unserem Herrn – *(schnauf!)* – vorweisen können, wenn er zurückkommt.«

»Oh!« sagte Rosha lächelnd. »Und wer ist dieser geheimnisvolle Herr?«

»Admon Faye natür ...« Pinter brach mitten im Satz ab und starrte verblüfft auf die Spitze von Thalraphis, die ganz plötzlich zwei Zoll vor seiner Nase schwebte.

»Wie hast du das gemacht?« fragte Tibb Rosha voller Bewunderung.

Rosha überhörte die Frage. »Wo ist er?« herrschte er Pinter an. Jeglicher Humor war aus seiner Stimme gewichen.

Pinter gab sich gar nicht erst die Mühe, lange herumzudrucken. »Er ist in Chaomonous«, beeilte er sich zu antworten.

»Wo in Chaomonous?« bohrte Rosha mit schneidender Stimme nach.

»Das weiß ich nicht.« Die Schwertspitze schob sich noch einen Zoll näher an Pinters Nase heran. »Ich weiß es wirklich nicht. Wer kann schon sagen, wo Ad ...«

Rosha berührte die Flanke seines Kriegsrosses ganz leicht mit dem Absatz, und sie stoben in einer weißen Pulverwolke davon. Pinter und Tibb saßen beide auf dem Hintern im Schnee und starrten ihm verdattert nach, bis er verschwunden war.

»Wie hat er das bloß gemacht?« wiederholte Tibb seine Frage.

»In einem Punkt hattest du wahrlich recht«, keuchte

Pinter, immer noch nach Luft ringend. »Es war tatsächlich bloß ein Halsabschneider!«

Joss studierte sorgfältig den Weg. »Ich glaube allmählich, der Kneipenwirt hat uns auf eine falsche Spur geschickt. Entweder hat er uns angelogen, oder Admon Faye hat seine Pläne geändert.« Er wandte sich mit einem nachdenklichen Blick zu seinem Schildknappen um. »Ich gehe jede Wette ein, daß er die Richtung zum Wald eingeschlagen hat.«

»Könnten wir ihm nicht den Weg abschneiden?« fragte der Bursche.

»Keine Chance. Er kennt den Südlichen Großen Tannenwald besser als jeder Baumgnom. Ich hätte diesen Kneipenwirt in den Kerker werfen sollen.«

»Weil er uns belogen hat?«

»Ja – oder weil er dafür, daß er uns die Wahrheit gesagt hat, mit dem Leben bezahlen mußte. Wahrscheinlich ist er schon tot. Wir werden hier unser Lager aufschlagen.«

Der junge Mann runzelte verwirrt die Stirn. »Ich kann nicht folgen.«

»Wir sind bis hierher gekommen, und der Sklavenjäger ist nicht vor uns. Deshalb werden wir hier haltmachen und warten. Vielleicht überrascht er mich und reitet in eine Falle. Ruf meinen Stab zusammen. Ich will, daß innerhalb einer Stunde ein Hinterhalt vorbereitet wird.«

Drei Stunden verstrichen, und Joss gab die Hoffnung auf, daß Admon Faye in die Falle laufen würde. Doch als die Sonne unterging, kam sein Knappe aufgeregt angerannt. Man hatte einen einzelnen Reiter gesichtet, der von Norden kam. Joss stieg auf sein Pferd und ritt ihm entgegen.

Joss hatte seinen hohen Posten nicht allein wegen seiner Verdienste in der Schlacht erlangt. Seinen Aufstieg innerhalb der Goldenen Armee verdankte er in erster Linie seinem klaren, analytischen Verstand und seinem phänomenalen Gedächtnis, das selbst die kleinsten Einzelheiten speicherte. Selbst wenn er Rosha nie zuvor gesehen hätte, er hätte ihn sofort erkannt, denn Bronwynn hatte ihm eine ausführliche Beschreibung von ihm geliefert. Aber Joss hatte Rosha schon einmal gesehen – in Drachentor, nur ein paar Stunden nach dem Sieg über den Drachen. Und es bestand kein Zweifel: der Mann, der ihm da entgegengeritten kam, war Rosha.

Rosha ritt durch Chaomonous mit einem Hochmut, der aus Unschuld und Naivität geboren war. Schließlich war er ein Held, und Helden ritten niemals anders denn mit stolzgeschwellter Brust und hocherhobenen Hauptes. Als er General Joss ein Stück vor sich auf dem Weg stehen sah, zuckte er Thalraphis und schwenkte es zum Gruße. »Guten Tag, mein Freund!« rief er und zügelte sein Pferd dreißig Schritte vor dem General.

»Guten Tag, Rosha mod Dorlyth«, erwiderte Joss den Gruß, die Züge zu einem Lächeln geronnen.

»Ihr kennt mich?« fragte Rosha geschmeichelt. Er lenkte sein Streitroß ein paar Schritte näher an den General heran.

»Natürlich kenne ich Euch!« rief Joss würdevoll. »Aber wie ich sehe, erkennt Ihr mich nicht mehr!«

»Kenne ich Euch?« fragte Rosha mit skeptischem Blick.

»Aber gewiß kennt Ihr mich. Ich bin vom Hofe der Königin!« Joss beobachtete den jungen Mann scharf, als er dies sagte. Und er war zufrieden mit der Reaktion des Jungen.

»Bronwynn?« Rosha berührte leicht sein Pferd, und es trabte vorwärts, bis es nur noch wenige Schritte vor Joss stand. Rosha musterte den General, dann nickte er. »Ja, jetzt erkenne ich Euch wieder. Ihr wart der Mann, der sie damals vom Paß mitgenommen hat.«

»Richtig, der bin ich.« Joss lächelte.

»Wo ist sie?« fragte Rosha.

»Nun, in Chaomonous, denke ich«, sagte Joss glattzüngig.

»Das – das überrascht mich. Ich hätte nicht damit gerechnet, daß Ihr sie so rasch auf den Thron setzen würdet. Ich dachte mir, ich könnte mich vielleicht irgendwie – eh – nützlich machen – bei dem Kampf.«

»Die Königin«, antwortete Joss mit einem verschmitzten Grinsen, »gelangte ganz unerwartet auf den Thron. Ich gestehe in aller Bescheidenheit, daß dies nicht zuletzt durch meine Mithilfe geschah und daß die Königin meine Unterstützung sehr zu schätzen wußte.«

»Die Königin«, murmelte Rosha versonnen; er mußte sich erst noch daran gewöhnen, Bronwynn in diesem Licht zu sehen. »Das – das klingt gut.«

»Aber leider«, sagte Joss, »sind ihre Probleme damit noch nicht beendet. Es scheint, daß Admon Faye die falsche Königin aus dem Kerker befreit hat und versucht, sie wieder auf den Thron zu bringen.« Der General fand langsam Gefallen an diesem Täuschungsmanöver.

Rosha packte den Knauf von Thalraphis mit grimmiger Miene. »Ich habe erfahren, daß Admon Faye immer noch im Lande ist. Ich begegnete in Drachentor zwei Halunken, die es mir gesagt haben.«

»Oh, dann ist er also dort.« Joss nickte.

»Nein, nur die zwei. Sie sagten mir, er sei irgendwo hier in Chaomonous.« Rosha zog erneut Thalraphis und hielt es vor sich. »Ich reite jetzt zur Königin und verpfände ihr mein Schwert«, sagte er. »Es soll helfen, das Land von der Plage Admon Faye zu befreien.«

Joss lächelte breit. »Ich könnte mir nichts denken, das unsere Königin mehr erfreuen würde.« Zum ersten Mal seit langer Zeit verspürte Joss den Drang, laut loszulachen. Doch er widerstand ihm, als er den stolzen jungen Recken in sein Lager geleitete.

Rosha war sehr zufrieden mit sich. Während des ganzen Rittes in die Hauptstadt hatte er nicht einmal gestottert. Mehr noch – er konnte sich nicht erinnern, jemals so frei und unbefangen geplaudert zu haben wie an diesem Tag. Er ertappte sich dabei, wie er General Joss persönliche Dinge erzählte, die er noch nie zuvor jemandem offenbart hatte. Aber schließlich war daran nichts Schlimmes; immerhin war dies der Mann, der Bronwynn auf den Thron gebracht hatte.

Joss war ein aufmerksamer, geduldiger Zuhörer. Sein Interesse an Rosha schien niemals zu erlahmen. Sobald Rosha ein Thema erschöpfend behandelt hatte, brachte Joss die Unterhaltung durch geschicktes Fragen auf ein neues Thema. Dann nickte er dem jungen Krieger aufmunternd zu und hörte erneut eine Stunde zu, bis auch dieses Thema erschöpft war. Rosha selbst kam nur selten dazu, Joss eine direkte Frage zu stellen; der General verstand es geschickt, das Gespräch von sich abzulenken. Auch das Thema Bronwynn wußte er geschickt zu umgehen. Seine Standardantwort auf alle Fragen, die Roshas Geliebte betrafen, lautete: »Das werdet Ihr erfahren, sobald Ihr mit der Königin zusammentrefft.«

Rosha ließ sich ausgiebig über seine Einstellung zu Bronwynns Krone aus. »Vielleicht mag es Euch ungebührlich erscheinen, wenn jemand von meiner Stellung danach trachtet, Eure Königin zu heiraten. Aber bei uns in Ngandib-Mar wird die Krone nicht von einer Generation an die nächste weitergegeben wie bei euch. Bronwynn hat mir erzählt, daß der Thron von Chaomonous immer an den ältesten männlichen Erben fällt. Ist das nicht so?« Joss nickte nur. »Aber Ngandib-Mar ist nicht so gut organisiert«, fuhr Rosha fort. »Es wird von einem Bündnis von Stammesfürsten regiert, die sich auf einen aus ihren Reihen einigen müssen, der in der Hohen Stadt Ngandib sitzt und die Funktion eines Königs wahrnimmt.«

Joss lächelte grimmig, den Blick auf den Weg vor ihm

gerichtet. »Und wie gut funktioniert dieses System? Verhindert es Krieg?«

»Ob es Krieg verhindert?« fragte Rosha überrascht. »Nicht im geringsten. Aber es müßte schon ein seltsamer Mari sein, der Kriege verhindern will.«

»Das hörte ich.« Joss nickte.

»Mein Vater ist solch ein seltenes Exemplar – aber seit der Drache tot ist, war ich bei ungefähr fünfzig marischen Stammesfürsten zu Gast, und die meisten von ihnen sind wild aufs Kämpfen.«

»Aber zu welchem Zweck?«

»Nun – um die Gelegenheit zu haben, sich miteinander zu messen und Ruhm durch den Sieg zu erlangen.«

»Und wenn sie verlieren?« fragte Joss mit neugierig hochgezogener Augenbraue.

»Dann warten sie ungeduldig auf die nächste Schlacht, um die Chance zu haben, die Scharte wieder auszuwetzen.« Rosha grinste zu Joss hinüber. »Die Diskussion darüber, wer nun König sein soll, liefert reichlich Zündstoff für Kriege.«

»Dann sollte man meinen, ihr Maris hättet jedes Jahr einen neuen König.«

»O nein! Pahd mod Pahd-el, der gegenwärtige Herr in der Hohen Stadt, ist der dritte Pahd mod Pahd-el, der als König regiert. Und er ist schon König, seit er in meinem Alter war.«

»Klingt ganz so, als seien die Pahds auf dem besten Wege, ihre eigene Dynastie zu errichten. Die Familie Pahd muß sehr mächtig sein.«

»Eigentlich nicht«, sagte Rosha achselzuckend. »Mein Vater sagt, Pahd sei wohl ein außergewöhnlich guter Schwertkämpfer, aber kein besonders starker Herrscher. Und er ist bloß so lange schon König, weil er ihnen immer dann, wenn die Stammesfürsten es leid sind, sich zu befehden, als der beste Kompromißkandidat erscheint, nicht zuletzt wohl deshalb, weil er so verträglich ist und sich nicht einmischt. Abgesehen davon sitzt er nun schon einmal im Palast, und es würde schon einer gewaltigen Armee bedürfen, um diese mächtige Zitadelle zu erstürmen.

Damit will ich sagen, daß jeder Mari sich um die Krone bewerben kann. Er mag vielleicht nicht stark genug sein, um sie auch zu bekommen – und sie mag ihm auch nicht viel nützen, wenn er sie hat –, aber das bedeutet, daß es kein Königtum im eigentlichen Sinne in Ngandib-Mar gibt – und daß eine Person heiraten kann, wen immer sie will.«

»Und es gibt auch keine Sklaven in Ngandib-Mar?«

»Aber gewiß gibt es die! Alle Vasallen meines Vaters sind befreite Sklaven.«

»Dann gibt es also doch ein Königtum in Ngandib-Mar«, sagte Joss. »Es besteht aus allen denen, die frei sind.«

Rosha überlegte. »Was Ihr da sagt, ist richtig«, konzedierte er widerstrebend. »Aber es ist kein Königtum von der Art, wie ihr es hier versteht.«

»Das mag wohl sein.«

»Ihr glaubt doch nicht, daß es irgendwelche Probleme für mich geben wird, Bronwynn zu heiraten, oder?« fragte Rosha.

Joss wich dem fragenden Blick des jungen Mannes aus. »Das werdet Ihr erfahren, wenn Ihr die Königin trefft.«

Rosha machte ein langes Gesicht. »Und wann wird das sein? Chaomonous scheint viel weiter von hier entfernt zu sein, als ich dachte.«

»Vielleicht habt Ihr die Größe unseres Landes unterschätzt«, sagte Joss. »Bei allem Respekt vor Eurem Heimatland – unser Chaomonous ist bei weitem das größte und mächtigste Land der Welt.«

»Ach! Und wie erklärt Ihr dann die Niederlage in der Schlacht am Westeingang von Drachentor? Da vernichteten mein Vater und ein paar tausend Maris Eure ganze Goldene Armee!«

General Joss' Gesichtsausdruck ließ keine Regung erkennen. Er erwiderte ruhig: »Die Goldene Horde hatte an jenem Tag keinen Führer. Hätte ich sie führen können, so wie ich es geplant hatte, dann wäre die Schlacht wahrscheinlich ganz anders ausgegangen.«

Rosha musterte das Gesicht des Generals; seine Hand glitt zum Griff von Thalraphis. »Wollt Ihr die Leistung meines Volkes bestreiten?«

Joss lachte leise. »Ihr könnt Eure Hand ruhig wieder von Eurem Schwert nehmen, Rosha mod Dorlyth. Ich habe nicht die Absicht, Euren Vater oder Euren König zu beleidigen. Ich wollte nur andeuten, daß Ihr vielleicht überrascht sein werdet von dem, was Ihr in Chaomonous vorfinden werdet.«

Rosha lehnte sich mit einem herzhaften Lachen im Sattel zurück. »Ich habe Ngandib gesehen, und ich habe die Stadt Lamath gesehen. Mich kann nichts mehr überraschen.«

Joss lächelte und schaute den jungen Recken an. »Ich bin sicher, daß Ihr das glaubt. Aber eine Überraschung, mit der man rechnet, wäre ja auch keine Überraschung mehr, nicht wahr?«

Sie erreichten Chaomonous nicht mehr vor Einbruch der Dunkelheit und kampierten etwa dreißig Meilen vor der Stadt. Als Rosha am nächsten Morgen aufwachte, erfuhr er, daß Joss schon vorausgeritten war, um den Weg für seine Ankunft zu bereiten. Als Rosha schließlich in die Stadt einritt, war er froh, daß Joss nicht bei ihm war. Er hatte vergessen, wie unpersönlich und abschreckend große Städte sein konnten. Rosha war so nervös und beeindruckt, daß ihm die Hände zitterten – und er stotterte so fürchterlich, daß kein Mensch ein Wort von dem, was er sagte, verstehen konnte.

Spät am Nachmittag wartete Rosha auf einem großen marmorverzierten Flur im dritten Stock des königlichen Palastes. Er wünschte sich sehnlich, daß Bronwynn endlich käme und ihm eine Audienz gewährte, denn er kam sich in diesem riesigen Palast so fremd und fehl am Platze vor, daß er am liebsten Reißaus genommen hätte. Es war alles so ganz anders, als er es sich in jenen kalten Nächten in der Burg seines Vaters in seiner Phantasie ausgemalt hatte. Er hatte sich das alles völlig anders vorgestellt.

Niemand sprach Bronwynns Namen aus, und außer Joss' Schildknappen redete ihn niemand direkt an. Alle sprachen immer nur von der Königin, und das mit solcher Ehrfurcht, daß es ihm immer schwerer fiel, sich das Bild seiner kleinen goldhaarigen Gefährtin vieler Reisen zu vergegenwärtigen. Er sehnte sich nach einem Blick in ihr freundliches, liebes Gesicht und begann schon mit dem Gedanken zu spielen, einfach in ihre Gemächer zu marschieren. Hatte sie ihn nicht schließlich ›Rosha mod Bronwynn‹ genannt – Rosha, Bronwynns Schatz? Und mußte Bronwynns Schatz wie ein dummer Junge auf dem Flur stehen und warten, bis man ihn aufrief?

Während er noch über diese Möglichkeit nachdachte, schwangen die Türflügel am Ende des Flures auf, und Joss kam ihm lächelnd entgegen. »Verzeiht, daß man Euch so lange hat warten lassen, Bärentöter, aber ich habe einige Schwierigkeiten, die Königin davon zu überzeugen, daß es wirklich Ihr seid. Sie sagt, wenn sie das Schwert sehen könnte, das den Drachen getötet hat, würde sie mir glauben.«

»Sie w-w-will mein Sch-sch-schwert sehen?« schnaubte Rosha empört. »Sie b-b-braucht doch bloß den K-k-kopf zur Tür hinauszust-st-stecken!«

Joss sah ihn mit einem nachsichtigen Lächeln an. »Trotzdem – sie ist die Königin, und wir müssen tun, was sie sagt. Bitte!« Er streckte die Hände aus.

Rosha riß Thalraphis wütend aus der Scheide und übergab es Joss. Der General nickte leicht und machte auf dem Absatz kehrt. Die Tür schloß sich hinter ihm, und Rosha stand wieder allein auf dem Flur.

Bis jetzt hatte er sich nur unbehaglich gefühlt. Nun, ohne seine Waffe, fühlte er sich nackt. Aber Joss kam schon einen Augenblick später zurück, ein breites Lächeln auf dem Gesicht. »Die Königin möchte Euch jetzt sehen«, verkündete er und forderte Rosha mit einer Armbewegung auf einzutreten.

»Bronwynn?« rief Rosha aufgeregt, als er zur Tür rannte. »Bronwynn!« schrie er, als er in den Thronsaal stürmte.

Die Frau, die sich auf dem reich verzierten, königlichen Stuhl von Chaomonous räkelte, hatte wunderschöne blaue Augen wie Bronwynn. Aber das war auch die einzige Ähnlichkeit. Rosha blieb jählings in der Mitte des Saales stehen. Dann drehte er sich langsam um und starrte auf die gepanzerten Soldaten, die ringsum vor den Wänden des Saales Aufstellung genommen hatten. Dann wandte er den Blick zurück auf die Frau. Tiefe Enttäuschung stand in sein hübsches Gesicht geschrieben.

Ligne lächelte boshaft und ließ die wohlgeformten Finger über die flache Seite des Schwertes gleiten, das auf ihrem Schoß lag. »Leider weilt Bronwynn nicht unter uns«, sagte sie mit gurrender Stimme. Dann reichte sie das Schwert einem Lakaien, erhob sich und strich sich ihr enganliegendes Kleid über den Hüften sorgfältig glatt. »Wenn Ihr vielleicht mit mir vorlieb nehmen wollt?«

»Ein sehr hübscher Bursche, nicht wahr?« sagte Ligne eine Weile später, als Rosha gefesselt und geknebelt vor ihr auf den Knien lag, zitternd vor Wut. Vier Männern hatte er die Knochen gebrochen, ehe es den Gardisten endlich gelungen war, ihn zu überwältigen. Ein Gardist lag noch immer bewußtlos auf der Krankenstation ein Stockwerk unter ihnen. Joss hatte die Königin gebeten, ihn sofort in Ketten legen und in den Kerker werfen zu dürfen, aber Ligne war eine Kennerin des männlichen

Körpers, und von diesem Exemplar wollte sie sich nicht so bereitwillig trennen.

»Ich versichere Euch, meine Königin, er ist gefährlich und wild, hübsch oder nicht. Es wäre gewiß das beste für Eure Sicherheit, wenn Ihr mir gestattet, ihn unverzüglich hinter Schloß und Riegel zu bringen, wo er kein Unheil mehr anrichten kann.«

»Kommt schon, Joss, er ist doch noch ein Junge ...«

»Aber einer, der hervorragend mit dem Schwert umzugehen versteht. Vergeßt bitte nicht, er hat sogar einen Kampf gegen Admon Faye überlebt!«

»Schade, daß du ihn nicht getötet hast«, flüsterte Ligne Rosha zu, während sie hinter ihn trat und die Hand über seinen Nacken gleiten ließ. Die Gardisten hatten ihn gefesselt und in die Knie gezwungen. Jetzt kniete sie sich neben ihn und betrachtete mit bewunderndem Blick das Spiel seiner Beinmuskeln, als er verzweifelt versuchte, die Fesseln zu sprengen. »Er ist wie eine Wildkatze – oder ein Bär –, geschmeidig und glänzend und stark.« Lignes Augen glänzten vor Erregung.

»Er ist ein Bären*töter*, meine Dame, und äußerst gefährlich«, redete Joss weiter auf sie ein, während sein Blick jeder Bewegung von Roshas Armen folgte, die sich mit aller Kraft gegen die Fesseln stemmten. »Ich muß Euch eindringlich bitten, mir zu gestatten ...«

»Und ich befehle Euch, endlich den Mund zu halten!« fuhr Ligne ihn an, um dann, in etwas sanfterem Ton, hinzuzufügen: »Ich will ein bißchen mit ihm spielen.«

Joss zügelte die in ihm hochschäumende Wut, holte tief Luft und fragte mit ruhiger, aber fester Stimme: »Seid Ihr dem Jungen wirklich so zugetan? Oder schwärmt Ihr bloß so von ihm, weil er Bronwynn gehört?«

Ligne stand auf und schaute ihren Kriegsminister mit eisigem Blick an, das Kinn kampfeslustig vorgereckt. »Würdet Ihr das wiederholen?«

»Das ist nicht nötig, meine Dame. Ihr habt mich schon verstanden.«

Ligne musterte den General für einen Moment, dann wandte sie den Blick ab. »Ihr seid zu wertvoll, um Euch fallenzulassen, Joss. Ich bin bereit, Euch diese Entgleisung noch einmal zu verzeihen. Aber in Zukunft werdet Ihr es unterlassen, Euch in Angelegenheiten einzumischen, die Euch nichts angehen.«

»Jede Bedrohung der Sicherheit meiner Königin geht auch mich etwas an, meine Dame, und dieser junge Wilde stellt zweifellos eine solche Bedrohung dar. Sollte es ihm gelingen, sich von den Fesseln zu befreien, dann wird er sich die nächstbeste Waffe schnappen und auf Euch losgehen.«

»Das weiß ich«, sagte Ligne lächelnd und ließ die Finger durch die dunkle Lockenpracht des jungen Recken gleiten, wobei sie sich verführerisch in den Hüften wiegte. »Es ist ein außerordentlich erregendes Gefühl – höchst angenehm.« Sie wandte den Blick zurück auf Joss' lederartiges Gesicht und zuckte die Achseln. »Vielleicht trägt die Tatsache, daß er zu meiner Rivalin wollte, ein Teil zu dem erregenden Gefühl bei – es erstaunt mich, daß die dünne kleine Hexe eine solche Anziehungskraft auf ein so prächtiges Geschöpf ausüben konnte.« Sie wandte den Blick wieder auf Rosha, der den Kopf befreit hatte und wie wild auf ihre Hand starrte. »Aber ich glaube, er würde mich auch so reizen.«

»Er ist gefährlich ...«

»Richtig«, schnitt Ligne dem General das Wort ab. »Aber wenn es Euch beruhigt, dann gebt meinetwegen Befehl, alle Waffen aus diesem Raum zu entfernen – wenn Ihr das Gefühl habt, daß dadurch die Bedrohung verringert wird.«

Joss machte eine wütende Handbewegung, und die gepanzerten Gardisten verließen den Saal. »Wie Ihr wünscht, meine Königin. Aber ich glaube, der Mann könnte Euch ohne weiteres auch mit bloßen Händen den Hals brechen.«

Lignes makellos weiße Zähne blitzten auf, als sie Joss

anlächelte. »Allein der Gedanke jagt mir einen wohligen Schauer über den Rücken.« Joss folgte ihrem Blick auf die sich windende Gestalt des jungen Recken. Rosha hatte sich auf den Rücken geworfen und trat wie ein Rasender mit gefesselten Beinen nach seinen Bewachern. »Er ist so herrlich aggressiv!« hauchte Ligne entzückt, während sie zuschaute, wie zwei unbewaffnete Gardisten Rosha wieder auf die Knie zerrten. »Bindet ihn so fest, daß er auf den Knien bleiben muß«, befahl sie. »Und dann laßt mich mit ihm allein.«

»Aber meine Königin!« protestierte Joss.

»Schweigt, Joss!« herrschte sie ihn an, während die Gardisten Rosha fest verschnürten. Dann gingen auch sie hinaus, so daß nur noch der Gefangene, die Königin und der General im Thronsaal zurückblieben.

»Königin Ligne, bitte überlegt es Euch ...«

»Laßt uns allein, Joss!«

»Er ist rasend vor Wut und äußerst gefährlich!«

»Ich sagte: Laßt uns allein!«

Joss machte eine knappe Verbeugung, und Lignes lodernder Blick wurde ein wenig sanfter. »Glaubt mir, General, wenn es irgend etwas gibt, womit ich mich auskenne, dann sind es Männer.« Sie blinzelte ihm zu und entließ ihn mit einer Handbewegung, dann ging sie zurück zum Thron und setzte sich. Während Joss widerstrebend die Tür hinter sich zuzog, konnte er hören, wie sie sagte: »Nun, Rosha – du und ich, wir beide werden uns schon noch ein bißchen näherkommen ...«

## Kapitel 5

# Vögel von gleichem Gefieder

DER RÜCKWÄRTIGE TEIL des großen Schauspielhauses von Pleclypsa war wabenartig ausgefüllt mit kleinen Ankleidezimmern. In einem davon fand sich die Truppe am späten Vormittag zusammen. Die Stimmung hätte nicht gedrückter sein können – niedergeschlagen hockten sie da und schauten sich an, unfähig, ihre Enttäuschung in Worte zu fassen. Die Winterfestspiele waren von einem Skandal erschüttert worden – und sie waren das Opfer dieses Skandals. Daß sie die Sympathien der großen Mehrheit der Pleclypsaner auf ihrer Seite hatten, war nur ein schwacher Trost. Sie waren übel hereingelegt worden – und sie wußten es.

Ihr glänzender Auftritt am Eröffnungsabend hatte ihnen das Privileg eingebracht, als letzte spielen zu dürfen. So überwältigend war ihr Erfolg gewesen, daß mehrere Mitglieder der Festspielleitung spontan vorgeschlagen hatten, sie vorab zum Sieger zu erklären. Sonderbarerweise hatte dieser Vorschlag sogleich die Unterstützung von Eldroph-Pitzel und seiner Frau Berliath gefunden, den Leitern der lokalen Truppe. Sie schlugen vor, daß der Wettbewerb durchgeführt werde, aber nur noch um den zweiten Platz, und daß man Lignes Minister für Kultur und Unterhaltung einladen solle, damit er in den Genuß käme, ein wunderbares Stück zu sehen, zu welchem der Aufstieg der Königin zu den Schalthebeln der Macht die Anregung gegeben hatte. Murrend erklärten sich die anderen Truppen mit diesem Vorschlag einverstanden – auch sie waren von der überragenden Darbietung beeindruckt gewesen.

Eingelullt von solcherlei Lobeshymnen, hatte die Truppe den größtmöglichen Nutzen aus dem Festival gezogen. Sie hatte sich auf einem halben Dutzend Gesellschaften feiern lassen, und sogar der Provinzgouverneur hatte es sich nicht nehmen lassen, sie als seine persönlichen Gäste zu begrüßen und höchst öffentlichkeitswirksam mit ihnen anzustoßen und zu plaudern. Sie hatten jeder der einzelnen Abendvorstellungen als Zuschauer beigewohnt und die Darbietungen ihrer nunmehr ungefährlichen, da bereits im Vorfeld geschlagenen Konkurrenten mit der selbstgefälligen Gönnermiene des über den Dingen stehenden haushohen Siegers begutachtet und kommentiert. An dem Abend vor dem Tag, an dem ihre eigene Vorstellung stattfinden sollte, der triumphale Höhepunkt der Festspiele sozusagen, wurden sie kurz Maythorm vorgestellt, Lignes Minister für Kultur und Unterhaltung, bevor sie das Schauspielhaus betraten, um sich Eldroph-Pitzels und Berliaths Aufführung anzusehen. Sie scherzten und lachten, als sie ihre Plätze einnahmen. Aber das Lachen blieb ihnen kurze Zeit später im Halse stecken: Das Stück, das die Truppe aus Pleclypsa aufführte, war ihr eigenes! Die Pleclypsaner hatten es geklaut!

Oh, es war eine fade Kopie, gewiß. Sie erreichten nicht annähernd Pelmens Wortwitz, seine trockenen Pointen, seine geschliffenen Formulierungen. Offenbar war es ihnen nicht gelungen, an das Manuskript heranzukommen. Aber die Grundstruktur des Stückes war die gleiche – und entsprechend fiel auch die Reaktion des Publikums aus. Und wie um der bodenlosen Dreistigkeit noch die Krone aufzusetzen, hatte Berliath Danyilyn während der ganzen Aufführung unverhohlen angegrinst und zugezwinkert.

Das war gestern abend gewesen. Und heute morgen hatte es sich bereits in der ganzen Stadt herumgesprochen, daß Maythorm gleich nach der Aufführung nach Chaomonous abgereist war, um der Königin begeistert Bericht zu erstatten. Niemand hatte sich die Mühe gemacht, ihn darauf hinzuweisen, daß das Finale erst heute stattfand.

Offenbar hatten es die Pleclypsaner nicht geschafft, alle Organisatoren zu blenden – noch am selben Abend hatte sich ein völlig aufgelöster Minlaf-Khen, seines Zeichens Direktor der Winterfestspiele, in aller Form öffentlich bei Pelmens Truppe entschuldigt. Aber bezüglich einer Einladung an den Hof war der Schaden bereits angerichtet. Die Schauspieler waren deprimiert.

»Es muß dieser hagere Bauer gewesen sein, der gleich links neben der Bühne stand«, zischte Gerrig.

»Nein«, schnaubte Danyilyn, »es war Berliath selbst. Sie stand während der ganzen Vorstellung im Schatten von Sherinas Wagen. Wahrscheinlich hat sie sich sogar Notizen gemacht.«

»Was spielt es jetzt noch für eine Rolle, wer das Stück geklaut hat?« fragte Yona Parmi. »Es genügt doch, zu wissen, *daß* es jemand geklaut hat.«

»Aber wer konnte ahnen, daß sie sich für uns interessieren würden?« jammerte Gerrig.

»Das war doch wohl vorauszusehen!« Yona Parmis Ärger war offenkundig. »Wir haben den Preis dreimal in den letzten fünf Jahren gekriegt. Dieses Mal hatten sie schon gar nicht mehr mit uns gerechnet, und dann hören sie plötzlich, daß wir doch noch gemeldet haben. Daß sie sich da für uns interessieren, ist doch wohl klar. Ich ärgere mich über mich selbst, daß wir so blauäugig sein konnten. Nicht die Pleclypsaner haben uns das angetan – das haben wir uns selbst eingebrockt.«

Danyilyn sprang von ihrem Hocker auf und begann aufgeregt in dem winzigen Raum hin und her zu laufen. Die andern zogen ihre Beine ein, damit sie nicht über sie stolperte. Plötzlich blieb sie stehen und wandte sich jäh zu Yona Parmi um. »Wo ist Pelmen überhaupt?«

Yona sah sich in dem Raum um, dann zuckte er die Achseln. »Hier ist er offenbar nicht.«

Danyilyn biß so heftig die Kinnladen zusammen, daß es knirschte. »Ich habe diese ewige Heimlichtuerei allmählich satt, Parmi! Ist Pelmen bei uns oder nicht?«

»Danyilyn, es ist sein Stück, das geklaut wurde.«

»Schön! Aber wo ist er dann? Warum ist er nicht hier und überlegt zusammen mit uns, wie wir jetzt weitermachen sollen?«

»Überlegen? Was gibt es da groß zu überlegen?« Yona Parmis Gesichtsausdruck war hart. »Wir haben heute abend ein Stück aufzuführen. Bis dahin wird er wieder hier sein. Bis es soweit ist, schlage ich vor, lassen wir Pelmen das tun, was er für richtig hält.« Yona ließ sich von seinem hohen Hocker heruntergleiten und stieg über die Beine der anderen zur Tür. Dort blieb er stehen und sagte über die Schulter: »Wenn ich nach früheren Erfahrungen gehe, wird er wahrscheinlich mit einer Überraschung aufwarten.«

In zweihundert Fuß Höhe kraftsparend auf einer Aufwindströmung reitend, glitt Pelmens *Alter ego* pfeilschnell dahin, der Straße nach Chaomonous folgend. Er hatte seine Beute bereits erspäht – Maythorm und seine Leibwache. Jetzt suchte er nach einer geeigneten Stelle für seinen Auftritt. Er war diese Straße schon hundert Mal in seinem Leben entlangmarschiert, aber dies war das erste Mal, daß er sie entlang*flog*. Und wie jedesmal, wenn er die Gestalt des Falken angenommen hatte, verspürte er die fast übermächtige Versuchung, seine menschlichen Pflichten beiseite zu schieben und die Landschaft unter ihm aus schierem Spaß am Fliegen selbst zu erkunden. Das ständige Ankämpfen gegen diese Versuchung machte ihn noch müder, als er es ohnehin schon war – aber er hatte heute noch viel zuviel zu tun, als daß er es sich leisten konnte, diesem Gefühl der Erschöpfung nachzugeben.

Ein Macht-Former wählte sein *Alter ego* nicht willkürlich. Wenn es kam, dann kam es in einem Moment des Scharfblicks – im Zuge einer plötzlichen Eingebung gewissermaßen. Es gab keine Übergangsform, keine Zwischenstation – hie halb Mensch, hie halb andere Form.

Gewöhnlich nahm ein Zauberer seine andere Gestalt beim ersten Mal fast zufällig an, wenn sich irgendeine bewußte oder unbewußte Notwendigkeit für diese Identität ergab. So hatte sich Mar-Yilot in einen Schmetterling verwandelt, als sie erfuhr, daß der Junge, den sie liebte, Schmetterlinge sammelte, und Joooms war zu einer Eidechse geworden, als er in einer fensterlosen Zelle eingesperrt war. Pelmen hatte einmal einen blauen Flieger abfangen müssen, bevor dieser eine gefährliche Botschaft überbringen konnte. Er war in die Luft gestiegen und hatte den Vogel geschnappt, bevor er überhaupt begriffen hatte, was er getan hatte. Seit jenem Tage war er in der Lage gewesen, seine Falkengestalt anzunehmen, wann immer er wollte – solange Mächte gegenwärtig waren, die er formen konnte.

Das bloße Vorhandensein jener Mächte in Chaomonous trieb ihn zur Eile an. Noch nie zuvor hatte er die Kräfte gespürt, die jetzt über diesem Lande webten und wirkten, und er zauderte, sie zu benutzen. Es war, als rechnete er jeden Augenblick damit, daß jemand oder etwas sagte: »Das kannst du hier nicht tun« – und ihn aus dem Himmel herunterriß. Hinzu kam, daß er, seit er ein Jahr zuvor seiner religiösen Berufung gefolgt war, sich jedesmal, wenn er geformt hatte, in einer Art moralischer Klemme gefühlt hatte. Und er mußte sich jetzt bei jedem Akt der Magie fragen, ob sein Formen die Macht oder die Mächte erzürnte, derer er sich bediente. Aus irgendeinem Grund wurde sein Unbehagen größer, je näher er der chaonischen Hauptstadt kam. Kein Zweifel, er mußte sich sputen.

Seine Falkenaugen waren seiner menschlichen Sehkraft weit überlegen. Die Straße wand sich an einem großen Landgut entlang und verschwand in einem kleinen Wald. Vierzig Schritte abseits von der Straße erspähte er ein strohgedecktes Dach zwischen den Bäumen und stieß hinunter, um es zu erkunden. Es war ein schmuckes Bauernhäuschen mit weiß getünchten Wänden und einer sauber gefegten Veranda. Pelmen umkreiste das Haus einmal, landete hinter ihm – und stand auf dem Erdboden, wieder in seiner menschlichen Gestalt. Das einzige Fenster hatte keine Scheibe, und obgleich es recht frisch war, standen die grünen Fensterläden offen. »Hallo?« rief er. Niemand antwortete. Er ging zur Vorderseite des Hauses und klopfte an die Tür. Als niemand antwortete, ging er hinein. Die Bewohner waren weggegangen – weit konnten sie jedoch noch nicht sein, denn der Suppentopf, der auf dem Herd stand, war noch warm. »Wahrscheinlich sind sie beim Pflügen«, murmelte Pelmen. Wenn das zutraf, dann würden sie vor dem späten Nachmittag kaum zurückkommen. »Ich hoffe, ihr habt nichts dagegen, wenn ich mir für eine Weile euer Haus ausborge«, sagte er lächelnd, »und einen Teller von der lauwarmen Suppe. Ich verspreche euch, es wird sich für euch lohnen.« In einem Täschchen an seinem Ärmel steckte eine Goldmünze – er hatte sie eigens zu diesem Zweck mitgebracht.

Seine Kleider freilich deuteten in nichts auf den Reichtum, der sich da im Ärmel verbarg. Er war in Lumpen gekleidet, die er sich gleich nach dem Eklat am Abend zuvor eigens für diesen Auftritt aus dem Kostümwagen zusammengesucht hatte. Die frühen Morgenstunden hatte er damit verbracht, sich sorgfältig auf alt zu schminken, mit täuschend echt aussehenden Runzeln, Falten und Krähenfüßen, bis er schließlich haargenau so ausschaute wie der betagte Bauer, den er bald mimen würde. Seine Kunstfertigkeit im Umgang mit Schminke hatte freilich nichts mit Hexerei zu tun. Es war Bühnenzauber, eine Kunst, die sich für ihn schon so manches Mal als wertvoll erwiesen hatte – und die sich jetzt wieder bewähren mußte, wollte er auf Lignes Schloß überleben.

Er brauchte nicht lange, um sich in der kleinen Kate genauso zu Hause zu fühlen wie ihre wahren Besitzer.

Sobald er sich alle Details der Einrichtung sorgfältig eingeprägt hatte, schoß er auf schnellen Schwingen zum Fenster hinaus und schwang sich rasch wieder hoch hinauf in die Lüfte. Er hatte ein kleines Stelldichein mit Maythorm geplant, und er hatte nicht die Absicht, es zu verpassen.

Maythorm war kein Mann für Halbheiten. Entweder war er für etwas Feuer und Flamme, oder er lehnte es in Bausch und Bogen ab. Und für das Stück, das er gestern abend gesehen hatte, *war* er Feuer und Flamme.

»War es nicht großartig?« schwärmte er Craglump vor, dem wortkargen, phlegmatischen Soldaten, dem die wenig beneidenswerte Aufgabe zugefallen war, Maythorms wertvollen Leib auf dieser Reise zu bewachen. Craglump redete für gewöhnlich wenig, eine Eigenschaft, die ihn zum perfekten Begleiter für Maythorm machte, da der fesche Minister für Kultur und Unterhaltung nur selten einmal seinen Redefluß unterbrach, und wenn, dann höchstens zum Atemholen. »Die Krönung der Festspiele, einfach phänomenal! Diese Eleganz auf der Bühne! Berliath in ihrer Rolle als Ligne verstand es glänzend, unsere Herzen im Fluge zu erobern und uns nicht mehr aus dem Bann ihrer Persönlichkeit zu entlassen, bis der letzte Vorhang gefallen war!«

»Ja«, grunzte Craglump und nickte mechanisch.

»Und erst Eldroph-Pitzel! Diese überbordende, mitreißende Kraft als der gewiefte Taktiker, der ihren Aufstieg zur Macht einfädelte! Seine Stimme hämmerte wie eine eiserne Faust auf unsere Sinne ein, mit der Wucht und dem stählernen Dröhnen eines von Gigantenhand geschwungenen Schmiedehammers!«

»Genau.«

»Wer ist das da?«

Craglump fuhr erschrocken im Sattel hoch. Der plötzlich veränderte Klang von Maythorms Stimme hatte ihn aufgeschreckt; ihm wurde bewußt, daß er fast eingenickt war. »Wer? Wo? Was?«

»Dort.« Maythorm zeigte mit dem Finger. Sie befanden sich auf der Kuppe einer kleinen Anhöhe, und er hatte einen zerlumpten barfüßigen Bauern erspäht, der vor ihnen davonrannte.

»Ach so. Ist bloß ein Bauer«, murmelte Craglump fast ein wenig enttäuscht.

»Aber warum läuft er vor uns weg?« frug Maythorm und spornte sein Pferd an, um den Flüchtenden zu verfolgen. »Du da!« schrie er, als er ihn einholte. »Warum rennst du weg?«

»Ich renne vor dem Sturm weg!« schrie der Bauer und rannte weiter, während Maythorm sein Pferd zügelte und einen verdutzten Blick zum Himmel warf.

»Sturm?« fragte er kopfschüttelnd. Dann sprengte er erneut hinter dem Bauern her, und diesmal versperrte er ihm den Weg, als er ihn eingeholt hatte. Der alte Mann sank, von der Anstrengung völlig ausgepumpt, auf die Knie und rang nach Luft. »Was faselst du da von Sturm, Alter?« fragte Maythorm mit einem spöttischen Grinsen auf den Lippen und zwinkerte Craglump belustigt zu, der jetzt zu ihnen aufgeschlossen hatte.

Der Bauer blickte zu dem Höfling auf und schnaufte: »Na, der, der aufzieht!«

»Aber es ist nicht ein Wölkchen am Himmel zu ...«

Ein gewaltiger Blitz zerriß den Himmel, und Maythorms Blick fuhr ungläubig und erschrocken hoch.

»Mein Weib erwischte es auf genau die gleiche Weise; ist noch keine vier Jahre her! Ich muß zu meinem Haus!« schrie der alte Mann. Er raffte sich schweratmend auf und hastete auf ein Wäldchen zu, das nicht weit vor ihnen lag. Maythorm und Craglump tauschten einen kurzen entsetzten Blick und jagten ihm hinterher. Da sie zu Pferde waren, erreichten sie die kleine einräumige Kate ein gutes Stück vor ihm und waren bereits drinnen, als er zur Tür hereingeschnauft kam. Er sah sie am Fenster stehen und ängstlich zum Himmel hinauf spähen. Hätten sie den zerlumpten Bauern angeschaut statt den klaren blauen Himmel, dann hätten sie vielleicht das kurze verschmitzte Lächeln bemerkt, das er sich gestattete, als er die Tür hinter sich schloß.

Maythorm und Craglump hatten einen ereignisreichen Morgen, gelinde ausgedrückt. Bunte Feuerbälle tanzten ihnen in hypnotisierendem Reigen vor den Augen. Hin und wieder verschwand ihr Gastgeber plötzlich wie vom Erdboden, und ein Raubvogel schoß mit schrillem Kreischen über ihre Köpfe hinweg oder zwischen ihren Beinen hindurch. Und jedesmal, wenn sie zur Tür rannten, um zu flüchten, zuckten gleißende Blitze auf die Kate hernieder, die die Dachbalken schier aus ihren Verankerungen zu reißen drohten, und die beiden Chaoner prallten entsetzt zurück und klammerten sich schutzsuchend aneinander. Der schwindelerregende Wirbelwind von unglaublichen Ereignissen drehte sich immer schneller um sie herum, bis ihnen beiden die Sinne schwanden und sie ohnmächtig auf den steinernen Fußboden sanken.

Sie erinnerten sich an nichts mehr, als sie am späten Nachmittag zu sich kamen. Sie saßen im Sattel ihrer Pferde, die gemächlich auf der staubigen Straße nach Chaomonous dahintrotteten. Beiden war es ein wenig peinlich, daß sie eingenickt waren, und jeder hoffte, daß der andere es nicht gemerkt hatte. Maythorm überspielte seine Verlegenheit, indem er erneut in höchsten Tönen von der Vorstellung vom vorigen Abend schwärmte, wobei er diesmal noch mehr Superlative gebrauchte als bei seinen vorausgegangenen Lobeshymnen. »Ich habe Gerrig noch nie *so* gut gesehen! Welch wunderbares Instrument er aus seiner Stimme gemacht hat! Und erst Danyilyn! Diese künstlerische Sensibilität, mit der sie sich in die Person Lignes hineinfühlt! Diese mitreißende Ausstrahlung, diese mimische Souveränität! Ich brenne schon jetzt darauf, dieser atemberaubenden Schönheit wiederzubegegnen, wenn die Truppe den Palast aufsucht«, schmachtete der Frauenheld und verdrehte verzückt die Augen.

Craglump hörte überhaupt nicht zu. Er beobachtete mit einem seltsamen Gefühl des Unbehagens einen Falken, der über die Baumwipfel zu ihrer Linken nach Süden dahinglitt, in Richtung Pleclypsa.

An jenem Abend fand eine müde Bäuerin zu ihrer Verblüffung den Suppentopf auf ihrem Herd leer vor – doch das Goldstück, das sie auf dem Boden des Topfes fand, entschädigte sie fürwahr um mehr als ein Vielfaches für den Verlust.

Nach langen, endlos zähen Tagen voller mühseliger stiller Plackerei und unter Vergießen von viel Wandschweiß hatte das Haus es endlich geschafft, sein Bewußtsein auf die neuerbauten Bereiche oberhalb seiner Dächer auszudehnen. Fast sofort wünschte es sich, es hätte es besser nicht geschafft. Ein großer Teil seiner Motivation, zuerst in die oberen Bereiche vorzudringen, nährte sich aus dem Wunsch, jenes seltsame Unbehagen zu ergründen, das von jenem Bereich auszugehen schien und für das es keine Erklärung fand. Jetzt aber war mit einem Schlag alles klar. Nur allzu klar. Und just in dem Moment passierte das Unerhörte schon wieder.

*Plop!*

Das Königliche Haus von Chaomonous reagierte genau so, wie jeder andere reagiert hätte, der, aus einem langen tiefen Schlaf aufwachend, plötzlich hätte feststellen müssen, daß jemand ihm einen Vogelkäfig auf den Kopf gestellt hatte. Es fluchte – und nicht zu knapp.

– So eine widerwärtige Geschmacklosigkeit! Unglaublich, das! Unerhört! Eine Frechheit! Verdammte Mistviecher ...

Solcherlei – dem menschlichen Wortschatz entnommene – Vokabeln können naturgemäß nur eine annähernde und unzureichende Umschreibung der

Schimpfwörter liefern, mit denen das Haus das Federvieh bedachte, das da so keck und munter seine Häufchen auf seine schmucken Dachziegel fallen ließ. Sein Repertoire an Verwünschungen war schier unerschöpflich, konnte es doch aus einem Fundus schöpfen, der sich über Jahrhunderte angesammelt hatte, und zu dem Generationen von Palastbewohnern Beiträge von zum Teil erstaunlicher Kreativität geleistet hatten. Die chaonischen Historiker hätten jedenfalls ihre helle Freude an diesem höchst aufschlußreichen Querschnitt durch die Entwicklungsgeschichte des Fluchens am Königlichen Palast zu Chaomonous gehabt – hätten sie ihn hören können. Allein, die Verwünschungen verhallten, da lautlos vorgetragen, ungehört – sowohl von den gefiederten dummen Adressaten seines Zorns als auch von den nicht minder dummen menschlichen Palastbewohnern, die etwas zur Lösung des Problems hätten unternehmen können. Das machte das Haus nur um so wütender.

*Plitsch-platsch!*

– Verfluchte Taube! Möge dir ein sadistischer Achtzigjähriger bei lebendigem Leibe die Federn ausrupfen! Möge dir der Schnabel abfaulen! Mögen deine Eier dir im Bauch vertrocknen!

Ungeachtet von solcherlei Schmähungen pickten die Vögel, die Lignes Voliere bevölkerten, weiter ihre Körner auf und hielten auch ihre sonstigen natürlichen biologischen Funktionen unbeirrt aufrecht.

*Plop!*

– Das sollst du mir büßen, Taube! knirschte das Haus in ohnmächtiger Wut. Wobei die Taube, hätte sie die Drohung hören können, gewiß beleidigt gewesen wäre, denn sie war überhaupt keine Taube, sondern ein langschwänziger buntgefiederter Singvogel, von fernen Gestaden auf einem Gewürzschiff hierhergebracht, ein kostbares exotisches Exemplar, wie alle Vögel in Lignes Voliere. Aber was kümmerten das Haus solche feinen

Unterschiede! Vogel war Vogel. Einen gewissen Grad von nachbarschaftlichem Nebeneinander mit solchen nützlichen und notwendig gefiederten Kreaturen wie Jagdfalken oder blauen Fliegern war das Haus ja noch zu tolerieren bereit, aber auf eine solche Invasion, auf eine solch geballte Mißachtung seiner Persönlichkeit war es nicht vorbereitet. Das war entschieden zuviel!

Es hatte bereits viel Aufmerksamkeit auf das gigantische Gitterwerk selbst konzentriert. In seiner lebhaften Phantasie malte das Haus sich aus, wie es wäre, wenn der riesige Käfig vom Dach hinunter auf die kopfsteingepflasterten Straßen tief unten fallen würde. Die Federviecher, die es schaffen würden, den Sturz in dem verbogenen Wrack zu überleben, könnten dann davonfliegen und ihre Kothäufchen seinetwegen auf irgendein anderes, weniger ehrwürdiges Gemäuer fallen lassen!

Doch der Käfig selbst hatte sich bisher jedem Versuch der Kontrolle durch das Haus widersetzt. Noch konnte es ihn nur anschauen und sich über ihn ärgern – und schimpfen.

Ein Gutes hatte die ganze Sache jedoch: Auch wenn seine farbenprächtigen Verwünschungen nicht in die Sprache der Menschen übersetzbar waren, machten sie sich dem menschlichen Ohr doch auf andere, höchst eindringliche Weise bemerkbar. Wann immer es fluchte, läuteten alle Glocken im ganzen Palast Sturm.

»Schon wieder diese verdammten Glocken!« fauchte Ligne, als vierzehn Palastwächter, neun Dienstmädchen, vier Lakaien, eine Zofe und der Träger des Königlichen Kackstuhls atemlos in den Thronsaal hasteten. »Wann repariert Kherda sie endlich?« kreischte sie, außer sich vor Wut, worauf die versammelte Dienstbotenschar ebenso hastig, wie sie gekommen war, wieder davontrippelte – mit Ausnahme des Kackstuhlwarts. Die Erfahrung hatte ihn gelehrt, daß es besser war, wenn er sein Arbeitsgerät nicht zu ruckartig in Bewegung setzte.

»Hast *du* eine Ahnung, warum sie immer von selbst läuten?« frug sie ihren sehnigen jungen Gefangenen. Wie üblich gab Rosha keine Antwort.

Er sah wenig Sinn darin; ob er nun antwortete oder nicht, es änderte ohnehin nichts an seiner Lage. Man hatte ihn von seiner Liebsten getrennt, von seinem Schwert, von seinem Land – von allem, was ihm das Leben lebenswert gemacht hatte. Und jetzt hatte man ihm auch noch die Sicht geraubt, denn Ligne hatte ihrem Falkner befohlen, dem Kopf des jungen Mannes eine Kapuze aus braunem Leder anzupassen. Sie bedeckte das Gesicht bis zum Nasenrücken und ließ nicht das geringste Licht hindurch. Die Arme waren ihm auf den Rücken gefesselt. In diesem Zustand hielt man ihn nun schon seit drei Tagen, und allmählich verlor er das Interesse an allem, was um ihn herum vor sich ging. Und sein Stottern machte ihm das Reden ohnedies zu einer lästigen Pflicht. Kein Wunder, daß er da wenig Lust verspürte, sich auf sinnlose Unterhaltungen einzulassen.

Premierminister Kherda hastete in diesem Moment mit klappernden Sandalen den Flur herauf, sein langes Gewand zur Seite gerafft, damit es sich nicht zwischen den Beinen verfing. Als er den Eingang zum Thronsaal erreichte, blieb er stehen, lehnte sich schweratmend gegen das Türgewände und stammelte keuchend und zwischendurch immer wieder nach Luft ringend: »Ich ... verstehe nicht ... wieso ... diese Glocken ... immer ... wieder ... läuten!« Er holte ein paarmal Luft und fuhr im Angesicht der ihn mit eisigen Blicken musternden Ligne tapfer fort: »Ich habe ... alles getan ... um jemanden ... zu finden ... der fähig ist ... das Problem zu finden. Aber keiner ... kann sich ... das erklären!«

»Warum schickt Ihr nicht nach Ngandib-Mar nach einem Zauberer?« fragte Ligne in liebenswürdigem Tonfall. »Ein Macht-Former könnte das Problem doch sicher finden.« Kherda begriff, daß die Königin sich über ihn lustig machte. Ligne glaubte nämlich ebensowenig an Magie wie er.

»Es gibt ... keine Macht-Former«, japste er erschöpft.

»Aber es muß Macht-Former geben«, fuhr sie hohnlächelnd fort. »Wer, wenn nicht ein Macht-Former, könnte dieses Haus sonst so verhext haben, daß es sich so merkwürdig aufführt?« Schlagartig ließ sie die spöttische Maske fallen und zischte: »Ich will Euer Gesicht so lange nicht sehen, bis Ihr einen Handwerker findet, der diese verdammten Glocken reparieren kann. Es sei denn Ihr möchtet unbedingt mit einer Glockenschnur stranguliert werden ...«

Kherda hatte sich an derartige Drohungen seiner blutrünstigen Monarchin gewöhnt. Gleichwohl beeilte er sich, den Thronsaal zu verlassen. Ligne drehte sich wieder zu ihrem Gefangenen um, gerade noch rechtzeitig, um zu sehen, wie ihm der Schatten eines Grinsens über die Lippen huschte und wieder verschwand. »Und worüber hast *du* zu grinsen? Lachst du etwa über mich?« herrschte sie ihn an.

Rosha schwieg wie üblich. Aber Ligne hatte das Gefühl, auf dem fest zusammengekniffenen Mund einen Hauch von selbstzufriedenem Spott erkennen zu können. Es verwirrte und ärgerte sie zugleich. Ihre Stimme klang wieder sanft, als sie leise sagte: »Du bist der einzige, der das wagt. Warum gestatte ich das?« Sie ließ die Hand an einem seiner gefesselten Unterarme entlanggleiten, und er ballte zur Antwort die Faust – ein stummes Signal, aber eines, das sie klar verstand. »Ich weiß. Du magst es nicht, wenn ich dich anfasse.« Um ihn zu reizen, massierte sie die angespannten Muskeln seines Rückens und seiner Schultern, wobei sie sorgsam darauf achtete, daß sie nicht zu nahe an seine geballte Faust kam. Sie wußte, er schlüge sofort nach ihr, wenn er nur die kleinste Chance sah, sie zu treffen. Das war der Grund, warum er gefesselt war. »Warum tust du das, Rosha mod Dorlyth? Haßt du mein Inneres so sehr, daß du darüber meine äußeren Attribute gar nicht wahrnimmst?« Ligne fand, daß sie guten Grund hatte, stolz auf ihr Aussehen zu sein. Sie war immer noch eine junge Frau, und ihr wohlgeformtes ovales Gesicht war frei von jeder Spur von Sorgenfalten, wie man sie so häufig in den Gesichtern von verantwortungsvolleren Monarchen sieht. Die blauen Augen konnten betörend funkeln, wenn sie jemanden bezaubern wollte, und sie konnten gefährlich glitzern, wenn sie erzürnt war – aber sie konnten niemals trübe oder leer sein. Eben dieser ihrer Schönheit verdankte sie ihren atemberaubenden Aufstieg zum Gipfel der Macht – auf dem Wege über Taliths Bett natürlich. Aber sie empfand darob nicht das geringste Gefühl von Scham. Im Gegenteil, es war Balsam für ihr Selbstbewußtsein, sich daran zu erinnern, wie sie den einstigen König nicht nur ins Bett, sondern auch ins Grab verführt hatte – vorausgesetzt, jemand hatte sich überhaupt die Mühe gemacht, den dünkelhaften Einfaltspinsel zu beerdigen. Ligne kultivierte sorgfältig ihr freches, aufreizendes Erscheinungsbild; sie kleidete sich in glitzernde Materialien von schockierenden Farben, die so geschnitten waren, daß sie jene Bereiche ihrer Figur, die sie für die verführerischsten hielt, besonders vorteilhaft zur Geltung brachten, jene kleinen Makel aber, die nur sie selbst kannte, geschickt verbargen. Mit ihrem wallenden, metallisch glänzenden Haar, das so schwarz war wie das Federkleid eines Raben, war Ligne mehr als nur beeindruckend. Sie war mehr als bloß reizend. Sie war das Richtmaß aller Schönheit, an dem alle Männer, die sie kannten, ihre Ehefrauen und Geliebten maßen. Sie lobpries ihr eigenes Aussehen durch jene unbewußte Arroganz einer Frau, die nie etwas anderes gewesen war als schön.

Aber auf Rosha machte das alles keinen Eindruck – aus einem sehr einleuchtenden Grund.

»W-wie soll ich Eure s-s-sagenhafte Schönheit schauen, wenn ich st-ständig diese K-k-k-kapuze auf dem

Kopf haben muß?« Er war so genervt, daß er zu erstikken glaubte.

»Du weißt, wie gern ich dir diese Maske abnehmen würde, mein schöner Freund. Eine Schande, so hübsche dunkle Locken unter einer Kapuze zu verstecken. Aber wie kann ich das tun, da du doch angekündigt hast, du würdest mir im selben Moment, da ich es tue, ins Gesicht treten? Kannst du mir verraten, ob die Nacht auf dem kalten Fußboden meines Kerkers dein Herz vielleicht ein wenig erweicht hat?«

Rosha war wieder in sein abwesendes Schweigen verfallen. Seine Lippen trugen den geduldigen Ausdruck eines Raubtiers auf der Pirsch – stumm, passiv, aber bereit, jederzeit zuzuschlagen.

»Das dachte ich mir schon«, beantwortete sich Ligne ihre Frage selbst und lächelte gespielt gleichgültig. »Vielleicht sollte ich meinen Kerkerwärtern die Erlaubnis geben, dich mit dem Knüppel oder einer glühenden Zange gefügig zu machen ...« Sie versuchte, es wie eine Drohung klingen zu lassen, aber es war keine, und Rosha wußte es. Ligne seufzte. »Aber das brächte ich natürlich nicht übers Herz, genausowenig wie ich es übers Herz brächte, einem meiner Falken den Stolz herauszuprügeln. Möchtest du die Falken noch einmal besuchen, Rosha? Würdest du dich nicht wohl fühlen in der Gesellschaft deiner Brüder unter der Kapuze?«

Rosha zuckte die Achseln. Es bedeutete ihm nichts. Er hörte, wie Ligne einen Wächter rief, und spürte wenig später, wie jemand an der Kette zog, die seine Brust umspannte. Das bedeutete, daß er sich vorwärtsbewegen sollte. Rosha fügte sich widerstandslos – geduldig wartend.

Die Käfige, in denen die königlichen Falken gehalten wurden, standen in scharfem Kontrast zu dem riesigen Aviarium auf dem Dach. War der Boden des ersteren mit einer dicken Schicht weißen Vogelmistes bedeckt, so waren die Böden der Falkenkäfige makellos sauber; war das Aviarium erfüllt vom steten durchdringenden Gekreische und Geflatter der buntgefiederten Vögel aus exotischen Dschungelregionen, so herrschte in den Falkenkäfigen absolute Stille. Ihre grauen und braunen Insassen hockten in stummer, blinder Hab-Acht-Haltung auf ihren Stangen, wie gefiederte Soldaten, die auf den Befehl zum Sturmangriff warten. Maliff, der Falkner, schlurfte von Vogel zu Vogel und registrierte mit wachem Auge jedes noch so leise Krallenscharren oder Flügelrascheln.

»Psst ...«, flüsterte Maliff leise. »Seid stirr jetzt – ganz reise.« Seine Stimme wirkte beruhigend auf seine gefiederten Schutzbefohlenen. »Wartet ab; ihr werdet greich ein paar feine Reckerchen bekommen, wenn mein Bursche aus der Küche zurückkommt.« Die Vögel schienen mit seinen Worten zufrieden; sie störten sich nicht daran, daß Maliff den mittleren Konsonanten seines eigenen Namens nicht aussprechen konnte.

Der Falkner hörte, wie das Pförtchen hinter ihm aufging, und setzte eine finstere Miene auf. »Hast aber verdammt range gebraucht!«

»Was sind das denn für Töne?« fauchte Ligne, und der Falkner wirbelte erschrocken herum, um sich bei seiner Königin zu entschuldigen.

»Meine Königin! Das wußte ich nicht! Ich dachte, es sei mein Bursche, der Freisch für meine Farken bringt!«

Ligne hatte den Falkner schon wieder vergessen; sie schlenderte an den Käfigen entlang wie ein Feldherr, der eine Truppenparade abnimmt. »Hier, Rosha!« sagte sie zu dem jungen Gefangenen, der von einem Wächter hinter ihr hergezerrt wurde. »Wie diszipliniert, wie gehorsam deine gefiederten Brüder sind. Sie warten nur auf meinen Befehl.« Sie streckte den Arm aus, um ein Falkenmännchen zu streicheln.

»Hart!« rief Maliff, ohne nachzudenken, und handelte sich einen kalten, strengen Blick ein.

»Wie bitte?« fragte Ligne drohend.

»Bitte, o Königin, sie mögen es nicht, wenn man sie streichert«, sagte er tapfer.

»Es sind *meine* Vögel, Maliff, und ich streichle sie, wann *ich* will!«

»Jawohr, meine Königin.« Der Falkner nickte gehorsam. »Aber ich muß Euch warnen ...«, sagte er unwillkürlich, als sie die Hand erneut nach dem Vogel ausstreckte.

»Ich kann mich nicht erinnern, dir oder irgend jemand anderem die Erlaubnis erteilt zu haben, mich zu belehren, Maliff!«

»Natürrich nicht, meine Königin, aber Ihr habt mich ars Betreuer für diese Raubvöger eingesterrt, und ich bin bestrebt, meine Sache so gut wie mögrich zu machen. Ihr könnt gern einen auf Eurer Faust sitzen rassen, aber streichert ihn nicht. Ihr reizt ihn, wenn Ihr das tut.«

Ligne lehnte sich auf die Sitzstange eines Jungvogels und stützte den Kopf auf die Hand. Der Vogel trippelte hastig zum anderen Ende der Stange. »Wenn du soviel über Raubvögel weißt, o mächtiger Erzieher des Jagdfalken, dann sag mir doch einmal, wie ich *diesen hier* dazu kriege, mir zu gehorchen.« Sie deutete mit dem Kinn auf Rosha. Maliff senkte den Blick. Er hatte die Kapuze selbst gefertigt, aber es war ihm eine saure Pflicht gewesen.

»Das ist ein Mann – kein Farke«, murmelte er leise.

»Das weiß ich auch!« kreischte Ligne, so laut, daß die Insassen des Käfigs erschreckt aufstoben und umherflatterten.

»Psst! Worrt ihr wohr Ruhe geben!« besänftigte sie Maliff, und die Aufregung legte sich wieder. Ligne starrte ihn wütend an, und er hielt den Blick von ihr abgewandt, als er erklärte: »Das gart meinen Vögern, meine Dame. Nicht Euch.«

»Nun?«

»Wenn er ein Voger wäre, würde ich seine Früger befreien und ihn so abrichten, daß er auf meiner Faust sitzenbreibt. Aber ich fürchte, wenn Ihr den hier rosbinden würdet, würde er sich sogreich auf Euch stürzen und Euch töten. Es wäre sicherer für Euch, wenn Ihr ihn freirießt. Das ist Mariffs Rat.«

Ligne starrte ihn einen Moment lang eindringlich an, während sie seine Worte übersetzte. Dann schüttelte sie den Kopf. »Ich weigere mich, auf den Rat eines Mannes zu hören, der nicht einmal seinen eigenen Namen richtig aussprechen kann. Rosha, dieser Narr mit dem Hirn eines Vogels hat sogar noch eine schwerfälligere Zunge als du!« Die Rückenmuskeln des jungen Kriegers wölbten sich, als er sich in einer Reflexbewegung gegen seine Fesseln stemmte.

Ligne registrierte es und lachte leise. »Da habe ich dich wohl wieder an deinem wunden Punkt erwischt, nicht wahr? Eine sichere Methode, dich zur Weißglut zu reizen.« Rosha machte eine ruckartige Bewegung auf sie zu, wurde aber von seinen Ketten zurückgerissen. Ligne hatte ihm den Rücken zugewandt und griff nach einem Lederhandschuh, der an einem Pflock über ihrem Kopf hing. »Ich nehme den da«, sagte sie zu Maliff und deutete, indem sie sich den Handschuh über die rechte Hand streifte, auf den Jungvogel, den sie von seinem Platz verjagt hatte.

»Er ist noch nicht vorr ausgebirdet. Kann ich Euch nicht einen anderen ...«

»Genug!« schrie Ligne, und Maliff trat unterwürfig zurück und ließ sie gewähren. Sie löste den Riemen, der den Vogel an seine Sitzstange fesselte, und strich ihm mit ihrer behandschuhten Hand über den Unterbauch. Er kletterte blind auf ihre Hand, und die Königin wandte sich um und stolzierte aus dem Käfiggehege hinaus in das helle Sonnenlicht des Burgdaches.

»Bitte!« rief Maliff ihr nach. »Raßt um Himmers wirren den Rederriemen nicht roß!« Aber die Frau war schon draußen, und er sprach nur noch gegen die Rükken von Rosha und dem Gardisten, der den Jungen durch die Käfigtür hinter der Königin her bugsierte. »Er wird wegfriegen ...«, schickte er bekümmert hinterher. Dann schüttelte er traurig den Kopf und wandte sich wieder seinen gefiederten Schutzbefohlenen zu.

Das Königliche Haus beobachtete, wie Ligne die wenigen Schritte bis zur Außentür des Avariums zurücklegte, sie mit der Schulter aufstieß und hineinging. Seine lodernde Wut auf diese dumme, unwissende Königin mit ihrer totalen Rücksichtslosigkeit gegen seine, des Hauses, Gefühle hatte sich in kalten Abscheu verwandelt. Gegen ihre Grausamkeit hatte es nichts – es konnte selbst sehr grausam sein. Auch durch ihre Arroganz fühlte es sich nicht sonderlich gekränkt. Von einem menschlichen Monarchen erwartete es nichts anderes als solche Torheit. Woran es jedoch Anstoß nahm, war ihre erschreckende Roheit! Das Königliche Haus hatte sich noch nicht eingestanden, daß niemand es verstehen konnte. Es war noch immer überzeugt davon, daß man ihm bewußt die kalte Schulter zeigte.

Im Augenblick jedoch beschäftigte es nichts so sehr wie der Gedanke, wie es die Bevölkerung des verfluchten Aviariums auf seinem Dach dezimieren konnte. Deshalb vibrierten die Wände seiner Gänge und Hallen schier vor Freude beim Anblick des jungen Falken, den die Königin in das riesige Freiflugvoliere trug.

Gespannt verfolgte es, wie gleich darauf Rosha durch die Außentür gestoßen wurde. Der Gardist ging hinter den beiden hinein, schloß die Außentür hinter sich, und dann traten alle drei durch die Innentür in das eigentliche Aviarium. Das Haus lauschte, wie Ligne dem verängstigten Vogel auf ihrer Faust im süßlichen Singsang der Babysprache zuflötete: »Ho ho, mein kleines Vögelchen, weißt du auch, wo die liebe Ligne dich hineingebracht hat? Zu ganz ganz vielen anderen kleinen Vögelchen, die ganz ganz viel Angst vor dir haben! O ja, ganz viel Angst haben sie vor dir. Weißt du, daß du jedes dieser kleinen Piepmätzchen mit deinen bösen scharfen Klauen zerquetschen könntest – weißt du das? Aber nein, mein Vögelchen, das *kannst* du ja nicht wissen. Weil du nämlich genauso ein kleines Kapüzchen auf hast wie unser Rosha hier, Vögelchen – du kannst nichts sehen, und außerdem halte ich dich an der Leine fest. Möchtest du, daß ich dich loslasse, Vögelchen?« Der Falke schlug wie zur Antwort zaghaft mit den Flügeln, und Ligne lachte hart und höhnisch auf. »Das könnte dir so gefallen, was? Keine Chance!« Das letzte war auf Rosha gemünzt, der reglos und passiv dastand, wo der Gardist ihn hingeschoben hatte.

»Da seid Ihr ja, meine Dame, ich habe Euch schon überall gesucht!« Kherda kam ihnen vom inneren Eingang her entgegen, zwei eitel einherstolzierende Pfauen aus dem Weg scheuchend.

»Was ist denn nun schon wieder?« stöhnte Ligne, während sie sich die Lederleine noch ein weiteres Mal um das linke Handgelenk schlang.

»Maythorm ist aus Pleclypsa zurückgekehrt mit einem Bericht über jenes Stück, das ...«

»Wer ist Maythorm?« fragte Ligne in gereiztem Ton.

»Maythorm ist ein Mitglied Eures Hofes, meine Dame – erinnert Ihr Euch nicht? Minister für Kultur und Unterhaltung. Der immer nach Flieder riecht.«

»Fahrt fort!« seufzte sie und streichelte geistesabwesend den Falken. Er sträubte sich gegen die Berührung, indem er so weit wie möglich zurückwich, aber sie achtete nicht darauf. Als die Hand mit dem Streicheln fortfuhr, plusterte der Vogel das Gefieder auf, trippelte vorsichtig an seine ursprüngliche Stelle auf dem Lederhandschuh zurück und ließ die Tortur stoisch über sich ergehen.

»Also, Maythorm ist aus Pleclypsa zurückgekehrt, um Euch über dieses Stück zu berichten, das ...«

»Was für ein Stück?« blaffte Ligne genervt und wandte den Blick wieder dem Falken zu.

Kherda zwang ein nachsichtiges Lächeln auf sein alterndes Gesicht. Er hatte es sich seit einiger Zeit zur Gewohnheit gemacht, wegzuschauen, wenn er irgendwo einem Spiegel begegnete. Die ständigen Demütigungen und Abkanzlungen, denen ihn diese verständnislose, undankbare, arrogante Metze von einer Königin aussetzte, hatten ihm frühzeitig tiefe Furchen ins Gesicht gegraben. Trotzdem lächelte er eisern weiter. »Es gibt da Berichte von einem Schauspiel – in welchem Ihr selbst sehr vorteilhaft dargestellt werdet – das zur Zeit in den südlichen Regionen aufgeführt wird ...«

»Schauspiel, sagt Ihr? Spielt Pelmen darin auch mit?« fragte sie und zog forschend die Augenbraue hoch.

»Wenn man nach Maythorms etwas konfusen Aussagen geht, wird das Stück von Pelmens alter Truppe aufgeführt, aber ...«

»Ich will, daß dieser Kerl festgenommen wird! Ich will, daß man ihn sofort herschafft und wegen Hochverrats gegen den Staat vor Gericht stellt und zur Verantwortung zieht.« Lignes hübsches Gesicht war rot angelaufen, die Lippen zitterten vor Wut.

Das Königliche Haus verfolgte diese Unterhaltung mit Interesse. Es sah, wie der aufgeschreckte Falke aufgeregt von einem Ende des Handschuhs der Königin zum anderen trippelte. Es registrierte, wie die Hand der Königin die Lederleine, die am Bein des Falken befestigt war, abwechselnd umklammerte und losließ. Und es beobachtete auch mit verzehrendem Haß die Flugmanöver jenes verfluchten langschwänzigen Singvogels; dieses vermaledeite Mistvieh hatte soeben erneut auf sein Dach geschissen, und sein fröhliches Getriller kam dem Haus wie Spottgelächter vor.

Kherda hielt die Zunge im Zaum, indem er sich mit den Zähnen darauf biß. Er war inzwischen ein wahrer Meister in dieser Kunst geworden. Er lächelte erneut mit übertriebener Freundlichkeit und erwiderte: »Meine Königin wird sich gewiß erinnern, daß dieser Pelmen fest in einer einflußreichen Machtposition etabliert ist als Prophet von Lamath. Und es schiene mir höchst absurd für einen Mann in seiner ...« Kherda brach mitten im Satz ab, denn Ligne hatte ihm wieder den Rücken zugedreht und musterte argwöhnisch Rosha. Der junge Recke schmunzelte – unbemerkt, wie er glaubte.

»Weißt du vielleicht etwas, das wir wissen sollten?« herrschte sie ihn an, und sofort schloß Rosha den Mund und setzte wieder seine unbeteiligte Miene auf. »Ich habe dieses versteinerte Gesicht in der letzten Zeit zu oft gesehen!« kreischte Ligne, außer sich vor Wut, und trat ihm mit dem spitzen Schuh gegen das nackte Schienbein. Rosha verzerrte für einen winzigen Moment leicht das Gesicht ob des unerwarteten Schmerzes, aber er rührte sich nicht von seinem Platz an der Käfigwand, und sofort versteinerten sich seine Züge wieder zur ausdruckslosen Maske.

»Antworte mir! Ich befehle dir, mir zu antworten! Ich werde dir diese verfluchte Maske vom Gesicht reißen ...« Ligne riß die Lederkapuze vom Kopf des Falken und hätte Rosha den verschreckten Vogel ins Gesicht gestoßen, wären nicht Kherda und der Gardist vorgesprungen und hätten sie bei den Schultern gepackt und zurückgehalten.

»Meine Dame! Königin Ligne! Bitte, beherrscht Euch!« schrie Kherda, als die Frau unter wüsten Beschimpfungen sich loszureißen versuchte. Der Falke flatterte aufgeregt um ihre Köpfe herum und schlug mit den Flügeln, um das Gleichgewicht zu bewahren, während er gleichzeitig zum ersten Mal den buntgefiederten Festschmaus betrachtete, mit dem das Aviarium gefüllt war. Maliff hatte ihn erst jüngst auf Köder abgerichtet, und hier war echtes, lebendiges Fleisch, wohin auch immer er den Kopf drehte – und keines davon weiter als zwanzig kräftige Flügelschläge entfernt.

Das Königliche Haus beobachtete dies alles mit Faszination.

Die Königin schaffte es schließlich, ihre Selbstbeherrschung wiederzuerringen, und wandte ihre Aufmerksamkeit wieder darauf, den Falken unter Kontrolle zu bekommen. Sie hatte seine Leine im ersten Moment ihres Ausbruchs ziemlich straff gehalten, weil sie in ihrer Wut beide Hände zur Faust zusammengeballt hatte. Jetzt schlang sie sich den Riemen wieder um das linke Handgelenk und redete ihm beruhigend zu. Als sie das Gesicht wieder den anderen zuwandte, spielte ein schnippisches Grinsen auf ihren Lippen. »Ich weiß wirklich nicht, warum ich jedesmal so wütend werde, wenn du dich weigerst, mit mir zu sprechen«, sagte sie in spöttischem Ton zu Rosha. »Wo ich doch eigentlich froh sein sollte, wenn es mir erspart bleibt zuzuhören, wie du die Sprache malträtierst, über jedes zweite Wort stolperst, die einfachsten Sätze nicht ohne Stottern und Stammeln zustande bekommst ...«

Der Gardist ächzte vor Anstrengung, als er unter Aufbietung aller Kraft Roshas spontane Reaktion abwürgte. Dies war der härteste Teil seiner Arbeit – den starken Recken in Schach zu halten, wenn Ligne in der Stimmung war, ihn bis aufs Blut zu reizen.

Kherda holte tief Luft. »Meine Dame, wenn Ihr für einen kleinen Moment von dem Burschen ablassen könntet, dann könnten wir vielleicht kurz die Sache mit diesem Stück besprechen, und dann überlasse ich Euch wieder voll und ganz Eurem Spiel.« Kherda übersah Lignes gekränkten Blick und fuhr munter fort: »Gewiß, Maythorm neigt stets zu Übertreibungen, und er kommt mir nach dieser jüngsten Reise eher noch überspannter und aufgedrehter vor als nach allen vorausgegangenen – gleichwohl schwört er lauthals, daß dieses Schauspiel ein wahres Meisterstück sei. Die Tatsache, daß diese Truppe früher einmal mit Pelmen in Verbindung stand, darf wohl als völlig unerheblich angesehen werden, als reiner Zufall. Nach meiner Analyse birgt dieser Sachverhalt keinerlei Gefahr in sich. Im Gegenteil, die Wahl des Stoffes läßt darauf schließen, daß der Truppe sehr daran gelegen ist, die Gunst des Hofes wiederzugewinnen – was die öffentliche Anerkennung der Rechtmäßigkeit Eurer Herrschaft mit einschließt. Hättet Ihr etwas dagegen, wenn ich ihnen eine Einladung an den Hof zukommen ließe?«

Ligne starrte ihn noch immer an. Ihre funkelnden blauen Augen machten kein Geheimnis aus ihrer Verärgerung. »Müßt Ihr mich mit solchem Kleinkram behelligen? Könnt Ihr diese Truppe nicht selbst einladen?« Sie kehrte dem Premierminister den Rücken zu, um deutlich zu machen, daß sie das Gespräch als beendet betrachtete. Kherda stand für einen Moment da wie ein geprügelter Hund, dann gab er sich einen Ruck und stapfte davon.

»Kherda!« sagte sie in scharfem Ton, und er erstarrte im Schritt. »Was sollen wir mit diesem hübschen jungen Krieger anfangen, der offenbar nicht sprechen kann?« Ligne kicherte, als Rosha wütend an seinen Fesseln zerrte. Es war leicht zu sehen, daß er sich danach sehnte, die Hände freizubekommen und sie ihr um den Hals zu legen.

»Ihr wißt sehr wohl, was Ihr meiner Meinung nach mit ihm anfangen solltet!« brummte Kherda mürrisch.

»O ja, das weiß ich. Ihr wollt ihn einsperren, nicht wahr, damit ich ihn mir nicht mehr anschauen kann? Ihr hättet gern, daß ich meine Aufmerksamkeit den Staatsgeschäften zuwende, nicht wahr? Aber vergeßt nicht, Kherda, der Staat, das bin jetzt *ich* ...« Sie hielt inne und streichelte Rosha zärtlich über die Schulter. »... und dies hier ist ein Geschäft, das ich sehr wohl ganz allein regeln kann.«

»Das sagt Ihr jetzt«, schnaubte Kherda, »aber ich sehe ihn schon in Eurem Bett, und ...« Kherda schluckte den Rest seines Satzes hinunter, erschrocken, daß er sich zu solch gefährlichen Vertraulichkeiten hatte hinreißen lassen.

Lignes lodernder Blick bohrte sich wieder in ihn hinein, und Kherda machte sich innerlich auf ein Donnerwetter gefaßt. Zu seiner Überraschung blieb es aus. Statt dessen trat ein Lächeln auf Lignes Züge – ein mädchenhaftes, fast schamhaftes Lächeln. »Das werdet Ihr bestimmt nicht sehen, wenn es soweit ist«, sagte sie und zog kokett die Augenbrauen hoch. Das Donnerwetter wäre Kherda lieber gewesen. Sie hatte deutlich gezeigt, wie viel sie sich aus diesem wilden jungen Gefangenen machte – und solche Zuneigung war gefährlich.

»Meine Dame, dieser Junge ist gefährlich! Er ist der Geliebte Eurer Rivalin und ein erwiesener Anhänger Eures Feindes Pelmen! Sperrt ihn sofort ein, bevor er sich von seinen Fesseln befreit und auf Euch losgeht!«

»Ich soll ihn einsperren, Kherda?« knurrte Ligne. »Vielleicht in den Kerker, damit er mir über Nacht gestohlen wird, so wie meine Rivalin? Ich habe übrigens bis jetzt noch immer keine Erklärung von Euch, wie das passieren konnte. Habt Ihr vielleicht eine Idee?« Sie ging drohend auf ihn zu und senkte die Stimme, damit Rosha nicht hören konnte, was seiner Geliebten zugestoßen war. Kherda wich zurück und stolperte dabei fast über den Rücken eines neugierigen Pfaus, der den Hals um seine Beine herumreckte, um einen Blick auf die wütende Königin zu werfen. »Ihr sagt, Pelmen sei weit weg, in Lamath, und stelle keine Bedrohung mehr dar. Ist das wahr, Kherda? Wißt Ihr das ganz sicher? Oder versucht Ihr, mich in Sicherheit zu wiegen, um ein Komplott gegen mich zu schmieden, so wie Ihr einst ein Komplott *mit* mir geschmiedet habt?«

»Meine Dame, Ihr wißt, daß ich Euch treu ergeben bin. Ich habe Euch stets in jeder Weise unterstützt.«

»Dann seht zu, daß das so bleibt, Kherda! Und steckt Eure spitze kleine Nase nicht in Angelegenheiten, die Euch nichts angehen!«

»Jawohl, meine Dame.« Er nickte heftig.

»Und jetzt verschwindet aus meiner Voliere!«

kreischte sie, und er wandte sich gehorsam zum Gehen. Er ging jedoch nicht allzu schnell. Er kannte Ligne gut und hatte gelernt, immer damit zu rechnen, daß sie ihn noch einmal zurückpfiff, um ihn weiter zu schikanieren, nachdem sie ihn schon fortgescheucht hatte. Und sie handelte auch diesmal getreu nach ihrer Gepflogenheit. »Kherda!« schrie sie, und er kam gehorsam zurück. »Irgendeiner in dieser Truppe, der was taugt?«

»Eh ... ich glaube ... der Große, Stämmige – Gerrid ... oder Gerrig oder so ähnlich ...«

»Gerrig? Tatsächlich?« fragte Ligne erfreut. »Ich erinnere mich an ihn aus *Schatten einer Nacht auf See* – ja, er wird bestimmt gut sein. Holt seine Truppe an den Hof!«

»Dann seid Ihr also interessiert?« fragte Kherda.

»Natürlich bin ich interessiert. Wer wäre nicht geschmeichelt von einem Meisterstück, das auf ihm selbst basiert? Ich bin schließlich auch nur ein Mensch, Kherda. Abgesehen davon wird es sicherlich eine Erholung für mich sein, mal jemandem zuzuhören, der beim Sprechen nicht an der eigenen Zunge zu ersticken droht.«

Ligne fuhr hoch, als sie das Wutgebrüll hinter sich hörte, und wirbelte herum. Zu ihrem Schreck sah sie, wie Rosha blindlings in ihre Richtung stürmte. Ihre neuerliche Stichelei hatte den Gardisten überrascht. Rosha hatte sich von ihm losgerissen und rannte mit gesenktem Kopf wie ein Rammbock auf sie zu, dem Geräusch ihrer Stimme folgend. Sie warf sich zur Seite, knallte mit dem Ellbogen gegen eine Käfigstange und schrie vor Schmerz laut auf. Roshas Kopf grub sich in den Bauch des entsetzten Premierministers, schleuderte ihn zurück, und beide landeten in einem Knäuel zappelnder Gliedmaßen auf dem Rücken des kreischenden Pfaus, der plötzlich allen Grund hatte, seine Neugier zu bereuen.

Es war nur ein kurzes, leises Rauschen schlagender Flügel zu hören, als eine braune Gestalt wie ein Strich himmelwärts schoß, dann ein Schrei, gefolgt vom aufgeregten Flattern bunter Federn. Ligne schnappte entsetzt nach Luft und starrte ungläubig auf ihre Hand – der Falke hatte sich losgerissen. »Kherda!« kreischte sie. »Unternehmt etwas!«

Aber Kherda war in einen verzweifelten Kampf mit einem aufgebrachten Pfau verwickelt, der versessen darauf schien, sein sorgenzerfurchtes Gesicht mit scharfen Krallen in Fetzen zu reißen. Er sah nicht, wie die bunte Vogelschar in Panik von einer Seite des Käfigs zur anderen stob, um dem Schnabel und den Krallen des Falken zu entgehen. Er sah nicht, wie der Raubvogel pfeilschnell herabstieß und einen zweiten exotischen Prachtvogel im Fluge schlug, gleich darauf einen dritten und einen vierten. Der Falke tat nur das, wozu er abgerichtet worden war – und er hatte seine Lektion wahrhaftig gut gelernt.

Drei Stockwerke tiefer ging Maythorm gerade zufällig einen Gang entlang, als ihm plötzlich ein kalter pfeifender Wind ins Gesicht blies. Dem Minister für Kultur und Unterhaltung brach vor Schreck der kalte Schweiß aus, und er hastete unverzüglich in seine verschwenderisch ausgestatteten Gemächer zurück. Überhaupt, fand er, war die ganze Woche schon sehr merkwürdig gewesen. Maythorm beschloß, keinen Schritt mehr vor die Tür seiner Gemächer zu tun, bis sie vorüber war.

Nachdem der Frühling ein erstes kurzes Gastspiel gegeben hatte, kehrte der Winter mit einem eisigen Graupelschauer nach Pleclypsa zurück und überzog alles mit einer dünnen Eisschicht. Die Truppe kauerte sich zum Schutz gegen die Kälte in Gerrigs Wagen zusammen, der immer noch hinter dem Theater geparkt stand. Gerrigs Laune schien sich im gleichen Maße zu verschlechtern, wie die Temperatur draußen sank. »Wann willst du dir endlich diese alberne Schminke vom Gesicht wischen?« knurrte er, an Pelmen gewandt.

Pelmen wandte den Kopf ein wenig zur Seite, um sich in Gerrigs großem Spiegel zu betrachten. »Wenn die Zeit dafür gekommen ist«, erwiderte er ruhig.

»Ich glaube, die Zeit ist jetzt gekommen!« fauchte Gerrig bissig. »Du siehst aus wie ein Narr!«

Pelmen lächelte. »Das ist ja auch der Sinn der Sache, nicht wahr?«

»Du hast dir dieses Zeug ins Gesicht geklatscht, um deine Identität vor Ligne zu verbergen, nicht wahr? Nun, da inzwischen feststeht, daß wir dieses Jahr sowieso nicht mehr an den Hof kommen, tu uns den Gefallen, und wisch es wieder ab.« Er machte einen ungeheuer gereizten Eindruck.

»Ich bin da nicht so sicher wie du«, erwiderte Pelmen gelassen. »Schließlich haben wir das Festival doch noch gewonnen – sogar mit einer öffentlichen Entschuldigung seitens des Organisationskomitees.«

»Na und?« schnaubte Danyilyn. »Was haben wir davon, wenn Maythorm es gar nicht mehr mitgekriegt hat, daß wir gewonnen haben? Für ihn gehört unser Stück Eldroph-Pitzel und Berliath!«

»Aber die beiden haben bis jetzt noch keine Einladung an den Hof bekommen ...«

»Woher willst du das wissen?« murmelte Gerrig. »Wir hocken doch schon den ganzen Tag hier herum.«

»Der Graupelschauer hat den blauen Flieger wahrscheinlich aufgehalten«, brummte Danyilyn mürrisch. Dann ließ sie sich zurück auf ihr Bett sinken und starrte an die Decke. Die Farbe blätterte ab. Es schien ein passender Kommentar zu dem ›Glück‹, das sie in der letzten Zeit gehabt hatten.

»Das ist gut möglich«, sagte Pelmen mit einem Nikken. Er schaute zum anderen Ende des Wagens, wo das kleinste Mitglied der Truppe mit ernstem Gesicht auf dem Fußboden spielte. »Coralai!« rief er. »Wie geht es deiner Mutter?«

»Sie fühlt sich nicht wohl«, antwortete das Kind. Sie

blickte nicht von ihrem Spiel auf, und ihr ernster Gesichtsausdruck änderte sich nicht.

»Geht es ihr immer noch nicht besser?«

»Nein.«

»Vielleicht statte ich ihr einen Besuch ab«, verkündete Pelmen und erhob sich.

»Paß auf, daß du nicht ausgleitest!« warnte ihn Danyilyn. »Das Eis ist tückisch.«

Pelmen nickte ihr zu und öffnete die Wagentür. Er sah den vor Kälte zitternden Boten, der dahinter stand, erst als die Tür dem Mann vor die Brust schlug, so daß er hintüberkippte und auf dem Hinterteil über das Eis schlitterte. Pelmen drängte sich hastig aus dem Wagen und ging mit vorsichtigen Schritten zu ihm, um ihm aufzuhelfen. Der Bote ergriff die ausgestreckte Hand zu hastig, so daß Pelmen ebenfalls ausrutschte und auf dem Hinterteil landete. Er lachte laut und schlug vor: »Vielleicht lassen wir das besser mit dem Aufhelfen, sonst sitzen wir noch heute abend hier.« Rutschend und schlitternd erreichten schließlich beide die Wagentür und kletterten hinein. Die Gruppe scharte sich erwartungsvoll um sie, denn der Mann trug die Livree von Minlaf-Khen, dem obersten Organisator der Winterfestspiele.

»Nun?« fragte Gerrig nach einem Moment. Der Bote war so durchgefroren, daß er kein Wort über die klappernden Zähne brachte. »Ihr habt eine Botschaft?« bohrte der stämmige Schauspieler ungeduldig. »Nun sagt schon, was ist es?«

»Nun laß den armen Mann sich doch erst mal erholen, Gerrig!« schimpfte Yona Parmi. »Siehst du denn nicht, daß er völlig durchgefroren ist?«

»Ihr braucht nur zu nicken oder den Kopf zu schütteln. Ihr habt eine Nachricht von Minlaf-Khen?« Der Bote nickte. »Dann ist sie wohl sehr wichtig ...« Wieder nickte der Mann. »Hat sie etwas mit dem Hofe zu tun?« Abermals nickte der Bote, und nun hielt Gerrig es nicht länger aus. Er packte den Mann beim Kragen und hob ihn in die Luft. »Was *ist* es, Mann?«

»Laß ihn runter!« befahl Pelmen, und Gerrig stellte den Mann wieder auf die Füße.

»Minlaf-Khen hat eine Botschaft durch einen blauen Flieger von der Königin erhalten«, plapperte der Mann hastig drauflos, entschlossen, seine Nachricht loszuwerden, bevor Gerrig ihn wieder beim Kragen packte. »Ihr seid eingeladen, am Königlichen Hofe aufzutreten.«

Der Bote war vollkommen unvorbereitet auf den Jubelsturm, der unmittelbar danach losbrach. Jauchzer und Freudenschreie begrüßten seine Eröffnung, und er fand sich unversehens als Ziel eines neuerlichen stürmischen Überfalls von seiten Gerrigs wieder; der bärtige Mime umarmte ihn, drückte ihn an die breite Brust, wirbelte ihn einmal im Kreis herum, dann setzte er ihn auf den Boden und rannte weiter, um das gleiche Spiel der Reihe nach mit den andern zu wiederholen. Der verdatterte Bote nutzte die Chance und kroch hastig in eine Ecke des Wagens und kauerte sich dort hin, um einen günstigen Augenblick zur Flucht abzuwarten. Er wollte keinen Moment länger bei diesen Verrückten bleiben als unbedingt nötig.

Yona Parmi grinste breit, als er, noch ganz atemlos von Gerrigs stürmischer Attacke, in die ausgelassen tanzende Runde blickte. Sein Lächeln verschwand, als er Pelmens Gesicht sah. Trotz der weißen Narrenmaske hätte der Gesichtsausdruck des Macht-Formers nicht ernster sein können. Yona Parmi folgte Pelmens Blick zu der tanzenden Gestalt von Coralai, die sich mit den anderen freute. Er gesellte sich zu seinem Freund. »Du solltest dich freuen«, murmelte er leise. »Du hast es geschafft.«

»Nein, Parmi«, erwiderte Pelmen kopfschüttelnd. »Das war bloß der Anfang.« Dann blickte er Yona in die Augen. »Wir werden Coralai und Sherina hierlassen müssen. Sherina ist zu krank zum Reisen ...« Er wandte den Blick wieder auf Coralai. »... Und der Hof ist kein Ort für ein Kind.«

»Lieber würde ich gegen einen Bären kämpfen, als ihnen das beibringen zu müssen.« Yona Parmi lächelte vielsagend. Coralai konnte ein schlimmer Trotzkopf sein, wenn ihr etwas gegen den Strich ging. »Aber komm jetzt – freust du dich denn nicht wenigstens ein bißchen? Schließlich hast du deinen Plan erfolgreich ins Rollen gebracht.«

»Ja, Yona, ich habe ihn ins Rollen gebracht. Fragt sich nur, wohin wir da rollen ...«

»Nun, offensichtlich erst mal in den Hof der Königin.«

»Das Königliche Haus.« Pelmen nickte geistesabwesend. Seine Augen und seine Gedanken waren auf irgend etwas in weiter Ferne gerichtet. »Ins Innere seiner Mauern.«

»Und was tun wir, wenn wir dort sind?«

Pelmen sah ihn an und lächelte leise. »Du gibst auch nie auf, was?«

»Jedenfalls habe ich das noch nie getan.« Yona Parmi lächelte zurück.

Die Frühlingssonne kehrte am darauffolgenden Tag zurück und brachte eine milde, angenehme Wärme mit, die alle Mitglieder der Truppe in fröhliche Stimmung versetzte – alle bis auf die kleinste. Als sich der Zug aus hölzernen Wagen am späten Nachmittag Richtung Norden in Bewegung setzte, ließ er ein enttäuschtes kleines Mädchen und seine erleichterte Mutter zurück. Sherina wußte nichts von Pelmens Plänen und noch weniger von seinen außergewöhnlichen Fähigkeiten, aber sie kannte ihn lange genug, um ein feines Gespür für seine Stimmungen zu haben. Hinter dieser Reise an den Hof steckte weit mehr, als es oberflächlich den Anschein hatte. Sie war heilfroh, daß Pelmen sie da herausgehalten hatte.

## Kapitel 6

### Zwei feine Halunken

BRONWYNN HATTE DAS GEFÜHL, als flöge sie. Ihr langes goldblondes Haar, das sie eben frisch gewaschen hatte in einem eiskalten, durch die Schneeschmelze gespeisten Wildbach, war in dem sausenden Fahrtwind getrocknet und wehte jetzt hinter ihr her wie der Schwanz eines Pfaus, während ihr Pferd in halsbrecherischem Tempo durch das Unterholz galoppierte, hinter Admon Fayes Bande von Strolchen her. Sie waren allesamt waghalsige Reiter, die den Nervenkitzel liebten und ihren Spaß daran hatten, sich selbst und ihre Pferde bis an die äußerste Grenze ihrer Möglichkeiten zu treiben – selbst um den Preis ihres Lebens. Sie ritten nicht in geordneter Formation, suchten sich nicht den günstigsten Weg, hatten keine Hemmung, aus dem Glied auszuscheren. Denn es gab weder Reihe noch Glied. Admon Fayes Bande erstürmte den vor ihr liegenden Wald gleichsam in einer endlosen Kavallerieattacke, alle Mann vorwärts, Brust an Brust. Sie preschten, flach über den Hals ihrer Pferde geduckt, unter tiefhängenden Ästen hindurch, setzten in tollkühnem Flug über Hecken und Sträucher hinweg, forderten hundert Mal am Tag schwere Stürze heraus, doch auf wundersame Weise gelang es ihnen jedesmal, schwere Zusammenstöße oder Stürze um Haaresbreite zu vermeiden.

Bronwynn, die nicht länger gefesselt war und der es freistand, sich zurückfallen zu lassen – und sich mit tödlicher Sicherheit zu verirren –, mußte das letzte aus sich und ihrem Pferd herausholen, um Anschluß zu halten. Sie fand es erregend, so dahinzujagen und hätte ihr königliches Haupt in den Nacken geworfen und vor Wonne laut gejauchzt, hätten nicht die heranfliegenden Äste und Büsche ihre volle Aufmerksamkeit gefordert.

Sie hatten die Schneegrenze zwei Tage zuvor erreicht, und die feuchte weiße Decke war inzwischen auf einen halben Fuß angewachsen. Sie dämpfte den Klang von fünfhundert trommelnden Hufen, so daß das unheimliche schnappende Knacken Hunderter brechender Zweige zum alles beherrschenden Geräusch wurde, das ihre wilde Jagd begleitete.

Bronwynn hatte es aufgegeben, den Plan zu ergründen, der der Wahl ihrer Route zugrunde lag. Pläne und Schemata waren etwas, das Admon Faye verhaßt war, und er folgte keinem. Sie ritten an einem Tag nach Nordosten und am andern nach Westen, machten an einem Tag mittags Rast und am nächsten Tag abends, um am dritten erst tief in der Nacht anzuhalten. Wo immer sie jedoch Rast machten, konnte sie sich dreier Dinge sicher sein: daß irgendwo aus dem Nichts ein Lagerplatz auftauchte; daß sie Reisig für ein Feuer sammeln mußte; daß sie für die Dauer ihrer Rast Zielscheibe für einen unablässigen Schwall spöttischer Bemerkungen und gehässiger Zoten war. Admon Faye stand dabei seinen Spießgesellen in puncto Gemeinheit und Einfallsreichtum beim Erfinden zotiger Kommentare – besonders in bezug auf Bronwynns knabenhafte Figur – in nichts nach. Aber er wachte streng darüber, daß keiner sie anfaßte. Einer hatte es versucht, und er trug jetzt den Arm in der Schlinge. Der Sklavenjäger regierte seine Bande nicht mit List oder Freundlichkeit oder Charisma. Er regierte sie mit Gewalt, einer Gewalt, die geboren war aus schlichter, roher Grausamkeit.

Bronwynn war klar geworden, daß es eben diese Grausamkeit war, der sie ihren Schutz verdankte. Es war nicht etwa, daß er nicht wollte, daß sie mißbraucht wurde. Es war vielmehr, daß er sie als sein Privateigentum betrachtete – niemand durfte sie quälen außer ihm selbst.

Und von diesem ›Privileg‹ machte er ausgiebig Gebrauch. Eine Ohrfeige hier, ein Tritt mit dem Stiefel da, ein heimtückisches Zwicken, wenn sie gerade eingeschlafen war – solcherlei kleine Gemeinheiten waren an der Tagesordnung. Und so sehr sie es auch versuchte, sie konnte sich nicht dazu zwingen, diese Demütigungen stoisch über sich ergehen zu lassen. Manchmal schrie sie, manchmal fluchte sie, manchmal weinte sie – doch stets mit dem gleichen Ergebnis: Admon Faye lachte.

»Gewöhn dich daran, Mädchen! Oder glaubst du im Ernst, daß sich daran irgend etwas ändern wird, wenn du Königin bist und ich dein Premierminister?« Und dann pflegten sich seine Augen zu schmalen Schlitzen zu verengen und seine Visage sich zu einer noch scheußlicheren Grimasse zu verzerren, wenn er dann murmelte: »Ich habe dich aus diesem Loch geholt, kleines Mädchen. Dein Leben gehört mir. Vergiß das, und du kannst deinen nächsten Atemzug ebenso vergessen, denn dann drehe ich dir persönlich den Hals um.« Seine Drohungen verfehlten niemals ihre Wirkung bei ihr. Seine kalten starren Augen und sein abstoßendes Gesicht verfolgten sie jede Nacht im Traum.

Doch der Wind und der stiebende Schnee und das knackende Unterholz hatten diese quälenden Gedanken wenigstens für den Moment aus ihrem Kopf gefegt. Sie vermochte nicht zu sagen, wie weit sie seit dem Morgengrauen gekommen waren, noch in welche Richtung sie ritten. Sie wußte nur, daß sie meisterlich ritt, daß sie mit einer Truppe von Meisterreitern mithielt. Diese Erkenntnis gab ihr ein erregendes Gefühl. Der Geruch von Pferd und von neuem Leder erfüllte sie mit einem seltsamen, nie gekannten, prickelnden Gefühl von Macht. War dies ein männliches Gefühl? fragte sie sich kurz, verwarf dann aber den Gedanken rasch wieder. Sie war nicht weniger Frau denn vorher, nur weil sie mit einer Bande von Briganten durch den Schnee und die Kälte ritt. Im Gegenteil – vielleicht war sie sogar mehr Frau denn je. Immerhin war keine geringere als

Ligne selbst der lebende Beweis, daß Machthunger kein typisch männliches Vorrecht war. Bronwynn tat nichts, um diesen unwiderstehlichen Drang, den sie in ihrem Innern spürte, zu unterdrücken; im Gegenteil – sie genoß ihn allmählich. Sie wollte allmählich Königin werden.

Ein Schrei erscholl von der linken Flanke des dahinjagenden Trupps, laut und undeutlich zugleich. Gleich darauf flog ihr Pferd mit einem gewaltigen Satz über einen Busch, und sie begriff. Zum zweiten Mal in ihrem Leben ritt Bronwynn durch die verzaubernden Felder von Ngandib-Mar.

Es war allerdings nicht so, daß sie irgend etwas wiedererkannt hätte. Es war zwar erst einen Frühling her, seit Pelmen sie durch diesen Ort geführt hatte, aber auch damals war es ein scharfer Ritt gewesen, größtenteils im Schutz der Nacht. Außerdem löschte die abstumpfende Gleichförmigkeit der alles überziehenden Schneedecke jede Erinnerung an markante Punkte der Frühlingslandschaft aus.

Nun, da sie den Wald hinter sich gelassen hatten, nahm der wilde Reiterhaufen wenigstens äußerlich die Form eines geordneten Trupps an. Die Flanken ließen sich zurückfallen, und das Zentrum rückte nach vorn, die Formation eines Stoßkeils bildend. Bronwynn gab ihrem Pferd mutwillig die Peitsche, während es, in einem Abstand von wenigen Schritten leicht nach links versetzt, hinter Admon Faye dahingaloppierte. Vor ihnen lagen die vielen Hügel und Täler des Herzens von Ngandib-Mar, aber sie sah, daß die Männer vor dem Kernland nach Osten abschwenkten und statt dessen auf die ferne zerklüftete Linie der Wirbelsäulen-Bergkette zuhielten. Sie ritten also zum Westzugang von Drachentor – zu jenem Feld, auf dem ihr Vater gefallen war.

Auf der Ebene vor dem Westeingang von Drachentor hatte ihr Vater die große Goldene Armee von Chaomonous in eine vernichtende Niederlage geführt. Irgendwo unter dem schmelzenden Schnee lagen Taliths Gebeine. Dieser Gedanke schoß der jungen Frau jetzt durch den Kopf, aber sie verweilte nicht bei ihm, sondern schob ihn wieder beiseite. Die Beziehung zu ihrem Vater war nie gut gewesen, und sein Tod war eine direkte Folge seiner törichten Überheblichkeit und seiner Gier gewesen. Was Bronwynn weit mehr beschäftigte, war die Frage, wohin sie jetzt ritten und warum.

Sie legten nur einmal Rast am Ufer eines kleinen Baches ein, um ihre Pferde zu tränken und sie verschnaufen zu lassen. Schon nach kurzer Zeit stoben sie weiter, ein mehrere hundert Fuß breiter Keil aus dahinjagenden Reitern, der sich durch den Schnee pflügte, eine breite Schleppe aus wirbelndem Matsch hinter sich her ziehend. Das Licht der untergehenden Sonne ließ bereits den westlichen Horizont in einem prächtigen Magenta erglühen, als sie endlich in die weite Ebene vor der Westmündung eintauchten, und jetzt sah Bronwynn, wohin sie ritten. Ein paar Meilen voraus erhob sich eine einsame Burg inmitten der Ebene. Die grauen Mauern waren von den Strahlen der tiefstehenden Sonne in ein düsteres Orangerot getaucht.

Sie spornte ihr erschöpftes Roß an, bis sie wieder auf gleicher Höhe mit Admon Faye war, und schrie: »Wessen Burg ist das?«

»Es ist eine Kaufmannsburg!« schrie der Sklavenjäger zurück. »Sie gehört der Familie Ognadzu. Sie war einst das Heim von Tohn mod Neelis, aber jetzt regiert dort sein Vetter.«

»Wer ist sein Vetter?« schrie Bronwynn; der peitschende Wind trieb ihr die Tränen in die Augen.

»Flayh«, antwortete Admon Faye, und zum ersten Mal an diesem Tag hatte Bronwynn das Gefühl, daß sie fror. Sie hatte viel von Flayh gehört, und in ihrem Bewußtsein war dieser Name seit jeher untrennbar mit dem Admon Fayes verbunden als ein Symbol der Bösartigkeit und Niedertracht. Während sie über jenes letzte Flachstück dahinsprengten, das sie noch von der Burg trennte, fühlte sich Bronwynn mehr denn je wie ein kleines einsames Mädchen, das weit, weit von der Heimat entfernt war.

Die Burg war kein sonderlich beeindruckendes Bauwerk. Der höchste Turm mochte knapp vierzig Fuß hoch sein. Von diesem Turm aus erspähte Pezi den herannahenden Trupp Reiter. Er hatte gerade nach einem üppigen Abendessen seinen Verdauungsspaziergang gemacht – sein einziger Tribut an die Notwendigkeit, seine atemberaubende Körperfülle zu verringern. Sein Übungsprogramm bestand darin, daß er einmal die Stufen zur Turmspitze erklomm, dort mehrere Minuten verschnaufte und dann langsam wieder nach unten stieg. Der Anblick der heranstiebenden Reiterhorde aber ließ ihn den letzten Teil seines Programms in hastigem Trippelschritt absolvieren. Während er die Stufen hinunterhastete, schrie er wie am Spieß: »Angreifer von Süden!« Sein Geschrei entfachte in kürzester Frist hektische Betriebsamkeit, und Pezi war sehr stolz auf sich, als er schnaufend zum Tor watschelte. Doch die Aufregung legte sich ebensoschnell wieder, wie sie gekommen war, als der Ausguck sah, daß es Admon Fayes Halunkenbande war, und die Meldung nach unten schrie.

Pezi war ein wenig verlegen, und er vermied es, in die Gesichter der Burgbewohner zu schauen, die an ihm vorbeikamen, als sie an ihren jeweiligen Platz zurückgingen. Er vernahm mehrmals spöttisches Gekicher hinter seinem Rücken, und seine Miene verfinsterte sich. Er stellte sich breitbeinig vor das Tor – keine leichte Aufgabe in Anbetracht seiner kurzen feisten Stummelbeine – und brüllte: »Aufmachen!« zu den zwei Männern hinauf, die die Winden des Fallgatters bedienten.

Von ihrer erhöhten Stellung auf der Mauer aus konnten sie die rasch näher kommende Wolke von Admon

Fayes wilden Reitern sehen, die jetzt genau auf das Tor zuschwenkten und in Fünferreihen darauf zu galoppierten. Sie konnten auch die kugelrunde Gestalt des unbeliebten Pezi sehen, der genau im Pfad der heransprengenden Reiter stand. Sie grinsten sich schelmisch an – und zogen das Fallgatter hoch …

»Was ist geschehen?« fragte der feiste kleine Händler mit ächzender Stimme, als er ein paar Minuten später zu sich kam. Seine Frage löste bei denen, die um ihn herum versammelt waren, wieherndes Gelächter aus. Er schlug die Augen auf und drehte den Kopf zur Seite und sah, daß er auf einem Tisch im großen Saal lag. Überall im Raum verstreut lungerten Gesetzlose und Sklavenjäger herum, die Bier in sich hineinschütteten und mit geilen Blicken den Serviermädchen hinterherstarrten. Plötzlich wurde sein Gesichtsfeld von einer riesigen Gestalt ausgefüllt, und als sein Blick langsam an ihr hochwanderte, schaute er geradewegs in die widerwärtige Visage von Admon Faye. Der Anblick ließ Pezi zusammenzucken.

»Nun, Pezi, wieder aufgewacht? Wirklich tapfer von dir, daß du versucht hast, uns auf diese Weise aufzuhalten. Aber findest du nicht auch, daß es vielleicht ein bißchen tollkühn war, sich allein mehr als hundert Reitern entgegenzustellen? Ich hoffe, du verzeihst mir, daß ich dich aus dem Weg gehauen habe, aber ich dachte mir, eine Beule auf der Birne ist dir bestimmt lieber als die Hufabdrücke von fünfzig Gäulen auf dem Bauch.«

Jene, die nahe genug standen, um den Sklavenjäger hören zu können, brachen darob in schallendes Gelächter aus, und Admon Faye lachte herzhaft mit. Pezi legte sich zurück und schloß die Augen und wünschte sich, er wäre weit weg von diesem Ort. Er hob vorsichtig die Hand an die Stirn und stellte fest, daß er eine gewaltige Beule hatte.

»Nein, Pezi, das geht aber nicht, daß du dich hier so auf den Tischen herumflegelst! Was macht das für einen

Eindruck?« Admon Faye packte Pezi beim Kragen und hob ihn hoch. »Steh auf, Pezi, los, schön auf die Beine mit dir! Oder willst du, daß sich das Gerücht verbreitet, daß die Händler von Ognadzu ein Haufen von Trunkenbolden sind?« Der Sklavenjäger stellte den dickleibigen Händler auf den Boden, aber Pezi fühlte, daß seine Knie noch immer recht wacklig waren. »Bißchen schlapp noch, was?« erkundigte sich Admon Faye besorgt. »Ein bißchen Bier wirkt da manchmal Wunder«, meinte er aufmunternd, nahm einen gefüllten Bierkrug vom Tisch und hielt ihn dem korpulenten Handelsmann unter die Nase. Pezi streckte benebelt die Hand danach aus, um ihn entgegenzunehmen, aber der Sklavenjäger zog den Krug blitzschnell weg und stülpte ihn Pezi über den Kopf. Der Händler japste vor Schreck und Verblüffung laut auf, als sich ihm der kalte Schwall über den brummenden Kopf ergoß. Wildes Gejohle brandete auf, und Admon Faye ließ sich wiehernd auf eine Bank plumpsen.

Pezi wischte sich mit dem Ärmel einen Teil des Gerstensaftes aus den Augen und hielt hastig nach dem schnellsten Fluchtweg Ausschau. Doch als er sich in Bewegung setzen wollte, schnellte blitzschnell Admon Fayes stiefelbewehrtes Bein hoch und versperrte ihm den Weg zwischen zwei Sitzbänken hindurch. »Ich kann dich doch nicht einfach weglaufen lassen, Pezi. Die guten Leute hier haben mir gesagt, du seist der Mann, der hier das Sagen hat.«

»Flayh führt hier das Regiment, nicht ich«, knurrte Pezi und machte kehrt, um in die andere Richtung zu entkommen. Admon Faye warf einem seiner Spießgesellen einen kurzen Blick zu; der nickte und versperrte Pezi den anderen Ausgang. Pezi verstand. Er setzte sich Admon Faye gegenüber, lehnte sich gegen den hinter ihm stehenden Tisch und stützte den schmerzenden Kopf auf die Hand.

»Da fängt das Problem schon an«, fuhr Admon Faye

fort. »Wo steckt Flayh? Ich bin einen weiten Weg geritten, um ihn zu treffen. Ist das die Art, wie er seine Gäste zu begrüßen pflegt?«

»Onkel Flayh kommt und geht, wie es ihm gerade paßt, und er erwartet, daß seine Gäste das gleiche tun. Wäre es zuviel verlangt, wenn ich darum bäte, daß ich das auch tun kann?«

»Gleich, Pezi, gleich. Flayh ist doch gewiß irgendwo hier in der Burg, nicht wahr?«

»Natürlich ist er das, aber ich könnte Euch nicht sagen, wo. Onkel Flayh ist in letzter Zeit ein wenig ... anders.«

»Ach ja, davon habe ich läuten hören. Er ist jetzt ein Macht-Former, nicht?«

Pezi hob langsam den Blick, setzte eine wissende Miene auf und schaute in Admon Fayes spöttisch grinsende Augen. »Spottet ruhig, wenn Ihr wollt, aber er *ist* es.« Er schaute sich um, um zu sehen, ob jemand zuhörte, dann beugte er sich zu Admon Faye hinüber und sagte ernst: »Und ein verdammt gefährlicher dazu.«

Admon Faye beugte sich ebenfalls vor und schob das Gesicht ganz dicht an Pezis Kopf. »Das freut mich zu hören. Ich vertraue gefährlichen Leuten. Sie klappen nicht zusammen, während sie einem die Flanke sichern.«

Pezi ließ sich zurücksinken, verwirrt und entmutigt. Admon Faye ließ ein träges Lächeln über die Schauervisage spielen, und dann lehnte auch er sich wieder zurück. Aber sein Blick ließ Pezi keinen Moment lang los, und der Händler hatte das Gefühl, als bohre sich dieser stechende Blick wie eine glühende Klinge geradewegs durch ihn hindurch. »Wie steht es mit dir, Pezi? Bist du ein gefährlicher Mann?«

Pezi rutschte unbehaglich auf seinem ballonartigen Hintern hin und her. »Ich – ich trage mein Gewicht ...« Er hatte das nicht spaßig gemeint, aber die, die ihn umringten, fanden es höchst erheiternd. »Ich kann mich durchaus selbst behaupten!« schrie er, und der Ton in seiner Stimme brachte die Lacher zum Schweigen. Pezi log nicht. Er war vielleicht ein bißchen tollpatschig und bewegte sich gewiß nicht mit der Grazie eines jungen Rehs, aber er kämpfte wie eine rasende Wildsau, wenn er in die Enge getrieben war – und im Moment fühlte er sich sehr in die Enge getrieben. Er griff nach dem Knauf seines Dolches und schnaubte: »Ich kann genauso hart und unbarmherzig sein wie jeder von euch, wenn es nötig sein sollte.«

»Kannst du es jetzt?« fragte Admon Faye ruhig. »Ja, ich sehe jetzt ein wenig Feuer in deinem Puddinggesicht lodern. Du willst also sagen, ich kann dir trauen, Pezi? Ich mag nämlich nicht, wie du deine Hand da am Dolch hast.«

Pezi zögerte für einen Moment, dann ließ er die Hand vom Griff seiner Waffe sinken.

»Gut«, sagte Admon Faye. »Das gefällt mir. Ein Augenblick des Zögerns, um Mut zu zeigen – dann ein Beweis von Besonnenheit und Vernunft. Sehr gut, Pezi. Vielleicht können wir zusammenarbeiten.« Admon Faye gab dem Mann, der den anderen Ausgang versperrte, einen Wink, worauf dieser aufstand und sich wieder zu seinen Kumpanen gesellte. Pezi erhob sich, zog sich die Hose hoch und wandte sich zum Gehen. »Bring mir das Mädchen!« schrie Admon Faye hinter ihm her. Pezi drehte sich nicht um, sondern stolzierte geradewegs zur Tür. Sie flog auf, ehe er sie erreichte, und zwei muskulöse Strolche stießen eine Frau in den Saal. Erst als sie und Pezi zusammenstießen, erkannten die beiden sich.

»Pezi!« zischte Bronwynn.

»Prinzessin?« rief Pezi erstaunt und wich hastig einen Schritt zurück, denn in Bronwynns Gesicht loderte langgehegter Zorn auf.

»Du – Abschaum!« kreischte sie und rammte ihm die geballte Rechte drei Zoll tief in die Wampe. Bronwynn hatte diesen Augenblick lange herbeigesehnt, und ohne Zögern schickte sie die linke Faust gleich hinterher. Sie hatte ihren ganzen aufgestauten Haß in die Schläge gelegt, und sie verfehlten ihre Wirkung nicht. Pezi blieb die Luft weg, und er krümmte sich mit schmerzverzerrtem Gesicht zusammen, nach Luft schnappend wie ein Karpfen auf dem Trockenen. Er konnte hören, wie der ganze Saal erneut in tosendes Gelächter ausbrach. »Du bist der Drecksack, dem ich das alles zu verdanken habe!« schrie das Mädchen ihm ins Gesicht, und ehe er sich's versah, hatte er sich erneut zwei krachende Boxhiebe eingefangen, einen auf das linke, einen auf das rechte Ohr.

»Los, Pezi!« feuerte Admon Faye ihn an. »Zeig uns deinen neu erwachten Kampfgeist!«

»Du ... du ... Stinkspritze!« kreischte ihm Bronwynn in die rot erblühten klingenden Ohren. »Du bist nichts weiter als eine Stinkspritze!«

Der Vergleich war zweifelsohne zutreffend. Eine Stinkspritze war ein kleines Nagetier, das auf den ersten Blick wie ein niedliches kleines Kaninchen aussah. Doch wehe, jemand versuchte, es zu berühren! Dann spritzte es aus zwei Drüsen gleichzeitig eine Flüssigkeit, die so überwältigend stank, daß einem die Sinne davon schwinden konnten. Der Name war schon vor langer Zeit in den allgemeinen Sprachgebrauch eingegangen als Bezeichnung für einen hinterhältigen Menschen oder einen Verräter. Und als ein solcher hatte Pezi sich zweifellos erwiesen, als er seinerzeit mit Lignes Hilfe Bronwynn aus dem Schloß ihres Vaters entführt und verschleppt hatte. Seit jenem Tage war Bronwynns Leben eine einzige Flucht gewesen, von einer Gefahr in die nächste. Mit Ausnahme jener wundervollen – leider viel zu kurzen – Zeit, die sie als Adeptin von Pelmen, dem Propheten, und als Gefährtin von Rosha mod Dorlyth in Lamath verbracht hatte, hatte ihr Pezis schändliche Tat nichts als Kummer und Pein gebracht. Im Verlaufe dieser ereignisreichen Monate hatte sie einiges über Selbstverteidigung gelernt, und Admon Fayes ständige Mißhandlungen hatten ihr geholfen, diese Fertigkeiten zu schärfen und sie gleichzeitig mit einem unbändigen Rachedurst erfüllt. Und nun wandte sie alle Tricks an, die sie gelernt hatte. Sie ließ Pezi keine Zeit zum Luftholen. Ehe er auch nur in Abwehrstellung gehen konnte, rammte sie ihm das Knie mit voller Wucht in die Rippen, und als er sich vor Schmerz heulend an die Seite griff, landete sie eine blitzsaubere rechte Gerade auf seiner Nase.

Diese hartgesottenen, rauhen Sklavenhändler liebten nichts mehr als eine deftige Prügelei nach dem Abendessen, und sofort bildete sich ein johlender Kreis um die zwei ungleichen Kombattanten. Bänke wurden umgeschmissen und Krüge zur Seite gefegt, als die Gaffer sich um die besten Zuschauerplätze balgten. Die allgegenwärtigen Köter, die den strohbedeckten Fußboden dieses Saales zu ihrem Reich gemacht hatten, begleiteten das Gejohle mit fröhlichem Gekläff und genossen die allgemeine Aufregung, auch wenn sie ihre Ursache nicht verstanden. Und so bemerkte niemand, wie ein hagerer grauer Jagdhund durch die offene Tür hereinsprang, an der johlenden Meute vorbeischoß und mit einem gewaltigen Satz auf einen der Tische sprang.

»Führt man sich so im Hause seines Gastgebers auf?« Die Stimme schien gleichzeitig von überall her zu kommen, und der Kampf hörte sofort auf. Alle Augen wanderten zum Zentrum des Raumes. Dort stand auf einem Tisch, in ein leuchtendes weißes Gewand aus glänzender Fischseide und einen roten Umhang aus dem gleichen kostbaren Material gehüllt, Flayh, einst Händler in Lamath, jetzt ein Macht-Former. Er schien von einem seltsam schillernden, unheimlichen Glanz umgeben – eine bläulich irisierende Aura umwaberte die hochaufgerichtete Gestalt.

Sein plötzliches Erscheinen war von so durchschlagender Wirkung, daß einen Moment lang atemlose Stille im Saale herrschte. Dann hallte plötzlich das saloppe Klatschen eines einzelnen Händepaares durch die Stille, gefolgt von einem leisen, spöttisch klingenden Lachen. Admon Faye gab sich amüsiert. »Sehr gut, Flayh, ausgezeichnet. Wirklich sehr beeindruckend.«

»Du hast vorhin nach mir gefragt, Sklavenjäger – oder besser gesagt, du hast mein Erscheinen gefordert. Bin ich einer deiner Sklaven, Admon Faye, daß ich auf dein Geheiß gesprungen komme?« Flayh schaute Admon Faye mit finsterem Blick an und riß theatralisch seinen roten Umhang weit auf. »Ich bin Flayh, der Macht-Former!« Die Worte, mit donnernder Stimme gesprochen, hallten von den Wänden und von der Decke des Saales wider.

Admon Faye sah sich mit bemühter Gelassenheit um. »Schade«, sagte er nach einem Moment. »Ich hätte eigentlich einen Donnerschlag erwartet nach einem solchen Auftritt.«

Flayhs Arme sanken langsam herunter, und er lächelte. »Ich arbeite noch daran. Und bei dem Fortschritt, den ich mache, rechne ich damit, es in Bälde hinzukriegen.«

»Gut, gut, weiter so!« rief ihm der Sklavenjäger aufmunternd zu. »Aber nachdem wir ein bißchen sehr abgeschweift sind, können wir vielleicht zum Geschäft kommen? Wenn ich mich recht erinnere, hast du mich gerufen, nicht ich dich. Oder möchtest du lieber vorher noch ein Weilchen posieren?«

Jene, die unmittelbar neben dem Sklavenhändler standen, sahen plötzlich einen leichten Ruck durch seinen Körper gehen. Sie konnten beobachten, wie seine Züge sich anspannten und seine Hände sich zu Fäusten ballten. Flayh starrte dem Sklavenhändler mit grimmigem Lächeln fest in die Augen. Gespanntes Schweigen herrschte im Saal, bis Flayhs Körper sich entspannte und Admon Faye einen tiefen Seufzer ausstieß. Flayh hatte versucht, Furcht in dem häßlichen Sklavenjäger zu erzeugen. Und um ein Haar wäre es ihm gelungen.

»So«, sagte der Macht-Former ruhig.

Admon Faye wischte sich den Schweiß von der Stirn. »So«, sagte er ebenfalls. Während dieser Kraftprobe war ein gegenseitiger Respekt in den beiden Männern erwachsen. Ironischerweise hatte außer ihnen beiden niemand im Saale begriffen, was eigentlich passiert war.

»Du hast deine Ängste tief in dir vergraben, Admon Faye. Ich konnte sie nicht an die Oberfläche ziehen – nicht ganz.«

»Und Ihr, Herr Flayh, seid viel mehr als ein alternder Kaufmann.« Flayh registrierte mit Zufriedenheit die respektvolle Anredeform des Sklavenjägers. Admon Faye hatte eine Unzahl negativer Eigenschaften, dachte Flayh bei sich, aber Dummheit zählte ganz gewiß nicht dazu.

Bei dem Gedanken fiel ihm Pezi ein. »Neffe, da du ja momentan von direkten Unannehmlichkeiten verschont zu sein scheinst, wie wäre es da, wenn du die Gelegenheit nütztest, dir ein paar neue Sachen anzuziehen?« Obwohl der Satz in die Form einer Frage gekleidet war, erkannte Pezi, daß die Worte seines Onkels als Befehl zu verstehen waren. Seine Wampe ängstlich gegen einen neuerlichen Angriff Bronwynns abschirmend, watschelte er um das Mädchen herum und verließ den Raum. Flayh schaute Admon Faye achselzukkend an. »Pezi scheint es wohl darauf anzulegen, den Eindruck zu erwecken, daß alle Händler Rüpel sind. Ich hoffe, er hat euch wenigstens gut unterhalten.«

»O ja, und ob er uns gut unterhalten hat«, erwiderte der Sklavenjäger kichernd, marschierte quer durch den Raum und setzte sich an Flayhs Tisch. Der Macht-Former kletterte herunter und setzte sich ihm gegenüber. Admon Faye stellte überrascht fest, wie klein Flayh im Grunde war, aber schob diesen Gedanken sogleich wieder beiseite. Er hatte vor langer Zeit gelernt, daß Körpergröße nicht der Maßstab ist, nach dem ein

Mensch zu bemessen ist – besonders nicht, wenn er ein Zauberer ist. »Wie ich sehe, trägst du nicht die Farben deines Hauses ...«

»Ganz recht. Ich trage das Blau und Lindgrün von Ognadzu nur noch bei feierlichen Anlässen. Diese Kleider hier entsprechen mehr meinem persönlichen Geschmack.« Flayh hob den Arm, und ein Diener, der auf der gegenüberliegenden Seite des Raumes stand, eilte Richtung Küche.

»Gleichwohl bezeichnest du dich nach wie vor als Händler ...«

»Natürlich. Du bist ein Ganove und Schurke und Halsabschneider, und dennoch bleibst du ein Geschäftsmann durch und durch. Darin liegt nichts Unvereinbares, genausowenig wie in der Tatsache, daß ich sowohl Zauberer als auch Händler bin. Diese Berufe, diese Fertigkeiten – sie sind nichts weiter als die Werkzeuge, mit der wir der Welt unseren Stempel aufdrükken. Also laß uns miteinander ein Geschäft machen, du und ich! Ich darf davon ausgehen, daß du das Mädchen mitgebracht hast.«

Admon Faye machte eine Geste in Richtung Bronwynn, und die zwei ihr am nächsten stehenden Sklavenjäger packten sie unter den Achseln und schleiften sie zu Flayhs Tisch. Der Macht-Former wandte sich zu ihr um und musterte sie eingehend.

»Das ist also die berühmte Bronwynn, die Tochter von Talith von Chaomonous. Ich hatte dir schon vor langer Zeit begegnen wollen, Kind, aber mein Trottel von einem Neffen hat das ganze Unternehmen vermurkst. Du hast mich viel gekostet, und wenn ich nicht so ein versöhnlicher Mensch wäre, würdest du dafür büßen. Aber statt dessen habe ich beschlossen, dich zur Königin zu machen.« Flayh machte eine ruckartige Bewegung mit dem Kopf. »Werft sie in die Grube ...«

»Ahhh!« knurrte Admon Faye und hob protestierend die Hand, und die beiden Sklavenjäger, die Bronwynn festhielten, erstarrten. Flayh runzelte verblüfft die Stirn, und Admon Faye lächelte. »Ich habe festgestellt, daß mir die Gesellschaft der Kleinen gefällt. Sie bleibt bei mir – oder keiner von uns beiden bleibt.«

»Du gibst Befehle? In meinem Haus?«

»Das Mädchen ist meine Gefangene ...«

»Die zu ergreifen ich befohlen habe.«

»Und die noch heute in ihrem Loch unter der Burg säße, wenn sie nicht durch mein Geschick und mein Wissen dort herausgeholt worden wäre!« schrie Admon Faye. Dann wurde seine Stimme wieder ruhig. »Was ist los mit dir, Flayh? Traust du mir nicht?« fragte er mit sarkastischem Unterton.

Flayh starrte ihn an. Dann lächelte auch er. »Natürlich traue ich dir. Aber der da«, – er deutete mit dem Daumen auf Bronwynn –, »traue ich nicht. Bringt sie weg!« murmelte er, an die beiden Halunken gewandt, und Bronwynn wurde aus dem Raum bugsiert. Flayh wandte sich ruckartig wieder zu Admon Faye um und schaute ihm in die Augen. »Und wenn sie wegläuft?«

Admon Faye lachte leise. »Sie wird schon nicht weglaufen. Wo sollte sie denn hin?«

»Zur Burg von Dorlyth mod Karis natürlich. Dem Vater ihres jugendlichen Geliebten.«

»Ach ja, du meinst Rosha mod Dorlyth.« Admon Faye war mit den Familienverhältnissen vertraut. »Offen gesagt, würde ich eine neuerliche Begegnung mit Jung-Rosha mehr als begrüßen«, knurrte er. »Sein Schwert hat ein paar neue Narben auf meinem Gesicht hinterlassen.«

»Was macht das schon?« fragte Flayh mit einem spöttischen Grinsen. »Ein paar Narben mehr oder weniger auf deinem Gesicht, das ändert auch nichts.«

Ein gefährliches Lodern trat in Admon Fayes Augen. »Mein Respekt dir gegenüber ermächtigt dich nicht, irgendwelche Bemerkungen über mein Aussehen abzulassen, Flayh. Mach dich über mich lustig, und ich bringe dich um.« Die Worte waren so freimütig und unmißverständlich, daß Flayh wütend wurde.

»Niemand darf mir so drohen!«

»Niemand macht blöde Bemerkungen über mein Aussehen!« schnarrte Admon Faye und sprang auf, um sich über den Tisch zu beugen.

Flayh sah ihm in die Augen, dann zuckte er die Achseln. »Ist ja schon gut. Nun reg dich ab. In Ordnung, du übernimmst die Verantwortung für das Mädchen. Aber ich warne dich – wenn sie abhaut, geht das allein auf deine Kappe, und wenn irgend jemand versuchen sollte, sie uns zu stehlen, verlasse ich mich auf deine Klinge!«

»Einverstanden.« Der Sklavenjäger nickte, froh darüber, endlich das leidige Thema beenden zu können und auf andere Dinge zu sprechen zu kommen. »Der Plan ist ganz einfach. Ich töte Ligne und setze Bronwynn auf den Thron. Ich tue das für mich – Ligne ist für mich zu einem ebensogroßen Ärgernis geworden wie für dich. Ich nehme an, du wirst von dem Schachzug ebenso profitieren.«

»Ich werde sogar ganz erheblich davon profitieren. Jagd und das Haus Uda haben sich den gesamten chaonischen Markt unter den Nagel gerissen – diese Stinkspritze. Wie habe ich dem nur vertrauen können?«

»Das hast du ja gar nicht getan«, sagte Admon Faye grinsend. »Du hast geglaubt, ihn kontrollieren zu können.«

»Ja, das habe ich getan. Ich nehme an, er lebt immer noch im Palast.«

»Unter der schützenden Hand von Königin Ligne, sonst läge er nämlich schon längst im Grab. Er hat sich auch in meinen Markt hineingedrängt. Ich nehme an, wir planen seine Beseitigung gleich mit ein.«

»Das wird vielleicht nicht nötig sein«, murmelte Flayh. »Ich habe eine Versammlung des Ältestenrats der Handelshäuser einberufen. Und wenn er nicht aller seiner Posten entkleidet werden will, dann wird er wohl oder übel teilnehmen müssen.«

»Glaubst du, daß er kommt? Da er doch genau weiß, wie *gut* du auf ihn zu sprechen bist?«

»Was kann er gewinnen, indem er sich im Königlichen Haus einigelt? Irgendwann wird er etwas gegen mich unternehmen müssen, Admon Faye. Die Frage ist: wann. Ich glaube, er wird kommen.«

»Was uns zu einem Punkt führt, der mich außerordentlich interessiert.« Admon Faye lächelte, verschränkte die Finger ineinander und legte die Hände auf den Tisch zwischen ihnen. »Was kriege ich von dir?«

»Du hast es natürlich schon erraten, sonst wärest du jetzt nicht hier.« Auch Flayh lächelte jetzt. »Wie wir alle wissen, ist der Drache tot. Als Folge davon ist der Sklavenmarkt fast zum Erliegen gekommen, und dein Geschäft ist in Gefahr.« Admon Faye nickte. »Eine weitere Folge davon ist, daß jedermann Drachentor passieren kann, was zweifellos eine erhebliche Gefahr für *unsere* Geschäfte darstellt. Wir Handelsfamilien haben so lange das Monopol über jeglichen Handel innegehabt, daß wir uns, wie ich fürchte, allzusehr daran gewöhnt haben. So paßt mir zum Beispiel der Gedanke ganz und gar nicht, dieses Monopol durch einen Zustrom neuer selbständiger Händler zu verlieren. Gewiß, wir könnten ein Heer aufstellen, das den Paß besetzt und niemanden durchläßt, aber das würde mit Sicherheit das gemeine Volk gegen uns aufbringen, mit dem Erfolg, daß irgendwann eines der drei Reiche ein noch größeres Heer gegen uns entsenden und uns vertreiben würde. Und ein schlechter Ruf ist schlecht fürs Geschäft, das ist eine alte Weisheit. Wie ich aber nun höre«, – Flay räusperte sich –, »kontrollierst du mit deiner kleinen Bande den Paß zur Zeit.«

»So ist es.«

»Darin liegt ein großer Vorteil für uns oder, besser gesagt, wird liegen, falls wir uns einigen können. Natürlich könntet ihr niemals einem Heer standhalten – genausowenig wie wir das könnten –, aber bei eurer Taktik des blitzschnellen Zuschlagens und sofortigen Wiederuntertauchens wäre jedes Heer gezwungen, dort zu bleiben, wollte es euch wirksam fernhalten. Der Staat, der es wagen würde, ein solches Heer dort fest zu stationieren, würde damit sofort den schärfsten Protest der beiden anderen auslösen, und die unvermeidliche Folge wären internationale Spannungen und schließlich Krieg. Das würde keiner wollen.«

»Das stimmt«, sagte Admon Faye.

»Wohingegen du als ein Gesetzloser, der in allen drei Ländern bekannt und berüchtigt ist, für alle drei gleichsam als eine Art Puffer fungieren würdest.«

»Nun sprich es schon aus. Ich soll die Stelle des Drachen einnehmen.«

»Was also willst du – du, der du dir nehmen kannst, was immer du willst? Respekt. Respekt – und wirkliche Macht. Einen Sitz im Rat der Ältesten. Dein eigenes Handelshaus.«

Admon Faye grinste breit. »Du bist wirklich ein scharfsinniger Mann, Flayh.«

»Der Rat ist einberufen worden, und du wirst selbstverständlich einen Sitz darin erhalten. Du hast, was du willst, wir haben, was wir wollen ... und wir können Jagd aus dem Rennen werfen. Was willst du mehr?«

»Nur eine kleine Sache«, sagte Admon Faye.

»Und die wäre?«

»Deinen Platz, Flayh. Als Vorsitzender des Rates.« Der Sklavenjäger grinste, als er das sagte. Flayh zog eine Augenbraue hoch, dann erwiderte er das Grinsen.

»Das, mein Freund, ist einer der Gründe, warum es sich auszahlt, ein Macht-Former zu sein.«

## Kapitel 7

### Auftakt im Palast

Eine Stunde vor Einbruch der Dunkelheit rumpelte die kleine Wagenkarawane über eine kopfsteingepflasterte Brücke in das Zentrum von Chaomonous und bog in die Hauptstraße ein. Die breite Straße wand sich in sanfter Steigung hinauf zum Fuße eines riesigen Granitfelsens. Auf der Spitze dieses Felsens stand das Königliche Haus.

Von der Höhe der Straße aus konnte man sehen, daß das Stadtzentrum auf einer kleinen Landzunge erbaut war, die von zwei mächtigen Flüssen umklammert wurde. Gleich hinter der Burg vereinigten sich diese beiden Flüsse zu einem einzigen riesigen Strom, der sich nach Osten zum Meer wälzte. Aber die Schauspieler hatten keine Augen für die Schönheiten der Landschaft. Ihre Aufmerksamkeit galt einzig der mächtigen Festung, die vor ihnen aufragte.

Es war unmöglich, genau zu bestimmen, wo der Fels aufhörte und das eigentliche Mauerwerk anfing, so eng schmiegten sich die Mauern der Burg an das granitene Fundament. Obwohl die untergehende Sonne seltsame Farbeffekte auf das Mauerwerk des Palastes zauberte, war deutlich zu sehen, daß es keinen einheitlichen Grauton aufwies. Die Festungsmauern mit ihren Zinnen und Brustwehren waren von flickwerkartiger Struktur – ein Zeugnis für die lange Bauzeit, die die Errichtung des gigantischen Festungswerkes erfordert hatte. Die Spitzen der Türme verloren sich in einem Schleier von Nebel, der sich hartnäckig an ihrem uralten Mauerwerk festzuklammern schien. Das Königliche Haus von Chaomonous thronte hoch über der Stadt, alle Blicke auf sich ziehend. Von weitem erweckte es den Anschein, als schwebe es über der Welt, losgelöst von der Stadt, die sich zu seinen Füßen drängte. Aber aus der Perspektive der näher kommenden Wagenkolonne wirkte die Burg alles andere als durchscheinend. Sie hockte gluckenartig auf ihrem granitenen Nest und brütete, einem mürrischen Titanen gleich auf den Strom hinabstarrend, in dumpfem, düsterem Schweigen vor sich hin.

Pelmen saß auf dem zweiten Wagen mit Yona Parmi. Scharen aufgeregter Kinder liefen neben ihnen her, und er lächelte und winkte ihnen zu, mit den übertriebenen Grimassen und Gesten des Narren, in den er sich in Pleclypsa verwandelt hatte. Aber hinter seiner weißen Maske verbarg sich kein Lächeln. Je mehr sie sich der bedrückenden, feindseligen Aura der Burg näherten, die die ganze Landschaft beherrschte, desto mehr wuchs in ihm die Gewißheit, daß irgendeine namenlose, unheimliche Macht in den finsteren Mauern lauerte. Aber was für eine Macht? Und wie war sie hierhergelangt?

Gerrigs Wagen führte die Kolonne an, die sich im Schneckentempo die Straße entlangbewegte. Gerrig stand auf dem Dach seines Wagens und trieb, wild mit den Armen in der Luft gestikulierend, seine Possen mit den verdutzten Passanten, die sich auf den Märkten der Stadt drängten. Gerrig liebte nichts so sehr wie das theatralische Posieren und Chargieren im direkten Kontakt mit dem Publikum, und im Moment lieferte er eine eindrucksvolle Vorstellung in der Rolle des heldenhaften Eroberers.

»Er täte gut daran, sich hinzusetzen, sobald wir die Steigung in Angriff nehmen«, murmelte Parmi. »Sonst findet er sich nämlich schneller, als er denkt, mit dem Hintern auf dem Pflaster wieder.«

»Liest du schon wieder meine Gedanken?« fragte Pelmen mit ernster Stimme hinter einer Maske gequälten Lächelns.

»Das ist nicht sehr schwer, mußt du wissen. Deine dünne Maske verbirgt Kummer nicht sehr gut.«

»Fällt es so stark auf?

»Für einen, der dich seit vielen Jahren kennt, ist es leicht zu durchschauen.« Parmi zog eine Augenbraue hoch und spähte hinauf zur Burg. »Gibt es dort Mächte, die du fürchtest?«

»Vielleicht.«

»Willst du mir immer noch nicht verraten, weshalb wir eigentlich hergekommen sind?«

»Warum sollte ich dich auch noch beunruhigen?«

Yona lachte nervös. »Solche Bemerkungen sind es, die mich in Unruhe versetzen.« Er schwieg für einen Moment, dann fuhr er fort: »Aber eines mußt du mir versprechen: Wenn du irgendwelche Hilfe brauchst, wendest du dich dann an mich?«

»Das kann ich dir versprechen.«

»Fein.« Yona nickte und beugte sich hinaus, um einem Fleischverkäufer zuzuwinken, der unter einer rotviolett gestreiften Markise hervorspähte und sie mit neugierigen Blicken anstarrte. »Ich muß schon sagen«, murmelte er, als er die Farben bemerkte, »es sieht so aus, als habe das Haus Uda die ganze Stadt in Beschlag genommen.«

»Ändert das irgendwas?« fragte Pelmen.

Parmi sah ihn mit einem neugierigen Lächeln an. »Wie meinst du das?«

»Ich meine damit nur, daß ein Händler wie der andere ist, ganz gleich, welche Farben er trägt.«

»Du hast doch nicht etwa dem Rat der Ältesten den Krieg erklärt!« platzte Yona verblüfft heraus.

»Nicht direkt. Aber vielleicht haben sie mir den Krieg erklärt.«

Yona Parmi drehte sich wieder nach vorn und starrte mürrisch auf das Heck von Gerrigs Wagen. »Gegen Drachen zu kämpfen ist ja schon lächerlich genug. Aber gegen den Handel?« Er stieß einen tiefen Seufzer aus.

»Ist schon gut, mein Freund«, sagte Pelmen. »Mach dir keine Gedanken deswegen.«

»Jetzt hör aber auf, Pelmen! Wie kannst du erwarten, daß ich mir keine Gedanken mache?«

»Das kann ich nicht! Deshalb habe ich dir ja auch nicht mehr gesagt. Eines hoffe ich aber ...«

»Und das wäre?«

»Daß du mich innerhalb der Burg nicht Pelmen nennst.«

»Ach ...«, grunzte Yona und schlug sich mit der flachen Hand an die Stirn. »Entschuldigung. Ab sofort bist du für mich nur noch Fallomar.«

Die Straße machte jetzt eine scharfe Biegung und nahm ihren kurvenreichen Anstieg zum Burgfelsen. Nun setzte sich auch Gerrig endlich hin – widerwillig, da gerade eine ganze Anzahl neuer Zuschauer an die Straße gekommen war, um sie zu begaffen. Es war jetzt klar, daß ihr Ziel die Burg war, und die Bewohner der Stadt pflegten fasziniert jeden zu begaffen, dem die Ehre zuteil wurde, jene abweisenden Mauern passieren zu dürfen. Die Fahrt hinauf bis zum Außentor dauerte zehn Minuten, und die beiden Schauspieler verbrachten sie schweigend. Sie passierten das Tor. Ihre Wagen wurden in die große Königliche Kutschenhalle gerollt, ihre Pferde wurden in die andere Richtung davongeführt, zu einem riesigen Stall. Sodann erhielten sie die Erlaubnis, die Treppe zum Haupttor hinaufzusteigen.

Sie marschierten durch große lange Gänge, deren Wände mit Meisterstücken der Malerei und der Bildhauerkunst gesäumt waren und deren Böden mit zolldicken Teppichen ausgelegt waren. Entlang der gut zwanzig Fuß hohen Decke zog sich ein fortlaufendes Mosaikmuster, welches sich aus kunstvoll ineinander verwobenen Motiven aus blauen, grünen und rosafarbenen Steinen zusammensetzte – und aus Platten von gehämmertem Gold. Diese reflektierten das Licht von langen, weißen, in goldenen Wandhaltern steckenden

Kerzen und erfüllten die Gänge mit goldenem Schimmer. Die Gänge verliefen in scharfwinkligen Biegungen; am Kopf jeder Biegung befanden sich zwei dicht nebeneinander liegende schlitzförmige Öffnungen. Es waren Schießscharten, und durch die schmalen Öffnungen konnte die Truppe die wachsamen Augen der Palastwächter sehen, die sie während des ganzen Weges aufmerksam verfolgten. Diese Mischung aus luxuriösem Pomp und roher Gewalt hatte den Zweck, jeden, der die Burg betrat, einzuschüchtern – was ihr in erstaunenswerter Weise auch gelang. »Dieses Haus könnte nie und nimmer durch Gewalt eingenommen werden«, murmelte Pelmen beeindruckt zu sich selbst.

Als er dies sagte, hatte er plötzlich eine seltsame Empfindung – es war, als hätten die Wände seine Worte gehört und gutgeheißen. Er schob den Gedanken wieder beiseite, als ihm eine merkwürdige Feuchtigkeit an den Wänden auffiel, die ihn irgendwie an Schweißperlen erinnerte.

Die anderen altgedienten Veteranen des Hofschauspiels schritten würdevoll daher und machten ihre Scherze über die ehrfurchtsvollen Mienen ihrer jüngeren Mitspieler, die zum ersten Mal bei Hofe waren. »Macht euch nicht zu sehr verrückt«, sagte Danyilyn beschwichtigend zu einem von ihnen. »Dies ist die Vorderseite des Palastes – die Seite für die wichtigen Leute. Wir sind bloß Schauspieler, also werden sie uns bei den Dienstboten im hinteren Bereich einquartieren.«

Wofür Pelmen sehr dankbar war. Je weiter er von Ligne weg war, desto geringer war die Chance, daß er ihr über den Weg lief und sie ihn womöglich erkannte. Als sie wieder um eine Ecke bogen, setzte er sein Hanswurstlächeln auf und wedelte mit dem Zeigefinger in Richtung der Gardisten, die hinter den Schießscharten standen. Er glaubte zu erkennen, daß ein Augenpaar zurücklächelte.

Wenig später standen sie auf dem Flur vor der Kammer des Friedens. Nachdem sie eine halbe Stunde gewartet hatten, trat schließlich ein reichlich gequält dreinblickender Hofdiener heraus, um sie zu begrüßen. »Es tut mir sehr leid, daß die Königin noch nicht da ist«, entschuldigte er sich gestenreich, »aber sie wurde durch sehr wichtige Geschäfte aufgehalten, welche keinen Aufschub ...«

»Ich warne Euch, Kherda, wenn Ihr mir noch einmal so dazwischenfahrt, wenn ich drauf und dran bin zu gewinnen, dann lasse ich Euch die Hand abhacken!« Pelmen erkannte Lignes Stimme sofort wieder. Sie kam von der Wendeltreppe am anderen Ende des Ganges und wurde lauter mit jeder Stufe, die sie weiter herunterkam. Er schob sich zwischen die anderen Mitglieder der Truppe und postierte sich hinter Gerrigs breitem Rücken.

»Ich weiß nicht, warum Ihr Euch beklagt«, protestierte Kherda zaghaft. »Ihr habt doch auch so gewonnen.«

»Sehr zu meinem Verdruß«, meldete sich ein kleiner Mann zu Wort, der hinter Kherda und Ligne die Treppe herunterkam. Sein scharlachroter und purpurfarbener Umhang wies ihn als einen Händler vom Hause Uda aus. Als die kleine Gruppe auf sie zumarschiert kam, sah Pelmen, aus welchem Material der Umhang gegefertigt war, und er schloß daraus, daß der Mann kein bloßer Händler, sondern auch ein Mitglied des Ältestenrates war. »Aber im Ernst«, fuhr der Mann fort, »ich glaube, daß Kherda wirklich versucht hat, Euch zu helfen, Ligne, nicht, Euch zu schaden. Indem er seine Verluste mit seinem Stern anstatt mit seiner Scheibe ersetzte, rüstete er sich zur Schlacht gegen mich und nicht gegen Euch.«

Pelmen lächelte. Die ›wichtigen Geschäfte‹, die Ligne davon abgehalten hatten, sie eher zu empfangen, waren offenbar eine Partie Drax gewesen. Die Begriffe, die sie verwendeten, stammten aus diesem beliebten Brettspiel, das auf einer dreiseitigen Spielfläche ausgetragen wurde.

»Ihr könnt sagen, was Ihr wollt, Jagd, er hat bewußt meine Position unterminiert. Ich hatte die Chance auf einen totalen Sieg.« Ligne fuhr zu Kherda herum und giftete: »Aber durch Euer Manöver ist nur ein knapper, glanzloser Sieg daraus geworden!«

»Sieg ist Sieg, ob knapp oder überlegen«, sagte Jagd mit einem beschwichtigenden Lächeln. »Abgesehen davon, Ligne, schien es mir, als hättet Ihr meinen Würfel völlig übersehen, und ich fürchte ...«

»Majestät«, unterbrach ihn der Hofdiener zaghaft, »die fahrenden Spieler sind eingetroffen und ...«

»Ich habe selbst Augen im Kopf, oder hältst du mich für blind?« blaffte Ligne den Mann an, und er flüchtete unter hastigen Verbeugungen zurück in die Kammer des Friedens. Ligne musterte die Truppe mit leichtem Naserümpfen, doch dann trat urplötzlich ein warmes Lächeln auf ihre Züge. »Willkommen! Hallo, Gerrig! Ja, ich erinnere mich an Euer Gesicht«, sagte sie an Yona Parmi gewandt und wischte seine Verbeugung mit einer unwilligen Handbewegung weg. Dann schaute sie einen Moment lang Danyilyn in die Augen, wobei sie sich ein wenig vorbeugte, als wolle sie die dunkleren Ecken in der Seele der Schauspielerin ergründen, und fragte: »Wart Ihr nicht auch schon einmal hier?«

Danyilyn streifte mit dem Saum ihres Rockes den Boden, als sie einen formvollendeten Knicks vor der Königin machte. Das freudig erregte, geschmeichelte Lächeln, das sie dabei zur Schau trug, vermittelte in perfekter Weise ihre Freude darüber, daß die Königin sie wiedererkannt hatte. Gewiß, sie war eine erfahrene Schauspielerin; trotzdem konnte Pelmen ihre Leistung nur bewundern.

Jetzt schob sich Ligne an Gerrig vorbei und starrte in Pelmens Gesicht. »Und Ihr? Wer seid Ihr?« fragte sie mit einem leisen Unterton von Argwohn.

»Das ist Fallomar, der Narr«, schaltete sich Gerrig hastig ein, »ein neues Mitglied unserer Truppe; und das ist Magrol, und das ist Jamnard«, stellte er weitere Mitglieder des Ensembles vor, in dem Versuch, Lignes Interesse von Pelmen abzulenken. Aber Ligne ging nicht darauf ein. Sie streckte die Hand aus, um Pelmens Gesicht zu berühren, und er wich einen Schritt zurück.

»Warum seid Ihr geschminkt?« fragte sie.

»Warum seid Ihr es?« erwiderte er schlagfertig.

»Um mein Aussehen zu verbessern, natürlich.«

»Das ist auch mein Grund.«

»Aber Ihr habt Euer ganzes Gesicht mit Schminke bedeckt.«

»Nur zu meinem Vorteil, glaubt mir. Aber wenn Majestät meine Worte bezweifelt, möchte ich ihr einen Wettbewerb vorschlagen. Sie entfernt ihre Schminke, und ich entferne meine, und dann werden wir sehen, wer sie am meisten nötig hat.«

Lignes stechende blaue Augen bedrohten ihn nur für einen kurzen Moment; dann blinzelte sie, und ihre Nase kräuselte sich zu einem Grinsen. »Ein echter Narr! Wie amüsant, Kherda.« Sie wandte sich um und richtete den Finger auf ihren Premierminister. »Hört her, Ihr vertrockneter alter Aktenwurm! Versaut mir noch einmal so den Sieg, und ich übertrage dem hier Euer Amt!«

»Ihr habt doch gar nicht verloren«, meckerte Kherda und seufzte gereizt.

»Alle andern sind neu in der Truppe«, warf Gerrig nervös ein. »Wir haben ein hartes Jahr hinter uns, und einige unserer Besten sind ausgeschieden und haben sich anderen Truppen angeschlossen. Wir sind Euch so dankbar, Königin Ligne, daß Ihr uns die Ehre erwiesen habt ...«

»Verschont mich damit!« schnitt ihm die Königin das Wort ab und wandte sich um, um in die Kammer des Friedens zu gehen. Gerrig sah Kherda fragend an, und der Premierminister bedeutete ihm mit einer Kopfbewegung, daß er ihr folgen solle. Gerrig folgte Ligne in den üppig ausstaffierten Saal. »Wie ich höre, führt Ihr jetzt ein meisterhaftes Stück auf, in dem es um meine Person geht.« An dieser Stelle wandte Ligne sich um, und ihre kalten blauen Augen fixierten Gerrig mit einem Blick, der ihm durch und durch ging. »Euer letzter Auftritt in diesen Mauern war nicht so meisterlich.«

»Ach ... sie ... ich ...«, stammelte Gerrig, verunsichert von ihrem Auftreten.

»Verschont mich mit Eurem Gestammel! Ich bin es leid, mir irgendwelches Gestammel anzuhören, das keinen Sinn ergibt!«

Gerrig machte den Mund zu und beschloß, ihn nur noch dann zu öffnen, wenn sie eine direkte Frage an ihn richtete. Seine Zunge war seit jeher sein größtes Kapital, und er legte größten Wert darauf, sie zu behalten.

»Ich will Euch zugute halten, daß dies zu jener Zeit noch nicht mein Hof war und daß Ihr unter dem Einfluß dieses lästigen Pelmen standet. Ich darf doch annehmen, daß Ihr Euch während Eures jetzigen Aufenthaltes jeden Kommentars über meine Moral und meine Politik enthalten werdet.« Sie sah Gerrig erwartungsvoll an, und er nickte heftig, dabei so aufrichtig dreinschauend, wie er nur konnte. »Fein. Ich habe im Augenblick eine ganze Reihe von Dingen, die mich beschäftigen; Euer Auftritt eilt also nicht. Ich könnte mir denken, Ihr hättet wohl nichts dagegen, die Annehmlichkeiten des Hoflebens für ein paar Wochen zu genießen.«

»Nun – nun, meine Dame, ich darf Euch aufrichtig versichern, wir hätten nicht nur nichts dagegen, sondern es wäre eine große Ehre für uns ...«

»Mein Gold für eure extravaganten Genüsse ausgeben zu dürfen? Natürlich wäre es das. Aber seid Euch darüber im klaren, daß, wenn ich Unterhaltung wünsche, Ihr sofort zur Verfügung zu stehen habt. Ihr wäret also gut beraten, wenn Ihr vorbereitet wärt, wenn ich Euch rufen lasse. Künstler, die mich enttäuschen, finden mein Mißvergnügen oft – schmerzhaft.« Ligne rauschte graziös aus der Kammer des Friedens, ging an der Truppe vorbei, ohne sie eines Blickes zu würdigen, und stolzierte zurück zur Treppe, im Gehen über die Schulter rufend: »Kommt, Jagd! Spielen wir noch eine Partie.«

Kherda trippelte mit klappernden Sandalen hinter ihr her. »Meine Dame, in den Südostprovinzen herrscht Dürre und ...«

»Das habt Ihr mir bereits beim Frühstück erzählt.«

»Wenn Ihr Euer Einverständnis geben könntet, daß die Getreidelieferungen von einer Abteilung der Goldenen Horde eskortiert werden können, dann könnte ich sofort eine Lieferung ...«

»Habt Ihr jemals die Überfall-Eröffnung ausprobiert, Jagd?« fragte Ligne den Händler, als sie den Fuß der Treppe erreichten und die ersten Stufen nahmen. »Jemand erzählte mir, daß sie in Lamath die Hanni-Eröffnung genannt wird, weil sie aus jenem Hause stammen soll.«

»War bestimmt ein Händler aus dem Hause Hanni, der Euch das erzählt hat. Sie stammt nämlich ursprünglich aus dem Hause Uda. Ich persönlich halte nicht viel davon, weil man gleich zu Beginn des Spiels zu viel wertvolle Steine verliert.«

Pelmen spitzte die Ohren, um den Rest von Jagds Worten mitzubekommen. Er spielte selbst Drax, wenngleich es schon Monate her war, seit er das letzte Mal gespielt hatte. Und das war auch nur eine Partie Bauern-Drax gewesen, eine vereinfachte Abwandlung des Spiels, die er mit Dorlyth gespielt hatte. Aber der Gang war neunzig Fuß lang, und Jagds ruhige Stimme trug nicht sehr weit. Der Händler und die Königin verschwanden in den höheren Stockwerken des Palastes.

Kherda stand am Fuße der Treppe und schaute den beiden kopfschüttelnd hinterher. Dann wandte er sich plötzlich, so als wäre ihm dies erst nachträglich eingefallen, zu den Schauspielern um und rief ihnen zu: »Wendet euch an den Minister für Kultur und Unterhaltung; einer von euch wird sicher noch wissen, wo sein Arbeitszimmer ist. Er wird für euer Quartier sorgen, und ich werde euch dann gleich morgen früh etwas ausführlicher einweisen.« Kherda seufzte; dann raffte er sein Gewand, setzte eine würdevolle Miene auf und trippelte mit klappernden Sandalen die Treppe hinauf.

Sobald er außer Sichtweite war, wirbelte Gerrig zu Pelmen herum; sein Gesicht war so weiß wie ein frisch gebleichtes Bettlaken. »Glaubst du, sie hat dich erkannt?«

»Wen soll sie erkannt haben?« fragte Fallomar zurück. Die Augen des Narren starrten Gerrig verwundert an, so als wären die Worte des hünenhaften Mimen bar jeden Sinnes gewesen.

Gerrig verstand. Er nickte und nahm Danyilyn bei der Hand. »Komm, suchen wir erst mal diesen Minister auf!« Sie machten sich auf den Weg zur Treppe, da Maythorms Büro sich auf dem Stockwerk über ihnen befand. Pelmen hatte sich in Luft aufgelöst; er war vollständig aufgegangen in Fallomar, dem Narren. Gerrig war überrascht, wie sehr er ihn schon jetzt vermißte.

Maythorm war von ihrem Eintreffen schon unterrichtet worden von dem Serviermädchen, das ihm sein Abendessen aufs Zimmer gebracht hatte. Der arme Mann tat ihr leid – schon das leiseste Geräusch ließ ihn zusammenfahren, und er schien ungewöhnlich mißtrauisch gegen alles und jeden. Und dabei sah er doch so gut aus ... vielleicht würde sie ihm eines Tages doch noch ins Auge fallen! Sie gab sich besondere Mühe, ihn aus seinen Gemächern aufzuscheuchen, damit er die Schauspieler in Empfang nehmen konnte, sobald sie an seinem Büro eintrafen. Als sie in seinen Raum geschwärmt kamen, stand er auf, um sie zu begrüßen, ein blendendes Lächeln auf seinem gut geschnittenen, fast hübschen Gesicht. »Willkommen, willkommen, Gerrig und Danyilyn! Ich bin hocherfreut, daß Ihr unsere Einladung angenommen ...« An diesem Punkt hielt er verdutzt inne. Verwirrt wartete die Truppe darauf, daß er den Faden wiederfand und seinen Satz beendete. »Aber Ihr seid ja gar nicht Gerrig und Danyilyn!« keuchte er und zog entrüstet die Stirn kraus. »Ihr seid ...« Er unterbrach sich erneut, und diesmal nahm sein Gesicht einen Ausdruck der Entgeisterung an. Dann platzte er mit weit aufgerissenen Augen heraus: »Ihr seid Gerrig und Danyilyn!«

Gerrig runzelte verdutzt die Stirn. »Das habe ich immer gedacht ...«

»Aber ich habe Gerrig und Danyilyn erwartet!« stieß der Minister atemlos hervor. »Ich meine, ich habe ... wen habe ich denn nun eigentlich erwartet ...«

»Offensichtlich, Herr, habt Ihr uns erwartet«, knurrte Gerrig. Gleichzeitig zog er aus einer Tasche seines Gewandes eine winzige Pergamentrolle hervor, die er entrollte und laut vorlas. »Hiermit lade ich im Namen Ihrer Majestät der Königin Gerrig, Danyilyn und ihre Schauspielertruppe ...«

»Aber da muß irgendwo ein Mißverständnis sein!« japste Maythorm. »Die Truppe, die ich eingeladen habe, war der klare Favorit für den Sieg bei den Winterfestspielen in Pleclypsa!«

»Wir *haben* den Sieg errungen!« fauchte Danyilyn.

»Nein, aber sie führten ein Stück auf, welches den Aufstieg der Königin zur Macht zum Gegenstand hatte!«

»Aber das *ist* unser Stück«, sagte Gerrig lächelnd, und seine Zähne blitzten weiß zwischen seinen buschigen roten Locken auf. »Und es ist ein wirkliches Meisterwerk.« Er blinzelte Pelmen zu. Fallomar, der Narr, sah ihn stirnrunzelnd an, und einmal mehr sah sich Gerrig an die Notwendigkeit erinnert, Pelmens Identität zu verbergen.

»Aber ... aber ...«

»Der Mann ist offensichtlich verwirrt«, erklärte Fallomar den anderen.

»Kenne ich Euch?« fragte Maythorm den weiß geschminkten Narren mit nachdenklich gerunzelter Stirn.

Fallomar schaute Maythorm prüfend ins Gesicht. »Nun, ich glaube, ja. Wart Ihr nicht auf dem jüngsten Narrentreffen?«

»Wollt Ihr mich als Narren bezeichnen?«

»Eigentlich nicht. Aber ich habe das Gefühl, Ihr wollt diese Gelegenheit dazu nutzen, Euch zu einem zu machen.«

»Die Stimme kenne ich doch!« knurrte Maythorm. Sein hübsches Gesicht lief rot an.

»Hoffentlich besser, als Ihr Gerrig und Danyilyn kennt ...«

»Seid Ihr verwandt mit einem Bauersmann im Süden?«

»Seid Ihr verwandt mit einem Mäusebussard im Norden?«

»Wie? Was? Wer hat denn hier irgendwas von einem Mäusebussard gesagt?«

»Nun, Ihr sagtet doch etwas von einem Auerhahn ...«

»Ich sagte ›Bauersmann‹, nicht ›Auerhahn‹!«

»Absolut unverwandt.«

»Was?«

»Bauern und Auerhähne.«

»Ihr seid ein *Idiot!«* brüllte Maythorm.

»Nun, eigentlich bin ich eher ein Narr.«

»Das seid Ihr in der Tat!«

»Ich danke Euch für diese gute Kritik«, erwiderte Pelmen lächelnd.

»Verlaßt auf der Stelle mein Büro!«

»Aber Ihr habt uns eingeladen.«

»Ich ...« Maythorm zögerte; das Blut wich ihm so schnell aus dem Gesicht, wie es hineingeschossen war.

»Aber ich habe doch ... habe ich wirklich euch eingeladen?«

Gerrig trat vor und hielt ihm die Pergamentrolle hin. »Adressiert an Minlaf-Khen. Versehen mit dem Siegel der Krone – hier, bitte sehr, überzeugt Euch selbst.«

»Das ... habe ich abgeschickt?« murmelte Maythorm, während er um seinen Schreibtisch herumging und sich erschöpft auf einen Stuhl plumpsen ließ.

»Wir sind hier, um uns unser Quartier zuweisen zu lassen«, sagte Danyilyn ungeduldig. »Können wir jetzt endlich damit anfangen?«

Maythorm hob langsam die Augen; die Kinnlade hing ihm herab, jede Energie war ihm aus dem Gesicht gewichen. Plötzlich lächelte er geziert. Er zeigte mit dem Finger auf Gerrig, lachte laut und sagte: »Jetzt begreife ich. Ihr habt es auf mein Amt abgesehen, richtig? Ein Posten wie Sahnetorte, glaubt Ihr, überzuckert mit Macht und garniert mit Reichtum, richtig?« Sein Finger schweifte über die ganze Truppe. »Und ihr steckt alle unter einer Decke, hab ich recht? Wollt mich aus dem Amt jagen, wie?«

Die Schauspieler tauschten entgeisterte Blicke aus. »Maythorm«, begann Gerrig, »wie Danyilyn schon sagte ...«

»Sie ist nicht Danyilyn!« kreischte Maythorm. »Ich weiß, wer sie ist – sie ist Danyilyn! Ich kenne euch alle!«

»Wie gut, das zu wissen«, seufzte Fallomar erleichtert.

»Und dich kenne ich auch!« schrie Maythorm, auf den Narren deutend. »Du bist der Bauer, der mich auf dem Weg abgefangen hat, der das Unwetter rief und sich in einen Falken verwandelte und mich den ganzen Morgen lang mit Bällen aus buntem Feuer bewarf!«

Die ganze Truppe starrte mit offenem Mund auf Maythorm – das heißt, alle bis auf Yona. Der schaute mit einer gewissen Unruhe den weiß geschminkten Narren an.

Gerrig räusperte sich. »Eh, Maythorm ... vielleicht hat die Königin Euch in letzter Zeit ein wenig überfordert ...«

»Aha! Daher weht also der Wind!« krähte Maythorm triumphierend. »Ihr wollt mir durch die Blume zu verstehen geben, daß ich, Maythorm, ein Versager sei! Und daß Ihr natürlich der viel geeignetere Mann für meinen Posten wäret!«

Das Gebrüll des Ministers für Kultur und Unterhaltung hatte eine ganze Schar Neugieriger draußen auf dem Flur angelockt. Das Serviermädchen kam zur Tür hereingeplatzt und drängelte sich durch die Schauspieler zu Maythorm durch. Als sie ihn hinausbegleitete, sagte sie mit einem entschuldigenden Achselzucken zu den Schauspielern: »Seit er aus Pleclypsa zurückgekommen ist, ist er nicht mehr er selbst.«

»Ach, das geht schon in Ordnung«, sagte der Narr beschwichtigend. »Laut ihm sind wir auch nicht mehr wir selbst.«

»Dich krieg ich noch, Narr!« schrie Maythorm beim Hinausgehen und stocherte drohend mit dem Finger in Richtung Fallomar. »Ich werde dich mit Argusaugen beobachten!« Dann verschwanden Maythorm und das Dienstmädchen auf dem Flur, eine verdutzt auf Pelmen starrende Truppe zurücklassend.

»Ich liebe den Palast«, seufzte er. »Wie er es immer wieder schafft, mein Vertrauen in die Regierung wiederherzustellen!«

Ein Haushofmeister wies ihnen schließlich ihre Quartiere zu. Ihre Zimmer lagen alle im Künstlertrakt im dritten Stockwerk des Königlichen Hauses. Während Yona Parmi, Danyilyn und Gerrig große Zimmer zugeteilt bekamen, die nahe der großen Treppe im Zentrum des Palastes lagen, erhielt Pelmen eine winzige Zelle im rückwärtigen Bereich der Burg – was darauf hindeutete, daß Maythorm, auch wenn er vielleicht ein bißchen durcheinander war, nicht ohne Einfluß war. Gleichwohl kam Pelmen die Lage seines Zimmers sehr entgegen, denn gleich um die Ecke befand sich eine Dienstbotentreppe, die direkt in die Quartiere der Sklaven und in die Küche hinunterführte. Er hatte vor, möglichst enge Kontakte mit den Dienern und Sklaven herzustellen; wie in jedem Palast waren sie es, die sich am besten mit den Gepflogenheiten ihrer Herrschaft auskannten. Er war ziemlich sicher, wenn Bronwynn irgendwo im Königlichen Haus festgehalten wurde, dann war es im Kerker, aber er wollte ganz sicher sein, bevor er den gefährlichen Versuch unternahm, Verbindung mit ihr aufzunehmen. Er hoffte, daß die Sklaven ihm entweder bestätigen oder dementieren konnten, daß Ligne sie dort eingesperrt hatte.

Es war die einzige Möglichkeit, die sinnvoll erschien. Sie und Joss waren seinerzeit gemeinsam zu einem Angriff auf einen von Lignes Außenposten aus dem Wald geritten. Tags darauf war sie verschwunden ... und Joss war plötzlich wieder Kriegsminister. Pelmen war sicher, daß sie hier war.

Und noch etwas anderes war hier. Pelmen ließ sich auf seine schmutzige Koje zurücksinken, starrte an die Decke und lauschte, ob er irgend etwas hören konnte, das ihm vielleicht einen Hinweis auf die Natur dieses *Etwas* geben konnte. Und wie er so dalag und lauschte, beschlich ihn ein seltsames Gefühl von Unbehagen, das ihm die Brust einschnürte – sein Atem wurde flach. Es war nicht Angst ... es war eher ein Gefühl von Vorahnung. »Wer bist du?« flüsterte er. »Du bist gewiß nicht die *Macht* ...«

– Was meinst du damit? erwiderte das Königliche Haus schroff. Es hatte diese weiß geschminkte Gestalt beobachtet, seit sie seine Mauern betreten hatte, aber ein besonderes Interesse hatte es an dem Narren bekommen, seit es den Wortwechsel zwischen ihm und Maythorm verfolgt hatte.

Pelmen lauschte gespannt. Er hörte nichts. »Seltsam«, murmelte er.

– Sprich endlich! Wie soll dieses Haus dir antworten, wenn du nichts sagst?

Pelmen starrte an die Decke und sprach mit sich selbst. »Alles bloß Einbildung«, murmelte er.

– Was meinst du mit ›Einbildung‹? fragte das Haus. Komm, sag endlich was! Dieser Maythorm scheint dich für einen Macht-Former zu halten. Stimmt das?

Der Schauspieler gab keine Antwort. Er hatte einen anstrengenden Tag hinter sich. Er war eingeschlafen.

Pelmen fuhr mit einem Ruck aus dem Schlaf hoch. Er schwitzte am ganzen Leib. Die Luft in der winzigen Zelle war abgestanden und stickig. Das Herz schlug ihm bis zum Halse, und er atmete keuchend. Er verspürte ein seltsames Angstgefühl, als hätte jemand – oder etwas – ihn an der Schulter berührt, während er schlief. Er spähte in die dunklen Ecken der Kammer. Es war nichts zu sehen. Das erschreckte ihn noch mehr.

Er sprang von seiner Matratze auf und ging auf leisen Sohlen zur Tür. Obwohl diese Räume, die für gewöhnlich den auf der Burg zu Gast weilenden Künstlern vorbehalten waren, noch nie Gefangene beherbergt hatten, waren sie solide genug gebaut, um als Gefängniszellen dienen zu können, sollte sich diese Notwendigkeit einmal ergeben. Er stemmte sich gegen die schwere, schmucklose Tür und drückte sie auf.

Es war tiefe Nacht. Kein Licht sickerte durch die Schießscharten in den Außenmauern herein. Ein trüber, flackernder Lichtschein spielte auf dem Mauerwerk hinter der Ecke des Flures: Offenbar brannte noch eine der Fackeln. Aber keine Menschenseele war auf dem Flur zu sehen. Der Palast war so still wie ein vergessenes Grab.

Dann begann es. Das unregelmäßige Flackern der Fackel hinter der Ecke verwandelte sich in ein rhythmisches Pulsieren, in ein regelmäßiges, gleichmäßiges Aufleuchten, als schlüge es den Takt für ein lautloses Orchester, dessen Musik nicht für Menschenohren bestimmt war. Sicher ein Luftzug, versuchte Pelmen sich im ersten Moment zu beruhigen. Aber er wußte, daß er sich selbst etwas vormachte. Es war kein Luftzug: Die Luft im Flur war vollkommen still.

Sein erster Impuls war, wegzurennen. Aber Pelmen folgte selten seinem ersten Impuls, ganz gleich, wobei. Manchmal folgte er seiner Eingebung, aber er weigerte sich, sich zum Sklaven jener unlogischen Gefühle zu machen, die ihm seine Sensibilität vermittelte. Er wartete. Er lehnte sich an die steinerne Wand und lauschte.

Ein eisiger Schauer kroch ihm über den Rücken, als der Stein unter seiner Hand plötzlich kalt und naß wurde. Unwillkürlich zuckte seine Hand zurück. Er zwang sich zur Ruhe und ließ seine Hand tastend über den naßkalten Stein gleiten. Verwirrt schüttelte er den Kopf. Im selben Moment erlosch plötzlich die Fackel.

Jetzt herrschte vollkommene Dunkelheit auf dem Gang. Pelmen horchte angestrengt in die Finsternis hinein. Er spürte, daß er am ganzen Leib vor Spannung zitterte. Er atemte ein paarmal tief durch und schüttelte die Spannung von sich ab. Als er wieder ruhig war, lauschte er weiter. Nichts rührte sich. Das einzige, was er hörte, war sein Herzklopfen.

Dies war nicht die *Macht*, dessen war er ganz sicher. Hierin lag eine grausame Komik, wie sie ihm noch nie begegnet war in seiner Kommunikation mit jenem Wesen, das ihn zum Propheten hatte werden lassen. Aber er war ebenso sicher, daß etwas Lebendiges hier war, etwas oder jemand, der offenbar wünschte, mit ihm zu sprechen. Nicht die *Macht*, nein. Aber eine Macht zweifelsohne.

Pelmen ging hastig in seine Kammer zurück und schlug heftig die Tür hinter sich zu. Das Geräusch der ins Schloß fallenden Tür hatte etwas Beruhigendes. Er lehnte sich mit dem Rücken gegen die hölzerne Türfüllung, als wolle er sich vor der Macht draußen auf dem Gang verbarrikadieren. Aber es war ein unbewußter Akt. Er war sich voll darüber im klaren, daß die Macht auch in seiner Kammer gegenwärtig war.

Pelmen streckte die Hand aus. Obwohl sie nur wenige Zoll vor seinem Gesicht war, konnte er sie nicht sehen in der Dunkelheit. Er brauchte jetzt nur einen Spruch zu sagen oder einen Gedanken zu denken, und sofort würde über seiner unsichtbaren Hand ein glühender Ball entstehen, in jeder Farbe, die er wollte, und ihm den Weg in der Dunkelheit leuchten. Im Lande der Maris hätte Pelmen keine Bedenken gehabt, das zu tun. Dort würden ihn diese seltsamen Empfindungen just in dem Moment, da er sie spürte, wie von selbst dazu veranlassen, mit dem Formen zu beginnen. Aber hier fühlte er sich seltsam gehemmt …

Dies war bloß eine Macht – eine wie all die anderen vermutlich – und wenn er sich jetzt einfach einen Ruck gab …

Es folgte ein langer dunkler Moment der Entscheidung.

… Aber er vermochte sich nicht durchzuringen. Er ließ die ausgestreckte Hand sinken. Statt zu formen, sprach er. »Ich weiß, daß du hier bist. Ob du eine Mari-Macht bist, weit von der Heimat hierhergereist, oder irgendeine andere Art von Macht, vermag ich nicht zu erkennen. Aber ich spüre dich, und ich weiß, daß du hier bist. Vielleicht gefällt es dir, mich zu necken, aber wenn du …«

Er verstummte jäh. Ihm war plötzlich ein Gedanke gekommen, und er ließ seine Drohung unausgesprochen. Vielleicht konnte er diese Macht formen – aber war das überhaupt nötig? Und wenn er sie formte, würde sie dadurch Schaden nehmen? Er erinnerte sich an das Entsetzen, an die schreckliche Angst, die er jedesmal empfand, kurz bevor er von der *Macht* gepackt wurde; und obgleich die Freude, die ihn stets danach durchströmte, unweigerlich alle Narben heilte, wußte er doch, daß diese Freude der Natur der *Macht* entsprang – und keineswegs dem Prozeß des Geformtwerdens.

»Ich lasse dich in Frieden«, sagte Pelmen leise. »Aber ich habe morgen einen wichtigen Tag. Ich habe eine Freundin, die aus den Klauen einer Frau befreit werden muß, und ein ganzes Land wartet darauf, von der Tyrannei derselben Frau befreit zu werden. Hinzu kommen ein Dutzend andere Probleme, die du sicher ebensowenig hören willst, wie ich Lust habe, sie dir aufzuzählen. Was ich jetzt möchte, ist schlafen und sie wenigstens für ein Weilchen vergessen. Und daher ...« Pelmen bemühte sich, es in freundlichem Ton zu sagen, aber ein leiser Unterton von Gereiztheit schwang ungewollt in seiner Stimme mit. »... daher bitte ich dich, mich wenigstens bis morgen früh in Ruhe zu lassen, damit ich endlich meinen wohlverdienten Schlaf finden kann.«

Er ließ sich auf die Matratze sinken und verschränkte die Arme über der Brust.

Der Schlaf übermannte ihn rasch. Diesmal blieb er ungestört – bis auf eine Kleinigkeit: Seine Träume waren seltsam farbig, als leuchte die ganze Nacht hindurch ein blauer Flammenball – direkt hinter seinen Augenlidern ...

## Kapitel 8

### Ein unerwartetes Duell

ROSHA WURDE DURCH DEN langen spiegelverzierten Gang geführt, der sein Quartier von den oberen Gemächern der Königin trennte. Sein Kopf war immer noch von der ledernen Kapuze verhüllt. Ligne hatte ihn in den Raum verlegt, den sie selbst seinerzeit als Mätresse Taliths bewohnt hatte, ganz in der Nähe des Aviariums auf dem Dach des Palastes. Es gab offenbar nur einen Zugang, und der führte abwärts über eine Treppe durch Lignes riesige Suite auf den unteren Ebenen des Palastes. In früheren Zeiten hatte der Raum mehrere Zugänge gehabt, die Ligne selbst hatte einbauen lassen, um die Scharen von Männern unterzubringen, die sie in Taliths Abwesenheit besuchten. Bevor sie Rosha dort einquartiert hatte, hatte sie diese zumauern lassen. Die Königin wollte den jungen Recken ganz für sich allein.

Rosha hörte den Gardisten leise vor sich hin brummen, als sie die inzwischen schon vertraute Treppe zu Lignes Suite hinunterstiegen. Sie durchquerten die Zimmerflucht, ohne daß ihnen jemand zu begegnen schien. Dann schwang eine große Doppeltür vor ihnen auf, und Rosha hörte die Geräusche von Leuten, die sich auf den Fluren bewegten. Sie gingen durch eine Anzahl von Gängen, bogen um mehrere Ecken, bis er schließlich fühlte, wie seine Hand auf ein Geländer gelegt wurde, und er wußte, daß er sich jetzt auf der großen Wendeltreppe im Herzen des Palastes befand. Sie hatte einen Durchmesser von zwanzig Fuß und war eigens erbaut worden, um einen imposanten Rahmen für den Einzug des Königs oder der Königin in den großen Saal abzugeben, denn sie mündete auf dem Podest, auf dem der Thron stand. Als Rosha und sein Bewacher die Treppe hinuntergingen, stiegen ihnen das delikate

Aroma von brutzelndem Speck, schmorendem Braten und eine Vielfalt anderer köstlicher Düfte in die Nase. Aber Rosha hatte keinen Hunger. Aus einem bestimmten Grund war er heute besonders schlecht gelaunt.

»Guten Morgen, Rosha!« hörte er die Königin mit honigsüßer Stimme rufen.

»Und wenn es einer wäre«, knurrte er bissig, »ich würde ja doch nichts davon mitbekommen.« Ein Stuhl wurde an seine Waden geschoben, und er setzte sich. Dann starrte er blind in das lärmende Getriebe, das die Halle bevölkerte, und strahlte seinen Haß jedem entgegen, der in seine Richtung blickte.

»Guten Morgen, Fallomar!« rief Yona Parmi gutgelaunt, von einem Teller mit Wurst und Brot aufblickend. »Wie hast du geschlafen?«

»Nicht so gut, wie ich es mir gewünscht hätte«, brummte Pelmen, während er über eine lange Bank rutschte, um seinem Freund gegenüber zu sitzen. »Und du?«

»Recht gut, danke«, antwortete Parmi.

»Keine Träume von Mächten?«

Yona hörte auf zu essen und blickte erneut von seinem Teller auf. »Nein ... warum?«

»Wie ich schon sagte, meine Nacht war ziemlich schlaflos.«

»Kein Wunder bei dem Strohsack, den sie dir als Bett gegeben haben, und in dem Rattenloch von einem Zimmer. Das sollte dir vielleicht eine Lehre sein, dich in Zukunft nicht über den Minister für Kultur und Unterhaltung lustig zu machen, wenn er mal wieder Zimmer verteilt. Ich habe auf einer Federmatratze geschlafen.«

»Ich könnte nicht zufriedener sein mit der Lage meines Zimmers. Mir macht im Moment lediglich Sorgen, daß Maythorm mich offenbar irgendwie wiedererkannt hat. Jedenfalls habe ich die Absicht, ihm von nun an aus dem Weg zu gehen – und Königin Ligne auch.«

»Das dürfte dir in diesem riesigen Kasten nicht sehr schwerfallen. Außerdem, wenn sie dich schnappen, kannst du ja immer noch davonfliegen – obwohl ich fürchte, daß wir andern uns dann ein paar unangenehme Fragen anhören müßten ...« Parmi sah, wie ein Ausdruck von Unsicherheit über die Züge seines Freundes huschte, und er fragte besorgt: »Was ist?«

»Nichts ...«, murmelte Fallomar.

»Das klingt aber nicht sehr überzeugend!« grunzte Parmi, und der weißgesichtige Narr bedeutete ihm mit einer Grimasse, nicht so laut zu sprechen. »Diese Anspielung von vorhin ...«, fuhr Parmi mit gedämpfter Stimme fort. »Ist die *Macht* hier?«

»Ja – und noch andere.«

»Andere Mächte?«

»Mindestens eine.«

»Aha. Und jetzt bist du unschlüssig, ob du sie formen sollst.«

»Würdest du bitte leiser sprechen, Yona!« zischte Pelmen durch die Zähne. »Oder soll die Königin selbst unsere Unterhaltung mitanhören?«

»Ich sehe niemanden, der uns Beachtung schenkt«, erwiderte Yona achselzuckend, während er genüßlich ein Stück Wurst verzehrte. »Und was die Königin betrifft, die ist viel zu sehr an dem Gefangenen mit der Kapuze interessiert, der neben ihr sitzt, um uns zu beachten.«

Bei der Erwähnung des Wortes ›Gefangenen‹ schoß Pelmens Blick hinauf zum Thronpodest. Ein kurzer Blick auf das unglückselige Geschöpf neben Ligne verriet ihm, daß es sich hier um keine Frau handelte, und nach einer flüchtigen Aufwallung von Mitleid für den armen Wicht wollte er sich gerade wieder seinem voll beladenen Frühstücksteller widmen, als ihn etwas in der Körperhaltung des Gefangenen stutzen ließ. Er starrte ... und starrte ... und die Augen weiteten sich ihm in blankem Entsetzen.

»He!« zischte Yona und zog Pelmens Blick wieder auf sich. »Willst du, daß sie was merkt? Du forderst es ja geradezu heraus, wenn du sie so anstarrst! Du glaubst gar nicht, wie sehr die weiße Farbe den Glanz deiner Augen unterstreicht!«

Pelmen starrte ihn einen Moment lang an, dann schielte er ein paarmal unauffällig zum königlichen Tisch hinüber, um ganz sicherzugehen, daß er sich auch wirklich nicht irrte. Kein Zweifel, er hatte richtig gesehen!

»Was ist denn bloß los mit dir?« zischte Yona Parmi verärgert.

Der weiß geschminkte Narr seufzte und biß ein Stück von seiner Wurst ab. »Erinnerst du dich an den jungen Mann, von dem ich dir erzählt habe?« fragte er, während er mechanisch auf seiner Wurst kaute, ohne sie zu schmecken. »Der stotternde Krieger, der mir half, den Drachen zu töten?«

»Ja, daran erinnere ich mich. Rosha Soundso.«

»Das ist der mit der Lederkapuze.«

Jetzt war es an Yona Parmi, entgeistert zu starren. »Bist du sicher?«

»Er bewegt sich genau wie Rosha. Hat Roshas Statur. Nein, hundertprozentig sicher bin ich nicht, aber seine Kinnpartie ist das Ebenbild von der von Roshas Vater Dorlyth. Ich fürchte, er ist es.«

»Aber ... was tut er hier?«

Pelmen spähte zum Thronpodest hinauf, dann wandte er sich angewidert ab und murmelte: »Im Moment wird er mit einem Löffel gefüttert.«

Und zwar besorgte dies Ligne höchstpersönlich. Joss weigerte sich strikt, ihm Eßbesteck zuzugestehen, da er dieses womöglich als Waffe gegen die Königin benutzen konnte; also hatte Ligne es selbst übernommen, ihn zu füttern. Sie hatte Gefallen an diesem kleinen Symbol ihrer Herrschaft gefunden; sie betrachtete diese stetige Demütigung als ein Druckmittel mehr, mit dem sie

Rosha irgendwann unausweichlich dazu zwingen würde, sich ihrem Willen zu unterwerfen.

»Hast du davon gewußt?« flüsterte Parmi, und Pelmen schüttelte den Kopf. Yona wartete einen Moment lang, dann fragte er: »Was wirst du jetzt tun?«

Pelmen war der Appetit gründlich vergangen; er starrte versonnen auf sein kaum angetastetes Frühstück. »Parmi«, seufzte er schließlich, »ich wünschte, du hättest mich das nicht gefragt.«

Ein ziemlich aufgelöster, übernächtigt wirkender Kherda gesellte sich zu Ligne auf das Podest und setzte sich auf den leeren Stuhl zwischen der Königin und Jagd. Wie immer schleppte er einen Stoß Dokumente mit sich herum, die er beim Frühstück abarbeiten zu können hoffte. Es war derselbe Stapel, den er schon seit der ganzen Woche zu jeder Mahlzeit mitgebracht hatte. Bisher war es ihm freilich noch nicht gelungen, die Aufmerksamkeit der Königin lange genug auf sich zu ziehen, um nennenswerte Fortschritte bei der Erledigung der Staatsgeschäfte machen zu können, und die ständige Erfolglosigkeit zerrte an seinen Nerven. »Guten Morgen, meine Königin«, begann er forsch; »ich habe hier eine Reihe von Vorgängen, die wir in aller Schnelle erledigen könnten, wenn Ihr für einen Moment ...« Er ließ den Satz unvollendet. Die Königin hatte überhaupt nicht hingehört. »Nun«, murmelte er verbittert, »wie ich sehe, ist sie noch immer mit ihrem Spielzeug beschäftigt.«

Jagd, der diese despektierliche Bemerkung durchaus auch auf sich hätte beziehen können, erwiderte nichts. Der Händler brütete über seinen eigenen Problemen. Er hatte das Palastleben satt. Nicht, daß das Essen ihm zuwider gewesen wäre oder er sich gelangweilt hätte – im Gegenteil, das Essen war vorzüglich, und über mangelnde Kurzweil konnte er sich wahrlich nicht beklagen. Er wollte einfach weiter arbeiten. Aber durch sein Netz von Spionen hatte er von Flayhs Mordplänen gegen ihn Wind bekommen, und er wollte vor allem am Leben bleiben. Am frühen Morgen dieses Tages, in den stillen Stunden vor der Dämmerung, hatten er und Flayh und dessen schwergewichtiger Neffe eine spannungsgeladene Konferenz vermittels dreier pyramidenförmiger Kristalle abgehalten. Flayh hatte ihn eingeladen, an einem Konklave des Ältestenrates teilzunehmen, das in Kürze in Ngandib-Mar stattfinden sollte. Obwohl ihm völlig klar war, daß diese Einladung eine Falle war, hinter der die Absicht steckte, ihn aus dem Palast und in den Tod zu locken, war die Versuchung groß, trotzdem dorthinzugehen. Er war es leid, in seinen Gemächern auf und ab zu laufen, mit dem ständigen unbehaglichen Gefühl im Bauch, daß Ligne ihn vielleicht gerade wieder einmal durch irgendwelche geheimen Gucklöcher oder Spiegelwände beobachtete. Er war diese ewigen Drax-Partien leid – ganz zu schweigen von den Unsummen Geld, die sie ihn kosteten, da Ligne immer darauf bestand, daß sie um Geld spielten, und es lag nicht in seinem Interesse, sie zu besiegen. Und nun rutschte er nervös auf seinem Stuhl herum, während er sich geistesabwesend ein Stück Honigkuchen in den Mund stopfte, und spähte alle paar Sekunden zur Tür, ob ein Bote vom Dach kam. Er wartete dringend auf eine Nachricht von seinem Günstling im Mar, Tahli-Damen. Von dieser Nachricht wollte er abhängig machen, ob er abreiste oder blieb.

»Habt Ihr so etwas schon einmal erlebt?« zischte Kherda aufgebracht und knuffte Jagd mit dem Ellenbogen in die Seite. »Seht doch nur, wie sie auf ihn einschwatzt – als wäre sie eine Kaufmannstochter ...« Kherda hielt erschreckt inne und schaute Jagd verlegen an. »Verzeihung. Ich ... das ist mir so rausgerutscht. Bloß so eine Redensart, versteht Ihr ...«

»Trifft mich nicht«, brummte Jagd achselzuckend. »Ich habe keine Tochter.« Der Händler widmete sich wieder seinem Honigkuchen. Kherda beugte sich zur Königin hinüber, um möglichst viel von ihrer Unterhaltung mit dem Jungen zu erhaschen.

»Du scheinst heute morgen ja besonders widerspenstig zu sein«, schalt Ligne ihn gerade. »Nun komm schon! Iß endlich was!«

»Habt Ihr dieses a-a-alberne Sp-spielchen nicht langsam s-s-satt?« knurrte Rosha.

»Was meinst du damit?« flötete sie. Der Spott in ihrer Stimme war unüberhörbar.

»D-diese b-b-blödsinnigen Versuche, mich zu f-f-füttern!« schnaubte er. »Bindet mir endlich die H-hände los und l-laßt mich essen!«

»Das ist leider nicht möglich, mein Täubchen. Joss hat Angst, daß du mich mit der Gabel erstichst. Nun komm schon endlich!« gurrte sie. »Bist du denn gar nicht hungrig, mein Herzchen?«

»O doch, d-das bin ich!« stieß er wütend hervor. »Hungrig, mich zu b-bewegen, hungrig, z-zu sehen! Meine M-muskeln v-verwandeln sich schon in F-f-fett!«

»Kherda!« kreischte Ligne. Der Premierminister fuhr wie von der Tarantel gestochen von seinem Stuhl hoch und hielt sich die Ohren zu. »Ach, Ihr seid ja schon hier«, bemerkte sie. Dann fuhr sie ohne ein Wort der Entschuldigung fort: »Sorgt dafür, daß Rosha heute ein wenig Bewegung bekommt. Er sagt, die Muskeln würden ihm erschlaffen, und das können wir auf keinen Fall dulden.«

»Jawohl, Majestät. Ich werde alles Nötige veranlassen. Was nun die Insektenplage am nördlichen Rand dieser Region anbelangt, so habe ich hier ein Dokument vorbereitet, welches die Königin nur noch zu unterschreiben braucht, in dem steht, daß sie der betroffenen Bevölkerung ihr tiefes Bedauern ausdrückt und unverzüglich staatliche Mittel zur Ausrottung dieser Plage zur Verfügung stellt. Wenn Ihr nun bitte hier unterzeichnen wollt ...« Kherda hatte während seiner Rede das Do-

Zwischendurch: [redacted] „Nun komm schon. Iß endlich was." Normalerweise folgt man dieser Aufforderung ja ganz gern – und greift bei einer Mahlzeit tüchtig zu. Was natürlich voraussetzt, daß man die Hände frei hat... Wenn man allerdings, wie Rosha, gefesselt ist und auch noch zuschauen muß, wie sich jemand gedankenverloren Honigkuchen in den Mund stopft – dann sieht die Sache doch ganz anders aus. [redacted] Da ist man als Leser doch wahrhaftig zu beneiden: Selbst von der fesselndsten Lektüre kann man sich mal für ein paar Minuten lösen und sich im Handumdrehen eine Kleinigkeit für den Hunger zwischendurch bereiten. Vorausgesetzt, man hat vorgesorgt und kann jederzeit zurückgreifen auf... [redacted]

kument angeschaut, nicht die Königin, und er merkte erst jetzt, daß sie ihm gar nicht mehr zuhörte. Sie hatte sich längst wieder ihrem Gefangenen zugewandt und säuselte ihm gerade etwas ins Ohr, das, seiner grimmigen Miene nach zu schließen, mitnichten seinen Beifall fand. Wieder einmal sah Kherda nur ihren Rücken – das wunderschöne dunkle Haar, das ihr, von einem granatbesetzten Reif gehalten, über die Schultern fiel – diese herrlichen, prachtvollen Schultern, deren makelloses alabasternes Weiß einen entzückenden Kontrast zu dem satt leuchtenden Rostbraun ihres Kleides bildete ... wohlgerundet waren diese Schultern, weich und fest zugleich, wie er seit vielen Monaten wußte ... Aber Kherda verzweifelte allmählich, war dies doch das einzige, was er in jüngster Zeit von Ligna sah. Und heute würde das offenbar auch nicht anders sein. Und es gab so viel, das dringend erledigt werden mußte, wirkliche Probleme, die rasche Entscheidung verlangten! Und er konnte sie nicht einmal dazu kriegen, ein zahnloses königliches Dekret zu unterzeichnen!

In seiner Wut und Verzweiflung warf er das Dokument auf den Tisch – ein schwerer Fauxpas, der Folgen haben sollte: das zusammengerollte Pergament prallte so unglücklich auf der Tischplatte auf, daß es zur Seite wegsprang, den Fuß eines Kristallkelches streifte und ihn zum Umkippen brachte. Kherda sah mit vor Entsetzen weit aufgerissenen Augen, wie der Rotwein sich über den Tisch ergoß und genau dorthin rann, wo die Königin saß! Er griff wahllos nach irgend etwas, um die rote Lache aufzuhalten, und erwischte das Dokument. Das pergamentartige Papier war jedoch alles andere als saugfähig, und so langte er in seiner Not unter den Tisch, packte einen Zipfel vom Tischtuch und tupfte die Flüssigkeit auf. Er stieß gerade einen Seufzer der Erleichterung aus, als ihm siedendheiß einfiel, daß zum Frühstück *nie* ein Tischtuch aufgelegt wurde, und er starrte entsetzt auf seine Hände. Das weindurchtränkte

Material war rostfarben – er hatte die Lache mit Lignes Kleid aufgewischt!

Lähmende Stille senkte sich über den Saal. Kherda hielt den Rockzipfel in sprachlosem Entsetzen in den Händen, unfähig, irgendeinen klaren Gedanken zu fassen, und hob langsam den Kopf. Hunderte von Augenpaaren waren auf ihn gerichtet; in den meisten spiegelte sich dieselbe Panik wider, die jetzt von ihm Besitz zu ergreifen begann; in anderen überwog schadenfrohe, amüsierte Neugier, was er wohl als nächstes tun würde, um sich aus dieser peinlichen Situation zu retten. Er wandte sein schreckensbleiches Gesicht langsam zu Ligne und sah – einmal mehr – ihren Rücken. Nach wie vor schnatterte sie fröhlich auf Rosha ein. Sie hatte den Zwischenfall gar nicht bemerkt.

Unterdrücktes Gekicher erhob sich jetzt vorn im Saal und pflanzte sich rasch nach hinten fort. Kherda stopfte den nassen Kleiderzipfel unter den Tisch zurück und preßte beide Hände gegen den Magen. »Ich ... mir ist nicht ... gut ... meine Dame ...« Er erhob sich mit zitternden Knien und wankte zusammengekrümmt Richtung Treppe. »Ich ... bitte Euch ... mich zu entschuldigen ...«

Ligne merkte nicht einmal, daß er wegging.

Auch Jagd bekam von der Szene nichts mit. Unbemerkt von der Mehrzahl der tafelnden Höflingsschar, stürmte ein ganz in Rot und Purpur gekleideter Bursche in den Saal und hastete zum Thronpodest. Er überreichte Jagd einen zusammengeknüllten Zettel und verschwand sofort wieder.

Jagd stand auf, entfernte sich ein paar Schritte vom Tisch, faltete den Zettel auseinander und überflog ihn:

> VERDACHT BESTÄTIGT. BEWAFFNETE SKLAVENJÄGER WOLLEN EUCH IN DRACHENTOR ANGREIFEN, VORSICHT GEBOTEN. ERWARTE ANWEISUNGEN. TAHLI-DAMEN.

Jagd zögerte keinen Moment. Er rannte zur Treppe, so schnell seine alten Beine ihn trugen, und hastete mehrere Stockwerke hinauf bis zur untersten Ebene der Gärten. Um keine Zeit zu verlieren, verzichtete er auf den kürzeren, aber beschwerlicheren Weg über die Treppe und nahm statt dessen den Weg über die ansteigende Rampe, die vom unteren Bereich zu den oberen Gärten und dem Aviarium auf dem Dach führte. Vor Anstrengung keuchend, passierte er die beiden Türen des Aviariums, hastete um die Käfige herum und stürmte mit eingezogenem Kopf, um sich nicht zu stoßen, in die kleine Hütte des Signalmeisters. Dieser Verschlag war nach dem gleichen Grundriß konstruiert wie die Käfige des Falkners, mit dem Unterschied, daß er an der Decke eine große Öffnung aufwies und daß sich auf seinen Sitzstangen Hunderte von leuchtendblauen Fliegern drängten. Jagd stopfte die zerknüllte Botschaft in eine Tasche seines Umhangs, nahm ein frisches Blatt und einen Stift von dem mit Vogelkot verdreckten Tisch und kritzelte hastig:

HABE DAS ERWARTET, WERDE HIERBLEIBEN. VERLANGT, DASS DIE PYRAMIDEN WIE GEPLANT DEM VERSAMMELTEN RAT GEZEIGT WERDEN. JAGD.

Jagd nahm mit geschicktem Griff einen Vogel von der Stange und befestigte die zu einem festen Zylinder zusammengerollte Botschaft am linken Bein des sich heftig sträubenden Federtiers. Dann nahm er den blauen Flieger in beide Hände, hob ihn ganz dicht vor das Gesicht und stellte sich im Geist die Flugroute vor: Er stieg von der Burg auf – nahm Kurs nach Norden – überquerte den Großen Südlichen Tannenwald in Richtung Ngandib-Mar – flog über die Burg von Tohn hinweg, auf der jetzt Flayh regierte – flog dann noch drei Meilen weiter, und unter ihm lag der Palast der Uda in Ngandib-Mar. Jagd stellte sich die Türme des Schlosses vor, und ganz besonders das Gesicht von Tahli-Damen. Dann öffnete er die Hände und schaute den kleinen blauen Vogel an. Seine kleinen schwarzen Augen erwiderten den Blick. Gut. Er hatte scharf aufgepaßt und wußte, welche Route er zu fliegen hatte. Jagd warf den Vogel in die Luft; er öffnete die Schwingen und verschwand durch das Loch in der Decke.

Auch Pelmen merkte nichts von Kherdas hastigem Abgang. Er hatte genug damit zu tun, seinen eigenen, nicht minder hastigen Abgang zu bewerkstelligen. Maythorm hatte ihn von der anderen Seite des Saales aus entdeckt und war aufgesprungen, um ihm nachzustellen. Pelmen verbrachte den ganzen Morgen damit, durch die endlosen Gänge und Flure des Palastes zu huschen und seinen hartnäckigen Verfolger an der Nase herumzuführen.

Man konnte sich leicht in diesem riesigen Bauwerk verlaufen. Es gab Tausende von möglichen Verstecken, die für jedermann zugänglich waren, und Pelmen war sicher, daß es darüber hinaus noch zahllose Geheimgänge und Schlupfwinkel im Innern der dicken Mauern und Wände gab. Es wäre gewiß ein leichtes für ihn gewesen, dem ergrimmten Minister für Kultur und Unterhaltung ohne fremde Hilfe zu entrinnen. Aber ein paar kurze Unterhaltungen mit vorbeikommenden Sklaven hatten ihm ein neues Hilfsmittel verschafft, das sich für die Ausführung seines eigentlichen Vorhabens noch als sehr wertvoll erweisen konnte. Der fesche Minister war der Schwarm aller weiblichen Bediensteten des Palastes, und es gab kaum einen männlichen Schloßbewohner, dessen Weib oder Freundin oder Gespielin er noch nicht den Kopf verdreht hatte. Folglich brauchte Pelmen gegenüber einem männlichen Palastbediensteten bloß zu erwähnen, daß Maythorm ihn jagte, und schon konnte er sich sofortiger Hilfe sicher sein. Die Tatsache, daß Maythorm ihm nachstellte, bereitete ihm keine große Sorge, aber sie lieferte ihm eine willkommene

Gelegenheit, mögliche Verbündete zu gewinnen und einige der besten Verstecke im Schloß kennenzulernen. Dieses verwirrende Katz-und-Maus-Spiel hätte ihm vielleicht sogar Spaß gemacht, wäre da nicht seine Bestürzung über Roshas Gefangenschaft gewesen. Während er sich, an die Tür einer Besenkammer gelehnt, wieder einmal von einem raschen Spurt durch einen langen Korridor erholte, suchte sein Verstand fieberhaft nach einem Plan, wie er den jungen Mann befreien konnte. Bronwynn aus dem Kerker zu befreien, war fürwahr schon schwierig genug. Diese neue Komplikation drohte die Aufgabe unmöglich zu machen. Aber er konnte nicht zulassen, daß Dorlyths Schatz länger als irgend nötig der Willkür dieser verderbten Metze ausgeliefert war.

»Ihr könnt jetzt rauskommen«, flüsterte eine Stimme hinter der Tür der Besenkammer. »Der hübsche Knabe ist vorbei, mit einem Rudel sabbernder Weibsbilder im Schlepptau.«

»Habt Ihr was dagegen, wenn ich noch einen Augenblick hier verschnaufe?«

»Von mir aus gern. Und meine Besen und Schrubber werden sich auch nicht dran stören. Aber wenn Ihr es leid seid, von diesem schmierigen Weiberhelden weiter verfolgt zu werden, warum wascht Ihr Euch dann nicht einfach die Farbe vom Gesicht? Ich bringe Euch gern eine Schüssel mit Wasser ...«

»Danke, mein Freund – aber was wäre ein Narr ohne sein Narrengesicht? Ich wäre ein noch viel größerer Narr, wenn ich zeigen würde, was unter der Maske ist.« Pelmen ließ seine Worte bedeutungsschwer klingen, und der Sklave erwies sich als ebenso helle wie hilfsbereit:

»Euer Geheimnis ist bei mir in sicheren Händen.«

Pelmen wartete, bis das Geräusch des kehrenden Besens sich entfernt hatte, dann murmelte er: »Ich nehme an, daß du hier bist.« Seine Worte waren nicht an die

Macht gerichtet, die in der Nacht zu ihm gesprochen hatte. Sie richteten sich an die *Macht* – jene Macht, die ihm einst auf einem Berge begegnet war, die ihn zum Propheten gesalbt hatte und die ihm bei seinem Kampf gegen das doppelköpfige Drachenungeheuer geholfen hatte. Resignation schwang in seiner Stimme mit – als ob ihm die ganze Zeit bewußt gewesen wäre, daß er diese schwere Aufgabe niemals aus eigener Kraft bewältigen könnte. Und es war auch eine Spur von dem darin, was man in menschlichen Kreisen als schlichte, echte Wärme bezeichnet hätte. Pelmen sprach, wie er mit einem Parmi oder einem Dorlyth sprechen würde – er sprach mit einem, den er als einen Freund kennengelernt hatte. »Ich brauche es dir nicht zu erklären. Du weißt es. Das Problem ist, ich weiß es nicht. Ist Bronwynn hier im Kerker? Wie kann ich Rosha befreien? Und was hat es mit dieser anderen Präsenz auf sich? Kann ich es wagen, sie zu formen?«

Das Königliche Haus hörte jedes Wort von Pelmens gemurmeltem Monolog – aber heute morgen antwortete es nicht. Es konnte nicht. Es litt schreckliche Schmerzen.

Die kunstvoll gefertigte Pyramide, durch welche der Händler Jagd mit seinem Rivalen sprach, war nicht bloß ein raffiniertes kleines Gerät, wofür Jagd es hielt. Es war viele Jahre zuvor von begabten Handwerkern gebaut worden – und vom führenden Former jener Ära mit Energie gespeist worden. Die Pyramiden formten Kraft ... folglich zog Jagds Pyramide ihre Energie aus dem Stoff, welchem das Königliche Haus seine Existenz verdankte. Jedes Formen innerhalb seiner Mauern nahm das Haus als ein fürchterliches Brennen wahr, vergleichbar dem Sodbrennen bei einem Menschen, dessen Magen zuviel Säure produziert. Das Königliche Haus wand sich – wenn man so will – in schrecklichen krampfartigen Blähungen, aber der Schmerz wollte nicht nachlassen. Ein grelles weißblaues Licht erfüllte, einer sich ausdehnenden Gasblase gleich, das Gemach des Uda-Händlers und brannte wie Feuer in den Eingeweiden des Palastes. Er hätte geflucht und geschrien – jede Glocke hätte seine Pein hinausgeschrillt – hätte dieser schreckliche Schmerz ihn nicht gleichzeitig der Kraft beraubt, die er für sein Schreien aufwenden mußte. So blieb ihm nichts anderes übrig, als ohnmächtig auf Hilfe zu warten – doch es kam keine. Die Schmach eines erneuten Trommelfeuers von Vogelkacke, die es just vor dem Erglühen dieses scheußlichen lähmenden Lichts hatte hinnehmen müssen, war völlig vergessen. Das Königliche Haus erlebte seine erste große Krise seit seinem Wiedererwachen.

Gebannt lauschte es dem seltsamen Gemurmel des weißgesichtigen Narren. Hatte der Kerl nicht erst in der vorausgegangenen Nacht zugegeben, daß er ein Former war? Und wenn er tatsächlich einer war, dann verstand er sicherlich die Burgsprache ... auch wenn er Ignoranz vortäuschte. Wenn es ihm doch nur mitteilen konnte, wie sehr es litt ...

– Eine merkwürdige Unterhaltung in der Tat, keuchte das Königliche Haus, als Pelmen mit seinem Gemurmel aufhörte. War mit dieser anderen Macht, die der Hanswurst erwähnt hatte, es selbst gemeint? Das Haus zuckte zusammen bei dem bloßen Gedanken, daß dieser Spaßvogel es formte.

– Waren die Schmerzen, die es litt, nicht schon so groß genug? Offenbar hatte der Kerl doch nicht mit ihm, dem Haus, geredet. Aber wenn nicht mit ihm, mit wem dann? Trotz seiner fürchterlichen Schmerzen nahm das Haus alle seine Sinne zusammen und lauschte konzentriert, ob der Narr vielleicht doch eine Antwort gab.

Aber es kam keine. Kaum, daß es mit seinem Gemurmel aufgehört hatte, stürmte dieses Wesen namens Fallomar plötzlich aus der Besenkammer, augenscheinlich erholt und von frischem Elan erfüllt. Und obwohl das

Königliche Haus deutlich gehört hatte, wie er beim Frühstück seinem Freund erzählt hatte, er wolle der arroganten Königin um jeden Preis aus dem Weg gehen, sah es ihn jetzt stracken Schrittes ihrem Thronsaal zustreben.

– Sehr merkwürdig, das, murmelte das Königliche Haus zu sich selbst. Dann wand es sich erneut. Wenn es doch nur einen Mund gehabt hätte – wie gern hätte es jetzt gerülpst ...

Kherda hatte das Gefühl, als bestünden die Schleimhäute in seinem Mund aus Baumwolle, und unter dem weiten Rock zitterten ihm die Knie. Lignes Zorn war furchterregend anzuschauen – besonders, wenn er gegen ihn gerichtet war.

»Seht Euch das an!« kreischte sie mit überkippender Stimme und hielt ihm ihren verschmutzten Rockzipfel hin. »Ruiniert!« Ihre Wagen waren von demselben Scharlachrot wie der nasse Fleck auf ihrem kostbaren Textil. Ihre Augen verengten sich zu drohenden Schlitzen. »Wißt Ihr irgendwas hiervon, Kherda?«

Ein plötzlicher Tumult an der Tür rettete ihn fürs erste aus der Klemme und lenkte die Aufmerksamkeit der Königin von ihm ab. »Was geht da vor?« bellte sie. Dann weiteten sich die hübschen Augen in sprachloser Verblüffung, als der buntgekleidete Narr ins Thronzimmer gestolpert kam. Er stand auf, strich sich die Kleider glatt, dann sah er sich beiläufig um, so als sei er in diesem Raum zu Hause.

»Stellt Euch vor«, begann er ohne Vorrede, »einer von diesen Wächtern hat tatsächlich versucht, mich glauben zu machen, ich könnte nicht in diesen Raum gehen! Ich konnte nicht umhin, ihm das Gegenteil zu beweisen.« Der Narr machte eine tiefe Verbeugung, dann hob er den Kopf und blinzelte schelmisch mit den Augen.

Die Königin war außer sich. »Niemand betritt unangemeldet diesen Raum!«

»Das muß ich sein; denn ich bin unangemeldet hereingekommen, und ich bin zweifelsohne ein Niemand.«

»Du wirst ein sehr bedauernswerter Niemand sein, wenn du dir eine solche Unverschämtheit noch einmal herausnimmst!« donnerte Ligne.

»Oh, da kann ich Euch nur voll und ganz zustimmen! Bin ich doch auch so schon das bedauernswerteste Individuum, das man sich vorstellen kann. Ißt jemand das hier zufällig?« fragte er, nahm sich eine Traube von einem zufällig in der Nähe stehenden Teller und steckte sie sich in den Mund. »Denn wer könnte bedauernswerter sein als ein Narr? Besonders ein Narr, der kein Publikum hat für seine Späße ...«

»Du wirst dein Publikum bekommen! Ein Publikum aus Kerkerwärtern, die über dein Gewinsel kichern und bei jedem deiner Schmerzensschreie in schallendes Gelächter ausbrechen werden.«

Der weißgeschminkte Spaßmacher blinzelte ihr erneut neckisch zu. »Aber, meine Verehrteste. Warum sollen *sie* den ganzen Spaß haben?« Das freche, selbstsichere Augenzwinkern erwies sich als ansteckend. Lignes Lächeln begann mit einem leisen Kräuseln um die Mundwinkel und wurde zusehends breiter, bis ihre Zähne weiß aufblitzten und ihre Augen funkelten. Sie bemühte sich, es zu unterdrücken.

»Ihr seid ein anmaßender, frecher Lümmel.«

»Das kann ich wohl nicht leugnen«, erwiderte der Narr mit einem verschmitzten Grinsen. »Darf der freche Lümmel Eurem etwas sanfteren Ton entnehmen, daß Ihr Euch das mit dem Kerker und dem freundlich lachenden Publikum noch einmal überlegen wollt?«

»Er darf. Aber warum geht Ihr so ein Risiko ein? Warum laßt Ihr Euch mir nicht auf geziemende Art und Weise vorstellen?«

»Meine Manieren waren noch nie gut, meine Verehrteste. Und was das Vorgestelltwerden anbelangt, so scheint es, daß dieser Maythorm etwas gegen mich hat.« Er beugte sich vor, formte die Hände zu einem Trichter vor dem Mund und flüsterte laut: »Im Vertrauen gesagt, ich glaube, er ist neidisch auf mein Gesicht.« Das brachte alle zum Lachen, die nahe genug waren, um mithören zu können, denn jeder bei Hofe kannte den schönen Minister für Kultur und Unterhaltung, und dieser weißgesichtige Hanswurst stellte gewiß keine Konkurrenz für ihn dar. »Außerdem dauert das so fürchterlich lange – und ich hätte es nicht ausgehalten, auch nur eine Sekunde länger zu warten, Eure strahlende Schönheit wiederzusehen.«

Ligne zog die sorgfältig gezupfte Braue hoch. »Ich sehe, trotz all Eurer Narrheit versteht Ihr es zu schmeicheln.«

»Oh, meine Dame, ein Narr, der nicht schmeicheln kann, schmeichelt sich selbst, wenn er denkt, er bliebe lange ein Narr. Doch im Ernst, meine Dame, als ich Euch beim Frühstück erblickte, da fühlte ich, daß ich jemanden gefunden hatte, dem ich in gutem Glauben schmeicheln kann.«

Das fröhliche Geträller seiner Zunge hatte hypnotische Kraft – aber bei der Erwähnung des Wortes ›Frühstück‹ verdüsterte sich Lignes Miene schlagartig wieder, und sie starrte hinunter auf ihr bekleckertes Kleid. »Ach ja, Kherda und ich sprachen gerade vom Frühstück. Nicht wahr, Kherda?« Ihre Stimme hatte wieder ihren scharfen, gefährlichen Klang angenommen.

Der Premierminister schluckte. Einen Moment lang hatte er sich der Hoffnung hingeben dürfen, daß das Hereinplatzen des frechen Possenreißers die Königin vollends von dem heiklen Thema abgelenkt hatte. Aber es hatte nicht sollen sein. »Eh – meine Dame ... ich eh ...«, stammelte er.

»Was würdest du, Narr, mit einem unvorsichtigen, tolpatschigen Stoffel anstellen, der nicht einmal sein Glas geradehalten kann?« Obwohl sie den Spaßmacher angesprochen hatte, wich ihr bohrender Blick nicht von Kherdas Gesicht.

»Nun, ich würde ihm einen Orden geben und ihn befördern«, antwortete der Narr.

Ligne fuhr zu ihm herum und starrte ihn an. »Was? Wieso?«

»Dafür, daß er sich zum Verschütten einen Wein von solch prächtigem Rot ausgesucht hat! Meine Verehrteste, die Farbe dieses Fleckens unterstreicht auf das vortrefflichste den Teint Eurer Wangen. Ihr solltet ihm wirklich dankbar sein.«

Die Königin legte die Hände auf die Hüften und starrte Fallomar einen Moment lang an, eine Spur von Unmut im Gesicht. »Wie lange ist es her, seit der Hof einen Narren hatte?« schnauzte sie plötzlich. Ihre Frage konnte nur an Kherda gerichtet gewesen sein, aber sie traf den Premierminister unvorbereitet. »Nun?« bohrte sie.

Kherda packte die Gelegenheit beim Schopf, um die Aufmerksamkeit von sich selbst abzulenken. »Natürlich, seit Ihr den Thron bestiegt, hatten wir keinen Hofnarren, meine Dame, aber ich glaube, es gab deren drei während der Regierungszeit Eures Vorgängers ...«

»Und wo sind sie jetzt?« Lignes Blick wich nicht von Fallomar, und ihre Miene blieb unverändert.

»Eh ... eh ... ich glaube ... nun, ich hatte seit Jahren an keinen mehr von ihnen gedacht, aber ... eh ... wenn sie nicht inzwischen gestorben sind ... sind sie alle drei noch im Kerker.«

Lignes Nüstern blähten sich, und die Augen verengten sich zu schmalen Schlitzen. »Nun, Narr – möchtest du dieses Spiel fortsetzen?«

»Ich werde weiterspielen, meine Dame, solange ich einen Kopf voraus und keinen Kopf kürzer bin.«

»Dann paß gut auf deine kluge Zunge auf, mein Freund! Sieh zu, daß sie nicht zu scharf wird, sonst lasse ich dir den frechen Kopf abschneiden.«

»Was aber, wenn sie zu stumpf wird? Kriege ich dann auch so eine Kapuze aufgesetzt wie diese Holperzunge da in der Ecke?«

Rosha hatte die ganze Zeit über dagestanden, gegen die Wand gelehnt, dieses willkommene Intermezzo dazu nutzend, seinen Tagträumereien von der Freiheit nachzuhängen. Dieser Kommentar erweckte ihn schlagartig wieder zum Leben. Er stürmte zur Mitte des Raumes, seinen nichtsahnenden Wärter zu Boden reißend und den armen Wicht über den Teppich hinter sich her schleifend. Der Narr tänzelte behende zur Seite und schaute lässig zu, wie der Recke an ihm vorüberstolperte. Als er den Blick wieder auf die Königin richtete, sah er, daß ihre drohende Miene einem Schmunzeln gewichen war. Sie fand das Ganze offenbar höchst amüsant.

»Meine Holperzunge, wie du ihn nennst, nimmt schneller Anstoß an frechen Bemerkungen als ich«, schnarrte sie hämisch.

»Vielleicht deshalb, weil er immer mit der Zunge anstößt?« fragte der Hanswurst, worauf Rosha erneut mit lautem Wutschnauben auf ihn losging. Aber sein Wärter war diesmal vorbereitet und hatte außerdem Verstärkung von zwei Türwächtern bekommen. Selbdritt gelang es ihnen, den tobenden Rosha festzuhalten. Er zerrte wie ein Rasender an seinen Ketten, aber sie hielten. So machte er seinem Zorn auf andere Weise Luft: »Du m-m-magst vielleicht f-f-flinker mit deiner Zunge sein, N-n-narr, aber gib uns b-b-beiden D-dolche, dann w-werden wir ja sehen, w-wer zuletzt lacht!« Seine Muskeln wölbten sich, als er sich erneut gegen seine Fesseln stemmte. Der Narr schaute ihn gelangweilt an.

»Woher wußtet Ihr, daß der Bursche Schwierigkeiten mit seiner Zunge hat?« fragte Ligne.

»Ich hörte, wie er beim Frühstück über seine Würste stolperte.«

»Königin!« kam Roshas gurgelnder Wutschrei, »G-gebt mir die Erlaubnis, ihn z-zu t-töten!« Der ganze Frust, der sich in den langen Tagen des Nichtstuns und der ständigen Hänseleien seitens der Königin in ihm aufgestaut hatte, schrie jetzt förmlich danach, endlich herausgelassen zu werden. Und Ligne wäre nicht Ligne gewesen, wenn sie die Vorstellung, den ergrimmten Recken auf den Hanswurst losgehen zu sehen, nicht verlockend gefunden hätte.

»Eine amüsante Idee.« Ligne nickte. »Was meint Ihr dazu, Narr?«

Fallomar kicherte nervös. »Ihr würdet Euch von einem hitzköpfigen Jüngling tatsächlich um Monate des Vergnügens bringen lassen?«

»Ihr nehmt also an, daß Ihr verlieren werdet!« rief die Königin triumphierend. »Seid Ihr mit dem Dolch Eurer Zunge flinker als mit dem Dolch in Eurer Hand?«

»Ehrlich gesagt, meine Dame, ich sehe nicht gern Blut – schon gar nicht meines!«

»Ah, aber Ihr habt mich neugierig gemacht. Ist das Blut eines Narren weiß wie sein Gesicht? Bringt zwei Schwerter!«

»Majestät, das könnt Ihr doch nicht ernst meinen!« protestierte Kherda.

»Nein? Kann ich das nicht?« schnarrte Ligne höhnisch und warf ihm einen drohenden Blick zu. »Möchtet Ihr lieber, daß Rosha *Euer* Blut vergießt?«

»Eh ... nein, Majestät ...«

»Dann geht mir aus dem Weg!« brüllte die Königin, und Kherda verdrückte sich hastig in die Ecke, in der zuvor Rosha gestanden hatte. »Bindet ihm die Hände los!« befahl Ligne Carlad, Roshas Bewacher, womit sie den Mann in eine verzwickte Situation brachte. Carlad erhielt seine Befehle von General Joss, und der Kriegsminister hatte ihm strikte Anweisung gegeben, Rosha um keinen Preis loszubinden, wenn die Königin in der Nähe weilte. Aber Joss war weit weg im hohen Norden, um irgendeine Angelegenheit zu untersuchen, die die nationale Sicherheit berührte.

»Meine Königin«, sagte Carlad in beschwörendem Ton, »wenn ich ihn losbinde und ihm die Kapuze abnehme, besteht die Gefahr, daß er Euch tötet.«

»Ich sagte nichts von wegen Kapuze abnehmen! Ihr sollt ihm lediglich die Hände so vor dem Bauch zusammenbinden, daß er eine Waffe führen kann.«

Carlad gehorchte. Während er mit einiger Mühe und der Hilfe eines zweiten Gardisten Rosha die Hände vor dem Bauch zusammenband, holte ein dritter rasch die gewünschten Schwerter – eines davon ein chaonisches Kurzschwert, eher eine Stechwaffe, das andere das Großschwert, das Rosha bei sich gehabt hatte – Thalraphis. Pelmen konnte sich denken, welches der beiden für ihn gedacht war. Damit hatte er nicht gerechnet.

Rosha hob die gefesselten Arme über den Kopf und tastete nach den Schnallen, die seine Kapuze festhielten. Carlad und seine beiden Helfer zerrten ihm die Hände wieder herunter und schoben ihm den Griff von Thalraphis zwischen die Finger. Dann stoben sie blitzschnell aus dem Weg, als Rosha die fünf Fuß lange Klinge mit einem hörbaren Pfeifen über dem Kopf kreisen ließ.

»Jetzt werden wir ja sehen, wer als erster stolpert«, sagte Rosha mit eisiger Stimme. Das Selbstvertrauen, das aus dem Schwert in seinen Händen kam, schien geradewegs durch seine Arme in seine Zunge zu strömen. Im Kampf stotterte Rosha nie.

Fallomar hatte all dies mit wachsender Bestürzung beobachtet – während eine vergnügte, schadenfroh grinsende Ligne wiederum ihn beobachtete. »Nun, Narr?« schnatterte sie höhnisch. »Komm, nimm dein Schwert!« Ein besorgt dreinschauender Gardist reichte dem Hanswurst die kürzere Waffe, wobei er sorgsam darauf achtete, der kreisenden Sense des jungen Recken nur ja nicht zu nahe zu kommen. Fallomar nahm die

Waffe wortlos entgegen und wich zurück – zufällig in dieselbe Ecke, in die Kherda geflüchtet war, so daß dieser jetzt eingekeilt war.

»Ich muß auf das schärfste protestieren, Majestät!« krähte der Premierminister. »Ihr werdet uns noch alle umbringen!«

»Das wäre in Eurem Fall gewiß kein großer Verlust«, schnaubte die Königin. Ihr Gesicht war vor Erregung gerötet. Der Klang ihrer Stimme ließ Rosha zu ihr herumfahren.

Pelmen erkannte seine Absicht und reagierte geistesgegenwärtig, um den Rasenden davon abzuhalten, die Frau hier in ihrem eigenen Thronsaal in Stücke zu hakken. »Ich bin hier!« rief er. Rosha fuhr zu ihm herum und begann langsam auf ihn zuzugehen, seine lange blitzende Klinge wie eine Sense vor sich schwenkend. Pelmen wich lautlos zur Seite, so daß der Premierminister direkt in der Bahn der nahenden Sense stand.

»Er ist ausgewichen!« kreischte Kherda in Todesangst. »Er steht jetzt links von dir!« Rosha blieb stehen und wandte den Kopf nach links.

»Komm, Narr! Wo bist du?« murmelte er.

»Hier bin ich!« rief Fallomar. »Aber wo ist denn plötzlich deine Holperzunge?«

»Das hier ist meine Zunge!« schrie Rosha und schwang zornbebend seine mächtige Klinge.

»Ich würde mich lieber mit der in deinem Mund duellieren!« rief der Possenreißer.

»Das täte ich auch, wenn ich du wäre!« schnarrte die Königin mit hohntriefender Stimme.

Wieder wandte sich Rosha in die Richtung, aus der Lignes Stimme gekommen war. Pelmen war mit zwei schnellen Schritten hinter ihm. »Hier bin ich – hinter dir!« schrie der Narr und hieb mit seinem Schwert nach Roshas breitem Rücken. Aber bevor die Klinge ihn erreicht hatte, war Rosha blitzschnell herumgewirbelt und blockte den Hieb mit seinem Schwert ab – was Pelmen nicht anders erwartet hatte. Er tänzelte zurück, durch blitzschnelles Ducken den drei rasch aufeinanderfolgenden, ansatzlos geführten Querstreichen ausweichend, die, wie er genau wußte, unmittelbar auf die Parade folgen würden. Das war gewissermaßen eine Familientechnik, die Dorlyth seinem Sohn in unzähligen Trainingsstunden eingebleut hatte. Pelmen hatte sie direkt aus erster Hand gelernt.

Rosha hielt verblüfft inne. Er hatte damit gerechnet, daß er den Hanswurst in Stücke hauen würde ...

»Komm, komm, mein Freund!« rief der Narr lockend. »Wenn du wirklich so ein toller Schwertkämpfer bist ...«

Wieder drang Rosha wutschnaubend auf ihn ein, und wieder duckte Pelmen sich und rettete sich mit einem eleganten Sprung zur Seite.

»Du sprichst wie ein Schmetterling!« schrie er. »Kannst nicht auf einem Wort verweilen!« Er sagte es in spöttischem Ton, aber er hoffte, daß Rosha auf den Wortlaut achtete und nicht auf den Tonfall. Es waren dieselben Worte, die Dorlyth seinem Sohn gegenüber verwendet hatte, als die drei das letzte Mal zusammengesessen hatten.

Aber der Junge war zu erbost, um auf solche Feinheiten zu achten. Er wirbelte herum und rannte erneut gegen Pelmen an, und der weißgeschminkte Narr mußte sein ganzes Geschick aufbieten, um den wuchtigen Schlägen zu entrinnen.

Pelmen war gewiß nicht der schlechteste Schwertkämpfer. Vor langen Jahren hatte er gegen Dorlyth gekämpft und überlebt – was gewiß nicht viele von sich behaupten konnten – und er hatte den legendären Vicia-Heinox mit einem einzigen gut gezielten Streich zur Strecke gebracht. Er hätte ein Dutzend Gelegenheiten gehabt, Rosha zu töten oder zu verstümmeln, zumal der junge Mann durch seine Kapuze behindert war. Aber Fallomar war ein Hanswurst und kein Schwertkämpfer

– und durfte auf keinen Fall den Eindruck erwecken, als sei er einer. So ließ er alle Gelegenheiten verstreichen – und sah sich auf einmal in einer Ecke festgenagelt. Rosha ergriff die Gelegenheit sofort beim Schopfe und setzte nach, und Pelmen schaffte es mit Mühe und Not, noch drei weitere Schläge zu parieren, ehe der junge Recke ihm schließlich mit einem vierten gewaltigen Streich die Waffe aus der Hand schlug. Rosha lächelte unter seiner Kapuze, als er hörte, wie die Waffe klirrend über den Boden schlitterte; dann hieb er den schweren Knauf von Thalraphis erst in die Magengrube des Narren, bevor er ihn ihm über den Kopf zog. Pelmen ging ächzend zu Boden. Rosha kniete blitzschnell über ihm, ertastete seinen Hals – und hob die Klinge.

Pelmen starrte entsetzt an der blitzenden Klinge hoch, die über seinem Hals schwebte.

## Kapitel 9

## Unter Zwang

»NUN, AUF WAS WARTEST DU?« rief Ligne. »Tu es!«

Rosha beugte sich zurück. »Ihn töten? Ich glaube, das werde ich nicht tun.«

»Warum nicht? Er hat dich beleidigt? Schneid ihm die Gurgel durch!« Rosha stand auf. »Los, töte ihn!« kreischte Ligne.

»Nein.«

Die Königin starrte ihn an. »Warum nicht?« fragte sie gebieterisch.

»W-w-weil mir g-gerade ein G-gedanke gekommen ist. Wenn dieser M-ma-mann so z-z-zungenfertig ist, v-vielleicht könnte er mich dann das r-richtige Sp-sprechen lehren.« Rosha hatte sein Stottern arg übertrieben – und Pelmen seufzte erleichtert. Irgendwann während des Kampfes mußte Rosha ihn an seiner Stimme erkannt haben. Pelmen dankte der *Macht* für die Geistesgegenwart des jungen Mannes. »Au-au-außerdem«, fuhr Rosha fort, »sch-scheint Ihr Sp-sp-spaß an ihm zu haben.«

Ligne starrte den grinsenden Narren an, ein wenig verwirrt von dieser plötzlichen Entwicklung der Ereignisse. Aber wenn sie irgendeine hervorstechende Eigenschaft hatte, dann war es ihre Unberechenbarkeit. »Ja. Ja, du hast recht«, pflichtete sie Rosha lächelnd bei, »er amüsiert mich.« Die Königin wandte den Blick zu Carlad und zeigte auf das Schwert, das Rosha noch immer in der Hand hielt. Der Gardist nickte und schlich sich vorsichtig von hinten an Rosha heran, um es ihm wegzunehmen. Überraschenderweise ließ Rosha es widerstandslos geschehen. Was bei Ligne erneute Verwirrung auslöste: »Du ... du bist plötzlich so fügsam«, sagte sie. »Bist du verletzt? Oder vielleicht krank?« Sie schien echt besorgt zu sein.

»W-w-weder – noch.«

»Vielleicht ist der Bursche schlicht außer Atem«, schlug der Narr vor, der immer noch am Boden lag.

»Außer A-a-atem? D-d-deinetwegen?« schnaubte Rosha. »Du s-s-solltest besser deinem Sch-schicksal d-danken, daß du überhaupt noch atmen *k-kannst,* Hansw-wurst. V-vergiß nicht, ich k-könnte dir noch immer die G-gurgel durchschneiden.«

»Das werde ich bestimmt nicht – ganz bestimmt nicht«, erwiderte Fallomar ernst.

Rosha wandte sich in die Richtung, in der er Ligne vermutete. »M-meine Dame, d-da Ihr ja diesen N-narren zu Eurer Unterhaltung habt, k-könnte ich mich jetzt v-vielleicht ein wenig h-hinlegen?«

»Aber gewiß, mein armes Vögelchen!« rief Ligne überschwenglich und bedeutete Carlad mit einem Nikken, daß er den jungen Mann wegführen könne. »Du wirst mir doch nicht krank werden!«

»Höchstens von Euch«, murmelte er.

»Was hast du gesagt?« fragte sie. Sie hatte ihn wirklich nicht verstanden.

»N-n-nichts. Vielleicht habt Ihr r-recht. Narr?« blaffte er.

»Hier!« rief Fallomar, der sich inzwischen so weit aufgerichtet hatte, daß er auf den Knien hockte.

»Ich h-habe das ernst gemeint mit dem Sp-sp-sprechunterricht – wenn die K-königin es gestattet?«

»Natürlich gestatte ich es«, versicherte ihm Ligne. »Ich finde, es ist eine ausgezeichnete Idee. Aber ich wünsche, daß du dich heute erst einmal ausruhst. Ich fürchte, dieser Kampf hat dich doch sehr erschöpft ...« Sie rang die Hände in der Art einer besorgten Mutter, die nicht weiß, wie sie ihrem Kind helfen kann. Als Rosha und Carlad durch die Tür verschwanden, ging sie langsam zu ihrem Thron und setzte sich darauf. Pelmen beobachtete, wie sie den Ellenbogen auf eine Armlehne stützte und das Kinn auf die Hand legte. Der plötzliche Sinneswandel des jungen Mannes verwirrte sie.

»Meine Dame, ich danke Euch, daß ...«

»Dankt nicht mir«, murmelte sie. »Dankt ihm.«

»Das werde ich. Und ... ich werde ihm Sprechunterricht erteilen.«

»Laßt ihn jetzt erst einmal in Ruhe«, brummte Ligne. »Irgend etwas stimmt nicht mit ihm.«

»Nichts, wette ich, was nicht mit ein wenig Licht geheilt werden könnte ...«

»Was meint Ihr damit?«

»Den – eh – Lederhelm.«

»Oh«, sagte Ligne mürrisch und lehnte sich zurück, um an die Decke zu starren. »Die muß er aufbehalten, weil er mich töten will.«

»Wenn er Euch sehen könnte, würde ihm dieser Wunsch vielleicht vergehen.« Während er sprach, warf er Kherda einen vielsagenden Blick zu und bedeutete ihm durch eine Geste, den Thronsaal zu verlassen. Der Premierminister starrte ihn beleidigt an, bis er begriff, daß der Narr ihm nur helfen wollte, sich aus dem Staub zu machen, bevor Ligne sich wieder an die leidige Sache mit dem Kleid erinnerte. Kherda raffte hastig sein Gewand und eilte zur Tür hinaus, dem Narren einen dankbaren Blick zuwerfend, als er an ihm vorbeikam. Pelmen blinzelte ihm zu, dann fuhr er fort: »Bedenkt – er hätte Euch gerade töten können – und tat es aber nicht.«

Ligne studierte die Deckenmalereien mit großer Aufmerksamkeit. »Glaubt Ihr das wirklich?«

»Meine Dame«, sagte der Narr, »ich hatte eine ausgezeichnete Blickposition.«

Die Augen der Königin wanderten langsam von der Decke herunter und blieben auf dem Narren haften. »Das hattet Ihr in der Tat.« Sie dachte einen Augenblick lang nach, wobei sie geistesabwesend an einem ihrer

Fingernägel kaute. Dann befahl sie unvermittelt: »Sagt etwas Lustiges!«

»Etwas Lustiges.«

»Ihr habt richtig gehört.«

»Ich habe es soeben.«

»Was?«

»Ich sagte: ›Etwas Lustiges‹. Und für einige wäre es das auch gewesen.«

»Was?«

»Lustig. Aber offenbar nicht für Euch.«

»Ich sagte, sagt etwas, das mich amüsiert, und nicht etwas, das mich verwirrt«, erwiderte Ligne gereizt.

»Ach so. Aber – ich frage mich, was amüsiert die Königin? Zum Beispiel, andere leiden zu sehen. Sollte ich vielleicht auf die Nase fallen?«

»Das wäre in der Tat sehr lustig«, sagte Ligne lächelnd.

»Ich dachte mir, daß Ihr das lustig fändet.« Fallomar lächelte zurück. »Jeder Mensch lacht über etwas anderes. So werde ich denn wohl jederzeit auf den Zehen stehen müssen – immer daran denkend, daß es das höchste Vergnügen für meine Königin wäre zuzusehen, wie mir diese Zehen weggezogen werden.«

Ligne lachte leise, dann wurde sie plötzlich ernst. »Wißt Ihr – ich wußte, daß Ihr kommen würdet«, sagte sie mit einem verträumten, entrückten Blick in den Augen.

Wenn ihre Worte Pelmen verblüfften – und das taten sie – dann ließ er es sich jedenfalls nicht anmerken. »Wie? Habt Ihr vielleicht einen Wahrsager unter Eurem Thron versteckt?«

»Heiß, lieber Hanswurst, sehr heiß.« Sie schmunzelte geheimnisvoll.

Zum zweiten Mal an diesem Tag fühlte sich Pelmen ein wenig benommen vor Schreck.

Obwohl ein starker Wind ging, verlor der blaue Flieger, den Jagd ausgesandt hatte, keine Zeit. Wie jeder andere Vogel seiner Gattung würde er nicht eher ruhen, bis er die Aufgabe, die ihm ein Mensch übertragen hatte, ausgeführt hätte. Jagds besondere Konzentration auf das Gesicht seines Günstlings bedeutete, daß der Vogel die Botschaft niemand anderem denn Tahli-Damen persönlich übergeben würde – eine Vorsichtsmaßnahme, an die Jagd den jungen Händler eindringlich erinnern wollte, wenn sie das nächste Mal miteinander sprachen.

Der Vogel brauchte den ganzen Tag und die ganze Nacht für die Strecke, aber er legte keine Ruhepause ein, bis er unter sich das fünftürmige Gebäude sah, welches dem Bild entsprach, das Jagd ihm eingetrichtert hatte.

Der Vogel landete auf einem breiten Kreuz, das mit blauer Farbe auf das Dach von einem der Türme gemalt war. Ein Vogelwärter bückte sich sofort, um ihn aufzuheben, aber nachdem sich der Vogel mehrere Male seinem Zugriff entzogen hatte, begriff der Mann, daß die Nachricht, die dieser Vogel bei sich trug, für jemanden Spezielles bestimmt war. Da Tahli-Damen das ranghöchste unter den derzeit anwesenden Familienmitgliedern war, machte sich der Vogelwärter auf den Weg nach unten, um ihn zu finden, und der blaue Flieger folgte ihm, von Stufe zu Stufe hinter ihm her hüpfend. Wäre er ein Mensch gewesen, hätte er sicherlich gelacht angesichts des komischen Bildes, das er abgab, als der Händler ihn mit einem Grinsen auf den Lippen in das Gemach von Tahli-Damen eskortierte. Der blaue Flieger hüpfte unbekümmert auf Tahli-Damens Schreibtisch und streckte ihm sein Füßchen hin. In dem Moment, als der vielversprechende junge Handelsmann ihm die Botschaft vom Bein gelöst hatte, tilgte der Vogel die Reise aus seinem Geist. Er hatte seine Aufgabe erfüllt. Jetzt freute er sich auf seinen wohlverdienten Lohn: eine leckere Mahlzeit und ausgiebigen Schlaf.

»Von Jagd?« frug eine noch ziemlich junge Frau, die an einem Fenster auf der anderen Seite des Raumes stand.

»Ja«, antwortete Tahli-Damen, während er die Botschaft eingehend studierte. Dann schaute er auf. »Er kommt nicht.«

»Wie wir erwartet haben.« Sie nickte und lächelte verschlagen. »Ich könnte nicht behaupten, daß ich enttäuscht bin. Das macht dich zum höchstrangigen Mitglied der Uda-Delegation!«

»Dein Vertrauen ehrt mich, Wayleeth.« Er lächelte grimmig. »Leider kann ich es nicht teilen. Ich bin zu jung, um irgendeinen Einfluß auf die anderen Häuser ausüben zu können, und ich fürchte, ich werde nicht einmal bei unserem eigenen allzuviel ausrichten können. Dein Vater versteht es zwar gut, es zu verbergen, aber er ist noch immer wütend darüber, daß ich ihm sozusagen vor die Nase gesetzt worden bin.«

»Das wurdest du zu Recht! Du hast es dir verdient!« sagte Wayleeth. »Ich liebe meinen Vater, wie jeder weiß. Aber jeder weiß auch, daß er ein unfähiger Führer war, der von Tohn mod Neelis nach allen Regeln der Kunst ausmanövriert worden ist, seit wir nach Ngandib-Mar geschickt wurden!«

»Sei nicht ungerecht!« schalt Tahli-Damen. »Er war ein guter Führer in Lamath. Er konnte nichts dafür, daß Jagd ihn gegen einen Mann ausspielte, der mehr Mari denn Kaufmann war!« Tahli-Damen hatte nicht viel für Tohn mod Neelis übrig gehabt. Der Mann hatte ihn fast um sein Leben gebracht, als er ihm inmitten einer Schlacht die Zuflucht in seine Burg verwehrt hatte. »Natürlich war er der bessere Mann, wo es um die spezifischen Belange der Maris ging – er kannte die Mentalität der Maris ebensogut wie den marischen Markt. Aber jetzt ist er tot, und Flayh ist genausosehr Lamathianer wie dein Vater. Wir werden die Vorherrschaft Udas hier wiedererrichten, und wir könnten es vielleicht sogar noch in diesem Monat schaffen. Was heißt vielleicht – ich bin mir sogar ganz sicher.«

Wayleeths Augen leuchteten. »Ich bin mir auch sicher – mit *dir* als Führer ...«

Tahli-Damen errötete und wehrte das Kompliment mit einem brüsken »Wir müssen jetzt los« ab. »Das Konklave«, fuhr er fort, »beginnt zwar erst morgen, aber heute abend finden schon wichtige informelle Vorverhandlungen auf den Gängen und Hallen statt, und ich möchte nicht, daß Uda dabei übergangen wird.« Er nahm seinen scharlachroten Umhang vom Haken, warf ihn sich um die Schultern und wäre an ihr vorbei zur Tür hinaus marschiert, wenn sie nicht die Arme um ihn geschlungen und ihn zu sich herumgezogen hätte.

»Geh«, hauchte sie, »aber komm geschwind zurück! Du weißt, es ist schrecklich einsam in dieser Burg, wenn du nicht da bist!« Sie küßte ihn, und Tahli-Damen stürmte eiligen Schrittes aus dem Raum, nach seinen Helfern und seinem Pferd rufend.

Ungefähr zu der Zeit, als Jagds blauer Flieger seinen winzigen Brief ablieferte, stahl Pelmen sich auf das Dach des Königlichen Hauses, um seinen eigenen abzuschikken. Er hatte den Rest des vorausgegangenen Abends damit verbracht, die Königin zu unterhalten – offenbar mit durchschlagendem Erfolg, denn sie hatte darauf bestanden, daß er auch den ganzen Vormittag dieses Tages mit ihr verbrachte. Pelmen war dabei zu lernen, daß der beste Weg, Ligne zu unterhalten, nicht darin bestand, sie mit seinen Geistesblitzen zu entzücken, sondern die ihren zu bewundern und zu beklatschen, welche hauptsächlich darin bestanden, daß sie die Mitglieder ihres Hofes schikanierte und demütigte – ein fürwahr nicht leichtes Los für Pelmen. Bis dato schien sie von seiner Gegenwart sehr angetan. Wenn sie irgendeine Ahnung hatte, wer er wirklich war, so hatte sie sie bis jetzt jedenfalls noch nicht geäußert. Vielleicht hatte sie die Truppe in der Vergangenheit nicht oft genug auftreten sehen, um sich an ihn erinnern zu können (Pelmen hoffte, daß es sich so verhielt). Aber es gab genug andere am Hofe, die ihn wiedererkennen würden; er würde also seine weiße Maske beibehalten.

Pelmen wartete vergebens darauf, daß Ligne ihm erklärte, warum sie mit ihm gerechnet hatte. Er hütete sich natürlich, das Thema selbst noch einmal anzuschneiden, und sie schien die Sache vergessen zu haben. Aber ihre beiläufige Bemerkung hatte eine mächtige Neugier in ihm geweckt. Er konnte es kaum noch abwarten, endlich in den Kerker zu gelangen und ihn auszuspähen – aber sie belegte ihn ständig mit Beschlag. Nur auf sein wiederholtes Bitten hin, er brauche ein wenig Zeit für die Erledigung von ein paar privaten Dingen, hatte sie sich erweichen lassen, ihm diese kleine Erholungspause zu gewähren.

Er ging jedoch nicht in den Verschlag, in dem die blauen Flieger versammelt waren. Er blieb statt dessen ein paar Schritte dahinter stehen – und sandte einen stummen Ruf aus.

– Heda! Was tust du da? fragte das Königliche Haus, denn dieser stumme Ruf war, wenn nicht bereits ein Akt des Formens, so doch gewiß das Vorspiel zu einem solchen.

Als Antwort kamen mehrere blaugefiederte Vögel aus der Dachöffnung ihres überfüllten Bauers herausgeschwirrt und ließen sich auf seinen Schultern und ausgestreckten Armen nieder. Pelmen betrachtete sie einen nach dem andern, dann entließ er mit einem Gedanken alle bis auf einen wieder. Der, den er auserwählt hatte, hüpfte auf seine Hand, und seine intelligenten schwarzen Augen musterten den Narren.

– So eine Dreistigkeit! Mit Vögeln zu sprechen, aber das Königliche Haus zu mißachten!

Pelmen hätte nach dem Beispiel Jagds eine zusammengerollte Notiz schicken können, aber er hatte vieles zu sagen, und Sicherheit war höchstes Gebot. Also pflanzte er seine Botschaft direkt in den Geist des kleinen Vogels:

»An Erri, den Propheten von Lamath. Hallo, mein Freund! Ich bin im Innern der Burg wie geplant, aber die Ereignisse scheinen sich gegen mich verschworen zu haben. Ich habe bis jetzt noch keine Gelegenheit gehabt, den Kerker zu erforschen; hier wirkt eine seltsame, mir völlig unbekannte Macht, die meine Fähigkeiten ein wenig hemmt. Es kann sein, daß Bronwynn sich direkt unter mir befindet, aber wenn ja, dann ist ihre Anwesenheit auf der Burg ein streng gehütetes Geheimnis. Und noch eine schlimme Nachricht: Rosha ist hier – als Gefangener der Königin.«

An dieser Stelle hielt Pelmen inne und konzentrierte sich für einen kurzen Moment auf das Bild von Rosha unter seiner ledernen Kapuze. Der blaue Flieger schaute ihn neugierig an. Dann fuhr Pelmen mit seinem ›Text‹ fort:

»Wie wir vermutet hatten, leidet dieses Land unter einem Mangel an Führung. Die Königin verbringt ihre Zeit damit, Zerstreuung von ihren Pflichten und Verantwortlichkeiten als Herrscherin zu suchen, während das Volk Hunger leidet. Zudem hat sich infolge der Dezimierung der Goldenen Horde im vergangenen Jahr ein Gefühl von Angst und Schutzlosigkeit unter der bäuerlichen Bevölkerung breitgemacht. Hier besteht ein Vakuum, das gefüllt werden muß. Und ich brauche Hilfe. Schick jemanden zu mir, eine Person deines Vertrauens. Schick auf keinen Fall einen Flieger; ich möchte den Argwohn des Sicherheitsministers nicht mehr erregen als unbedingt nötig. Die Anlaufstation für den, den du schickst, ist ›der Narr‹ im Königlichen Hause. Noch etwas: Wo ist Serphimera? Pelmen.«

Pelmen hielt den Vogel ein Stück von sich und sah ihn forschend an. Der blaue Flieger wartete geduldig auf seine Anweisungen. Pelmen hob ihn ganz nahe an den Kopf und stellte sich im Geiste eine Flugroute vor, die das kleine magische Geschöpf nach Norden über die Gipfel der Wirbelsäulenkette, dann über das Wüstengebiet des südlichen Lamath und schließlich zur Hauptstadt selbst führen würde. Alsdann vergegenwärtigte er sich den Plan der Stadt, den Standort des alten königlichen Kerkers und ein bestimmtes Fenster in demselben. Erri hatte das nicht mehr genutzte Gebäude übernommen und daraus sein neues Kloster gemacht. Jetzt stellte sich Pelmen die winzige Zelle hinter besagtem Fenster vor: Erris Arbeitsstube. Als letztes konzentrierte er sich auf Erris Gesicht, und dann warf er den Vogel in die Luft. Binnen Sekunden hatte er den freien Himmel gewonnen und war gen Norden verschwunden.

Er sah sich forschend um, ob irgend jemand ihn beobachtet hatte. Es war niemand zu sehen, und er seufzte erleichtert.

– Sieh her! Nach unten! brummte das Haus aus seinen Dachziegeln.

Pelmen warf einen beiläufigen Blick auf seine Füße. Zu seiner Überraschung sah er, daß das Dach plötzlich feucht und schlüpfrig geworden war. »Hat es geregnet?« murmelte er und warf einen Blick zum Himmel.

– Nein, es hat *nicht* geregnet! Würdest du jetzt wohl zuhören!

Aber Pelmen war mit den Gedanken schon wieder ein paar Stockwerke tiefer, im Thronsaal; er bereitete sich innerlich auf seinen nächsten Auftritt als Hanswurst vor.

– Du wirst nicht gewinnen dadurch, daß du dieses Haus mißachtest! knurrte der Palast drohend, aber er gab es auf, als Pelmen sich umdrehte und raschen Schritts in das Aviarium ging. Eines stand fest: Dieser weiß geschminkte Narr war des Formens mächtig; denn eine rein gedankliche Botschaft per blauem Flieger abzusenden, erforderte ein Selbstvertrauen bezüglich der eigenen mentalen Fähigkeiten, wie es nur Macht-Formern eigen war. Aber die Burg wurde mit jedem Tag mißtrauischer gegen diesen Narren. Warum diese Heimlichtuerei? Warum zeigte er nicht offen seine Fähigkeiten und half dem Haus? Steckte er unter einer Decke mit diesem garstig ausschauenden Dieb, der das Mädchen aus dem Kerker des Hauses geraubt hatte?

– Warum willst du nicht antworten?

Als Pelmen die Gartenrampe hinuntertrabte, bot sich ihm eine Szene, die ihn dazu veranlaßte, stehenzubleiben und grinsend zuzuschauen. Auf einer steinernen Bank neben einem schönen Springbrunnen saß Gerrig und machte einer kichernden Hofdame eine feurige Liebeserklärung. Sein schreiend buntes Kleid saß so unglaublich eng, daß er eine frappierende Ähnlichkeit mit einem fetten Flamingo hatte. Karneolspangen glitzerten im Licht und lenkten die Aufmerksamkeit in höchst unschmeichelhafter Weise auf das üppige Hinterteil des Mimen. Pelmen konnte ein Kichern nicht unterdrücken.

Gerrig drehte sich wütend um, um zu sehen, wer da so respektlos seine romantischen Huldigungen störte. Sein Gesicht errötete, als er Pelmens ansichtig ward, und mit Worten, die in ihrer Waghalsigkeit und ihrem leidenschaftlichen, ja schrillen Feuer der Farbe seiner Beinkleider alle Ehre machten, besülzte er seine Angebetete, ihn für einen Moment zu entschuldigen.

Ein Pfau gesellte sich zu Pelmen auf den Wandelpfad, als Gerrig sich auf den Weg zu ihm machte, und der Narr beugte sich zu dem Vogel hinab und frug: »Glaubst du, die sind angenäht oder angemalt?«

»Wo zum Henker warst du?« zischelte Gerrig wütend. »Wir hatten gestern abend Probe, und heute morgen auch – oder glauben der Herr, er hätte es nicht mehr nötig zu proben?«

»Beruhige dich, mein Freund! Ich habe der Königin die Zeit vertrieben.«

»Macht es dir denn nichts aus, daß Ligne gesagt hat – du hast *was?*«

»Der Königin die Zeit vertrieben.«

»Bist du verrückt?« zischte Gerrig. »Stell dir bloß vor, was passiert, wenn sie dich erkennt!«

»Es war immer mein Wunsch, einmal an einem Bach begraben zu werden.«

»Bleib ernst, verdammt noch mal!«

Pelmen grinste. »Du läufst in *solchen* Klamotten rum und verlangst, daß ich ernst bleiben soll?«

»Ich dachte, du wolltest der Königin möglichst aus dem Weg gehen!«

»Wollte ich auch. Aber sie scheint ein gewisses Gefallen an mir gefunden zu haben – jedenfalls verlangt sie zur Zeit ständig nach meinen Diensten.«

»Bist du sicher, daß sie dich nicht erkannt hat?«

»Ziemlich. Obwohl ich nicht überrascht wäre, wenn sich herausstellt, daß Ligne ein Katz-und-Maus-Spielchen mit mir treibt ...«

»Das will ich nicht hoffen – um meintwillen! Hör mal, dieser Maythorm durchkämmt das Schloß nach dir. Du scheinst ihm irgendwie zu nahe getreten zu sein.«

»Paß du lieber auf, daß du ihm nicht seine Frauen ausspannst!« Pelmen deutete mit einer schelmischen Kopfbewegung auf die schmollende Dame auf der Bank. »Sonst hast statt dessen *du* ihn noch auf dem Hals.«

Gerrig starrte ihn wütend an. »Da versuche ich, dir zu helfen, und alles, was du machst, sind blöde Witze!«

»Ich bin ein Narr, vergiß das nicht.«

»Na schön, aber sei nicht so närrisch zu glauben, du könntest auftreten, ohne vorher noch einmal zu proben – auch wenn du das Stück selbst geschrieben hast.«

»Ich bin erstaunt, daß du überhaupt Zeit gehabt hast zum Proben. Wie lange hast du gebraucht, um dir diese Glitzerdinger auf die Hose zu nähen? Oder hast du einen Schneider damit beauftragt – oder gar einen Magier?«

»Verschwinde von hier!« brüllte Gerrig, und seine Erkorene fuhr herum und starrte ihn verdattert an. »Doch nicht du, meine Teure!« säuselte er, als er mit albern geckenhaften Schritten zu dem Springbrunnen zurücktrippelte.

Pelmen schaute wieder auf den Pfau hinunter, der den Rückzug des Schauspielers interessiert verfolgte. »Kein Grund zur Sorge«, beruhigte ihn der Narr. »Er ist zwar ein bißchen breiter im Hinterteil als du, aber an deines kommt er bei weitem nicht heran.« Wie zur Antwort spreizte der Pfau seine Gefieder und stolzierte von dannen.

Bronwynn schritt die Zinnen auf und ab und starrte gen Westen in die untergehende Sonne. Irgendwo dort draußen war Rosha. Aber wo? Warum hatte er sich nicht gezeigt? Hatte er sie über all seine Feiern und Ehrungen schon vergessen, wie Admon Faye es ihr mindestens einmal am Tag mit höhnischem Grinsen einzureden versuchte?

Eine kühle Brise strich über die Brustwehr, und sie zog sich die Jacke fester um die Schultern und zog den Kopf ein. Aus der offenen Tür der großen Halle der Burg drang ein dumpfes Rumoren zu ihr herauf. Den ganzen Tag über waren Händler aus allen Himmelsrichtungen auf der Burg eingetroffen, und die Jahrmarktatmosphäre hatte sie hinaus in das Zwielicht des Sonnenunterganges getrieben. Der Lärm, den die Sklavenhändler gewöhnlich bei den Mahlzeiten veranstalteten, hatte sich jetzt zu einer ohrenbetäubenden Kakophonie vervielfacht. Sie war regelrecht vor dem Getöse geflohen, um ein wenig Ruhe und Frieden für sich zu haben.

Es war nicht bloß der Lärm, der ihr zu schaffen machte. Es war auch die Spannung, die im Verlauf des Nachmittags stetig zugenommen hatte. Mit jeder

Gruppe von Neuankömmlingen, die vor den Toren eintraf, hatte sich das Seil der Beziehungen und Verwandtschaften ein wenig mehr gestrafft. Zwar herrschte überall an der Oberfläche fröhliche Stimmung, und die Witze und Neckereien machten ebenso munter und lokker die Runde um die Tische wie die Bierkrüge. Aber über allem lag eine eigenartige Frostigkeit, eine Humorlosigkeit, die einen frieren machte, und echtes Wohlwollen schien so gut wie nicht vorhanden. Diese Männer, die Bronwynn ob des engen Zusammenhalts der Händlercliquen immer für die besten Freunde gehalten hatte, ließen jede Freundlichkeit im Umgang miteinander vermissen. Die hier versammelten Kaufleute konnten die größte Macht der Welt sein, mit weit größerem Einfluß auf den Gang der Geschichte als die größten Heere ihrer Vorväter. Es deprimierte Bronwynn, erkennen zu müssen, daß nicht einer dieser mächtigen Männer einen Freund zu haben schien – nur vorübergehende Verbündete.

Ein großer hagerer Jagdhund hatte sich zu ihr auf die Mauer gesellt und stellte sich hechelnd vor sie; offensichtlich erheischte er ihre Aufmerksamkeit. Sie kraulte ihm geistesabwesend den Kopf und dachte an die Häuser, die hier vertreten waren.

Dem Konklave gebrach es gewiß nicht an Farbigkeit. Neben dem allgegenwärtigen Blau und Lindgrün von Flayhs eigenem Haus, dem Haus Ognadzu, gab es eine beachtliche Gruppe, die in Purpur und Rot gehüllt war, die Farben des Hauses Uda. Die Hann-Leute präsentierten sich in ihren erdfarbenen Kitteln, und hier und da leuchteten die rosafarbenen Kreise auf grauem Grund des Hauses Belz auf. Die Ältesten des Hauses Wina waren schon am Abend zuvor eingetroffen, und Bronwynn hatte sich rasch an den Anblick ihrer dunkelbraunen Rauten auf Gewändern aller möglichen Farben gewöhnt. Wina war ein noch junges Haus, erst ein paar Jahrhunderte alt. Ihm haftete – aus unerfindlichen

Gründen – der Ruf an, ein Haus zu sein, dem besonders das Wohl des einfachen Bauern am Herzen lag, und sein Patriarch hatte einst bei der Wahl der Farben großen Wert darauf gelegt, daß die Kleidung der Händler des Hauses nicht gar zu kraß von den ärmlichen Gewändern seiner Hauptklientel abstach.

Doch trotz all der frohen Farben und trotz all des fröhlichen Geplauders war nicht eine Spur von echter, aufrichtiger Heiterkeit und Wärme irgendwo in der Burg zu finden. Selbst hier draußen auf den Zinnen konnte Bronwynn noch die drückende Spannung fühlen, die über der ganzen Versammlung lastete. Eine düstere Stimmung beschlich sie, die sie nicht abzuschütteln vermochte. Als sie hinaufschaute zum sich dunkelrot färbenden Himmel, rann ihr eine glitzernde Träne über die Wange. »Armes altes Ding«, sagte sie mitleidig zu dem Hund. »Dich haben wohl auch all die vielen Leute in deiner Halle nach draußen getrieben.«

»Eigentlich bin ich wegen dir gekommen«, sagte Flayh.

Bronwynn fuhr entsetzt zurück und faßte sich an die Brust, um ihr wild klopfendes Herz zu beruhigen. Wo gerade noch der Hund gestanden hatte, stand jetzt der kahlköpfige Macht-Former.

Bronwynn starrte ihn einen Moment lang an, dann wandte sie sich von ihm ab und verschränkte die Arme vor der Brust. »Mich hast du wohl nicht erwartet?« fragte Flayh in höhnischem Ton. Bronwynn gab keine Antwort, und Flayh runzelte die Stirn. »Du scheinst nicht sehr beeindruckt.«

»Vielleicht, weil ich den Trick schon einmal gesehen habe«, erwiderte Bronwynn spöttisch; »aber viel gekonnter, nicht in Form von kindischem Imponiergehabe. Und jetzt entschuldigt mich.« Sie wollte an ihm vorbei zur Treppe gehen.

Flayh war ein kleiner Mann, aber er hatte Stahl in den Fingern. Er packte ihren Arm – so fest, daß sie aufschrie und stehenblieb. »Ich sagte, ich bin wegen dir gekommen.«

»Au!« schrie Bronwynn. »Ihr tut mir weh! Nun sagt schon, was Ihr zu sagen habt, aber laßt endlich meinen Arm los!«

Flayh ließ den Arm los, heftete aber den Blick starr auf den ihren. Er forderte ihren Willen heraus, zerrte die in ihr schlummernde Angst an die Oberfläche, wie er es bei Admon Faye versucht hatte, Bronwynn stockte der Atem, sie keuchte. Sie fühlte sich plötzlich von einer schrecklichen Angst gepackt. Der Zauberer schien zufrieden. »Gut«, schnarrte er, »sehr gut. Du wirst mich auch weiter fürchten, Bronwynn. Ich mag es, wenn man mich fürchtet.«

Seine Augen drohten sie schier zu verschlingen. Bronwynn ächzte und zitterte wie Espenlaub.

»Ich bin hergekommen, um dir zu sagen, warum du hier bist, Bronwynn. Vielleicht hat Admon Faye es dir schon erklärt, aber du sollst es noch einmal hören – aus meinem Mund. Ich habe vor, dich zur Königin zu machen, genauer gesagt: zu *meiner* Königin. Du verstehst?«

Bronwynn nickte heftig, während sie langsam vor der Kreatur zurückwich, die ihr so schrecklich Angst machte.

»Bleib stehen, wo du bist!« befahl Flayh, und Bronwynns Sandalen wurden eins mit dem Stein. »Du bist für diese Aufgabe nur deshalb ausgewählt worden, weil es zweckmäßig ist – nicht etwa, weil ich dich in irgend einer Weise als geeignet dafür ansehe. Ich will nur eines von dir: Gehorsam – den Gehorsam, der aus Furcht geboren ist.«

»Ja ... mein Herr«, murmelte Bronwynn, erstaunt, daß sie solche Worte sagte, doch zu eingeschüchtert, um sich zu widersetzen.

»Ich nehme an, du spieltest auf Pelmen an, als du mein Können als Macht-Former herabsetztest. Ich weiß nicht, über welche Zaubersprüche er verfügt oder in der Gestalt welchen Tieres er auftritt, aber eines kann ich dir versichern: Wenn wir uns in offenem Kampf begegnen sollten, werde ich derjenige sein, der die Walstatt als Sieger verläßt, nicht er. Die Erwähnung Pelmens provoziert mich! Hast du verstanden!«

»Ja, Herr. Ja, ich habe verstanden«, preßte die junge Frau mit kaum hörbarem Flüstern hervor.

»Sehr gut. Du wirst mich in die Halle begleiten. Ich will, daß du allen Sitzungen beiwohnst, damit du über meine Politik Bescheid weißt, wenn ich dich auf den Thron setze.« Flayh kam einen Schritt näher und schob das Gesicht so dicht an ihres, daß sich ihre Nasenspitzen fast berührten. »Ich will die Kontrolle über alle drei Länder, und diesmal wird mich weder Pelmen noch irgendein anderer Schlaumeier daran hindern. Komm!« Er wandte sich jäh um und stieg die Treppe hinunter, und Bronwynn folgte ihm fügsam. Es erschreckte sie zu sehen, wie leicht er ihren Willen gebrochen hatte – aber er war schließlich auch ein Macht-Former. Als sie die hellerleuchtete Halle betraten, dachte sie an etwas, das sie Pelmen Monate zuvor einmal hatte sagen hören: »Warum nur will einer, der schon so viel besitzt, immer noch mehr haben? Mir würde das mit der Zeit langweilig ...

»Alles, worum ich bat, war ein einziger freier Tag – ein einziger Tag! Ich wollte bloß den Geburtstag meiner Tochter zusammen mit ihr feiern und vielleicht noch meinem Bruder, der ein Stück weiter flußabwärts wohnt, einen kurzen Besuch abstatten. Und was sagt er? Das gleiche, was er immer sagt. ›Keine Chance, Carlad. Geh wieder zurück auf deinen Posten.‹ Sag, wie findest du das?«

Rosha gab keine Antwort. Er drehte nur den verhüllten Kopf etwas zur Seite und lehnte sich gegen die Wand.

»Genau das hab ich auch gedacht!« zeterte Carlad. »Er wollte sich nicht mal die Mühe machen, den General überhaupt zu fragen! Jetzt hock ich hier, eingesperrt in diesen Turm ...«

»Nur zu deiner Erinnerung, Carlad«, unterbrach ihn Rosha. »Ich bin hier der Gefangene, nicht du.«

»Ach ja? Ist dir jemals der Gedanke gekommen, daß ich genauso an dich gekettet bin wie du an mich? Hä? Schon mal daran gedacht?«

»Wie könnte ich jemals *nicht* daran denken, Carlad, da du mich doch Tag für Tag daran erinnerst? Zum Beispiel dann, wenn du über deinen Sergeanten schimpfst – das tust du ja mindestens einmal am Tag.«

»Über den würdest du auch schimpfen, wenn er dein Sergeant wäre!«

»Ich glaube, ich habe ein bißchen mehr Grund als du, mich zu beklagen«, brummte Rosha.

»Ja, ja, bloß weil du ein Gefangener bist, meinst du, du hättest es schwer. Du kriegst das Beste vom Tisch, brauchst nicht zu arbeiten und wirst den ganzen Tag lang von der Königin betätschelt und betüttelt ... wirklich, ein schweres Los!«

»Dich sehe ich jedenfalls keine Lederkapuze tragen, Carlad«, erwiderte Rosha leise.

»Du siehst mich keine Lederkapuze ...« Die unfreiwillige Ironie, die darin steckte, wurde dem Gardisten plötzlich bewußt, und er gackerte lauthals los. »Nein, das tust du wirklich nicht, was?« Wieder mußte er lachen, und Rosha lachte herzhaft mit.

»Und diese tolle Königin, von der du ständig schwärmst, sehe ich auch nicht.« Der Recke lächelte wehmütig.

Carlad schaute seinen Gefangenen einen Moment lang an, offenbar über irgend etwas nachgrübelnd. »Wie kommt es, daß du immer nur dann stotterst, wenn sie in deiner Nähe ist?«

Roshas Lächeln wurde grimmig. »Wie kommt es, daß du deinen Sergeant nie zu hören scheinst, außer wenn er mit dir zusammen in einem Raum ist?«

Carlad lachte leise und lehnte sich neben Rosha an die Wand. »Das dachte ich mir.«

»Carlad?« sagte Rosha leise. »Nimmst du sie mir ab?«

Der Gardist fuhr sich mit der Zunge über die Lippen und schaute auf die abstoßende Kopfvermummung seines Gefangenen. Die Finger zuckten ihm nervös. »Nein«, sagte er hastig. »Strikter Befehl.«

»Komm schon, Carlad!« bettelte Rosha. »Nimm sie mir ab!«

»Und wenn der Sergeant plötzlich hereinkommt?«

»Dann erzählst du ihm einfach, ich hätte dich überwältigt.« Rosha grinste. In diesem Moment klopfte es an der Tür. »Siehst du?« fragte Carlad triumphierend. »Ich wette, das ist er!«

»Nein, das glaube ich nicht. Es ist wahrscheinlich die Königin, die will, daß ich durch den Thronsaal stolziere.«

Es war keiner von beiden. Der weißgeschminkte Narr steckte den Kopf zur Tür herein. »Kann ich reinkommen?«

»Natürlich!« rief Rosha. »K-k-k-komm rein, N-n-n-narr!«

Carlad sah seinen lächelnden Gefangenen an und unterdrückte selbst ein Kichern.

»Ich bin gekommen, um dir eine Lektion zu geben.«

»W-w-wunderbar. Ich b-bin b-b-b-bereit, mein B-b-bestes zu g-g-g-geben.«

Carlad stöhnte, und der Narr wandte den Blick zu ihm. »Was fehlt dir?« fragte Fallomar. Der Wärter schüttelte den Kopf und wehrte die Frage mit einer Handbewegung ab.

»K-k-kannst du mir w-w-w-wirklich b-beibringen, daß ich sp-sp-spreche wie ein H-h-höfling?

Wieder stöhnte Carlad, diesmal noch ein wenig lauter, und wieder schaute Fallomar ihn besorgt an. »Bist du krank?«

»Ja, Carlad, d-du bist k-k-k-k …«

»Muß ich wirklich hier sitzen bleiben und mir das anhören?« fragte der Wärter Rosha.

»W-wie m-meinst du das ...«

»Komm, tu nicht so!« sagte Carlad und lehnte sich wieder an die Wand und sah den Narren achselzuckend an. »Er versucht, mich wahnsinnig zu machen!«

»W-w-wer w-w-weiß?«

»Seht Ihr?« fragte der Wärter Fallomar.

»H-hör mal, d-du k-k-kannst mich doch je-jederzeit an diesen N-n-narren k-ketten ...«

»An den Narren ketten, ja, ja«, seufzte Carlad. »Und hereinspaziert kommt mein Sergeant, und was, glaubst du, wird er wohl sagen?«

»W-wahrscheinlich w-würde er's nicht mal m-merken!« gackerte Rosha.

»Schon gut, schon gut. Das reicht mir jetzt«, sagte Carlad, selbst ein Lachen unterdrückend.

»Ja, warum kettest du ihn nicht an mich?« fragte der Narr. »Du schließt einfach von außen die Tür ab und machst es dir gemütlich ...«

»Ich kann dir nicht glauben!« schrie Carlad und starrte Fallomar überrascht an. »Gestern hat dieser Mann noch versucht, dich zu töten, und jetzt willst du, daß ich ihn an dich kette?«

Der Narr schaute ihn einen Moment an, dann zog er die Brauen hoch. »Gutes Argument. Aber – eh – er hätte es tun können und tat es nicht.«

»Das bedeutet nicht, daß er es nicht doch tun wird! Hört, ich bin mit diesem Burschen jetzt lange genug zusammen, um ihn zu kennen, und Ihr könnt mir glauben, ich ...«

»Komm schon, C-carlad! L-l-laß mich allein mit ihm!« Rosha warf ihm ein verschwörerisches Lächeln zu, deutlich sichtbar für den Gardisten unter dem Rand seiner Maske. »Nur für einen kleinen Moment ...«

Carlad sah Rosha an, dann den Narren, dann wandte er sich ab und schmunzelte die Wand an. Das war es also! Rosha hatte seine Meinung geändert und wollte ein paar Minuten mit diesem weißgesichtigen Idioten unter vier Augen sein. »Deshalb also der Sprechunterricht«, murmelte er Rosha ins Ohr.

»Genau ...«, flüsterte Rosha zurück.

»Was? Worüber flüstert ihr da?« fragte Fallomar, den Dummen markierend.

»Nun, ich kann mir nicht vorstellen, daß es schlimm wäre, wenn ich euch für ein *Momentchen* allein lasse.« Carlad lächelte. »Jedenfalls nicht für mich ...«

»Fein, Carlad, dann m-m-mach jetzt zu ...«

Der Gardist unterdrückte ein Kichern, als er die Kette bei sich aufschloß und sie dem Narren um die Hüften legte. »Viel Spaß!« rief er, dann schlüpfte er zur Tür hinaus und schloß sie hinter sich zu.

Sie verharrten einen Moment lang schweigend, nebeneinander an die Wand gelehnt. Dann sagte Pelmen: »Hervorragender Auftritt. Willst du nicht Mitglied unserer Truppe werden?«

»Besteht irgendeine Chance, sofort abzuhauen?«

»Kaum. Nicht, solange wir aneinandergekettet und zudem noch eingesperrt sind.«

»Sprich lieber nicht so laut«, riet ihm Rosha. »Carlad sagt, hier gäbe es überall Geheimgänge.«

»Das stimmt, aber Joss ist im Augenblick irgendwo im Norden, und Ligne sitzt am Draxtisch.«

»Ligne!« stieß Rosha verächtlich hervor.

»Ein verschlagenes Weib.« Pelmen nickte.

»Würdest du mir dieses Ding vom Kopf ziehen?« bat Rosha, und binnen weniger Minuten waren die Riemen der ledernen Kapuze gelöst, und das Ding flog auf den Boden. Rosha kniff die Augen zusammen, obwohl der Raum nur von einer einzigen Fackel erhellt wurde.

»Na, fühlst du dich jetzt besser?« fragte Pelmen nach einem Moment.

»Erheblich. Wann hauen wir hier ab?«

»Das kommt drauf an.«

»Worauf?«

»Unter anderem darauf, wo Bronwynn ist.«

»Bronwynn! Wo ist sie?«

»Wenn ich das wüßte, dann könnte ich besser planen! Aber ich weiß es nicht.«

»Sie ist doch nicht etwa tot?« fragte Rosha ängstlich.

»Das wollen wir nicht hoffen. Nein, ich fürchte, sie ist in dem Kerker unter uns.«

Rosha starrte ihn an. »Ligne sagte nichts ...«

»Das wäre ja wohl auch sehr unwahrscheinlich, nicht wahr?«

»Von ihr würde ich eher erwarten, daß sie Bronwynn tötet, aber nicht, daß sie sie einsperrt.«

»Die Möglichkeit besteht leider.« Pelmen seufzte. »Wir wissen es nicht. Ich würde gern den Kerker durchforschen.«

– Da ist sie nicht, meldete sich das Königliche Haus. Aber niemand hörte ihm zu. Niemals hörte ihm jemand zu. Es zog sich schmollend zurück und fuhr fort, einen Papageien zu verwünschen, der gerade einen dicken breiigen Kotfladen auf sein Dach fallengelassen hatte.

»Wie willst du das anstellen, wo du doch jetzt ein so enger Freund der Königin bist?«

»Indem du sie ablenkst.«

»Ich?« fragte Rosha. »Wie sollte ich die alte Hexe ablenken?«

»Indem du vorgibst, sie zu mögen.«

Einen Moment herrschte Totenstille, ehe der Ausbruch kam. »Was!« schrie der junge Krieger. Carlad draußen vor der Tür kicherte; er glaubte, es sei der Todesschrei des Narren.

»Irgendwie habe ich erwartet, daß du so reagieren würdest ...« Pelmen seufzte.

»Du kannst alles von mir verlangen, aber nicht das!«

»Auch nicht, wenn das vielleicht die Rettung für deine Geliebte bedeuten könnte?«

»Wir wissen ja nicht einmal, ob sie überhaupt in dem Kerker ist!«

»Und wenn ja?«

Roshas gequälter Gesichtsausdruck spiegelte den Kampf wider, der in seinem Innern tobte. »Komm, Pelmen, laß uns ...«

»Fallomar«, unterbrach ihn der Narr rasch. »Ich bin Fallomar. Vergiß das nicht.«

»Kapiert.« Rosha seufzte, dann lehnte er sich an die Wand und schüttelte den Kopf. »Ich weiß nicht, ob ich das kann«, murmelte er.

»Gib dir einen Ruck, mod Dorlyth!« sagte Pelmen ruhig. »Ein Held zu sein, erfordert viele Arten von Mut.«

»Oh, aber du kennst diese Frau nicht!« stöhnte Rosha.

»Ich lerne sie von Tag zu Tag besser kennen«, flüsterte Pelmen heftig. »Und je mehr ich sie kenne, desto mehr verabscheue ich sie. Zeit, Rosha. Ich brauche Zeit, um hinunter zu gehen.«

Rosha seufzte. »Ich ... versuche es.«

»Und behalt dein Stottern in ihrer Gegenwart bei – vielleicht schreckt sie das ab.«

»Nichts leichter als das. Wenn sie mir zu nahe kommt, kommt das Stottern ganz von selbst wieder.«

Carlad klopfte an die Tür. »Rosha! Hast du ihn schon erledigt?«

»Eh – wart noch einen Moment!« rief Rosha zurück. »Was ist jetzt mit der Kapuze?« fragte er Pelmen.

»Willst du sie wieder auf haben?«

»Machst du Witze?«

»Dann nehme ich sie mit. Wenn ich Ligne das nächste Mal sehe, setze ich sie auf und erzähle ihr, ich hätte sie dir gestohlen, um ihre Aufmerksamkeit zu erringen. Und wenn du gleichzeitig plötzlich deine Sympathie für sie entdeckst, wird sie bestimmt nicht mehr darauf bestehen, daß du sie weiter trägst.«

»Ich weiß nicht, wie ich ...«

»Zieh den Kopf ein und ruf den Wärter zurück!«

»Carlad!« rief Rosha, und der Gardist betrat grinsend den Raum. Als er Fallomars unversehrtes Gesicht gewahrte, blieb er verblüfft stehen.

»Nun mach schon, Mann, kette mich los!« befahl Fallomar, wobei er auf die Füße sprang und die Kette straffzog.

»Ich hatte erwartet ...«

»Ich weiß, was du erwartest hast, aber ich habe es ihm ausgeredet! Nun kette mich endlich los, bevor er es sich noch einmal anders überlegt!«

»Von mir aus«, murmelte Carlad und schloß rasch die Kette auf. Er wollte nicht, daß sein Sergeant ausgerechnet in dem Moment hereinmarschiert kam, da der Wechsel stattfand. »Wäre ziemlich schwierig zu erklären.«

Fallomar blieb noch einen Moment und half Carlad, sich selbst wieder anzuketten. Dann huschte er zur Tür, bückte sich kurz, hob die Kapuze vom Boden auf und verschwand.

»Häh?« schrie Carlad. Er drehte den Kopf herum und sah zum ersten Mal Roshas Gesicht.

»So siehst du also aus«, sagte der junge Recke lächelnd zu dem mit offenem Mund dastehenden Wärter.

»Er hat deine Kapuze geklaut!« schrie Carlad und schoß zur Tür.

Diesmal war es Rosha, der die Zügel anziehen mußte.

## Kapitel 10

## In den Gedärmen der Burg

DER DARAUFFOLGENDE TAG begann seltsam. Ligne erschien nicht zum Frühstück. Als auch Rosha nicht auftauchte, machte Pelmen sich allmählich Sorgen. Yona Parmis erstaunte Fragen mit einer nervösen Handbewegung beiseite wischend, verließ er ihren Tisch und fragte mehrere Dienstboten aus, die an den Tischen um sie herum saßen. Ein paar kurze Unterredungen ließen ihn jedoch aufatmen. General Joss, erfuhr er, war spät in der Nacht zurückgekehrt, und er und Königin Ligne hatten bis in den frühen Morgen hinter verschlossenen Türen die Ergebnisse dieser Reise erörtert. Nachdem Rosha vergeblich darauf gewartet hatte, daß sie ihn zu sich rufen ließ, hatte er es vorgezogen, das Frühstück allein in seinem Zimmer einzunehmen. Pelmen konnte sich denken, warum: Rosha wollte sein Auftreten ohne Kapuze so lange wie möglich hinauszögern.

Ein paar Minuten nach dem Frühstück erschien der Narr vor der Tür zum Thronsaal. »Die Königin wünscht niemanden zu empfangen!« verkündete ein Türwächter und versperrte den Eingang mit seiner Pike. Pelmen erkannte, daß es derselbe war, der zwei Tage zuvor, als er unangemeldet in den Thronsaal hereingeplatzt war, Dienst getan hatte. Offenbar war der Bursche diesmal entschlossen, dergleichen nicht noch einmal geschehen zu lassen.

»Stimmt irgendwas nicht?«

»Das geht weder Euch noch mich etwas an. Macht, daß Ihr fortkommt!«

Pelmen leistete der Aufforderung unverzüglich Folge. Jetzt war jede Minute kostbar. Er begab sich rasch in die Küche. An den letzten zwei Tagen war er eigens früh aufgestanden, um sich mit dem Koch anzufreunden. Er hoffte, daß sich diese Freundschaft bezahlt machte – der Weg zum Kerker ging direkt durch die Küche.

»Ho, Narr!« rief der Koch fröhlich, als er den angemalten Hanswurst die Treppe herunterkommen sah. »Du kommst aber heute schnell wieder zurück!«

»Die Königin ist meiner Gesellschaft überdrüssig geworden. Du hoffentlich nicht!«

»Aber mitnichten!« Der Koch lächelte breit, seinen zahnlosen Gaumen entblößend – eine Folge ausschweifender Süßigkeiten-Nascherei in seiner Jugend, wie er Fallomar erklärt hatte. »Im Gegenteil, jetzt ist die beste Zeit zum Plaudern. Das Frühstück ist vorbei, und bis zum Mittagessen ist's noch eine Weile hin. Aber ein paar Leckereien für dich habe ich schnell auf dem Herd, wenn du möchtest.« Der Koch klappte den steinernen Deckel der Zisterne zu, die das Wasser für die Küche lieferte. »Komm, setz dich her und laß uns ein bißchen plaudern!«

»Ich habe heute morgen wenig zu erzählen. Ich fürchte, der Possenreißer hat im Moment ein wenig genug vom Possenreißen.«

Der Koch nickte. »Ich habe auch manchmal die Nase voll vom Kochen. Aber du brauchst dir jetzt wirklich nichts Lustiges aus den Fingern zu saugen, wenn dir nicht danach ist.«

»Eh aber ich hoffe doch, daß ich trotzdem ein bißchen was zu naschen kriege.«

Der Koch schmunzelte und klopfte Fallomar auf den Rücken. »Keine Sorge. Wir werden schon eine Kleinigkeit für dich finden. Laß mich mal sehen.« Er stand auf und ging zur anderen Seite der riesigen Küche, dort wo die Backöfen waren.

»Da haben wir den Kerl ja!« hörte Pelmen jemanden hinter sich schreien. Er fuhr herum und sah, wie Maythorm mit fuchtelnden Armen auf ihn zugestürmt kam.

»O nein!« seufzte er.

»Der Königin um den Bart gehen, hä?« schrie Maythorm und wedelte drohend mit dem Zeigefinger. »Versuchen, mich als Dummkopf hinzustellen, hä?«

»Dafür braucht ihr wahrlich nicht meine Hilfe, Maythorm ...«

»Was hast du hier zu suchen, Kerl?« kam die Donnerstimme des Kochs, und Pelmen fuhr gerade im rechten Moment herum, um zu sehen, wie er eine dampfende Schüssel Pudding auf dem Hackblock absetzte und ein Fleischmesser packte, das neben der Schüssel im Holz stak. Mit diesem in der Hand kam er jetzt herangestapft.

Maythorm blieb stehen und beäugte den nahenden Koch mit sichtlichem Unbehagen. Der Mann war doppelt so groß wie er und sah alles andere als freundlich aus. »Ich ... habe keinen Streit mit Euch.«

»Aber ich mit dir! Da wäre nämlich noch die kleine Sache mit meiner Nichte!« Der Koch beschleunigte seinen Schritt. Mit seinem gesenkten Kopf und seiner auf und ab wippenden, mächtigen Wampe erinnerte er Pelmen frappierend an einen heranstürmenden Tugolithen.

Maythorm erwies sich als erstaunlich behende. Er sprang über einen Tisch, so daß dieser zwischen ihm und dem zornentbrannt heranschnaufenden Koch stand, und kreischte mit vor Angst überkippender Stimme: »Wer *ist* Eure Nichte?«

Etwas Falscheres hätte er kaum sagen können. Der Koch blieb stehen und starrte ihn mit vor Zorn hervorquellenden Augen an. »Willst du damit sagen, du kennst sie nicht einmal?« donnerte er. Er machte Anstalten, über den Tisch zu klettern. Maythorm ergriff in Panik die Flucht. »Wenn du dich noch einmal in meiner Küche blicken läßt, Kerl, dann schmeiße ich dich in die Zisterne!« brüllte der Koch ihm wutschnaubend hinterher. Mit wehendem Gewand schoß der Minister für Kultur und Unterhaltung schlingernd um die Kurve und war verschwunden.

Der Koch grinste seinen bemalten Freund zahnlos an. »Schneller Bursche, nicht?«

Pelmen zwinkerte mit den Augen. »Ich hatte gehört, daß er schnell zur Sache kommt, wenn's um die Frauen geht. Aber zu Fuß scheint er ja auch ganz schön schnell zu sein. Ligne sollte ihn vielleicht nächstes Jahr zu den Händlerspielen schicken.«

»Wenn die Königin mich und mein Messer auch hinschicken würde, würden wir ganz bestimmt gewinnen«, gackerte der Koch.

Fallomar lächelte, und dann blickte er hinunter in feuchtmuffige Dunkelheit hinter ihm. Ein kalter Luftzug kam aus den Tiefen der Zisterne. »Würdest du ihn wirklich da reinschmeißen?« fragte er.

»Wahrscheinlich nicht«, murmelte der Koch, wobei er sein berühmtes Messer schwang und fachkundig einen dicken Brocken rohen Fleisches zerlegte. »Höchstens, wenn ich aus irgendeinem unerfindlichen Grund Lust hätte, ihm zu folgen. Die Königin würde mich nämlich mit Sicherheit gleich hinterherschmeißen lassen, und du würdest weder von ihm noch von mir je wieder was hören.«

»Es ist doch ein ganz normaler Brunnen, nicht wahr?«

»Nicht direkt. Es ist ein in den Felsen gehauener Wasserspeicher. Er wird vom Fluß gespeist, wenn der Pegel hoch ist. Das Wasser fließt durch einen Eisenrost in der südlichen Mauer.« Der Koch hieb sein Messer in den Hackblock, und es blieb zitternd darin stecken. »Es ist ziemlich mieses Wasser, glaub mir. Der ganze Dreck vom oberen Chaomonous fließt mit durch den Rost. Wir müssen jeden Eimer, den wir rausziehen, mühselig abkochen!«

»Aber es ist sicher«, murmelte Pelmen zu sich selbst; als der Koch ihn verwirrt ansah, erklärte er: »Ich meine, sicher für den Palast. Ich nehme doch an, durch den Gitterrost kommt keiner durch, oder?«

»Wer sollte das schon wollen?« schnaubte der Koch.

»Nein, da kann keiner durch; ist nicht groß genug. Wir hätten also genug Wasser, um jede Belagerung durchzustehen. Aber der müßte auch schon ein ausgemachter Narr sein, der diese Burg belagern wollte. Oh, so habe ich das nicht gemeint, Entschuldigung«, fügte er mit Rücksicht auf den Beruf Fallomars hinzu.

»Schon gut. Aber ...« Fallomar hielt inne, als er sah, daß Ligne ziemlich verstohlen aus der Tür gehuscht kam, durch die der Haushofmeister eben hinausgegangen war. Sie hastete durch die Küche und lief einen anderen Gang hinunter. Dabei hüllte sie sich fest in ihren Umhang, so als könne sie dadurch ihre Identität verbergen – just vor den Leuten, deren Aufgabe darin bestand, jeden ihrer Schritte zu verfolgen. »Da ist die Königin«, sagte er zu dem Koch. »Ich glaube, ich gehe sie mal ein bißchen amüsieren.« Er stand auf.

»Das würde ich lieber nicht«, sagte der Koch und zog warnend die Augenbraue hoch.

»Deshalb bist du ja auch der Koch und ich der Narr!«

»Und wenn sie nicht amüsiert werden will?«

»Dann komm mich bei Gelegenheit mal besuchen. Und daß du mir nicht vergißt, was Leckeres mitzubringen.«

»Sei vorsichtig!« rief der Koch ihm hinterher.

Ligne war bereits durch die Tür verschwunden, die zu den Kerkern führte. Das war gut so. Er hoffte, sich an den Wachen vorbeimogeln zu können, aber das ging nur, wenn sie außer Hörweite war, auf dem Weg in die tieferen Gewölbe. Er hielt kurz vor der Tür inne, dann huschte er hinein.

Wie bei jedem Verlies, das er bisher besucht hatte, schlug ihm auch hier ein muffiger, ranziger Gestank entgegen, der ihm fast den Atem raubte. Er kämpfte die aufsteigende Übelkeit nieder und ging weiter.

»Sieh an, der Herr Hofnarr!« scholl ihm die Stimme eines Wärters aus der Dunkelheit entgegen. »Was hast du hier zu suchen? Gewiß, ich habe schon mit dir gerechnet, denn früher oder später ist noch jeder Narr, der an den Hof kam, hier gelandet. Aber ich habe eigentlich erwartet, daß du in Ketten hier aufkreuzt und unter Bewachung – und nicht aus freien Stücken!«

Fallomar gluckste. »Ich wollte schon einmal die Räumlichkeiten inspizieren und mir ein gutes Zimmer reservieren, bevor sie alle belegt sind! Ist die Königin nicht eben hier durchgekommen?« Er wollte beiläufig an dem Wärter vorbeischlendern, aber der ließ sich nicht bluffen und blockierte ihm den Weg mit seiner Hellebarde.

»Halt!« bellte der Wärter. Seine Stimme wurde sofort sanft, als er besorgt fortfuhr: »Was glaubst du, wo du hingehst?«

»Na, ins Gefängnis natürlich!« antwortete Fallomar.

»Und zwar ganz schnell, wenn du mir jetzt nicht sofort erklärst, was du hier willst!« Der Wärter beugte sich zu ihm vor. »Jetzt mal ganz im Ernst, Narr. Du läßt jetzt deine Albereien und packst dich fort. Das ist hier kein Ort für dich, schon gar nicht jetzt.«

»Warum sollte es gerade jetzt anders sein als sonst?« fragte der Possenreißer und zuckte umständlich die Achseln. »Ich hatte immer gedacht, Kerker seien immer schreckliche Orte. Sind sie denn zu bestimmten Zeiten noch schrecklicher als sonst?«

»Die Königin ist da drin«, flüsterte der Wärter, und Fallomar hob erschrocken die Hände vor den Mund.

»Ihr meint, sie hat sich selbst in den Kerker geworfen?«

Darüber mußte der Wärter lachen, und Pelmen versuchte diese kurze Ablenkung sofort zu einem neuen Versuch auszunutzen, sich an ihm vorbeizustehlen. Aber kaum hatte er einen Schritt gemacht, als das scharfe Ende der Hellebarde vor seiner Nase schwebte. »Du bleibst stehen!« donnerte der Wärter, was Pelmen sich angesichts der blitzenden Klinge nicht zweimal sagen ließ.

»Ich ... ich dachte bloß«, begann er zaghaft, und der Gardist steckte sich die Hellebarde unter den Arm und stieß ihn unsanft weg. Er krachte gegen das Mauerwerk und fiel zu Boden.

»Hast du dir weh getan?« fragte der Wärter, und seine Stimme klang echt besorgt; offenbar war er selbst überrascht über seine heftige Reaktion.

»Nur den Hintern«, antwortete Pelmen wahrheitsgemäß, »aber das heilt schnell wieder.«

»Dann beweg ihn hier raus!« befahl der Gardist.

»Aber ich wollte doch nur die Königin unterhalten! Ich kenne viele lustige Geschichten über Verliese, und ich hielt dies für den treffendsten Ort ...«

»Halt jetzt endlich die Klappe!« donnerte der Wärter, mit seiner Geduld am Ende. »Wie oft soll ich dir noch sagen, Narr, dies ist nicht der rechte Moment?« Er sagte dies ganz ruhig, aber mit großem Nachdruck und in einem Ton, der keinen Widerspruch zuließ.

»Dann eben ein anderes Mal ...«

»Verdammt noch mal – nein! Auch kein anderes Mal! Niemand betritt dieses Verlies ohne die ausdrückliche Erlaubnis von Königin Ligne oder General Joss – es sei denn, als Gefangener! Hast du mich verstanden?«

»Aber ich wollte doch nur ...«

»Ruuuuhe! Wenn ich mich strikt an meine Befehle gehalten hätte, würdest du bereits jetzt in einer Zelle sitzen – wegen unerlaubten Eindringens! Allein der Versuch hätte schon ausgereicht. So, und jetzt mach dich endlich fort, bevor sie zurückkommt und mir befiehlt, dich einzusperren!«

»Wenn Ihr mir sagen könntet, wieso ...?«

Der Gardist stieß einen gequälten Seufzer aus und senkte die Stimme zu einem Flüstern. »Die Sicherheitsbestimmungen sind unglaublich scharf. Seit die Prinzessin ...« Der Gardist biß sich auf die Lippen, dann fluchte er. Der Ausdruck in seinen Augen, wenngleich in der Düsternis nur schwach auszumachen, überzeugte Pelmen, daß es besser war, wenn er sich aus dem Staub machte. Er sprang auf und schoß zur Tür hinaus in den Gang. Er hörte erst auf zu rennen, als er die Küche erreicht hatte.

Er lehnte sich an die Wand, um zu verschnaufen und seine Möglichkeiten abzuwägen. Dem Wärter war »die Prinzessin ...« entschlüpft ... also *war* Bronwynn hier eingekerkert. Irgendwo unter seinen Füßen, in der stikkigen, düsteren Stille der Katakomben des Königlichen Hauses, lag Roshas Liebste in Ketten. Pelmen malte sich in Gedanken die Behandlung aus, die sie von der Hand der eifersüchtigen Ligne empfing – vielleicht sogar just in diesem Augenblick – und er preßte in ohnmächtiger Wut die Zähne zusammen. Gab es denn keine Möglichkeit, an sie heranzukommen?

»Ich dachte mir doch, daß du schnell wieder zurückkommen würdest«, empfing ihn der Koch. »Die Königin ist sehr eigen darin, wer ihren Kerker besuchen darf und wer nicht.«

Pelmen schaute dem Koch dabei zu, wie er eine seltsam aussehende kulinarische Kreation mit Olivenscheiben und Kaschukernen garnierte. »Wer bringt ihnen das Essen?«

»Was?«

»Die Gefangenen. Wie werden sie versorgt?«

Der Koch schüttelte den Kopf. »Keine Ahnung. Das einzige, was ich weiß, ist, daß wir nie Reste haben. Der Herr Joss läßt alle Reste von den Tranchierbrettern sammeln, noch bevor sie in die große Spülküche gebracht werden. Mehr kann ich dir auch nicht sagen.« Der Koch schlenderte zu den Backöfen auf der anderen Seite der Küche und schob seine Kreation in einen davon. »Verzeih, Fallomar, aber dein Interesse an den Dingen, die unter uns vor sich gehen, kommt mir irgendwie ungesund vor. Trägst du dich mit dem Gedanken, irgendwas anzustellen, das dich dort reinbringen könnte? Du wärst nicht der erste Narr, der dort landet, mußt du wissen ...«

»Das hat mir der Wärter auch schon gesagt.«

»Aber früher, zu Taliths Zeiten, da war es zumindest noch so, daß der alte Knacker sich nach einer Weile wieder einkriegte und die Leute dann wieder rausgelassen wurden. Aber seit diese Königin an der Macht ist, habe ich schon manch eine arme Seele nach da unten verschwinden sehen – aber noch keinen je wieder rauskommen.«

Pelmen ließ seinen Gedanken freien Lauf, selbst den noch so verrückt erscheinenden, in der Hoffnung, daß dieser Wirbel von Gedanken vielleicht irgendeine neue, noch nicht in Betracht gezogene Möglichkeit hervorbrachte. »Du sagst, der Kerker liegt genau hier unter uns?«

Der Koch sah Pelmen stirnrunzelnd an und behielt diesen Gesichtsausdruck auch noch bei, während er eine dampfende Pastete aus einem der Öfen zog. Sofort füllte sich die Küche mit ihrem köstlichen Duft. »Ich rate dir, mach's wie ich, Fallomar – vergiß, daß er da ist.« Er wandte sich ab und ging langsam zur Speisekammer am hinteren Ende der Küche. Gleich würden seine Gehilfen zurückkommen und mit den Vorbereitungen für das Mittagsmahl beginnen. Der Koch hatte das sichere Gefühl, daß Ligne mindestens einen Spitzel, wenn nicht zwei, unter seinen Helfern hatte. Er hoffte, den Narren davon abbringen zu können, weiter in dieser Sache herumzubohren.

Pelmen ließ seinen Blick verzweifelt durch die Küche wandern. Schließlich blieb er auf dem flachen Mauerwerk ruhen, das den Deckel der Zisterne bildete. Er war nicht mehr als zwanzig Fuß von dem Punkt, an dem er stand, entfernt. Wenn die Kerkerkatakomben direkt unter ihnen lagen ...

Als der Koch aus der Speisekammer zurückkam, war Fallomar verschwunden. »Ein Glück«, murmelte der

Koch zu sich selbst. »Er hat beschlossen, daß er lieber keinen Ärger kriegen will.«

Jagd hatte gewöhnlich ein Dutzend Umhänge in seinem Kleiderschrank hängen – allesamt entweder durchgehend purpurfarben oder durchgehend rot. Im Augenblick aber war sein Kleiderschrank leer. Sein Gästezimmer in der Königsflucht der Burg sah aus wie der Trokkenraum einer Wäscherei, denn er hatte alle seine Umhänge ringsum an der Wand aufgehängt, an einem Dutzend strategisch plazierter Nägel. Gerade hängte er den letzten auf und trat zurück, um sein Werk zu betrachten. Wie es aussah, waren jetzt alle gemaserten Flächen sauber zugedeckt. Da Gucklöcher normalerweise in den Maserungen der Wandtäfelung versteckt waren, um nicht entdeckt zu werden, und das einzige Wandsegment, das jetzt noch offen war, glatt verputzt war, fühlte er sich relativ sicher. Er wußte nicht, ob sein Zimmer von Geheimgängen umgeben war, aber bei einer Burg, die so alt war wie diese, konnte er mit einiger Sicherheit davon ausgehen. Jetzt konnte Ligne ruhig spionieren kommen, wenn sie wollte – das einzige, was sie sehen würde, war Dunkelheit.

Er löschte die Öllampe, die auf dem reich verzierten Tisch neben seinem Bett stand, und stellte sie auf den Boden. Sodann zog er eine schwere Kiste unter seinem Bett hervor. Er fand ihre Verschlüsse mehr durch Ertasten denn durch Hinsehen. Sie sprangen unter seinen Händen auf, als wären sie lebendige Wesen, und er klappte den Deckel auf.

Der kostbare Gegenstand im Innern der Kiste schimmerte matt. Er nahm ihn behutsam heraus und stellte ihn auf den Tisch. Als er auf seine glatte, durchsichtige Oberfläche starrte, wurde der seltsame blaue Schimmer in seinem Innern heller, bis schließlich der ganze Raum von dem geisterhaften blauen Licht erfüllt war. Dies war eine der drei unschätzbar wertvollen Kristallpyramiden, die sich im Besitz dreier Mitglieder des Ältestenrates befanden. Gleichzeitig benutzt, ermöglichten sie die direkte Kommunikation zwischen den dreien, wo immer sie sich auch gerade aufhalten mochten. So sehr Jagd den Kristall auch als ein hochkompliziertes Produkt von höchster handwerklicher Meisterschaft zu schätzen wußte, sah er in ihm doch immer auch zugleich das furchteinflößende Zauberwerk, das es in Wirklichkeit war.

»Ich sehe, du hast endlich doch geruht, dich mit uns in Verbindung zu setzen.« Die Stimme, übermittelt durch die Pyramide, ließ Jagd gereizt zusammenzucken. Sie gehörte Flayh, der die zweite der drei Pyramiden besaß.

»Ich muß vorsichtig sein«, gab Jagd sarkastisch zurück und spähte in die Tiefen des blau leuchtenden Kristalls. »Vergiß nicht, daß ich nicht mehr die Freiheit habe, in meinem eigenen Haus zu wohnen, seit gewisse Personen geneigt zu sein scheinen, mich ermorden zu wollen.«

»Das sagtest du bereits«, erwiderte Flayh. Je länger sich die drei Parteien auf die Kristalle vor ihnen konzentrierten, desto stabiler wurde die Verbindung zwischen ihnen. Jagd konnte jetzt Flayhs höhnisch grinsendes Gesicht auf der inneren linksseitigen Facette seiner Pyramide erkennen. Auf der rechten Facette sah er die aufgedunsenen, plumpen Züge von Pezi, Flayhs korpulentem Neffen. »Ich habe diese Konferenz des Ältestenrats nicht zuletzt auch deswegen einberufen, Jagd, um dein Problem zu erörtern. Ich fürchte, infolge deiner Abwesenheit wird dieses Problem nur wenig Beachtung finden.«

»Ich weiß deine Besorgnis zu würdigen«, versetzte Jagd höhnisch, »aber so ist es gewiß für mich am besten, denke ich. Wenn ich an dem Treffen teilgenommen hätte, wäre das Problem bestimmt schon gelöst – zu deiner Zufriedenheit.«

»Was willst du damit andeuten, Jagd?« fragte Flayh mit vorgetäuschtem Erstaunen.

»Daß es in Drachentor gelöst worden wäre – wahrscheinlich in der Form, daß ich plötzlich das Schwert eines Sklavenjägers im Bauch stecken gehabt hätte. Vielen Dank, Flayh, aber ich werde schon meine eigene Lösung finden – eine, die gewiß gesünder für mich ist.«

»Du kränkst mich zutiefst«, spottete Flayh. »Solche Beschuldigungen ...«

»Können wir jetzt vielleicht mit diesem scheinheiligen Getue aufhören und endlich zur Sache kommen? Wie ich sehe, sitzt dein feister Tanzbär noch immer neben dir ...«

»Was soll das heißen – Tanzbär!« jaulte Pezi auf. »Ich bin kein ...«

»Halt den Mund, Pezi«, knurrte Flayh, und der wabblige Jungkaufmann gehorchte prompt. »Natürlich ist Pezi hier. Er ist der Besitzer der dritten Pyramide.«

»Die Pyramiden gehören den Führern des Ältestenrates, wie du sehr wohl weißt!« tobte Jagd. »Als wir sie das erste Mal verwendeten, wurde einstimmig beschlossen, daß jede von ihnen ausschließlich dem einflußreichsten Händler eines Landes vorbehalten bleiben darf! Du hast diese Abmachung bereits zweimal gebrochen, das erste Mal, indem du die lamathianische Pyramide gestohlen und nach Ngandib-Mar gebracht hast, und das zweite Mal, indem du jetzt die Pyramide von Tohn mod Neelis in die Wurstfinger dieses teiggesichtigen Vielfraßes gegeben hast! Willst du etwa behaupten, daß diese übergewichtige Marionette der einflußreichste Händler im Mar ist?«

»Ich bin keine Mario ...«

»Ich sagte, du sollst den Mund halten, Pezi!« schnaubte Flayh erneut, und Pezi biß sich auf die Lippen und starrte beleidigt in die Pyramide. »Bist du jetzt fertig?« fragte Flayh Jagd. »Wenn ja, dann darf ich dir vielleicht zur Kenntnis bringen, daß ich die Pyramide Pezi lediglich zur Aufbewahrung anvertraut habe, bis morgen früh das Konklave beginnt. Der Punkt sollte ganz oben auf der Tagesordnung stehen.«

»Sollte?« schnaubte Jagd.

»Du würdest doch wohl nicht wollen, daß das Thema in deiner Abwesenheit zur Sprache kommt? Da würden deine Leute nämlich mit Sicherheit überstimmt werden ...«

Jagds schneidendes, höhnisches Lachen schnitt ihm das Wort ab. »Du elender Lügner!« schrie er. »Du würdest die Pyramiden nie und nimmer aufs Tapet bringen, aus Angst, du könntest deine eigene verlieren! Aber ich kann dir garantieren, Flayh, das Thema Pyramiden wird zur Sprache kommen!«

Flayhs Blick wurde kalt. »Dann kann ich nur davon ausgehen, daß du die Abmachung ebenfalls gebrochen hast, indem du eine Person außerhalb des Führungskreises eingeweiht hast!«

»Ja, das habe ich«, schnarrte Jagd, »und ich bin gespannt, wie der Rat reagieren wird, wenn er erfährt, daß du dir widerrechtlich solche außerordentlichen Machtmittel angeeignet hast!«

»Ich werde dir zeigen, was außerordentliche Machtmittel sind!« kreischte Flayh, und sein Blick bohrte sich in den Jagds. Der Uda-Händler hatte das Gefühl, als würden glühende Pfähle in seinen Schädel getrieben. Er schlug die Hände vors Gesicht, um diesen durchdringenden Blick abzuwehren und merkte plötzlich, daß er laut schrie. Irgendwo am Rande gewahrte er Pezis gellendes Kreischen: »Onkel! Onkel, hör auf!« und das mysteriöse Glockengebimmel, das in unregelmäßigen Abständen die Stille des Königlichen Hauses störte.

»Ich werde das Thema auf den Tisch bringen, ob du willst oder nicht!« schrie er noch, dann ließ er sich rückwärts auf sein Bett fallen, womit er die Verbindung abbrach und sich von dem grauenerregenden Blick Flayhs befreite.

Die Pyramide verdunkelte sich zu ihrem ursprünglichen, fahlblauen Schimmer. Die Gesichter der beiden Händler verschwanden. Jagd wußte aus Erfahrung, daß auch er noch eine Weile von diesem seltsamen blauen Schein umgeben sein würde, und daß er, wenn er jetzt sein Zimmer verließ, nur erschrockene Blicke und unliebsame Fragen auf sich ziehen würde. Jemand pochte an seine Tür und rief: »Alles in Ordnung da drinnen? Habt Ihr nach einem Diener geläutet?«

»Nein! Verschwinde!« schaffte er zu schreien, und das Klopfen verstummte. Aber das Gebimmel hallte immer noch durch das ganze Haus, und er schüttelte fassungslos den Kopf. Mysteriös, dachte er, wirklich mysteriös. Aber das unerklärliche Gebimmel war nur eines von vielen Geheimnissen, die Jagd Kopfzerbrechen bereiteten, und nur von minimaler Bedeutung, verglichen mit dem Entsetzen und der schrecklichen Angst, die er jetzt fühlte. Seine schlimmsten Befürchtungen hatten sich bestätigt.

»Tahli-Damen«, murmelte er, »dein aufblühendes Talent wird auf seine bisher schwerste Probe gestellt werden. Ich hoffe, du wirst dich ihr gewachsen zeigen, Junge. Denn irgendwie hat der alte Flayh es geschafft, ein Macht-Former zu werden.«

– Welch schreckliche Schmerzen! Welch fürchterliche, grauenhafte Schmerzen! ächzte das Königliche Haus und fluchte, daß die Glocken nur so schrillten. Sein Keuchen war so heftig, daß seine Grundfesten erbebten. Kerzen erloschen, Fackeln flackerten, und Wind pfiff durch die Gänge.

Ein bißchen arg übertrieben vielleicht, für eine simple Attacke von Gastritis. Aber Schmerzen sind Schmerzen, und das Königliche Haus war nie ein Verfechter stoischen Duldertums gewesen. Es reagierte heftig auf die seltsamen Dinge, die da im Zimmer des kleinen rotgekleideten Händlers vor sich gingen.

– Verfluchter Quälgeist! brüllte das Haus Jagd an. Ungeziefer! Geschmeiß, elendes! Aber wie all die andern Dummköpfe, die in seinen Mauern wohnten, verstand auch dieser hier nichts! Lag bloß da auf seinem Bett und funkelte wie ein Leuchtfisch! Und jeder Strahl dieses scheußlichen Lichts knisterte von dieser schrecklichen, sengenden Energie, dem Stoff, aus dem sich die Magie speiste – dem Stoff, der wie Feuer in den Eingeweiden der Burg brannte!

– Und kein Mund zum Rülpsen! schrie das Haus. Magie war ihm nichts Fremdes. Im Gegenteil, das Haus bewahrte mehr Zaubersprüche in seinem Mauerwerk als jedes existierende Wesen, dessen war er sicher. Aber soviel Magie in einem Raum konzentriert – und kein Loch zum Entweichen! Unerträglich!

– Mach wenigstens die Tür auf! flehte das Haus. Es würde ja schon helfen, wenn es sich ein bißchen verteilen könnte! Aber der Händler lag auf dem Rücken, japste wie ein Fisch auf dem Trockenen und glomm vor sich hin!

– Nicht einmal Augen zum Weinen! ächzte das gepeinigte Haus, und es wandte seine Aufmerksamkeit von dem unsensiblen Wicht ab und richtete sie einmal mehr auf jenen einen, den es schon seit Tagen beobachtete. Obwohl gekleidet und herausgeputzt wie ein Narr, legte dieser Mann eine Klugheit und ein Feingefühl an den Tag, wie sie das Haus seit einem Jahrtausend nicht mehr gesehen hatte. Vielleicht konnte *er* die Magie vertreiben und ihm ein wenig Erleichterung verschaffen!

– Das hieß, falls er seinen Fall überlebte.

Was im Moment ziemlich ungewiß war. Er hatte gar keine Zeit gehabt, sich zu fragen, ob vielleicht irgend etwas in der unterirdischen Zisterne war, als er sich in die Dunkelheit fallen ließ. Er hatte diesen Gedanken jedoch noch nicht ganz zu Ende gedacht, als seine Ferse auch schon auf Wasser aufschlug und er untertauchte.

Sofort stieß er sich mit ein, zwei hastigen Zügen an die Oberfläche, vollkommen blind in der pechschwarzen Finsternis des unterirdischen Höhlengewölbes. Er schnappte keuchend nach Luft, als sein Kopf aus dem Wasser tauchte. Sein Herz klopfte laut. Er dankte der *Macht*, daß er noch am Leben war.

Einen Moment später mußte er erkennen, daß seine Danksagung möglicherweise ein wenig voreilig gewesen war. Er fühlte, wie etwas sein Bein packte, und dann war er wieder unter Wasser.

Er trat mit seinem freien Fuß nach dem Ding aus, aber mit wenig Erfolg. Der Widerstand des Wassers hemmte seine Bewegungen und nahm seinen verzweifelten Tritten jeden Schwung. Er kniff die Augen und die Lippen fest zusammen, zwang sich zur Ruhe und konzentrierte sich voll auf seinen nächsten Tritt. Er zog das Knie an, spannte alle Muskeln und trat mit voller Kraft senkrecht nach unten. Diesmal hatte er Erfolg. Hastig strampelte er an die Oberfläche. Gierig sog er die Luft in seine Lungen – da packte ihn das Ding erneut und zog ihn wieder hinunter! Was war es? Und was machte es in der Zisterne?

Tatsächlich war es nicht mehr als ein stummer Fisch. Aber es war ein großer stummer Fisch. Der Gitterrost war viel zu eng, als daß ein Monstrum von solcher Größe hindurchgepaßt hätte. Aber als er in die Felsenhöhle unter der Burg eingedrungen war, da war er noch kein Monstrum gewesen – bloß ein mannsgroßer Flußbewohner, der die kühlen, stillen Wasser der Kaverne den Strömungen der vielbefahrenen Wasserstraße vorzog. Auch andere Fische hatten den Weg durch den Gitterrost gefunden, und diese hatte er gefressen – neben dem allgegenwärtigen Müll, den der Fluß durch das Gitter spülte. Und mit der Zeit war er so dick geworden, daß er nicht mehr hinauskonnte. Viel zu dick. Und jetzt war er noch viel, viel dicker ...

Wieder trat Pelmen nach ihm aus – ein fruchtloses

Unterfangen, da der Fisch jetzt darauf vorbereitet war. Das Schuppentier schnappte zu, als Pelmen nach ihm trat, und nun stak auch das andere Bein des Narren in seinem Maul.

Panik ergriff ihn! Er ballte die Fäuste, beugte seinen Oberkörper nach unten und versuchte, der Bestie auf den stachelbewehrten Schädel zu hauen. Erneut machte der Fisch eine Schluckbewegung, und Pelmen wurde klar, daß er über kurz oder lang ganz verschluckt werden würde. In seiner Verzweiflung reckte er den Arm nach oben und stieß blubbernd ein paar Worte hervor. Für einen winzigen Moment loderte ein Feuerball unter Wasser auf! Aber er erlosch sofort wieder. Was konnte ein Macht-Former da ausrichten?

»Ich *bin* ein Macht-Former«, versuchte Pelmen sich Mut zu machen, aber es fruchtete nichts. »Und wohl sehr bald schon ein toter!« Als seine Lungen sich zu einem stummen Schrei nach Luft zusammenkrampften, rief Pelmen in seiner Not die *Macht* an. Und die *Macht* half ihm.

– Er *ist* einer! jubelte das Königliche Haus und tat in Gedanken einen Luftsprung. Jeder in der Burg nahm diesen als eine leichte Erschütterung wahr. Eine ganze Anzahl von Sklaven flüchtete mit vor Entsetzen weit aufgerissenen Augen von ihrem jeweiligen Arbeitsplatz – der Nachmittag entwickelte sich fürwahr apokalyptisch.

– Ein Macht-Former! Endlich wieder ein Macht-Former! krähte das Königliche Haus überglücklich. In der Halle des Krieges schlug krachend eine Tür zu, und General Joss versetzte seine Soldaten in Alarmbereitschaft.

– Es gibt also gekochten Karpfen zum Abendessen, gluckste das Königliche Haus fröhlich, und – obwohl es höllisch brannte – ließ es sein Wissen arbeiten.

Pelmen hatte viel zu lange gegen die Versuchung angekämpft. Es war kurz davor, dem Druck der Tiefe nachzugeben. Doch ganz plötzlich sausten sie hinauf zur Oberfläche, und sie erreichten sie in viel kürzerer Zeit, als Pelmen es vorher geschafft hatte! Fisch und Narr brachen gemeinsam an die Oberfläche und sausten hoch in die Luft – ein gewaltiger Sprung in eine mit Dampf gefüllte Höhle! Pelmens Beine kamen mitten in der Luft frei, und er stürzte kopfüber ins Wasser zurück, vor Freude laut jauchzend. Doch sein Jauchzen verwandelte sich in entsetztes Schreien, als er mit einem gewaltigen *platsch* eintauchte. Das Wasser um ihn herum brodelte und schäumte. Wie es schien, würde er also nicht nur gefressen werden – sondern vorher auch noch gekocht!

Seine Reaktion war rein intuitiv. Seine Hände schossen in die Luft, und ein mächtiger Windstoß brauste durch den Gitterrost, packte ihn und riß ihn aus dem Wasser. Er ritt auf einem tosenden Wirbelwind durch die Schwärze der Grotte, bis ihm sein gesunder Menschenverstand sagte, daß er Licht brauchte, und sofort entstand mit einem Knall ein Feuerball über seinen ausgestreckten Handflächen.

Verzweifelt suchten seine Augen nach einem Spalt oder einem Vorsprung in der Höhlenwand, irgend etwas, woran er sich klammern konnte, wenn der Wind nachließ, was, wie er wußte, jeden Augenblick der Fall sein konnte. Schon jetzt näherte er sich wieder bedrohlich der brodelnden Wasseroberfläche, und ein zweites Eintauchen würde er nicht überstehen ...

Da! Ein Loch in der Wand! Er segelte direkt hindurch und schlitterte über den rauhen Untergrund, wobei er sich seinen ohnehin schon geschundenen Körper noch weiter aufschürfte. Vor Erschöpfung keuchend blieb er liegen. Er hatte ungeheure Kräfte gelassen in jenen kurzen, schrecklichen Momenten der Todesangst. Jetzt übermannte ihn der Schlaf.

Hinter ihm, im brodelnden Wasser der Zisterne, lag der riesige Fisch im verzweifelten Todeskampf. Wieder und wieder peitschte er das Wasser mit seinem riesigen Schwanz in dem aussichtslosen Versuch, dem kochenden Inferno zu entrinnen. Doch schließlich erschlafften seine Bewegungen, und sein langes Leben fand sein Ende.

Ein Küchenjunge, der an der Zisterne vorbeikam, blieb stehen, schnupperte zweimal kurz, dann rief er dem Koch zu: »Ich dachte, es gäbe heute Schweinebraten! Wieso rieche ich ständig Fisch?«

## Kapitel 11

## Eine chaotische Ratsversammlung

Bronwynn folgte Admon Faye in die zentrale Halle von Tohns Burg und nahm auf einem Stuhl neben ihm Platz. Sie saßen auf der Empore, als Ehrengäste des Rates, aber nicht am Kopftisch selbst. Dieser war ausschließlich den Mitgliedern des amtierenden Rates vorbehalten – dem ersten Händler jedes Hauses, plus dem Führer des vorherrschenden Hauses jedes Landes. Seit vielen Jahren bedeutete dieser Schlüssel, daß das Haus Ognadzu zwei Abgesandte am Kopftisch sitzen hatte. Flayh hatte die Farben Blau und Lindgrün sowohl als Hauptältester als auch in seiner Eigenschaft als einflußreichster Händler in Lamath repräsentiert. Auch Tohn mod Neelis hatte einen Sitz innegehabt, denn seine Sachkenntnis in der Kultur der Maris hatte sein Haus weit über alle Mitkonkurrenten in Ngandib-Mar herausgehoben. Aber Tohn war tot, und obwohl seine Politik der Nichteinmischung im jüngsten mari-chaonischen Krieg dem Haus Ogandzu viele neue Freunde im Mar eingebracht hatte, war seine herrschende Position nicht länger unangefochten. Entsprechend groß war die Verblüffung, als Flayh seinen gewohnten Platz am Kopf des Tisches einnahm und Pezi sich mit blöde-verlegenem Lächeln zu seiner Rechten niederließ, auf dem Stuhl, auf dem sonst Tohn gesessen hatte. Das Geraune, das sich daraufhin an den Tischen unterhalb der Empore erhob, kündigte einen stürmischen Sitzungsverlauf an, aber daß die Versammlung friedlich ablaufen würde, hatte ohnehin keiner erwartet. Eine größere Machtverschiebung bahnte sich an, und das Fieber der Politik hatte die große Schar der jüngeren Händler gepackt, die zum ersten Mal an einer Versammlung des Ältestenrats teilnahmen.

Gleich darauf ging erneutes Raunen durch den Saal, als ein augenscheinlich recht jugendlicher Händler in Purpur und Rot zielstrebig zur Empore schritt und sich auf den Stuhl zu Flayhs Linken setzte, als wäre es sein angestammter Platz. Flayh hatte darauf gewartet, daß Stille im Saal einkehrte, bevor er die Sitzung eröffnete. Diese Stille stellte sich schlagartig ein, als er sich zur Seite wandte und Tahli-Damen in scharfem Ton anfuhr:

»Was erdreistet Ihr Euch? Geht sofort an Euren Platz!« Er zeigte mit seinem langen, knochigen Finger auf die Tischreihen unterhalb des Podestes, wo die unbedeutenderen Mitglieder der Familien nach Farben und ihrer jeweiligen Stellung innerhalb ihres Hauses geordnet saßen.

»Dies ist mein Platz«, erwiderte Tahli-Damen seelenruhig, und die, die dem Podest am nächsten saßen – die älteren Ratsmitglieder – hielten den Atem an ob dieser Unverschämtheit. »Ich repräsentiere das Haus Uda in Chaomonous – ich denke, es ist kein Geheimnis, welches Haus im Goldenen Königreich die Vorherrschaft innehat.«

»Ebensowenig ist es ein Geheimnis, wer der Führer jenes Hauses ist!« schnarrte Flayh. »Daß er sich geweigert hat, an dieser Sitzung teilzunehmen, ist seine eigene Sache! Er hat dadurch sein Stimmrecht verwirkt, und er weiß das!«

»Er hat sich geweigert zu kommen, weil Ihr seine Ermordung befohlen habt!« schoß Tahli-Damen zurück, und ein Tumult erhob sich im Saale, als alle erschrocken aufschrien – nicht etwa, weil es nicht wahr gewesen wäre – alle wußten es – sondern weil der junge Mann den Mut besaß, es laut zu sagen!

»Ruhe!« schrie Flayh. »Ruhe im Saal!« Er hieb mit einem leeren Bierkrug auf die eichene Tischplatte, und sofort wurde es mucksmäuschenstill im Saal, denn alles beugte sich gespannt vor, um zu hören, was er darauf erwiderte. Aber er enttäuschte sie alle, den er drehte

Tahli-Damen einfach den Rücken zu, so als wäre er Luft. »Liebe Freunde!« begann er, mit einer für einen Mann von seiner Statur erstaunlich tragenden Stimme. »Ich habe euch zu dieser Versammlung gerufen, um schwerwiegende Probleme mit euch zu erörtern – Probleme von großer Tragweite für uns alle – Probleme, die unsere Existenz als Kaufleute bedrohen! Der Drache ist tot!«

Die Reaktion fiel ganz zu Flayhs Zufriedenheit aus. Die Versammlung schien den peinlichen Eklat von eben vergessen zu haben und richtete ihre Aufmerksamkeit auf das eigentliche Problem.

»Diese Tatsache hat uns schon jetzt schwere Einbußen gebracht!« rief Flayh mit Grabesstimme in den Saal. Pezi war überrascht, wie weihevoll sein Onkel klang. »Wir haben es«, fuhr Flayh fort, jetzt wieder mit unternehmerischer Dynamik in der Stimme, »hier mit einem Problem zu tun, das sich grundlegend unterscheidet von allen Problemen, mit denen sich unsere Ahnen je konfrontiert sahen. Ein Millennium lang haben unsere Familien den Drachen ernährt, und als Gegenleistung haben wir uns einen Lebensstil geschaffen, der selbst von den Edelsten der Edlen, ja, ich möchte sogar so weit gehen zu sagen, von den Herrschern der drei Länder nicht erreicht wird. Meine Freunde –« er legte eine Kunstpause ein und fuhr dann salbungsvoll fort »– unsere Position ist durch Vicia-Heinox' Tod schwer erschüttert worden! Auf daß jeder von euch sich eine Vorstellung von der Tragweite dieses Geschehnisses machen kann, laßt mich es euch kurz erläutern. Drachentor ohne Drachen, der es bewacht, das bedeutet, daß der Handel zwischen den drei Ländern vollkommen frei sein wird – mit katastrophalen Folgen für uns. Jeder dahergelaufene Lümmel, der sich für einen Kaufmann hält, kann jetzt hergehen und Waren zwischen den drei Ländern transportieren. Natürlich könnte er niemals mit unseren Größenordnungen und unserer Erfahrung konkurrieren – aber er wird sich auf jeden Fall ein Stückchen von dem großen Kuchen abschneiden und mithin unseren Profit schmälern, und wenn erst genügend freie Händler ihre Chance in diesem Geschäft wittern, bedeutet das zweifelsohne das Ende unserer tausend Jahre währenden Monopolstellung.«

Ein Zischen erhob sich im Saal, und Flayh hob Ruhe heischend die Arme. »Aber, meine Freunde, es steht mehr auf dem Spiel als nur unser Profit.« Erneut machte er eine Kunstpause. »Unser aller Leben ist bedroht.« Atemlose Stille legte sich über den Saal. Was Flayh bis jetzt ausgeführt hatte, war allgemein bekannt. Dies jedoch war ein vollkommen neuer Aspekt. Alle Augen richteten sich gebannt auf den kahlköpfigen Redner. »Wir haben nie versucht, uns in irgendeiner Weise bei den Volksmassen eines der drei Länder beliebt zu machen. Wir sind, wenn man es so ausdrücken will, höchst unpopulär. Aber die Bauern in allen drei Ländern waren stets gezwungen, uns zu tolerieren, da wir die einzige Quelle für die Waren und Dienstleistungen waren, die sie benötigten. Die Herrscher haben uns arrogant genannt, aber sie haben es niemals gewagt, uns dies offen ins Gesicht zu sagen. Sie wußten um unsere Macht und um die Tatsache, daß wir sie als geeinte Front jederzeit von ihrem Thron hätten stürzen können. Aber der Drache ist tot! Was geschieht jetzt?«

Die Frage, eher rhetorisch in den Raum gestellt, löste gleichwohl sofort spontane Reaktion aus. Brab mod Crober vom Hause Blez sprang erregt auf. »Sie werden uns töten und unsere Ländereien wegnehmen! Das haben sie immer gewollt – was kann sie jetzt noch daran hindern?«

»Nicht doch!« schrie Klaph, ein Hanni-Händler, der die geschäftlichen Belange seiner Familie in Lamath vertrat. »Wie ihr alle wißt, hat unser Land soeben schwere soziale und religiöse Umwälzungen durchgemacht – und dennoch können wir auch weiterhin unbehindert unseren Geschäften nachgehen, und der Prophet von

Lamath hat bisher auch noch keine Anstalten gemacht, uns irgendwelche Steine in den Weg ...«

»O doch!« donnerte Flayh mit grimmig gerunzelter Stirn. »Du wirst wissen, Klaph, daß ich ursprünglich aus Lamath bin. Aber ich und mein Haus wurden aus dem Land gejagt, von eben jenen religiös motivierten Rebellen. Du weißt selbst, wie fanatisch die Lamathianer sein können: denk doch nur daran, mit welcher Inbrunst sie sich dem Drachen zum Fraß vorgeworfen haben, um religiöse Befriedigung zu erlangen ...«

»Das war früher! Der Drache ist ...«

»Tot, ja, das wissen wir!« schrie Flayh aggressiv, sich über den Tisch zu Klaph hinunter beugend und jedes Wort mit einer stechenden Bewegung seines Zeigefingers unterstreichend. »Aber was geschieht, wenn es diesem anbetungsversessenen Propheten morgen aus irgendeiner Laune heraus in den Sinn kommen sollte, dich hinauszuschmeißen? Glaubst du vielleicht, du würdest den Tag überleben? Ich bezweifle das!« Flayh wandte sich dem Plenum zu und donnerte mit vor Wut bebender Stimme: »Vergeßt nicht, ihr Händler aus Lamath, daß dieser neue Prophet nichts weiter als eine Marionette des gefährlichen Pelmen ist, der uns dieses ganze Problem überhaupt erst eingebrockt hat!«

Donnernder Applaus brandete im Saal auf, und Klaph sank – übermannt von dem Gewicht dieses eindeutigen Votums – zurück auf seinen Stuhl.

»Ich wiederhole!« trompetete Flayh. »Was sollen wir tun? Bevor sich irgend jemand zu Wort meldet«, fuhr er rasch fort, »möchte ich einen Vorschlag unterbreiten, der, wie ich glaube, euren einhelligen Beifall finden wird.«

»Das muß sich erst noch zeigen«, warf Tahli-Damen trocken ein, und Flayh tat angestrengt so, als hätte er ihn überhört.

»Was wir brauchen«, verkündete Flayh, »ist ganz schlicht und einfach einen Ersatz für Vicia-Heinox.« Verblüfftes Schweigen senkte sich über den Saal.

Nach einem Moment meldete sich mit zaghafter Stimme eine der unbedeutenderen Chargen des Hauses Ognadzu: »Ihr meint, wir müssen einen neuen Drachen ausfindig ...«

Flayh brachte den Mann mit einem scharfen Blick zum Verstummen. Dann ließ er den Blick über die Versammlung schweifen und erklärte: »Ich habe mir erlaubt, einen alten Freund zu diesem Konklave einzuladen. Auch wenn euch vielleicht sein Name unbekannt ist, werdet ihr ihn gewiß alle ...«

»An seinem Gesicht erkennen, wolltet Ihr sagen, Flayh?« kam Admon Fayes schneidende Stimme von der rechten Seite des Podiums. Bronwynn fühlte sich plötzlich auf unangenehme Weise in den Mittelpunkt des Geschehens gerückt, als alle Augen sich auf den Sklavenhändler, der direkt neben ihr saß, richteten.

»Ich wollte damit gar nichts sagen, mein Freund. Ich beziehe mich lediglich auf die Tatsache, daß Ihr ebenso weitgereist seid wie ein Händler – wie *irgendein* Händler«, verbesserte sich Flayh. Er wandte sich wieder den Delegierten zu: »Meine Freunde, ich darf euch den Nachfolger des Drachen in Drachentor vorstellen: Admon Faye.« Flayh deutete mit einer grandiosen Geste auf den Sklavenjäger, und wieder wand sich Bronwynn unbehaglich auf ihrem Stuhl, als wolle sie sich vor den Blicken verstecken, die sich auf sie richteten. Sie konnte förmlich spüren, wie sie sie mit dem häßlichen Sklavenjäger in Verbindung brachten – seine Freundin vielleicht, mochten einige von ihnen denken. Bronwynn fühlte sich alles andere als geschmeichelt.

Admon Faye erhob sich von seinem Stuhl und machte eine höfliche Verbeugung. Dann verzog sich seine Visage zu einem hämischen Grinsen, und die versammelten Kaufleute – zumindest der überwiegende Teil – suchten sich rasch etwas anderes zum Anschauen.

»Was ... genau ...«, begann Brab mod Crober, und Flayh nickte ihm höflich zu und fuhr fort:

»Admon Faye ist ein erfahrener Sklavenjäger. Von allen, die sein unpopuläres, aber lebenswichtiges Metier betreiben, ist er der beste. Oder besser: *war* es. Der Tod von Vicia-Heinox hat dazu geführt, daß die Nachfrage nach Sklaven drastisch gesunken ist. Er sucht daher ein neues Betätigungsfeld.

Wir alle sind vertraut mit dem ständigen Säbelgerassel, das zwischen unseren verschiedenen Nationen die Rolle der Diplomatie einnimmt. Mit einem Machtvakuum Drachentor kann sich keine Nation mehr sicher fühlen. Ich wage vorauszusagen, daß wir in Kürze einen Truppenaufmarsch an jedem Zugang des Passes erleben werden – eine Truppenmassierung, die die Wirtschaftskraft jedes der drei Länder schwächen wird, bis es schließlich zum unvermeidlichen Krieg kommt. Das können wir nicht zulassen – nicht zuletzt, weil jene Grenzgebiete rings um den Paß seit jeher uns gehört haben! Wir wollen nicht, daß Soldaten Barrikaden quer durch unsere Ländereien errichten!«

»Nein!« scholl es einstimmig aus hundert Kehlen.

»Wenn nun aber jemand den Paß besetzt – jemand, der keine Bedrohung für die nationale Sicherheit der einzelnen Länder darstellt, aber stark genug ist, um auch schwerste Angriffe abzuwehren – dann – so mein Kalkül – werden die jeweiligen Sicherheitsverantwortlichen der drei Länder ihre Truppen zurückziehen, und die Verhältnisse werden sich bald wieder normalisieren. Mein Vorschlag ist, daß Admon Faye und seine Horde von Galgenvögeln auf Drachentor stationiert werden, um die Funktion eines solchen Puffers einzunehmen – und jedem mit Ausnahme der in diesem Rat vertretenen Handelshäuser die Passage zu verwehren!«

Stürmischer Jubel brach aus, der mehrere Minuten anhielt. Flayh lächelte sogar – ein ehrliches Lächeln der Freude, etwas, das Pezi bei seinem Onkel noch nie erlebt hatte. Unterbrochen wurde der Jubelsturm von Klaph vom Hause Hanni, der plötzlich aufsprang und aufgeregt mit den Armen fuchtelte, um sich Gehör zu verschaffen.

»Einen Augenblick! Einen Augenblick bitte!« schrie er, und die Händler verstummten, um zu hören, was er zu sagen hatte. »Was verlangt Admon Faye als Gegenleistung?« wollte er wissen. Er gab sich keine Mühe, sein Mißtrauen zu verbergen.

»Sehr einfach«, erwiderte Flayh. »Einen Tribut von jeder Karawane – eine Forderung, mit der, wie ich finde, jeder von uns leben können sollte, da unsere Abmachung mit dem Drachen ja ähnlicher Natur war – und einen geheimen Sitz in diesem Rat.« Flayh taxierte die Reaktionen seiner Zuhörer und kam zu dem Ergebnis, daß er gewonnen hatte. Es gab kaum Proteste. Er fuhr fort: »Der Sitz muß deshalb geheim sein, weil, wenn öffentlich bekannt würde, daß Admon Faye formelles Mitglied dieses Rates ist, die öffentliche Meinung vielleicht den einen oder anderen Regenten zwingen könnte, gegen ihn vorzugehen und ihn aus dem Paß zu vertreiben. Solange jedoch das gemeine Volk der Überzeugung ist, daß er nur in eigenem Interesse handelt, kann jeder Regent seine Anwesenheit auf dem Paß öffentlich bedauern und verurteilen und ihm gleichzeitig privat jeden Ansporn geben, dortzubleiben und weiterzumachen.« Flayh wandte sich zu Admon Faye um und lächelte. »Es macht Euch doch sicher nichts aus, öffentlich verurteilt zu werden, oder?«

»Im Gegenteil!« prustete Admon Faye lachend heraus. »Habe schließlich eine Karriere darauf aufgebaut!« Der Kommentar löste fröhliches Gelächter aus, und Flayh nutzte die Gelegenheit und ließ sofort abstimmen. Das Ergebnis war einstimmig. Sogar Tahli-Damen war uneingeschränkt dafür; er kam nicht umhin zuzugeben, daß Flayhs Genie die perfekte Lösung aus dem Ärmel gezaubert hatte. Außerdem war nicht dies der strittige Punkt, um den es ihm ging.

Tahli-Damen bereitete sich seelisch auf den nächsten

Punkt auf der Tagesordnung vor. Flayh räusperte sich. »Und nun zu dem Punkt der künftigen Sitzverteilung auf dem Podium.« Er wandte sich jäh zu Tahli-Damen um und bohrte seinen Blick in die Augen des jungen Händlers. »Ich fordere Euch hiermit auf, Euren Platz zu räumen!«

Tahli-Damen erhob sich ruhig von seinem Stuhl. Er war kampfbereit. Das Adrenalin pumpte sich mit solcher Kraft in seinen Körper, daß er nicht die geringste Angst verspürte. Im Gegenteil, er fühlte sich seltsam erregt, fast euphorisch.

»Und ich weigere mich!« Er wandte sich der Menge zu und verkündete: »Ich nehme diesen Sitz stellvertretend für Jagd von Uda ein, der seine Teilnahme verweigerte, weil er mit Mord bedroht wird!«

»Der Verfolgungswahn Eures Herrn ist nicht unser Problem!« kreischte Flayh, aber der junge Händler ließ sich nicht beirren.

»Mein Herr Jagd hat es abgelehnt, persönlich an dieser Versammlung teilzunehmen, aber er hat mich beauftragt, Flayh aufzufordern, die beiden Pyramiden vorzuzeigen, die er in seinem Besitz hält!«

»Wovon redet Ihr?« kreischte Flayh und packte Tahli-Damen bei der Schulter und versuchte, ihn zu sich herumzudrehen.

Der Uda-Händler zuckte zusammen, aber er redete weiter. Alle Augen waren jetzt gebannt auf ihn gerichtet. »Flayh weiß sehr genau, von welchen Pyramiden ich spreche, auch wenn er verschworen ist, ihre Existenz vor allen außer einigen wenigen Auserwählten aus dem Rat der Ältesten geheimzuhalten ...«

»Ich protestiere!« schrie Brab mod Crober und schlug mit der Faust auf den Tisch des Präsidiums. »Dieses Wissen ist privilegiert, es ist ausschließlich denen vorbehalten, die auf diesem Podium sitzen!«

»Nein!« schrien wie aus einem Mund ein paar jüngere Händler im hinteren Teil des Saales, und Tahli-Damen mußte schreien, um sich über den Tumult Gehör zu verschaffen.

»Nicht länger werden diese magischen Geräte im verborgenen bleiben! Wenn ihr hören wollt, wie Jagd selbst für eine offene und freie Diskussion über diese kostbaren Kristalle eintritt, dann müßt ihr mir helfen, diesen Mann zu zwingen, die zwei Pyramiden herauszugeben, die er in seinem Besitz hält! Dann wird Jagd von Uda selbst zu euch sprechen, von seinem Asyl im Königlichen Haus von Chaomonous aus!« Tahli-Damen zeigte auf Flayh, sah ihn aber nicht dabei an. Er tat gut daran, denn der Macht-Former war aschfahl vor Zorn und starrte den jungen Emporkömmling mit lodernden Augen an, in der Absicht, ihn unter dem Gewicht seines Zorns zu zermalmen. Aber dazu mußte er ihm in die Augen schauen!

In seiner rasenden Wut war er blind gegen das Tollhaus, in das die Worte des jungen Mannes die Versammlung verwandelt hatten. An drei Stellen zugleich waren Prügeleien ausgebrochen; Raufbolde in Blau und Lindgrün gegen solche in Scharlach und Purpur. Admon Faye schüttelte ungläubig den Kopf, ein höhnisches Grinsen auf den abstoßenden Lippen, während Bronwynn hinter ihm Deckung suchte, aus Angst, daß jeden Moment die Stühle und Bänke fliegen würden. Doch ein lautes, beharrliches Klopfen auf der Tischplatte ließ die Kampfhähne rasch innehalten, und es kehrte wieder Ruhe ein. Zur Überraschung aller war der Klopfer kein anderer als Pezi, den die Aufregung des Augenblicks so mitgerissen hatte, daß er mit für ihn untypischer Autorität gehandelt hatte. Er zog sogar die Aufmerksamkeit seines Onkels auf sich. Doch als er Flayhs stechenden Blick gewahrte, war es vorbei mit seinem Mut, und er legte den Bierkrug zurück in Flayhs runzlige Hand und sank auf seinen Stuhl.

Flayh war verdutzt. Wo vor wenigen Augenblicken noch ausgelassener Jubel geherrscht hatte, hatten sich jetzt Mißtrauen und Skepsis breitgemacht, die sich in herausfordernden Mienen manifestierten. Mit einem Schlag kehrte seine normale Verdrießlichkeit zurück. Er warf einen grimmigen Blick über die Versammlung, dann öffnete er den Mund:

»Ich kann nicht begreifen, wieso ...«

»Lüg uns nicht an!« schrie einer.

»Wir lassen uns nicht mit Ausflüchten abspeisen!«

»Wir wollen die Wahrheit wissen!«

»Zeig uns diese Pyramiden!«

»Jawohl, zeig sie her!«

»Wir wollen sie auf der Stelle sehen!«

Die Rufe kamen aus allen Ecken des Saales, jeder einzelne klar zu verstehen.

»Ich ...«, begann er erneut, und jemand schrie:

»Versuch nicht, es abzustreiten! Brab mod Crober hat schon zugegeben, daß sie existieren!«

Das stimmte, und Brab wurde knallrot und senkte den Kopf. Sein Gesicht hatte die Farbe eines Hanni-Gewandes angenommen.

»Also gut, meinetwegen!« blaffte Flayh eingeschnappt. »Ich werde die besagten Gegenstände vor unserer nächsten Sitzung holen! Aber zuerst ...«

»Nein!« brüllte Tahli-Damen und sprang erneut von seinem Stuhl auf. »Ihr habt sie lange genug vor uns versteckt! Zeigt sie jetzt, oder Ihr habt Eure Glaubwürdigkeit endgültig verspielt!«

»Wollt Ihr mir drohen?« bellte Flayh, und Speicheltropfen spritzten von seinen grimassenhaft verzerrten Lippen. Jetzt war es an Tahli-Damen, Flayh zu ignorieren, und der junge Mann machte das mit Eleganz. Der Chor von Zustimmung, den er dafür von den Tischen unter dem Podium erhielt, machte offenkundig, daß Flayh würde nachgeben müssen.

Flayh mußte erkennen, daß weiteres Sträuben unmöglich war. »Geh sie holen!« knurrte er, und Pezi watschelte hastig zur Tür.

Flayh ließ sich zurück auf seinen Stuhl sinken und wartete, vor Wut und Frustration fast platzend. Als gleich darauf überall im Saal erregte Diskussionen entflammten, machte er seinem Zorn mit leise hervorgestoßenen Verwünschungen Luft. »Warte, Bürschchen, dir werd ich das Fell über die Ohren ziehen lassen!« zischte er durch die Zähne seinem jungen Gegenspieler zu.

Tahli-Damen schaute gleichgültig nach vorn. »Ist mir klar, daß Ihr das würdet – aber erst mal können!«

»Oh, mein Junge, glaub mir, ich kann. Und wenn es so weit ist, wirst du bereuen, daß du auf die Welt gekommen bist.«

»Droht Ihr nur, Herr Flayh. Das einzige, was mich interessiert, ist eine gerechte und tragfähige Lösung des Problems zwischen unseren beiden rivalisierenden Häusern. Im übrigen ist mir auf der Händlerakademie unseres Hauses der eherne Leitsatz beigebracht worden, daß Krieg zwischen den Häusern die größte Todsünde überhaupt ist, weil nichts unserem Geschäft mehr schadet.«

»Du drohst mir nicht nur, du willst mich auch noch schulmeistern? Mein Kind, deine Ausbildung fängt gerade erst an! Offensichtlich hältst du dich für einen Kometen auf der politischen Bühne, aber ich verspreche dir, du wirst schneller verglühen, als du glaubst!«

»Wollen wir darüber nicht besser das Plenum entscheiden lassen?«

»O nein! Es ist bereits entschieden. Von mir.«

»Daß Ihr Euch mal nicht überschätzt, Herr Flayh.« Tahli-Damen wandte seinen Blick noch weiter von Flayh ab, während er dies sagte.

»Ich glaube eher, mein Junge, daß du mich *unterschätzt.*«

Ihr Wortgefecht endete an diesem Punkt, aber das gespannte Schweigen, das an seine Stelle trat, war mindestens genauso beredt wie jedes Gespräch. Endlich kam

Pezi zurück in den Saal gehastet, in der Hand zwei eigenartig geformte Beutel aus Samt mit goldenen Zugkordeln. Als er an Admon Faye vorbeikam, verspürte der Sklavenhändler den plötzlichen Drang, ihm ein Bein zu stellen, und widerstand der Versuchung nur knapp. Er war entschlossen, hier einen respektablen Eindruck zu machen – obwohl er sich – nach dem, was er bis jetzt erlebt hatte – langsam zu fragen begann, wozu er sich eigentlich noch die Mühe machte.

Flayh warf seinem Neffen einen finsteren Blick zu, als dieser einen der beiden Beutel vor ihn auf den Tisch stellte. Alsdann packte der feiste Händler seinen eigenen Kristall aus und ließ sich schnaufend auf seinen Stuhl plumpsen. Er beugte sich vor und wollte damit beginnen, sich auf die Herstellung der Verbindung zu konzentrieren, als Flayh sein Ohr packte und seinen Kopf grob von dem schimmernden Objekt wegzerrte.

»Noch nicht, Blödmann! Warte gefälligst, bis ich dir sage, daß du anfangen sollst!« Flayh ließ das Ohr seines Neffen los und reckte sich hoch, um in die auf ihn gewandten Gesichter unter dem Podium zu blicken. Dann räusperte er sich und sagte:

»Ich tue dies unter Protest – Nein!« brach er ab und deutete auf einen jüngeren Händler, der ihn frech angrinste. Sein grimmiger Gesichtsausdruck schüchterte den jungen Mann ein, und er senkte den Blick und wurde blaß. Flayh hielt einen Moment inne und durchforschte den Saal nach anderen Grinsern. Als er keinen entdeckte, fuhr er fort: »Diese Gegenstände sind mir unter dem Siegel strengster Geheimhaltung als treuhänderisches Gut anvertraut worden, und ich bin zutiefst entsetzt, daß ein Mitglied des amtierenden Rates ihre Existenz so leichtfertig und grundlos preisgibt ...«

»Von wegen ›leichtfertig‹«, murmelte Tahli-Damen, und Flayh wandte sich zur Seite und warf ihm einen seiner furchteinflößenden Blicke zu. Tahli-Damen tat ihm jedoch nicht den Gefallen, sich umzudrehen; er hielt seinen Blick starr auf die Tischplatte gerichtet.

»Dürfte ich wohl meine Ausführungen ungestört zu Ende bringen?« knurrte Flayh. Tahli-Damen gab keine Antwort, und Flayh wandte sich wieder der Menge zu und schrie: »Diese Gegenstände sind kostbare Vorrichtungen, welche – wie bereits erwähnt wurde – Gespräche über große Entfernungen ermöglichen. Ihre Benutzung ist den drei führenden Händlern vorbehalten, dem jeweiligen Haupt des vorherrschenden Hauses in jedem der drei Länder ...«

»Wieso hat dann Pezi eines?« schrie einer, und Flayh mußte erneut warten, bis sich die Aufregung legte, ehe er fortfahren konnte.

»Pezi benützt die Pyramide, die Tohn mod Neelis anvertraut war, dem verstorbenen Herrn dieses Schlosses!« Seine grimmige Miene Zorn hatte etwas Bedrohliches an sich; dennoch sah er sich erneut unterbrochen.

»Ist das als eine Vereinbarung von Dauer gedacht?« begehrte jemand zu wissen, und Klaph meldete sich durch einen Chor von Buhrufen zu Wort:

»Dann dürfen wir wohl erwarten, daß eine neue Benutzungsvereinbarung getroffen wird?«

»Gewiß«, blaffte Flayh, »sollte sich eine solche als notwendig erweisen!«

»Ich halte es für sehr wahrscheinlich, daß sie das sollte!« brauste Klaph wütend auf. »Seit du von Lamath weg bist, hat meine Familie fürwahr Großes geleistet, indem sie die gesamten regionalen Märkte reorganisiert hat! Ich meine daher, daß ich einen berechtigten Anspruch auf die lamathianische Pyramide habe!«

»Du hast doch das Gerät noch nicht einmal arbeiten sehen!« schnarrte Flayh. »Erhebst du auch einen Anspruch auf die Gefahren, die mit seiner Benutzung verbunden sind?«

Der Gedanke, daß die Pyramiden nicht nur nützlich, sondern auch gefährlich sein konnten, ließ Klaph nervös schlucken. Klaph war ein konservativer Mann, wie die meisten Händler. Mit einem leisen Grunzen ließ er sich auf seinen Stuhl zurücksinken und hüllte sich in mürrisches Schweigen.

Flayh ließ seinen Blick abschätzend über die Versammlung schweifen; es war merklich stiller im Saal geworden. »Ja, ja«, sagte er lächelnd. »Dachte ich mir doch, daß euch das ein wenig zur Besinnung bringen würde. Seid ihr immer noch so wild darauf, daß ich euch das Gerät vorführe?«

»Laßt euch von ihm nicht ins Bockshorn jagen!« fauchte Tahli-Damen ihren Widerspruchsgeist neu an. »Das ist bloß wieder so ein Trick, mit dem er uns daran hindern will, unsere Rechte wahrzunehmen!«

»Langsam habe ich genug von dir«, zischte Flayh, denn Tahli-Damens Intervention hatte die Stimmung im Saale erneut gegen ihn umschwenken lassen.

»Und ich hatte schon die Schnauze voll von dir, bevor ich überhaupt hierherkam«, schoß der junge Händler bissig zurück. Sein offensichtlicher Erfolg bei der Versammlung hatte ihn kühn gemacht, ja fast schon übermütig. Flayh registrierte das sehr genau.

Mit einem mißmutigen Knurren nickte er Pezi zu und beugte sich über seine eigene Pyramide. »Ich weiß nicht einmal, ob das hier überhaupt funktioniert«, machte er einen letzten lahmen Versuch, doch noch um die Demonstration herumzukommen.

»Es wird funktionieren«, sagte Tahli-Damen zuversichtlich.

Als Flayh in den rauchigen blauen Kristall spähte und die versammelte Händlerschar geräuschvoll den Atem anhielt angesichts des blauen Feuers, das in beiden Pyramiden gleichzeitig zum Leben erwachte, verfluchte sich Flayh dafür, daß er sich von Jagd und dem jungen Händler so total hatte überlisten lassen. Als der blaue Schein wieder erlosch, hatte er sich bereits einen Racheplan zurechtgelegt.

Wieder schrillte das Geläut der Glocken durch den ganzen Palast. »Ich werde diesen Kherda am Spieß rösten lassen!« schnaubte Ligne – dann lächelte sie Rosha an und tätschelte ihm die Hand. »Verzeih, Liebling, ich weiß, ich sollte nicht so jähzornig sein. Aber dieses ewige Gebimmel macht mich noch verrückt!«

Rosha dachte sich sein Teil, verkniff sich aber einen Kommentar. Ligne war erst vor wenigen Augenblicken von ihrer Visite im Kerker zurückgekommen und hatte ihn ohne seine Kapuze vorgefunden. Statt einen Wutausbruch zu bekommen, schien sie positiv überrascht, ja fast entzückt zu sein. Er würde sich hüten, jetzt irgend etwas zu sagen, das sie wieder gegen ihn aufbringen würde.

Er schaute hinauf zur Wand des Spielzimmers, wo die Dienstbotenglocke hing, und sah zu, wie sie lärmend auf und ab hüpfte. Ihre Strippe baumelte hin und her, wie von unsichtbarer Hand gezogen. Er hatte dieses nervtötende Gebimmel in der Vergangenheit schon oft gehört, aber jetzt sah er das Phänomen zum ersten Mal. Es jagte ihm einen kalten Schauer über den Rücken. Hier waren Mächte am Werk – unheimliche und wütende Mächte.

»Versuche es zu ignorieren, Liebes«, sagte Ligne, und ein irritiertes Lächeln spielte um ihre elegant geschwungenen Lippen. »Du bist dran.«

Rosha versuchte, sich wieder auf das Spiel zu konzentrieren – ein schwieriges Unterfangen, da er das Gefühl hatte, als spähe ihm irgendeine unsichtbare Präsenz über die Schulter. Sie spielten eine Partie Bauerndrax, die vereinfachte Zwei-Mann-Version des normalerweise von drei Personen gespielten Brettspiels, das die Königin so sehr liebte. Rosha war zwar nicht gerade ein Experte, aber er betrachtete sich als einen recht passablen Spieler, denn er und sein Vater hatten oft ganze Winternächte damit verbracht, am Feuer zu sitzen und Bauerndrax zu spielen. Aber er tat jetzt so, als wäre er ein absoluter Anfänger, und Ligne hatte sich mit Feuereifer auf die Rolle des Lehrers gestürzt.

»Nein, nein, nicht so!« schalt sie ihn milde, als er absichtlich einen unmöglichen Zug machte. »Deine Säule kann meine Scheibe nicht schlagen, solange sie sich auf den Grunddreiecken befindet! Schau, ich stehe auf den umgedrehten Feldern! Du mußt dir einprägen, die Grunddreiecke sind weiß, die umgedrehten Felder sind gelb. Es ist ganz einfach!«

»Oh«, erwiderte Rosha. »J-jetzt m-mach ich's r-r-richtig.« Er legte seine Säule wieder hin, machte einen korrekten Zug und steckte ihn auf dem Referenzbrett ab.

»Sehr gut!« rief Ligne und klatschte entzückt in die Hände. Ihre Augen funkelten, als sie ihren Gegenzug machte.

Sein Vorschlag, sie solle ihm das Spiel beibringen, erwies sich immer mehr als ein kluger Schachzug. Bis jetzt hatte das Spiel ihre Aufmerksamkeit von seinem Körper abgelenkt. Sie schien dieses plötzliche Tauwetter in seinen Gefühlen für sie als das natürliche Resultat ihres unwiderstehlichen Charmes aufzunehmen. Sie konnte denken, was sie wollte – es kümmerte ihn nicht. Er war entschlossen, dieses Opfer um Bronwynns willen zu bringen. Wenige Augenblicke zuvor hatte er in Gegenwart Jagds der Königin schöne Augen gemacht. Es hatte offenbar sehr überzeugend gewirkt – vielleicht sogar zu überzeugend, denn der Händler war nur für einen ganz kurzen Moment in den Thronraum geplatzt und hatte sich sofort hastig wieder aus dem Staub gemacht, wie ein aufgescheuchtes Eichhörnchen. Doch bevor er zur Tür hinausgehuscht war, hatte Ligne ihm noch das Versprechen abgerungen, daß er bald wieder zurückkäme. Rosha hoffte, daß er sich an sein Versprechen halten würde: er hatte sich zwar geschworen, daß er die Königin von seiner Zuneigung zu ihr überzeugen würde, aber er wußte nicht, wie er es aushalten würde, wenn sie wieder anfing, ihn zu betätscheln. Er hatte seine Probleme immer mit Gewalt gelöst, und wenngleich seine Hände noch immer gefesselt waren, würde er keine Mühe haben, der Königin den hübschen Hals zu brechen. Pelmens Worte überzeugten ihn, daß er durch solch einen überstürzten Akt wenig gewinnen, aber viel verlieren würde. Er mußte der Versuchung widerstehen.

»Du bist dran«, flötete Ligne, und ohne nachzudenken griff Rosha geschickt ihren Würfel an und nahm ihn vom Brett. Ligne hielt geräuschvoll den Atem an. »Das war ... sehr gut.« Sie runzelte die Stirn. Sie wollte ihm zwar das Spiel beibringen, aber sie verlor nicht gern. Und plötzlich lief sie Gefahr, die Partie zu verlieren.

»Ja, war es gut?« spielte Rosha und Überraschten. »W-war wohl n-nur Glück, glaube ich.«

»Ja«, antwortete sie ruhig. »Sehr viel Glück.« Mit einer wütenden Handbewegung fegte sie alle Steine vom Brett, dann wandte sie den Blick zur Tür. »Lohnt sich wirklich nicht, diese Partie zu Ende zu spielen. Ist ja auch sowieso nur Bauerndrax. Wo steckt denn bloß Jagd? Ich hatte ihn doch gebeten, eine richtige Partie mit uns zu spielen!«

Rosha zuckte die Achseln. Er hoffte, daß Jagd schnell kommen würde. Er konnte seinen Abscheu vor ihr nicht ewig verbergen.

Das Königliche Haus brüllte. Es ging schon wieder los! Dieser elende Wicht in seinen violetten Hosen hatte schon wieder mit seiner Folter angefangen! Gewiß, diesmal war es darauf vorbereitet gewesen, denn der vermaledeite Händler hatte immer noch seine Kleider an den Wänden hängen. Er hatte sein Zimmer lediglich einmal verlassen, und das auch nur für einen kurzen Augenblick, um der Königin irgendeine lahme Ausrede für seine ständige Abwesenheit zu erzählen. Danach war er sofort zu dem schimmernden Ding auf seinem Tisch zurückgerannt, das seine ständige Aufmerksamkeit beanspruchte.

Den ganzen Vormittag lang hatte das Haus Jagd dabei beobachtet, wie er in seine Pyramide starrte. Das Angstgefühl war während des Nachmittags immer stärker geworden, bis das Haus schließlich zu der Überzeugung gelangt war, daß die Schmerzen der Spannung vorzuziehen waren. Aber als der Gegenstand schließlich zum Leben erwacht war, hatte das Königliche Haus seine Meinung unverzüglich geändert. Ein neuer Schwall von Verwünschungen hatte weniger Verwirrung in der Burg gestiftet als sonst, denn die Dienstboten hatten sich inzwischen schon an diese Ausbrüche gewöhnt und nahmen sie mit größerer Gelassenheit hin. Diese gefühllose, blasierte Haltung machte das Haus nur noch wütender. Für wen glaubten sie eigentlich da zu sein? Für die Königin etwa?

– Genau das denken sie, sagte das Königliche Haus bitter. In den grauen Vorzeiten hatte das Haus oftmals für seine Bewohner nur Verachtung empfunden, aber diese vermeintliche Monarchin schien wirklich außergewöhnlich dumm zu sein. Mit einem wehmütigen Stoßseufzer wünschte sich das Haus die guten alten Zeiten zurück ...

Dann krümmte es sich plötzlich so heftig zusammen, daß auf allen Stockwerken die offenstehenden Türen zuschlugen. Das Gespräch zwischen Jagd und den zwei Lumpen, die die anderen Pyramiden besaßen, wurde immer hitziger, und die magische Energie, die dabei frei wurde, ließ eine überaus schmerzhafte Gasblase in den Eingeweiden des Hauses entstehen.

Aber auch an sein Zusammenkrümmen hatten sich die Sklaven inzwischen gewöhnt, und sie öffneten die Türen einfach wieder, ohne sich noch groß Gedanken darüber zu machen.

– Du! Macht-Former! Merkst du denn nicht, daß du bitter benötigt wirst? Wach auf!

Das Haus war alles andere als erfreut über die bisherige Vorstellung seines närrischen Macht-Formers. Alles, was der faule Lümmel bis jetzt getan hatte, war schnarchen. Es hatte das Haus enorme Anstrengung gekostet, den Kerl zu retten, und womit hatte er es ihm gedankt? Gezaubert hatte er, das hatte er getan, hatte ihm noch ein schmerzhaftes Loch ins Innenfutter gebrannt – um sich dann prompt schlafen zu legen!

– Oh! schrie das Haus. Wach auf! Es war sich eigentlich gar nicht mehr sicher, wieso es den Lumpen überhaupt erst gerettet hatte. Natürlich bestand die Möglichkeit, daß dieser Fallomar aus seiner Taubheit erwachte und dem Haus seine Kameradschaft anbot. Aber selbst wenn der Narr tatsächlich sprechen lernte, so mußte das noch lange nicht heißen, daß er ihm, dem Haus, auch half. Das Haus hatte es in den langen Jahren seiner Existenz schon mit vielen Macht-Formern zu tun gehabt, und der überwiegende Teil von ihnen waren bloß selbstsüchtige Diebe gewesen, die nichts anderes im Sinn gehabt hatten, als ihre eigene Macht zu vergrößern. Einige hatten das Haus sogar aus purer Boshaftigkeit gequält, so groß war ihre Grausamkeit gewesen. Das Haus kicherte trotz seiner Schmerzen – der letzte Zauberer, der das versucht hatte, hatte einen Kronleuchter auf den Kopf gekriegt!

– Kronleuchter! Warum hatte es nicht eher daran gedacht? Rasch inspizierte es die Decke von Jagds Zimmer.

– Schade, knurrte es, kein Kronleuchter da! Abgesehen davon befand sich Jagd mindestens zwölf Fuß von der Mitte des Raums entfernt.

Eine Menge Glocken bimmelten in der Burg.

– Wach auf! schrie das Haus, aber der Macht-Former schlief beharrlich weiter. Vielleicht war dieser ja doch anders als die andern, versuchte das Haus sich in seiner Verzweiflung einzureden. Wenn es ihn doch nur irgendwie wach bekommen könnte! Das Haus erinnerte sich daran, wie der Mann auf sein Locken mit einer höflichen, aber selbstsicheren Warnung reagiert hatte. Und daß er wirklich ein Macht-Former war, hatte er in seinem Ringkampf mit dem alten Fisch hinreichend bewiesen.

– Sicher, deine Magie erwies sich als äußerst schmerzhaft, ging das Haus dem schlafenden Magier um den Bart, aber sie hat sich wenigstens durch den Gitterrost verflüchtigt. Nicht wie diese schrecklichen Blähungen!

Denn Jagds hitzige Unterredung dauerte immer noch an, und sein Zimmer war fest zugesperrt!

– Steh auf! kreischte das Königliche Haus, vor Schmerzen fast rasend. Das Königliche Haus braucht dich!

Der Saal summte und vibrierte vor Spannung, als die beiden Pyramiden auf dem Präsidiumstisch knisternd zu gleißend blauem Leben erwachten. Zahlreiche Münder standen ungläubig offen, während die Stimme von Jagd, dem Ältesten des Hauses Uda, von den riesigen Deckenbalken widerhallte. Jagd und Flayh beschimpften sich jetzt schon eine geschlagene Viertelstunde, und keiner von beiden schien bereit, sich zu beruhigen. Der arme Pezi rieb sich fieberhaft die breite Stirn – er hatte von den Anstrengungen rasende Kopfschmerzen.

»Natürlich schiebst du mir die Verantwortung in die Schuhe!« bellte Jagd. »Du gibst mir immer die Schuld an deinen Mißgeschicken!«

»Das hier ist kein Mißgeschick!« keifte Flayh zurück. »Es ist eine unmögliche Situtïon, bewußt und absichtlich herbeigeführt durch deine Mauschelei mit dieser Dirne von Königin!«

»Der gesamte amtierende Rat hat unserem Plan, Ligne auf den Thron zu heben, zugestimmt! Kann ich was dafür, wenn du und einige andere Häuser eure Machtposition so überreizt, daß sie schließlich nur noch das Haus Uda unterstützt hat?«

»O ja, dafür kannst du sehr wohl was! Du warst der Bevollmächtigte des gesamten Rates am Hof, nicht nur der deiner eigenen Organisation! Du hast deine Illoyalität gegenüber deinen Brüdern hier hinreichend demonstriert, indem du Stimmung gegen uns machst. Schon deine Nichtteilnahme an diesem wichtigen Treffen zeigt doch deutlich, auf wessen Seite du stehst!«

»Das ist eine Lüge, Flayh, das weißt du ganz genau! Glaubst du vielleicht, es macht mir Spaß, in diesem Palast herumzusitzen und meine Zeit mit Nichtstun zu verbringen? Deine Mordbuben sind es, die mich hier eingesperrt haben und mich verdammt haben zu endlosen Draxpartien mit einer eitlen, hohlköpfigen Königin und ihrem stotternden jungen Recken! Du glaubst wohl, ich ...«

»Was!« gellte eine weibliche Stimme von einer Seite des Podiums. Die versammelten Händler rissen ihre Blicke von den faszinierenden Kristallpyramiden los und sahen einen grinsenden Admon Faye, der eine wild um sich schlagende, kreischende Bronwynn in die Luft hielt. Er hatte sie schon seit Beginn des magischen Gesprächs am Handgelenk festhalten müssen, denn bei dem Wortwechsel zwischen Jagd und Flayh hatte sie mehr über ihre Entführung erfahren als in all den Monaten seit jenem Tag, als sie aus dem väterlichen Palast verschleppt worden war. Natürlich hatte sie gewußt, daß Ligne dahintergesteckt hatte, aber die Kaltblütigkeit, mit der sie dabei zu Werke gegangen war, hatte sie aufs neue in höchste Wut versetzt.

Und diese Wut brach jetzt mit der Gewalt einer Eruption aus ihr heraus. »Was hat er gesagt?« kreischte sie. »Ich will wissen, was er gesagt hat!«

»Was geht hier vor?« fragte Jagd und hielt sich den Kopf.

»Stör uns nicht, Weib!« bellte Flayh. »Du gefährdest die Verbindung!«

»Oh, mein Kopf ...«

»Halt's Maul, Pezi!«

Bronwynn riß sich los, stürmte nach vorn und drängte sich zwischen Pezi und seinen Onkel. »Ich will wissen, was er gesagt hat!«

»Wer soll was gesagt haben?« fragte Jagd; die gellende Frauenstimme bohrte sich wie eine Lanze durch seinen Kopf, und sein Gesicht verzerrte sich zu einer schmerzgepeinigten Grimasse.

Admon Faye begriff plötzlich, und ein Grinsen trat auf seine widerwärtige Visage. Er ging nach vorn, beugte sich über Bronwynns Schulter und sagte zu Flayh: »Frag ihn, was er mit ›stotterndem Recken‹ meint.«

Der ungeheure Druck, den die Pyramide auf Flayhs Geist ausübte, machte diese anderen Stimmen, die da auf ihn eindrangen, unerträglich. Er hatte das Gefühl, als redeten tausend Leute gleichzeitig auf ihn ein. Pezi, der den Druck genauso spürte, stöhnte laut auf. Flayh leitete Admon Fayes Frage an Jagd weiter, in der Hoffnung, daß damit diese schreckliche Störung endlich beendet würde.

»Irgendein junger Raufbold aus dem Norden, das ist alles, was ich weiß!« gab Jagd unwirsch zurück. »Heißt Rosha und stottert. Er ist neuester Liebhaber der Königin! Können wir jetzt wieder zur Sache kommen? Mir zerspringt gleich der Schädel!«

»Da ist Eurer nicht der einzige«, jammerte Pezi.

Admon Faye führte, immer noch grinsend, Bronwynn zurück zu ihrem Platz. Dort saß sie, betäubt und wie versteinert, bis zum Ende der chaotischen Versammlung. Für die andern im Saal war es vielleicht nur eine unliebsame Störung gewesen, aber sie hatte diese Nachricht wie ein Keulenschlag getroffen. Sie war vollkommen erschüttert.

– Sie reden von Schmerzen! brüllte das Königliche Haus. *Das hier* sind Schmerzen! Ein sehr heftiger Wind blies durch die unterirdischen Gänge, der einzige hörbare Hinweis auf die Schreie der Burg in diesen Tiefen.

– Macht-Former! Wach auf! flehte und jammerte das Königliche Haus.

Pelmen fuhr mit einem Ruck aus dem Schlaf. Der Traum war fort, aber nicht das blaue Licht. Er identifizierte es sofort, denn er hörte diese dreiseitigen Gespräche nicht zum ersten Mal. »Natürlich!« stieß er hervor. »Jagd hat seine Pyramide hier in der Burg!« Er wunderte sich einen Moment lang, wieso er Jagd nicht schon vorher gehört hatte, denn gewiß benutzte der Händler seine Pyramide nicht zum ersten Mal, seit er hier war. Doch dann erinnerte er sich zum ersten Mal an die blauen Träume, die ihn im Schlaf heimgesucht hatten, und er begriff. Sofort verdrängte er alle Gedanken aus seinem Geist bis auf jene, die von dem gleißenden blauen Ball hinter seinen Augenlidern ausgingen.

»Warte!« ächzte Jagd. »Da hört irgend jemand mit!«

»Natürlich hört jemand mit!« bellte Flayh. »Der Saal ist voll von Leuten!«

»Nein, da ist jemand anderes, jemand Fremdes!« stieß Jagd nervös hervor. Er hatte plötzlich das Gefühl, als starre ihn ein Augenpaar von hinten an, und er mußte an sich halten, um sich nicht umzudrehen und nachzuschauen, ob vielleicht einer seiner Mäntel heruntergefallen war.

»Jetzt fühle ich es auch!« heulte Pezi. »Jemand Mächtiges belauscht uns! Ohhhh ...«, stöhnte er und hielt sich den Kopf. »Ich halte das nicht mehr aus ...« Er schwankte, kippte vornüber, krachte mit dem Kopf auf die Tischplatte und sank ohnmächtig zu Boden.

Mit einem gleißenden Blitz und einem lauten trockenen Schnappen zerbrach die Verbindung.

Flayh jaulte vor Wut laut auf und blaffte Pezi an: »Steh auf, du verdammter Tölpel!« Der feiste Händler rührte sich nicht. »Du Schwein! Kannst du denn nicht einmal etwas richtig machen?«

»Natürlich kann er das nicht«, sagte Tahli-Damen, während er blitzschnell von seinem Stuhl aufsprang, um Flayh herum huschte und sich auf Pezis Stuhl setzte. »Er ist eben nicht dazu befugt! Jagd! Jagd!« Tahli-Damen spähte in die Pyramide, wie er es bei den andern gesehen hatte.

»Was fällt dir ein!« brüllte Flayh heiser. Mit einem wütenden Knuff stieß er Tahli-Damen vom Stuhl und auf den Boden – oder besser: auf Pezi. Aber der lag in tiefem Schlummer.

»Ich verlange lediglich das, was mir rechtmäßig zusteht!« schrie Tahli-Damen zurück und sprang leichtfüßig auf die Beine. »Ihr wart so sehr damit beschäftigt, Leute zu manipulieren, daß Ihr darüber Eure eigentlichen Geschäfte vernachlässigt habt! Uda hat just in diesem Monat Ognadzu als Marktführer in Ngandib-Mar abgelöst. Also gehört die Pyramide mir!«

Klaph sprang auf, um erneut seinen Anspruch auf die dritte Pyramide geltend zu machen. Aber er schaffte es nicht mehr, den Satz herauszubringen.

Ein riesiger grauer Hund sprang plötzlich aus dem Nichts hervor und schnappte nach Tahli-Damens Kehle. Der junge Mann riß entsetzt die Arme hoch. Mit einem wütenden Knurren zerfetzte der Hund seinen Ärmel und riß ihm einen Fetzen Fleisch aus dem Arm. Das Podium leerte sich blitzartig, bis auf Pezi, der selig weiterschlummerte, und Bronwynn, die geistesabwesend ins Leere starrte. Tahli-Damen schlug mit der freien Hand auf die rasende Bestie ein und versuchte, über den Tisch zu fliehen, aber der Hund schlug die Zähne in sein Bein und zerrte ihn zurück. Tahli-Damens purpurfarbene Hosen nahmen die Farbe seines karmesinroten Kittels an; aber trotz seiner Wunden schaffte er es irgendwie, die Bestie abzuschütteln. Er rollte sich blitzschnell über den Tisch und fiel auf das Podium. Er rollte sich weiter bis zum Rand des Podiums, wälzte sich über den Rand und ließ sich in die wartenden Arme von Familienmitgliedern fallen, die an den aufgescheucht herumirrenden Versammlungsteilnehmern vorbei nach vorne gerannt waren, um ihm zu helfen.

So plötzlich wie er aufgetaucht war, so plötzlich verschwand der Hund wieder. An seiner Stelle stand Flayh auf dem Tisch – aber dies war ein anderer Flayh als der kahlköpfige Händler, den die Versammlungsteilnehmer seit vielen Jahren kannten. Die Gestalt, die da breitbeinig über den beiden Pyramiden stand, war furchterregend. Verschwunden waren die blauen und lindgrünen Kleider. Gekleidet in leuchtendes Weiß, einen roten Umhang um die Schultern geworfen, schleuderte Flayh, der Macht-Former, lodernde Feuerbälle auf seine Feinde, während alles in wilder Panik zu den Ausgängen stob.

»Beim Drachen!« stieß Klaph hervor, einen aus der Mode gekommenen lamathianischen Fluch benutzend. »Er ist ein Macht-Former geworden!« Ein Feuerball traf ihn an die Brust, und er rannte in wilder Hast an den Tischreihen entlang und packte sich einen Bierkrug, um die Flammen zu löschen.

Tahli-Damens Vettern trugen ihn rasch aus dem Saal; eingedeckt von einem Hagel von brennenden Geschossen, bahnten sie sich durch die fliehende Menge einen Weg zur Tür. Als sie durch die Tür gingen, drehte Tahli-Damen sich noch einmal um, um einen letzten Blick auf Flayh zu werfen. Er sah, wie die Lippen des Macht-Formers sich bewegten, und er sah, wie sein ausgestreckter Finger Feuer ausblasen konnte, die er nur wenige Sekunden vorher mit einem einzigen Gedanken entfacht hatte. Tahli-Damen blutete, aber es waren nicht seine Wunden, die ihm Sorge bereiteten. Sein Herz klopfte so heftig, daß er glaubte, es würde jeden Moment zerspringen. Tahli-Damen hatte fürchterliche Angst.

## Kapitel 12

---

## Unter dem Kerker

PELMEN STÖHNTE und hielt sich den Kopf. »Ich wünschte, sie würden das nicht tun ...«, murmelte er zu sich selbst.

– Du glaubst, *du* tust es! erwiderte das Haus.

Pelmen hörte es nicht. Er spürte nur einen kalten Wind. Von der Stelle aus, an der er stand, konnte er ein paar Strahlen Sonnenlicht durch den Gitterrost auf der anderen Seite der Zisterne hereinfallen sehen. Das bedeutete, daß er sich auf der dem Kerker zugewandten Seite der Zisterne befand, und er seufzte erleichtert. Er fühlte sich, als hätte er Jahre geschlafen und fragte sich ernsthaft, ob es wirklich noch derselbe Tag war, an dem er in diese Unterwelt gefallen war. Er wandte sich um und spähte in den Tunnel hinein – er konnte fühlen, daß ein Luftzug durch ihn strich. Er hoffte, daß das bedeutete, daß er irgendwohin führte, sonst wäre er umsonst so tief gefallen. Er starrte in ihn hinein und wünschte sich, er hätte eine Laterne. Da fiel ihm plötzlich ein: »Ich bin ja ein Macht-Former!«

– Das sagtest du bereits, sagte das Haus. Statt immer nur davon zu reden, warum tust du nicht endlich mal was – aber nicht das!

Pelmen streckte die Hand aus, und ein violetter Feuerball erschien über seiner Handfläche. Ein Luftzug blies ihn wieder aus.

– Versuch das noch mal, und der nächste wird sofort wieder ausgepustet!

Pelmen versuchte es, und das Haus machte seine Drohung wahr.

»Nun komm schon, los«, knurrte er frustriert. »Ich muß doch sehen können!«

Er hatte es eigentlich zu sich selbst gesagt, aber das Haus fühlte sich angesprochen und erwiderte:

– Na schön. Das ist vernünftig, wenn auch lästig und mit Schmerzen verbunden.

Die Kugel aus grünem Feuer, die Pelmen als nächstes hervorzauberte, war kleiner als die andern und spürbar kühler.

– Danke, sagte das Haus, was sich als ein leises Knarren der Türschwellen auf dem dritten Stock bemerkbar machte. Natürlich hörte Pelmen das nicht.

»Wo bin ich?« fragte Pelmen sich laut, als er sich auf den Weg in den Korridor machte.

– Du bist genau unter der Tür zum Handelsministerium, antwortete das Königliche Haus, wo diese verdammte Kreatur mit der Pyramide angeblich seiner Arbeit nachgeht – *wenn* der Kerl arbeitet –, was nicht sehr häufig vorkommt, da er es vorzieht, dieses Haus mit seinem verfluchten Gas zu piesacken ...

Das Haus starrte Jagd grimmig von allen Wänden an, die der verfluchte Plagegeist nicht mit seinen stinkenden Mänteln zugehängt hatte. Jagd lag auf seinem Bett, von heftigem Schüttelfrost gepackt. Aus reiner Gehässigkeit ließ das Haus die Temperatur in seinem Zimmer beträchtlich sinken, und der Händler zitterte noch stärker.

Pelmen fiel auf, daß sich dieses seltsame Kondenswasser, das er schon oben bemerkt hatte, auch hier, auf den Wänden dieses Ganges, der weit unterhalb der Burg verlief, bildete. Nachdem er eine Strecke von etwa fünfunddreißig Fuß zurückgelegt hatte, kam er an eine Gabelung.

– Jetzt bist du unter der großen Halle – unter der Treppe von der Terrasse zum Sitzungssaal. Natürlich ist sie vierzig Fuß über dir ...

Pelmen zögerte; er überlegte, welchen Weg er einschlagen sollte.

– Wenn du raus willst, mußt du nach links gehen. Es gibt da eine Treppe, die hinauf zum Spital führt, von deren Existenz niemand etwas zu wissen scheint ...

Aber Pelmen wollte nicht nach draußen, er wollte nach drinnen, in den Kerker. Und wenn er von der Lage des Gitterrostes und der Zisterne ausging, dann würde der nach rechts abzweigende Tunnel ihn näher an den Kerker heranbringen.

– Aber manche Leute wollen ja keinen Rat von andern annehmen, knurrte das Haus verstimmt, und es beschloß, ihm keine weiteren Vorschläge zu machen.

Pelmen ging ein Stück in den Tunnel hinein und blieb stehen. Dies schien ein von Menschenhand gemachter Abschnitt des Korridorsystems zu sein, denn die Wände wiesen Meißelspuren auf, und der Boden war glatter.

Jetzt hatte er drei Möglichkeiten. Er konnte geradeaus weitergehen, aber auch nach rechts und nach links ging jeweils ein Stollen ab. »Wohin jetzt?« murmelte er.

– Das hängt ganz davon ab, wohin du willst, mekkerte das Königliche Haus beleidigt. Das heißt, falls du das überhaupt weißt.

»Zum Kerker«, sagte Pelmen und kaute sich auf der Unterlippe. Der Klang seiner eigenen Stimme hatte etwas Beruhigendes in dieser tristen Stille. »Wie komme ich zum Kerker?«

Das Haus konnte seine Erregung kaum zügeln. Endlich war es um Rat gefragt worden! Es hatte sein Bewußtsein erst eine Woche zuvor auf diese unterirdischen Gänge ausgedehnt und hatte daher das Gefühl, sich recht gut auszukennen.

– Nach rechts natürlich. Und dann hör genau zu, denn von dort aus, wo du jetzt bist, ist es ziemlich ...

Aber bevor das Haus seinen Satz zu Ende bringen konnte, war Pelmen schon geradeaus gegangen. Das Haus war erzürnt.

– Na gut! Wenn du unbedingt willst, dann geh eben geradeaus und verirre dich!

Eben dazu brauchte Pelmen nicht lange.

Er ging hundertvierzig Fuß weiter, nur kurz an einigen nach links abgehenden Abzweigungen innehaltend, immer nach rechts sich orientierend. Der Gang schien in einer langgezogenen Kurve in eben diese Richtung zu verlaufen, und er war guter Hoffnung, daß er ihn direkt in den Kerker führen würde. Statt dessen mündete er in einen weiteren Stollen, der von links nach rechts verlief. Er war verwirrt.

– Jetzt sitzt du natürlich fest! Du bist unter dem Podium in der Halle des Krieges! Aber du willst ja nicht auf mich hören!

Pelmen entschloß sich, nach links abzubiegen. Die Abzweigung endete nach etwa fünfzig Fuß vor einer nackten Felswand. Er ging wieder zurück und schlug die entgegengesetzte Richtung ein. Der Stollen machte mehrere Biegungen und endete in einer weiteren Gabelung. Pelmen folgte der linken Abzweigung und endete wieder in einer Sackgasse. Er saß fest.

Das Königliche Haus lachte.

Der Draxtisch war umgekippt, und die Steine lagen auf dem Fußboden verstreut, vergessen. Jagd war nicht wiedergekommen, und Ligne hatte es satt, noch weiter auf ihn zu warten. Im Augenblick machte sie sich mit Vehemenz an Rosha heran, und der junge Schwertkämpfer mußte gewaltig an sich halten, um ihr nicht die Faust in das lüstern grinsende Gesicht zu schlagen.

Ihre erotische Attacke war bereits weit vorangeschritten. Sie hatte ihn an der Wand festgenagelt und versuchte, ihren geschmeidigen, betörend duftenden Körper in seine gefesselten Arme zu winden. Rosha machte sich ganz steif und preßte sich gegen die Wand, aber die wollte nicht nachgeben. Ebensowenig wollte dies Ligne, und sie schaffte es schließlich mit beharrlichem Drängen und Winden, in seine Arme zu schlüpfen. Sie reckte sich hoch, um ihre Lippen auf seine zu pressen, und Rosha stieß sich den Hinterkopf in dem Bemühen, ihrem Kuß aus dem Wege zu gehen.

»Was hast du denn, mein Täubchen?« gurrte sie.

»Heute nachmittag warst du aber nicht so schüchtern ...«

»Ich-ich-ich ...« Rosha fiel keine vernünftige Ausrede ein. Ligne enthob ihn einer solchen, indem sie ihre Lippen auf seine stülpte. Er hielt krampfhaft die Arme von ihrem Rücken weg und dachte dabei, wie leicht es jetzt wäre, die Arme um ihren parfümierten Hals zu legen und ihre Küsse ein für allemal abzuwürgen. Statt dessen zwang er sich zu einem breiten, zähnebleckenden Grinsen – einem scheußlichen Grinsen, mehr gequälte Grimasse denn Lächeln, das sie veranlaßte, sich zurückzulehnen.

»Du bist wütend auf mich, nicht wahr?« schmollte sie. »Weil ich dich nicht habe gewinnen lassen, nicht?«

»N-n-n-nein, n-nein, das ist es n-n-n ...«

»Bist du mir immer noch böse wegen der dummen Kapuze?«

»Ich k-k-k ...«

»Du kannst sprechen, das weiß ich«, sagte sie mit spöttischem Blick. Rosha riß sie in einer Aufwallung von Wut brutal an sich, und sie lächelte breit und seufzte. »Ahhh. So ist es schon besser.« Einmal mehr kämpfte er den Drang nieder, sie zu würgen, und schaffte es, seine Arme so weit abzuspreizen, daß er ihre Hüften nicht berührte. Sie musterte ihn mit einem schwülen, selbstbewußten Lächeln. »Aha. Noch nie mit einer Frau zusammengewesen, nicht?«

»Ich-ich-ich ...« Wieder versagte ihm die Stimme, und Ligne stieß einen Seufzer der Unmut aus.

»Komm schon, sprich mit mir!« forderte sie ihn auf.

»V-v-v-vielleicht s-s-s-sollte ich n-noch ei-ei-eine Sp-sp-sprechlektion ...«

»Wozu?« knurrte sie mürrisch. »Was hat die erste denn schon genützt?«

»Es b-b-b-braucht s-seine Z-z-z-zeit ...«

»Wer hat dir das gesagt? Der Narr? Natürlich, wer sonst?« Sie schlüpfte aus seinen Armen, und Rosha atmete erleichtert auf. »Um seine eigene Unfähigkeit zu verbergen. Wo ist der Kerl überhaupt? Ich habe ihn den ganzen Tag noch nicht gesehen!«

Rosha nahm einen weiteren tiefen Atemzug von der jetzt wieder parfümfreien Luft und zuckte mit den Schultern. Als er den Blick sah, mit dem die Frau ihn anschaute, konnte er plötzlich deutlich nachempfinden, wie einem gehetzten Tier zumute sein mußte, das in die Enge getrieben war.

»Du siehst so gut aus«, schnurrte die Frau mit rauchiger Stimme.

Rosha schluckte heftig und lächelte. »Es f-f-freut mich so, d-d-daß ich Euch ge-gefalle ...«

»Möchtest du mir gefallen, Rosha?« fragte sie, und ihre blauen Augen leuchteten lüstern auf.

»V-v-v-vielleicht b-bin ich nicht r-r-richtig d-d-dafür g-g-gerüstet ...«

»Du scheinst mir im Gegenteil außerordentlich gut gerüstet zu sein.«

»Ich meine«, fuhr er hastig fort, »ich f-f-fühle m-mich so ungeeignet ...«

»Dann laß es uns herausfinden!«

»... ein angemessener B-b-begleiter f-fürch Euch z-zu sein!«

Ligne sah ihn verdutzt an. »Was meinst du damit?«

»D-d-daß – d-daß ich Euer nicht w-w-wert bin! Sch-schaut mich doch an!«

»Das tue ich«, knurrte Ligne.

»Ich k-k-k-k-kann n-n-nicht sp-sp-sprechen, ich k-k-k-kann k-keine r-r-richtige Konversation t-t-t-treiben, ich bin t-tölpelhaft, ich h-h-habe keine Manieren, b-b-bin ungebildet, h-h-hinterw-wälderisch ...«

»... gut gebaut, breitschultrig, mit einem prächtigen Lockenkopf ausgestattet ...«, flötete die Königin und streckte den Arm aus, um ihren schwärmerischen Worten durch das Liebkosen der entsprechenden Körperteile Nachdruck zu verleihen. Rosha zuckte zurück und wich zur Seite. Als er stehenblieb, um sie anzuschauen, sah er in ein wütend funkelndes Augenpaar. »Warum bist du vor mir zurückgewichen?« herrschte sie ihn an.

»Ich – ich b-b-brauche mehr Zeit. Bei allen Mächten im Mar, F-frau, n-n-noch vor z-zwei Tagen w-w-wollte ich Euch t-t-töten! V-vielleicht – einen oder z-zwei T-t-tage, oder eine W-w-woche ... noch ein p-paar Sprechlektionen, und d-d-dann ...«

»Du willst mich vertrösten.«

»Nein!« log Rosha. »Das w-will ich n-nicht! Ich – ich mag Euch.« Er wandte das Gesicht zur Wand und zwang sich zu sagen: »Ich ... ich f-fange g-g-gerade erst an, Euch zu – zu – zu lieben.« Abrupt wirbelte er herum und schaute ihr voll in die Augen. »Ich habe Euch und Kherda über die Sch-schauspielertruppe sp-sprechen hören, die hier im Sch-schloß weilt. Erlaubt mir, daß ich m-m-mich ihnen anschließe!«

»Schauspielertruppe!« bellte Ligne. »Wofür?«

»Ich w-weiß, daß sie ein St-stück über Euch aufführen. Ich könnte dort mitmachen! V-vielleicht w-w-wäre das g-gut für mein Selbstbewußtsein!«

Sie starrte ihn einen Moment an, einen Arm in die Hüfte gestemmt, dann schlenderte sie hinüber zu den heruntergefallenen Draxsteinen und hob einen davon auf. Sie betrachtete ihn einen Moment, warf ihn in die Luft, fing ihn wieder auf und schaute ihn an. »Vielleicht erwarte ich wirklich zu viel von dir. Vielleicht könnte Gerrig dir ja tatsächlich ein paar Dinge über Frauen beibringen.« Sie überlegte noch einen Moment, dann warf sie den Stein wieder auf den Fußboden. »Komm mit. Gehen wir deine Schauspieler suchen. Vielleicht finde ich bei der Gelegenheit auch meinen verschollenen Narren wieder. Es ist scheußlich langweilig heute nachmittag in diesem Palast.« Sie marschierte mit forschem Schritt aus dem Spielzimmer; als sie durch die Tür kamen, schnippte sie Carlad, der neben der Tür an der

Wand lehnte, mit den Fingern zu, zum Zeichen, daß er ihnen folgen solle.

Sie mußten mehrere Male fragen, um den Proberaum in dem labyrinthartigen Palast zu finden. Ligne hatte sich bisher noch nie die Mühe gemacht, ihn aufzusuchen. Ihr Auftauchen traf die Truppe völlig unvorbereitet. Sie riß die Tür auf und stolzierte herein; Gerrig stockte mitten im Satz und starrte sie mit offenem Mund an.

»Nun – eh – nun, meine Dame, was für eine angenehme Überraschung«, stammelte er, in Panik geratend bei dem Gedanken, daß sie vielleicht sofort auftreten sollten. Er hatte Pelmen nicht mehr gesehen, seit sie sich am Vortag im Garten begegnet waren, und er hatte keine Ahnung, wo er sich jetzt aufhielt. »Eh – was können wir für Euch tun?«

Ligne winkte mit der Hand, und Rosha kam herein, gefolgt von einem sichtlich gelangweilten Carlad. »Das ist mein Gemahl«, verkündete sie. »Gebt ihm eine Rolle.«

»Nun eh ...« Gerrig schluckte. »Normalerweise tun wir so etwas nie – aber gewiß doch, natürlich, wir werden bestimmt eine kleine Rolle für ihn in unserem Stück finden, nicht wahr, meine Freunde?« Er zwinkerte den anderen unauffällig zu und nickte heftig. Alle nickten ebenso heftig zurück.

»Und noch etwas, Gerrig«, fügte sie hinzu und beugte sich zu ihm hinüber. »Während ihr ihm beibringt, seine Zunge zu benutzen, zeig ihm auch mal ein bißchen, wie er seinen Körper benutzt, hmmm?« Sie zwinkerte ihm vielsagend zu.

Gerrig lächelte verschwörerisch, in der Hoffnung, daß es so aussah, als verstünde er, wovon sie redete. »Aber sicher! Machen wir!«

»Und noch was. Dieser Raum ist viel zu eng und zu weit von meinen Gemächern entfernt. Von jetzt ab probt ihr in meinem Thronzimmer.«

Der hünenhafte Mime schluckte, fing sich aber rasch wieder und protestierte: »Aber meine Dame! Das Stück sollte eine Überraschung sein! Wie können wir ...«

»Ich werde natürlich nicht da sein, wenn ihr probt, Blödmann!« blaffte Ligne. Dann sah sie sich um. »Wo ist mein Narr?«

»Ach! Ach ja! Euer Narr. Eh, Parmi, wo ist denn der Narr?« fragte Gerrig nervös.

»Ist er denn nicht bei Euch, meine Dame?« fragte Parmi.

»Wenn er bei mir wäre«, erwiderte Ligne in einem Ton, der vor Hohn nur so troff, »dann würde ich ja wohl nicht nach ihm suchen, nicht wahr? Also, wo ist er?«

»Er ist ... vielleicht ist er indisponiert ...«

»Ihr meint, er könnte krank sein?«

»Vielleicht ...«

»Wenn ihr ihn seht, schickt ihn sofort zu mir. Wenn ihr meinen Rosha kriegt, dann brauche ich doch wohl ein bißchen Unterhaltung, nicht wahr?«

»Aber gewiß, meine Dame.« Gerrig grinste. »Und ich sorge dafür, daß Ihr diese Unterhaltung bekommt, sobald sich der Narr zu den Proben zurückmeldet. Und natürlich bauen wir Euren hübschen jungen Mann mit in das Stück ein.«

Seine letzten Worte hörte Ligne schon nicht mehr; sie war bereits durch die Tür verschwunden. Gerrig lächelte und nickte Carlad zu, dann schlich er sich unauffällig zu Yona und flüsterte: »Was machen wir jetzt?«

»Offensichtlich ziehen wir jetzt erst einmal ins Thronzimmer um.« Er zuckte die Achseln und fügte für sich selbst hinzu: »Und vielleicht ein Stückchen näher an die Wahrheit.«

Das Haus lachte Pelmen noch immer aus, als dieser sich nach Stunden schließlich erschöpft und resigniert an eine seiner Wände lehnte. Soweit er es beurteilen konnte, hatte er seinen eigenen Pfad mindestens dreimal gekreuzt. Er vermochte nicht einmal mehr den Weg zurück zur Zisterne zu finden. In seiner Enttäuschung hob er den Kopf und rief die *Macht* an. »Ich nehme an, du weißt auch nicht, wie ich hier wieder herausfinde, oder?«

– Natürlich weiß ich das, kicherte das Königliche Haus. Aber wenn du nicht auf mich hören willst ...

Das Haus wurde unterbrochen durch ein schockierendes, unerhörtes Ereignis. Ein starker Wind pfiff plötzlich durch seine unterirdischen Gänge und Höhlen – ein Wind, den es weder verursachte noch gestattete.

– Wo kommt dieser Wind her? brüllte es in seiner Verblüffung und Gekränktheit.

Pelmen schüttelte den Kopf und murmelte: »Du machst es mir wirklich einfach!« Dann sprang er auf, stellte sich so hin, daß der Wind ihm in den Rücken blies und ließ sich von ihm den Weg durch den Tunnel weisen.

– Magie? fragte sich das Haus verwundert. Wenn ja, dann fühlte sich diese Magie anders an als alles, was es je erlebt hatte. Sie war schmerzlos – und reinigend.

Pelmen wurde von dem Wind vorwärtsgeschoben, an abzweigenden Korridoren vorbei, in denen nicht der geringste Luftzug zu spüren war. Er hatte kein Licht, mit dessen Hilfe er sich hätte orientieren können, aber er versuchte auch gar nicht erst, eines zu entzünden. Er wußte, daß er dazu jetzt nicht imstande sein würde.

– Dieser Wind kennt die Katakomben! Erstaunlich! ächzte das Königliche Haus. Denn der Wind führte Pelmen genau zu dem Tunnel, durch den Admon Faye in die unteren Kerker eingedrungen war.

Pelmen schritt wacker aus und passierte noch eine weitere Kreuzung. Dann legte sich der Wind genauso plötzlich, wie er gekommen war. Am Ende des Ganges konnte er einen schwachen Lichtschein ausmachen. Er ging zielstrebig auf ihn zu und stellte fest, daß er durch ein schmales Loch hereinfiel, das gerade groß genug war, um hindurchzukriechen. Er kniete nieder, beugte sich vor und lauschte.

Pelmen hatte mehr Zeit in Kerkern verbracht, als ihm lieb war. Zu Zeiten Taliths war er sogar einmal in diesem hier zu Gast gewesen. Er wußte, daß Verliese sich anders anhörten, wenn Wärter anwesend waren, als sie sich anhörten, wenn sie fort waren. Er horchte nach den typischen Geräuschen von Soldaten. Schließlich, als er sicher war, daß die Luft rein war, zwängte er seine Schultern in die schmale Öffnung und wand sich hindurch.

Er sah sofort, warum das Loch nie verstopft worden war. Es war verborgen unter einem niedrigen Felsvorsprung in einer dunklen Ecke der Zelle, in der er sich jetzt befand. Als er seine Füße durch die Öffnung nachzog, gewahrte er drei Skelette, die an rostigen Ketten an der Wand hingen. Pelmen fragte sich kurz, ob es sich bei ihnen wohl um seine Vorgänger im Amte des Hofnarren handelte, aber dafür hingen sie schon zu lange dort. Diese Zelle war seit Ewigkeiten nicht mehr benutzt worden. Die Tür stand halb angelehnt. Durch den Spalt fiel flackerndes Licht herein. Er lauschte einen Moment, dann schlüpfte er hinaus, um den Gang dahinter zu erforschen. Es herrschte absolute Stille. Der überwiegende Teil dieser Zellen stand zweifelsfrei leer. Dies waren die unteren Verliese – über ihm befand sich noch ein Stockwerk voller Zellen. Es war nur einleuchtend, daß ein fauler Gefängniswärter zuerst die oberen Zellen vollpacken würde, bevor er die unteren belegte, ersparte er sich doch auf diese Weise überflüssiges Treppensteigen. Abgesehen davon schien Ligne es vorzuziehen, ihre Feinde zu töten, als sie gefangenzuhalten. Ob Bronwynn sich im oberen Stockwerk befand? Oder war sie vielleicht schon tot?

Er beschloß, zuerst einmal dieses Stockwerk gründlich zu durchforschen. Er schlich den Gang hinunter, lauschte an jeder Tür und spähte durch die Sehschlitze.

Er blieb an jeder Tür nur solange stehen, bis er ganz sicher war, daß niemand drin war, dann ging er zur nächsten weiter.

Ein Geräusch ließ ihn innehalten. Kein Zweifel, irgendwo sang jemand. Er schaute zur Wendeltreppe, die zum oberen Stockwerk hinaufführte, aber von dort kam das Geräusch nicht. Er folgte dem Geräusch an der Treppe vorbei bis zu einer Zellentür gleich dahinter. Er kniete sich hin und preßte das Ohr an die Tür. Es war eine Frauenstimme.

»Bronwynn«, flüsterte er und wünschte sich im selben Moment, er hätte es nicht getan. Sofort hörte das Singen auf, und eine ganze Weile hörte er nichts außer einem leisen Scharren und Schlurfen im Innern der Zelle. Er versuchte, diesem Geräusch zu lauschen und gleichzeitig die Treppe im Auge zu behalten.

Plötzlich kam eine Frauenstimme durch die schwere Eichentür. »Ich bedaure, daß ich dich enttäuschen muß, Prophet, aber ich bin nicht deine Jüngerin. Aber ich habe dich erwartet.«

Pelmen war so überrascht, daß er alle Vorsicht vergaß. »Serphimera!«

Viele Meilen weiter im Norden, ebenfalls in einer Kerkerzelle, saß der Prophet von Lamath.

Aber er war kein Gefangener. Erri, der Prophet, einstmals Erri, der Seemann, hatte schlicht das Gefängnis des Königs von Lamath übernommen und zum Hauptquartier des neuen Glaubens gemacht, den Pelmen gegründet hatte. Er selbst nannte sich niemals Prophet – diesen Ehrentitel hatte er für Pelmen reserviert. Aber Pelmen nannte ihn so, und jeder andere tat das auch. Ob es ihm nun recht war oder nicht, jedenfalls hörte Erri auf den Namen.

Aber er fühlte sich dieses Titels nie wirklich würdig. Er vermißte Pelmen und sehnte sich danach, ihn wiederzusehen. Diese Sehnsucht nach Nähe zu seinem in der Ferne weilenden Freund hatte ihn dazu veranlaßt, diese Zelle zu seinem privaten Wohnsitz zu machen. Hier hatten sie ihre fruchtbarsten Stunden miteinander verbracht, als er, Rosha und Bronwynn zusammen mit Pelmen auf Befehl der Priesterin Serphimera eingekerkert worden waren. Während sie Pelmens sicherer Hinrichtung entgegengebangt hatten, hatte der wahre Prophet ihn gelehrt, die geheimnisvollen Runen zu lesen, in denen das alte Buch geschrieben war.

Das alte Buch! Es lag auf einem schlichten, schmucklosen Tisch in der Nähe des kleinen, vergitterten Fensters. Das Sonnenlicht fiel auf ihn und warf seinen Schatten auf den strohbedeckten Fußboden. Am Himmel zogen Wolken dahin, und das Licht rings um den Tisch wurde dunkler, dann wieder heller, dann wieder dunkler ...

»Genauso ist es auch mit meinem Glauben«, murmelte Erri. Denn obwohl er jetzt der am höchsten geachtete religiöse Führer in Lamath war, gab es Zeiten, da die *Macht* sehr weit entfernt war. Er hatte gelernt, das Schweigen der *Macht* zu ertragen. Was er nicht gelernt hatte, war, das Erkalten seines Glaubens zu tolerieren.

Er riß sich aus seinen Grübeleien und blickte auf den mit Papieren vollgepackten Tisch vor ihm. Dieser Tisch und der, auf dem das Buch lag, waren die einzigen Möbel, die er in die Zelle gestellt hatte. Der Schreibtisch war ein notwendiges Möbelstück, denn sein Leben war angefüllt mit Papierkram. Es gab Unmengen von Korrespondenz zu erledigen: er empfing und beantwortete Botschaften vom Wesir des Königs, er beantwortete Gesuche von Anhängern des Himmelsglaubens, die den Wunsch äußerten, in der Bevölkerung zu missionieren, er ernannte Verantwortliche für neue Arbeitsbereiche, er genehmigte die Zerstörung von Drachenstatuen. Manchmal kam der alte Seemann in ihm hoch, wenn er in derber Matrosensprache Pelmen dafür verwünschte, daß er ihm diese Verantwortung aufgebürdet hatte. Aber er meinte es im Grunde nicht so, denn Pelmen hatte absolut recht gehabt, was Erris eigentliche Begabung anbelangte. Erri hatte sein Leben auf See verbracht, aber im Grunde seines Herzens war er immer ein Mann des geschriebenen Wortes gewesen, ein Literat. Was ihn bloß ärgerte, war, daß er so viel Zeit mit Schreiben verbrachte und ihm so wenig Zeit zum Lesen blieb! Von seinem Schreibtisch aus konnten seine scharfen Augen sehen, wie sich allmählich eine dicke Staubschicht auf dem Deckel des Buches bildete!

Aber er war auch ein Mann der Tat. Er war zu lange Seemann gewesen, um sich vor einer Pflicht zu drükken, die sich ihm stellte. Er hatte rasch gelernt, daß der König genauso zuverlässig war wie jeder aus der langen Reihe von Kapitänen, unter denen er gesegelt war – nämlich nicht allzu sehr. Er war dem König nur einmal begegnet, und zwar, als er mit der Nachricht von Vicia-Heinox' Tod von Drachentor zurückgekehrt war, und er erinnerte sich, daß der Mann während des ganzen Gesprächs gezittert hatte. Der Wesir hatte ihm später erklärt, er, Erri, sei der erste Mensch gewesen, den der König seit drei Jahren gesehen habe. Offenbar hatte der Mann Todesangst vor Menschen. Asher, der Verteidigungsminister, hatte das Land an des Königs Statt regiert. Aber Asher war von dem Drachen getötet worden. Erri hatte gesehen, daß eine starke Hand gebraucht wurde, und er hatte sich der Verantwortung ohne zu zögern gestellt. Ganz Lamath war von dem Aufruhr nach dem Tode des Drachen ins Chaos gestürzt worden. Erri hatte sich unverzüglich an die Arbeit gemacht.

Eine seiner ersten Anordnungen war die Zerstörung der Drachenstatuen gewesen. Er war an der Spitze einer Truppe von Götzenbild-Stürmern von einem Ende Lamaths zum andern gezogen und hatte jedes Symbol des alten Drachenglaubens zerstört, das sie finden konnten. Seine himmelblaue Robe hatte die Lamathianer dazu inspiriert, diese Reformbewegung Himmelsglauben zu nennen. Erri hatte sich mit dieser Bezeichnung einverstanden erklärt, solange es unmißverständlich klar blieb, daß er und die andern, die in Himmelblau gekleidet waren, nicht etwa den Himmel anbeteten, so wie die Anhänger des Drachenkults den Drachen angebetet hatten.

Dieses Zerstörungswerk ging indes nicht ohne Widerstand vonstatten. So kam es zu gelegentlichen Zusammenstößen zwischen Anhängern des Himmelsglaubens und denen der alten Religion – Jüngern von Serphimera, die ihre unverbrüchliche Treue zu ihrer ehemaligen Priesterin durch ihre dunkelblauen Kutten signalisierten. Erri hatte größte Mühe gehabt, Blutvergießen zu verhindern – einmal hatte er dies nur geschafft, indem er seinen eigenen Leuten das Buch über den Kopf gehauen hatte. Seine wohlwollende Behandlung derer, die eine andere Weltanschauung hatten, schien seinem Ruf als Bilderstürmer zu widersprechen, begann aber schon bald die Gespräche, die in Lamath über ihn geführt wurden, zu beherrschen.

Erri seufzte und schaute hinüber zur Tür. Obwohl seine Güte und Toleranz schließlich obsiegt hatten, hatte er das Verschwinden Serphimeras nicht verhindert. Die Priesterin war wie er durch das Land gezogen und hatte die überlebenden Unionisten mit einer neuen Theologie aus ihrer Lethargie aufzurütteln versucht. Er hatte sie überall gehört. »Der Drache, das sind wir! Wir sind der Drache!« Was das genau bedeutete, vermochte er nicht zu ergründen. Er hoffte, daß Pelmen irgendwann wieder auf den Plan treten würde, um ihn zu informieren.

Noch mehr aber hoffte er, daß Serphimera gefunden werden würde. So sehr er sich auch zerriß, er konnte nicht überall gleichzeitig sein. Und wenn er seine himmelblau gekleideten Anhänger auch an einem Tag zurückgehalten hatte, so war er am nächsten Tag schon wieder woanders gewesen, und die Anhänger der beiden Religionen waren aufeinander losgegangen, und es war Blut geflossen. Die Nachrichten von solchen Zusammenstößen trieben ihm Tränen der Trauer in die Augen. Die Berichte von Pogromen machten ihn zornig. Im Namen der *Macht* hatten Menschen das Blut von Mitmenschen vergossen, und Erri lernte in langen, bitteren Nächten des Trauerns, daß er eine Nation nicht in einem Tag erneuern konnte. Als sich die Wogen schließlich geglättet hatten, war Serphimera verschwunden. War sie ermordet worden? Saß sie als Gefangene im Keller irgendeines sogenannten Gläubigen? Erri seufzte.

Er hörte das Flattern von Flügeln am Fenster, und als er den Blick dorthin wandte, sah er, wie ein blauer Vogel zum Fenster hereinschoß und sich auf dem Buch niederließ. »He! Das geht aber nicht!« schrie er, mit vorwurfsvoll ausgestrecktem Finger auf den Vogel deutend, woraufhin dieser dienstfertig das Buch verließ und auf seinen ausgestreckten Finger flatterte. »Oh, das bedeutet wohl, daß du zu mir willst.« Erri hob den Finger und schaute unter den Vogel, ob er irgendeine Botschaft an seinem Beinchen fand. »Wo ist dein Brief? Hast du ihn verloren?« Der blaue Flieger schaute ihn nur an, und Erri schüttelte den Kopf. »War vielleicht nicht richtig befestigt. Los, ab mit dir«, rief er und warf den Vogel in Richtung Fenster. Der blaue Flieger schlug einen Bogen, kam zurück und landete diesmal auf Erris Schulter. »Ich sagte, *hau ab!*« knurrte der Ex-Seemann, pflückte den Vogel von seiner Schulter und marschierte mit ihm zum Fenster. Er warf ihn durch die Gitterstäbe nach draußen und ging zurück an seinen vollgepackten Schreibtisch. Einen Moment später kam der Vogel wieder hereingeschwirrt und landete mit elegantem Schwung auf seinem Kopf. »Zum Henker! Jetzt habe ich aber genug!« brüllte Erri und hob den Arm, um den Vogel erneut zu packen. In dem Moment fiel bei ihm der

Groschen. »Oh!« rief er und nickte. »Du kommst von Pelmen!« Er ließ den Vogel auf seinen allmählich grau werdenden Locken sitzen und konzentrierte sich darauf, die Gedanken zu lesen, die Pelmen in das kleine Hirn des Geschöpfes eingepflanzt hatte. Er verscheuchte alle anderen Gedanken, alle Sorgen und Probleme aus seinem Kopf und wartete ...

Der blaue Flieger brauchte nur einen winzigen Augenblick, um seine mentale Fracht abzuladen. Sobald sein Geist leer war, schwirrte er aus dem Fenster, um sich ein paar Samenkörner und ein Plätzchen zum Ausruhen zu suchen. Er ließ einen bestürzten Propheten zurück.

Erri überlegte nur einen kurzen Moment, dann sprintete er zur Tür, riß sie auf und schrie: »Bringt mir sofort Naquin her!« Dann ging er zurück zum Buch und strich mit dem Finger über seinen verstaubten Einband. Er sagte nichts – wenn er jetzt etwas gesagt hätte, hätte es gewiß mehr nach Seemann denn nach Prophet geklungen –, aber seine Gedanken waren finster und voller Zorn. Das Bild von Rosha, gefesselt und von einer Kapuze geblendet, erfüllte ihn mit rasender Wut, und die Erwähnung Serphimeras verstärkte seine Befürchtungen noch. Er neigte den Kopf zurück und betrachtete die Lichtstrahlen, die den im Zimmer herumschwebenden Staub beleuchteten. »Ich hoffe, du weißt, was du tust«, murmelte er. Das Buch unter seiner Hand hatte etwas Beruhigendes.

»Prophet?« rief jemand von der Tür.

»Komm herein, mein Freund.« Ein dürrer Anhänger des Himmelsglaubens trat in den Raum und blieb mit demütig gesenktem Haupt vor ihm stehen. »Nicht doch«, sagte Erri und deutete mit einer auffordernden Geste auf die Strohhaufen. »Setz dich aufs Stroh oder pflanz dich meinetwegen auf den Fußboden, aber steh nicht so da mit diesem förmlichen Blick.« Während er dem Mann dabei zusah, wie er sich einen Platz zum

Hinsetzen suchte, lachte er leise in sich hinein und fügte hinzu: »Wenn ich Förmlichkeit gewollt hätte, Naquin, dann wäre ich gleich in deinen Tempel eingezogen.«

Naquin lächelte fromm. »Du hättest es dort schrecklich langweilig gefunden. Jedenfalls habe ich das.«

»Hast du deshalb mit dem Trinken angefangen?«

»Zum Teil. Zum anderen Teil lag es daran, daß ich diesen Druck nicht mehr aushalten konnte, den Kult um ein gieriges, zerstörerisches Monstrum aufrechterhalten zu müssen, von dessen Göttlichkeit ich nicht überzeugt war.«

Erri senkte den Blick. Mittlerweile kannte jeder in Lamath die Geschichte von Naquins Wandlung. Als einstiger Hohepriester des Drachenglaubens hatte er die juwelenbesetzte Amtshaube während der letzten Tage des zerstörerischen Lebens Vicia-Heinox' getragen. Als Erri mit der Nachricht vom Tode des doppelköpfigen Monstrums von Drachentor zurückgekehrt war, war Naquin spurlos verschwunden gewesen. Horden erzürnter Bürger waren zum Tempel gestürmt, um ihn zu zerstören und hatten feststellen müssen, daß Erri ihn mit Brettern hatte verschalen lassen. Der Hohepriester war nirgends zu finden gewesen.

Eines Nachts, auf einem Spaziergang durch die alten Gassen, die ihm aus seiner Zeit als Seemann noch so sehr vertraut waren, hatte Erri Naquin stockbetrunken in der Gosse gefunden – und ihn deswegen einen Narren gescholten.

»Ich habe dich in jener Nacht ganz schön zusammengestaucht, nicht wahr?« sagte Erri und lächelte.

»Es war notwendig, Prophet«, antwortete Naquin. »Ich war auf einem Irrweg, und du hast mich auf den rechten Pfad ...«

»Verzeih mir, wenn ich dich unterbreche, Naquin, aber du hast dein ganzes Leben lang mit der Religion gelebt, und du kennst eine ganze Menge von diesen religiösen Begriffen, die uns anderen nicht viel sagen. Ich weiß, du möchtest fromm klingen, aber sprich doch einfach so, wie dir der Schnabel gewachsen ist – so wie in der Nacht, als ich dich in der Gosse aufgelesen habe. Das klingt zwar nicht ganz so heilig, aber es hat wenigstens Hand und Fuß.«

In jener Nacht hatte Naquin sich aufgerappelt und kräftig zurückgewettert. Danach waren die beiden zusammen weggegangen und hatten eine lange Diskussion über religiöse Fragen geführt. Es war ein eigenartiges Gespräch gewesen. Naquin kannte all die einschlägigen Worte und Begriffe, während Erri so gut wie nichts wußte. Aber Erri kannte die *Macht* – und Naquin nicht. Naquin merkte erst am frühen Morgen, daß er mit dem Propheten selbst gesprochen hatte – und noch am selben Tag legte er zum ersten Mal die himmelblaue Kutte an.

»Verzeihung, Prophet. Meine Vergangenheit ...«

»Vergiß es«, erwiderte Erri achselzuckend, und er meinte damit mehr als nur den augenblicklichen Moment. Aber auch Menschen verändern sich nicht über Nacht, das war ihm klar. »Irgendwas Neues von Serphimera?« fragte er.

»Keine direkte Nachricht – immer die gleiche Information, die wir schon seit Wochen hören. Sie reiste so schnell im Lande herum, daß es schwer ist, etwas Genaueres zu sagen, aber wie es scheint, wurde sie zuletzt in der südlichen Region gesehen. Ich glaube allmählich das gleiche wie alle anderen – nämlich, daß sie Drachentor passiert hat.« Erri nickte. »Warum sie nicht einfach lassen, wo sie ist?« fragte Naquin. »Ich bin der Frau einmal begegnet und hatte die Gelegenheit, zu sehen, wie ungeheuer gefährlich sie sein kann! Willst du sie wirklich zurückholen?«

Erri beehrte Naquin mit einem gedehnten Lächeln. »Ich wage zu behaupten, wenn die Priesterin dich jetzt sehen könnte, würde sie das gleiche über dich sagen!« Er stand auf und ging hinter seinen Schreibtisch. Er hob einen Strohhalm auf und begann geistesabwesend seine Ohren damit zu reinigen. »Das Problem ist, daß sie trotz der Verheerungen, die der Drache mit seinem Wüten angerichtet hat, trotz seiner augenfälligen Grausamkeit, ihm immer noch treu ergeben ist. Ich kann das nicht begreifen. Ich weiß nur, daß Pelmen sagte, wir müssen sie durch Liebe bekehren, und das können wir nicht, wenn wir nicht wissen, wo sie steckt.«

Naquin sagte nichts. Er hatte es seinem Herrn nie gestanden, aber er hielt nicht viel von Pelmen – hatte ihn nie gemocht, seit jener Nacht, als er ihn zum ersten Mal gesehen hatte, hier in dieser Kerkerzelle, und festgestellt hatte, daß er ein verkappter Macht-Former war. Sein Vater hatte ihn dazu erzogen, Macht-Former zu verachten, und Pelmen machte da keine Ausnahme. Auch wenn Erri den Mann für einen Propheten hielt – Naquin wußte es besser, und wenn sich jemals die Gelegenheit ergeben sollte, würde er den Mann entlarven als das, was er in Wirklichkeit war.

Erri seufzte, dann fuhr er fort: »So ungern ich es auch zugebe, aber ich fürchte, du hast recht mit deiner Vermutung, daß sie Drachentor passiert hat. Aber in welcher Richtung? Ist sie nach Chaomonous gegangen oder nach Ngandib-Mar? Ich habe keinerlei Hinweis. Deshalb habe ich beschlossen, dich als meinen Abgesandten an einen der königlichen Höfe zu schicken – um es herauszubringen.«

Naquins Augen weiteten sich vor Überraschung. »Und an welchen?«

»Eine gute Frage, über die ich auch schon seit Tagen nachgedacht habe. Nun, Ngandib-Mar ist ein Land von freigeistigen Leuten, die fürchterlich abergläubisch sind. Bestimmt würde die Frau dort Gehör finden – jedenfalls leichter als bei den eingebildeten, von sich selbst überzeugten Chaonern.«

»Eine vernünftige Überlegung.«

»Andererseits verabscheut die Frau Macht-Former,

wie wir beide wissen ...« Erri studierte Naquins Reaktion, während er fortfuhr. »... Ein Gefühl, das du, glaube ich, mit ihr teilst?«

»Traue niemals einem Macht-Former, Meister. Sie fallen dir schneller in den Rücken, als du denkst.«

»Das sagtest du bereits. Und in Ngandib-Mar wimmelt es von Macht-Formern. Ist sie also doch nach Süden gegangen? Das will ich herausbringen. Aber es steckt noch mehr dahinter. Wir haben ... Freunde ... in Chaomonous, die mich informieren, daß das Land reif für den Himmelsglauben ist.«

»Dann reise ich also nach Chaomonous?« fragte der frühere Hohepriester.

Erri nickte. »Ich möchte, daß du eine Gruppe von Novizen mitnimmst; sie sollen sich über das Land verstreuen und damit beginnen, die Lehren des Buches zu verbreiten und die *Macht* zu erklären. Du jedoch gehst direkt zu Königin Lignes Schloß. Der Hof von Chaomonous ist voll von Schnöseln und Snobs. Bitte nimm es nicht persönlich, Naquin, aber du bist auf diesem Parkett zu Hause. Dein Auftreten und deine Ausbildung – selbst deine Sprache – prädestinieren dich geradezu für den Hof dieser Königin.« Erri zog die Augenbrauen zusammen und beugte sich zu Naquin hinüber. »Außerdem bist du erfahren in der Intrige, und es scheint, daß das lebenswichtig an ihrem Hof ist. Sobald du im Königlichen Haus bist, suchst du den Narren auf. Tu alles, was er dir sagt.«

Naquin riß erstaunt die Augen auf. »Was?«

»Du hast richtig gehört, der Narr. Er ist unser ... Freund.« Erri sah Naquin tief in die Augen. »Wirst du das tun?«

»Wie könnte ich meinem Propheten eine Bitte abschlagen?«

Erri lächelte, drückte warm Naquins Hände und zog ihn hoch. »Geh mit meinem Segen. Und vergiß nicht: du repräsentierst jetzt die *Macht* – nicht dich selbst.«

»Anscheinend begegnen wir uns immer in Kerkern«, sagte die Frau.

»Psst ...«, zischte Pelmen und warf einen besorgten Blick zur Treppe.

»Mach dir keine Sorgen wegen des Lärms. Die über uns können nicht hören, was hier unten vor sich geht. Deshalb hat mich die Königin auch in den unteren Kerker werfen lassen. Damit sie und ich unter vier Augen sprechen können.«

»Aber – aber warum bist du hier?« flüsterte Pelmen. »Warum bist du in ihrem Kerker?«

»Wie es scheint, bin ich die ... nun, so etwas wie die Vertraute der Königin. Sie ist eine Frau mit tiefen spirituellen Bedürfnissen – sie kommt zu mir, um Trost zu suchen.«

»Sie hält ihre Vertraute im Kerker eingesperrt?«

»Sie ist gleichzeitig auch eine sehr unsichere, mißtrauische Frau.«

Pelmen spähte durch die Gitterstäbe vor dem Fenster von Serphimeras Zellentür und schaute in jene smaragdgrünen Augen, die ihn schon vor vielen Monaten so in ihren Bann geschlagen hatten. Sein Gesicht begann zu schweifen, erfüllt von der schieren Freude, ihr Gesicht wiederzusehen. Dann wurde ihm bewußt, wo er war, und seine weiße Stirn legte sich in Sorgenfalten. »Wie hast du mich erkannt?« fragte er.

Ihr Schmunzeln überraschte ihn. Noch nie hatte er Serphimera lächeln sehen. »Wie wohl? Was meinst du, Prophet? Oder sollte ich besser sagen: Schauspieler? Diese alberne weiße Schminke auf deinem Gesicht paßt so gar nicht zu einem angeblich heiligen Mann.«

Pelmen sank das Herz. »Du weißt ... so viel ...«, begann er.

»Oh, ich weiß eine Menge über dich. Ligne hat mir alles erzählt, woran sie sich erinnern konnte, und ich habe ihr aufmerksam zugehört.« Serphimeras Brauen wölbten sich geringschätzig. »Ich habe sie exakt wissen lassen, was ich von dir halte. Und sie stimmte mir voll und ganz zu.« Serphimera entfernte sich von der Tür. Das gab Pelmen die Gelegenheit, einen Blick in ihre Zelle zu werfen, und was er sah, überraschte ihn erneut. Sie war fein möbliert: mit einem reich verzierten Schrank, einem großen Bett, einem Schreibtisch, mehreren Stühlen und einem edlen Teppich. Ein Dutzend silberne Kerzenhalter säumten die Wände. Ligne ließ es ihr offenbar an nichts fehlen.

»Du gibst mir noch immer die Schuld am Tode des Drachen«, sagte er leise.

»Sollte ich das etwa nicht?« fragte sie über die Schulter. Ihr langes schwarzes Haar fiel in Kaskaden über ihren Rücken, und das flackernde Kerzenlicht unterstrich ihre zarte Schönheit. Welten lagen zwischen ihrer Schönheit und der schreienden, grellen Hübschheit und hochgezüchteten Sinnlichkeit Lignes. Serphimeras Züge waren zugleich geheimnisvoll und unschuldig. Wo Ligne bei einem Manne heißes Begehren, ja Geilheit erregte, da erwärmte Serphimeras Schönheit das Herz und den Geist. Ihre Augen waren offene Fenster, durch die man direkt in ihre Seele blicken konnte, denn Serphimera verbarg niemals ihre Gefühle oder Gedanken. Ihre Gefühle waren wie ein offenes Buch für jeden, der in ihren Augen lesen wollte – und Pelmen las jetzt ihren Zorn und ihre Trauer. »Du hast ihn getötet.«

»Er hätte dich gefressen.«

»Es gibt nichts, wonach ich mich mehr gesehnt hätte!«

»Du sehntest dich danach, eins zu werden mit der *Macht.* Das war nicht der richtige Weg.«

»Die *Macht!*« schnaubte sie voller Verachtung. »Was hat diese *Macht* für Lamath getan? Sie hat ihm seinen Gott gestohlen und das Land in ein Meer des Unglaubens und der Gottlosigkeit gestürzt! Jeder Tempel ist geschleift, jedes Kloster wurde leergefegt! Ist das alles, was deine *Macht* vermag?«

»Wenn sie es muß – um zu den Menschen vorzudringen ...«

»*Ich* war auf dem besten Wege, zu den Herzen der Menschen vorzudringen!« schrie die Frau und wandte sich wieder von ihm ab, um zu der nackten Wand auf der anderen Seite der Zellen zu gehen.

Pelmen schaute nervös zur Treppe. Ihm wurde plötzlich bewußt, daß er in all den langen Tagen und Nächten, die er selbst in Kerkern verbracht hatte, noch nie erlebt hatte, daß ein Wärter auf die Schreie eines Gefangenen mit etwas anderem als Gleichgültigkeit reagiert hatte. Ein wenig beruhigt von diesem Gedanken, wandte er seinen Blick wieder von der Treppe ab und schaute durch das Guckloch in die Zelle. »Und deshalb bist du jetzt hier?«

»Ich kam hierher, um die Königin dazu zu bewegen, nach Lamath zu marschieren, das Land von den Gotteslästerern zu säubern und den Drachenglauben wiederherzustellen.«

Pelmen wartete eine lange Zeit schweigend.

»Sie hat mich ausgelacht«, schloß Serphimera.

Pelmen wartete noch einen Moment, bevor er sprach. »Ich habe das nie getan.«

Serphimera setzte sich aufs Bett. »Als ich dir sagte, der Herr Drache würde ihr zur Strafe für ihren Ungehorsam den Palast niederbrennen, da lachte sie wieder – aber sie befahl auch, daß ich hierhergebracht werde. Erst später dann begann sie, mich aufzusuchen und mit mir zu reden.«

»Und dich zu ihrer Vertrauten zu machen ...«

»Genau.« Serphimera deutete mit einer schweigenden Geste in die Zelle. »Sie behandelt mich gut.«

Pelmen unterdrückte die in ihm hochwallende Wut auf die Königin und flüsterte resolut: »Ich hol dich hier raus.«

»Oh, das ist nicht nötig«, erwiderte Serphimera. Sie erhob sich und kam wieder zur Tür. »Ich werde diese

Burg so verlassen, wie ich sie betreten habe ... als freier Mensch.«

»Aber wie willst du ...«

»Woher ich das weiß? Auf die gleiche Weise, wie ich wußte, daß du kommen würdest, Prophet. Ich hatte eine Vision.«

Pelmen hatte schon einmal mit Serphimeras Visionen zu tun gehabt. Wo immer sie auch herrühren mochten, sie erfüllten sich in der Regel. Ihre Worte erweckten in ihm plötzlich ein Gefühl von Verwundbarkeit. »Serphimera ... erzählst du der Königin ... von deinen Visionen?«

Die Priesterin wandte den Blick ab. »Von den meisten. Das ist einer der Gründe, warum sie mich aufsucht. Unter anderem scheint sie in mir eine Art ... Wahrsagerin zu sehen.« Serphimera biß sich auf die Lippe. »So eine Erniedrigung! Eine Priesterin des Herrn Drachen, auf eine Stufe gestellt mit einer marischen Hexerin!«

»Hast du ihr von meiner Verkleidung erzählt?«

Serphimera sah ihm in die Augen. »Nein.«

Pelmen fühlte sich von einer Woge der Erleichterung durchspült. »Warum nicht?«

Ihr Blick blieb ernst. »Ich glaube, wir wissen beide die Antwort auf diese Frage.«

Ihre Lippen sahen wundervoll aus im Schein der Kerzen. Er wollte sie küssen.

Als ob sie seine Gedanken gelesen hätte, wich sie zurück und verschränkte die Arme vor der Brust. Sie versuchte, eine verächtliche Miene aufzusetzen – aber ihre Augen sprachen eine andere Sprache.

»Ich darf wohl annehmen, deine Vision hat dir nicht gesagt, wie du es bewerkstelligen wirst, als freier Mensch diese Burg zu verlassen?«

»Nein.«

»Dann wäre es also möglich, daß ich vielleicht eine Rolle bei diesem Ereignis spiele?«

»Vielleicht.«

»Fein. Dann ...«

»Aber ich bezweifle es.«

Pelmen schaute sie verdutzt an. »Warum?«

»Weil du durch einen Tunnel hereingekrochen bist. Und wie ich dich kenne, wage ich zu behaupten, daß du von mir erwarten würdest, daß ich auf dem Bauch aus diesem Kerker herauskrieche.«

»Und das würdest du nicht tun ...«

»Das kam in der Vision nicht vor.«

Pelmen biß sich konsterniert auf die Lippe und überlegte einen Moment. »Du wußtest, daß ich kommen würde. Gibt es noch irgendwas, was du weißt, das mir vielleicht helfen könnte?«

Serphimera lächelte. »Das hängt ganz davon ab, was es ist, das du versuchst.«

»Ich kam hierher in der Hoffnung, die Lady Bronwynn zu finden. Sie ist die rechtmäßige Erbin des Thrones von Chaomonous, und ich sähe sie gerne auf ihm sitzen.«

Serphimeras Nüstern blähten sich ganz leicht bei der Erwähnung des Namens der Prinzessin. »Bronwynn. Ist das nicht das ungezogene kleine Mädchen, das dir so devot hinterherlief?«

»Sie war eine meiner Jüngerinnen, ja – du bist ihr zusammen mit mir im Kerker von Lamath begegnet.«

»Und wenn sie gekrönt wird, was wirst du dann?« fragte Serphimera, und ihre Lippen kräuselten sich zu einem Anflug von Spott. »Der neue König?«

Pelmen lachte laut. Er hatte es nicht beabsichtigt, es rutschte ihm einfach so heraus. Er schlug sich die Hand vor den Mund und lief rasch zur Treppe, um zu lauschen, ob niemand es gehört hatte. Als er zurückkam, kicherte er noch immer. Als er Serphimeras wütend funkelnde Augen sah, mußte er wieder lauter lachen.

»Nun?« schnaubte sie wütend.

»Nein«, sagte er, immer noch kichernd. »Eine Treppe

höher ist ein Bursche, der mir den Kopf abhacken würde, wenn ich das auch nur versuchen würde.« Pelmens Lächeln machte einen Ausdruck der Besorgnis Platz. »Ich möchte lediglich diesem Land ein bißchen Frieden und Sicherheit wiedergeben.«

»Wie du es in Lamath gemacht hast?« zischte sie.

»Wenn du irgend etwas von Bronwynn weißt, Serphimera, dann möchte ich dich hiermit dringend ersuchen, es mir mitzuteilen.« Sein Gesicht hatte einen grimmigen Ausdruck angenommen – so grimmig jedenfalls, wie das bei einem weiß geschminkten Narrengesicht möglich war. Serphimera mußte darüber lächeln. Aber sein Gesicht blieb ernst, und auch sie wurde wieder ernst.

»Sie verbrachte eine ganze Weile in der Grube am anderen Ende dieses Ganges. Die Königin behandelte sie so schlecht, wie sie mich gut behandelte. Ich hörte ihr Stöhnen jede Nacht. Und eines Nachts hörte ich es plötzlich nicht mehr. Ich befürchtete, sie sei tot, aber die Königin teilte mir später mit, jemand hätte sie aus dem Kerker entführt. Sie sagte mir auch, wenn sie verdächtigte, und ich sage es dir nicht gern, denn ich bin mit dem Mann gereist und habe ihn als einen grausamen, verlogenen und ruchlosen Ungläubigen kennengelernt. Sein ...«

»Wie wunderbar!« knurrte Pelmen, denn ihm war sofort klar, wen sie meinte. »Wir sitzen hier in Lignes Kerker, und Bronwynn ist in der Hand von Admon Faye!«

## Kapitel 13

## Ein alter Zauber

»MEIN ARM IST MÜDE!« schrie Bronwynn.

»Glaubst du, ein Feind wird von dir ablassen, damit du dir Ruhe gönnen kannst?« rief Admon Faye herausfordernd und schwang wild die Übungsklinge, daß sie klatschend auf Bronwynns linke Schulter niederfuhr. »Los, Mädchen. Pariere oder leide Schmerz.«

Bronwynn schleuderte ihre Holzwaffe beiseite, und die rollte klappernd über den Steinboden, bis sie schließlich an der Mauer zur Ruhe kam. »Jetzt tun mir beide Schultern weh«, zischte sie, und sie umfaßte sie, die Arme gekreuzt, und begann sie zu kneten. Admon Faye hob die Waffe, als wolle er sie wiederum schlagen. »Nur zu!« kreischte sie streitbar. »So schlag mich nur grün und blau!«

Er ließ das Übungsschwert sinken und grinste sie an. »Ich will dich nur lehren, dich zu verteidigen ...«

»Vielleicht will ich aber heute nicht lernen, mich zu verteidigen!«

»Hebe das Schwert auf und begib dich an die Arbeit!« herrschte er sie an. »Wir haben nicht viel Zeit!«

»Ihr habt nicht viel Zeit!« fauchte Bronwynn und wandte ihm den Rücken zu. »Ich schon. Au!« schrie sie jäh auf, als der Sklavenhändler ihr einen harten Hieb auf den Hintern versetzte.

»Du bist faul«, grunzte Admon Faye. »Ich biete dir ein Königreich, Mädchen. Ist es dir nicht den einen oder anderen blauen Fleck wert, Königin zu werden?«

»Königin!« fauchte sie. »Was wäre mir das für ein Regieren, wenn Ihr und Flayh mir beständig über die Schulter schaut? Das ist nicht Herrschaft – das ist nur eine neue Art von Gefangenschaft!«

»Du bist ein Kind. Du glaubst, es sei möglich, frei zu sein.«

Bronwynn rieb sich die Schultern und schmollte. »Nein, das stimmt nicht.«

Admon Faye sah ihre vorgeschobene Unterlippe und kicherte. »Sehnst dich nach deinem Freund? Er sehnt sich aber nicht nach dir.«

»Ihr schweigt mir von Rosha!«

»Warum sollte ich?« höhnte der Sklavenjäger. »Ich spreche nur aus, was ich vom magischen Glas gehört habe ... vielleicht ist es der Dame entgangen?« fügte er spottend hinzu.

»Es ist mir nicht entgangen!« loderte Bronwynn. »Ich glaube es nur nicht!«

»Und warum nicht?« erkundigte er sich lockend. »Oh, sag's mir nicht. Laß mich raten. Dein Rosha-Knabe ist zu rein, als daß er sich mit einem so ränkevollen, bösen Weib besudelte. Just in diesem Augenblick sitzt er irgendwo in einem Gemach in der alten Burg deines Vaters und vergießt romantische Tränen um dich, seine einzige Liebe.«

»Rosha weint nicht«, murmelte Bronwynn mit abgewandtem Kopfe.

Admon Faye johlte. »Das glaubst du?« Er lachte rauh. »Du glaubst wirklich, er ist treu und rein?«

»Warum sollte ich es nicht glauben?« schrie sie.

Unglaubliche Härte erfüllte das Antlitz des Sklavenjägers. »Weil das Leben nicht so ist, kleines Mädchen. Und hinter diesem Schmollmündchen weißt du das auch.«

Bronwynn wirbelte herum und starrte erbost hinaus in den schmutzig grauen Himmel. Diese Übungsstunde hatte im Hof abgehalten werden sollen, doch das Wetter hatte nicht mitgespielt; vom frühen Morgen bis zum Nachmittag waren Regenschauer über dem Bergfried herniedergegangen. Der Schnee, der den Boden seit Monaten überkrustet hatte, war dahingeschmolzen und hatte dicken schwarzen Schlamm hinterlassen, wo einst der Hof gewesen war. Der Wetterumschwung ließ es in der Burg ebenso scheußlich werden wie draußen. Das durchnäßte Übungsgewand klebte Bronwynn unbehaglich am Rücken. Aber wenn sie sich körperlich schon so fühlte, als sei sie durch einen Sumpf geschwommen, so war dies nichts im Vergleich zu dem düsteren Ödland in ihrer Seele. Mit Mühe unterdrückte sie die Tränen, doch sie waren da – salzige Tränen, die unablässig heraufdrängten, um ihr über die Wangen zu quellen und ihren kleinen Beitrag zu ihrem Jammer zu leisten.

»Finde dich damit ab! Der Bengel genießt die schönste Zeit seines Lebens!« Der Sklavenjäger lachte wollüstig meckernd. »Er lernt Dinge, die ...«

Bronwynn kam blitzschnell quer durch den Raum geschossen und wollte dem Sklavenjäger wutentbrannt die Augen auskratzen. Aber sie war Admon Faye nicht gewachsen. Er schleuderte sie an sich vorbei und ließ sie an die Wand prallen. Schmerzerfüllt sank sie in die Knie und lehnte sich an die Mauer. Die Tränen, die zu tröpfeln gedroht hatten, fluteten nun hervor.

Admon Faye kam herbei und blieb vor der schluchzenden Prinzessin stehen. »Steh auf!« schnarrte er verachtungsvoll. »Steh auf und nimm die Waffe. Ich werde dir zeigen, wie du diesem Weib das Fell abziehen kannst! Würde dir das nicht gefallen? Lignes zarten Hals vor der Schneide deiner Klinge zu sehen?«

Bronwynns Tränen versiegten, doch der heiße Schmerz in ihrer Kehle wollte nicht weichen. Sie dachte einen Augenblick lang an Ligne. Sie konzentrierte alle ihre Gedanken auf das Bild dieser Frau mit ihrem spöttischen Lächeln, das vor ihrem geistigen Auge erstand, und sie haßte sie. Aber als Rosha sich neben Ligne in das Bild schob, da überwältigte das Gefühl, verletzt und verraten worden zu sein, diesen Haß und beraubte sie des Willens zum Kampfe. Die Tränen begannen neuerlich zu fließen.

Admon Faye trat zurück, einigermaßen verdrossen. Noch nie hatte er das Mädchen weinen sehen, und er war überrascht. Wogen der Verzweiflung schwemmten über Bronwynns Körper hin und ließen ihr Schluchzen schriller werden; indes, der Sklavenjäger wandte seine Aufmerksamkeit anderen Dingen zu. In seiner langen Laufbahn hatte er ein Heer von Menschen zum Weinen gebracht, und er kannte den Punkt, da Tränen jede weitere Arbeit unmöglich machten. Er wandte sich von der Schluchzenden ab und machte sich auf die Suche nach Flayh.

Den Macht-Former zu finden, dauerte ein Weilchen. Niemand schien zu wissen, wo er war. Pezi schlug vor, es in der Bibliothek zu versuchen, doch wenn Flayh dort war, so gab er keine Antwort. Admon Faye schlenderte langsam durch die Halle, betrachtete aufmerksam jeden der Hunde, die herzutollten, ihn zu begrüßen, aber bei keinem entdeckte er in den Augen irgendwelche ungewohnte Intelligenz. Er hüllte sich in seinen Mantel und trat hinaus in den Nieselregen.

Als er so die tiefsten Pfützen vorsichtig umging, erblickte er eine kleine Gestalt, die über ihm auf der Festungsmauer stand – einen Mann, der sich nicht einmal die Mühe gemacht hatte, seinen kahlen Kopf zu bedekken. Admon Faye brauchte ein paar Augenblicke; dann war er oben bei ihm. »Genießest du den Regen?« fragte er mit grausamem Humor.

»Ich genoß die Ungestörtheit«, versetzte Flayh, ohne ihn anzusehen.

»Wir haben aber Geschäftliches zu regeln, du und ich.« Admon Faye runzelte die Stirn. »Ich dachte, dir sei an Eile gelegen?«

»So war es auch«, murmelte Flayh. »So war es. Bis ich mit meiner allzu großen Hast sämtliche Möglichkeiten für das Gelingen meines Planes zuschanden machte.«

»Nun, ich fand, du handeltest äußerst maßvoll«, spottete Admon Faye.

»Der Rat in Aufruhr, der Konklave weit vor der Zeit in Auflösung ...« Flayh schüttelte den Kopf. »Eine Tragödie. Und das alles nur wegen dieses jungen Tahli-Damen.«

»Du erstaunst mich, Flayh. Für einen Macht-Former scheinst du mir über eine sehr begrenzte Vorstellungskraft zu verfügen.«

Flayh sah den Sklavenjäger an und hob eine Braue. »Sprich klarer.«

»So wissen die übrigen Händler nun, daß du ein Zauberer bist. Was macht das schon?«

»Zwischen den Häusern herrscht Spaltung!« Flayhs Augen blitzten empört. »Nichts könnte schlechter fürs Geschäft sein als Rivalität zwischen den Häusern. Tahli-Damen hatte recht, zumindest in diesem Punkt.«

»Ihr Händler.« Admon Faye lachte verächtlich. »So eingespannt in eure Cliquen und Räte, daß ihr die Welt nicht mehr sehen könnt, wie sie ist. Sieh dich aufmerksam um, Flayh!« Mit weiter Gebärde deutete der Sklavenjäger über die Ebene vor der westlichen Öffnung. »Die Welt. Sie gehört dem, der sie haben will. Und du und ich, wir haben die Macht, uns unseren Teil zu nehmen. Nie habe ich eines eurer Händler-Spielchen gespielt, und doch ist es mir stets wohlergangen.«

»Gleichwohl verlangte es dich nach einem Sitz im Rat«, erinnerte Flayh ihn.

»Nach meinen eigenen Bedingungen, für meine eigenen Zwecke. Ich will ihn immer noch. Beruhige dich, Flayh. Du hast deinem kostbaren Rat keinen irreparablen Schaden zugefügt: hast ihn nur ein wenig durcheinandergerüttelt. Eine Machtverschiebung war nach dem Drachen unumgänglich. Dein kleines Feuerwerk hat diesen anderen lediglich klargemacht, mit was für Kräften sie es hier zu tun haben.«

»Du bist kühn und erfinderisch, Admon Faye, aber es mangelt dir an Erfahrung im Umgang mit Händlern und der Art, wie sie denken. Der Rat der Alten hat Schaden davongetragen, und sollte er sich eines Tages wieder zusammenfinden, so, fürchte ich, wird das Haus Ognadzu nicht mehr willkommen sein. Jagd und Ligne haben mich aus Chaomonous verbannt. Pelmen der Prophet hat mich aus Lamath verjagt, und unsere Herrschaft über dieses Land hier wird von eben jenem Tahli-Damen bedroht.«

»Seit wann befaßt du dich mit simplen Geschäftsdingen?«

»Das ist es ja eben. Ich habe so viel Zeit darauf verwendet, meine Fertigkeiten als Former zu vollenden, daß ich meine Familiengeschäfte vernachlässigt habe.«

Admon Faye verzog geringschätzig den Mund. »Hast du sie eben vernachlässigt. Keine Sorge, Flayh. Arbeit findest du immer, als Macht-Former des Hofes in der Hohen Festung.«

»Was?«

Der Sklavenjäger schüttelte den Kopf. »Verzeih mir – ein Scherz. Es erscheint mir nur so unpassend, wenn ich sehe, wie der Herrscher des mächtigen Hauses Ognadzu das Geschick seiner Familie bejammert.«

»Was redest du da von der Hohen Festung?«

Admon Faye lachte leise. »Vor über einem Jahr bat die Familie Pahd mich, einen Macht-Former für sie zu suchen, der König Pahd von seiner Faulheit heilen könnte. Eigentlich wollten sie Pelmen ...«

»Pelmen.« Flayh spuckte aus.

»Ich schätze ihn auch nicht«, bekannte Admon Faye grimmig. »Meine verzerrte Fratze ist ein Geschenk, das ich vor langer Zeit von ihm bekam.«

»Das war Pelmen?«

»Sagen wir, er spielte eine Rolle dabei. Aber das ist eine andere Geschichte. Ich bin hergekommen, um ...«

»Hast du ihnen einen Macht-Former ausfindig gemacht?«

»Den Pahds? Nein. Warum dieser Wissensdrang? Ich habe nur einen Scherz gemacht?«

»Das hast du, ja. Du wolltest mir versichern, daß unserem Plan auf jeden Fall Erfolg beschieden sein wird und daß das Glück meines Hauses bald wiederhergestellt sein wird.«

»Dafür garantiere ich. Mag sein, daß diese anderen Häuser dir wirklich mißtrauen, aber solange meine Horde an Ort und Stelle ist, sind sie außerstande, uns zu bedrohen.«

»Du hast keine Angst vor der vereinigten Macht des Händlerrates?«

»Nicht, wenn ich das zahlreichste Haus zum Verbündeten habe.« Admon Faye grinste. »Bei all deinem Gejammere wirst du ja nicht bestreiten, daß du mit deinen Vettern allein eine formidable Armee aufstellen könntest. Und welcher Händler wäre töricht genug, sie herauszufordern, wenn er weiß, daß ein erfahrener Zauberer sie führt?«

Flayh nickte. »Wahrscheinlich hast du recht.«

»Ich habe recht«, schnaubte Admon Faye. »Darauf kannst du dich verlassen.«

»Das tue ich, Sklavenjäger!« versicherte Flayh hastig. »Fürwahr, das tue ich. Denn scheitert dieser Plan, so werde ich mich womöglich genötigt sehen, eine Anstellung anderswo zu suchen, und weiß der Drache, was ich dann tun muß. Deine Rauhbeine, nehme ich an, sind bereits an Ort und Stelle?«

»Du meinst die Angehörigen meines Hauses?« fragte Admon Faye.

Flayh lachte – ein boshaftes Glucksen, das tief aus seiner Kehle kam. »Ja. Ich meine deine Familie. Sind dies die Farben, die du dir erwählt hast?« Er deutete auf die verschwitzten Gewänder, die Admon Faye am Leibe hatte. Die Tunika des Sklavenhändlers war von stumpfem Grau, seine Hose von gleichermaßen tristem Grün.

»Ich hielt sie für angemessen.« Admon Faye grinste.

»Sie sind von brutaler Häßlichkeit.« Flayh sah dem Sklavenjäger in die Augen.

Admon Faye lächelte nicht mehr. »Wie ich sagte. Angemessen. Also praktisch. Es sind die Farben des Großen Südlichen Tannenwaldes. Schon hundertmal habe ich meine Reiter durch deinen Wald ziehen sehen, ohne daß sie meine Anwesenheit auch nur geahnt hätten. Aber gewiß, nobel sahen sie aus, so wohlhabend in ihren blau und zitronengelb leuchtenden Tuniken. Prachtvolle Zielscheiben, soviel steht fest.«

»Was du trägst, ist meine Sache nicht. Was du tust aber wohl.« Flayh hob fragend die Braue.

»Meine Horde ist an ihrem Platz.«

»Gut. Und das Mädchen?«

»Ich arbeite mit ihr.«

»Dränge sie nicht zur Hast. Das habe ich bei Ligne gelernt. Ich habe ihr den Weg zum Thronsaal von Chaomonous gepflastert, weil sie hirnlos und fügsam genug zu sein schien, um sich später leicht steuern zu lassen.«

»Ach?« Admon Faye lächelte. »Ligne glaubt, sie sei aus eigener Kraft in diese erhabene Stellung gelangt.«

»Das ist mir bekannt. Und Jagd, diese Stinkspritze, ermuntert sie noch, dies zu glauben, und melkt sie so recht nach seinem Belieben. Deshalb will ich, daß er so bald wie möglich stirbt, und sie mit ihm.« Flayh seufzte. »Ich hätte nie geglaubt, daß die Dinge sich so entwikkeln würden. Deshalb will ich diesmal sichergehen, daß das Mädchen weiß, wer ihre Herren sind, ehe wir ihr dic Krone geben!«

»Sie lernt schon«, kicherte Admon Faye.

»Unternimm nichts, ehe du nicht sicher bist. Eile ist wichtig, ja, aber nicht so wichtig wie Erfolg!«

»Du sprichst mit mir, Flayh, nicht mit Pezi«, entgegnete Admon Faye, und Ärger klang in seiner Stimme.

»Verzeih mir!« Flayh schüttelte den Kopf. »Ich war so lange von meinen holzköpfigen Verwandten umgeben, daß ich es mir zur Gewohnheit machen mußte, alles, was sie taten, zweimal zu überprüfen. Wenn das Mädchen bereit ist – und wann sie bereit ist, überlasse ich dir, zu entscheiden –, lasse es mich durch einen Flieger wissen. Natürlich, wenn du uns erst von Jagd befreit hast, werden wir auf weniger umständlichem Wege miteinander Verbindung aufnehmen können.«

»Du meinst, über die andere Pyramide?«

»Allerdings. Pezi wird die seine behalten. Er ist natürlich ein Trottel, aber gelegentlich auftretende Anfälle von wilder Gerissenheit haben mich davon überzeugt, daß es ratsam ist, ihn in meiner Nähe zu behalten. Überdies gehört er zur Familie, und er ist völlig zahm; er hält die Klappe, wenn ich es ihm befehle. Die Zeit, da der Gegenstand sich in Tohns Besitz befand, hat mir nicht gefallen. Mein toter Vetter besaß einen aufgeblähten Sinn für Moral – etwas, worunter du nie zu leiden hattest, wie ich zuversichtlich annehme?« Der Sklavenjäger brüllte vor Lachen, und Flayh nickte. »Ich auch nicht. Drei Nächte, nachdem du den Vogel in die Lüfte warfst, um mitzuteilen, daß du bereit seist, werden Pezi und ich unsere Pyramiden beobachten. Damit dürftest du Zeit genug haben, die Burg einzunehmen und Jagds Kristall an dich zu bringen …?« Flayh ließ den Satz wie eine Frage in der Luft hängen, und sein Blick suchte nach neuerlicher Bestätigung dafür, daß sein Plan in Erfüllung gehen werde.

»Ich werde da sein. Und unsere kleine Lady Bronwynn wird auf ihrem Thron sitzen.«

»Das hoffe ich sehr.« Flayh nickte. »In letzter Zeit bin ich von Leuten umgeben, die mich enttäuschen. Ich vertraue darauf, daß du aus härterem Holz geschnitzt bist. Morgen brichst du zum Paß auf?«

»So ist es geplant.«

Flayh schaute zum Himmel. »Vielleicht wird das Wetter sich aufklären. Sollte ich dich bis dahin nicht mehr sehen, wünsche ich dir schon jetzt eine gute Reise. Wenn du mich jetzt entschuldigen würdest – ich habe Wichtiges in meiner Bibliothek zu erledigen.«

Admon Faye sah dem runzligen Händler nach, wie er

davonhastete und emsig von der Mauer hinunterkletterte. Er wußte nicht, was er von Flayh halten sollte, und er fragte sich, ob er Anlaß zur Sorge habe, doch dann verwarf er den Gedanken. »Er ist ein Macht-Former«, sagte er bei sich. »Und alle Macht-Former sind ein bißchen sonderbar.«

Auch er verfügte sich die schlüpfrigen Stufen hinunter und zurück in den Übungssaal. Bronwynn lag noch immer am Boden. Er beschloß, es mit Sanftmut zu versuchen. So ging er zu ihr hin und kniete neben ihr nieder, und er streckte die Hand nach ihrer Schulter aus. »Ich nehme an, du hast dich nicht in den Schlaf geweint, oder?«

»Nein.«

»Du hast über meine Worte nachgedacht.«

»Ja«, antwortete sie nach kurzem Zögern.

»Ich habe auch nachgedacht über das, was du gesagt hast. Und ich glaube, ich kann es verstehen. Natürlich gelüstet es dich nicht danach, eine Krone wiederzuerlangen, nachdem du einen Geliebten verloren hast. Aber sag mir eines: Nach allem, was wir neulich von Jagd gehört haben – was würdest du tun, wenn du deinen Rosha hier jetzt bei dir haben könntest?«

Bronwynn schniefte und knurrte dann: »Die Zähne würde ich ihm eintreten!«

Admon Faye lachte leise. Der sanfte, begütigende Klang seiner Stimme stand in scharfem Kontrast zu seinen Worten, als er antwortete. »Oh, aber ich werde dich lehren, eine viel bessere Rache zu üben. Hier ...« Er drückte ihr das hölzerne Übungsschwert wieder in die Hand. Und seine ruhige Art pflanzte das Saatkorn tief in ihr Herz. Wie das Gras draußen in der Wärme des Frühlings zu sprießen begann, so schlug in Bronwynn der Gedanke an Rache nun seine Wurzeln und begann zu wachsen.

Am nächsten Morgen kam die Sonne hervor. Der Regen hatte aufgehört, die Wolken waren in der Nacht ostwärts gen Ngandib getrieben. In der Frühe fegte noch immer ein kräftiger, kühler Wind über die Ebene. Flayhs Bedienstete hatten Bronwynn warm eingemummt aufs Pferd gesetzt, und jetzt ritt sie mit Admon Faye von der Burg Tohn aus gegen einen schweren Sturm an, der entschlossen schien, sie in die Festung zurückzupusten. Mit schmalen Augen blinzelte sie in die pfeifenden Böen und hinauf zu den Schründen von Drachentor, die sich scharf vom wolkenlosen Himmel abhoben. Schnee bedeckte noch immer die Gipfel, doch die Höhen darunter zeigten die unverkennbaren Anzeichen des nahenden Frühlings. Überall war es grün – in der Ebene, so weit das Auge reichte, aber auch in dem hochgelegenen Tal, dem Herzen des Passes, und grün sproß es auf jedem Fleckchen Erde, das zäh an steiler Felswand klebte. Der Wind ließ die Welt vor ihren Augen verschwimmen und rührte gleichzeitig jeden Ast, jeden Halm. Einen Augenblick lang schien es, als wimmele die Welt vom Schwanken und Wanken lebendiger grüner Wesen. Inmitten aber des smaragdnen Schimmers ragten die Berge kalt und fest. Sträucher und Gräser indessen legten ein strahlendes Zeugnis für die unwandelbare Wahrheit ab, die sich mit jedem Zyklus der Sonne von neuem erweist – daß das Leben sich nicht wehren läßt. Nicht einmal ein Jahr war es her, daß Vicia-Heinox alles Grüne in dieser seiner alten Heimat verbrannt hatte. Wenige Tage zuvor noch war der Paß von Schnee verstopft gewesen. Aber der Schnee war geschmolzen – der Drache war tot – und das Gras lebte weiter und wuchs.

Bronwynn, befreit von der erstickenden Enge der Burg, atmete tief im Angesicht der schwindelerregenden neuen Möglichkeiten, die vor ihr lagen. Sie lebte, sie war jung, und nach Monaten der hoffnungslosen Gefangenschaft hatte sie nun endlich Gelegenheit, ihr rechtmäßiges Erbe zu beanspruchen. Für die kurze Spanne des Rittes durch den peitschenden Wind vergaß sie Admon Faye restlos und träumte wieder die Träume ihrer Kindheit. Träume, die vor langer Zeit in der warmen Geborgenheit am Hofe ihres Vaters geboren worden waren. Aber ihre Hochstimmung war nicht von Dauer. Der Gedanke an das Vaterhaus führte unausweichlich zu Rosha, und die frische, reine Luft der Freiheit wurde schal und leblos im Gefolge dieser Erinnerungen.

Die Tränen, die sie am Tag zuvor vergossen hatte, waren eine Ausnahme gewesen. Bronwynn hatte nie zum Weinen geneigt. Sie weinte auch jetzt nicht, wenngleich der harte Kloß in ihrer Kehle von einem reinigenden Tränenstrom hätte fortgeschwemmt werden mögen. Statt dessen aber biß sie die Zähne zusammen und gedachte mit Verachtung des Ichs, das sie gewesen war, als sie den stammelnden Krieger geliebt hatte. »Er soll bezahlen«, stieß sie zwischen den Zähnen hervor. Dann gab sie ihrem Pferd unnötigerweise die Peitsche und beugte sich tief über seinen Hals.

Admon Faye warf gerade zur rechten Zeit einen Blick zu ihr hinüber, um zu sehen, daß sie die Lippen bewegte. Sein grimmiges Lächeln blieb unbemerkt, und er wandte seine Aufmerksamkeit wieder dem nahen Paß zu. Schon formierte sich eine Gruppe graugekleideter Reiter zu einer Linie vor der westlichen Öffnung an der engsten Stelle von Drachentor. Sie kannten ihn und das Mädchen; sie befolgten nur seinen ausdrücklichen Befehl, niemanden in die Nähe des Passes kommen zu lassen, ohne ihn mit machtvollem Muskelspiel aufzuhalten. Während er die Linie noch mit scharfen Augen musterte, sah er, daß es in einer Schar unberittener Krieger zu seiner Rechten zu einem Handgemenge kam. Er lenkte sein Pferd in die Richtung und trieb es mit den Sporen auf den Unruheherd zu.

»Ich sage euch, ich gehöre zu Admon Faye!« brüllte ein langer Kerl, den er nicht erkannte. Der Mann trachtete sich dem festen Griff zweier treuer Gefährten des

Sklavenjägers zu entwinden. Ein zweiter Fremdling, ein gedrungener Bursche, in dessen Miene sich blanker Abscheu spiegelte, leistete seinen Überwältigern keinen Widerstand mehr. Es war dieser kleine Bandit, der Admon Fayes Nahen als erster bemerkte. Es schien, als seufze er resigniert.

»Zu mir gehört ihr?« fragte Admon Faye. Der große Fremde verrenkte sich, um zu seinem Helden aufzulächeln. Doch das Lächeln gefror Pinter auf dem Gesicht, als er die monumentale Häßlichkeit des Sklavenjägers zum erstenmal gewahrte. Admon Faye ließ sich einen Augenblick lang anstarren. »Nun?« fragte er dann herausfordernd.

»Ah – ja!« gab Pinter mit gezwungener Munterkeit zurück. »Das heißt, ich würde wohl gern ...«

»Diese beiden haben uns angegriffen, als wir in den Paß einritten«, grunzte ein alter Sklavenjäger mit faltigem Gesicht. »Behaupteten, sie gehörten zu Eurer Horde, und verlangten Tribut in Eurem Namen.«

»Ich habe ja gesagt, es sind Halsabschneider«, flüsterte Tibbs seinem wild grinsenden Gefährten zu.

»Und das war nicht gelogen!« verteidigte sich Pinter. »Wir haben Euch Tribut zu übergeben!«

»Nicht ...«, zischte Tibbs und versuchte, seinen Kameraden zum Schweigen zu bringen, ehe dieser seine Worte ausgesprochen hatte. Als es ihm nicht gelang, zog er den Kopf zwischen die Schultern, seufzte und schüttelte dann den Kopf.

»Tribut?« wiederholte Amon Faye. »Zeig her.«

Pinter grinste stolz. »Zeig's ihm, Tibb.«

Tibbs Gesicht nahm wieder jenen Ausdruck von angewiderter Trauer an, als er den einen Arm dem Griff seiner Bezwinger entriß, in seinen Knappsack griff und drei Kupfermünzen zutage förderte, die er dem Sklavenjäger darbot.

Admon Faye starrte auf die ausgestreckte Hand. »Das ist alles?«

»Das ist alles«, brummte Tibb nüchtern.

»Wir hätten wohl mehr gehabt«, erklärte Pinter betreten. »Aber jemand hat uns ausgeraubt.«

Admon Faye starrte noch immer die Münzen an. »Ich bekomme schon mehr als das, wenn ich nur eure Leichen als Tugolith-Futter verkaufe!«

»Hab ich's nicht gesagt?« wandte Tibbs sich seufzend an seinen Freund.

»Bitte, hoher Herr Faye!« flehte Pinter und warf sich zu Füßen des Sklavenjägers auf die Knie. »Ich begreife, daß wir nicht so aussehen, als eigneten wir uns dazu, Mitglieder Eurer Horde zu werden, aber Ihr müßt auch verstehen – Ihr seid zu einem Zeitpunkt erschienen, da wir mit großen Schwierigkeiten zu kämpfen haben. In Wirklichkeit sind wir sehr viel bessere Strauchdiebe, als man auf den ersten Blick meinen möchte.«

Admon Faye zwinkerte seinem Begleiter zu. »Hoher Herr Faye. Das gefällt mir.«

»Eigentlich hatten wir ein hübsches Sümmchen beisammen, das wir Euch überreichen wollten. Aber ein teuflischer Freihändler aus Mari hat uns übers Ohr gehauen, indem er unser Interesse an einem seiner Eisentöpfe so sehr anstachelte, daß wir gar nicht bemerkten, wie er sich mit unserem Beutel voll Gold davonstahl!«

»Aha.« Admon Faye nickte mit gespieltem Ernst. »Und den Topf habt ihr noch?«

Pinter und Tibbs wechselten einen schmerzlichen Blick. »Ehrlich gesagt«, sprudelte Tibbs dann hervor, »wir haben ihn tags darauf an einen anderen Händler verhökert, für eben diese drei Pfennige.« Er zuckte die Achseln. »Wir sind eigentlich keine üblen Diebe. Bloß schreckliche Geschäftsleute.«

»Aber unsere Schwerter wissen wir zu führen«, warf Pinter stolz ein.

Admon Faye hob die buschige Braue und sah seinen grauhaarigen Leutnant an. Der Mann nickte. »Sie haben uns zu schaffen gemacht, ehe wir sie überwältigen konnten.«

Der Sklavenhändler warf, offenbar belustigt, einen Blick auf die beiden kläglichen Diebe. »Ihr wollt zu meiner Horde gehören und schlagt euch doch mit meinen Kriegern?«

»Woher sollten wir wissen, daß sie wirklich zu Euch gehörten?« schrie Tibbs. »Daß sie es behaupteten, brauchte nicht zu bedeuten, daß es auch so war. Dafür sind wir der lebende Beweis!«

»Der *noch* lebende Beweis«, berichtigte der brutale Sklavenjäger. »Aber niemand kann dir dafür garantieren, daß dies so bleibt.« Admon Faye stolzierte um die beiden Möchtegern-Rekruten herum und musterte sie, wie ein Roßhändler seine Tiere mustert. Schließlich schnaubte er. »Nun gut«, knurrte er. »Ihr mögt mir eure Schwerter präsentieren.«

Pinter räusperte sich. »Würden wir tun, aber ...«

»Was, aber?«

»Eure Leute haben sie uns weggenommen!« grollte Tibbs.

Admon Faye warf seinen Kriegern einen Blick zu, und hastig gab man den Dieben ihre Waffen zurück. In altüberlieferter Geste knieten die beiden nieder und streckten die Klingen vor sich. Sie bildeten einen scharfen Kontrast. Stolz präsentierte der lange Pinter sein poliertes Schwert, und ein triumphierendes Lächeln ließ sein Gesicht leuchten. Tibbs hingegen, von der Gestalt einer Tonne, blickte immer noch angewidert drein, als er seinem neuen Herrn nun seine verlorene, ramponierte Klinge darbot. Admon Faye sah, wie seltsam krumm Tibbs' Waffe war, und fing unbeherrscht an zu wiehern; dabei schlug er seinen Gefährten auf die Schultern, und diese krähten ebenfalls vor Vergnügen ob dieses Anblicks. Schließlich beruhigte der Sklavenjäger sich wieder. »Eure Namen?« fragte er nach Art des Rituals.

»Ich bin Pinter«, erklärte Pinter großspurig.

»Ich bin Tibbs«, grunzte sein Freund.

»Also gut. Ich nehme euch in meinen Dienst ... Pinter der Pfahl und Tibbs das Tönnchen ...« Hier überwältigte ihn wieder die Heiterkeit, und er konnte nicht weitersprechen.

»Ab mit euch«, befahl Admon Fayes runzliger Begleiter. »Ihr wißt, wo der Suppenkessel ist.« Pinter und Tibbs rafften sich hastig auf und eilten den Paß hinauf zu der Stelle, wo die Sklavenjäger ihr Lager aufgeschlagen hatten.

Admon Faye wischte sich die Tränen von den Wangen und grinste seinen Leutnant an. »Und wie habt ihr's, davon abgesehen, hier angetroffen?«

»Unverändert. Die beiden Tröpfe hatten unser Waffenversteck nicht entdeckt ...«

»Offensichtlich nicht!« kicherte Admon Faye; er mußte immer noch an Tibbs' Schwert denken.

»... und alles ist bereit für unseren Aufbruch, wann immer es dir recht ist.«

Admon Faye nickte. »Sehr gut. Die junge Dame scheint sich ganz gut zu machen. Wenn ich ihre Kampfessicherheit noch verbessern kann, wird sie, denke ich, auch bald bereit sein.«

»Wen willst du damit betrauen, ihre Sicherheit zu stärken?«

»Wer eignete sich besser als unsere neuen Rekruten?« Admon Faye kicherte, und der andere Sklavenjäger lachte laut auf. Einander auf die Schulter schlagend, machten sie sich auf den Weg hinauf zum Suppenkessel.

Flayhs Hände zitterten. Er starrte auf die prunkvolle Seite, die aufgeschlagen vor ihm lag, und mit Ehrfurcht betrachtete er die kristallene Klarheit der Worte, die darauf eingekratzt waren. Wie viele Jahre hatte dieses Buch auf einem staubigen Bord in seiner Bibliothek gestanden? Unerhörte Macht, Macht, die alle Vorstellungskraft überstieg, verbarg sich zwischen diesen goldgeränderten Seiten und überdauerte geduldig den Lauf der Zeiten! Sicher hatte Tohn nie darin gelesen. Tohn, der Mann der Tat, dachte Flayh bei sich und blinzelte voller Verachtung in die flackernde Kerzenflamme. Tohn hatte wahrscheinlich niemals einen Fuß in diesen Raum gesetzt, und schon gar nicht hatte er sich verbissen durch die Berge von modrigen Bänden geakkert, um die kostbaren Gedankenjuwelen zu finden, die darin vergraben waren. Aber Flayh hatte es getan. Der Macht-Former hob frohlockend die bebenden Arme. Der letzte Sieg war ihm sicher, denn nun besaß er das Zauberbuch eines alten Meisters!

Niemand hatte Flayh darin unterwiesen, die *Macht* zu formen. Alles, was er wußte, hatte er sich selbst beigebracht, mit harter Arbeit und unermüdlichen Versuchen. Seine eigene Bibliothek zu Lamath war wertlos gewesen, denn die Bände dort waren mit religiösem Müll angefüllt gewesen – mehr Wunderkunde als Magie. Aber dies war Ngandib-Mar, das Land der Magier! Hier – die Seiten verkrustet von Staub, der einen würgen machte, und einige von ihnen brüchig vom Alter – hatte er einen Lehrer. Und was für einen Lehrer! Flayhs alte Augen verharrten bei dem spektakulärsten Spruch von allen. Wenn er dieses Wissen dem hinzufügte, das er bereits besaß, konnte er eine Burg zum Leben erwekken!

Er stand auf und ging auf der winzigen Fläche des Fußbodens, die nicht mit weiteren Büchern übersät war, auf und ab. »Natürlich brauche ich die Hohe Festung von Ngandib. Das ist eine Burg mit Substanz, eine unangreifbare Zitadelle, die sich bald aus eigener Kraft wird verteidigen können, so daß ich freie Hand habe, mich ungestört auf meine Kunst zu konzentrieren.« Nicht länger würde er sich mit den unberechenbaren Manövern des Ältestenrates befassen müssen. Oh, er würde selbstverständlich die Hand im Spiel behalten, aber mit Admon Faye als Bundesgenossen und diesem neuentdeckten Zauberbuch brauchte er den Rat nicht mehr. Er würde nach Ngandib gehen und dem Hof seine Dienste als Macht-Former anbieten. Mit seiner neuen Fertigkeit würde er Pahd bald in der Hand haben – und säße seine Marionettenkönigin auf dem goldenen Thron, würde er zwei Drittel der Welt beherrschen! »Und dann«, murmelte er, »kann ich mich um Lamath kümmern – und um Pelmen.«

Er ließ Pezi zu sich in seine Gemächer rufen. Pezi kam herein wie immer – sich windend und voller Angst vor einer Standpauke, über deren Anlaß er sich wie stets im unklaren war. Flayh lächelte freundlich, und das ließ Pezi noch nervöser werden. »So setze dich, mein Junge«, sagte Flayh. Pezi gehorchte. Flayh strahlte. »Wie geht es dir, Neffe?«

»Gut, Onkel«, antwortete Pezi. Wenn Flayh einen ausführlichen Vortrag erwartete, so wurde er enttäuscht.

»Kommst gut zurecht, ja?«

»Sehr gut, Onkel.«

»Gefällt es dir in Ngandib-Mar?«

»Sehr gut, Onkel«, wiederholte Pezi.

»Auch das Klima?«

»Sehr gut, Onkel.« Pezi war mißtrauisch. Was führte sein Onkel im Schilde?

Flayh lächelte beharrlich und kämpfte seinen Verdruß nieder. Wie konnte er die Neugier dieses Bengels erwecken? Plötzlich hatte er eine Eingebung.

»In letzter Zeit gut gegessen?«

Sogleich erwachte Pezis Interesse. »O ja! Heute nachmittag hatte ich eine gefüllte Fasanenkeule mit einer Schüssel Malinsok-Pudding, und eine ...«

»Schön, Neffe«, fiel Flayh ihm ins Wort. Aus langer Erfahrung wußte er, daß sein Neffe wahre Rhapsodien über ein Zwiebelsoufflé zu singen vermochte, und sein

Ziel war bereits erreicht: Der fette Händler hörte ihm endlich zu. »Ich habe dich beobachtet, Pezi. Du hast Potential.«

»Ja?« fragte Pezi, doch rasch besann er sich und machte daraus einen quasi-festen Ausdruck des Selbstvertrauens. »Ja.«

»Ja.« Flayh lächelte und vermied es sorgfältig, auf die Natur von Pezis Potential näher einzugehen. »Darum übergebe ich dir die Verantwortung für dieses Haus.«

Pezi hätte sich fast an seiner eigenen Zunge verschluckt. »Was?« rief er aus.

»In Chaomonous hast du dich als tüchtiger Geschäftsführer erwiesen – nicht brillant, aber das sind so wenige in unserer Familie –, und ich glaube, du weißt dieser Verantwortung gerecht zu werden. Wenn ...«

»Wenn was, Onkel Flayh?« Pezi war aufgeregt.

»Wenn du dich mit dem Hirn konzentrierst, statt mit dem Bauch.« Flayh erhob sich. »Ich werde für eine Weile auf Reisen gehen, und jemand muß sich um die Mari-Konten kümmern. Der Handel wird bald wieder in seine gewohnten Gleise zurückfinden, da nun der Paß wieder in unserer Hand ist. Admon Faye bereitet sich natürlich darauf vor, einen Streich zum Herzen Lignes zu führen, und du wirst mich unverzüglich durch einen Flieger in Kenntnis setzen müssen, sobald du Nachricht von ihm hast. Wenn er Chaomonous erobert und Jagds Pyramide an sich gebracht hat, werden wir uns regelmäßig miteinander beraten können.«

»Ja, Onkel!« antwortete Pezi. Er war fassungslos. Er, Pezi, Herr über die Mari-Konten! Aber Pezi war von Natur aus argwöhnisch, und er war kein Dummkopf. Es war offenkundig, daß sein Onkel etwas im Schilde führte. Und wie er Flayh kannte, würde es etwas deliziös Gespenstisches sein. »Was hast du vor?«

»Was geht das dich an?« schnarrte Flayh. Pezi sank gezüchtigt auf seinem kläglichen Stühlchen zusammen. »Das brauchst du nicht zu wissen ... noch nicht«, fuhr

Flayh etwas herzlicher fort. »Du brauchst nur zu wissen, wohin du den Flieger schicken sollst, mit dem du mir von Admon Fayes Unternehmen Kunde schickst.«

»Gut, Onkel«, antwortete Pezi. »Äh ... und wohin soll ich ihn schicken?«

Flayhs Blick wanderte in weite Fernen; es war, als starre er durch die Westwand des Raumes. »Ich will zum Palast von Pahd mod Pahd-el – in die Festung der Hohen Stadt von Ngan-dib.«

## Kapitel 14

## Drax

BEGRABEN IN ZEITLOSER DUNKELHEIT, konnten sie nicht wissen, daß sie den Vormittag und den größten Teil des Nachmittags verplaudert hatten. Pelmen und Serphimera wußten nur, daß jeder die Gegenwart des anderen als bezaubernd empfand, und keiner wollte das Gespräch als erster beenden. Zum erstenmal im Verlauf ihrer ungewöhnlichen Beziehung hatten sie das Gefühl, frei sprechen zu können. Sie neckte ihn, und ihre smaragdgrünen Augen blitzten warm, während sie ihn mit ihrem mutwilligen Lächeln bezauberte. Sein flinker Witz und der Humor, mit dem er sich über sich selbst lustig machte, entlockten ihr derweilen wieder und wieder ganz unerwartet ein trillerndes Lachen. Sie standen an die Tür gelehnt und umklammerten die Gitterstäbe, die sie voneinander trennten. Als ihre Beine schließlich den Dienst versagten, ließen sie sich zu Boden sinken; sie stützten das Kinn auf die Hände und setzten ihr verzücktes Gespräch durch die Speisenklappe in der Tür fort. Hauptsächlich berichteten sie sich gegenseitig von ihrer Herkunft und Vergangenheit. Die Erfahrungen, die er als kosmopolitischer Reisender gesammelt hatte, standen in scharfem Kontrast zu den Erinnerungen eines Kleinstadtmädchens aus der lamathianischen Landregion. Und sie waren ebenso unterschiedlich, wie ihre jeweilige Herkunft es war. Da nahm es nicht wunder, daß sie fast niemals einer Meinung waren. Verwunderlich war, wie wenig Bedeutung die Unterschiede zwischen ihnen im Augenblick hatten. Fragen von Religion und Glauben mieden sie dabei völlig; sie wußten, daß hier eine Kluft zwischen ihnen lag, die zu tief war, als daß selbst die Liebe sie hätte überspannen können. Dies war denn doch ein Unterschied, der wie ein großes Fragezeichen zwischen ihnen dräute, und so ignorierten sie ihn geflissentlich und zogen es für den Augenblick vor, sich an der Wärme in den Blikken des anderen zu ergötzen – in der zögernden Hoffnung, daß sich dereinst vielleicht gar diese Kluft würde überbrücken lassen. Dann und wann verstummte der gesprochene Austausch, und ihre Lippen plauderten stumm, indem sie sich berührten. Doch die Speisenklappe gewährte nur wenig Durchlaß, und so standen sie wieder auf und küßten sich zwischen den Gitterstäben.

Ihre Küsse bewahrten Pelmen vor der Entdeckung, denn es war in einem dieser Augenblicke süßer Stille, daß sie das Klatschen von Sandalen auf der Treppe hörten. Serphimera riß erschrocken die Augen auf. »Mein Essen!« flüsterte sie.

»Ich komme wieder!« wisperte er eindringlich. Dann flog er den Gang hinunter, an der Treppe vorbei und auf die halb offene Zellentür am hinteren Ende des Korridors zu.

»Ho!« hörte er hinter sich jemanden rufen. »Ist da jemand?« Er schlüpfte in die Zelle und vergeudete keine Zeit; mit dem Kopf voran zwängte er sich durch die schmale Öffnung in die Höhle dahinter. Dort hielt er inne und lauschte. Er hörte keine polternden Soldaten, kein Alarmgeschrei. Anscheinend war es Serphimera gelungen, seine Flucht zu decken.

Pelmen saß in der Finsternis und dachte über seine neue Lage nach. Er war hungrig. Er war müde. Und jetzt, da er schließlich doch gezwungen gewesen war, die Wärme von Serphimeras Blicken zu verlassen, dämmerte ihm endlich der ganze Ernst des Augenblicks. Jetzt mußte er sich einen Plan einfallen lassen, mit dem er sowohl Serphimera als auch Rosha aus Lignes Klauen erretten könnte – und dann mußte er sich Admon Faye vornehmen. Und dabei wußte er nicht einmal, wie er hier herausgelangen sollte. »Hoffentlich bist du noch da«, murmelte er inbrünstig; dann rappelte er sich auf und ging im Dunkeln den Gang hinunter.

Er versuchte, sich auf das Labyrinth zu konzentrieren, aber immer wieder schweiften seine Gedanken zu Serphimera zurück. Er zählte seine Schritte und strich dabei mit der Hand über die rauhe Wand, doch immer wieder wurde ihm bewußt, daß er die letzten zehn, zwölf Schritte eben doch nicht mehr gezählt, sondern sich einen Abschnitt ihrer langen Unterhaltung ins Gedächtnis gerufen hatte, und daß er sich nun hoffnungslos verzettelt hatte. Von Zeit zu Zeit blieb er stehen und schwenkte die Arme über sich, um vielleicht ein zugiges Zeichen für die Anwesenheit der *Macht* zu entdecken. Er fand keines. Es wunderte ihn nicht.

Die *Macht* sprang nicht herzu, wenn er sie rief. Er konnte nicht sicher sein, daß jeder seiner Wünsche auf der Stelle in Erfüllung ginge. Warf vergangene Erfahrung ein Licht auf das Verhalten der *Macht*, so konnte Pelmen nicht auf ihre Hilfe zählen, solange er seine eigenen Mittel nicht ausgeschöpft hatte. Schon oft in der Vergangenheit, wenn er das Gefühl gehabt hatte, keine Möglichkeit mehr zu haben, hatte das Schweigen der *Macht* gefordert, daß er nach neuen Möglichkeiten Ausschau halte – und noch jedesmal hatte er welche gefunden. Zu anderen Zeiten war die *Macht* ungerufen gekommen, noch ehe er selbst begriffen hatte, daß er dem nun zu bewältigenden Kampfe nicht mehr gewachsen sei. Es war eine verzwickte und stets von neuem ratlos machende Beziehung, die ihn zwang, die Natur der *Macht* unaufhörlich neu einzuschätzen ... ja, manchmal gar ihre Existenz in Frage zu stellen. Dann wieder war die Anwesenheit der *Macht* so überwältigend spürbar, daß nicht der geringste Zweifel mehr möglich war. Die Beteiligung der *Macht* an seinem Leben schien logischen Regeln nicht zu folgen – und doch war es, als sei alles, was sie bisher miteinander zu tun gehabt hatten, von einem verwirrenden Muster durchzogen gewesen. Kapriziös war es nicht, aber auf jeden Fall unberechenbar – unbegreiflich für ihn. Alles in allem war es leichter, zu formen, als geformt zu werden, aber sehr viel weniger erhebend. Er hatte gelernt, mit dieser Ambiguität zu leben.

Im Augenblick jedenfalls schien es, als habe er seine eigenen Möglichkeiten noch nicht ausgeschöpft.

Sein Fuß trat planschend ins Wasser, und er erstarrte an der Wand. Wie ein Lichtstrahl in dieses dunkle Grab drang eine langvergessene Erinnerung in sein Bewußtsein, und zwar mit einer Wucht, die ihn nach Luft schnappen ließ. Vor sich sah er das Buch; die Seiten mit den Prophezeiungen waren aufgeschlagen, die er ihres verborgenen Sinnes wegen die ›kryptischen‹ nannte. Ein einziger Satz stand fett vor seinen Augen, und er las: »Behutsam sei mit dem Haus, welches spricht, denn sonst steigt das Wasser.« Der Satz war ohne Sinn gewesen, als er ihn gelesen, und ohne Sinn, als er ihn auswendiggelernt hatte. Aber die ›kryptischen Prophezeiungen‹ hatten niemals einen Sinn, bis man sie brauchte. Und bei dieser hier war es plötzlich der Fall.

»Haus?« fragte Pelmen vorsichtig. »Hörst du mich?«

Aber diesmal hörte es nicht. Es hatte es erfolgreich vollbracht, den Narren und seine Dame aus seinen Gedanken zu verbannen. Und das aus einem sehr guten Grund.

Die Burg hatte in ihren Mauern gar manche Liebesaffäre aufsprießen, erblühen und vergehen sehen. Vor langer Zeit war die Dramatik solcher Verwicklungen faszinierend gewesen. Mit einiger Belustigung hatte sie das anfängliche Regen beobachtet; aufmerksam hatte sie den unvermeidlichen Ratschlägen der Freunde und Freundinnen gelauscht, und mit dem unanständigen Frohlocken eines Voyeurs hatte sie schließlich beim erfüllenden Vollzug gekichert. So beteiligt aber hatte das Haus bei einer Affäre nach der anderen unfreiwillig auch das oftmals tragische Ende miterleben müssen – es hatte die Mißverständnisse gesehen, den Stolz, die Eifersucht, die Unnachgiebigkeit, die Selbstsucht, die Herz um Herz gebrochen hatten. Und obgleich es oft viel mehr über die jeweilige Beziehung gewußt hatte als jeder der Beteiligten und den Weg zur Versöhnung deutlich hatte erkennen können, war es machtlos gewesen: Es hatte nicht helfen können. Niemand nahm seinen Rat an.

Das Haus hatte dann eine Zeitlang versucht, Liebe als derbe Komödie zu betrachten, und gebrochene Herzen als komische Hanswurstiaden, die bald vergessen sein würden. Aber das wurde fad. Das Haus wurde dessen müde, weil es immer das gleiche war – das gleiche Ritual in endloser Wiederholung, von der Krone über die Handwerker bis hinunter zu den gröbsten Sklaven. Es kam schließlich zu der Überzeugung, daß die menschliche Liebe eine heimtückische Krankheit sei, über die Maßen ansteckend, allgemein endemisch – und zutiefst bedrückend für jemanden, der ganz und gar und hoffnungslos allein war. So tat das Königliche Haus Liebesaffären als etwas Unwichtiges ab. Das war einfacher, als sich zu wünschen, es gäbe ein zweites Schloß in der Nähe, das denken und sprechen – und lieben könnte.

Und so hatte das Haus, als Pelmen und Serphimera in die gleichen vorhersehbaren Redemuster verfallen waren, die es schon so viele Male gehört hatte, mit Bedacht woandershin geschaut. Ein Geheimnis entfaltete sich zur Zeit, und das Haus suchte die Antwort auf einige Fragen. In den letzten zwei Tagen hatten mehrere Konferenzen zwischen der Königin und dem Verteidigungsminister stattgefunden, und die kritischsten davon hatte es verpaßt, weil der Schmerz von der Pyramide es abgelenkt hatte. Jetzt folgte es Joss von einem Raum in den anderen und suchte nach einer Erklärung für die militärische Aktivität, die nach der Rückkehr des Generals in seinen Mauern ausgebrochen war. Aber das Haus mußte feststellen, daß Joss ein wortkarges Individuum war. Aus irgendwelchen Gründen hatte der Verteidigungsminister den Nachmittag damit zugebracht, seine Kerkerwachen ins Kreuzverhör zu nehmen, doch das Königliche Haus wußte nicht genau zu sagen, warum.

– Vielleicht wird er strengere Sicherheitsvorkehrungen einführen, murmelte das Haus hoffnungsvoll. Ja, hoffentlich; bei der inneren Abwehr war schreckliche Nachlässigkeit eingerissen, wenn ein Narr nach seinem Belieben in den Kerker eindringen konnte!

Joss entließ einen bangen Wächter, verschränkte dann für einen Augenblick die Hände vor sich und lehnte sich auf seinem Stuhl zurück. Dann fuhr er jäh empor und stieg steifbeinig seine private Treppe in die oberen Stockwerke hinauf. Die Königin fand er, wo er sie vermutet hatte – am Drax-Tisch. Ligne wandte den Blick nicht vom Spielbrett, als der General sich über sie beugte, um ihr ins Ohr zu flüstern.

– Heda! Sprich lauter! zischte das Haus.

Ligne zog die Stirn kraus und sah zu ihm auf. »Wer, glaubst du, ist er?«

Joss flüsterte wiederum und sah sie dann vielsagend an. Sie starrte ihm ins Gesicht. »Geh«, befahl sie dann. »Darüber muß ich nachdenken.« Joss kehrte auf dem gleichen Weg, auf dem er gekommen war, in sein Arbeitszimmer zurück. Einen Augenblick später erhob Ligne sich von ihrem Drax-Tisch und marschierte den Gang hinunter zum Thronsaal.

Pelmen hatte keine Antwort bekommen. Vielleicht hatte er die kryptische Formel doch nicht verstanden. Zumindest aber half ihm das Wasser, den Rückweg zur Zisterne zu finden. Sie floß über, offenbar infolge heftiger Regenfälle flußaufwärts. Von hier aus war es ein leichtes, die Stollen zu finden, die zum Haupttor der Burg hinaufführten. Schnellen Schritts stieg Pelmen bergan, und er merkte, daß die Tunnel weiter wurden, je höher er kam. Er bog um eine Ecke und stolperte über die unterste Stufe einer Treppe. Als er aufblickte, sah er über sich ein kleines Lichtviereck. »Ein Ausgang«, flüsterte er bei sich und machte sich daran, die Treppe zu erklimmen, die zum Siechenhaus hinaufführte.

Die Probe war in vollem Gange, als die Flügeltür dröhnend aufgestoßen wurde. Alle im Saal verstummten, als die Köngin von der Tür aus mit ausgestrecktem Arm auf Gerrig deutete und rief: »Wo ist der Narr?«

»Der Narr? Der Narr. Äh, äh, wie wir Euch sagten, er ist krank ...«

»Was fehlt ihm?«

»Äh, äh ...«

»Ich nehme an, er war so klug, sich in die Krankengemächer zu begeben?« Die Stimme der Königin klang plötzlich milder.

Gerrig sah das Schlupfloch und stürzte sich darauf. »O ja! Oh, natürlich! Er mag ein Narr sein, aber er hat jedenfalls genug Verstand, wenn es darum geht ...«

»Und warum ist er dann nicht dort?« fragte Ligne herrisch. Ihre Blicke durchbohrten Gerrig wie zwei Messer.

»Vielleicht ist er in seinem Quartier«, vermutete Parmi.

»Ich habe sein Quartier durchsuchen lassen!« schnarrte Ligne, und sie wirbelte herum und funkelte Yona an. Dann wandte sie sich gelassen wieder Gerrig zu, der sich inzwischen wünschte, er hätte niemals etwas vom Beruf des Schauspielers gehört. »Aber du hast gesagt, er sei im Hospital, nicht wahr?« Sie lächelte honigsüß. »Krank, nicht wahr?«

Gerrig brachte kein Wort über die Lippen; er konnte nur nicken.

»Wollen wir nachschauen?« schlug sie mit unverändert sarkastischer Freundlichkeit vor. Gerrig schluckte und nickte noch einmal. »Los!« schrie sie und wies zur Tür, und dann fuhr ihr langer Finger wie eine Peitsche herum und deutete auf Yona. »Du auch!« befahl sie. Die beiden Männer wandten sich zum Korridor, nicht ohne einander einen schmerzlichen Blick zuzuwerfen.

»Komm mit, Rosha! Wir werden dieser Sache auf den Grund gehen, oder ich brate mir ein paar Schauspieler!«

Rosha ballte die Fäuste und warf einen Blick auf Carlads Schwert. Er konnte es ergreifen und die Königin mit einem Streich enthaupten …

»Komm schon, Rosha!« kreischte sie und verließ den Thronsaal. Rosha holte tief Luft und bezwang seine Gefühle noch einmal.

Als sie die Tür zu den Krankengemächern erreicht hatten, war auch Gerrigs Fassung zurückgekehrt, und er trug sein zahnblitzendstes Lächeln zur Schau. Er stieß die Tür weit auf und brüllte dem spindeldürren Minister für Kräuter- und Heilkunde, der ihnen den Rücken zuwandte, ein herzhaftes »Hallo!« zu. Der Mann sprang von seinem Schemel und fuhr entsetzt herum. »Er ist nicht hier, Majestät – vielleicht sollten wir …« Gerrig brach ab und starrte auf ein Bett in der Ecke, und sein falsches Grinsen verwandelte sich in ein echtes. »Ich meine, er *ist* hier!«

»Was bin ich?« fragte Pelmen.

»Du bist hier!« Gerrig strahlte.

Pelmen, er war jetzt Fallomar, runzelte die Stirn. »So fröhlich braucht meine Krankheit dich aber nicht zu stimmen!«

Ligne schwebte herein und starrte ihn ungläubig an. »Du bist krank?« fragte sie und wandte sich dem Minister für Heil- und Kräuterkunde zu, der mit weit offenem Mund dastand. »Was hat er?« verlangte sie zu wissen.

»A-a-aber ich habe diesen Mann hier noch nie gesehen!«

»Heutzutage ist es wirklich schwierig, einen Arzt dazu zu bringen, daß er einen anschaut.« Fallomar sprang von seiner Pritsche herunter. »Aber trotz der mangelhaften Pflege fühle ich mich schon viel besser.«

Ligne musterte ihn argwöhnisch, als sei sie unschlüssig, was sie nun glauben solle. Plötzlich lächelte sie. »Ich habe dich vermißt, Narr. Ich will dich gleich im Spielgemach sehen. Doch zuvor zieh dich um! Du riechst, als seist du durch den Müll gekrochen – oder durch den Kerker!« Sie drehte sich auf dem Absatz um und marschierte hinaus.

Pelmen starrte ihr nach und spürte einen Stein in seiner Brust. »Bist du wohlauf?« fragte Parmi leise.

Pelmen nickte. »Ich denke schon.«

»Wundervoll«, fauchte der Minister für Heil- und Kräuterkunde. »Dann wäre ich dankbar, wenn ihr euch aus meinem Krankengemach heben wolltet!«

Als sie auf den Gang hinausgetreten waren, murrte Gerrig: »Wenn du das nächstemal zu verschwinden beliebst, würdest du dir dann wohl die Zeit nehmen, deine Freunde ins Bild zu setzen?«

»Ich war ja selber überrascht, Gerrig. Ich hatte keine Zeit, es jemandem zu sagen.«

»Was hast du herausgefunden?« fragte Yona Parmi ihn leise. Rosha drängte sich von hinten heran, um zu hören, was gesprochen wurde, und auch Carlad sah sich veranlaßt, näherzurücken.

»Nichts, was nicht jeder Schwachkopf schon wüßte. Halte dich von den Mäulern der Fische fern, glaube nicht, daß du im Dunkeln spazierengehen kannst, ohne gegen die Wand zu rennen, und vertraue nie darauf, daß eine Frau dort ist, wo du sie erwartest.«

»Was?« fragte Gerrig.

Mindestens Carlad lachte leise. »Ich weiß, was du meinst, Narr.«

Pelmen drehte sich nach ihm um und lächelte strahlend. »Du weißt es ganz sicher!« Dann sah er Rosha an. »Wer ist auf die Idee gekommen, aus dir einen Schauspieler zu machen?«

»Da-da-das war ich«, antwortete Rosha sorgfältig.

»Eine kluge Wahl.« Fallomar nickte und schaute Rosha unverwandt in die Augen, als er hinzusetzte: »Ich kann mir denken, daß der Gesellschafter einer Königin nicht selten zu schauspielern hat.«

»In der Tat!« Carlad lachte; der Blickwechsel zwischen den beiden war ihm entgangen. »Dieser Bursche hat schon einiges von der Art hinter sich!«

Jetzt schaute der Clown Carlad an. »Ach ja? Und du? Bist du auch eine Art Schauspieler?«

»Eine Art Schauspieler – ja, das bin ich wohl.« Carlad gluckste.

»Dann sollten wir vielleicht auch für dich eine Rolle suchen.« Der Clown lächelte und sah Yona Parmi an.

Parmi nickte.

»Für mich?« fragte der Wächter. »Nein ...« Er schüttelte den Kopf, aber es war deutlich zu erkennen, daß man ihn mit einigen Schmeicheleien würde überreden können.

»Warum geht ihr beide nicht schon zur Probe, derweil wir drei uns eine Rolle ausdenken?« schlug Pallomar vor, und Carlad, entzückt von dieser Idee, führte seinen jungen Schützling eifrig die Treppe hinauf.

»Was brockst du uns da ein?« fragte Gerrig entrüstet. »Erst haben wir diesen jungen Stotterer am Halse, und nun einen von der Burgwache! Du versäumst die Probe, ohne jemandem etwas zu sagen! Hast du es darauf abgesehen, unsere Vorstellung ganz und gar zu ruinieren?«

»Warum lehrt ihr Carlad nicht meinen Text?« schlug der Narr vor. »Er scheint mir ganz erpicht darauf zu sein, und die Königin ist offenbar entschlossen, meine Zeit restlos in Anspruch zu nehmen. Auf diese Weise dürfte man ihn daran hindern, euch mißtrauisch anzustarren, wenn ihr versucht, zu proben.«

»Ein Wächter soll die Rolle des Narrenkönigs spielen?« Gerrig starrte ihn ungläubig an.

»Warum nicht? Du hast immer gesagt, jeder Tropf könne ebensogut spielen wie ich. Hat er das nicht gesagt, Parmi?«

»Das hat er gesagt.« Parmi nickte. »Aber was ist mit dem Jungen?«

»Der mag sich selber spielen – den Freier der Königin.«

»Den stotternden Freier der Königin«, knurrte Gerrig.

»So würde ich nicht reden, wenn er in der Nähe ist, Gerrig«, warnte Pelmen. »Nicht, wenn dir etwas daran liegt, deinen Kopf da zu behalten, wo er ist.«

Gerrig riß die Augen auf. Dann nickte er. »Also gut. Aber ich will dir gern sagen, daß mich das alles höchst nervös macht! Ich hätte nichts dagegen, von hier zu verschwinden.«

»Komisch«, bemerkte Yona. »Erst wolltest du so gern hinein.«

»Halt's Maul, Parmi, oder ich stopfe es dir hiermit!« Gerrig schüttelte eine Faust, so groß wie ein Schinken, vor Parmis Nase; aber der mondgesichtige Schauspieler blieb ungerührt.

»Tu's, und du bekommst einen Tritt vors Schienbein«, versprach er aufrichtig. Yona war nie ein Kämpfer gewesen, aber durch seine Partnerschaft mit Gerrig war er zu Zeiten durchaus in unerwünschte, aber unvermeidliche Streitereien geraten. Dabei hatte er schon manch einen Nasenstüber davongetragen, aber noch kein Widersacher hatte einen Kampf mit Parmi hinter sich gebracht, ohne daß an beiden Schienbeinen reihenweise blaue Flecken geprangt hätten.

Parmi schaute Pelmen an. »Können wir irgendwie helfen?«

»Noch nicht, mein Freund. Aber hütet eure Zunge«, fügte er hinzu. »Ich glaube, hier haben die Wände Ohren.« Und Pelmen stieg die Treppe hinauf zu seiner winzigen Zelle.

»Was hat er denn damit gemeint?« fragte Gerrig.

»Was meint er überhaupt dauernd?« Parmi zuckte die Achseln. »Komm. Wir haben ein Stück umzuschreiben.«

Als Pelmen zum Spielgemach trottete, verspürte er wachsende Furcht in sich. Irgend etwas hatte Lignes

Argwohn erregt, und Pelmen fragte sich, ob er dabei war, in den offenen Rachen einer Falle zu marschieren. Er konnte kaum etwas ...

– Hab' dich!

Pelmen fuhr herum, um den Sprecher anzusehen, und das Herz pochte ihm in der Kehle. Aber hinter ihm war niemand.

– Nicht das! Tu doch das nicht!

Ein leichtes Schwindelgefühl erfaßte Pelmen. Er hörte Worte, die keine Worte waren. Er lauschte den Fluktuationen der Temperatur in diesem Korridor – und verstand sie als Gedanken.

– Bist du denn blind? Ihre rote Säule steht in deiner Flanke!

Drax. Das Schloß sprach die Sprache des Drax-Spiels. Und Pelmen verstand, was es sagte.

Wenn das Haus einen einzigen versöhnenden Zug an der eitlen Frau entdecken konnte, welche derzeit die Krone trug, dann war es ihr zwanghafter Drang, stundenlang am Drax-Tisch zu sitzen. Selbstverständlich hatte das Spiel während des ausgiebigen Nickerchens der Burg beträchtliche Fortschritte gemacht. Die Eröffnungen waren inzwischen viel raffinierter, die Endspiele weit subtiler, aber noch immer war es der gleiche bösartige Zeitvertreib, den das Schloß vor so langer Zeit so sehr genossen hatte. Es war ein Glück für die Bewohner des Palastes, daß die Form des Brettes und die grundlegenden Züge in den letzten tausend Jahren nicht geändert worden waren. Das Königliche Haus war ein Drax-Purist, und es wäre empört gewesen, hätte man sich in dieser Weise an etwas Vollkommenem zu schaffen gemacht.

Jetzt studierte es ein lebhaftes Spiel zwischen der Königin, ihrem Premierminister und einer ihrer Kammerzofen. »Nur zu«, lockte Ligne die Frau. »Ich leihe dir das Gold.«

»Aber ich stehe doch schon so tief in Eurer Schuld«, protestierte die Zofe. »Oh, bitte, Hoheit, können wir dieses Spiel nicht einfach zum Spaß spielen?«

– Absurd! schnüffelte das Haus. Drax spielte man um Blut und um Gold – nicht zum Spaß! Das Schloß entsann sich alter Spiele, mit Macht-Formern, die nicht solche Holzköpfe gewesen waren wie dieser Kerl Fallomar. Es mußte lachen, als ihm einfiel, wie es eines Nachts einmal einen seiner mit Gold eingelegten Fußböden verloren und am folgenden Tag wieder zurückgewonnen hatte – mitsamt des Zauberers Tunika, Jacke und Hose!

– Ein wildes Spiel! Das Haus kicherte.

»Ah-ha!« rief Kherda befriedigt aus, tat seinen Zug und nahm eine rote Figur von dem dreieckigen Tisch.

Ligne fluchte; mit ihren azurblauen Augen verschlang sie das Brett und suchte nach einem Zug, der diesen plötzlichen Druck von ihrer Scheibe nehmen würde. Kherda sah stets darauf, daß sie gewann, aber sie mußte unweigerlich dafür arbeiten. Der Premierminister sah sich in seinen Fertigkeiten der Königin weit überlegen – oft war es eine mühselige Aufgabe, nicht zu gewinnen. Hin und wieder träumte er davon, sie wirklich einmal zu besiegen ...

– Von bezaubernder Bosheit! krähte das Königliche Haus lobend, als Ligne in Kherdas Verteidigungslinien gleichsam den weichen Bauch fand und mit ihrem Stern aufschlitzte. Die Augen der Königin glitzerten. Sie verbarg ihre Schadenfreude nicht.

»Fallomar, Herrin.« Pelmen kam hereingeschlendert. »Zu Euren Diensten.«

»Du hast dir Zeit gelassen, wie, Clown?« stellte die Königin in scherzhaftem Ton fest. »Aber das macht nichts. Ich gewinne.«

»Sie gewinnt immer«, erklärte die Zofe und lächelte dem Spaßmacher neckisch zu.

»Das ist bei den meisten Königinnen so«, behauptete Fallomar.

»Spielst du auch?« fragte Ligne, ohne den Blick vom Brett zu wenden.

»Das Spielen ist mein Beruf, Herrin. Näht eine Näherin? Watet ein Kloakenmann im Spülicht?«

»Welch bildhafte Ausdrucksweise!« Ligne lächelte und rümpfte dann, ihrer Zofe zugewandt, die Nase. »Aber spielst du auch Spiele?«

»Das Leben ist ein Spiel, o Herrin mein, und ich lebe. Also muß ich es gut spielen.«

»Antworte mir geradeheraus!« befahl Ligne mit einiger Schärfe. »Spielst du Drax?«

»Ohne einen Pfennig zu besitzen?« erwiderte er mit großen Augen. »Nicht ohne einen reichen Beschützer, der meine Rechnungen bezahlt.«

»Dann kennst du das Spiel?«

»Ein wenig. Spielt nur; ich werde zuschauen. Ihr werdet sehen, daß ich neue Züge schnell begreife.« Er zwinkerte der Zofe zu.

Man hat das Spiel oft mit einem Kampf zwischen drei Messerstechern in einer engen Gasse verglichen. Blitzschnell schwirrten die Figuren auf dem Brett umher, jeder Zug eine drastische Veränderung des subtilen Gleichgewichts zwischen den Kräften. Halsabschneiderische Diplomatie und ausgefuchste Taktik beherrschten das Spiel gleichermaßen, und der Wechsel zwischen beiden ging viel zu rasch vonstatten, als daß ein Spieler eine großartige Strategie hätte entwickeln können. Rasch war es vorüber, und Ligne blieb Siegerin. Die Zofe verbarg die Augen hinter der Hand.

»Wieviel schuldest du mir jetzt?« wollte Ligne von ihr wissen, und die Frau hob die Schultern und lächelte hilflos. »Zuviel, als daß du es zurückzahlen könntest, wie ich sehe. Und du, Kherda? Inzwischen mußt du mir ja wohl das gesamte Schatzamt schuldig sein!«

»Es ist, wie Ihr sagt, Herrin. Meine Börse ist leer.«

Ligne sah den buntgeschminkten Narren an und lächelte verachtungsvoll. »Siehst du, gegen welchen Einsatz ich zu spielen habe? Ebensogut könnte hier ein jeder eine Handvoll Erde setzen!«

»Ach ja!« Fallomar seufzte. »Alles zu besitzen, hat seinen Preis. Es heißt natürlich auch, daß Ihr Euch jederzeit erlauben könnt ...«

Ligne erhob sich und streifte ihn auf ihrem Weg zur Flügeltür des Spielgemachs. »Es ist langweilig, dieses Spiel um nichts! Was ich will, ist ein richtiges Spiel, mit richtigem Einsatz! Ein Spiel, bei dem an jedem Zug das Schicksal hängt!«

– Hört, hört! rief das Haus; es stimmte ihr aus vollem Herzen zu.

Ligne legte den Kopf schräg und betrachtete den Türrahmen. »Habt ihr gehört, wie dieses Ding knistert?«

»Dieses Schloß ist in letzter Zeit voll von merkwürdigen Geräuschen«, bemerkte die Zofe und räumte die Stifte vom Referenzbord.

»Es ist ein sehr altes Haus«, schnaubte Kherda und starrte zur Decke. »Sieht aus, als könnte es jeden Augenblick einstürzen.«

Das Haus sagte nichts. Aber es hatte ihn gehört.

»Nur schade, daß es dir nicht auf den Kopf fällt, Kherda«, sagte Ligne. Sie konnte nicht wissen, daß das Haus just dies soeben in Erwägung zog. »Meinst du nicht auch, Clown?«

»Wenn es Kherda zermalmt, dann wird es hoffentlich auch mich zermalmen.«

Ligne sah ihn an. »Warum hoffst du das?«

»Nun, wenn er nicht mehr ist, möchte es geschehen, daß Ihr mich zum Premierminister macht, und jedes Schicksal ist besser als dieses.« Es war eine raffinierte Bemerkung, ein Schlag nach beiden Seiten. Ligne aber verstand es mehr als Beleidigung Kherdas, und sie warf den Kopf in den Nacken und lachte laut. Der Premierminister indessen fing das Zwinkern des Narren auf, und für einen Augenblick erinnerte er sich wieder, wie man lächelte. Dieser Clown fing an, ihm zu gefallen.

Ligne klatschte in die Hände. »Nun gut. Kherda, du magst gehen und deine Nase in deinen bürokratischen Bau vergraben. Ich habe meinen Spaßmacher wieder!« Rasch ging Kherda hinaus, und Ligne kam zum Brett zurück und nahm daran Platz. »Nun, Narr – was setzt du in einer Partie Drax?«

»Nur meine Possen. Sie sind alles, was ich habe.«

»Dann pflanze deine Possen dort auf diesen Stuhl und laß uns beginnen«, befahl die Königin.

Pelmens Gedanken rasten, und er suchte nach dem kürzesten Weg zur Niederlage.

»Was? Was soll ich spielen?« fragte Carlad ungläubig.

»Versuch's nur«, lockte Danyilyn mit zuckersüßem Ton. »Was weißt du? Vielleicht gefällt es dir?«

»Aber muß ich mir denn dieses weiße Zeug ins Gesicht schmieren? Nein. Nein, nicht mit mir. Mein Sergeant würde einen einzigen Blick darauf werfen und ...«

»Aber er sieht es doch gar nicht.« Danyilyn lächelte. »Komm, versuch's nur. Es ist eine große Rolle ...«

»Ja?«

»Eine der wesentlichsten«, bekräftigte Gerrig.

»Na ja ... also gut«, brummte Carlad, aber er lächelte, als Danyilyn anfing, sein Gesicht mit Schminkpaste zu überziehen. »Weißt du, es würde mir gefallen, wenn meine Frau das sehen könnte ...«

Yona Parmi und Rosha waren zur Tür geschlendert. »Der Clown hat mir gesagt, wer du bist, Rosha«, flüsterte Parmi, »und was du mit ihm zu tun hast.«

»Ach?« antwortete Rosha wachsam.

»Dein Geheimnis ist in Sicherheit. Könnte ich nur das Gefühl haben, der Narr selbst sei es auch.«

Rosha betrachtete forschend Yonas Gesicht. »Ich habe gehört, daß sie dich Yona nennen. Bist du der Yona Parmi, der mit diesem – diesem Narren durch ganz Chaomonous gereist ist?«

»Der bin ich. Leider hat er mir nicht wie deinem Vater

erlaubt, ihm zu helfen. Vermutlich hat er keine Hilfe nötig ... Aber ich habe das bedrückende Gefühl, daß dieser Schuh zu groß für ihn allein sein könnte.«

»Er ist nicht allein«, erwiderte Rosha leise, den Blick auf Carlad gerichtet. Der Wächter lachte jetzt, denn Danyilyn las ihm seinen Text vor.

»Du meinst natürlich die *Macht*.« Yona nickte.

»Du kennst die *Macht?*« Rosha wandte den Blick seiner dunklen Augen zu Yonas Gesicht.

»Ich *weiß* von der *Macht*.«

»Bis jetzt«, grunzte Rosha, und Yona lächelte.

Klickend öffnete sich die Tür, und Maythorm schob den hübschen Kopf herein. Er grinste. »Da seid ihr ja alle.« Er sah sich im Raum um. »Aber wo steckt Pelmen?«

Yona erstarrte vor Schrecken. »Wo steckt wer?« fragte er leise, und er warf einen Blick zu Carlad hinüber, um sicherzugehen, daß der Wächter nichts gehört hatte.

»Du dachtest, ich merke nichts, wie?« Maythorm grinste verschmitzt. »Wen wolltest du hinters Licht führen? Mich?« Er zeigte ihnen seine Grübchen. »Doch gewiß nicht den Minister für Kultur und Unterhaltung! Ich bin es, der dich entdeckte, Parmi, in den Tagen, da dein Pelmen ein jämmerlicher, mittelloser Stückeschreiber war, der seine Verse verhökerte«, erklärte Maythorm höhnisch. »Vielleicht kannst du Ligne zum Narren halten, und vielleicht kannst du Joss zum Narren halten, aber den Hochkritiker von Chaomonous wirst du mit deiner kleinen Maskerade nicht täuschen!«

Yona hatte Danyilyns Blick auf sich lenken können und deutete jetzt mit dem Daumen auf Carlad; die Schauspielerin begriff sofort, und führte den grinsenden Wächter, ihre Bangnis verbergend, zum anderen Ende des Saales. Yona wandte sich wieder dem arroganten Höfling zu. »Was wollt Ihr von uns?« knurrte er.

»Von euch? Aber rein gar nichts, kleiner Parmi. Mich verlangt es nach dem Kopf eures großtuerischen Pelmen! Oh, ich weiß nicht, wie er es vollbracht hat – seine Spezialeffekte waren jedenfalls exzellent! Aber für diese Sondervorstellung wird er bezahlen!«

»Ich weiß nicht, wovon Ihr redet!« schnarrte Parmi. Sein rundlicher Körper bebte vor Wut.

»Oh, ich glaube, du weißt es doch«, versetzte Maythorm grinsend. Mit einem Kopfnicken deutete er hinüber zu Carlad. »Seid froh, daß ihr einen neuen Clown gefunden habt. Wenn ich mit General Joss gesprochen habe, werdet ihr ihn brauchen.« Der Minister für Kultur und Unterhaltung schwenkte seinen Mantel zur Seite und ging hinaus.

Parmi wandte sich hastig an Rosha. »Glaubst du, wir könnten ...«

Er brach ab. Rosha war nicht mehr da.

Maythorm rauschte an der geschlossenen Tür des Spielgemachs vorbei und bog um die Ecke. Weiter kam er nicht. Rosha versetzte ihm einen Hieb in den Leib und zweie ins Gesicht, und einen letzten schließlich in den Nacken. Knackende Knochen versicherten ihm, daß Maythorm nicht mehr reden würde. Er fing den Fallenden auf und ließ ihn sanft zu Boden sinken. Dann sah er sich nach einem Versteck für den Leichnam um.

Sein Blick fiel auf einen erschrockenen Sklaven, der, auf seinen Besen gestützt, fünf Schritte hinter ihm stand. Rosha starrte ihn mit offenem Mund an, und das Blut wich aus seinem Gesicht. Seine Muskeln spannten sich, und er machte sich sprungbereit.

»War es dein Weib oder deine Schwester?« flüsterte der Sklave.

»Was?« fragte Rosha.

»Schon gut. Ich werde die Überreste auffegen.« Behende lehnte der Sklave seinen Besen an die Wand und bückte sich, um Maythorms Leiche unter den Arm zu nehmen. Dann blickte er auf. »Nun, so pack dich doch!« fauchte er. »Oder wartest du darauf, daß dir jemand einen Kuß gibt?«

Rosha blinzelte. Dann schlüpfte er um die Ecke und kehrte zurück in den Thronsaal. Ein rascher Blick in die Runde erfüllte ihn mit Erleichterung. Carlad war noch immer emsig dabei, seinen Text zu lernen.

Yona Parmi tauchte vor ihm auf, und bange Sorge war ihm ins Gesicht gegraben. Rosha seufzte. »Sei beruhigt, Yona Parmi. Er hatte seine letzte Rede gehalten.«

Pelmen brauchte nicht lange, um das erste Spiel zu verlieren – und ebenso rasch begann das Haus, ihn deshalb zu beschimpfen.

– Dummer Zug! Dummer Zug! klirrten die Glocken an der Wand.

»Kümmere dich nicht um diese albernen Glocken«, befahl Ligne. »Spiele.«

Das war leichter gesagt, als getan. Die Kommentare des Hauses wirkten sich allmählich auf seine Konzentration aus. Zwar war Drax ein rauhes Spiel, das häufig mit Faustkämpfen oder Mordtaten Hand in Hand ging, aber es gab doch gewisse Dinge, die man einfach nicht tat. So schickte es sich nicht, einen Spieler am Brett zu verhöhnen.

– Du fader, teiggesichtiger Schauspieler! Bist wohl zu stolz, einen fachkundigen Rat anzunehmen, wenn er dir angeboten wird!

Pelmen rutschte auf seinem Stuhl hin und her, und die Glocken klirrten weiter. Schließlich preßte er sich beide Hände auf die Ohren. »Lästig sind sie, das steht fest«, sagte er zu Ligne.

»Was macht das schon?« Sie zuckte die Achseln. »Verlieren wirst du so oder so. Tu deinen Zug.«

– Warum schleifst du nicht deinen Würfel, schlug das Königliche Haus sarkastisch vor, und schneidest dir damit selbst die Kehle durch?

Pelmen lächelte bei sich und tat genau dies.

– Und er tut es auch noch! Oh! Du Narr! Jetzt hast du

verloren, obwohl du zweifellos zu beschränkt bist, um es zu merken!

»Hab dich!« krähte Ligne und schmetterte ihre Scheibe gegen Fallomars letzte Figur, daß sie vom Tisch flog. Auch das war etwas, das man beim Drax nicht tat, aber Ligne hatte ja bereits deutlich gemacht, daß ihr an Manieren nichts lag.

»Welch eine Überraschung«, log Fallomar. »Ich habe nicht einmal gesehen, daß diese Figur dort stand.«

– Dann versuch's doch einmal mit offenen Augen! schlug das Haus grimmig vor.

Pelmen stand auf, verneigte sich höflich und fragte: »Dürfte ich mich für einen Moment zurückziehen?«

»Wohin willst du?« fuhr Ligne ihn an.

»Nur hinaus auf den Gang, um meine Gedanken zu sammeln.«

– Was für Gedanken? grollte die Burg.

»Fünf Minuten«, ermahnte Ligne ihn. Sie schien furchtbarer Laune zu sein. Pelmen hoffte nur, den Grund nicht zu kennen.

Er nickte dem Wächterpaar zu, als die beiden ihm die Tür aufhielten, ging dann fünf Schritte weit den Gang hinunter und lehnte sich an die Wand. Die Wachen reckten die Hälse, um ihn im Auge zu behalten. »Spricht er mit sich selbst?« fragte der eine nach einer Weile den anderen.

Dieser, der mit Fallomar nicht zum erstenmal Merkwürdiges erlebte, nickte weise und tippte sich an die Stirn. »Bei dem da kannst du mit allem rechnen.«

– Du bist ohne Zweifel der miserabelste Drax-Spieler, der je einen Fuß in ...

»Das ist unsportlich, weißt du«, sagte Pelmen leise. Jedermann im Schloß war erleichtert, als die Glocken plötzlich verstummten.

– Redest du zu diesem Haus?

»Glaubst du, ich rede mit den Wänden, um mein eigenes Echo zu hören?«

– Du verstehst mich also! rief das Haus, und ein frohlockender Wind pfiff durch alle Gänge und riß Gobelins von den Wänden und Vasen von den Tischen.

»Allerdings verstehe ich dich, und ich bin empört! Wenn du vom Drax soviel verstehst, wie du behauptest, dann solltest du wissen, daß es von schlechten Manieren zeugt, wenn man sich über jemanden am Brett lustig macht.«

– Es zeigt auch von schlechten Manieren, wenn man das Königliche Haus nicht beachtet! versetzte das Schloß schuldbewußt.

»Genau gesagt, verstehe ich erst seit ungefähr einer Stunde, was du sagst. Es ist bemerkenswert einfach zu lernen.«

– Selbstverständlich, schnüffelte das Haus. Es ist ja auch unendlich viel vernünftiger als euer menschliches Gegrunze und Geschnaufe.

»Nichtsdestoweniger lenkt es mich vom Spielen ab, wenn mir eine so rüde Sprache in den Ohren klingelt. Buchstäblich.«

– Dann hör nächstens zu! Du hast eine goldene Gelegenheit nach der anderen vertan!

»Weil ich mich bemühe, zu verlieren.« Das Königliche Haus war schockiert. Seine Antwort war ein frostiges Schweigen. »Mir ist klar, daß ein Purist wie du so etwas als anstößig empfinden muß. Aber ich verliere diese Spiele, um die Dame bei Laune zu halten. Hier steht etwas sehr viel Wichtigeres auf dem Spiel als das Ergebnis einer Partie Drax.«

– Solltest du von eurem trivialen kleinen Komplott zur Täuschung der Königin sprechen – wie kannst du da nur einen Vergleich anstellen!

»Eine Verwechslung der Prioritäten?« Pelmen hob sardonisch die Schultern.

– Dieses Haus könnte dir inbrünstiger nicht beipflichten!

»Da magst du denken, wie du willst«, flüsterte Pelmen. »Aber für mich ist es wichtiger als Drax.« Das Haus hallte wider von erbosten Klingeln.

– Das ist eine Form des Mogelns! Ein Drax-Spiel absichtlich zu verderben, das ist widerwärtiges Benehmen und sehr viel unsportlicher, als etwa einen schrecklichen Draxisten am Brett zu verspotten!

»So sehr stört es dich?«

– Es gibt nur einen, der schlimmer ist als der, der beim Drax mogelt, nämlich der, der beim Drax-Wetten betrügt! Aber vermutlich schreckst du auch davor nicht zurück!

»Na, eigentlich habe ich ja nicht gewettet …« Pelmen war nicht vorbereitet auf die Empörung, die auf diese Worte hin über ihn hereinbrach.

– Weshalb spielst du dann überhaupt? brüllte das Haus. Sein Drax nahm es schon sehr ernst.

»Aber wenn es Mogeln ist, wenn man ein Spiel mit Absicht verliert, ist es dann nicht auch gemogelt, wenn man seine Gegner so sehr einschüchtert, daß sie den Sieg mehr fürchten als die Niederlage? Das tut diese Königin nämlich.«

Das Haus schwieg für einen Moment.

– Dies erfordert ein wenig Überlegung.

»Na schön. Denke darüber nach. Ich muß jetzt wieder hinein und noch eine Runde verlieren, und ich wäre dir dankbar, wenn du deine Meinung über das Spiel für dich behalten könntest.« Fallomar löste sich von der Wand und begab sich zurück zur Tür des Spielgemachs. Die Wachen musterten ihn neugierig, als er zwischen ihnen hindurch zum Spieltisch zurückkehrte.

»Wo warst du?« fragte Ligne herrisch.

»Ich habe den Wänden befohlen, zu schweigen.«

»Oh, du sprichst mit den Wänden, wie, Clown?«

»Nur wenn sie mit mir sprechen.«

»Aha. Und haben deine Scherze die Wände zu erheitern vermocht?«

»Ihr hört sie lachen. Oder nicht?«

»Haben meine Wärter heute über deine Possen gelacht?« erkundigte Ligne sich spitz. »Wie ich hörte, hast du ihnen einen Besuch abgestattet.«

»Den Wärtern? Ach, im Kerker. Gewiß. Ich suche häufig Gefängnisse auf. Da findet man immer etwas zum Lachen.« Pelmen studierte das Brett. Das Spiel, für welches es stand, würde bald verloren und vergessen sein, aber er fand sich unversehens in einem, das er gewinnen mußte.

»Du hast versucht, mir hineinzufolgen. Weshalb?« Mit hartem Blick starrte sie ihn an.

Pelmen behielt die Fassung; er lächelte geschmeidig und antwortete: »Um Euch zu belustigen, Herrin. Wie ich sagte, ich kenne das Kerkerleben gut – alle Narren kennen es. Ich wollte Euch nur unterhalten.«

»Aha. Nun, ich habe beschlossen, dir deinen Wunsch zu erfüllen.«

»Meinen Wunsch? Aber in meiner Arbeit gebe ich so manchen sinnlosen Satz von mir; sie alle leben nur kurz in den Ohren meiner Zuhörer, und in meiner Erinnerung überhaupt nicht. Von welchem Wunsch sprecht Ihr?«

»Von dem natürlich, meinen Kerker zu sehen.« Ligne lächelte grausam. »Ich hoffe nur, du bist wirklich unterhaltsam. Sonst möchte ich mich wohl versucht fühlen, dich dort zurückzulassen.« Sie klopfte auf das Brett, fuhr dann mit der Hand über die Figuren und stand auf. »Ich bin des Spielens müde. Ich will zu Bett.« Die Zofe sprang eilig auf, um ihr zu folgen. »Nach dem Frühstück, Clown«, rief Ligne, als sie in der Tür stand. »Ich verspreche dir einen großen Rundgang. Ich versichere dir, wir werden beide unser Vergnügen dabei haben.« Sie rauschte hinaus, gefolgt von ihrer Zofe und den beiden Wachen.

Pelmen sann über die neue Wendung nach. Eines stand fest – heute konnte er nichts mehr tun. Er war erschöpft.

# Kapitel 15

## Die Verteidigung des Glaubens

»WOMIT NUR HABE ICH DICH VERDIENT?« spie Bronwynn. Tibb lag ihr zu Füßen; sie hatte ihn soeben gegen die Wand der Schlucht geschleudert und drohte ihm weiteren Schaden zuzufügen, sollte er sich noch einmal erheben.

Tibb rieb sich das schmerzende Kreuz. »Wißt Ihr, mein Fräulein, soeben habe ich mir die gleiche Frage gestellt.«

»Würdest du bitte aufstehen«, drängte Pinter seinen kleinen Gefährten und warf einen bangen Blick über die Schulter. »Admon Faye beobachtet uns!«

»Na schön, so mag er beobachten, wie ich hier ein Weilchen liege.«

»Er lacht.« Pinter zog die Stirn kraus, und sein hageres Gesicht rötete sich.

»Soll er«, grunzte Tibb.

»Aber er wird uns für Toren halten!« rief Pinter.

»Dann hat er schon zur Hälfte recht. Ich werde jedenfalls nicht beweisen, daß ich auch einer bin, indem ich aufstehe und mir den Schädel spalten lasse.« Tibb sah zu Bronwynn auf. »Ihr seid gut, mein Fräulein. Ihr werdet eine tüchtige Mörderin abgeben.«

»Eine Mörderin«, echote Bronwynn dumpf.

»Ihr seid ein Naturtalent. Der Kerl tut mir sogar ein bißchen leid.«

»Ein Naturtalent als Mörderin«, wiederholte Bronwynn finster.

»Er fragt sich schon, warum wir hier herumstehen«, warnte Pinter nervös; noch immer starrte er über seine Schulter. Dann fuhr er herum und attackierte Bronwynn mit Nachdruck. Sie aber langte flink nach seinem

Arm – ein kurzer Ruck, und er flog kopfüber im hohen Bogen gegen die Wand, wie vor ihm Tibb.

Tibb hob den Kopf, um dabei zuzusehen; dann lächelte er. »Er besteht nur aus Armen und Beinen, hm?« Bronwynn erwiderte sein Lächeln nicht; sie lehnte sich nachdenklich an die Wand. »Weshalb so finster?« erkundigte sich Tibb. »Die Halsabschneiderei ist eine großartige Übung für das Regieren ...«

»Wunderbar«, fauchte das Mädchen. Sie starrte ihre Hände an, als wären sie schmutzig. »Jetzt bin ich auch noch eine Halsabschneiderin.«

»Was ist? Stört Euch die Halsabschneiderei?«

Bronwynn sah Tibb überrascht an. »Ja, selbstverständlich!«

»Was denn?« wollte er wissen.

»Es ... es ist einfach ... nicht recht!«

»Was ist daran nicht recht?«

»Nun ... äh ... was wäre denn recht daran?« fragte Bronwynn herausfordernd.

»Hört zu, Prinzeßchen. Wir Halsabschneider sind es, die die Wirtschaft in Gang halten. Na – wenn wir die Leute nicht ausrauben, entführen, ermorden wollten, dann hätten die Adligen und die Händler inzwischen alles Gold, und nicht bloß das meiste.«

»Aber ... jemanden ermorden! Ein Mörder zu sein! Das ist doch nicht ...«

»Es ziemt sich nicht für eine Dame, meint Ihr?« half Tibb ihr. »Aber einige der besten Damen, die ich kenne, sind Mörderinnen.«

»Wirklich?«

»Aber gewiß doch. Meine Mutter ...«

»Deine Mutter!«

»Sicher. Und meine Schwester auch ...«

»Aber ... wenn sie Brigantinnen waren ... kein Wunder, daß du geworden bist, was du bist.«

»Was wollt Ihr damit sagen?« knurrte Tibb und wollte sich aufrappeln.

»Ärgere sie nicht, Tibb«, bat Pinter, der jetzt wacklig auf die Beine kam. »Sie wird dich mit dem Kopf gegen die Felswand schmeißen ... höchst unangenehm ...«

»Ich meine, sie müssen dich gelehrt haben, daß es recht sei, denn sonst ...«

»Jetzt hört mir mal zu, mein Fräulein! Ich weiß Recht von Unrecht zu unterscheiden, da könnt Ihr sicher sein! Recht ist das, was mir hilft, Unrecht aber das, was mir nicht hilft.«

»Aber verstehst du denn nicht? Das ist so weit entfernt vom wirklichen Unterschied zwischen Recht und Unrecht, daß ich ... daß ich mich frage ... ob du es je wirklich verstehen wirst ...«

Tibb schnaubte. »Vielleicht nicht. Aber eines weiß ich: Als Halsabschneider töte ich einen Mann in einer finsteren Gasse. Als Königin befehlt Ihr einen Krieg und tötet Tausende. Als Halsabschneider stehle ich alles Gold, das ein Mann in seiner Satteltasche tragen kann. Als Königin erhebt Ihr mit einer einzigen Proklamation eine neue Steuer und beraubt tausend Bauern der Ersparnisse ihres Lebens. Und jetzt, mein Fräulein, sagt Ihr mir, was da recht und was unrecht ist!«

»Ach, Tibb«, raunte Pinter seinem Freund ins Ohr, »wir sollten dieses Mädchen doch darauf vorbereiten, daß es den Thron übernehmen kann. Wir sollen es ihm nicht ausreden. Wenn unser Herr ...«

»Jemand muß doch herrschen!« platzte Bronwynn heraus. »Jemand muß die Entscheidungen zum Wohle des ganzen Volkes treffen.«

»Na schön!« Tibb zog sich die Hose hoch. »Soll's einer machen. Aber versucht Ihr nicht, mir einzureden, daß sein Recht und Unrecht ein anderes ist als das meine.«

»Tibb«, flüsterte Pinter, »würdest du bitte die Klappe halten, bevor dieses Mädchen beschließt, doch nicht ...«

»Aber warum?« unterbrach Bronwynn ihn. »Tibb sagt nur die Wahrheit.« Sie raffte sich auf, drückte sich rücklings an die Felswand und drängte sich zwischen den beiden hindurch, um sich einen abgeschiedenen Ort zum Nachdenken zu suchen.

»Jetzt hast du's!« zischte Pinter. »Admon Faye gibt uns eine Gelegenheit, uns ihm anzuschließen, und du trittst sie mit Füßen!«

»Was habe ich denn getan?« fragte Tibb verblüfft.

»Du hast ihr soeben ausgeredet, ihre Rolle im Plan unseres Herrn zu spielen!« brüllte Pinter, und auch er stolzierte davon.

»Tatsächlich? So warte doch einen Augenblick, Pinter!« rief er, und er stolperte hinter seinem Freund drein und packte ihn bei der Schulter. »Sag mir, wie mir das gelungen ist.«

»Du hast sie eine Halsabschneiderin genannt!« bellte Pinter. »Niemand schätzt es, so genannt zu werden.«

»Aber wir sind doch auch welche«, rief Tibb flehentlich.

»Du vielleicht«, versetzte Pinter würdevoll. »Ich bin ein Gesetzloser.«

»Aber wo liegt denn da der Unterschied?« jammerte Tibb.

Pinter blieb stehen und schaute verächtlich auf ihn herab. »Wenn du das nicht weißt, dann kann ich es dir gewiß nicht erklären.«

Ein Gebrüll, das sich in der nördlichen Öffnung von Drachentor erhob, beendete ihre Debatte. Überrascht schauten sie einander an, und dann hasteten sie auf den Lärm zu. Pinters lange Beine trugen ihn lange vor seinem Kameraden an den Schauplatz der Auseinandersetzung, und er platzte vor Neuigkeiten, als Tibb keuchend hinter ihm herangewetzt kam. »Was gibt's denn da?« brüllte der Kleine. »Was ist da los?«

»Ein paar bleiche Gläubige«, verkündete Pinter belustigt. »Von der Bande dieses Propheten. Schau.« Pinter streckte die Hand aus, und Tibb sah, wie Sklavenjäger einen blaugewandeten Geweihten nach dem anderen von seinem Pferd zerrten. Die Missionare wehrten sich nicht; ohne Widerstreben fügten sie sich in die brutale Behandlung.

»War immer schon ein Kinderspiel, ein Drachenkerlchen in den Sack zu stecken«, kicherte Tibb.

»Das sind keine Drachenjünger«, korrigierte Pinter ihn. »Freilich wundert es mich nicht, daß du den Unterschied nicht erkennen kannst. Sie gehören diesem neuen Ketzerglauben an.«

»Das weiß ich auch«, entgegnete Tibb verärgert. »Denkst du, ich hätte das letzte Jahr mit geschlossenen Augen verlebt?«

»Würde mich nicht überraschen.«

Admon Fayes Mannen waren Fachleute, wenn es darum ging, ihre Opfer schnell in Fesseln zu legen. Schon nach wenigen Augenblicken hatten sie die ganze Schar der Lamathianer gebunden; Tibb schätzte, daß es mindestens zwanzig waren.

»Was werden wir mit ihnen anfangen?« fragte er. »Bringen wir sie gleich hier um? Oder verkaufen wir sie in den Süden?«

»Nein. Die Kerle sagen, wir werden ihnen das Fell in Streifen peitschen und sie dann als abschreckendes Beispiel nach Hause schicken. He, die Prinzessin ist doch Chaonerin! Wenn sie zusieht, wie ein paar Lamathianern die Haut abgezogen wird, bringt das ihr Blut vielleicht in Wallung, und sie will wieder Königin werden! Also los!«

Tahli-Damen lag auf dem Rücken und starrte ins Leere. Die Wunden, die Flayhs Alter Ego ihm am Bein zugefügt hatte, waren, wie sich nun zeigte, eher spektakulär als gefährlich. Das Gehen bereitete ihm keine Mühe. Aber Wayleeth hatte bemerkt, daß eine seltsame Furcht ihn bedrückte. Nichts von dem, was sie sagte, vermochte ihn aufzuheitern.

»Tahli-Damen!« rief sie durch die Tür. »Der Mann,

der Flayhs Burg beobachtet hat, bringt dir seinen Bericht ...«

»Flayhs Burg!« stieß Tahli-Damen hervor, als berührten diese Worte einen wunden Nerv in ihm. »Ich habe niemanden beauftragt, Flayhs Burg zu beobachten!«

»Das weiß ich«, antwortete Wayleeth geduldig. »Das habe ich getan.«

»Warum?« fragte er empört. »Habe ich's dir nicht gesagt? Der Mann ist ein Macht-Former! Er schleudert feurige Kugeln! Er – er – er verändert nach Belieben seine Gestalt! Sieh dir mein Bein an!« Der junge Händler schwenkte sein Bein wie wild hin und her und deutete mit dem Finger darauf.

»Ich weiß, wie dein Bein aussieht, mein Liebster«, gab Wayleeth in gleichmütigem Ton zurück. »Ich bin diejenige, die es gebadet und verbunden hat, weißt du noch?«

»Ja, natürlich«, knurrte er und drehte sich um; er kehrte ihr den Rücken zu – ihr und den seltsamen Mächten, die ihn jählings von neuem bedrohten.

»Ich habe diesen Wachtposten aufgestellt, weil ich weiß, das würdest auch du tun – wenn du nur du selbst wärest.«

Tahli-Damen rollte sich herum und sah sie an. »Wenn ich nur ich selbst wäre. Wayleeth, sieh mich an! Ich bin ich selbst – und ich habe Angst!«

»Du läßt dich durch einen kleinen Hundebiß daran hindern, deinen rechtmäßigen Platz im Ältestenrat einzunehmen?«

»Oh, Wayleeth«, stöhnte er und hielt sich die Ohren zu.

»Läßt dich daran hindern, eine jener kostbaren Pyramiden zu ergreifen, von denen du so viel geredet hast?« Tahli-Damen schwang die Beine aus dem Bett und hinkte zur Tür. »Wo willst du hin?«

»Ich habe es dir schon einmal gesagt: Ich habe Angst, und ich will nicht mehr über Flayh sprechen!«

»Flayh ist fort.«

Tahli-Damen hielt inne und drehte sich um. »Was?«

»Vor anderthalb Tagen machte er sich auf den Weg zur Hohen Stadt – weiß die Macht aus welchem Grunde. Wichtig ist etwas anderes: Rate, in wessen Obhut er sein Schloß hinterlassen hat, derweil er den faulen König besucht?«

Tahli-Damen hob ungläubig die Brauen. »Du meinst – Pezi?«

Wayleeth kicherte. »Das alte Tönnchen höchstpersönlich!«

Der junge Händler stürzte zum Schrank, raffte seinen Mantel an sich und rief: »Sendet sogleich einen Vogel zur Jagd und teilt ihm die Kunde mit!«

»Wohin gehst du?« Wayleeth lächelte wissend.

»Ich muß meinen Besuch bei unserem neuen Herrn von Ognadzu planen!«

»Was ist mit mir geschehen?« wisperte Bronwynn ihrem Spiegelbild zu. Sie schaute in einen kleinen Tümpel, der durch das vom Berge herabrinnende Schmelzwasser gespeist wurde. Dieser Paß war bar aller Bäume, wie Bronwynn sie so liebte, und verzweifelt hatte sie die Hoffnung auf ein abgeschiedenes Plätzchen zum Nachdenken aufgegeben. Dieser stille Tümpel am Fuße der Felswand, dem alten Nest des Drachen gegenüber, war eigentlich nicht schön zu nennen, aber unter allem, was sie finden konnte, kam er der Schönheit noch am nächsten.

Bronwynn staunte über sich selbst. Nur wenige kurze Monate zuvor hatte sie Rosha just auf diesem Paß Lebewohl gesagt – sie sah die Stelle von da, wo sie saß – und war mit Joss davongeritten, in der Hoffnung, bis zum Sonnenuntergang ihren Thron zurückzuerobern. So naiv, so vertrauensselig. Es war gut, daß sie einiges über die Welt gelernt hatte.

Aber war es auch recht? Tibbs Worte hatten sie an einer empfindlichen Stelle getroffen. Bis sie Pelmen kennengelernt hatte, war ihre eigene Einstellung zu dem, was moralisch böse war, die gleiche gewesen, die auch diese Gesetzlosen hier vertraten – vielleicht gar eine schlimmere. Ihr Vater Talith hatte seine Macht mit dem gleichen wilden Geschick gehandhabt wie Tibb sein Messer – nun, wahrscheinlich noch geschickter als der arme Tibb –, und er hatte Bronwynn das gleiche gelehrt.

»Aber ich dachte, das hätte sich geändert«, hauchte sie, und sie entsann sich der Gespräche mit Pelmen, die bis tief in die Nacht hinein gedauert hatten, und der unverhofften Enthüllung einer spirituellen Empfindsamkeit, die lange Zeit in ihr geschlummert hatte.

»Mein Fräulein! Prinzessin!«

Sie blickte auf. Pinter und Tibb kamen auf sie zugestürmt. Sie hatte diese beiden in den letzten paar Stunden recht gut kennengelernt. So überraschte es sie nicht im geringsten, als Pinters lange Beine sich verhedderten und er ihr der Länge nach vor die Füße fiel. Tibb stolperte und landete auf ihm.

»Ja, Pinter?« fragte sie müde.

»'runter von mir!« grollte Pinter, und Tibb gehorchte hastig. Beide rappelten sich auf.

»Wir haben die erste unbefugte Passage entdeckt!«

»Zwanzig Stück, genau gesagt«, verbesserte Tibb.

»Sie werden in der nördlichen Öffnung festgehalten. Sputet Euch!«

»Weshalb sollte ich mich sputen?« fragte Bronwynn spitz. »Ich habe euch schon erklärt, daß wahlloses Töten mir nicht zusagt.«

»Oh, wir werden sie nicht töten«, protestierte Tibb.

»Nicht?«

»Natürlich nicht. Was würde das nützen? Würde es irgend jemanden daran hindern, ebenfalls zu versuchen, hier durchzukommen?«

»Ich denke schon – wenn es sich herumspräche.«

Pinter lachte und zwinkerte Tibb zu. Dieser zwinkerte

zurück. Bronwynn fand ihre herablassenden Blicke höchst überflüssig. »Aber wer würde es denn herumsprechen?« fragte Pinter, als frage er ein Kind.

Bronwynn runzelte die Stirn, und Pinter wandte den Blick ab. »Ihr schickt sie also zurück«, stellte sie fest und schaute auf ihr Spiegelbild im Tümpel.

»Richtig!« krähte Tibb, und ein breites Grinsen erstrahlte unter seiner birnenförmigen Nase. »Natürlich werden wir sie vorher ein bißchen häuten. Kommt und seht zu. Es sind Lamathianer ...«

»Nein, danke. Prügel interessieren mich ebenso wenig wie Morde.«

»Könnte Euch aber guttun«, lockte Tibb. »Hilft Euch, die wirkliche Welt zu sehen. Unsere Jungs haben schon mit der Arbeit begonnen; sie haben einer Handvoll von ihnen die komischen blauen Gewänder ausgezogen und sie auf die ...«

»Was?« unterbrach Bronwynn ihn schneidend. »Was für Gewänder?«

Tibb war verdutzt. »Gewänder eben, Prinzeß. Die übliche Sorte ...«

Sie wandte sich jäh an Tibbs Gefährten. »Pinter, was für Gewänder?«

»Ihr braucht nicht zu erschrecken, mein Fräulein. Was wir da gefangen haben, ist eine Gruppe religiöser Fanatiker, von denen Ihr kaum etwas wissen dürftet ...«

»Welche Farbe haben ihre Gewänder?« kreischte sie, daß Tibb die Augen aufriß.

»Hellblau sind sie«, antwortete er und brach ab, als Bronwynn zwischen ihnen hindurchsprang und in Richtung der nördlichen Öffnung rannte.

Atemlos erreichte sie Admon Faye, just als der Anführer der Himmelsjünger vorgeführt wurde.

»Was habt Ihr mit ihnen vor?« verlangte sie zu wissen, noch ehe der Sklavenjäger den Mund öffnen konnte.

Admon Faye wandte ihr sein häßliches Gesicht zu

und runzelte die Stirn. »Ich werde sie auspeitschen lassen und sie dann dahin zurückschicken, wo sie hergekommen sind, zur Abschreckung aller weiteren ...«

»Nein, das werdet Ihr nicht tun.«

Admon Faye starrte sie an. »Was!« Das war keine Frage; es war eine Drohung.

»Ihr werdet sie nicht peitschen, und Ihr werdet sie auch nicht zurückschicken.«

Admon Faye spürte die aufmerksamen Blicke der Strauchdiebe, die ihn umringten. Sein erster Gedanke war, dem Mädchen eine Backpfeife zu verpassen und ihr die Arme auf den Rücken binden zu lassen, um ihr später eine ausführlichere Lehre zu erteilen. Er widerstand diesem Drange, aber seine Stirn blieb kraus. Manch einer hätte diesem finsteren Blick eine Ohrfeige vorgezogen. »Willst du mir Befehle erteilen, kleines Mädchen?«

»Ich bin kein kleines Mädchen. Ich bin Eure Königin – ich werde es zumindest sein, wie Ihr behauptet. Und vielleicht werde ich mich Euren Wünschen gegenüber fügsamer zeigen, als Königin Ligne es zu tun pflegte – aber es gibt ein paar Dinge, die ich dennoch verlange.«

»Du bist wohl kaum in der Position, etwas zu verlangen«, versetzte der Sklavenjäger.

»Ach? Wenn ich recht verstehe, braucht Ihr mich als rechtmäßige Erbin des Thrones, den Ihr zu stehlen gedenkt. Wenn ich nun beschließe, ihn nicht anzunehmen?«

»Dann bedienen wir uns einer anderen.«

»Ah«, rief Bronwynn. »Aber all die vergeudete Zeit? Eine neue Thronerbin suchen, sie ausbilden, die Pläne mit Flayh neu bedenken – ist dieses Häuflein Euch das wert?« Sie wies auf die beiden Himmelsjünger, die vor ihnen standen, fest gebunden und geknebelt.

»Sind sie dir so wichtig?« fragte Admon Faye verwundert.

»Ja.«

Der Sklavenjäger starrte sie an; dann gluckste es in seiner Kehle. Der Klang seines Lachens ließ die Spannung zerstieben. Augenzwinkernd sah er sich unter seinen Kumpanen um, und sie zerstreuten sich; sein Gelächter hallte unter ihnen wider. Er wandte sich wieder Bronwynn zu. »Dann sollen sie dir gehören – was immer du davon hast.«

»Wie ich sehe, habt Ihr mit Eurem boshaften Spiel bereits begonnen«, knurrte Bronwynn, als sie Naquin den Knebel aus dem Mund zog.

»Eine kleine Lektion für Möchtegern-Freihändler, damit sie es sich zweimal überlegen, ehe sie diesen Paß überqueren. Vielleicht wird diese kleine Schar so gut sein, unsere Botschaft zu übermitteln?« Er sah Naquin mit hochgezogenen Brauen an und grinste boshaft.

»Wir verkünden nur die Botschaft des Propheten und des Buches, und keine andere«, erklärte Naquin stolz.

»Oh-ho!« gackerte Admon Faye. »So stolz. Zu stolz, um einigen deiner Reisegefährten die Haut zu retten?«

»Die Erlösung ist unser Ziel«, verkündete Naquin, »aber deine Drohungen sind bedeutungslos im Angesicht der Worte des Propheten. Es wird eine Veränderung kommen – dies sagt das Buch, und es sagt auch der Prophet.«

Admon Faye rümpfte geringschätzig die Nase und sah Bronwynn höhnisch an. »Diese religiösen Irren konnte ich noch nie begreifen. Bist du sicher, daß du sie nicht einfach wieder nach Hause schicken willst?«

»Ja!« schrie Bronwynn und wandte sich hoffnungsvoll lächelnd an Naquin. »Der Prophet hat euch geschickt?«

»So ist es. Und er hat uns angewiesen, die Botschaft in Chaomonous zu verbreiten.«

»Bist du sicher?« Admon Faye kicherte. »Mir soll's schnuppe sein. Harmlos genug sind sie. Aber wenn du sie jetzt durchläßt, bedeutet das, daß du dich von nun an mit diesem Mist wirst plagen müssen.«

»Ich glaube nicht, daß es Mist ist!« fauchte Bronwynn.

»Ach, stimmt ja. Du hast in Lamath selbst ein wenig daran geschnuppert, nicht wahr? Nun gut, so mögt ihr beide nun in Anbetung über die Wunder der Theologie nachsinnen.« Der Sklavenjäger wandte sich ab und schritt davon, und sein Gelächter wehte hinter ihm drein.

Endlich konnte sie den Namen aussprechen; Bronwynn fuhr herum und flüsterte: »Wie steht es um Pelmen? Wo ist er?«

Naquin starrte sie an; dann legte sich ein Ausdruck frommen Abscheus auf sein Gesicht. »Ich habe gewißlich keine Kunde vom Aufenthalt dieses Mannes – und ich wünsche auch keine zu haben.«

Bronwynn riß die Augen auf. »Ich dachte, du hättest gesagt, ihr seid Leute des Propheten?«

»Das sind wir in der Tat – Anhänger des wahren Propheten von Lamath. Mit dem Mari-Hochstapler, von dem du sprichst, haben wir nichts zu schaffen.«

»Mari-Hochstapler!«

»Als ein solcher erwies er sich, als er das Land dem Chaos überließ.«

»Das hat er nicht getan!« schäumte Bronwynn. »Er hat Lamath in Erris Hände gelegt und sich anderen Dingen zugewandt.«

»Was für Dingen?« fragte Naquin, und Bronwynn stockte. »Du siehst, auch du weißt nicht, wo er sich aufhält«, stellte Naquin selbstzufrieden fest.

»Aber ich kenne ihn«, beharrte Bronwynn. »Ich war bei ihm!«

»Das mag sein«, antwortete Naquin gleichmütig im Angesicht ihrer zusammengebissenen Zähne. »Doch wo finde ich dich jetzt? In der Gesellschaft von Strauchdieben, Gesetzlosen und Briganten. Und deinem Gewande nach zu urteilen bist du ganz offensichtlich eine von ihnen. Das spricht nicht eben für diesen Pelmen, oder?«

Bronwynns Faust flog zu Naquins Gesicht empor, und er zuckte zurück, doch ihr gelang es, sie mitten im Schwung aufzuhalten, und sie wich zurück, erstaunt über die Heftigkeit ihrer Reaktion. Naquins mitleidsvolles Lächeln erweckte in ihr das Bedürfnis, sich zu übergeben.

»Nur zu, schlag mich«, drängte er. »Wir Himmelsjünger sind bereit, Verfolgung zu erdulden.«

»Verfolgung!« Bronwynn schnappte nach Luft.

»Selbstverständlich. Deine vorgebliche Gnade kann mich nicht täuschen. Ständest du wahrhaft an unserer Seite, würdest du uns losbinden, damit wir tun können, was unsere Aufgabe ist. Mehr noch – du würdest selbst ein Gewand überwerfen und uns nach Chaomonous folgen.«

»Euch folgen!« spie sie. »Euch würde ich nirgends hin folgen!«

»Ich kann nicht behaupten, daß mich dies entsetzt«, spottete er. »Schließlich hast du es ja vorgezogen, Admon Faye zu folgen.«

Bronwynn funkelte ihn an; ihre Augen loderten. »Du kannst mir nicht einreden, daß Erri eine ebenso schlechte Meinung von Pelmen hat wie du.«

»Hat er aber«, log Naquin. Die Sache war weniger die, daß er die Absicht hatte, zu lügen; es verhielt sich einfach so, daß Naquin, seit Erri ihn gefunden hatte, so viele Male über dieses Thema debattiert hatte, daß er inzwischen selbst überzeugt war, es verhalte sich so – auch wenn Erri es noch nicht wußte.

»Das ist eine Lüge!« brauste Bronwynn auf.

»Kind, du sprichst von Dingen, zu deren Verständnis es dir einfach an Erfahrung mangelt. Das Land hat gar manche Veränderung über sich ergehen lassen, seit wir uns Pelmens entledigten. Löse meine Fesseln, und vielleicht kann ich dir die Worte des Propheten genauer erläutern, und dann ...«

Aber dazu gab Bronwynn ihm keine Gelegenheit. Sie

stieß ihm den Knebel wieder in den Mund und riß ihr Messer aus dem Gürtel. »Der nächste Satz, den du vor meinen Ohren sprichst, wird dein letzter sein!« warnte sie und drückte ihm die Klinge an den Hals. »Jetzt hörst du, was ich zu sagen habe. Einst trug ich ein Gewand wie das deine. Trug es mit Stolz. Ich folgte Pelmen, da er mich zur *Macht* führte, und auch das tat ich mit Stolz. Aber heute vermögen mich diese Farben nicht mehr mit Stolz zu erfüllen. Erri denkt also, Pelmen sei ein Hochstapler gewesen? Nun, vielleicht war er einer. Ich weiß nur eines: Wenn ihr es seid, was aus dem wiedergeborenen Glauben geworden ist, für den Pelmen eintrat, dann will ich damit nichts zu tun haben!« Ihr Blick richtete sich auf die Schar der gefesselten Himmelsjünger, die sie mit angstvoll aus den Höhlen quellenden Augen anstarrten. Dann sah sie sich um. Admon Faye lehnte dreißig Schritte weiter mit seinen Kumpanen an der Felswand; sie beobachteten sie und lachten dabei. Errötend wandte sie sich wieder an Naquin. »Hätte ich nicht so viel Aufhebens um eure Rettung gemacht, ich würde euch Admon Faye zurückgeben. Da es nun einmal so ist, werde ich eure Bande durchschneiden und euch durchgehen lassen. Deute das, wie du willst«, fügte sie sarkastisch hinzu. »Du magst behaupten, die *Macht* habe mich dazu bewogen. Aber eines schwöre ich dir: Wenn ihr eure Knebel auch nur anrührt, ehe ihr in Chaomonous seid, dann hetze ich euch jeden Sklavenjäger von Drachentor auf den Hals. Habt ihr gehört?« rief sie, an die Gruppe gewandt. Alle nickten eifrig, und sie machte sich daran, die Fesseln zu durchtrennen. Naquin kam als letzter an die Reihe. »Hinfort!« schrie sie, als sie die letzte Fessel zerschnitt, und versetzte ihm einen Tritt in den Hintern. Er hastete den anderen nach, die zu Fuß durch die südliche Öffnung bergab eilten. Dann schob sie ihr Messer in die Scheide und machte sich auf die Suche nach Pinter und Tibb. Die beiden hockten wie üblich auf dem Boden und zankten sich.

Als die Prinzessin zu ihnen kam, hörten sie auf und blickten erwartungsvoll zu ihr auf.

»Ich bin bereit«, verkündete sie. »Zeigt mir, wie man mordet!«

»Pahd! Pahd, steh auf!«

»Hmm ... humpf ... hääh?« äußerte Pahd mod Pahd-el, während er unter seinem Lieblingskissen hervorkroch. »Was ... was (gähn) ... was gibt's denn, Mutter? Ist das Frühstück etwa schon fertig?«

»Es ist heller Nachmittag, Pahd!« erwiderte Chogi lan Pahd-el, seine Mutter, verachtungsvoll. »Du hast zum Mittagsmahl eine halbe Ente verspeist. Sag mir nicht, daß du dich nicht erinnerst!«

»Daß ich mich nicht erinnere? Erinnere ich mich denn?« Pahd rieb sich die verquollenen Augen.

»Ja, du erinnerst dich!« schrie Chogi ungeduldig. Dies veranlaßte Pahds Gemahlin Sarie, ihrem Gatten beizuspringen.

»Bitte, Chogi, laß ihn in Ruhe. Er hat der letzten Nacht kaum Schlaf ...«

»Lachhaft!« Chogi schwoll der Kamm; sie reckte den ausladenden Busen vor, blähte den Bauch und stemmte die Fäuste in zwei nicht minder ausladende Hüften. »Er tut nichts anderes als schlafen.«

»Aber das stimmt nicht!« protestierte Sarie. »Oder, Liebster?« flötete sie, an ihren Gemahl gewandt.

Pahd schnarchte.

»Da siehst du's«, grollte Chogi.

»Warum läßt man ihn nicht in Ruhe? Es ist ein hartes Geschäft, ein Königreich zu regieren.«

»Wem sagst du das?« erwiderte Chogi heftig. »Ich regiere dieses hier, seit sein Vater nicht mehr lebt.«

»Wahrscheinlich schon länger«, höhnte Sarie bei sich.

»Das habe ich gehört!« Chogi reckte ihr Bulldoggenmaul in Sarie lan Pahds hübsches, wenn auch leeres Gesicht. »Sag mir nur, wo wir wären, wenn ich nicht

Maßnahmen zur Verwaltung dieses Reiches unternähme!«

»Dann würden wir hier ein friedliches, normales Leben führen – wie jeder andere auch«, erwiderte Sarie. »Die Leute in Ngandib-Mar haben keine Regierung nötig, ebenso wenig wie Pahd es nötig hat, sie zu regieren. Wir kämen alle sehr gut zurecht, wenn du die Dinge auf sich beruhen lassen wolltest.«

»Ich weiß, warum er dich geheiratet hat«, stellte Chogi finster fest. »Weil du es zufrieden bist, wenn er sein Leben verschläft, solange du nur Hof und Krone hast!«

»Und warum auch nicht?« fragte Sarie vernünftig. »Er will es doch so.«

»Nun, aber ich will es nicht!« endete Chogi, und sie trat ans Bett und riß ihrem schlummernden Sohn die Decken vom Leibe. »Aufstehen!« brüllte sie noch einmal.

»Hmm? Was? Was ist? Frühstück?«

»Ich habe jemanden mitgebracht, der dich sehen will, Pahd.«

»Schön.« Pahd kuschelte sich wieder in die Kissen. »Er mag mich anschauen, solange er Lust hat.«

»O nein.« Chogi packte ihn bei den Schultern und richtete ihn auf. »Mit dem hier wirst du sprechen.«

»Worüber?« Pahd gähnte.

»Erinnerst du dich, daß du mich vor Monaten, vor der Krise mit dem Drachen, batest, einen Macht-Former für den Hof zu suchen?«

»Ja?«

»Ja.«

»Gewiß erinnere ich mich.« Pahd nickte. »Wo ist der Kerl eigentlich hin?«

»Wir haben nie einen gefunden!« brüllte Chogi.

»Nicht?« Diese Frage richtete Pahd an Sarie.

»Nein, Liebster«, antwortete sie.

»Wie uneffektiv«, murmelte Pahd. »Erinnert mich

daran, daß ich ein Dekret gegen uneffektives Arbeiten erlasse ...« Sehnsüchtig beäugte er sein Lieblingskissen.

»Überflüssig«, schnaubte Chogi. »Ich habe einen gefunden.«

»Tatsächlich?« Sarie war ehrlich entzückt.

»Ich dachte mir, daß ich damit dein Interesse erregen würde, Sarie ... wenigstens deines ...« Zu Pahd war es offensichtlich nicht durchgedrungen. Seine Augen schlossen sich, und sein Kopf kippte zur Seite. »Aufwachen!« Pahds Aufmerksamkeit kehrte zurück. Für einen Moment.

»Wo ist er?« blubberte Sarie.

»Schickt den Macht-Former herein!« befahl Chogi lan Pahd-el, und ein Diener setzte sich träge in Bewegung, um das Verlangte zu erledigen. »Er ist draußen«, erklärte Chogi; sie versuchte nicht erst, ihre eigene Aufregung zu bemänteln. »Ein höchst dynamischer Mann – wenn auch ein bißchen klein ...«

»Es tritt ein: Flayh!« verkündete der Diener, als er zurückkehrte.

»Flayh?« wiederholte Sarie.

»Nur ... Flayh? Weiter nichts?« fragte Pahd benommen. »Ein wenig beeindruckender Titel.«

»Ich habe noch andere, doch wozu sich mit Überflüssigem belasten?« Flayh war eingetreten und beherrschte unversehens die Aufmerksamkeit aller. Sogar Pahd sah ihn an. »Ich bin Flayh. Lassen wir es dabei.« Er trug seinen prachtvollen rotweißen Umhang. Die Kapuze hatte er zurückgeschlagen, und sie stand auf seinen Schultern wie ein hoher Kragen.

»Jedenfalls sieht er aus wie einer«, brummte Pahd.

»Kümmert Euch nicht um den König«, bat Chogi entschuldigend. »Er sagt oft Dinge, die er nicht meint.«

»Tue ich nicht«, schnarrte Pahd. »Oder?« fragte er Sarie.

»Nein, Liebster.«

»Siehst du«, sagte Pahd.

»Tust du doch«, beharrte seine Mutter und starrte ihn an, bis er die Augen niederschlug.

Pahd hob eine Braue, zuckte die Achseln und schaute Flayh an. »Na schön. Tue ich's eben. Also ...« Er seufzte und nagte an seiner Unterlippe. »Dann forme.«

»Pahd, wir wollen den Mann nicht hetzen«, mahnte Chogi und lächelte Flayh zu.

»Es macht mir nichts«, fiel Flayh ihr ins Wort und warf seinen Mantel beiseite.

Er war ein schlanker, kräftig gebauter Hund.

»Ein Hündchen!« Pahd klatschte in die Hände. Die beiden Damen erstarrten in Ehrfurcht.

Flayh war wieder ein Mensch.

Pahd machte ein enttäuschtes Gesicht. »Also mir persönlich, mir hat das Hündchen gefallen ...«

»Pahd, ich will keine Haarspaltereien mit Euch treiben«, erklärte Flayh und trat ohne weitere Umstände an Pahds bettförmigen Thron heran. »Wie ich höre, braucht Ihr einen Hofmagier.«

»Das sagt meine Mutter.«

Flayh betrachtete den Mann aufmerksam. Es war das erstemal, daß er dem Manne, den man den ›faulen König‹ nannte, von Angesicht zu Angesicht gegenüberstand. Stets hatte er bisher die Geschichten von der Faulheit dieses Mannes als Märchen abgetan, aber heute wurde Pahd seinem Ruf jedenfalls gerecht. Es war schwer vorstellbar, daß der Kloß, der hier auf dem Bett lag, zugleich einer der herausragendsten Schwertkämpfer der Welt sein konnte. »Ich bin gekommen, Euch meine Dienste anzubieten«, erklärte Flayh.

»Flayh«, murmelte Pahd vor sich hin. »Ich weiß von Jooms, und von diesem Unruhestifter Mar-Yilot ... von Terril ... und von Pelmen natürlich. Aber von einem Macht-Former namens Flayh habe ich nie gehört. Ihr seid neu in dem Geschäft?«

»Jawohl.« Flayh nickte.

Pahd gähnte und rieb sich die Augen. »Äh ... was werdet Ihr brauchen? Was sind Eure Erfordernisse?«

»Ich bitte nur um einen Turm für mich allein, um dort meine Kunst zu üben, sowie um freien Zugang zu allen Teilen Eurer Festung.«

Pahd lächelte überrascht. »Freien Zugang? Ist das wirklich notwendig?« Der König lachte leise. »Irgendwie kann ich mir nicht vorstellen, wie ich in mein Privatgemach gehe und Euch dort vorfinde, wie Ihr es gerade mit einem Bann belegt.«

»Und ich kann mir nicht vorstellen, wie du überhaupt irgendwo hingehst«, schnaubte Chogi.

»Chogi!« schalt Sarie.

»Na, ich kann's jedenfalls nicht«, erwiderte die starkkiefrige Matrone. »Wir müssen ihn ja überallhin tragen.«

»Vielleicht sollte ich mich zurückziehen, damit Ihr einen Entschluß fassen könnt«, schlug Flayh vor.

»O nein.« Pahd lächelte. »Laßt uns erst einen Beschluß fassen, und dann kann ich mich zurückziehen.« Der König musterte Flayh forschend und schaute dann seine Mutter an. »Nun, welchen Beschluß soll ich fassen?«

Chogi wandte sich ab und sah Flayh an. »Eure Wünsche seien Euch gewährt. Ich weiß einen Turm, der gerade recht für Euch ist; er liegt gleich neben diesem hier. Ihr werdet entzückt sein. Selbstverständlich ist es nicht weit bis zur Küche und zur Bibliothek, so daß Ihr ...« Ihre Stimme verhallte, während sie Flayh hinausgeleitete, den umfangreichen Unterarm auf seine mageren Schultern gelegt.

Pahd gluckste immer noch. »Ich glaube, Mutter hat einen neuen Beau gefunden. Der Ärmste ...«, fügte er hinzu.

Sarie starrte voller Unbehagen zur Tür, während sie zum Bett ihres Mannes kam und sich dort niederließ. »Wolltest du wirklich, daß er hierbleibt?«

»Warum nicht? Er hat es Mutter offensichtlich angetan. Und wenn sie bei ihm ist ...«, Pahd griff nach der Decke und zog sie sich über den Kopf, »... dann läßt sie mich vielleicht schlafen.«

Erst viele Stunden später gelang es Flayh endlich, sich aus den Klauen von Ghogi lan Pahd-els Bewunderung zu befreien. Endlich frei, durchschritt er das oberste Gemach seines neuen Turmes und trat durch eine Tür hinaus. Ein winziger Balkon – nicht mehr als vier Fuß betrug der Abstand zwischen Außenwand und Balustrade – zog sich um den Turm herum; Flayh umrundete ihn einmal und betrachtete das ehrfurchtgebietende Panorama, das sich vor ihm ausbreitete.

Abgesehen von der kantigen Zitadelle, die König Pahd mit seiner Familie bewohnte, war dies der höchste Punkt der königlichen Festung – und das war in der Tat hoch. Flayh hatte das Empfinden, auf dem Dach der Welt zu stehen. Der Frühlingsregen hatte die Luft vom Staub gereinigt, und ringsum am Horizont konnte er Berggipfel erkennen. Es war erregend, dieses Leben als Macht-Former, und er gelobte sich, niemals in jene andere Existenz zurückzukehren, in der Macht nichts als die schattenhafte Möglichkeit politischen Einflusses bedeutete. Aus dieser luftigen Höhe konnte Flayh sehen, daß seine neue Macht sich an keine Grenzen zu halten brauchte. »Ich stehe ganz oben auf der größten Festung der Welt«, flüsterte er bei sich – und er hatte recht.

Die Hohe Festung von Ngandib fußte auf einem kleinen Felsplateau, welches seinerseits inmitten eines sehr viel größeren Plateaus thronte. Die Stadt Ngandib bedeckte die Osthälfte dieses weiten Tafelberges, von dessen Kante bis zum Fuße des Burgfelsens. Die Westhälfte des Plateaus füllte ein gigantisches, in den Felsengrund gehauenes Becken aus – ein von Menschenhand geschaffenes Bassin für die kostbaren Wasservorräte der Stadt. Um in die Stadt zu gelangen, mußte ein Reisender einen in die östliche Felswand gesprengte Serpentinenpfad erklimmen, fünftausend Fuß vom Talboden bis zur Hochebene. Theoretisch war diese Straße von oben so leicht zu verteidigen, daß es keiner Armee je gelingen würde, Ngandib im Sturm zu erobern. Diese Theorie war im Lauf der Jahrhunderte niemals erprobt worden, denn niemand hatte es für ratsam gehalten, dergleichen zu versuchen. Die Bewohner des luftigen Plateaus rühmten sich selbstzufrieden, sie wohnten in einer Stadt ohne Mauern – die steilen Felswände böten ihnen allen Schutz, den sie brauchten.

Sollte es einem Eindringling durch irgendein Wunder gelingen, die Stadt dennoch zu erreichen, würde die Lage der Festung ihn mit einem weiteren, unüberwindlichen Hindernis konfrontieren. Da sie auf dem kleineren Tafelberg erbaut war, reichten ihre Bastionen über dem Plateau noch einmal sechshundert Fuß in die Höhe – viel zu hoch also, als daß man sie hätte erklettern können. Der einzige Zugang bestand in einer Höhle, die unterhalb der Festung in den Fels gehauen war; dahinter führte eine lange Treppe durch das Gestein nach oben. Selbstverständlich hatte Pahd diese Treppe noch nie erstiegen. Er fuhr statt dessen mit einem primitiven Aufzug, den Sklaven von den oberen Gemächern aus bedienten.

»Absolut uneinnehmbar«, hauchte Flayh und starrte über die Palastmauern, über das große Plateau hinaus zu den fernen Tälern, die sich mehr als eine Meile tiefer erstreckten. Aus dieser Höhe war ihm der Blick dorthin teilweise von Wolken versperrt. Flayh hatte noch nie die Oberseite einer Wolke gesehen. Die bloße Vorstellung ließ sein Herz pochen. »Unbezwingbar«, murmelte er. Nicht einmal er selbst wußte genau, wen er meinte – die Festung oder sich selbst. Doch das war gleichgültig, denn bald würden sie eins sein. Er schlüpfte in den Turm zurück und nahm zwei kostbare Schätze aus seinem Gepäck. Der eine war seine Pyramide; er nahm sie aus dem Samtbeutel und stellte sie auf den Tisch. Der andere war das uralte Grimoarium. Er setzte sich an den Tisch, schlug das Buch an der richtigen Stelle auf und begann zu singen.

Das Licht in Drachentor verblaßte, und Admon Faye sah zu, wie Bronwynn sich verteidigte. Er wußte seine Zufriedenheit kaum zu verbergen. Was er mit Drohungen und Argumenten nicht vollbracht hatte, war einem selbstgerechten Himmelsknilch innerhalb von Augenblicken gelungen. »Ich bin erstaunt über deine Verwandlung«, grunzte er, während er beobachtete, wie Bronwynn mit einem angreifenden Sklavenjäger kurzen Prozeß machte.

»Ich lerne rasch, wenn der Sinn mir danach steht«, versetzte sie grimmig.

»In der Tat«, gackerte er. »Dein stotternder Stier hat seinen Meister gefunden.« Statt einer Antwort attakkierte und entwaffnete sie geschmeidig einen weiteren Briganten. »Aber deine kämpferischen Fähigkeiten meinte ich gar nicht. Dafür hattest du schon immer einen guten Instinkt; die Frage war nur, wie man die Feindseligkeit anzapfen könnte, die in dir aufgestaut war. Nein, was mich mehr interessiert, ist deine ... äh, deine spirituelle Verwandlung.«

Bronwynn warf dem Sklavenjäger einen niederträchtigen Blick zu. »Übertreibt es nicht.«

»Du warst doch eine so unerschrockene Verteidigerin der Himmelsgläubigen«, spottete er.

»Ich sagte, Ihr sollt es nicht übertreiben!« schrie Bronwynn, und sie wirbelte zu ihm herum und riß ihren Dolch aus der Scheide.

Admon Faye starrte kühl zu ihr auf, unbeeindruckt von ihrer wilden Miene. »Sie droht mir noch immer«, murmelte er. »Das ist kein gutes Zeichen. Du hast noch nicht gelernt, wer in der neuen Familie Faye die Befehle erteilt.« Langsam erhob er sich. »Was wählst du, Bronwynn? Messer? Ich werde dir ein Stück Haut vom Rükken schälen – nicht da, wo man es sieht, wohlgemerkt: Nur du selbst, im Spiegel. Du ziehst Schwerter vor? Nun, so schneide ich dir – sagen wir – vier Zehen ab. Eine Königin mit sechs Zehen ist keine geringere Regentin, oder? Wären Stangen dir lieber? Dann lasse ich dir eines deiner Ohren zierlich und wohlgeformt, aber das andere wird die Größe einer Melone bekommen. Du hast die Wahl, Kind. Was wählst du?«

Bronwynn blinzelte zweimal und steckte dann den Dolch wieder ein.

»Soll das heißen, du fügst dich?«

Bronwynn biß sich auf die Lippe.

»Fügst du dich?« herrschte Admon Faye sie an, trat auf sie zu und packte sie unterm Kinn.

»Ich füge mich«, wisperte Bronwynn. Die Worte schmeckten bitter.

Admon Fayes verzerrtes Lächeln breitete sich auf den verwüsteten Zügen aus. »Gut. Dann reiten wir.« Sogleich brach in der Schar der versammelten Sklavenjäger ein Wirbelwind der Geschäftigkeit los.

»Jetzt?« fragte sie. »Die Sonne ist fast untergegangen.«

»Ganz recht.« Er nickte. »Das ist die beste Zeit des Tages.«

Weniger als eine Stunde später donnerten einhundertsiebzig Reiter von Drachentor aus talwärts. Zuvor freilich hatte Admon Faye einem Blauflieger ein Briefchen ans Bein gebunden und ihn dann hoch in den purpurnen Himmel geworfen.

## Kapitel 16

## Ein Gespräch mit den Wänden

PELMEN LAG IN TIEFEM SCHLUMMER, als das Schloß seine Entscheidung traf. Bis zum Morgen hätte es die Sache auf sich beruhen lassen können, doch das Königliche Haus sehnte sich seit Wochen nach Gesellschaft. So beschloß es, den Macht-Former zu wecken.

– Also gut. Einen Gegner einzuschüchtern ist auch eine Form des Mogelns, sagte das Haus.

Pelmen fiel aus dem Bett, denn das Haus hatte ihm diese Einsicht durch ein gräßliches Knarren in den Deckenbalken zukommen lassen. Sein erster Impuls war, sich unter seiner Pritsche zu verkriechen.

– Hast du gehört?

»A-allerdings«, stammtelte Pelmen ein wenig zittrig. Er kroch unter dem Bett hervor über den strohbedeckten Fußboden und spähte in die Dunkelheit hinauf. »Ich ... ich weiß deinen verständnisvollen Geist zu würdigen.« Gähnend rieb er sich die Augen.

– Ist nicht der Rede wert.

»Kann ich jetzt weiterschlafen?«

– Es gibt einiges zu besprechen.

»Ich möchte mich auch mit dir unterhalten, aber es ist mitten in der Nacht. Schläfst du denn nicht?«

– Es ist zuviel geschlafen worden. Um tausend Jahre zuviel.

»Soll das heißen, daß du tausend Jahre geschlafen hast?«

– Seit der Drache zum Großen Tor kam und die Magie von diesem Lande abgeschnitten ward.

Pelmen fühlte, wie tiefe Erregung in ihm aufbrandete. Im Angesicht dieser unglaublichen Gelegenheit kam Schlaf nicht in Frage. »Aber was hat dich aufgeweckt?«

– Der Tod der zweiköpfigen Bestie, antwortete das

Königliche Haus. Ein Windhauch strich durch seine Gemächer und raschelte im Stroh.

Pelmen spürte ihn auf dem Gesicht und lächelte. »Du lachst darüber«, sagte er leise.

– Würdest du es nicht tun? gluckste das Schloß.

»Ich habe von dir gelesen, in einem kryptischen Satz, in einem Buch, das in uralter Zeit verfaßt wurde.«

– In uralter Zeit! äffte das Königliche Haus. Das war gestern! Wenn du mit jemandem sprechen willst, der wirklich alt ist, schau dir die Berge an!

»Leider verstehe ich ihre Sprache nicht.«

– Das tun wenige, erwiderte das Haus vermittels einer Änderung der Raumtemperatur. Sie sprechen so entsetzlich langsam, daß eure menschliche Lebensspanne nicht einen einzigen Satz umschließen könnte ...

»Aber du – erzähle mir von dir!«

– Dieses Haus erwachte unter dem Bann des Nobalog – eines Magiers von einigem Ruhme, wenngleich oft nicht recht ernstgenommen von seinen Berufsgenossen. Er neigte zum Schabernack, mußt du wissen, und hatte oft mehr Freude an seinen kleinen Streichen als an den großen Werken seiner Kunst.

»An dir etwa.«

– Freilich! donnerte das Haus mit ächzenden Sparren.

»Hat er über seine Werke nicht irgendwie Buch geführt?«

– Er führte ein Buch mit Zaubersprüchen, weiter nichts.

»Kein Wunder, daß ich davon nie gehört habe«, murmelte Pelmen und nagte an seiner Unterlippe. »Dieses Buch ist ohne Zweifel seit Jahrhunderten verschollen.«

– Das war es. Wurde indes kürzlich gefunden.

»Gefunden!« rief Pelmen aus. »Von wem?«

– Das nun wirst du selbst herausfinden müssen,

Macht-Former. Zur Zeit weiß dieses Haus nur, daß ein anderes Haus sich regt.

Pelmen starrte verblüfft in die tintenschwarze Dunkelheit. »Wo? Was für ein Gebäude ist es?« fragte er ernsthaft.

– Was für Fragen die Menschen doch stellen! seufzte das Haus. Immer wollen sie wissen, wo. Es gibt nur einen Ort, und das ist dieser hier.

»Das – das andere lebende Haus bist du also auch?«

– Narr! Wie kann das sein – ein Haus, und ein Haus in einem Haus? Das andere Haus, das jetzt erwacht, ist auch in dieser Welt, das ist alles. Es ist jetzt halb bei Bewußtsein, aber schon jetzt ist klar, daß der Macht-Former, der es erweckt, Böses im Schilde führt.

»Aber wer ist es?« fragte Pelmen sich. Das Haus überging die Frage.

– Wieso kannst du plötzlich hören? wollte es wissen. Tagelang hast du alles ignoriert, was man dir sagte.

»Ich weiß seit einer Weile, daß es mit dir etwas auf sich hat – seit der Nacht, da du mich aufwecktest und im Gang die Fackel ausbliesest.«

– Entschuldigung.

»Schon gut. Aber wenn ich auch wußte, daß du eine Macht warst, wußte ich doch nicht, daß du das Schloß selbst warst. Jener kryptische Satz über dich fiel mir ein, als ich mit einer Frau in deinem Kerker gesprochen hatte.«

– Ihre Worte wurden vernommen.

»Vernimmst du alles, was in diesen Mauern geschieht?«

– Selbstverständlich.

»Gleichzeitig?«

Verwirt sann das Haus einen Augenblick lang über dieses Wort nach.

– Man hört alles und weiß alles. In diesem Augenblick schnarcht die Königin in einem Bett, aus Elfenbein geschnitzt und mit güldenen Intarsien verziert, bedeckt von zahllosen Decken aus schimmerndem Satin. Der Mann, mit dem du abwechselnd Pläne schmiedest und streitest, Gerrig, ist nicht in seiner Kammer, sondern bei ...«

»Ich kann mir schon denken, was Gerrig treibt«, unterbrach Pelmen. »Aber die Frau, von der ich sprach? Die Dame namens Serphimera?«

– Diese Dame geht ruhelos auf und ab und ruft zu deinem Schutze den Namen des Drachen an. Ziemlich töricht, fügte das Haus überflüssigerweise hinzu.

»Das ... muntert mich immerhin auf.« Pelmen überlegte ein Weilchen. »Hat sie je laut von mir gesprochen?«

– Diese Frau hegt eine große Zuneigung zu dir, Macht-Former. Die Zwie-Bestie ruft sie nur an, wenn sie jemanden schützen will, der ihr am Herzen liegt. Aber warum tut sie das? Die Echse ist längst tot.«

»Es ist eben ihre – Auffassung. Ich muß gestehen, ich begreife es auch nicht, aber es ist schön, zu wissen, daß man sich meiner in Wärme erinnert.«

– Dann ist ihre Auffassung nicht auch die deine?

Pelmen war überrascht. »Warum fragst du?«

– Weil auch du eine solche Macht anrufst. Oder war es das Haus, zu dem du um Hilfe riefst, als der Fisch dich in seinen Fängen hatte?

»Wenn ich da noch nicht wußte, daß es dich gab, konnte ich ja nicht gut nach dir rufen.«

– Also war es doch der Drache? fragte das Königliche Haus. Pelmen entwickelte zusehends mehr Gespür für den Tonfall des Hauses. Es schien beunruhigt zu sein.

»Wie du gesagt hast, der Drache ist tot.«

– Aber ... was dann?

»*Wen,* solltest du lieber fragen. Ich rief die *Macht,* nicht eine Macht.«

– Von dieser *Macht* weiß ich nichts, versetzte das Haus.

»Wirklich nicht?« fragte Pelmen. »Du hast den Wind

nicht gespürt, der gesandt ward, mich zu leiten? Du hast die Hitze nicht gefühlt, die den großen Fisch in der Zisterne kochte?«

– Das Haus hat den Fisch gekocht, korrigierte das Königliche Haus.

»Oh.« Pelmen war ein wenig verdutzt. »Nun, ich danke dir vielmals, aber ...«

– Aber was?

»Aber warum hast du es getan?«

Das Haus schwieg lange.

– Bringt diese *Macht* dich dazu, Dinge zu tun, die du für gewöhnlich vielleicht nicht tun würdest?

Jetzt war es an Pelmen, nachdenklich zu schweigen. »Es ist wohl eher so«, sagte er schließlich, »daß die *Macht* einem zeigt, was zu tun ist – und daß sie einem die Energie gibt, es auch zu tun.«

– Darüber muß ich nachdenken.

»Warte! Geh noch nicht; es gibt so vieles, was ich wissen will.«

– So frage.

»Warum wolltest du mit mir sprechen?«

– Aus zwei Gründen: Einsamkeit und Schmerz.

»Schmerz? Du?«

– Folterqualen. Ich erleide sie stets, wenn ein großmäuliger Zauberer wie du in meinen Gängen die Macht formt.

»Aber dich habe ich nicht geformt«, erwiderte Pelmen gelassen. »Obwohl ich Gelegenheit dazu hatte.«

– In der Nacht, in der du geneckt wurdest, nicht. Nein. Vielen Dank.

»Gern geschehen.«

– Aber die Luft im Kerkergewölbe hast du geformt – zu Lichtkugeln von der Art eines Magengeschwürs!

»Dort in den Gewölben«, erinnerte Pelmen sich. »Ich hatte keine Ahnung – daß du es warst, was sie immer wieder ausblies.«

– Immer wieder.

»Es ... es tut mir leid. Wenn ich es gewußt hätte, hätte ich ganz sicher aufgehört.«

– Gesagt hat man es dir oft genug! donnerte das Haus. Doch sanfter fuhr es fort:

– Aber das war nicht der eigentliche Schmerz. Wahre Qualen verursacht dieser jämmerliche Schmarotzer von einem Händler, dieser in Scharlachrot und Purpur gewandete Jagd von Uda!

»Jagd? Ein Macht-Former?« Pelmen war erschrocken.

– Nein, Dummkopf! Dieser Jagd bereitet Pein durch den Gebrauch seiner unerhört spitzigen Pyramide!

»Ah!« hauchte Pelmen, der jetzt endlich begriff. »Mit diesen dreien habe ich auch schon meine Erfahrungen gemacht.«

– Drei? Es sind sechs magische Gegenstände. Waren es wenigstens.

»Ich weiß nur von dreien.«

– Machtvoller Zauber ist in jedem enthalten, eingebettet dort schon seit den Tagen ihrer Erschaffung in den letzten Tagen des einen Landes.

Pelmen stand der Mund vor Staunen offen. Dies war eine Geschichte, die er noch nie gehört hatte. »Sprich weiter«, drängte er.

– Sie wurden geformt von allen zusammen: Von den Männern des Glaubens, den Männern der Magie und denen, welche die Natur beobachten. Ihre Aufgabe war es, eine Waffe zu formen, die Vicia-Heinox vernichten könnte, und dabei eine neue Einheit aller Beteiligten zustandezubringen. Die der Naturgesetze Kundigen setzen komplizierte Geräte aus Stahl und Glas in Gang und brachten die sechs Gegenstände in ihrer geziemenden Form hervor. Diese sechs vertraute man Sheth an, dem ersten unter den Magiern jener Zeit. Seine Aufgabe war es, jeden dieser Kristalle mit Macht zu füllen und sie dann miteinander zu verweben, mit einem mystischen Band, das nur ihm selbst bekannt. So vorbereitet, sollte das fertige Objekt den Männern des Glaubens überantwortet werden, auf daß auch sie ihren Beitrag leisteten.

»Und welcher war das?« drängte Pelmen eifrig.

– Das hat man nie erfahren. Sheth verfügte sich in eine Zusammenkunft mit den Männern des Glaubens, und als er wieder hervorkam, waren die verwobenen Kristalle noch in seiner Hand. Es hieß, er habe nicht nur seine Kunst, sondern auch sich selbst in diese Kristalle gegossen. So konnte er sie nicht fortgeben, auf daß jemand anderes sie benutze. Allein erklomm er das Mittlere Tor, die Bestie zu erlegen, die diesen Ort für sich in Beschlag genommen hatte.

»Und?« fragte Pelmen – betrübt, denn den unglückseligen Schluß der Geschichte hatte er bereits erraten.

– Der Drache verschlang ihn. Das magische Band aber, das die Kristalle zu einem einzigen gemacht hatte, zerbarst in dem Augenblick, da er verschied. Und in dem letzten Gespräch, an das dies Haus sich erinnert, ehe es in seinen Schlummer versank, berichtete jemand, er habe gesehen, wie der Drache die funkelnden Kristalle aus einem Rachen in den anderen geworfen habe. Magische Objekte, welche die Summe aller Weisheit enthielten, die das eine Land besessen hatte – und dieser törichte Drache spielte damit!

»Nicht die vollständige Summe«, murmelte Pelmen.

– Was sagst du?

»Es fehlt ihnen augenscheinlich der Beitrag, den die Männer des Glaubens zu leisten hatten.«

– Allerdings ... Das Haus schwieg für einen Augenblick. Vielleicht hatte dies der Beitrag der *Macht* sein sollen?

Pelmen nickte in der klammen Dunkelheit. »Ich bin sicher.«

– Darüber muß man nachdenken.

»Dann waren die Kristalle also nie dazu gedacht, daß man mit anderen Verbindung aufnehmen kann?«

– Du hast soeben gehört, wie sie geschaffen wurden,

versetzte das Haus zänkisch. Hat jemand behauptet, daß sie dazu gedacht waren?

»Nein.«

– Also. Wenn man sie zu einem Zweck verwendet, für den sie nicht gedacht sind, verströmen sie Wellen von magischer Übelkeit, die dieses Haus in arge Pein stürzen. Es wäre sehr zu begrüßen, wenn du diesen Stachel aus diesen Mauern entfernen wolltest.

»Ich werde mein Bestes tun. Aber du mußt mir helfen, wenn ich Erfolg haben soll.«

– Mit Vergnügen. Unter einer Bedingung.

»Nämlich?«

– Keine Magie.

Die beiden Worte donnerten von allen Seiten auf Pelmen ein.

»Abgemacht«, versprach Pelmen, und er meinte es ernst.

Das Gespräch dauerte bis in die frühen Morgenstunden an und endete schließlich nur, weil sie beide verdauen mußten, was besprochen worden war. Haus und Mann verstummten – mit der unausgesprochenen Übereinkunft allerdings, die Verbindung möglichst bald wieder aufzunehmen. Noch lange lag Pelmen nachdenklich wach, doch schließlich entschlummerte er und ließ das Haus allein. Dieses aber grübelte über einer neuen Idee, die zugleich uralt anmutete:

– Was ist diese *Macht?*

Ein schwerer, feuchter Nebel hing über den Höhen von Drachentor. Er umhüllte die Horde der Sklavenjäger wie ein Mantel, als sie aus der Südlichen Öffnung herabdonnerten und in die Ebene von Chaomonous stürmten. Bronwynn ritt an der Spitze der Kolonne, das Kinn haßerfüllt nach vorn gereckt, mit lodernden Augen. Am Fuße der Berge lichtete sich der Nebel, und über ihnen waren die Sterne deutlich zu sehen. Aber sie legte den Kopf nicht in den Nacken, um zu ihnen hinaufzuschauen. Sie spähte pfeilgeradeaus, die Straße hinunter zur Hauptstadt, vorangetrieben von ihrer Entschlossenheit, Ligne zu töten – und ihren Geliebten.

Pinter und Tibb ritten nicht minder entschlossen dahin – entschlossen, sich in der Dunkelheit nicht zu verirren. Die Pferde, die sie ritten, hatten sie den Himmelsjüngern gestohlen, und zum Glück zeigten sich die Rösser ihrer Aufgabe gewachsen. Die beiden ließen es sich indessen angelegen sein, nach Möglichkeit in der Mitte der Horde zu bleiben. Sie hatten noch keine allgemeine Aufnahme in dieser Bande von Gesetzlosen gefunden, und einige ihrer neuen Gefährten hätten sie nur zu gern irgendwo auf der Straße zurückgelassen. So sehr Tibbs auch darauf beharren mochte, daß »ein Halsabschneider ein Halsabschneider ist, wo immer er herkommt« – der Unterschied zwischen ihnen und diesen Chaoniern nahm mit jeder Stunde, die verstrich, an Deutlichkeit zu.

Blutig rot stieg der Mond über ihrer linken Schulter empor, ließ die Sterne verblassen und warf sein gespenstisches Licht auf das Land vor ihnen. Aber der seltsame Schein offenbarte ihnen die zwanzig schlafenden Gestalten erst, als die Kolonne der Reiter sie erreicht hatte. Der furchtbare Lärm herangaloppierender Hufe ließ die Lagernden hochfahren. Die meisten hatten die Geistesgegenwart, auseinanderzustieben, doch einige Unglückliche hatten zu tief geschlafen. Sie wachten nie wieder auf. Die jagende Armee indessen hielt einen Augenblick lang inne. Bald war sie nach Süden verschwunden.

Der Mond war längst untergegangen, und die Glut der Sonne begann den Horizont zu erhellen, als die kleine Schar der blaugewandeten Gläubigen ihre Toten begraben hatte. Schon jetzt wirkten die vier, die in der Nacht von ihnen gegangen waren, ein bißchen weniger menschlich und sehr viel heiliger als die Lebenden. Auf einer grünen Anhöhe, nur wenige hundert Schritte weit vom Schauplatz der mitternächtlichen Tragödie entfernt, übergab Naquin sie der Erde. Gleich darauf, als der rosenrote Himmel golden erstrahlte, entließ er die Überlebenden mit ruhigen Worten. Das kleine Häuflein der Missionare zerstreute sich in alle Himmelsrichtungen, entschlossener denn je, den Propheten und das Buch mit aller Welt zu teilen.

Naquin aber wandte den Blick ein letztes Mal dem frisch ausgegrabenen Boden zu, und dann machte er auf dem Absatz kehrt und wanderte auf den Spuren der Gesetzlosen nach Chaomonous.

Pelmen wachte erfrischt und munter auf und sprang sogleich von seiner Pritsche. Im Zickzack eilte er durch die Korridore bis zu jenem breiten Gang, der jedes Stockwerk der Burg umzog, und suchte sich dort ein Fenster. Es war noch früh – die Sonne war nicht aufgegangen, aber der rote Himmel über dem Horizont malte einen vielversprechenden Tag über das Land. Pelmen lief in den Garten hinaus, fand ein abgeschiedenes Fleckchen hinter einem Busch und redete das Haus erneut an. »Guten Morgen.«

– Mag sein, daß es einer wird.

»Vielleicht auch nicht. Die Königin hat mir für heute morgen einen Ausflug in den Kerker versprochen.«

– Man hat ihre Worte vernommen.

»Hast du eine Ahnung, was dahintersteckt?«

– Vielleicht ist es eine Folge des Mißtrauens, welches der Verteidigungsminister hegt.

»Weißt du Genaueres? Ich meine, vermutet Joss oder die Königin, daß ich mehr sein könnte als ein Narr?«

– Der Verteidigungsminister ist ebenso geheimniskrämerisch wie argwöhnisch. Er spricht wenig, und Gedanken lesen kann dieses Haus nicht. Tatsächlich erweist der Mann sich als einigermaßen verantwortungsbewußter General, seinem Versagen zum Trotz.

»Versagen?«

– Er hat zugelassen, daß eine Gefangene aus dem Kerker dieses Hauses entführt wurde! schnaubte das Haus. Pelmen hörte in der Ferne Glocken schrillen.

»Und das erzürnt dich?«

– Freilich! Entflohene Gefangene sind eine Bedrohung für die Integrität dieses Hauses als Festung. Derartiges Versagen auf seiten der Wärter darf man nicht hingehen lassen.

Die Wut der Burg erschreckte Pelmen. »Würde es dich auch erzürnen, wenn *ich* jemanden aus dem Kerker befreite?«

Jede Menschenseele im Schloß wurde von der ohrenbetäubenden Antwort des Königlichen Hauses aus dem Schlaf gerissen. Pelmen konnte die Flüche nicht übersetzen, aber daß es Flüche waren, verstand er wohl. Er biß die Zähne zusammen und ließ sich nicht beirren. »Das beunruhigt mich, denn eben dies gedenke ich zu tun. Aber ehe du in neuerliches Chorgeschrei ausbrichst, höre mich an.« Das Haus verstummte. »Du hast mich gebeten, die schmerzhafte Pyramide aus deinem Inneren zu entfernen, und ich werde mein Bestes tun, um dir zu helfen. Aber dafür will ich auch etwas.«

– Und das wäre? verlangte das Königliche Haus zu wissen.

»Freiheit für die Frau im unteren Kerker, und einen Fluchtweg für mich und meine Freunde.« Pelmen erwartete neuerliches Glockengeschrill, doch es kam nicht. Das Haus blieb stumm. »Denkst du nach?«

– Dies bedarf des Nachdenkens.

Pelmen nickte und machte es sich auf einem Stein bequem, um zu warten. Unterdessen erwachte die Burg – das heißt, die Menschen darin begannen sich zu regen. Vogelgezwitscher erhob sich über ihm, und Pelmen lehnte sich zurück, um die wunderschönen Klänge zu genießen.

– Kannst du gegen die auch etwas tun? grunzte das Haus, und Pelmen schrak hoch.

»Gegen wen?« fragte er, als er sich von seinem Schrecken erholt hatte.

– Gegen dieses nervenaufreibende Federvieh!

»Die Vögel magst du auch nicht?«

– Sie besudeln das Dach und die Terrassen dieses Hauses. Jeden Tag.

Pelmen nickte. »Verstehe. Gut – du hilfst mir, meinen Fluchtweg zu planen, und ich stehle die Pyramide und lasse die Vögel fliegen. Abgemacht?«

– Dergleichen geht diesem Hause wider die Natur!

»Deine Wünsche gehen mir auch wider die Natur. Ich bin kein Dieb, und Vögel habe ich gern.«

Das Haus dachte wieder eine Weile nach.

– Also schön.

»Du bist einverstanden?«

– Die Bedingung hast du nicht vergessen?

»Nein. Keine Magie.«

»Guten Morgen, Clown«, sagte eine Stimme über ihm, und Pelmen fuhr erschrocken herum und sah sich um. »Hier oben, Narr.«

Pelmen hob den Kopf. Auf einem Balkon, der ihm bis zu diesem Augenblick völlig entgangen war, saß die Königin in ihrem Nachtgewand. Sie war kaum fünf Schritte weit von ihm entfernt. »Ich grüße Euch, Majestät.« Sein Lächeln war hölzern.

»Weshalb sitzt du heute morgen da draußen und redest mit dir selbst?«

»Ich – äh – probe eine Rolle, Herrin«, log er.

»Ah. Für das Stück über mich?«

»Ganz recht. Ich habe wenig freie Zeit zum Üben, und deshalb ...«

»Höchst verantwortungsbewußt von dir. Komm zu uns auf den Balkon und frühstücke«, lud sie ihn ein. »Sofort«, fügte sie dann hinzu und verwandelte die Einladung in einen Befehl.

»Wie finde ich dort hin?«

»Komm an die Tür meiner Gemächer. Man wird dich

einlassen. Ah, da ist Rosha schon!« rief sie überschwenglich und wandte sich ab. Nur noch einmal streckte sie den Kopf über die Balkonbrüstung, ehe sie in ihrem Gemach verschwand. »Komm schon herauf!« Dann war sie fort.

Wieviel hatte sie gehört? Wahrscheinlich war es gleichgültig, beruhigte er sich, denn sie hatte ja nur eine Hälfte der Unterredung gehört. Dennoch überdachte er seine Worte, während er den Garten verließ, durch den Gang marschierte und die Treppe zu Lignes vielgeschossigen Gemächern hinaufstieg. Auf einem Treppenabsatz begegnete er Yona Parmi.

»Guten Morgen, Fallomar. Was ist geschehen?« fügte Yona rasch hinzu, als er Pelmens Gesichtsausdruck sah.

»Nichts. Ligne will mich in den Kerker bringen, weiter nichts.« Yona wurde fast so weiß wie Pelmen, und der Macht-Former mußte leise lachen. »Sei beruhigt – ich glaube nicht, daß es für die Dauer gedacht ist. Überdies habe ich in diesen Mauern einen machtvollen Verbündeten gefunden – eine, der uns alle, wie ich glaube, von hier fortbringen kann. Ist Gerrig noch erpicht darauf, zu verschwinden?«

»Ich weiß nicht, wie er heute früh darüber denkt. Er hat gestern abend wieder eine junge Dame kennengelernt ...«

»Das habe ich gehört«, fiel Pelmen ihm ins Wort. »Ich muß mich sputen, doch gib acht: Du mußt dafür sorgen, daß sich die Truppe heute während der Probe auf ein verabredetes Zeichen hin rasch an einer Stelle versammelt. Dabei kann Eile not tun.«

»Willst du uns endlich doch an deinen Plänen beteiligen?« lächelte Parmi.

»Ich fürchte, ihr seid bereits beteiligt, weil ihr euch mit mir eingelassen habt. Ich hatte nicht beabsichtigt, mit der Königin so gut bekannt zu werden. Da es aber nun einmal so gekommen ist, wird sie sich, wenn ich mit Rosha verschwinde, ohne Zweifel an euch rächen wollen.«

»Also gehen wir mit dir.« Parmi nickte. »Durch die Siechenstube?« fügte er hinzu und lächelte, als er Pelmens Überraschung sah.

»Woher weißt du davon?«

»Daß ich die Augen offenzuhalten verstehe, mußt du mir schon zutrauen«, versetzte Yona.

Pelmen nickte. »Das tue ich ja, Yona. Ich wollte nur nicht, daß ihr in Gefahr geratet.«

»Sorge dich um dich selber, nicht um uns. Maythorm verkündete gestern abend, er wisse, wer du bist.« Pelmens Augen weiteten sich. »Rosha hat sich für dich darum bekümmert. Er hat dem Mann das Genick gebrochen.«

Pelmen seufzte erleichtert. »Ganz wie sein Vater. Yona, bitte hilf ihm dabei, noch ein paar Tage die Geduld zu bewahren.« Nach diesen Worten hastete er die Treppe zu Lignes Gemächern hinauf. Unterwegs fragte er das Haus: »Warum hast du mir nicht gesagt, daß Ligne mir im Garten zuhörte?«

– War das Bestandteil unserer Abmachung?

»Wenn nicht, dann sollte es von nun an dazugehören.«

– Viel hat sie nicht gehört. Aber die Frau benimmt sich heute wunderlich. Vielleicht solltest du dich vorsehen.

Pelmen nickte. Endlich hatte er die Tür der Königin erreicht und klopfte an.

»Was hat dich aufgehalten, Clown?« fragte Ligne in scharfem Ton, als man ihn auf den Balkon geleitete.

»Euer Palast ist so gewaltig, Gnädigste – ich habe mich verlaufen.«

Ungläubig hob Ligne eine Augenbraue. »Dabei hatte ich gedacht, du fändest dich ganz gut zurecht – zu gut vielleicht. Leider, scheint es, hast du das Frühstück versäumt, derweil du im Palast umherspaziertest. Joss und Rosha haben soeben die letzten Brosamen vertilgt.«

Pelmen warf einen Blick auf die beiden Männer, die ihr zur Seite saßen. Da war Rosha, der besorgter aussah als sonst. Hatte Ligne herausgefunden, in welcher Beziehung sie standen? Ihm gegenüber saß General Joss, der Pelmens Gesicht mit geduldigem, ungerührtem Mißtrauen betrachtete. Pelmen bekümmerte sich nicht um sein eigenes Unbehagen und lächelte strahlend. »Macht nichts. Seid Ihr bereit, Euch von mir in die Niederungen der Kellergewölbe mitnehmen zu lassen?«

»Ich dachte, ich würde dich mitnehmen?« erwiderte Ligne.

»Ihr mich oder ich Euch – wo liegt der Unterschied? Fest steht, daß jeder von uns irgendwann mitgenommen wird.«

»Vielleicht nicht, Clown.«

»Und vielleicht doch. Die Möglichkeit, genommen zu werden, ist bedrohlicher als die Gewißheit.« Pelmen wies mit schwungvoller Gebärde zur Tür und rief: »In den Kerker mit Euch!«

Lignes Miene verhärtete sich jäh. »Du nimmst den Mund zu voll, Narr«, murmelte sie bedrohlich.

»Schon wieder?« entgegnete Fallomar. »Ich tue es unaufhörlich. Vielleicht erklärt das, weshalb ich mich so oft verschlucke?«

»Komm schon«, zischte Ligne, und sie stand auf und stolzierte an ihm vorbei. An der Balkontür blieb sie stehen und wandte sich nach Joss um. »General«, sagte sie, »Ihr werdet dafür sorgen, daß Rosha in sein neues Quartier geschafft wird?«

»Jawohl, Majestät.«

»Gehab dich wohl, Rosha. Wir sehen uns nach der Probe!« säuselte sie, und Rosha brachte ein dünnes Lächeln zustande. Pelmen sah beruhigt, daß er sich zumindest noch Mühe gab. »Komm, Clown«, fauchte Ligne und ging hinaus; Pelmen folgte ihr mit großen Schritten.

Während des Abstiegs in die unteren Geschosse redete und scherzte Pelmen die ganze Zeit und prüfte dabei mit innerem Ernst jede ihrer Reaktionen, um festzustellen, ob Lignes Einstellung ihm gegenüber sich etwa geändert habe. Als sie im untersten Stockwerk anlangten, im tiefsten Kerker, wo Serphimera eingesperrt war, wurde er still.

»Was ist?« fragte Ligne. »Keine schlagfertige Bemerkung zu diesem Keller mehr?«

»Um offen zu sprechen, Majestät, in diesem Korridor ist es so zugig, daß die Gänsehaut meine Zungenspitze erreicht hat. Seht Ihr?« Er streckte ihr die Zunge heraus.

»Sofort nimmst du deine abscheuliche Zunge wieder in den Mund! Allmählich ärgert mich deine Dreistigkeit.«

»Aber diese Kälte macht meine Zunge dick und schwerfällig.«

»Strecke sie noch einmal heraus, und ich lasse sie dir herausreißen! Dann wird sie dich jedenfalls nicht mehr plagen.«

»Aber der Umstand ihres Fehlens vielleicht ...«

»Bleib hier.« Sie deutete mit dem Finger auf den Boden, und der Possenreißer tat, als schlage er an Ort und Stelle Wurzeln. Ligne achtete nicht auf ihn, sondern ging den Gang hinunter auf Serphimeras Zelle zu. Pelmen hoffte, daß die Priesterin durch seine lauten Reden seiner Anwesenheit gewahr geworden war. Er vertraute zuversichtlich darauf, daß er den Anschein, sie nicht zu kennen, würde aufrechterhalten können. Weniger Zuversicht indessen empfand er in der Frage, ob Serphimera es auch vermöchte. Er spitzte die Ohren, um zu hören, was gesprochen wurde.

»Priesterin!« rief Ligne durch das Gitter, und Serphimera rollte sich rasch von der Pritsche und kam über den Steinboden herangetappt.

»Majestät. Ich hatte Euch nicht so bald zurückerwartet.«

»Dann war ich in der Vergangenheit vielleicht allzu berechenbar. Komm, komm – gibt es Neuigkeiten für mich?«

»Neuigkeiten, Herrin?« wiederholte Serphimera wachsam.

»Visionen! Weissagungen! Womit kann ich rechnen?«

»Ihr könnt damit rechnen, daß ich erfriere, wenn wir sehr viel länger hier unten bleiben!« rief Pelmen, und er verließ seinen Platz und kam heran.

»Ich habe dir befohlen, dort zu bleiben!« herrschte Ligne ihn an und streckte den Zeigefinger aus. »Oder soll ich dich hierlassen?«

Der Narr verlangsamte seinen Schritt nicht. »Aber was ist das!« schrie er, als er in die Zelle der Priesterin spähte, und er gab sich überrascht, als er ihrer ansichtig wurde. »Hier ist eine Gefangene, für die es sich lohnt, zu bleiben! Sie strahlt wie ein Licht in dieser dunklen Welt! Sagt mir, Herrin, wer ist sie?«

»Du kennst sie nicht?« Ligne schaute Serphimera unverwandt an, damit ihr ja keine ihrer Regungen entgehe.

»Ich sollte sie kennen?« sprudelte Pelmen. »Ja, wenn ich sie kennte, ich hätte längst mein Kostüm abgeworfen und wäre ihr gefolgt, den Hut in der Hand!«

»Aber du siehst mitgenommen aus.«

»Ich sagte ja schon, wir alle werden irgendwann mitgenommen, wollen wir nicht unserer Menschlichkeit verlustig gehen. Mitgenommen, hingerissen – ja, das bin ich, fürwahr! Sperrt Ihr sie hier ein, weil sie die einzige ist, die Euch an Schönheit gleichkommt?«

»Du stellst zu viele Fragen, Clown.« Ligne wandte sich der staunenden Serphimera zu. »Er ist eine unverschämte Kreatur.«

»Das ist nicht zu verkennen«, antwortete die Priesterin und biß die Zähne zusammen. Ihre Miene gefror, und in ihrem Kopf drehte sich alles. Was sollte sie nur tun?

»Wie ein Köter ist er in meinem Kerker herumgestreunt – ich habe mich gefragt, ob er vielleicht dir gehört?«

»Mir, Herrin?« erwiderte Serphimera matt. »Königin Ligne, ich habe mit Possenreißern nichts zu schaffen, und mit diesem Narren ganz gewiß nicht!«

»Aber«, brummte Pelmen, »eine Schönheit gleich der, die Euch gemeinsam ist, dürfte noch jeden Mann zum Narren machen ...«

Ligne lächelte. »Du siehst, weshalb ich ihn behalte. Er hat eine so hinreißende Zunge«, – hier schaute sie Pelmen an –, »solange er sie im Maul behält.«

Serphimera sah sie beide unsicher an, und Pelmen hatte den Eindruck, daß sie eine Entscheidung traf. Er wappnete sich.

»Da war eine Vision ... die ... mir im Traume kam. Ich sah zwei Verschwörungen gegen Euch, Königin, doch keine hatte Erfolg.«

»Was du nicht sagst!« Ligne war erschrocken. Sie sah Pelmen an. »Clown, verschwinde.«

»Dann muß ich nicht hierbleiben?«

»Hinaus!« schrie die Königin, und Pelmen stolperte hastig die Treppe hinauf. Als er sich noch einmal umblickte, sah er, wie Ligne sich zum Zellenfenster beugte und befahl: »Erzähle mir mehr.« Zu gern hätte auch er diese Enthüllungen mitangehört, aber jetzt war er sich seiner Sache nicht mehr so unsicher, wie er es den ganzen Morgen gewesen war. Offensichtlich hatte Ligne keine eindeutige Verbindung zwischen ihm und Serphimera entdecken können, und darüber war er erleichtert. Daß Serphimera ihn nicht willentlich verraten würde, dessen war er sicher. Ja, er war sogar davon überzeugt, daß sie ihm eine klare Warnung hatte zukommen lassen.

»Zwei Verschwörungen«, murmelte er. »Doch keine wird Erfolg haben.« Diese Neuigkeit war allerdings beunruhigend. Aber wenn Serphimera sie in einer Vision gesehen hatte, würde er nicht einen Augenblick lang daran zweifeln.

Carlad behielt seine förmliche, kühle Haltung bei, als er mit Rosha Seite an Seite den Gang hinunterging. Erst im Thronsaal ließ er alle Haltung fahren, und er rannte hinüber zu Danyilyn und lachte und klopfte den anderen Schauspielern auf den Rücken. Rosha blieb in der Tür stehen und bemühte sich, seine Wut im Zaum zu halten. Yona Parmi trat rasch zu ihm.

»Ich habe Pelmen heute morgen auf dem Gang getroffen«, berichtigte Parmi gedämpft. »Er sagt, er hat einen Verbündeten in diesen Mauern, und er weiß, wie wir hinausgelangen können. Geduld, Rosha. Nur noch ein paar Tage.«

»Soviel Zeit habe ich nicht mehr«, knurrte Rosha.

»Was?«

»Das Weib hat mich umziehen lassen – in das Zimmer neben ihrem«, erklärte Rosha finster. Dann sah er Parmi an. »Sie wird mich heiraten, sagt sie.« Yona nickte. »Was soll ich tun?« fragte Rosha flehentlich.

»Halte sie hin.«

»Das kann ich nicht bis in alle Ewigkeit tun. Yona, wenn diese Frau mich wieder durchs Zimmer jagt, dann werde ich ihr den Hals brechen, das schwöre ich.«

»Tu das nicht!« zischte Yona. »Das ganze Schloß wird über uns herfallen!«

»Das kann ich nicht ändern! Mir wird übel von diesem Weib!«

»Genau!« Yona strahlte.

»Was ist?«

»Werde krank! Immer wenn sie in deine Nähe kommt, muß dir übel werden. Es ist schwer, seine Leidenschaft für einen zu bewahren, der dauernd kotzt.«

Rosha starrte ihn an. »Du meinst ...«

»Es ist ganz einfach. Ich werd's dir zeigen.« Yona nahm Rosha beiseite und begann mit dem Unterricht.

Es war noch nicht Mittag, als der junge Recke die Kunst gemeistert hatte.

Pelmen erklomm schnellen Schritts die Stufen zum oberen Stockwerk des Kerkers und strebte dem Ausgang zu. Er blieb stehen, als er sah, daß Joss ihm den Weg versperrte. Der General schien ihn anzustarren, und Pelmen merkte, wie sein Unbehagen zurückkehrte. Er warf dem alten Soldaten ein rasches Lächeln zu. Es war kein großer Trost, daß der Verteidigungsminister es erwiderte. »Verzeihung«, murmelte er, als er sich an dem General vorbei durch die Tür und in den Gang hinaus drängte. Joss machte keine Anstalten, ihn aufzuhalten – aber er trat auch nicht beiseite, um Platz zu machen. Pelmen beeilte sich, einigen Abstand zwischen sich und den Alten zu bringen.

Wenige Augenblicke später warf er die Tür seiner Kammer hinter sich zu und setzte sich an der Wand auf den Boden. »Wovon reden sie jetzt?«

– Sie? wiederholte das Haus gelassen. In diesem Augenblick sind mehr als vierhundert Gespräche im Gange. Vielleicht hättest du die Güte, dich genauer auszudrücken?

»Die Königin und die Frau, Serphimera! Wovon reden sie?«

– Im Augenblick von gar nichts. Ihr Gespräch endete wenige Augenblicke, nachdem du entlassen worden warst, indem die Gefangene Unkenntnis hinsichtlich der Einzelheiten jener erwähnten Verschwörungen vorschützte und die Königin sie als Lügnerin beschimpfte.

»Vorschützte, sagst du. Sie weiß also mehr?«

– Das befürchtet sie.

»Glaubt sie, daß meine Anwesenheit in diesem Gemäuer mit einer der beiden Verschwörungen zu tun hat?«

– Allerdings.

»Woher weißt du das?« wollte Pelmen wissen.

– In diesem Augenblick schickt sie ein langes Bittgebet in deinem Namen an den Drachen. Da die schuppige Bestie nun einmal nicht mehr lebt, kann sie auch gar nichts dagegen haben, daß dieses Haus dabei zuhört.

Pelmen starrte die Wand an; sie war so kahl und leer wie sein Kopf.

– Es scheint dich zu beunruhigen, was diese Frau über deine Verschwörung denkt, spöttelte das Königliche Haus.

»Sie ist nicht die Verrückte, für die du sie anscheinend hältst«, sagte Pelmen leise. »Ich kenne sie. Und ihre Visionen treffen ein.«

– Dann ist dein Plan zum Scheitern verurteilt. Dieses Haus kann dir deine Enttäuschung nachfühlen, aber es kommt dennoch nicht in Frage, daß sich dies auf unsere heute früh geschlossene Vereinbarung auswirkt.

»Ich hole deine Pyramide«, versprach Pelmen müde. Er schwieg eine Weile und fragte dann schnell: »Welches ist der beste – der unauffälligste – Weg, dich zu verlassen?«

– Du willst weitermachen, ihren Worten zum Trotz?

»Wenn ich nicht wenigstens einen Versuch unternehme, beweise ich schon damit, daß ihre Vision stimmt. Sag mir also den Weg.«

– Es schmerzt dieses Haus, ein solches Bekenntnis abzulegen. Es war ein Riß im Fundament, der dem Dieb gestattete, die Gefangene zu entführen. Man erreicht ihn durch die Tunnel, in denen du dich so gründlich verirrt hast.

»Aber du könntest uns hinführen?«

– Selbstverständlich.

»Das wird uns genügen müssen. Wie soll ich ...«

– Es gibt da eine Schwierigkeit.

»Was für eine Schwierigkeit?«

– Der Riß mündet in den Fluß. Wenn deine Freunde nicht allesamt ausgezeichnete Schwimmer sind, wird es notwendig sein, unterhalb des Risses ein Boot bereitzuhalten. Es ist keines da.

»Ich verstehe.«

– Es gibt noch eine andere Möglichkeit.

»Nämlich?«

– Die Herrscher dieses Hauses haben lange Zeit ein Boot in einer Höhle in der Nordfassade dieser Burg versteckt. Diese Höhle erreicht man nur durch einen verborgenen Gang, in den wiederum man nur durch die königlichen Gemächer, durch den Thronsaal sowie durch mehrere andere, strategisch gelegene Räume innerhalb dieser Mauern gelangen kann. Das Geheimnis dieser Durchgänge aber wird offensichtlich gut gehütet, denn die Netze der Spinnen, die dort hausen, sind seit Jahren nicht mehr berührt worden.

»Aber du kennst das Geheimnis?«

– Dieses Haus hat zugesehen, als die Höhle in den Fels gehauen wurde! schnarrte das Schloß.

»Also gut.« Pelmen nickte. »Aber wie bekomme ich Serphimera aus dem Kerker herauf zu diesen verborgenen Gängen, um mit ihr zu fliehen?«

– Das ist ein Problem, das du selbst lösen mußt. Vielleicht läßt dieses Haus ja zu, daß schon wieder eine Gefangene entführt wird, aber du kannst nicht erwarten, daß es auch noch Vorschläge macht, wie dies geschehen soll!

Pelmen nickte – und den Rest des Nachmittags verbrachte er damit, das Schloß nach möglichen Fluchtrouten auszufragen und denkbare Szenarien für den großen Ausbruchsversuch zu entwerfen. Das Schloß war fasziniert von den Plänen des Narren. So fasziniert, daß es nicht auf eine kurze Begegnung zwischen Joss und der Königin achtete, als Ligne aus dem Kerker heraufkam. Es hörte nicht, wie der General flüsterte: »Jetzt?«

Und es vernahm auch nicht Lignes knappe Antwort: »Noch nicht.«

## Kapitel 17

### Mit Gewalt und auch mit List

DIE FAULEN BEWOHNER von Pahds Festung nahmen wenig Notiz von Flayh; allenfalls bemerkten sie, daß er ihnen ungebührlich fleißig vorkam, und sie schlugen ihm vor, das Leben ein wenig leichter zu nehmen. Auf solche Bemerkungen pflegte Flayh mit einem stummen Lächeln zu antworten, das so falsch und so bedrohlich wirkte, daß noch keiner gewagt hatte, ihn ein zweitesmal anzusprechen. Chogi lan Pahd-el war die einzige, die ihn in Gespräche verwickelte. Sie allerdings tat es nur allzu gründlich. Das alte Mädel hetzte ihn durch die Burg wie eine Bulldogge – atemlos und auf Stummelbeinchen, aber voll grimmer Entschlossenheit. Schon ein dutzendmal hatte er sich gezwungen gesehen, einen Zauberspruch zu wiederholen, weil Pahds Mutter ihn an einer kritischen Stelle gestört hatte. Eben erst war es wieder geschehen, und er überlegte sich nun, in welchen schleimigen Bewohner der Meerestiefen er die Frau am liebsten verwandeln würde, während er sie die Stufen in den Königlichen Turm hinaufgeleitete.

Sie stieß die Tür auf, ohne sich der Mühe des Anklopfens zu unterziehen, und marschierte zum Fußende von Pahds Bett. »Aufstehen. Wir haben eine Krise.«

»Was?« fragte Sarie schläfrig und starrte ihre Schwiegermutter mit verquollenen Augen an. Dann blickte sie hinüber zum nahen Fenster. »Es ist erst Morgen!« schimpfte sie. »Wir stehen nie morgens auf!«

»Tun wir doch, wenn eine Armee im Anmarsch ist!« bellte Chogi, und plötzlich fuhr Pahds Kopf auf den Kissen herauf.

»Eine Schlacht?« erkundigte er sich hoffnungsvoll.

»Scheint so.« Chogi seufzte.

Mit Schrecken sah Flayh, wie Pahd aus dem Bett tanzte, über den fellbedeckten Boden hüpfte und ein mächtiges Schwert aus einer Scheide an der Wand riß. »Wunderbar!« schrie Pahd, während er zustieß und parierte und sein flatterndes Nachthemd ganz vergessen hatte.

»Vielleicht freust du dich zu früh«, bemerkte Chogi nüchtern.

»Warum? Gegen wen kämpfen wir denn?«

»Gegen Mar-Yilot und ihren Mann.«

Pahd stellte das Tanzen ein. »Oh.« Erwartungsvoll sah er Flayh an, und der ehemalige Händler merkte plötzlich, daß auch Chogi und Sarie ihn anstarrten.

»Soll ich jetzt etwas dazu sagen?« fragte er.

Saries Brauen hoben sich mit einer Andeutung von Mißbilligung. »Nun, ein wenig Mut könntet Ihr uns vielleicht zusprechen. Immerhin seid Ihr der Former des Hofes.«

»Ich wußte nicht, daß es zu meinen Aufgaben gehört, Mut zuzusprechen«, stellte Flayh gleichmütig fest.

»Die Kleine meint«, erläuterte Chogi in entschuldigendem Tonfall, »weil Ihr nun mal unser Former seid, und weil Mar-Yilot eine Hexe ist, wüßten wir gern, wie Ihr uns zu beschützen gedenkt.« Sie faltete die Hände vor dem umfänglichen Bauch und wartete, den Blick demütig zu Boden gerichtet, auf eine Antwort.

»Ach so.« Flayh nickte und gab sich Mühe, seinem jähen Herzklopfen zum Trotz Nonchalance zu zeigen. Aber er war nicht lange Zeit als Händler erfolgreich gewesen, ohne zu lernen, wie man das Geschick zu seinem Vorteil wendete. So ließ er sein falsches Lächeln aufstrahlen. »Ihr braucht nicht zu erschrecken. Ich versichere Euch, daß ich bis Sonnenuntergang einen umfassenden Schutz für Euch geschaffen haben werde.«

»Umfassenden Schutz?« fragte Pahd. »Vor Mar-Yilot? Ein ziemlich grandioser Anspruch, bedenkt man den Erfolg, den die Frau in vergangenen Former-Schlachten hatte. Ja, im letzten Krieg der Konföderation gab es nur einen Magier, der sie beherrschen konnte, nämlich Pelmen der Machtvolle – und auch der nur, weil er sie überlisten konnte. Was die rohe Kraft angeht, Mächte nach ihrem Belieben zu verbiegen, so kann es keiner mit dieser Frau aufnehmen.« Der ehrfurchtsvolle Ton, mit dem Pahd dies sagte, grenzte an Heldenverehrung, und Sarie warf ihm einen scharfen Blick zu.

»Das mag sein«, erwiderte Flayh zuversichtlich. »Aber noch traf sie nicht auf mich – oder auf mein Wissen.« Er legte die Hand auf die Tunika, unter der sein Zauberbuch verborgen war. »Wenn Ihr mir gestatten wollt, den Rest dieses Tages zu arbeiten –« Und mit einem Blick auf Chogi fügte er hinzu: »*Ungestört* ...« Er wandte sich wieder an Pahd. »Wenn Ihr heute abend zu Bett geht, wird diese Festung, nach menschlichen Maßstäben schon jetzt furchterregend, auch gegen jeden magischen Angriff vollständig gefeit sein.«

»Wirklich? Das schafft Ihr in der Zeit, in der ich auf den Beinen bin? Das ist schnell.«

»Aber nur, wenn niemand mich stört.«

Pahd nickte und schürzte die Lippen. Dann sah er seine Mutter an, die sich ganz offensichtlich anschickte, zu schmollen. »Ach ... Mutter? Hattest du nicht vor, irgendwann Tante Razel zu besuchen?«

»Willst du mir zu verstehen geben, ich soll aus dem Haus verschwinden?« fragte Chogi ihren Sohn herausfordernd und reckte das Kinn vor.

»Aber nein, Mutter.« Pahd zuckte die Achseln. »Ich will nur vorschlagen ...«

»Ich werde Euch nicht stören, ehrwürdiger Flayh«, versprach sie dem Macht-Former, und ihre Stimme troff von Sarkasmus. »Seht Ihr nur zu, daß Ihr Eure Arbeit tut und daß wir beschützt werden.« Sie polterte hinaus, wie sie hereingekommen war und begab sich in ihre eigenen Gemächer, um dort den Schmerz über diese Zurückweisung mit ihren Tränen fortzuspülen.

Pahd mißdeutete Flayhs verachtungsvollen Blick als einen Ausdruck der Besorgnis. »Keine Sorge, mein Freund. So leicht wird sie Euch nicht aufgeben.« Pahd schob das Schwert wieder in sein Futteral und beäugte sein Kissen. »Laßt Euch ... äh – laßt Euch durch mich nicht von Eurer Arbeit abhalten ...«, deutete er an.

»Gewiß nicht. Guten Tag, Majestät ... Gnädigste ...« Mit einer leichten Verbeugung verließ Flayh den Turm, und schon unterwegs zog er sein Zauberbuch hervor.

Pahd wandte sich dem Bett zu, hielt dann inne und streckte die Nase schnuppernd in die Höhe. »Riechst du auch etwas Komisches?«

»Das ist das Parfüm deiner Mutter«, erklärte Sarie mit belustigtem Lächeln.

»Ah.« Pahd nickte, reckte sich, gähnte und kratzte sich an der Seite. »Ich denke, damit ist für die Krise vorgesorgt ... Vielleicht mache ich jetzt ein Nickerchen.«

»Tu das.« Sarie lächelte liebreizend. »Hier ist alles unter Kontrolle.«

Und als es Abend wurde, war tatsächlich alles unter Kontrolle. Unter Flayhs.

»Ich habe hier zu bestimmen!« brüllte Pezi den Koch an. »Und wenn du nicht lieber in den Docks im Süden von Chaomonous arbeiten möchtest, dann solltest du dir das hinter die Ohren schreiben!«

»Das werde ich tun, *Herr* Pezi!« brüllte der Koch zurück und rammte eine tückisch spitze Gabel in den Rindsbraten, der vor ihm auf dem Tranchierbrett lag. Was damit gemeint war, konnte Pezi kaum entgehen. Offensichtlich bedauerte der Koch, daß es nicht Pezis Hinterteil war.

Pezi richtete sich zu voller Größe auf, zog seine Hose hoch – eine vergebliche Geste, die er täglich einhundertmal vollführte – und schlenderte zur Küchentür hinaus und in den Hof. Sogleich bereute er es.

Eine Zucker-Häßpe schwebte in der Luft und beäugte

ihn drohend. Ihre Hautflügel flirrten unsichtbar, und sie verharrte fest vor seinem Gesicht, ohne zu weichen, und bot ihm keinen Ausweg. Das Sonnenlicht schimmerte auf ihrem irisierenden, violetten Leib und verstärkte die Illusionen gepanzerter Unverwundbarkeit. Da tat es nichts, daß sie nur einen Fingerbreit lang war – Pezi hatte eine Todesangst vor diesen Bestien! Er schluckte und zog sich rückwärts gegen die Küchentür zurück. Die Zucker-Häßpe folgte ihm.

Pezi blieb stehen. Er konnte sich von einer Häßpe nicht zum Koch zurückscheuchen lassen. Er hatte so schon Mühe genug, seine Autorität hier im Schloß zu festigen. Er war nicht bereit, der Liste von Pezi-Geschichten, die ohnehin schon die Runde machten, noch diese Würdelosigkeit hinzuzufügen. Indes, die Zukker-Häßpe weigerte sich ebenso eisenhart, ihn passieren zu lassen. Trat er nach rechts, so surrte das kleine Insekt seitwärts und erwartete ihn. Trat er wieder nach links, schwirrte es an seinen alten Platz zurück.

Im stillen überschüttete Pezi sich selbst mit Schmähungen. Warum hatte er die Küche nicht durch den Korridor verlassen? Weshalb hatte er statt dessen diese Hintertür gewählt, obwohl er doch wußte, daß die Zukker-Häßpen um diese Jahreszeit hier schwärmten? Häßpen liebten den Zucker, und sie hielten sich dort auf, wo er mühelos zu finden war; sie formten ihn zu umgedrehten Schlössern aus silbrigem Kristall, die über ihm an der Traufe hingen. Küchenbedienstete in allen drei Ländern förderten das Schwärmen dieser Insekten, denn sie halfen ihnen, auf praktische Art ihren Zuckervorrat zu lagern. Wann immer eine größere Menge dieser Substanz benötigt wurde, wurde ein unglückseliger Diener abgeordnet, der ein Häßpenschloß abschlagen und es zu Pulver zermahlen mußte. Diese jammervolle Aufgabe fiel für gewöhnlich demjenigen unter den Dienern zu, der am tiefsten in Ungnade stand, denn stets war es zunächst erforderlich, daß er einen ganzen

Schwarm von winzigen Geschöpfen aus ihren kristallenen Gemächern vertrieb – und wenn Zucker-Häßpen gereizt wurden, sonderten sie eine ölige Säure ab, die auf der menschlichen Haut unangenehme Verätzungen hervorrief. Eine erzürnte Zucker-Häßpe zu berühren, war vergleichbar damit, die Hand ins offene Feuer zu legen.

Und in Pezis Nähe schien jede Häßpe erzürnt zu sein. Vielleicht war ihnen instinktiv bewußt, daß sein mächtiger Leibesumfang auf Dutzende von vernichteten Zuckerpalästen zurückzuführen war. Vielleicht waren sie auch nur eifersüchtig, denn es war offensichtlich, daß Pezi allen Zucker bekam, den er haben wollte. Was auch immer der Grund sein mochte – der fette Händler hatte noch nie eine Häßpe gesehen, die er nicht gehaßt hatte.

Eine Stimme drang aus der Küche. »Ich suche den Herrn Pezi – hast du ihn gesehen?«

»Geh nur da zur Tür hinaus ...«, hörte Pezi den Koch antworten. Und das Gesicht des fetten Händlers rötete sich, als der Koch kichernd fortfuhr. »Er tanzt da draußen mit einer Häßpe.«

»Herr Pezi?« sagte die Stimme hinter ihm.

»Ich bin hier«, gab er, sichtlich ungeduldig, zurück.

»Ich ... ich sehe Euch ...«, antwortete die Stimme. Pezi erkannte sie als die des Oberwärters vom Tor.

»Nun, so komm her, damit ich den Gesicht sehen kann!« Pezi dachte nicht daran, der kleinen violetten Bestie den Rücken zuzuwenden. Das hatte er schon früher versucht, und mehr als eine feindselige Zucker-Häßpe hatte die Gelegenheit ergriffen, die das so zur Verfügung gestellte gewaltige Ziel ihm bot. Als der Wächter wachsam in seinen Gesichtskreis trat, packte Pezi den Mann beim Kragen und riß ihn als Schild zu sich herum. Die Häßpe summte wütend, stach den Wächter aber nicht. »Also, was gibt's?« fragte Pezi herrisch, den Blick starr hinter den Kopf des Mannes gerichtet.

»Ich ... da ist jemand im Hof, der Euch sprechen will ...«

»Wer?«

»Tahli-Damen, der Statthalter von Uda in dieser Gegend ...«

»Was!« Pezi schnappte nach Luft, und seine Augen richteten sich endlich auf das Gesicht des Wächters. »Und du hast ihn hereingelassen!«

»Natürlich, Herr. Er ist doch ein Händler ...«

»Ohne mich zu fragen?«

»Ihr wart nicht in Eurem Kontor, Herr Pezi!«

»Du wußtest, daß es die Zeit war, da ich meinen Mittagsimbiß zu mir nehme!«

»Ich wußte, daß Ihr das den ganzen Nachmittag über tut ...«

»Weshalb hast du mich dann nicht aufgesucht?«

»Er hat gesagt, er bringe eine dringende Botschaft, die ausdrücklich für den Herrn Pezi bestimmt sei. Abgesehen davon ist er ein Händler, und es ist ein Gebot der allgemeinen Höflichkeit, daß die Händlerhäuser jedem unbegleiteten Händler Einlaß gewähren, wenn er darum bittet ...«

Pezi bleckte die Zähne und stieß den Wächter von sich. Schmerzerfüllt schrie der Mann auf und griff sich in den Nacken, denn der dicke Händler hatte ihn gegen die Häßpe gestoßen. Pezi verweilte nicht, um den erbosten Flüchen des Wächters zu lauschen. Er watschelte behende um die Küche herum zum Hof – weg von der Häßpe.

Tahli-Damen wartete auf dem staubigen Hof. Anstelle der Gewänder aus Samt und Satin, die sein Amt ihn zu tragen berechtigte, hatte er das schlichte Kostüm eines Handelshauptmannes angelegt. Seine Miene war beinahe die eines Büßers.

Pezi wabbelte ihm entgegen, und er beäugte den udanischen Händler mit ratlosem Mißtrauen. »Was wollt Ihr hier?« fragte er aufgeblasen.

Tahli-Damens Erwiderung verblüffte ihn: Der Mann beugte das Knie und murmelte: »Ich komme, um Euch um Vergebung zu bitten.«

»Hä?«

»Ich habe mehrere Tage Zeit gehabt, Fürst Pezi, mein Benehmen im Konklave zu überdenken. Ich bitte Euch um Verzeihung, so ich Euch und Eurem Onkel Mißhelligkeiten bereitet habe.«

»Was wollt Ihr?« Pezis Augen verengten sich zu schmalen Schlitzen in dem fleischigen Gesicht. Er war schlau genug, um zu wissen, daß kein Händler sich so benahm, wenn er nicht etwas wollte.

»Pezi, Ihr durchschaut mich«, gestand Tahli-Damen. »Wie Ihr erraten habt, bin ich hier, um Euch um einen Gefallen zu bitten – um einen ziemlich ... delikaten Gefallen ...« Tahli-Damen senkte die Stimme und sah sich um. Mehrere Bewohner der Burg waren stehengeblieben, um diesem kuriosen Schauspiel als Zuschauer beizuwohnen.

»Ihr wünscht ein Gespräch unter vier Augen?« flüsterte Pezi.

»Wenn Ihr hört, was mein Anliegen ist, werdet Ihr auch ein Gespräch unter vier Augen wünschen ...«, versetzte Tahli-Damen geheimnisvoll.

Pezi richtete sich auf, und seine verblüffte Miene maskierte den genußvollen Stolz, der sich in seinem Bauch entfaltete. Der Gedanke, daß er die Aufmerksamkeit der ganzen Burg auf sich versammelte, gefiel ihm. Es gefiel ihm auch, daß sein Hauptkonkurrent in Ngandib-Mar ihn als ›Fürst Pezi‹ angeredet hatte. Und er genoß es, seinen Konkurrenten auf den Knien vor sich im Staub zu sehen. Daher hatte er es nicht eilig, aus den Augen der Öffentlichkeit zu verschwinden.

»Ich habe keine Geheimnisse vor meinen Angestellten«, behauptete Pezi großspurig, und mit weiter Gebärde umfaßte er den großen Innenhof. »Wenn Ihr ein Anliegen habt, so sprecht es immerhin offen aus.« Pezi stemmte die Hände in die Hüften und spreizte die Beine.

»Wie Ihr wünscht, Fürst Pezi; aber ich ...« Tahli-Damen blickte auf und verstummte plötzlich.

»Was ist los?« grunzte Pezi. »Habt Ihr vergessen, was Ihr sagen wolltet?«

»Nein, Herr«, erwiderte Tahli-Damen demütig. »ich sah nur soeben eine Zucker-Häßpe, die Euren Kopf umschwirrte ...«

»Andererseits ist es in meinem Kontor kühler, und wir sind ungestört«, ergänzte Pezi ernsthaft und zog Tahli-Damen hoch.

»Ihr werdet Eure Entscheidung nicht bereuen«, versprach Tahli-Damen, während Pezi ihn in einen dunklen Eingang schob, weg von der hartnäckigen violetten Pest.

»Ganz bestimmt nicht«, pustete Pezi und hastete durch den steingepflasterten Korridor. In der Dunkelheit sah der dicke Händler nicht, wie Tahli-Damen schadenfroh grinste.

Erri räusperte sich und deutete zu einer Wand. »Der zuerst, Dolna.«

Der Tugolith-Wärter nickte und machte sich daran, seinen Gehilfen zu erklären, wo sie ihre Ketten an den Tempelmauern befestigen sollten. Nahebei wartete ein Dutzend Tugolithen ungeduldig darauf, daß der Zerstörungsprozeß begann.

Erri hatte schon vor Wochen entschieden, daß dieses zentrale Symbol des alten Drachenglaubens vernichtet werden müsse, sollte alle Erinnerung an diesen Glauben aus den Köpfen der Menschen getilgt werden. Es war schade, daß ein so großartiges Bauwerk geschleift werden sollte. Aber wenn man Symbole nicht ändern konnte, mußte man sie abschaffen – und dieses hier war ein Symbol, das er für den neuen Himmelsglauben nicht zu übernehmen gedachte. Zuhauf hatten die Jünger ihn gedrängt, die kunstvoll gebaute Kathedrale wieder zu öffnen und in den Mittelpunkt des neuen Glaubens zu stellen, wie sie Mittelpunkt der alten Religion gewesen war. Aber Erri hatte sich geweigert. »Die *Macht* läßt sich nicht in ein Haus sperren«, fauchte der Prophet, wann immer jemand den Vorschlag äußerte. Wenn dieses Bauwerk fallen mußte, um es den Leuten klarzumachen, dann würde es eben fallen. Heute noch.

Dennoch verspürte Erri ein lauerndes Gefühl der Niedergeschlagenheit. In der Nacht hatten furchtbare Schreie ihn aus dem Schlaf gerissen – und er hatte feststellen müssen, daß die Schreie nur in seinen Träumen erklungen waren. Trotzdem fühlte er ein Unwohlsein, das sich nicht leugnen ließ und das auch nicht vergehen wollte, so sehr er sich auch seinem Projekt widmete. Den ganzen Vormittag hatte er mit der *Macht* darüber gesprochen. »Ist Naquin in Schwierigkeiten?« fragte der Prophet.

»Was ist ein Naquin?« fragte ein neugieriger Tugolith. Erri drehte sich um und starrte zu dem gehörnten Ungeheuer auf. Das riesige grüne Auge des Tugolith, sicherlich so groß wie ein Wagenrad, starrte neugierig zurück.

»Es ist ein ... Mann«, antwortete Erri vorsichtig.

»Ich kenne keinen Naquin-Mann«, erklärte das Riesenungetüm.

»Aha. Das macht nichts«, antwortete Erri begütigend.

»Aber du hast mich gefragt«, gab der verwirrte Tugolith zu bedenken.

Erri sah ihn an. »Ach – ob Naquin in Schwierigkeiten ist? Da sprach ich mit jemand anderem, Kind. Zerbrich dir nicht den Kopf.« Es war unmöglich, einen Tugolithen anders denn als riesiges Kleinkind zu sehen. Die Bestien dachten wie dreijährige Menschen.

»Aber wenn er in Schwierigkeiten ist ...«, begann das Ungeheuer.

»Was ist, wenn wer in Schwierigkeiten ist, Chimolitha?« fragte Dolna, der eben zu Erri zurückkehrte. Der Prophet empfand große Erleichterung ob der Rückkehr des Wärters.

»Dann ... bist du wütend«, erklärte Chimolitha.

»Ich bin auf niemanden wütend, mein Herz«, beschwichtigte Dolna. »Bist du bereit, dieses Gebäude für mich umzureißen?«

»Ja!« trompetete Thuganlitha, eine aggressive Bestie, die nichts lieber hat, als ihr Riesenhorn in etwas – oder jemanden – zu stoßen.

»Daß du bereit bist, weiß ich, Thug. Riganlitha? Pulanlitha? Seid ihr bereit?«

»Ich will spielen!« wimmerte Riganlitha.

»Ja, aber das hier wird Spaß machen!« rief Dolna. »Es wird euch gefallen.«

»Mir gefällt bloß, Leute umzubringen«, unterbrach Thuganlitha.

»Das weiß ich, Thuganlitha ...«

»Sind da Leute drin?« erkundigte Thuganlitha sich hoffnungsvoll.

»Nein«, antwortete Dolna müde. »Es ist niemand drin.«

Thuganlitha brummte einen kurzen, obszönen Fluch, der Erri wie auch den Wärter entsetzt aufblicken ließ. »Wo hat er das gelernt?« fragte Erri mit weitaufgerissenen Augen.

»Thuganlitha«, schalt Erri. »Das sollst du nicht.«

»Ist mir egal«, kicherte das aggressive Ungetüm.

»Dolna, was bedeutet dieses Wort?« fragte Pulanlitha.

»Das geht dich nichts an!« schrie der Aufseher und warf Erri einen vergebungsheischenden Blick zu. »Ich glaube, ich schaffe sie unverzüglich an Ort und Stelle, denn sonst werden wir Schwierigkeiten bekommen ...«

»Nur zu«, antwortete Erri und entließ ihn mit einer Handbewegung. Der Prophet wandte sich ab und wollte zu seiner kleinen Zelle zurückkehren, aber erschrocken blieb er stehen, denn eine Stimme – eine Tugolith-Stimme – rief ihm nach.

»Prophet?«

Der Prophet fuhr mit weit aufgerissenen Augen herum. Das große grüne Auge starrte noch immer auf ihn herab. »Äh ... ja ... Chimolitha«, sagte er und hoffte, er möge den richtigen Namen getroffen haben. Er hatte Glück.

»Ist dieser Pelmen-Mann wohlauf?«

Jetzt erinnerte Erri sich, daß Chimolitha eines der beiden Tiere war, die Pelmen beinahe entzweigerissen hätten. Seine Miene wurde sanft. »Ja, mein Kind. Dieser Pelmen-Mann ist wohlauf.«

»Gut.« Chimolitha kicherte fast. »Ich mag ihn.«

»Ich mag ihn auch.« Erri grinste und winkte dem Ungetüm zu; dann überquerte er den weiten Platz der Stadt. Auf der anderen Seite, wo kein Tugolith ihn hören konnte, hob er indessen den Blick zu den flauschigen weißen Wolken, die hoch über ihm dahinwehten. »Er *ist* doch wohlauf ... oder?« fragte er. Dann ging er ins Haus und wartete darauf, daß ihm aus einer anderen Quelle die Beruhigung zuteil werde, die er dem Tugolith so mühelos gegeben hatte.

»Ich verstehe«, sagte Pezi und nickte in – wie er glaubte – würdevoller Weise. Tahli-Damen erwiderte Pezis ernsten Blick und unterdrückte innerlich ein Feixen. Das alles hier war einfacher, als er es sich hatte träumen lassen. Schon hatte er die Ecke ausfindig gemacht, in der Pezi seine kostbare Pyramide versteckt hielt. Wenngleich es hier im Kontor dunkel war und nur eine einzige Kerzenflamme Licht spendete, hatten die dreieckigen Konturen des Beutels hinter dem Schreibpult seinen Inhalt vor Tahli-Damens Auge nicht verbergen können. Jetzt blieben nur noch zwei Probleme zu lösen: Pezi mußte aus dem Raum verschwinden, und dann mußte er die Festung unversehrt wieder verlassen.

»Es ist ganz klar«, sagte Tahli-Damen. »Ich denke, Ihr werdet die Vorteile sehen. Der Handel an sich ist völlig einwandfrei, und wenn die anderen Häuser am Ort infolge dessen unter Druck geraten sollten, kann uns das kaum betrüben. Schließlich sind unsere beiden Häuser die ärgsten Konkurrenten in dieser gebirgigen Gegend.« Der junge Händler beugte sich vor und legte Pezi eine Hand auf das ballonförmige Knie. »Und denkt nur, Pezi – denkt, welche Achtung es uns einbringen wird. Diese alten Knacker, die den Rat seit einer Ewigkeit beherrschen – sie sind auf diese neue Situation nicht vorbereitet. Sie haben ihr Lebtag vor dem Drachen gedienert – ›Ja, Herr, nein, Herr‹ – was wissen die von unserer modernen Welt?«

»Da ist was Wahres dran.« Pezi nickte weise.

»Euer Onkel. Wo ist er? Treibt sich irgendwo herum und spielt den Zauberer – so sieht's aus. Und Jagd, mein Vorgesetzter? Sitzt im Palast von Chaomonous und spielt Brettspiele. Ich sage Euch, Pezi, die beiden sind vergreist, und ihre Zeit liegt hinter ihnen. Und wir wissen beide, daß die anderen Ältesten ebensolche Fossilien sind, so sehr daran gewöhnt, nachzuahmen, was Flayh tut oder was Jagd tut, daß sie keinen eigenen Verstand mehr haben. Sie sind reife Pflaumen, die wir nur zu pflücken und zu verschlucken brauchen.«

Pezi grinste breit. Das Bild mit den Pflaumen gefiel ihm. Pezi aß gern Pflaumen.

»Aber es kommt entscheidend darauf an, daß wir rasch etwas unternehmen – bevor Euer Onkel zurückkehrt oder Jagd seinen Mut wiederfindet. Denn sonst sind wir bald wieder das, was wir immer waren: Mißhandelte Sklaven im Schatten zweier alter Männer.«

»Ah ... ja.« Pezi nickte. »Das sehe ich ein. Aber ...«

»Aber was, Pezi?«

Tahli-Damen erfuhr niemals, was Pezi einzuwenden hatte. Jemand hämmerte an die Tür. »Geh weg!« brüllte Pezi.

»Ein Flieger, Herr«, rief jemand auf dem Gang. »Wir haben ihn eben gefunden. Ich fürchte, er war schon die ganze Nacht hier. Er ist von Admon Faye.«

»Admon Faye!« Pezi verstummte und starrte Tahli-Damen an. Dann rappelte er sich auf und hastete zur Tür. »Her damit!« befahl er, und man reichte ihm ein kleines Stück Papier, das sich immer wieder zusammenrollen wollte. Er stürzte zur Kerze und entrollte den Zettel, um zu lesen, was darauf stand. Sorgsam achtete er darauf, die gekritzelte Botschaft vor Tahli-Damens Blikken zu verbergen, doch das nützte ihm so viel, daß er sie ihm ebensogut hätte zu lesen geben können. Pezi bewegte nämlich beim Lesen die Lippen, und Tahli-Damen brauchte die Worte nur von ihnen abzulesen. Es war eine kurze Nachricht – REITE HEUTE NACHT – ADMON FAYE –, aber sie genügte, um Pezi kopfüber in Verwirrung zu stürzen. »Ihr – äh – Ihr bleibt hier«, befahl er und wollte hinauslaufen. Dann blieb er stehen. »Nein. Geht. Ihr müßt gehen.«

»Aber Pezi, was ist mit unseren Plänen? Mit unserer Zukunft?«

»Oh. Unsere Zukunft.« Pezi dachte für einen Augenblick nach. »Bleibt, wo Ihr seid. Ich muß meinem Onkel eine Botschaft senden.«

»Worum geht's?« erkundigte Tahli-Damen sich unschuldig.

»Um die Invasion von – ach, kümmert Euch nicht darum«, besann Pezi sich hastig. »Nichts Wichtiges, glaubt mir.« Pezi eilte auf den Gang hinaus, und die Schweißperlen, die dem Dicken unversehens auf die Stirn traten, waren ein deutlicher Hinweis darauf, daß er log. Admon Faye plante eine Invasion? Die konnte ja nur den Palast von Chaomonous zum Ziel haben, dachte Tahli-Damen bei sich. Jagd würde sich zweifellos freuen, wenn er da vorgewarnt würde ...

»Andererseits«, sagte Tahli-Damen zu sich und dachte an das, was er wenige Augenblicke zuvor gesagt hatte – vielleicht brauchte Jagd auch überhaupt nicht gewarnt zu werden. Es gab ja keinen Zweifel daran, wer das Oberhaupt der Familie von Uda werden würde, wenn Jagd nicht mehr da wäre ...

Tahli-Damen duckte sich unter das Pult und raffte den Beutel an sich. Mit einem kurzen Blick auf den Inhalt vergewisserte er sich, daß es der Gegenstand war, den er hatte stehlen wollen, und im nächsten Augenblick war er draußen im Gang und auf dem Hof. »Dein Herr, Fürst Pezi, braucht dich!« rief er dem Torwächter zu. »Es ist dringend!«

»Der soll warten!« versetzte der Torwächter wütend. Ihm brannte noch der Nacken von der Berührung der Zucker-Häßpe. Ohne daß Tahli-Damen ihn dazu hätte auffordern müssen, öffnete er das Tor und ließ ihn hinaus.

Eigentlich war es fast zu einfach.

Eine einzige Kerze flackerte auf dem Tisch vor Flayh in dem verdunkelten Zimmer. Er starrte in die Flamme, atmete tief durch und begann zu singen. »Bei den Mächten der See, bei den Mächten im Wind, bei den Mächten, die sind, das Leben dieser Burg beginnt!« Seine Stimme schwoll an bei diesem kurzen Vers, der den verbindenden Zauber enthielt, mit dem seine ganze Arbeit zusammengefügt wurde. Dann wartete er schweigend und beobachtete aufmerksam den Rauch, der sich von der Kerzenflamme emporkräuselte – und er lauschte. Und endlich hörte er es:

– Wach! grollte die Hohe Festung von Ngandib, und der Wind pfiff durch ihre Flure. Türen schlugen zu, und alte Balken knarrten, Glocken läuteten, und die Pferde, die in der Höhle im Keller der Burg untergebracht waren, wieherten entsetzt. Es war spät, und die meisten der Palastbewohner hatten sich bereits zur Ruhe gelegt, aber jetzt wachten alle auf. Sogar Pahd mod Pahd-el.

»Was um ...«, begann er, und dann versagte seine

Stimme, als er das hohe Fenster anstarrte. Es war dunkel im Zimmer, aber das Mondlicht strömte herein und leuchtete über dem furchtbaren Wind, der hereinstürmte und die langen Vorhänge von der Wand löste und zur Decke flattern ließ.

»Pahd«, wisperte Sarie. »Glaubst du ...«

»Ja, mein Liebes«, sagte Pahd leise und drückte die Zitternde an sich. »Ich glaube, unser Former hat sein Versprechen eingelöst.«

»Ich habe Angst«, wimmerte Sarie.

Pahd fuhr sich mit der Zunge über die Lippen und antwortete nicht. Es gab keinen Krieger auf der Welt, der ihn beunruhigen konnte. Aber das hier jagte ihm einen Heidenschrecken ein.

»Aufhören!« befahl Flayh.

– Warum? höhnte die Burg, und Flayhs eigenes Fenster flog krachend auf.

Unverzagt begann er wieder zu singen. »Bei den Mächten des Windes, den Mächten der See, durch meine Macht beginnt es: Mir untersteh!«

Die Hohe Festung lachte laut auf. Darauf war Flayh vorbereitet. Wortlos änderte er seine Gestalt – und seine magische Verwandlung machte aus dem Gelächter der Festung ein langgezogenes Schmerzgeheul. Flayh ließ sich Zeit, ehe er wieder seine menschliche Gestalt annahm. Als er es schließlich tat, war er es, der lachte, nicht mehr die Festung.

– Wer? fragte die Hohe Festung.

»Ich bin dein Meister«, sagte Flayh leise, und dann blies er die Kerze aus. Den Rest der langen Nacht saß er in seinem finsteren Kämmerlein – und lächelte.

## Kapitel 18

## Vom Schauspiel zur Truppe

DIE VORANPRESCHENDEN SKLAVENJÄGER hielten mit dem anbrechenden Tag nicht inne; sie verließen nur die Hauptstraße und verbrachten den ganzen Tag im Sattel. Niemand sprach ein Wort, nicht einmal während der seltenen Ruhepausen. Dieser Ritt schmeckte anders als Bronwynns erhebender Ausflug durch den Großen Südlichen Tannenwald. Gedämpftes Grunzen war an die Stelle des wüsten Gelächters getreten. Das wilde Galoppieren über Stock und Stein hatte ein Ende; man ritt jetzt diszipliniert und geordnet, wie man es von einer erstklassigen Reiterbrigade hätte erwarten mögen. Jeder der Sklavenjäger wußte, daß sie in das Territorium eines tödlichen Feindes eingedrungen waren. Keiner von ihnen war töricht genug, die Goldene Horde von Chaomonous auf die leichte Schulter zu nehmen – vor allem nicht, wenn er den Ruf des Ministers Joss bedachte. Mehrere unter den Sklavenjägern waren schon bei Joss in Gefangenschaft gewesen, und sie wußten ernüchternde Geschichten von seiner Grausamkeit zu erzählen. So war es die Achtung vor Joss' taktischem Geschick, was die Schar schließlich veranlaßte, sich gegen Mittag zu teilen; der größte Teil der Reiter überquerte den Fluß zwanzig Meilen weit nördlich der Stadt, derweil sechzig der besten weiter gen Süden ritten, um einen sorgsam geplanten Überfall auf die nordwestlichen Vororte der Stadt auszuüben. Admon Faye vertraute darauf, daß dieser Überfall Joss aus der Stadt locken und dem größeren Teil seiner Truppen ermöglichen werde, unbemerkt in die Kloaken der Stadt einzudringen.

Nachdem sie siebenundzwanzig Stunden lang fast

ohne Unterbrechung geritten waren, ließ die größere Einheit des Hauses Faye ihre erschöpften Pferde am Nordwestrande von Chaomonous zurück. Binnen weniger Augenblicke waren alle von der Erdoberfläche verschwunden, auch Bronwynn. Sie verstopfte sich die Nase mit Baumwollklümpchen, um den fauligen Gestank nicht zu riechen, und nahm in einem flachen, schmalen Boot den Platz ein, der ihr zugewiesen wurde. Eine Stunde später, es war kurz nach Mitternacht, waren sie alle in einer unterirdischen Kaverne unter dem Speicher eines der vielen ›Geschäftspartner‹ Admon Fayes versammelt – eines Mannes, der zu schweigen verstand.

Mehrere Lampen blakten in der fauligen Luft der engen Höhle und warfen ihren Flackerschein auf Admon Fayes Gesicht, als er vor seine Leute trat und sie anredete.

»Hier schlafen wir. Fünf Stunden, nicht mehr. Wir sind nur wenig hundert Schritte von unserem Ziel entfernt; also verhaltet euch still und ruht euch aus. Schwadronen werden euch wecken und zum Eingang am Fuße der Festung übersetzen. Wer drinnen ist, soll in der Höhle warten, bis alle versammelt sind.«

»Immer nur ein Boot auf einmal?« erkundigte sich ein Bootsführer; er kannte die Antwort, aber er wollte sichergehen, daß auch alle anderen Bescheid wußten.

»Wie es geplant ist«, grunzte Admon Faye. »Ein Boot werden die Wachen nicht bemerken. Fünfzehn Boote zugleich, und ein Grab auf dem Grunde des Flusses wäre uns sicher.« Admon Faye durchforschte die Mienen seiner Strauchdiebe und suchte nach Anzeichen für ungebührende Nervosität, die auf einen Verräter hindeuten mochten. Er fand keine. Sein Blick verharrte auf Bronwynns Antlitz. Wütend? Gelangweilt? Oder bloß schläfrig und schlechtgelaunt? Was es auch sein mochte, jedenfalls ließ ihr grimmiger Blick keinen Zweifel daran, daß sie alles andere als glücklich war. Der Sklavenjäger dachte nicht weiter darüber nach; er hatte nicht erwartet, daß sie glücklich wäre.

»Wir warten in den Gängen unter dem Hause, bis die Bewohner gefrühstückt haben. Das Frühstück in diesen Mauern ist ein Festschmaus – wie wir alle erfahren werden, wenn unsere kleine Bronwynn hier Königin ist«, fügte er mit boshaftem Grinsen hinzu. »Nach dem Essen werden die Wachen vollgestopft und müde von der langen Nacht und der Verteidigung der Vororte sein – und völlig unvorbereitet auf unser Eindringen. Ich hoffe, daß wir ihre Zahl noch weiter verringert haben. Ein zweiter Überfall, diesmal auf die Westseite der Stadt, findet nach meinem Plan kurz nach Tagesanbruch statt, und wenn wir angreifen, dürfte Joss eben damit beschäftigt sein, ihn zurückzuschlagen. Schläfrig, satt und eingelullt von der falschen Sicherheit, zu wissen, wo der Feind steht, wird Lignes Garde sich abstechen lassen wie Schweine auf der Schlachtbank.« Admon Faye ließ eine Pause eintreten und gestattete sich ein zufriedenes Lächeln. »Es ist ein guter Plan«, bekräftigte er. »Es gibt nichts, was uns aufhalten könnte.«

Bronwynns Blick wanderte geistesabwesend an dem Sklavenjäger vorbei zu dem Kot und dem Müll, der in dem Wasserlauf vorüberschwamm. Irgendwie kam es ihr so vor, als sei dies der einzig angemessene Hintergrund für diese ganze Episode.

Einige Stunden später wurde das Boot vom Ufer abgestoßen, auf daß es seine erste Ladung hinüberschaffe. Bronwynn betastete den Griff ihres Dolches und wartete darauf, daß sie an die Reihe kam.

Die Nacht war gekommen, und schon lange war es still unter den Bewohnern des Königlichen Hauses, als Pelmen plötzlich schweißgebadet erwachte. Er richtete sich auf und fühlte, daß Dampf vom Fußboden aufstieg. In der pechschwarzen Dunkelheit streckte er die Hand aus, um die Wand zu berühren, die dort vor ihm sein mußte. Heißer Stein ließ ihn zurückzucken. »Es dampft!« rief er entsetzt.

– Es kocht, besser gesagt, grollte es aus den Eingeweiden des Königlichen Hauses herauf.

»Ärgerlich?« flüsterte Pelmen.

– Wütend! donnerte das Haus, und der Dampf wallte empor.

»Warum? Und woher kommt der Dampf?«

– Während du schliefst, ist eine Armee von Dieben und Räubern durch den Spalt in den Fundamenten hereingekrochen! schimpfte das Haus. Und was den Dampf angeht, so wirst du feststellen, daß das Wasser unten in den Höhlen ansteigt.

»Das Wasser?« wiederholte Pelmen, und sofort kam ihm die kryptische Weissagung in den Sinn: ›Behutsam sei mit dem Haus, welches spricht, denn sonst steigt das Wasser.‹ Läßt du den Wasserspiegel ansteigen?«

– Gewiß. Auf die gleiche Weise, auf die dieses Haus auch den Fisch kochte.

»Aber du mußt aufhören!« schrie Pelmen und sprang von der Pritsche herunter. Doch sogleich hüpfte er wieder hinauf: Der Boden versengte ihm die Füße. Hastig suchte er seine Sandalen zusammen und schnallte sie an, und unterdessen fauchte das Schloß:

– Weshalb sollte dieses Haus warten? Erwartest du vom Königlichen Haus von Chaomonous, daß es eine Invasion von außen zulasse? Weshalb, glaubst du, wurde diese Burg überhaupt zum Leben erweckt? Um ihre Bewohner vor solchem Ungeziefer zu schützen!

Pelmen kroch in seine Gewänder und fragte: »Wie viele sind's denn?«

– Weniger als hundert. Nein! Noch mehr Abschaum quillt in diesem Augenblick herein!

Das Königliche Haus kochte weiter vor Wut.

»Wer führt sie?«

– Dieses Haus kennt nur wenige menschliche Gesichter.

»Ist es der Mann, der Bronwynn aus deinem Kerker stahl?« fragte Pelmen. Das Haus schwieg einen Augenblick lang.

– Gerad' diese Ratte ist's.

»Admon Faye.« Der Macht-Former nickte. Er stand mitten in seiner Kammer und bemühte sich, einen klaren Kopf zu bekommen, um einen Plan zu schmieden. Offenbar war dies das zweite Komplott, das Serphimera gesehen hatte – das eine der beiden, die zum Scheitern verurteilt waren. Für den Augenblick schob er die Erinnerung daran, daß seiner eigenen Verschwörung ein ähnliches Geschick bestimmt sei, beiseite und flehte das Haus an, die Folgen dieser hitzigen Lösung des Problems zu bedenken. »Ich nehme an, du hast vor, die Eindringlinge in deinen Gängen ebenso auszukochen, wie du den Fisch sottest?«

– Du vermutest richtig.

»Aber die Gänge sind mit den unteren Kerkern verbunden! Wird Serphimera dann nicht auch gekocht?«

– Jawohl, und auch einige in den oberen Kerkergewölben. Aber auf das Leben Einzelner kann das Haus keine Rücksicht nehmen, wenn die gesamte Einwohnerschaft von außen bedroht wird.

»Darf ich einen anderen Vorschlag machen?«

– Es steht dir frei, zu reden.

»Laß meine Freunde und ich diese Angreifer aus den unteren Tunneln vertreiben.« Etwas anderes fiel ihm nicht ein. Aber er mußte etwas unternehmen.

Das Dampfen hörte für einen Moment auf, und eine Bö von Gelächter wehte durch die Korridore.

– Das klingt nach einem drolligen Vorschlag.

»Nicht so drollig, wenn du bedenkst, daß wir dazu deine Hilfe brauchen werden.«

– Dieses Haus braucht nicht die Hilfe eines Macht-Formers, um sich von Räubern und Strauchrittern zu befreien. Es wird mit diesem Admon Faye tun, was es schon beim erstenmal hätte tun sollen – was es auch getan hätte, wären die unteren Gänge nicht außer Kontrolle geraten!

»Na schön.« Pelmen nickte und gab sich gleichgültig. »Aber wie es scheint, braucht das Haus sehr wohl meine Hilfe, wenn es darum geht, sich von einem gewissen magischen Glassplitter zu befreien.« Er verschränkte die Arme vor der Brust und zuckte die Achseln. »Wenn die Frau im Kerker unnötigerweise gekocht wird, sehe ich nicht ein, weshalb ich dich von der Pyramide erlösen soll.«

Pelmen wartete, bis die Kaskade von Beschimpfungen, die auf seine Drohungen folgte, verrauscht war. Als das Haus sich beruhigt hatte, fragte es:

– Was willst du tun?

»Du bist einverstanden, mir dabei zu helfen, es auf meine Weise zu tun?«

– So spute dich! Einhundertzwanzig sind's, die inzwischen in den Kellergewölben warten.

»Gut. Ich brauche einen genauen Plan der Gänge dort unten in deinem Bauch.«

– Bauch? ächzte das Haus hochmütig. Fundamente, meinst du wohl.

»Nenne es, wie du willst. Aber gib mir den Plan.« Pelmen lief zur Tür hinaus und zu Yona Parmis Kammer. Zu seiner Überraschung traf er ihn in der Halle.

»Yona! Warum bist du auf?«

»Die ganze Burg ist auf, wie mir scheint. Erst wurde für die Palastgarde Generalalarm gegeben – wegen irgendeines heimtückischen Angriffs auf den Nordteil der Stadt –, und jetzt dieser merkwürdige Dampf. Ich wollte dich wecken. Wolltest du zu mir?«

»Allerdings.«

»Wolltest wohl endlich doch um Hilfe bitten?« fragte der mondgesichtige Mime mit einem Anflug von belustigtem Stolz.

Pelmen dachte kurz nach. War es recht, was er tat? Durfte er seine Freunde bitten, ihr Leben aufs Spiel zu setzen, um eine Dame zu retten, die sie nicht kannten? »Ich ... ich weiß nicht, ob es recht ist, euch da hineinzuziehen ...«

»Würdest du es gütigst mir überlassen, das zu beurteilen?« fauchte Yona.

»Es ist eine gefährliche Aufgabe ...«

»Wunderbar.« Parmi nickte. »Soll ich das Signal zum Sammeln herumgehen lassen?«

Pelmen seufzte. Hier ging es um mehr als nur um Serphimeras Rettung. Es war leicht möglich, daß Admon Faye auch Bronwynn mitgebracht hatte. Wurde die rechtmäßige Königin aber ebenfalls gekocht ...

»Ja«, grunzte er unvermittelt, und wieder sah Parmi in Pelmens Augen jenes seltsame Feuer, daß sie auch hinter der Bühne in Peclypsa erleuchtet hatte. Ohne ein weiteres Wort von Pelmen eilte Yona Parmi davon.

»Und jetzt«, murmelte Pelmen, »muß ich in die Krankengemächer, ohne daß man mich sieht ...«

»Ohh!« Danyilyn stöhnte und wälzte sich auf ihrer dicken Matratze hin und her. »Oooh!« heulte sie lauter, als sie auf dem Steinboden jenseits der offenen Tür das Klappern von Sandalen hörte.

»Ich komme, ich komme«, knurrte der Minister für Gesundheit und Kräuterwesen ungeduldig, als er um die Erde bog und die Kammer betrat. Der Mann sah furchtbar aus – schwere, schwarze Säcke baumelten unter seinen Augen, und seine grauen Haare wiesen in sämtliche Himmelsrichtungen, nur nicht nach unten. Der Stoppelbart, der auf seinem Kinn sproß, verstärkte noch den Eindruck allgemeiner Zerzaustheit. »Vermutlich glaubst du, du seist auch krank«, knurrte er und fuhr sich mit der Hand durch seine unbotmäßige Mähne, während Danyilyn von neuem zu stöhnen begann. »Du bist die dritte in einer Stunde. Immer wenn ich an die Tür meiner Krankenstube komme, steht wieder jemand da, bereit, mir von einem neuen Fall zu berichten.

Was ist los mit euch Schauspielern? Habt ihr etwas Verdorbenes gegessen?«

Danyilyn schüttelte den Kopf, verdrehte dann dramatisch die Augen und krallte die Hände in den Magen. »Ooooh!« ächzte sie.

»Das Dumme ist, ich kann nichts dagegen tun, und Schuld hat einer deiner Kameraden!« Der Alte reckte den langen Hals und kratzte sich hinter den Ohren. »Als ich heute früh von meinem ersten Krankenbesuch zurückkehrte, mußte ich feststellen, daß jemand meinen ganzen Balderbeersaft stibitzt hatte! Wie aber soll ich einen kranken Magen kurieren, wenn ich keinen Balderbeersaft habe?«

Danyilyn hob die Schultern und verdrehte wieder die Augen – einigermaßen dankbar dafür, daß Parmi mit diesem eigentümlichen Gebräu erfolgreich das Weite gesucht hatte. Balderbeersaft war ein äußerst wirkungsvolles Mittel zur Reinigung der Verdauungskanäle und schmeckte abscheulich. »Ich ... ich ... ich komme schon wieder auf die Beine ...«, würgte die Schauspielerin hervor.

»Nun gut.« Der Kräuterkundige nickte, denn plötzlich drangen ihm die Rundungen der jungen Frau ins Bewußtsein. Seine Krankenbettmanieren besserten sich jählings, und er setzte sich neben sie und tastete nach ihrer Stirn. »Fieber hast du anscheinend keines«, murmelte er und wurde selbst ein wenig fiebrig. »Vielleicht handelt es sich nur um einen leichten Fall, aber da kann man nie sicher sein. Ich schlage eine gründliche Untersuchung vor, um zu ...«

»Vielleicht könnten wir das ... morgen tun?« schlug Danyilyn keusch vor, und das Herz des Alten erbebte. Sie war unvergleichlich viel hübscher als die Händlerstochter, mit der er für gewöhnlich zu tändeln pflegte.

»Ja. Gewiß. Morgen. Sieh zu, daß du ein wenig schläfst, und morgen früh kommst du zu mir. Das heißt ...« Er brach ab. »Nein. Ich komme zu dir. Nahaacht!« Er entschwebte, hellwach jetzt und voller Pläne für den nächsten Morgen.

Danyilyn stöhnte wieder, als er hinausgegangen war. Sie wartete, bis sie seine Schritte nicht mehr hörte, und sprang dann aus dem Bett und hüpfte zur Tür. »Parmi hat Gerrig inzwischen bestimmt gefunden«, murmelte sie säuerlich. Auf Zehenspitzen trat sie in den Gang hinaus und folgte dem Alten. Sie blieb stets außer Sichtweite, bis er wieder an der Tür zur Siechenstube stand, und sie hörte ihn stöhnen und seufzte dann erleichtert, als sie vernahm, daß Gerrig ihn zu einem anderen Gemach mit einem weiteren ›kranken‹ Schauspieler schickte. Gerrig war also da – jetzt waren sie alle versammelt. Sie schmiegte sich an die Wand, als der Herr der Kräutertees grummelnd an ihr vorbeischlurfte. Befriedigt grinste sie, als sie sich vorstellte, wie der alte Lustmolch am nächsten Morgen ihr Gemach leer finden würde. Geschah ihm recht. Auch der Ausflug in die oberen Geschosse, den er jetzt unternahm, würde eine Enttäuschung werden – Gerrig hatte ihm den Weg zu Yonas leerer Kammer gewiesen. Danyilyn huschte in die Krankenstube, warf Gerrig einen niederträchtigen Blick zu und schlüpfte behende durch die Falltür.

»Wir sind alle losgekommen.« Ihre Stimme klang wie Wespengesumm. »Endlich!«

»War es schwierig, herzukommen?« fragte Pelmen, als Gerrig seine Körpermassen durch die Luke im Fußboden des Siechengemachs zu den anderen herunterließ.

»Ich sage doch«, fauchte Danyilyn, »schwierig war nur, herauszufinden, wo er heute nacht schlief!«

»Ruhe!« befahl Pelmen, und die Schauspieler und Schauspielerinnen, die sich um ihn gesammelt hatten, gehorchten widerspruchslos.

»Es war nicht schwierig«, flüsterte Gerrig gleich darauf.

»Gut. Wir sind also alle unversehrt hierhergelangt.«

»Und du willst uns jetzt hinausbringen?« Gerrig grinste.

»Das nicht gerade. Jamnard, Magrol – versperrt die Luke.«

Die beiden jungen Schauspieler beeilten sich, den Einstieg zu verriegeln, so daß die Treppe nach unten von der Krankenstube nicht mehr zu erreichen war. Pelmen wartete, bis sie fertig waren, und erklärte dann: »Ich habe erfahren, daß sich irgendwo im Labyrinth dieser Gänge eine kleine Armee aufhält, die sich anschickt, die Herrschaft über die Burg zu ergreifen.«

»Und wir wollen uns denen anschließen?« fragte Gerrig ungläubig.

»Nein. Wir wollen sie hinauswerfen.«

Lange war es still, und man spürte die Anspannung. Pelmen hörte, wie mehrere aus der Truppe nach Luft schnappten. Dann wandte Gerrig sich zum Ausgang.

»Gerrig, wir sind alle zusammen übereingekommen, es gemeinsam zu tun ...«, sagte Yona leise.

»Und jetzt habe ich *allein* beschlossen, zu verschwinden!« versetzte der Hüne und versuchte dabei, seine Schultern aus Parmis überraschend kräftigem Griff zu befreien.

»Möchtest du diese Burg lebend verlassen?« fragte Pelmen erbost, und Gerrig hörte auf, sich zu sträuben.

»Selbstverständlich. Aber würde das, was du vorschlägst, dazu beitragen?«

»Vielleicht nicht«, räumte Pelmen ein. »Aber wenn diese Armee Erfolg hat, kann ich dir nicht garantieren, daß du den kommenden Abend noch erlebst.«

»Darauf lasse ich es ankommen. Ich gehe wieder ins Bett.«

»Wie du willst. Parmi, laß ihn los. Was euch übrige angeht – wißt ihr noch, wie empört ihr über mein Stück wart, mit dem ich Ligne pries? Es ist möglich, daß die rechtmäßige Königin dieses Landes unter den Invasoren ist. Wenn ja, dann kommt sie als Marionette – als Sklavin Admon Fayes.« Pelmen wartete, bis das sorgenvolle Gemurmel sich gelegt hatte. »Ich werde euch jetzt nicht sämtliche Gründe erläutern, aber wenn es uns gelingt, die Eindringlinge aus diesen finsteren Höhlen zu vertreiben, tun wir ihnen einen Gefallen, nicht nur uns. Wer es vorzieht, Gerrig nach oben zu folgen, braucht sich dessen nicht zu schämen. Schließlich ...«, Pelmen schaute dem entschwindenden Gerrig nach, »... seid ihr nur Schauspieler. Ihr habt gelernt, auf der Bühne Helden nachzuahmen, aber nicht, im pechschwarzen Angesicht der Furcht selber welche zu sein. Kehrt nur um.«

Niemand rührte sich. Gerrigs Hand ruhte auf dem Riegel der Tür zur Krankenstube, doch er öffnete sie nicht.

»Dann und wann jedoch«, fuhr Pelmen mit besonders wohltönender Stimme fort, »ergibt sich die Gelegenheit – und ich glaube, solche Augenblicke kommen für die meisten gänzlich unerwartet – die Gelegenheit, sage ich, ein Held zu sein, statt einen zu spielen. Die Gelegenheit, etwas zu tun, das würdig wäre, vom Dichter unsterblich gemacht zu werden.«

Schweigen folgte auf diese Worte, ein Schweigen, das Gerrig brach. »Ich erinnere mich an diese Rede gut«, murmelte er.

»Das habe ich mir gedacht«, antwortete Pelmen leise. »Schließlich war es ja dein Text, aus *Schatten einer Nacht auf See*.« Er wartete eine Weile und fragte dann: »Kommst du mit?«

Gerrig sah ihn stirnrunzelnd an. »Ich habe Angst«, flüsterte er.

»Ich auch.« Pelmen lachte leise. »Ist aber aufregend, oder?«

»Eine Armee, hast du gesagt«, wisperte Danyilyn. »Wir sind aber nur eine Handvoll.«

»Ja, aber wir haben einen großen Freund.« Er lächelte.

»Vielleicht sogar zwei«, fügte er, an Yona Parmi gewandt, hinzu.

»Was du redest, ist ohne Sinn und Verstand!« brummte sie.

»Wann hätte es je Sinn und Verstand gehabt?« fragte Yona Parmi.

»Wir haben keine Waffen«, stellte Gerrig fest. Klang und Beschaffenheit seiner Stimme hatten sich verändert – sie war tiefer, voller geworden. Der Ernst der Lage hatte ihn, ohne daß er es gemerkt hätte, in seinen Bühnenton verfallen lassen.

»Eine Seitentür der Krankenstube führt zu einer Waffenkammer – keine fünf Schritte weit von hier.«

»Aber wenn dort Soldaten sind?« fragte Danyilyn nervös.

Pelmen hob ruhegebietend die Hand, legte den Kopf schräg und lauschte. »Jetzt sind keine Soldaten da«, erklärte er sodann, und lächelnd fügte er hinzu: »Glaubt mir.« Er winkte den beiden jungen Schauspielern, die die Falltür verschlossen hatten, und sie öffneten sie wieder und kletterten hinaus.

Als sie fort waren, zupfte Danyilyn Pelmen sorgenvoll am Ärmel. »Und wenn die Feinde nun gleich hinter der nächsten Ecke lauern? Wir sind hilflos ...«

Pelmen bedeutete ihr wiederum, zu schweigen. »Noch sind sie am anderen Ende der Burg.«

»Woher willst du das wissen?« fragte sie herausfordernd. Sie war verärgert und wollte sichergehen, daß er es auch bemerkte.

»Du wirst sehen.«

Jamnard und Magrol kamen behende die Treppe herunter, die Arme voller Rüstungsteile und verschiedenster Waffen. Rasch wurde alles in der kleinen Schar verteilt.

»Mir nur einen Schild, vielen Dank«, sagte Yona Parmi. »Und die da.« Er deutete auf ein paar Panzerschuhe und nahm sie Magrol flink aus der Hand. Als er sie angezogen hatte, war die Luke wieder verrammelt, und auch die anderen Schauspieler waren gewappnet und abmarschbereit.

»Bleibt in meiner Nähe«, befahl Pelmen. »Ich möchte keinen von euch verlieren.« Er nahm die einzige Kerze, die sie hatten, und führte sie den Gang hinunter zur Zisterne.

»Ich bin aufgeregt wie bei einer Premiere«, bekannte Gerrig, aber gleich brachte jemand ihn zum Schweigen. Dann war es still; man hörte nur das *klink-klink-klink* von Yona Parmis Eisenstiefeln.

# Kapitel 19

## Blutbad und Badewasser

»Es wird Zeit«, murmelte Admon Faye und setzte sich in Bewegung, gefolgt von einer langen Reihe wilder, gefährlich aussehender Männer und einer stirnrunzelnden Prinzessin. Er hatte den Befehl gegeben, die Schwerter in den Scheiden zu lassen, um so das lärmende Scharren und Klirren zu vermeiden, das naturgemäß ertönen würde, wenn man mit gezückten Waffen durch einen engen, dunklen Gang marschierte. Wie immer, bewegte er sich ohne Licht voran und verließ sich in diesem verschlungenen Labyrinth nur auf sein Gedächtnis.

Auf einen Hinterhalt war er nicht vorbereitet.

»Los!« grunzte jemand, und etwas pfiff am Gesicht des Sklavenjägers vorbei. Zu gut kannte er das Geräusch einer Klinge, die durch die Luft schnitt, als daß er gezaudert hätte. Er warf sich zur Seite und riß sein Schwert heraus. Doch bevor er es schwingen konnte, wurde er krachend zu Boden geschleudert, und schmerzerfüllt schrie er auf. Jemand hatte ihm einen Tritt vors Schienbein verpaßt!

»Ein Hinterhalt!« schrie jemand hinter ihm, und Scharren und Klappern dröhnte wie Donnerhall durch den Tunnel, als das Haus Faye sich kampfbereit machte.

»Auuu!« brüllte Admon Faye zum zweitenmal, und jemand ganz in der Nähe kicherte. »Ich hab ihn noch mal erwischt!«

»Zurück!« warnte eine andere, durchdringende Stimme, und wütend stieß der häßliche Sklavenjäger mit dem Schwert nach dieser Stimme und machte seiner Wut mit einem Schrei aus vollem Halse Luft.

Keiner der Überlebenden konnte je mit angemessenen Worten beschreiben, was sich danach zutrug. Wie wütende Katzen, die in einen Sack genäht waren, mühten sich die erbosten Kämpfer, aufeinander einzuschlagen, doch statt dessen fanden sie sich unversehens im Kampf mit dem Tunnel. Dutzendweise zerschellten die Schwertklingen an den Wänden. Knöchel wurden aufgeschürft, und auf Gesichtern wurde herumgetrampelt. Manche schrien, während andere zu lachen schienen. Die ganze Situation ließ sich mit Schimpfwörtern am besten beschreiben – die schwarze Finsternis wurde rot ob all der Flüche, der gemurmelten, gegrunzten, gebrüllten, geschrienen, gespienen und geseufzten.

Eine der Dienerinnen, die das Frühstück bereitete, hörte etwas Merkwürdiges, als sie an der Zisterne vorüberkam, und sie meldete es dem Koch.

»Bootsleute, die um irgendeine Kleinigkeit zanken. Um Fischrechte wahrscheinlich. Du sollst den Tisch decken.«

Der Koch servierte an diesem Morgen ein gebackenes Schwein.

Beim Frühstück vermißte Ligne die Schauspieler. »Wo ist der Narr?« fragte sie leichthin. »Und wo der Rest eurer öden Truppe?«

»Sie h-h-h-h-haben in letzter Zeit schwer gearbeitet. Laßt sie schlafen«, antwortete Rosha, während er eine Portion dampfender Rippchen verschlang. Seine Schauspielerei machte Fortschritte. Die Königin merkte nicht, mit welcher Besorgnis das massenhafte Fehlen ihn tatsächlich erfüllte. Hatten sie ihn etwa allein zurückgelassen?

»Dich haben sie auch zu schwer arbeiten lassen«, stellte Ligne erbost fest.

»Aber n-n-n-nein, Majestät. Es erfordert nur manche Probe, w-w-wenn die D-d-d-d-darbietung gut werden soll.«

»Du hast nicht geprobt!« spie die Königin. »Allem

Üben zum Trotz hat dein Sprachfehler sich kein bißchen gebessert!«

»Nein, a-a-a-a-aber das Stück ...«

»Das Stück ist hoffentlich heute fertig«, verkündete die Königin, und sie drehte sich auf ihrem Stuhl zur Seite, um ihm in die Augen zu schauen, als sie hinzufügte: »Denn morgen abend wird es aufgeführt werden, als Teil unseres Hochzeitsfestes.« Sie sah, wie Roshas Augen sich weiteten. Der junge Mann würgte einen Bissen Schweinefleisch herunter, auf dem er gekaut hatte.

»Hochzeit?« schaltete Kherda sich ein und beugte sich über den Tisch, um Ligne ins Gesicht zu schauen. »Warum hat man mich davon nicht in Kenntnis gesetzt?«

»Weil ich mich gerade erst entschieden habe«, antwortete Ligne achselzuckend. »Dir ist es doch recht, Rosha, oder nicht? Deine Freunde sind zur Aufführung bereit?«

Rosha nickte, aber sein dunkles Gesicht wirkte unnatürlich wächsern. »J-ja, Herrin.«

»Aber das ist gegen alle Gepflogenheit«, protestierte Kherda. »Eine königliche Hochzeit zu planen, während die Stadt angegriffen wird!«

»Ah, Joss hat mir versichert, daß man Admon Faye vor dem Mittag ergreifen wird. Morgen beim Mittagsmahl werde ich meine Siege feiern, Kherda. Und zwar alle.« Sie schaute den Premierminister vielsagend an und erhob sich dann vom Tisch. »Ich will mich nun ins Bad begeben«, verkündete sie. »Man schicke Joss zu mir, sobald er eintrifft. Und – Rosha«, fügte sie hinzu, »wir sehen uns später.« Sie wandte sich ab und stieg die weite Wendeltreppe zu ihren Gemächern hinauf.

Der Tunnel vor ihnen leerte sich rasch, als Admon Fayes Truppe endlich das Rückzugsgeschrei ihres Anführers in die Tat umsetzte und in die richtige Richtung floh.

»Ihnen nach!« brüllte Gerrig und schwenkte sein

Schwert. Schon oft hatte er Klingen geschwungen, die mit falschem Blut beschmiert gewesen waren, aber die jetzige war mit einer Patina vom echten Saft überzogen. Sie hatten eine echte Schlacht erlebt – und Gerrig stellte fest, daß es ihm Spaß gemacht hatte.

»Laßt sie laufen«, befahl Pelmen, und die kleine Truppe hielt in der Verfolgung inne.

»Aber wir haben sie in die Flucht geschlagen«, protestierte Gerrig.

»Still!« zischte Pelmen und spitzte die Ohren.

– Sie sind hinüber zum linken Gang. Geht zwanzig Schritte zurück und dann nach rechts. Ihr werdet ihnen den Weg abschneiden.

»Haben wir jemanden verloren?« erkundigte Pelmen sich mit heller Stimme. Im Dunkeln hielt man rasch einen Appell ab.

»Nein«, meldete Danyilyn dann. »Aber ein paar Schrammen und Schnitte haben wir davongetragen – hauptsächlich von uns selbst.«

»Aber es scheint doch eine Menge Tote herumzuliegen«, meinte Jamnard, und Pelmen nickte.

»Damit habe ich gerechnet. Die meisten sind von der Hand ihrer eigenen Kameraden gefallen. Sie versuchen, uns in den Rücken zu fallen – geht dort entlang zurück!« Während der Macht-Former seine Schar zu ihrer neuen Position führte, ging ihm immer wieder durch den Kopf, was diese letzten Augenblicke zu bedeuten hatten. Ob unter diesen Leichen auch die einer jungen Frau war? Zum erstenmal seit vielen Wochen vermißte er das stille Leben im Kloster – und dabei hatte der Tag noch kaum begonnen.

Nur wenige Minuten lagen zwischen den beiden Zusammenstößen, doch das zweite Scharmützel schmeckte anders als das erste. Sklavenjäger waren diese Art der Kriegführung gewohnt, wenngleich sonst sie diejenigen waren, die im Hinterhalt lagen, nicht die, denen er galt. Diesmal aber waren sie vorbereitet, und als der Kampf erneut entbrannte, schrammten weniger Klingen an den Wänden, und öfter klirrte Stahl auf Stahl. Pelmen und Gerrig hatten zwar die feindlichen Schwerter noch nicht kosten müssen, aber Woge um Woge frischer Streiter trieb sie doch stetig zurück. Sobald zwei ermüdeten, schickte Admon Faye zwei neue nach vorn. Bald konnten die beiden Schauspieler die Hiebe der Angreifer nicht mehr wirkungsvoll erwidern, und Pelmen brüllte: »Aufhören!« Schnell verschwanden die Schauspieler hinter ihm durch den Gang, und jetzt war es an Admon Faye, seine Kämpfer von der Verfolgung abzuhalten.

»Langsam!« brüllte er den Männern an der Spitze zu. »Man kann nie wissen, wie viele Krieger Joss in diesen Höhlen verstreut hat, und mit diesem Rückzug will er uns vielleicht nur in eine neue Falle locken!« Die Strapazen dieser Schlacht im Dunkeln gegen eine, wie er meinte, gehörige Übermacht hatten ihm fürchterliche Kopfschmerzen bereitet, aber er schüttelte sie ab und machte sich daran, seinen nächsten Schachzug zu planen. Zurück konnten sie nicht – es gab nur ein einziges Boot. Natürlich, dachte er, war eines auch mehr als genug – für *ihn*. »Bronwynn!« schrie er. »Man schaffe Bronwynn zu mir herauf!«

Eine Zeitlang wurde wild durcheinandergeredet. Dann überbrachte man ihm die Neuigkeit:

»Die Prinzessin ist nicht mehr bei uns!«

»Es ist Euch also nicht gelungen, ihn zu ergreifen – schon wieder nicht?« fragte Ligne, während sie ihren makellosen Arm mit duftendem Schaum bestrich.

»Ich habe der Hälfte seiner Marodeure den Garaus gemacht, Majestät. Admon Faye war nicht bei ihnen.«

»Joss, ich bin darüber ganz und gar nicht erfreut. Ich werde morgen mittag heiraten – habt Ihr das nicht gehört?«

»Der Premierminister hat es mir gesagt.«

»Und ich möchte, daß eine verschwenderische, fröhliche und romantische Stimmung herrscht. Ich werde sehr ungehalten sein, wenn mein Fest durch Angriffe gegen die Burg gestört wird. Seife mir den Rücken ein«, befahl sie einer Zofe, die schleunigst gehorchte.

Joss scherte sich nicht um das Bad der Königin. Es schmeichelte ihrer weiblichen Eitelkeit, ihn herkommen zu lassen und von ihrer duftenden Wanne aus zu schmähen. Aber ihre Eitelkeit war nicht größer als die des Königs, der ihr vorausgegangen war, und auch nicht größer als die Taliths, der hier geherrscht hatte, als Joss noch ein Page gewesen war. Der General rechnete inzwischen schon damit, daß seine Monarchen schrulliges Benehmen an den Tag legten. Er achtete darauf, daß die Staatssicherheit dadurch nicht beeinträchtigt wurde.

»Ich bitte Euch, vergebt mir, Gnädigste, daß ich den Sklavenhändler noch nicht gefaßt habe. Ich weiß allerdings, daß er sich in der Stadt aufhält, und in diesem Augenblick durchkämmen meine Truppen die Straßen und Kloaken, um ihn zu finden.«

»Gestern habt Ihr mir gesagt, meine Grenzen seien sicher!« fauchte sie.

»Gestern waren sie es, Majestät«, erwiderte Joss geduldig.

»Und heute?«

»Und heute bin ich dabei, sie wieder sicher zu machen.«

Eine Sklavin betrat das Badegemach unter Verneigungen; sie empfand sichtliches Unbehagen in ihrer Rolle als Überbringerin schlechter Nachrichten. »Majestät, hoher Herr – man hat soeben einen neuerlichen Angriff auf den Westteil der Stadt gemeldet ...«

Joss hatte das gekachelte Bad durchquert und war draußen, bevor Ligne ein weiteres Wort hervorbringen konnte. »Ich habe Euch nicht entlassen!« kreischte sie hinter ihm drein. Dann fuhr sie herum und wandte sich der verschüchterten Sklavin zu. Wasser spritzte auf die

Fliesen. »Du da!« Sie deutete mit einem Stück Seife auf das Mädchen. »Schicke mir diesen seltsamen Kerl in dem blauen Gewand herein, der heute früh gekommen ist, und dann geh und laß dich auspeitschen, weil du mich im Bade gestört hast!«

»Jawohl, Majestät«, murmelte die junge Sklavin, und unter neuerlichen Verneigungen verließ sie rückwärts das Bad der Königin.

Das kleine Häuflein der Mimen hatte seine neue Stellung bezogen und wartete nun atemlos, daß die langsam heranrückende Kolonne der Sklavenjäger sie erreichte. Pelmen hörte aufmerksam zu, während das Königliche Haus ihn über ihr Nahen auf dem laufenden hielt.

– Zwanzig Schritte noch, aber um mehrere scharfe Biegungen.

»Kannst du nichts tun?« fragte Pelmen.

»Was?« Gerrig war verwirrt. Pelmen drückte dem vierschrötigen Mann einen Finger auf die bärtigen Lippen, um ihn zum Schweigen zu bringen.

– Was denn, zum Beispiel?

»Ich bin für jeden Vorschlag dankbar.«

»Vielleicht könnten wir ...«, begann Gerrig perplex, und wieder verschloß Pelmen ihm den Mund. Gerrig stieß die Hand beiseite. »Wieso bittest du erst um Vorschläge, wenn du dann ...«

»Psst!« zischte Pelmen. »Ich spreche mit jemand anderem.«

»Oh«, antwortete Gerrig. Umständlich hob der die Schultern und schnitt in der Dunkelheit eine Grimasse.

– Es will kein Vorschlag in den Sinn kommen.

»Tja, Freunde«, seufzte Pelmen, »vielleicht sollten wir aufhören, zu tun, wozu wir kein Talent haben, und stattdessen einmal versuchen, zu tun, was wir gut können.« Und leise murmelnd verteilte er seine Anweisungen.

»Wie sind wir denn hierher an die Spitze gekommen?« fragte Pinter mit zitternder Stimme Tibb. Er hatte plötzlich ernste Zweifel an den Vorteilen, die mit dem Leben als Gesetzloser verbunden waren.

»Ich will nur eines wissen: Wie kommen wir wieder nach hinten«, versetzte sein Kamerad.

»Vorwärts!« rief jemand von hinten.

»Warum kommst du nicht nach vorn?« rief Pinter zurück. »Wir lassen dir mit Vergnügen den Vortritt ...« Aber sie wurden einfach vorangeschoben, immer weiter in die Dunkelheit. Tastend marschierten sie voran, Schritt für Schritt ...

»Auf sie! Los, auf sie!« brüllte eine Stimme ganz nah zu ihrer Linken, und eine zweite Stimme, eine Frauenstimme jetzt, schrillte von rechts:

»Ich befehle Euch, Joss! Tötet jeden einzelnen!«

Ein Schrei erscholl vor ihnen, der das Blut in ihren Adern gerinnen ließ, und eisenbeschuhte Füße kamen ihnen klirrend entgegen.

»Zurück!« schrie Pinter entsetzt. »Tibb, zurück!«

»Auuu!« heulte Tibb, und Pinter hörte, wie sein Gefährte scheppernd zu Boden fiel.

»Bist du getroffen? Bist du getroffen?« kreischte Pinter hysterisch.

»Jemand hat mich vors Schienbein getreten!«

»Jemand hat was – Auuu!« Pinter brüllte auf, als seine eigenen Schienbeine zu Zielen wurden.

»Laßt die Reserven aufmarschieren! Vernichtet sie!« schrie die Frau, und Tibb hörte, wie der Befehl unten im Gang weitergegeben wurde.

»Wir haben's mit Hunderten zu tun hier unten!« ächzte er.

Schwerter zischten vor ihren Gesichtern, und eines sauste über Pinters Handgelenk. Blindlings wollte er mit der Faust nach seinem Angreifer schlagen – doch dann erstarrte er verblüfft, denn das Schwert, das er gehalten hatte, war plötzlich nicht mehr da. Es dauerte einen Augenblick, bis er begriff, daß die Hand ebenfalls verschwunden war. Voller Schrecken schrie er auf. Und wieder erdröhnte der Gang vom chaotischen Getöse einer regellosen Flucht.

Naquin verhüllte die Augen vor der Frau, die es anscheinend darauf abgesehen hatte, ihren Körper vor ihm zu entblößen. Keine der Erfahrungen, die er im Drachentempel gemacht hatte, war eine hinreichende Vorbereitung auf so etwas gewesen. Noch nie hatte er ein so kühnes Weib gesehen – noch nie auch ein so schönes.

»Was ist, mein Freund?« fragte Ligne neckend. »Hast du noch nie eine Frau gesehen?«

»Ich ... ich komme im Namen des Propheten«, begann Naquin stockend zum drittenmal, und zum drittenmal ließ Ligne ihn nicht zu Ende sprechen.

»Willst du mich nicht anschauen, heiliger Mann? Los, zeige mir deine Augen. Sind sie so blau wie dein Gewand?«

»Bitte, Herrin!« seufzte Naquin. »Ich bin solche Behandlung nicht gewohnt. Seit ich Lamath verließ, wurde ich gefesselt und bedroht, ein Kind hat mir Belehrungen erteilt, man hat mir in den Hintern getreten, von Pferdehufen wurde ich niedergetrampelt, von hundert Hunden gehetzt. Ich bitte Euch nur um eines: Laßt mich tun, was meine Aufgabe ist, und dann zu meinem Propheten zurückkehren.«

»Ach ja! Dein Prophet. Ich bin neugierig, was deinen Propheten angeht. Was für ein Mann ist er?«

»Der Prophet? Nun, er ist der größte von allen! Ein umsichtiger Führer mit einer Vision für unser Volk, wie sie in der langen Geschichte Lamaths ihresgleichen nicht hat! Mit seinen Programmen zur ...«

»Genug von Programmen! Du redest daher wie mein Premierminister!« Ligne ließ sich ins Wasser zurückgleiten und bedeckte sich mit Schaum. Sie fixierte Naquin mit durchdringendem Blick. »Kennst du Pelmen?«

»Pelmen?« stieß Naquin hervor, und fast hätte er die beschützende Hand von den Augen sinken lassen. »Warum stelltest du mir eine solche Frage?«

»Nun, ich dachte, er sei der hochgepriesene Prophet von Lamath.« Ligne lächelte wissend. »Soll das heißen, er ist euer Führer nicht mehr?«

»Er war es nie!« bellte Naquin. »Der Mann ist nichts als ein Hochstapler, ein Macht-Former, der seine Arglist benutzt, um andere zu umgarnen und zu verwirren. Wir haben ihn aus unserem Land vertrieben.«

Ligne hatte gelächelt, bis sie das Wort »Macht-Former« vernommen hatte. »Soll das heißen, daß du glaubst, dieser Pelmen kann den Gang der Ereignisse mit magischen Mitteln verändern?«

»Selbstverständlich nicht!« fauchte Naquin. »Er ist ein Taschenspieler, weiter nichts.«

»Ah.« Ligne lächelte. »So etwas wie ein Possenreißer, könnte man sagen?«

»Ein Possenreißer?« wiederholte Naquin unsicher.

»Du hast von einer Aufgabe gesprochen. Was ist es?«

»Ich muß Serphimera finden und nach Lamath zurückbringen.«

»Sie apportieren?« Ligne lächelte. »Wie ein Hund eine Schnepfe apportiert?«

»Das ist mein Auftrag.«

Ligne hob eine sorgfältig gezirkelte Braue. »Ich hatte mich schon gefragt, ob Serphimera der Grund deines Kommens sein könnte. Sie trägt das gleiche Gewand wie du.«

»Herrin, so sie nicht widerrufen hat, hüllt sie sich in die Farbe der Mitternacht – mein aber ist die Farbe des Mittags. Wißt Ihr denn, wo sie ist?«

»Ich hatte eigentlich die Absicht, sie morgen an meiner Hochzeitsfeier teilnehmen zu lassen. Vielleicht hättest du Lust, ihr Begleiter zu sein?«

»Heißt das, sie ist hier?« fragte Naquin aufgeregt. Plötzlich merkte er, daß er die Hände hatte sinken lassen. Hastig schlug er sie beide vors Gesicht und preßte die Augen zu.

»Du hast geguckt!« Ligne kicherte. »Sag mir, wie schön ist deine Serphimera, verglichen mit der mächtigsten Frau der Welt?«

Die flüchtenden Sklavenjäger fanden den Weg zurück zum Eingang, indem sie der Spur aus glitschigem Blut und stöhnenden Leibern folgten. Jeder von ihnen sah sich demselben Dilemma gegenüber, als er den Kopf durch den Spalt in den Sonnenschein hinausstreckte – es waren keine Boote da. Admon Faye hatte sie im Stich gelassen. Einer nach dem anderen kam zu der gleichen, unausweichlichen Entscheidung. Einer nach dem anderen sprang in den Fluß.

Viele ertranken. Einige wurden von vorüberfahrenden Booten aufgefischt. Die kräftigsten Schwimmer überwanden die wirbelnden Stromschnellen des Flusses und konnten sich ans Ufer retten. Aber keiner starb durch die Pfeile der Wachen über ihnen. Die Soldaten des Königlichen Hauses hatten sie nicht kommen sehen, und sie sahen auch nicht, wie sie abzogen. Während tief unter ihnen die Sklavenhändler in panischer Angst ins Wasser sprangen, plauderten die Soldaten vom Würfelspiel und erzählten sich Witze.

Einer der von denen, die sich zum Spalt hatten durchschlagen können, drehte sich um und hielt Ausschau nach seinem Freund. »Pinter?« fragte Tibb mit gedämpfter Stimme. In dem Felsengang war es jetzt still wie in einem Grab, und ein solches war er für viele ja auch geworden. »Pinter?« fragte er noch einmal, und dann war ihm, als höre er ein paar Schritte weiter jemanden schluchzen, und er kroch über die Leichen hinweg auf das Geräusch zu. »Pinter?« fragte er.

»Ich habe meine Hand verloren.« Pinter schniefte und schluchzte von neuem.

Tibb fühlte sich hilflos; er wußte nicht, was er darauf

antworten sollte. Er zwängte sich um die Ecke und setzte sich, den Rücken an die kühle Steinwand gelehnt, neben seinen Freund.

»Das ist nicht anständig.« Pinter weinte, und Tibb legte seinem Freund die Hand auf den Oberschenkel und drückte ihn tröstend.

»Aber wir leben noch«, gab er kläglich zu bedenken. Das war doch wenigstens etwas, fand er. Er legte Pinter den Arm um die Schultern und hielt ihn für ein paar Augenblicke umschlungen. Dann räusperte er sich, um den Kloß in seiner Kehle zu beseitigen. »Ich war eben da, wo wir hereingekommen sind. Ich weiß also, wie wir hinausfinden. Jetzt bleiben wir einfach hier sitzen, bis es dir besser geht. Den ganzen Tag, wenn es sein muß.«

Pinter schniefte. »Sie werden uns hierlassen.« Seine Stimme brach.

»Ruh dich nur aus«, beruhigte Tibb ihn. »Ruh dich nur aus.« Er tätschelte seinem Freund die Schulter, bis Pinter sich wieder beruhigt hatte. »Wenn es dir besser geht, brechen wir auf. Ich helfe dir.« Dann räusperte er sich wiederum. »Wir werden allerdings schwimmen müssen. Wie es scheint, war da nur ein einziges Boot – und das hat Admon Faye genommen.«

Pinter nickte, und sein Kopf sank auf Tibbs breite Brust. »Es ist nicht recht. Ich wollte doch nur jemand sein, Tibb. Ein Gesetzloser. Bei Admon Faye ...«

»Ssscht, Pinter. Das bist du doch. Das bist du, mein Junge.«

»Wirklich?« fragte Pinter matt.

»Aber natürlich. Du, sie werden daheim in den Schänken von uns singen – von Pinter und Tibb vom Hause Faye. Ich hör's schon – die hübsche Gerlywa zapft das Bier, und Maknor, der Tenor, singt von dir. Er singt von Pinter, dem Langen, und von seinem Gefolgsmann Tibb, die im Nest der Zwie-Bestie hausten. Er singt ... weißt du, was er singt, Pinter. Er singt davon, wie du ... Pinter?« Sein Freund antwortete nicht. Tibb beugte sich vor und legte ihm das Ohr auf die Brust, und er lauschte nach einem Lebenszeichen. Aber er hörte keines. Behutsam ließ er den toten Pinter an die Höhlenwand sinken, wischte ihm mit dem Ärmel das nasse Gesicht ab und murmelte feierlich: »Sie werden von dir singen, Jungchen. Das werden sie. Und wenn sie singen, werden sie singen, wie du deine Hand für nichts und wieder nichts verloren hast – und sie werden singen von dem Mann, der dich hat sterben lassen.« Tibb raffte sich auf und knirschte mit den Zähnen, um die Tränen zurückzudrängen. Er holte tief Luft und ballte die Faust in der Finsternis. »Und solange ich diese Hand noch habe, und solange ich ein Schwert halten kann – Admon Faye, hüte dich vor Tibbs, dem Tönnchen!«

Er küßte seinen Freund wie ein Kind, und dann ließ er ihn in dem dunklen Tunnel liegen und kroch zurück zum Spalt – zum Tageslicht.

Eine arg ernüchterte Schauspieltruppe ließ sich im Gang unter der Siechenstube zu Boden fallen und wartete darauf, daß Pelmen das Zeichen gab. Sie hatten eine Schlacht geschlagen, und so sahen sie auch aus; aber die Flecken in ihren Gewändern würden sich rasch auswaschen lassen. Jahre hingegen würde es dauern, die Flecken zu beseitigen, die das Gemetzel auf ihren Herzen hinterlassen hatte. Verzweifelter Irrsinn hatte diesen Vormittag geprägt, und mindestens einer aus ihrer Schar war nicht mehr bei ihnen: Jamnard war tot.

Pelmen beriet sich noch immer mit dem seltsamen Verbündeten, der ihnen den Sieg in der Schlacht gebracht hatte. Sie kümmerten sich nicht weiter darum; jeder hatte im Herzen mit dem unbegreiflichen Verlust eines Freundes zu kämpfen. Alle würden erleichtert den tintenschwarzen Alptraum verlassen und zu dem zurückkehren, was für sie das wirkliche Leben war – zur Bühne.

»Sind sie weg?« flüsterte Pelmen.

– Eine Handvoll Nachzügler ist noch da.

»Dann haben wir's geschafft.« Der Macht-Former seufzte erschöpft.

– Nicht ganz! widersprach das Königliche Haus vorwurfsvoll.

»Was soll das heißen?«

– Wie es scheint, habt ihr eine dieser Ratten durchschlüpfen lassen!

## Kapitel 20

## Der Falke und der Hund

CARLAD DÖSTE VOR DER TÜR. Die Nacht war lang und über die Maßen merkwürdig gewesen. Man hatte ihn nicht in die Schlacht geschleift, sondern vorübergehend zum Haupttor abkommandiert. Jetzt war er schläfrig.

»Wach auf!« kreischte Ligne ihm ins Ohr. Gleichzeitig trat sie ihm heftig auf die Zehen, und zwischen Treten und Kreischen gehorchte er. »Mach die Tür auf«, befahl die duftende Schönheit, und hastig tat er, wie ihm geheißen war. Er schnupperte den schwülen Duft, als sie an ihm vorüberwehte, und gutmütig verfluchte er Rosha für sein Glück.

»Hallo, mein Liebling!« sang Ligne, und sie sprang auf Roshas Bett und kroch ihm auf die Brust. Der Krieger grunzte erschrocken, als er erwachte, weil sich ihre Lippen auf die seinen preßten und ihre Arme seinen Hals umschlangen. Er packte und rang mit ihr, warf sich erst nach links, dann nach rechts, um sie abzuschütteln. Endlich löste er sich mit machtvollem Aufbäumen aus der Umklammerung und rollte seitwärts vom Bett, während sie auf der anderen Seite hinunterplumpste. Im nächsten Augenblick streckte sie den Kopf über die Bettkante und funkelte ihn an.

»Warum weist du mich immerfort ab?« fragte sie herrisch.

»Nun, w-w-w-weil wir – m-m-morgen wollen wir doch erst ...«

»Ja. Morgen wollen wir heiraten. Und du wirst mich lieben, Rosha. Ich werde diesen einfältigen Widerstand nicht länger hinnehmen.«

»A-a-aber ich habe dir doch n-n-n-nicht ...«

»Doch! Hast du! Aber damit ist Schluß.« Sie rappelte

sich auf und kam um das Bett herum, ohne ihn aus den Augen zu lassen. »Wir werden diese Angelegenheit jetzt ein für allemal ...«

Rosha übergab sich. Er tat es mit solcher Kunstfertigkeit, daß sogar sein Lehrer gestaunt hätte. Und die List hatte Erfolg. Ligne blieb wie angewurzelt stehen. Dann wich sie rückwärts bis ans andere Ende des Zimmers zurück. »Du bist krank!« schrillte sie, und Rosha nickte. »Warum hast du mir nicht gesagt, daß du krank bist?«

Rosha zuckte die Achseln. »Hab ich ja versucht.«

»Und ich habe eben gebadet«, stöhnte die Königin. Sie funkelte ihn mit neuer Wut an. »Ich werde noch einmal baden. Und du begibst dich zur Krankenstube!«

»Bin schon unterwegs«, rief der junge Krieger gehorsam und flüchtete zur Tür hinaus. Er war halb den Gang hinuntergerannt, als Carlad so weit zu sich kam, daß er ihm nachsetzen konnte.

Wenig später flehte er den Herrn der Kräuter an, ihm Nachricht von seinen Freunden zu geben.

»Ich sage doch, ich weiß nicht, wo sie sind«, kreischte der gepeinigte Apotheker. »Ich weiß, daß sie alle krank waren – das ist alles. Und ich hatte keine Arznei, die ich ihnen geben konnte. Und als ich heute morgen die kleine Frau mit der üppigen Figur besuchen wollte, da war sie weg. Sie sind alle weg. Und wenn Ihr meine Meinung wissen wollt: Wir sind sie los, die Plagegeister«, fügte er boshaft hinzu. Es machte ihn höchst ungehalten, daß man ihn versetzt hatte.

Rosha nickte. Er war sicher, daß er jetzt wußte, wo die Truppe jetzt war – oder doch wenigstens, wohin sie gewollt hatte. Er zwang sich, nicht zu der flachen Pritsche hinüberzuschauen, unter der sich die Falltür zu den darunterliegenden Gängen befand. Offenbar hatte Yona Parmi alle hier versammelt, und es war ihnen gelungen, den Kräutergreis lange genug aus der Krankenstube zu schicken, um durch die Luke entschlüpfen zu können. Rosha hätte allerdings erwartet, daß man auch ihn dazuriefe. Hatten Pelmen und die anderen ihn etwa Ligne überlassen?

Rosha atmete tief, wie Parmi es ihn gelehrt hatte, und bemühte sich, seine Bangigkeit zu verbergen. Es war doch klar, daß sie ihm keine Nachricht hatten zukommen lassen können, denn Ligne ließ seine Gemächer jetzt ständig von zwei Wächtern bewachen, und Carlad hatte den Auftrag, ihm unablässig auf den Fersen zu bleiben, wohin er auch gehen mochte. In diesem Augenblick stand er dösend vor der Tür zur Siechenstube.

Rosha schüttelte den Lockenkopf, um sich von diesen lästigen Befürchtungen zu befreien und klar zu denken. Wenn sie unten in den Gewölben waren – und er glaubte, daß es so war –, dann konnten sie nicht gefahrlos wieder herauskommen, solange der Kräuterkundige sich hier aufhielt. Rosha überlegte, ob er ihnen nicht helfen konnte ...

»Ich b-b-b-bitte um Vergebung f-f-f-für die St-t-t-törung«, sagte er. »Ich bin sicher, es w-w-w-war nichts w-w-weiter – hab' nur das Frühstück nicht vert-t-t-tragen.«

»Hummpf!« grunzte der hagere Alte und wandte sich wieder seinem Mörser und seinem Kräuterfläschchen zu.

»Ich k-k-könnte mir v-vorstellen, m-m-m-man ruft Euch oftmals m-mitten in der Nacht ...«

»Zu oft«, schnaubte der Gesundheitsminister. »Besonders letzte Nacht.«

»Ihr m-m-müßt sehr wenig geschlafen haben ...«

»Zu wenig.«

»V-v-vielleicht solltet Ihr Euch heute morgen f-f-freinehmen u-u-und ein N-nickerchen halten ...«

»Und meinen Posten verlassen?« rief der Alte in rechtschaffener Empörung aus. »Niemals!« Er wandte sich seinem Mischgefäß zu.

»Was m-m-macht Ihr da? E-einen L-l-l-liebestrank?«

Der Kräutergreis fuhr herum und wich entsetzt an

seinen Tisch zurück. »Wa-wa-was für ein lächerlicher Einfall!« schrie er. »Äh-äh-äh – natürlich nicht!« Schon wieder strömte ihm das Blut in die alten Wangen und erwärmte sie. Ein Liebestrank – genau dies war es, was er hier braute, und wenn dieser junge Störenfried ihn erst alleinließe, würde er sich damit hinausstehlen und ihn irgendwie der hübschen Tochter eines Händlers zukommen lassen. Nicht, daß er wirklich glaubte, es werde funktionieren ... »Äh-äh-äh – wieso fragst du?«

»Ihr solltet wirklich etwas gegen dieses St-t-t-t-tottern tun«, spöttelte Rosha. Er machte auf dem Absatz kehrt und stolzierte zur Tür hinaus. Wenn er den Drogenbrauer nicht aus den Krankengemächern vertreiben konnte, würde er ihn eben hinausrufen lassen. Carlad schloß sich an, und hintereinander stiegen sie die Wendeltreppe zu seinem Quartier hinauf. Als sie am Thronsaal vorbeikamen, warf er einen Blick hinein, um sich zu vergewissern, daß die Truppe seinem Suchen nicht etwa entgangen war und sich jetzt hier versammelt hatte. Aber der Saal war leer bis auf die brokatbeschlagene Estrade und den mit zierlichem Schnitzwerk geschmückten Thron. Und dann erbleichte Rosha, denn er sah, daß etwas dazugekommen war – ein kleinerer Thron, in gleicher Weise geschnitzt wie Lignes, stand rechts neben ihrem Podest. Rosha wußte, für wen dieser Thron bestimmt war, und seine jäh aufsteigende Übelkeit rechtfertigte in der Tat sein Verlangen nach dem Arzt. Er ging weiter, den Gang hinunter zu seinen neuen Gemächern, dankbar zumindest dafür, daß Ligne ihn aus seinem Gefängnis unter dem Dach in dieses Stockwerk hatte herunterziehen lassen. Jetzt war es wenigstens nicht mehr so weit bis zum Tor – und zur Freiheit.

Bronwynn war in dieser Burg aufgewachsen. Von den Gängen in der Tiefe hatte sie nichts gewußt, bis Admon Faye sie ihr gezeigt hatte, aber als sie durch den Fußboden der Siechenstube ins eigentliche Haus gelangt war, bewegte sie sich in heimatlichem Gelände. Als Kind hatte sie diese Hallen erkundet, hatte die Stupsnase in jeden Winkel, in jedes Kämmerchen gesteckt. So hatte sie sämtliche Geheimnisse entdeckt, die ihr ermöglichten, nach Belieben in den geheimen Gängen in den Mauern ein- und auszugehen, die sich verflochten durch die oberen Geschosse zogen. Durch einen glücklichen Zufall gelang es ihr, die Krankenstube ungesehen zu verlassen. Wenige Augenblicke später war sie sicher und geborgen zwischen den Wänden.

Sie streifte Spinnweben beiseite, während sie ging. Offensichtlich hatte Ligne noch nicht alle diese engen Gänge entdeckt, oder sie benutzte sie nur selten. So oder so, dachte Bronwynn grimmig, würden sie der wollüstigen Hochstaplerin zum Untergang gereichen. Ob Admon Faye und die anderen die Schlacht in der Unterwelt nun überlebten oder nicht, Bronwynn war entschlossen, Königin Ligne noch vor Sonnenuntergang zur Strecke zu bringen – gleich nach Rosha natürlich. Die Rache an ihm war das erste, was sie zu erledigen hatte. Methodisch durchsuchte sie die Räume der Burg nach ihm, ganz unbemerkt hinter Vorhängen und Täfelungen.

Sie war bereits zu dem Schluß gekommen, daß er am leichtesten in seinem Bett zu töten wäre – und dieses, so nahm sie an, dürfte in Lignes Gemächern stehen. Sie erkletterte im Dunkeln eine Leiter, kaum anderthalb Fuß breit, und spähte durch eine Ritze in die Königlichen Gemächer im zweiten Stockwerk.

Sie sah zu, wie ein Zofen-Trio Lignes riesiges Bett bereitete, und vor Wut biß sie sich auf die Zunge bei dem Gedanken, daß die Thronräuberin jetzt hier schlief, im Schlafgemach ihrer Eltern. Heiße Tränen mußte sie niederkämpfen, als sie daran dachte, wie sie damals zwischen ihnen just in dieses Bett gekrochen war, wenn Allerweltsgeräusche, fremdartig im Dunkel der Nacht, sie angstvoll aus ihrem eigenen hatten fliehen lassen. Sie mühte sich, zu hören, was die Dienerinnen redeten, aber der Raum war zu groß, und ihre Worte drangen nicht bis in die Mauern. Sie wechselte den Platz und bewegte sich durch die Finsternis zu einer winzigen Öffnung, die näher bei den Frauen war; sie erreichte sie gerade zur rechten Zeit, um sie noch hinausgehen zu sehen. Aber schon eine nur halb gehörte Bemerkung genügte: Im Hinausgehen meinte die Älteste der drei, man werde das Gemach morgen früh von Grund auf putzen müssen, wenn der junge Herr hier einziehen sollte.

Es war Bronwynns Glück, daß die Damen mit diesen Worten verschwanden, denn jetzt vermochte sie ihre brodelnde Wut nicht länger zu bezähmen, und jeder im Raum hätte gehört, wie sie ihren Zorn an den Mauern ausließ. Als sie die Beherrschung wiedergefunden hatte, kam sie zu dem Schluß, Rosha müsse entweder in einem der Gastgemächer wohnen, die an die Königliche Suite angrenzten, oder er hause in der Dachkammer, in der ihr Vater damals Ligne untergebracht hatte.

Der erste Raum, in den sie gelangte, verwirrte sie. Risse und Gucklöcher, die ihr normalerweise einen Blick hinein gestattet hätten, waren hier zugeschmiert oder verklebt. Sie dachte einen Augenblick lang nach, um sich des Kniffs zu entsinnen, mit dem man in dieses Gemach gelangte, und drehte dann einen geschnitzten Knauf. Ein Paneel der Wandtäfelung sprang auf, und Bronwynn war in der Kammer, die Jagd von Uda gehörte. Zum Glück war er nicht zu Hause. Sie wußte sofort, wer hier wohnte – sie sah es an den scharlachroten und purpurnen Gewändern, die überall an den Wänden hingen. Bronwynn lächelte belustigt. Jagd war immer schon mißtrauisch gewesen. In dieser Umgebung hatte er auch allen Anlaß dazu.

Sie schlüpfte zurück in ihr Versteck und schloß die Täfelung hinter sich. Dann zwängte sie sich um eine Biegung und tastete sich im trüben Licht, das durch haarfeine Spalten aus den Räumen zu beiden Seiten dieses Ganges hereinsickerte, weiter voran. Sie gelangte zu einem zweiten Gästegemach und stellte fest, daß sie hier ungehindert hineinschauen konnte. Auch in diesem Raum war im Augenblick niemand. Sie erkannte nichts, das ihr einen Hinweis auf den Bewohner gegeben hätte. Ein kurzer Ruck an einem verborgenen Riegel, und Bronwynn hüpfte leichtfüßig hinein und schlich sich lautlos zum Schrank. Er war voll neuer Kleider, phantasievoll geschnitten und farbenprächtig. Als sie eine Tunika in die Höhe hielt, um festzustellen, wie breit die Schultern waren, verspürte sie wilde Befriedigung. Es waren Roshas neue Kleider, eigens genäht für den Gesellschafter der Königin. Hier also wohnte die Stinkspritze jetzt. Nun, hier würde er auch sterben. Rasch hängte Bronwynn das Gewand wieder an seinen Haken, und dann zog sie den Dolch aus der Scheide und drückte sich in das Gelaß. Sie brauchte nicht lange zu warten.

Der Stich hätte ihn töten müssen. Aber er tat es nicht. Im Sommer zuvor, als Rosha sein Vaterhaus in der Gesellschaft von Bronwynn und Pelmen verlassen hatte, da hatte Dorlyth mod Karis seinem Sohn das Kettenhemd gegeben, das er selbst bei all seinen Abenteuern getragen hatte. Jetzt rettete dieses Hemd seinem Sohn das Leben. Es lenkte den Dolch ab, wenngleich das Übergewand in Fetzen ging, und Bronwynn verfluchte ihr miserables Gedächtnis und den Umstand, daß sie den Angriff nicht besser geplant hatte.

Rosha dachte nicht nach. Er packte seine Angreiferin einfach beim Arm und schleuderte sie quer durch das Zimmer. Erst als sie schon davongeflogen war, erkannte er, wer sie war. »Bronwynn!« grunzte er. Aber dieses Grunzen enthielt mehr Gefühl, als jeder Satz, den der junge Mann in seinem Leben gesprochen hatte.

»Hast du mich gerufen?« rief Carlad von draußen.

»Nein!« antwortete Rosha laut und stemmte sich von innen gegen die Tür, falls der Mann auf den Gedanken käme, nachzuschauen. »H-h-hab' ich nicht. Fahr du nur fort mit dem, was du g-g-g-gerade tust.«

Bronwynn war unterdessen wieder auf den Beinen, und als sie sah, daß er ihr den Rücken zuwandte, stürzte sie sich von neuem auf ihn. Rosha hörte sie kommen und trat im letzten Moment zur Seite. Ihre Klinge bohrte sich mit dumpfem Dröhnen in das Holz des Türpfostens. Der junge Krieger schlug die Hand des Mädchens beiseite, so daß der Dolchgriff ihr entglitt, bevor sie die Spitze herausreißen konnte, und er hob sie hoch und warf sie noch einmal quer durch den Raum. Diesmal allerdings zielte er sorgfältig auf das Bett.

»Ist bestimmt alles in Ordnung?« rief Carlad von draußen. Rosha öffnete eine der Türen und streckte den Kopf hinaus. Der verschlafene Wächter blinzelte ihn verblüfft an. Rosha schenkte ihm ein freundliches Lächeln. »Kein P-p-p-problem«, behauptete er fröhlich und winkte ihm zu. Dann warf er die Tür ins Schloß, drehte sich um und sah, wie Bronwynn mit dem Fuß in Richtung seiner Stirn trat. Er duckte sich, und sie traf die Wand hinter ihm, daß es krachte. Sie verlor das Gleichgewicht, und er fing sie auf, trug sie zum Bett zurück, wobei sie versuchte, ihm das Gesicht zu zerkratzen.

Wieder hämmerte es an seiner Tür, lebhafter jetzt, und Rosha lief hin, um sie aufzureißen. »Was willst du?« fragte er zornig.

»Ist da jemand bei dir?« Carlad blinzelte mißtrauisch und reckte den Hals, um an Roshas breiten Schultern vorbeizuspähen.

»Und wenn – wessen Schuld wäre das?« versetzte Rosha.

»Äh ...« Der Wächter wußte nicht, was er darauf antworten sollte, und Rosha beeilte sich, fortzufahren.

»Hier ist n-n-niemand außer m-m-mir, wie du wohl

weißt! Und jetzt laß m-mich in Ruhe, oder ich erzähle dem Feldwebel von deiner Schauspielerlaufbahn!«

Er schlug die Tür zu und wandte sich Bronwynn zu. Er hörte sie hinter sich vorbeihuschen und wußte, daß sie das Messer aus dem Türrahmen reißen wollte. Er packte sie wiederum, jetzt aber weniger sanft, und schleuderte sie grunzend auf das Bett. Sie purzelte darüber hinweg und rollte auf den Boden. Bevor sie sich aufrappeln konnte, stand er über ihr, das Messer in der Hand, und ein wildes Stirnrunzeln verfinsterte seine Züge.

»Na los!« loderte sie. »Erstich mich nur!«

»Was ist in dich gefahren?« fragte er wütend.

»Tu's schon. Bestimmt wird die Königin dich reich belohnen. Allerdings – da du sie schon einmal hast, welche Belohnung solltest du dir da noch wünschen?«

»Würdest du bitte nicht so laut schreien ...«

»Wieso nicht? Du wirst mich ja sowieso ausliefern ...«

»Halt die Klappe!« spie er und preßte ihr die freie Hand auf den Mund. Er warf den Dolch beiseite, umfaßte ihren Hinterkopf mit der anderen Hand und hielt sie fest, derweil sie alles unternahm, was in ihrer Macht stand, um Lärm zu machen. Sie schlug ihm die Fäuste an den Schädel, trat um sich, wälzte sich hin und her und versuchte, ihm in die Hand zu beißen. Die ganze Zeit über hielt Rosha sie fest umklammert. Ohne mit der Wimper zu zucken, nahm er die Prügel in Empfang und starrte ihr wütend ins Gesicht.

Sie konnte nicht bis in alle Ewigkeit so weitermachen. Schließlich gab sie auf, und er begann hitzig flüsternd auf sie einzureden. »Ich habe den Eindruck, daß du glaubst, ich bin freiwillig hier. Bin ich aber nicht! Glaubst du, ich will diese Hexe haben? Ich kann an niemanden denken als an dich, und du versuchst, mir ein Messer in den B-b-b-b- – in mich zu rammen.« Er seufzte verdrossen. »Warum, glaubst du, steht eine Wache vor meiner Tür? Weil ich hier ein Gefangener bin, darum!«

Das einzige, was er von ihrem Gesicht sehen konnte, waren ihre Augen. Sie füllten sich unvermittelt mit Tränen, und er beschloß, sie reden zu lassen.

»Und morgen ziehst du in ihr Gemach!« stieß sie hervor, und er preßte ihr von neuem die Hand auf den Mund und schaute hastig zur Tür.

»Nicht, wenn Pelmen und ich es verhindern können«, flüsterte er. Sie riß die Augen auf. Er nahm seine Hand von ihrem Mund.

»Pelmen ist hier?« fragte sie. Zum erstenmal flüsterte auch sie.

»Ja. Verkleidet als Spaßmacher und unter dem Namen Fallomar.« Rosha zog die Stirn kraus, als ihm einfiel, daß sein Freund verschwunden war. »Das heißt, ich hoffe, er ist hier. Er ist gestern nacht in den Untergrund gegangen und noch nicht wieder heraufgekommen.«

Bronwynns Miene umwölkte sich sorgenvoll. »Aber unter der Burg tobt eine Schlacht. Deshalb bin ich ja hier.«

»Eine Schlacht? Wer kämpft gegen wen?«

»Ist Joss denn nicht da unten ...«

»Nein!« stieß Rosha hervor. »Joss sucht Admon Faye im ganzen Land.«

»Aber Admon Faye ist unten in den Höhlen ...« Bronwynn brach ab und starrte in das lange Gesicht über ihr. Rosha sah plötzlich todmüde aus. Und schon wieder pochte jemand an die Tür.

Rosha seufzte. Dann stand er auf. »Versteck dich«, befahl er, und Bronwynn verschwand rasch wieder in der Wand, während Rosha zur Tür ging. »Wer ist da?« rief er.

»Fallomar der Narr, o Herr – Euch zu unterhalten und Euch wundersame Worte zu lehren. Wenn die Zeit denn günstig wäre ...«

Rosha riß die Tür auf und strahlte. »In Anbetracht der

Umstände wüßte ich keine g-g-günstigere Zeit als d-d-diese. Carlad, laß den Narren durch.« Pelmen kam hereingerauscht, und Rosha zwinkerte seinem Bewacher zu und tätschelte ihm die Wange. »Vergiß nicht ... störst du uns noch einmal, werde ich auch von der weißen Schminke erzählen ...«

Kaum hatte Rosha die Tür wieder geschlossen, stürzte Bronwynn aus ihrem Versteck und fiel dem Clown um den Hals. Pelmen drückte sie an sich, und beide weinten – aber leise, und nicht ohne ein wachsames Auge auf die Tür zu haben. Bronwynns Tränen wuschen die monatelange Einsamkeit und Enttäuschung von ihr ab, und Pelmen weinte aus Dankbarkeit dafür, daß ihr nichts zugestoßen war. Rosha stand abseits, die Arme vor der Brust verschränkt; er bewahrte sich sein zurückhaltendes Lächeln, wünschte sich aber insgeheim, man ließe ihn bei all der Umarmerei mitmachen. Dann aber drehte Bronwynn sich zu ihm um und streckte die Arme aus, und Pelmen reichte das Mädchen an den jungen Krieger weiter. Innerhalb weniger Augenblicke hatte sich ihre in den langen Monaten der Trennung geformte schlechte Meinung von den beiden geändert. Die verschwörerische Art und Weise, wie Pelmen hier aufgetaucht war, hatte sie restlos von Roshas Aufrichtigkeit überzeugt, und wenn dies noch nicht ausgereicht hätte, so hätte seine bärenhafte Umarmung es gewiß getan. In mehr als einer Hinsicht hatte Bronwynn das Gefühl, endlich wieder zu Hause zu sein.

»Du bist anscheinend nicht überrascht, mich zu sehen«, flüsterte sie, an Pelmen gewandt, und wischte sich mit dem Handrücken die Tränen von den Wangen.

»Ich wußte ja, daß du unterwegs warst. Meine einzige Sorge war, du könntest dem da den Schädel spalten, ehe ich hier wäre.« Mit dem Kopf deutete er bei diesen Worten auf Rosha.

»Woher wußtest du das?« fragte sie, plötzlich wieder argwöhnisch.

»Das Haus hat es mir gesagt.«

Bronwynn starrte ihn an. »Was?« brachte sie schließlich hervor.

»Das Haus deiner Ahnen ist lebendig, Bronwynn. Und es verfügt über Mittel und Wege, seine Gedanken mitzuteilen. Es hat dich beobachtet, wie du in den Wänden hier heraufgestiegen bist, und es hat mich ständig über deine Angriffe gegen Rosha auf dem laufenden gehalten, während ich in aller Hast herbeieilte, um dem ein Ende zu machen.« Pelmen warf Rosha einen Blick zu. »Zum Glück hat der wochenlange Müßiggang deine Reflexe nicht stumpf werden lassen.«

»Reflexe hatten damit nichts zu tun. Es war das Kettenhemd meines Vaters.« Rosha bedachte seine Prinzessin mit einem erzürnten Blick. »Warum wolltest du mich aufschlitzen?«

»Weil man mir erzählt hat, daß du mit Ligne herumschmust«, fauchte Bronwynn. Dann tat sie einen Schritt auf ihn zu, und ihre Miene war plötzlich grimmig. »Stimmt das eigentlich?«

»Nicht freiwillig«, schaltete Pelmen sich ein und drängte sich zwischen die beiden, um neuerlich aufflakkernde Feindseligkeit im Keim zu ersticken. »Sag – wer ist ›man‹?«

Bronwynn zuckte die Achseln. »Admon Faye, Flayh, Jagd. Alle.«

»Du warst bei Admon Faye?« fragte Rosha. Jetzt war es an ihm, Argwohn zu zeigen.

»Gleichfalls nicht freiwillig«, erklärte Pelmen ruhig, und er starrte Rosha an, bis dieser die Augen niederschlug. »Admon Faye hat ihr geholfen, von hier zu entfliehen ...«

»Woher weißt du das?«

»Von Serphimera ...«

»Serphimera!« platzte Bronwynn heraus. »Ist diese Hexe hier?«

»Warum hast du mir nicht gesagt, daß du wußtest, wo

Bronwynn war?« beharrte Rosha mit versteinerter Miene.

»Würdet ihr beide euch bitte beruhigen?« verlangte Pelmen. Als sie schwiegen, wandte er sich erst an Bronwynn, dann an Rosha, und antwortete: »Ja, sie ist hier, aber sie ist keine Hexe – und – ich habe es dir nicht gesagt, weil ich nicht glaubte, daß sich dadurch irgend etwas ändern würde.«

»Aber wenn ich gewußt hätte, daß sie in Sicherheit ist, hätte ich Joss schon vor Tagen umgebracht!«

»In Admon Fayes Gewalt sein, nennst du Sicherheit?« Pelmen zog die Stirn kraus. »Außerdem hatte ich erwartet, daß du genau das tun würdest. Vielleicht wäre es dir sogar gelungen, ihn zu töten, aber weder dir noch Bronwynn hätte das etwas genützt.«

»Jetzt kommt es nicht mehr darauf an«, flüsterte Bronwynn. »Ich zeige euch den Weg durch die Wände, und ihr könnt ihn erschlagen, während ich Ligne schlachte.« Beide Männer starrten sie an. »Also ich finde, es ist ein guter Plan«, setzte sie verlegen hinzu.

»Für Admon Faye vielleicht«, sagte Pelmen. »Ist es das, was er vorhatte?«

»Ich habe mir eigentlich nie angehört, was er vorhatte«, antwortete Bronwynn achselzuckend. »Ich war immer damit beschäftigt, meine eigene Rache zu planen.«

»Ich kann einfach nicht glauben, daß du wirklich dachtest, ich ...«

»Jagd hat es gesagt.«

»Wann hast du mit Jagd gesprochen?« fiel Pelmen ihr ins Wort. »Er ist seit Wochen hier in der Burg.«

»Flayh hat mit ihm gesprochen. Flayh und Pezi. Mittels der kleinen blauen Pyramiden.«

»Du warst dabei? Du hast das Gespräch mitangehört?«

»Freilich.«

– Und damit kommt ein wichtiger Punkt zur Sprache, bemerkte das Königliche Haus.

»Ja, das hatte ich nicht vergessen.«

»Hä?« fragte Bronwynn.

»Ich sprach eben mit dem Haus«, erklärte Pelmen. »Ich gehe jetzt und hole sie. Vermutlich gibt es doch einen Geheimgang zu seinen Gemächern?«

– Frag das Mädchen. Sie war eben dort.

»Du warst vorhin in Jagds Zimmer?«

»Woher weißt du ...«

»Ich hab's doch gesagt. Kannst du mich hinführen?«

»Natürlich, aber wollen wir nicht vorher einen Angriffsplan schmieden? Ich bin in diese Burg gekommen, um eine Königin zu töten, nicht, um hier herumzustehen und mit den Wänden zu reden.«

Rosha beobachtete sie naserümpfend, während sie sprach. Angetan mit ihrer weit geschnittenen ledernen Kampfbekleidung, hatte sie nur wenig Ähnlichkeit mit dem kleinen Mädchen, das ihm nicht einmal ein Jahr zuvor in Drachentor Lebewohl gesagt hatte. Ihre Rede war rauher und weniger nachdenklich. Er war nicht sicher, daß ihm diese Veränderung gefiel. Nein, er war nicht sicher, daß sie ihm nicht gefiel.

»Es gibt keinen Grund für ein Blutbad«, sagte Pelmen. »Zumal dann nicht, wenn wir ihm allesamt zum Opfer fallen könnten. Bronwynn, du willst Joss und Ligne ermorden. Trotz deiner geheimen Gänge halte ich dies nicht für ein leichtes Unterfangen. Joss ist aus dem gleichen Holz geschnitzt wie dein verräterischer Admon Faye; was ist, wenn er die Geheimgänge ebenfalls kennt und Schutzvorkehrungen getroffen hat? Ligne, diese Leopardin, scheint mir gleichfalls nicht zu der Sorte zu gehören, die man so einfach im Bett erschlägt. Und sollte es dir gelingen, sie beide zu töten – was dann? Noch vor morgen abend würdest du feststellen, daß es ein halbes Dutzend Leute bei Hofe gibt, die sich für ebenso würdig halten, zu regieren, wie du, Bronwynn – und möglicherweise haben sie genug Freunde, um dafür zu sorgen, daß sie es auch tun.«

»Was schlägst du dann vor?« wollte Bronwynn wissen. »Geduld?« Die Art, wie sie dieses Wort ausspuckte, ließ erkennen, daß sie selbst wenig Verwendung dafür hatte.

»Ich schlage vor, wir lassen uns vom Haus helfen. Mit seiner Unterstützung haben wir heute morgen Admon Faye in die Flucht geschlagen ...«

»Ihr habt ihn in die Flucht geschlagen?«

»Das Haus sagt, bis auf wenige Ausnahmen sind die, mit denen wir heute früh gekämpft haben, entweder tot oder in den Fluß gesprungen. Ich weiß, es könnte uns auch helfen, Ligne und ihre Gefolgsleute zu vernichten.«

»Nun, so frage es. Ich bin jedenfalls bereit, loszuschlagen.«

»Hab Geduld, Bronwynn!« mahnte Rosha. »Hier sind mehr als nur wir drei beteiligt.«

»Tatsächlich?« Sie sah Pelmen an. »Wer denn noch?«

»Eine Schar alter Freunde, mit denen ich aufzutreten pflegte. Sie fanden sich heute morgen bereit, aus Loyalität zu dir gegen Admon Faye zu kämpfen. Wer, glaubst du, überfiel euch in der Dunkelheit?«

»Du ... du hast Admon Faye mit einer Schauspielertruppe besiegt?« fragte sie ungläubig.

– Ein bißchen Hilfe hatten sie schon, hüstelte das Haus hochmütig.

»Das Haus erinnerte dich soeben daran, daß es uns geholfen hat, und dieser Umstand war entscheidend. Es wird es wieder tun, wenn der Augenblick kommt, Ligne zu stürzen. Weil es uns geholfen hat, haben wir heute morgen in den Höhlen nur einen einzigen der Unseren verloren. Ich möchte, daß der Rest am Leben bleibt, um deine Krönung mitzuerleben, Bronwynn. Also – jawohl, hab Geduld. Wenn alles gut geht, sind wir heute abend nicht mehr hier, sondern planen bereits unsere triumphale Rückkehr.«

– Und die Pyramide?

»Darauf wollte ich jetzt kommen. Ich habe eine Abmachung mit dem Haus, und ich muß meinen Teil davon einhalten. Zeigst du mir jetzt den Weg zu Jagds Gemächern?«

Bronwynn nickte. »Du wirst gut aufpassen müssen«, warnte sie. »Er hat die Wände mit seinen Gewändern verhängt – man kann vom Geheimgang aus nicht sehen, ob er da ist oder nicht.«

»Darum soll das Haus sich kümmern. Rosha, wir sind gleich wieder da.« Pelmen duckte sich und folgte Bronwynn in den geheimen Korridor.

Flayh saß in einem Sessel und versuchte angestrengt, sich zu entspannen. Aber es war unmöglich. »Wo sind sie?« fragte er die Pyramide, die vor ihm stand.

– Nicht hier, antwortete die Hohe Festung von Ngandib.

»Das weiß ich. Ich warte darauf, daß sie über diese Pyramide mit mir in Verbindung treten.«

– Muß das sein? murrte die Festung.

»Ja, das muß sein«, erwiderte Flayh schnippisch. »Und du solltest dich lieber daran gewöhnen, denn ich habe nicht die Absicht, die Magie aufzugeben, bloß weil du Sodbrennen davon kriegst.«

– Jawohl, Meister, sagte der Palast, und tief unten, im Quartier der Sklaven, klemmte ein kleines Mädchen sich unversehens den Finger in einer zuschlagenden Tür und schrie nach seiner Mutter. Die Festung lächelte befriedigt und wünschte sich nur, sie getraute sich, genauso mit Flayh zu verfahren.

»Wo sind sie?« donnerte der kahlköpfige Zauberer und schlug mit der Faust auf die Armlehne. »Pezi, wenn du wieder einen Bock geschossen hast ...« Flayh unterbrach sich. Es schimmerte bläulich hell in der Pyramide. Die beiden anderen mußten sich mit der ihren befassen; Flayh beugte sich vor und starrte hinein ...

»Wayleeth, schweig still«, wisperte Tahli-Damen, aber seine Dame war voller Bewunderung und wollte nicht schweigen.

»Er tat es so mühelos«, berichtete sie den Gästen an der Tafel. »Nachmittags spazierte er hinein, und am selben Abend noch spazierte er mit ihr wieder hinaus. Einfach so.« Sie schnippte mit den Fingern und umhalste dann den errötenden Händler.

»Bitte, Wayleeth«, ermahnte er sie leise. »Es soll doch ein Geheimnis sein – also übertreib's nicht ...« Aber Tahli-Damens Grinsen strafte seine Worte Lügen. Er war stolz auf seine Tat, und es war schwierig, seine Bescheidenheit zu bewahren, wenn Wayleeth nichts als die Wahrheit sagte.

»Es gefällt ihm nur nicht, wenn ich mit ihm prahle«, erzählte sie den strahlenden Gästen. Sie bewirteten den örtlichen Vertreter des Hauses Myfa, eines sehr kleinen Handelshauses, das seine Geschicke schon vor so vielen Jahren mit denen des Hauses Uda verbunden hatte, daß es heute bestenfalls als Satellit des purpurroten Banners galt.

»So etwas kleidet einen jungen Führer«, erklärte Maywar mod Maywar-el. »Aber Ihr braucht nicht so bescheiden zu sein, Tahli-Damen. Diskretion ist wichtig, und ich bin sicher, Jagd wird darauf bestehen, aber schließlich sind wir hier unter Freunden. Die Neuigkeit, daß Ihr mit einer dieser kostbaren Pyramiden habt entkommen können, wird sich vermutlich ohnehin nicht lange geheimhalten lassen. Ich möchte annehmen, daß Ihr jetzt jeden Augenblick mit einem formellen Protest von Flayh zu rechnen habt.«

»Ich habe schon den ganzen Tag darauf gewartet.« Tahli-Damen nickte und nahm sich ein Stück Gebäck. »Angesichts dessen, daß er mir noch nicht übermittelt wurde, frage ich mich, ob Pezi vielleicht versäumt hat, es ihm zu sagen.« Diese Bemerkung ließ die Runde kichern. Pezi-Geschichten gab es nicht nur im Hause des fetten Händlers. Er gelangte allmählich unter sämtlichen Händler-Familien zu einem gewissen Ruhm.

»Darf ich einen Blick auf den Gegenstand werfen?« fragte Maywar. »Ich habe von meinen Brüdern so viel darüber gehört, daß ich einigermaßen neugierig bin.«

»Wart Ihr denn nicht auf dem Konklave?« erkundigte sich Wayleeth.

»Nein, mein Kind«, antwortete der ältere Händler. »Ein leichtes Emphysem fesselte mich ans Bett. Aber ich würde die Pyramide gern sehen ...«

Tahli-Damen blickte starr auf seinen Teller. »Jagd hat befohlen, sie im Versteck zu lassen«, murmelte er.

»Pah«, schnaubte Maywar, und dann lachte er. »Jagd wird gar nichts davon erfahren, wenn Ihr es ihm nicht erzählt. Ich werde jedenfalls nichts sagen. Holt sie schon heraus.«

»Ja, Tahli-Damen, bitte tu's«, flehte Wayleeth und warf einen Blick zu Maywars Frau hinüber. »Selbst mir hat er sie noch nicht gezeigt. Komm schon – Jagd wird es nie erfahren.«

Vielleicht ja wirklich nicht, dachte Tahli-Damen bei sich. Vor allem nicht, wenn diese Invasion bei Flayh erfolgreich gewesen war. Tahli-Damen erzitterte unwillkürlich, teils schuldbewußt, teils angenehm erregt.

»Was fehlt dir, Liebster?« fragte Wayleeth ernst. Schon seit seiner Rückkehr aus Pezis Burg wunderte sie sich über sein seltsames Benehmen. »Bist du krank?«

»Nein, nicht krank«, brummte er, und jäh stand er auf. »Ich hole sie.« Er ging hinaus.

Sein Schritt wurde immer schneller, je näher er dem kostbaren Stück kam. Als er sein innerstes Gemach erreicht hatte, rannte er, und er mußte erst einmal innehalten, um wieder zu Atem zu kommen. Dann ließ er sich, wie er es schon den ganzen Tag über getan hatte, auf die Knie fallen und hob die kleine Pyramide aus ihrem Versteck. Er streifte den schützenden Beutel herunter und betastete sie liebkosend; er konnte es nicht fassen, daß er einen so wundersamen Gegenstand besitzen sollte. Er setzte sich auf sein Bett und betrachtete die Pyramide eine Zeitlang, und er bereute, daß er versprochen hatte, sie den anderen zu zeigen. Während er sich noch eine Ausrede überlegte, um sie nicht mitbringen zu müssen, erwachte sie in seinen Händen zum Leben. Er starrte hinein ...

– Sie liegt unter dem Bett.

»Und Jagd ...?«

– ... ist auf dem Dach bei den Vögeln.

»Du wirst mich warnen ...«

– Ja.

Pelmen sah Bronwynn an und legte einen Finger auf die Lippen; dann nickte er. Sie drehte an dem Knopf, der die Wandtäfelung in Jagds Zimmer beiseiteschwenkte, und Pelmen schlüpfte hinein. Er schloß die Klappe hinter sich, wie sie übereingekommen waren, und riß einen der purpurnen Mäntel von seinem Haken, damit sie ihn beobachten könnte, ohne sich zu zeigen. Er trat ans Bett und ließ sich auf die Knie nieder. »Hier drunter?«

– Ganz recht.

Pelmen bückte sich und spähte unter das Bett. Da stand der Kasten. Er zog ihn heraus, klappte ihn auf und fand den Beutel darin. Flink nahm er ihn an sich und öffnete ihn, um sich zu vergewissern, daß er enthielt, was er suchte.

– Nicht! rief das Haus – doch es war zu spät. Pelmen starrte in Flayhs Gesicht.

»Du!« rief Pelmen überrascht aus.

Ohne einen Augenblick zu zögern, intonierte Flayh in singendem Ton einen Bannspruch, und seine Augen wurden schmal. Pelmen und Tahli-Damen hatten den Eindruck, daß die Augen des glatzköpfigen Magiers den Kristall ganz und gar ausfüllten. Pelmen riß die Hand hoch, um die Wucht dieses Blicks aufzufangen und abzulenken, aber Tahli-Damen hatte solche Macht nicht. Der junge Händler merkte, daß der Kristall seinen Blick nicht mehr losließ, und er war so hilflos, daß er nicht einmal schreien konnte.

– Aufhören! brüllte das Königliche Haus von Chaomonous in wüster Qual. In all seiner Pein hörte es das Echo seines Aufschreis in dem eines fernen Palastes.

– O Qual! rief die Hohe Festung von Ngandib, aber Flayh bekümmerte sich nicht um ihr Rasen. Murmelnd begann er einen neuen Beschwörungssang und starrte dabei in das Gesicht Tahli-Damens und eines seltsam machtvollen Clowns.

»Ihr fürchtet mich!« befahl Flayh und erwartete, daß die beiden unverhofften Besucher sich sogleich unterwerfen würden.

Tahli-Damen hätte »Ja!« geschrien, wenn er es vermocht hätte, aber es war, als seien seine Stimmbänder in abgrundtiefer, alles verzehrender Angst gefroren. Die Augen, die sich in die seinen bohrten, saugten den Born seines Mutes aus und legten ihn trocken.

»Nein!« schrie Pelmen, und er richtete all seine Kraft auf diesen Kampf.

Plötzlich füllten zwei Augenpaare die Pyramide in Tahli-Damens Hand, das zweite noch schrecklicher als das erste. Beide aber durchbohrten ihn. Der junge Händler hatte das sichere Gefühl, daß er aus allen Öffnungen seines Körpers blutete, aber er konnte den Blick nicht abwenden, um nachzuschauen.

Die Schreie seiner eigenen Festung hallten durch seinen Kopf, als Flayh fragte: »Wer bist du?« Die Augen des Clowns erfüllten sein Gesichtsfeld.

»Du kennst mich, Flayh.« Pelmens Worte waren ein leises Murmeln, aber Flayh und Tahli-Damen gellten sie durchdringend in den Ohren. »Gib auf, bevor ich euch beide töte!«

– Aufhören! Bitte! flehte das Königliche Haus von Chaomonous, und undeutlich drang der neuerliche

Chorus klingender Glocken aus den Gängen der Burg in Pelmens Bewußtsein, und draußen hörte er Fußgetrappel. Es stand jetzt nicht mehr in seiner Macht, den Konflikt abzubrechen. Beenden konnte er ihn nur noch, indem er ihn gewann.

Und dann zuckte Pelmen vor dem Kristall zurück und kniff vor Abscheu die Augen zusammen. Ein wütender Hund schien zähnefletschend nach seinem Gesicht zu schnappen. Die Zähne wollten sich in seine Kehle schlagen, doch plötzlich war seine Kehle nicht mehr da, und an ihrer Stelle klaffte der Schnabel eines Falken. Erschrocken fuhr der Hund vor den rasiermesserscharfen Klauen zurück, die nach seinen Augen schlugen. Die Klauen bohrten sich ins Fleisch und rissen sechs lange rote Schrammen in die Schnauze des Hundes. Die Bestie heulte auf.

In Tahli-Damens Kopf drehte sich alles wie rasend. Ein Hund hätte ihm fast die Kehle durchgebissen, nur um sich von einem Falken verjagen zu lassen, der ihm das Maul zerfetzt hatte. Gleichwohl starrte der Händler weiter wie gebannt auf die kristallene Oberfläche. Er hörte die Schreie der Frau nicht, die von der Treppe aus nach ihm rief.

Das Königliche Haus knirschte mit den Steinen. Es hätte sich selbst in Trümmer gelegt, wenn es dies vermocht hätte, aber die Energie, die dazu notwendig war, bündelte sich in einem winzigen Kristallsplitter in seinem Herzen. Ohnmächtig brüllte es in seiner Qual.

Bronwynn kauerte sich in ihr Versteck. Als in der Burg die Glocken zu läuten begannen, war sie von dem Guckloch zurückgewichen; sie war sicher, daß ihretwegen Alarm gegeben werde. Jemand hatte ihre Anwesenheit entdeckt, und nun wurde allgemein nach ihr gesucht. Oder war Admon Faye zurückgekommen und nun, da Pelmen anderwärts beschäftigt war, aus den unteren Ebenen in die Burg eingebrochen? Als das Läuten nicht aufhörte, richtete sie sich auf und spähte wieder in Jagds Kammer hinein. Entsetzt riß sie den Mund auf. Pelmen war ein Falke.

Der Hund verschwand ebenso schnell, wie er gekommen war, und Flayh – jetzt von sechs roten Streifen auf der Wange frisch gezeichnet – hauchte: »Pelmen!«

Und wieder spähte der Clown ihm aus dem Kristall entgegen. »Ganz recht, Flayh. Gib auf und beende diesen Wahnsinn.«

Flayh grunzte vor Anstrengung, und Pelmen schnappte nach Luft und riß die Hände schützend vor sein Gesicht. Ein gelber Feuerball wirbelte ihm aus der Pyramide entgegen.

»Zurück!« rief er, und der Ball prallte von seinen Händen ab und flog zurück in den Kristall. Pelmen schloß die Augen, und der Feuerball verschlang die Pyramide in seinen Flammen. Unter dem Druck der beiden Former explodierte er mit lautlosem Blitz in einer lodernden Kugel von der zehnfachen Größe. Dann war er verschwunden, und die Pyramiden erkalteten plötzlich.

Wayleeth kam in die Kammer des Geliebten gestürzt und fand ihn auf dem Bett; er drückte die Pyramide an seine Brust und weinte laut. »Aber Liebster – was ist geschehen? Haben wir etwas gesagt, das dich ...« Sie brach ab. Tahli-Damen schlug die Augen auf und starrte sie an, und von Grauen gepackt taumelte sie zurück. Da war keine Pupille, keine Iris, kein Weißes mehr – nur eine gleichmäßige Fläche von blassem Pulverblau.

»Wayleeth«, schluchzte er, das Gesicht zu ihr emporgewandt, »bist du da?«

»Ja«, würgte sie schließlich hervor. »Ich stehe vor dir.«

»Du stehst ...« Blicklos starrte er eine Weile ins Leere. Dann räusperte er sich. »Wayleeth«, stöhnte er. »So hat Flayh nun doch noch Rache geübt.«

»Mein Liebster«, schluchzte sie, und sie fiel ihm um

den Hals, um die entsetzlichen blauen Augäpfel nicht länger sehen zu müssen.

»Ich habe einem Zauberer einen Sichtgeber gestohlen ... und dafür stahl der Zauberer mir die Augen.«

Flayh taumelte rückwärts vom Tisch und stürzte sich auf eine Schublade in einem seiner Pulte. Er riß sie auf, zerrte einen Spiegel hervor und betrachtete sich darin. Bei dem Anblick entrang sich seinen Lippen ein würgendes Aufstöhnen.

Sechs rote Striemen leuchteten auf seiner Wange – fürchterlich, gewiß, aber keinesfalls so entstellend wie die zweite Veränderung. Er starrte auf seine Handrükken und stöhnte, als er begriff ... Er hatte die Hände rechtzeitig vor sein Gesicht heben können, um nicht zu erblinden, aber der Blitz hatte sie hellblau gefärbt. Er schaute wieder in den Spiegel: Die Umrisse seiner Hände waren ihm ins Gesicht tätowiert. Die Haut, die sie abgeschirmt hatten, war milchweiß wie der Rest seines Körpers. Aber die Partien, die dem Blitz ausgesetzt gewesen waren, prangten jetzt in der gleichen hellblauen Farbe wie seine Hände – bis hinauf auf das Halbrund seines kahlen Schädels.

– Niemand kann behaupten, du seist nicht einzigartig, erklärte die Hohe Festung, und Gelächter wehte wie ein Wirbelwind durch das Gemach. Flayh gab dem Hause Anlaß zur Reue, bis tief in die Nacht hinein.

Bronwynn hatte sich geduckt, als Pelmen die Hände hochgerissen hatte, und so war ihr der Blitz entgangen. Als sie wieder in die Kammer spähte, lag Pelmen regungslos am Boden. Wild drehte sie den Knopf und sprang hinaus, um nach ihm zu sehen. Dann packte sie die Pyramide, stopfte sie in den Beutel und hastete zurück in ihren Geheimgang. Wenige Augenblicke später stürzte sie zu Rosha herein, der neben der beweglichen Wandtäfelung ungeduldig gewartet hatte.

»Nun?« flüsterte er.

»Pelmen ist verletzt«, zischte sie. »Komm schon.« Sie warf die Pyramide aufs Bett und schleifte ihn mit sich in Jagds Gemach. Nach einigem Gegrunze und Gezerre wuchteten sie Pelmen auf Roshas Bett neben die Pyramide.

»Was ist geschehen?« fragte Rosha flehentlich, als er endlich gefahrlos sprechen konnte.

»Ich weiß es nicht. Ich fürchte, es hat etwas mit Flayh zu tun. Kannst du ihn in seine Kammer zurückschaffen?«

»Ich werde Yona Parmi und die anderen herbeirufen – die können es.«

»Gut.« Sie nickte. »Dieses Zeug in seinem Gesicht – soll das nicht eine Verkleidung sein?« Sie kratzte ein wenig von der Fettschminke herunter.

»Gewiß ...«

»Dann solltest du diesen Freunden sagen, daß sie ihn erinnern müssen, es zu erneuern, wenn er aufwacht. Schau nur.« Sie hob den Finger und zeigte es ihm. »Es ist blau.«

## Kapitel 21

## Applaus

»Pssst!« flüsterte Danyilyn. »Schlafe nur weiter.«

Pelmen stöhnte. Sein ganzer Körper tat ihm weh. »Ich bin erschöpft.«

»Das wissen wir. Deshalb brauchst du deinen Schlaf.«

Ein gedämpfter Laut aus der Ecke drang an sein Ohr, und er richtete sich auf seiner Bettstatt auf. »Wer ist das?«

»Niema ...«

Aber Danyilyn konnte ihn nicht halten. Ein matt glimmender, orangegelber Feuerball verharrte über der betreffenden Ecke und beschien die zappelnde Gestalt einer gefesselten und geknebelten Prinzessin. Er kümmerte sich nicht um Danyilyn, die überrascht nach Luft schnappte, sondern murmelte: »Bronwynn?«

»Du bist tatsächlich ein Zauberer!« wisperte die Schauspielerin.

»Warum ist sie gefesselt?«

»Rosha hat es so befohlen«, erklärte Danyilyn entschuldigend. »Er meinte, nur so könne man sie daran hindern, Ligne zu erstechen, bevor du aufwachst.«

»Rosha kennt sie gut«, sagte Pelmen leise und stöhnte dann. »Wie spät ist es?«

»Es ist früh am Morgen.«

Pelmen fuhr hoch und starrte sie an. »Morgen?«

»So leg dich nur wieder hin und ...«

»Keine Zeit. Wir müssen Serphimera aus dem Kerker holen und dann zusehen, daß wir alle in den Fluchtstollen verschwinden, bevor die Burg erwacht. Wenn das Haus – *das Haus!*« rief Pelmen unversehens aus, und er drehte sich zur Wand und lauschte.

»Was hast ...«

»Psst!« Pelmen lauschte angestrengt.

»Königliches Haus?« flüsterte er. Die einzige Antwort war Stille.

»Stimmt etwas nicht?« fragte Danyilyn.

»Gut möglich«, seufzte Pelmen und wälzte sich von seiner Pritsche herunter. »Los – hilf mir, Bronwynn aufs Bett zu legen.«

»Aber ...«

»Sie hat morgen einen langen Tag, und in der Ecke sieht's nicht sehr bequem aus.«

»Und du? Du brauchst ebenfalls Schlaf.«

»Keine Zeit«, antwortete er von der anderen Seite der Kammer her. »Ich muß mir einen neuen Weg hinaus überlegen.«

Mehrere Stunden später, als die Morgendämmerung die Ostflanke der Burg mit einer schimmernden Schicht wie mit einem goldenen Panzer überzog, hockte Pelmen immer noch in der Ecke. Danyilyn war längst in ihr eigenes Gemach zurückgekehrt, und die tiefen Atemzüge des gefesselten Mädchens auf seiner Pritsche verrieten ihm, daß Bronwynn ebenfalls schlief.

Schlief auch das Haus? »Schläfst du?« fragte er leise und flehentlich zum vierzigsten Mal. »Oder schweigst du nur, weil du wütend bist? Ich habe mich entschuldigt, so gut ich kann – ich hatte doch keine Ahnung, daß eine solche Konfrontation stattfinden würde. Mir ist klar, daß es eine Qual für dich gewesen sein muß – für mich war es auch eine, aber ich konnte es nur beenden, indem ich es gewann. Mein Freund ... du kennst Macht-Former, seit es dich gibt, viel mehr als ich. Du mußt doch schon früher Former-Schlachten miterlebt haben, in der Zeit vor dem Drachen? Hast du je einmal erlebt, daß ein Former dem Zauberer, der ihn angriff, den Rücken zukehrte? Wenn ja, so hast du, möchte ich meinen, auch seine Bestattung miterlebt. Aber von mir hängt das Geschick viel zu vieler Menschen ab, als daß ich mich kampflos hätte ergeben dürfen!« Er schwieg und spitzte die Ohren.

Das Königliche Haus war stumm wie der Sonnenaufgang.

»Oder habe ich dich umgebracht?« Seufzend rieb Pelmen sich mit der Hand durch das Gesicht und verschmierte seine blaugefärbte Fettschminke noch mehr. »Es wäre möglich. Die Kräfte, die zwischen uns beiden freigesetzt wurden, hätten von einer menschlichen Armee gar schrecklichen Tribut gefordert – hat unsere Schlacht etwa auch dich getötet? Möglich ist es, denke ich – ein Macht-Former hat dir schließlich auch das Leben eingehaucht ...« Er wartete und hoffte, etwas zu hören – das Knarren einer hölzernen Tür, das Seufzen des steinernen Fußbodens – oder darauf, daß es wärmer oder kälter wurde – selbst Glockengeläut wäre ihm willkommen gewesen.

Aber das Königliche Haus war still wie der junge Morgen – es war eine Stille von der Art, die so tief ist, so durchdringend, daß man dabei in Schlaf versinken möchte. Pelmen gab der Versuchung schließlich nach und döste ein. Etwas anderes konnte er nicht tun.

Wütendes Hämmern an der Tür weckte ihn auf. Er sprang auf und öffnete. Danyilyn und Yona Parmi standen draußen. »Du mußt dich sofort neu schminken!« stieß Danyilyn hervor, während sie sich auf die Pritsche stürzte und die Messerklinge unter Bronwynns Bande schob.

»Spute dich!« fügte Yona Parmi hinzu. »Ligne hat Soldaten ausgeschickt, dich zu holen. Wir müssen sie von hier fortschaffen.«

Danyilyn zerrte die schläfrige Bronwynn auf die Beine, während Pelmen sich die alte Schminke aus dem Gesicht wischte und eine neue Schicht Weiß auftrug. »Wie spät ist es?« fragte er.

»Das Frühstück ist bereits vorbei«, knurrte Yona und half Danyilyn, die Prinzessin zur Tür zu führen.

»Wohin bringt ihr sie?«

»Gerrig sagt, sie soll mit auf die Bühne. Eine schlichte Maid mehr oder weniger – wer wird das bemerken? Beeile dich!« Und sie waren verschwunden.

Pelmen bemühte sich immer noch, Ordnung in seine wirbelnden Gedanken zu bringen, als die Soldaten kamen. Sie stießen die Tür auf, ohne anzuklopfen.

»Guten Morgen!« rief Fallomar fröhlich. »Bringt ihr mir das Frühstück ans Bett?«

»Du sollst zur Königin kommen, Narr. Sofort.«

Auf dem Marsch durch Gänge und Korridore zum Thronsaal sprach Pelmen kein Wort mehr. Es schien wenig Sinn zu haben. Die hier gehörten nicht zu der entspannten Garde, die gelassen auf den Türmen der Burg die Wacht hielt. Es waren hartgesichtige Krieger – vermutlich die Bestien aus Joss' eigener Elitebrigade. Sie zeigte wenig Neigung zur Leutseligkeit.

Als er den Thronsaal betrat, bereitete es ihm um so größere Mühe, zu lächeln. Vor ihm saß die Königin persönlich, neben sich Joss, Kherda, Jagd und ein Schwarm weiterer Höflinge, deren Namen und Ämter in seinem Kopf zu einem Brei verlaufen waren. Zur Rechten Lignes, auf einem verkleinerten Abbild ihres Thrones, saß Rosha, die Kinnbacken zusammengebissen, die Lippen zu einem schmalen Strich zusammengepreßt. Aber der bestürzendste Anblick bot sich zur Linken Lignes. Dort stand Serphimera, mit schweren Ketten gefesselt, neben einem Mann, an den Pelmen sich verschwommen erinnerte: Naquin, der Hohepriester des alten Drachenglaubens, der Mann, der vor langer Zeit seinen Tod befohlen hatte. Pelmen nahm an, daß man ihn heute morgen zum gleichen Zweck herbefohlen hatte.

Dennoch brachte Fallomar der Narr ein Lächeln zustande und zog drei Bälle aus der Tasche. »Was soll es sein, Gnädigste? Jonglieren vielleicht?« Er warf die Bälle in die Luft und fing sie auf, bis Joss einmal mit dem Kopf nickte und ein Soldat dazwischenschlug, daß die

Bälle quer durch den Saal hüpften. Fallomar grinste. »Nicht jonglieren?«

Die Königin lächelte steif. »Nicht jonglieren.«

Lastende Stille trat ein. »Sondern?« fragte Fallomar schließlich.

»Seid ihr bereit, euer wundervolles Stück aufzuführen, Fallomar?« fragte die Königin.

»Gewiß. Heute abend werdet Ihr eine Aufführung miterleben, die ...«

»Nicht heute abend. Jetzt.«

Pelmen warf Rosha einen Blick zu. Der junge Streiter sah ihn an, und Verzweiflung lag in seinen Augen.

»Jetzt?«

»Der Rest eurer Truppe ist schon versammelt, aber sie sagten mir, du seiest gestern abend – krank gewesen. Sie wußten nicht, ob du dich schon wieder so weit erholt hattest, um heute morgen aufzutreten.« Ligne lächelte strahlend und boshaft und stellte mit rauchiger Stimme fest: »Offensichtlich hast du.«

»Aber Majestät, es wäre unterhaltsamer, wenn wir heute abend ...«

»Für den Abend steht eine Unterhaltung anderer Art auf dem Plan, Clown«, unterbrach die Königin. Dabei schaute sie auf Rosha hinunter und liebkoste seinen Nacken. Es ist hier lobend zu vermerken, daß Rosha bei der Berührung nicht erstarrte.

»Nun, wenn die anderen an ihrem Platz sind, bin ich natürlich ebenfalls bereit.« Fallomar strahlte. Er warf einen flüchtigen Blick auf Serphimeras Gesicht. Ihre jammervolle Miene bedrückte ihn, aber zumindest hatte Ligne ja nicht seine unverzügliche Hinrichtung befohlen. Vielleicht hatte sie ihn immer noch nicht erkannt. Das Stück dauerte zwei Stunden – vielleicht könnten wenigstens Bronwynn und Rosha noch Gelegenheit zur Flucht finden.

»Wie ich höre, ist die Rolle, die du spielst, dem König Talith nachempfunden. Stimmt das?«

»Es ist höchst zutreffend, Herrin.« Fallomar lächelte.

»Ich habe einen Narren aus ihm gemacht – erinnerst du dich?« Ligne starrte ihn an.

Fallomar starrte zurück. »Allerdings erinnere ich mich – deshalb spielen wir ihn als Narren.«

»Angemessen«, meinte Ligne vielsagend. »Bringt sie hinaus, damit sie sich zurechtmachen können.«

Dieselben Soldaten, die Pelmen aus seinem Quartier geholt hatten, eskortierten ihn und Rosha zur großen Halle. Sie hatten keine Gelegenheit, ein Wort miteinander zu wechseln, aber an der dumpfen Miene des jungen Kämpen war zu erkennen, daß er die Schlacht bereits verloren gegeben hatte. Hatte sich im Laufe der Nacht etwas herumgesprochen? Hatten sie einen Fehler gemacht, so daß Ligne ihnen nun doch noch auf die Spur gekommen war? Sie betraten die große Halle und erklommen die Stufen zur Bühne, und die Soldaten verschwanden durch die unteren Türen. Die anderen Schauspieler umdrängten Pelmen mit sorgenvoll gerunzelten Stirnen.

»Was fangen wir jetzt an?« fragte Gerrig leise.

»Wo ist Bronwynn?« fragte Pelmen, und jemand schob die Prinzessin durch das Gedränge. Was sie jetzt trug, stand in scharfem Gegensatz zu dem Gewand, mit dem sie noch eine Stunde zuvor bekleidet gewesen war: Feine Spitze umhüllte sie in großzügig bemessenen Bahnen, und ihr Haar war mit Schleifen hochgebunden. Sie hatten ihr die Fettschminke Schicht um Schicht ins Gesicht geschmiert, so daß ihre Haut jetzt aussah wie Porzellan – sie war fast so weiß wie Pelmen. Sie sah von Kopf bis Fuß aus wie die zierliche Unschuld vom Lande. Als sie allerdings den Mund auftat, zerstob diese Illusion.

»Warum durfte ich sie nicht abmurksen, als ich Gelegenheit dazu hatte?« schäumte sie.

Er beachtete sie nicht. »Rosha und Bronwynn«, hob er an, »da ihr beide im ersten Teil des Stücks noch wenig zu tun habt, können wir euch vielleicht beizeiten hinausschaffen. Wenn der Akt beginnt, verschwindet ihr durch die Tür hinter euch in die Küche. Es stehen noch keine Soldaten davor, und vielleicht kommen auch keine. Wenn ihr dort seid, springt ihr mit den Füßen voran in die Zisterne. So gelangt ihr in die unterirdischen Gänge, und Bronwynn weiß den Weg hinaus.«

»Und wir?« fragte Gerrig kläglich.

»Ich habe einen langen Monolog am Ende des ersten Aktes – ich werde ihn noch länger machen. Viel länger.«

»Und wir nehmen denselben Weg?« erkundigte sich Danyilyn.

»Ich kann nicht schwimmen«, murmelte Gerrig.

»Keine Sorge«, flüsterte Yona Parmi mit einem Blick auf Gerrigs Bauch. »Fett schwimmt oben.«

»Was ist mit dir?« wollte Danyilyn wissen.

»Was soll mit mir sein?« versetzte Pelmen. »Ich bin Macht-Former. Oder etwa nicht?« Danyilyn nickte. Im nächsten Augenblick preßten alle die Hände auf die Ohren, denn über ihnen, auf der großen Wendeltreppe, ertönten die Fanfaren. Jedes weitere Gespräch war unmöglich im Kielwasser dieses ohrenbetäubenden Getöses, welches an Lautstärke noch zunahm, als die Herolde nun die Treppe herunterkamen. Die Damen des Hofes folgten ihnen, mutig lächelnd trotz der Pein, die sie zu erleiden hatten. Alle weigerten sich resolut, ihre Ohren zu bedecken, wenngleich nicht zu verkennen war, daß eine jede es zu gern getan hätte.

Als die Herolde auf der Bühne angelangt waren, begannen auch die übrigen Bewohner der Burg durch die bewachten Flügeltüren in die große Halle zu strömen. Erfreut sah Pelmen den Koch und seine Gehilfen hereinkommen – ein Zeichen dafür, daß die Küche jetzt vielleicht leer und die Möglichkeit des Entkommens wahrscheinlicher war. Er warf einen Blick zu Yona Parmi hinüber und sah, daß der Mann ihn grimmig beobachtete. Er lächelte ihm ermutigend zu, aber Yona

Parmis Gesichtsausdruck veränderte sich nicht. Die großen Worte über das Macht-Formen, die Pelmen gegen Danyilyn geschwungen hatte, vermochten ihn nicht zu täuschen. In ihren zahlreichen nächtlichen Gesprächen hatte Pelmen ihm viel über das Macht-Formen erzählt. Wenn Yona auch sonst alles vergessen hatte, so hatte er doch wenigstens dies behalten: Macht-Formen erforderte Energie. Und er wußte, daß Pelmen jetzt zu erschöpft war. Es war noch nicht einen Tag her, daß Pelmen in einer gefahrvollen Machtprobe mit einem rivalisierenden Magier gerungen hatte – und dies nach einer Schlacht der herkömmlichen Art, die den ganzen Vormittag gedauert hatte. Pelmen konnte sich gegen diese Soldatenhorde nicht verteidigen, und das wußte er. Offensichtlich wußte es auch Yona. Pelmen zuckte kaum merklich die Achseln, und Yona nickte und wandte den Blick ab. Sie würden das beste daraus machen müssen. »Haus«, murmelte Pelmen, »bist du da?«

Wenn das Haus eine Antwort gab, so verlor sie sich in den neuerlich aufgellenden Fanfaren. Pelmen hoffte weiter ...

Jetzt erschien der Premierminister, gefolgt von zwei Dienern, die den Thron der Königin zwischen sich trugen. Sie überquerten die Bühne, stiegen auf der anderen Seite hinunter und stellte Lignes Sessel in der Mitte der ersten Reihe ab. Nach einem neuerlichen Trompetensignal betrat Ligne persönlich, geführt von Jagd von Uda, den Saal. Die Versammelten erhoben sich und spendeten Beifall, wie es Brauch war. Pelmen stimmte in den Applaus ein und spähte dabei zu Bronwynn hinüber, um zu sehen, was sie tun würde. Sie hatte den gleichen Gedanken gehabt, und schaute ihn an. Er senkte den Blick auf ihre Hände, und schließlich hob sie sie in Hüfthöhe und schlug sie zusammen. Aber sie starrte ihn unverwandt an, und ihr Blick war voller Vorwürfe.

Als Ligne auf ihrem Thronsessel Platz genommen

hatte, hörten die Trompeter auf zu spielen und hasteten zu ihren eigenen Plätzen. Allgemeines Stühlerücken und Husten erfüllte den Saal, bis jeder einen Stuhl gefunden hatte. Dann wurde es still im Publikum.

»Bist du da?« fragte Pelmen leise.

Das Haus blieb stumm.

Einen Augenblick lang genoß Ligne die Stille. Dann klatschte sie zweimal in die Hände. »Man soll beginnen«, befahl sie und lehnte sich zurück.

Das Stück begann mit der Unterredung zwischen einem Händler, den Gerrig spielte, und einem Gelehrten, dargestellt von Yona Parmi. Die beiden planten den Sturz des Clownskönigs. Die Rollen hatten Ähnlichkeit mit Jagd und Kherda, und Pelmen beobachtete die beiden aufmerksam, um zu sehen, wie sie reagierten. Beide schauten gleichermaßen gelangweilt auf die Bühne, und bald war klar, daß sie sich in den beiden Figuren nicht wiedererkannten. Ligne indessen erkannte sie, und sie fing an zu lachen. Sie nahm es so unbeschwert auf, daß Pelmen allmählich immer zuversichtlicher wurde. Aber natürlich konnte sie die Aufführung genießen, denn sie hatte alles fest im Griff. Pelmens Blick ging hinüber zu Serphimera. Sie starrte auf den Boden zu ihren Füßen, und er entsann sich der Botschaft, die sie ihm in Lignes Gegenwart zugespielt hatte: Zwei Verschwörungen gegen die Königin, und beide würden scheitern. Wieder einmal hatte sich gezeigt, daß sie recht gehabt hatte, aber es schien ihr wenig Befriedigung zu verschaffen. Die Entführungsszene war rasch vorüber, und Pelmen hatte seinen Auftritt unter geziemendem Gebrüll:

»Was? Kein Prinzeßchen? Sucht in den Gängen, sucht in den Erkern,
sucht auf dem Dach auch, und sucht in den Kerkern!
Sucht in jedem Kämmerlein,
nur nicht bei meiner Herrin fein,
Denn da suche ich selbst – das heißt, in ihrer Kammer, heut' nachmittag!«

Er hörte ein Gackern in der ersten Reihe. Zumindest Ligne hatte offensichtlich ihren Spaß.

»Hier durch«, sagte Rosha leise, und Bronwynn eilte an ihm vorbei in die Küche.

»Komm nur weiter.« Sie griff nach seiner Hand, und sie rannten auf die Zisterne zu.

Im nächsten Augenblick hielten sie stolpernd inne.

»Wohin des Wegs?« erkundigte sich Joss. Er hatte einen Fuß auf den Rand der Zisterne gestellt und trank gelassen einen Becher Wasser. Die Soldaten, die sich um ihn drängten, wirkten weniger gelassen. Ihre Piken richteten sich auf das junge Paar und hielten die beiden bedrohlich in Schach.

»Wir ... w-w-w-wollten einen Schluck W-w-w-wasser trinken«, stammelte Rosha.

»Leicht zu machen. Ich habe hier ein ganzes Becken voll, das ich der Königin bringen wollte. Ihr, junge Dame – wäret Ihr wohl so gut, es für mich zu tragen?«

»Doch was ist mit dem König? Er wird es merken, das steht fest«, sagte Yona.

»Der König? Der Clown? Der Narr ist lauter wie frisch gefall'ner Schnee.« Gerrig machte eine Gebärde zu seiner Stirn, und die Zuschauer lachten. »Du sagst, er wird es merken? Dann bist du selber der Clown. Denn man spricht ja überall davon, daß ...« Gerrig brach jäh ab. Pelmen, der die Szene aufmerksam verfolgt hatte, sah, wie er in die Richtung blickte, in welcher der Grund für sein Verstummen zu finden war, und sein Herz hörte auf zu schlagen. Bronwynn war durch die hintere Tür auf die Bühne getreten, ein zierliches Becken in den Händen. Hinter ihr erschien ein betretener Rosha – und General Joss. Sie überquerten die Bühne und stiegen die Stufen zum Saal hinunter. Bronwynn hielt den Blick züchtig gesenkt. Aber nachdem sie sich vor der Königin niedergebeugt und die Schale vor ihr abgestellt hatte, fuhr ihre Hand verräterisch nach ihrer Hüfte, und sogleich stürzte General Joss sich auf sie und stieß sie zu Boden. Die Zuschauer in den vorderen Reihen schrien entsetzt auf, aber Ligne blieb sitzen und schaute fröhlich zu Pelmen auf. Rosha fiel Joss in den Rücken, aber die Garde schwärmte inzwischen allenthalben umher, und er und Bronwynn waren bald überwältigt. Die Menge erwachte aus ihrer Erstarrung, und lebhafte Ausrufe des Unglaubens und des Staunens erhoben sich, so daß Ligne sich genötigt sah, den Trompetern zuzunicken. Ein ohrenbetäubender Fanfarenstoß brachte das Publikum zum Schweigen, und Ligne lächelte den Schauspielern zu.

»Weiter«, sagte sie. »Bringt das Stück zu Ende.«

»Wir ... äh ... wir ...« Gerrig starrte Pelmen über die Bühne hinweg an. Sein Gesicht war alles andere als freundlich.

»Wir können kaum zu Ende spielen, wenn zwei unserer Mitspieler gefesselt sind«, protestierte Pelmen. »Laß sie los, und wir fahren fort.« Es war fruchtlos, das wußte er, aber wie es schien, hatte Ligne beschlossen, dieses Katz-und-Maus-Spiel bis zum bitteren Ende durchzuhalten.

»Sie loslassen?« fragte sie. »Aber dieses Mädchen hat versucht, mich zu ermorden! Und der Bursche, nun ... für den habe ich andere Pläne. Ich möchte nicht, daß er sich verletzt.« Sie lächelte Rosha zärtlich zu, und der hätte sich vor Wut am liebsten auf sie gestürzt. »Ach, Rosha, du kannst dir nicht vorstellen, wie ich diese Seite an dir vermißt habe.« Ligne wandte sich wieder der Bühne zu. »Ihr könnt nicht weitermachen? Schade. Ich wollte es so gern sehen. Aber ich weiß etwas! Warum laßt ihr mich nicht einfach mitspielen?«

»Welche Rolle würde Euch belieben, Majestät? Die Bühne ist Euer.« Pelmen verbeugte sich bei diesen Worten.

»Sie ist mein, nicht wahr?« bestätigte Ligne genußvoll

und erklomm die Stufen, um ihm in die Augen zu sehen. »Wieso soll ich dann nicht mich selbst spielen?«

»Eine ausgezeichnete Besetzung, ohne Zweifel«, erwiderte Pelmen. Er fragte sich, wieviel Energie er würde aufbringen können und warf einen Blick hinüber zu Bronwynn, die versuchte, gegen Joss zu kämpfen. Eine tiefe Trauer durchströmte ihn. Kämpfen – etwas anderes hatte das Mädchen seit Monaten nicht tun dürfen. Es war nicht recht. Pelmen dachte an die *Macht* und fragte leise: »Siehst du das?«

»Was?« fragte Ligne.

»Nichts, Herrin. Ich nehme an, Ihr wünscht die Szene zu spielen, in der die Geliebte den König tötet. Ich bin bereit.«

»Oh, sie tötet ihn nicht«, widersprach Ligne lächelnd. »Ich habe Talith doch nicht getötet. Brauchte ich gar nicht. Hat er schon allein geschafft. Nein, ich habe nur einen Narren aus ihm gemacht. Kherda, die Wasserschüssel.«

Der Premierminister erhob sich und hob das Becken hoch. Als er sich bückte, begegnete sein Blick dem der Prinzessin Bronwynn ...

»Kherda! Schnell!« Ligne wartete, bis Kherda ihr das Wasser gebracht hatte. »Aus Talith habe ich einen Narren gemacht«, verkündete sie dann, zu Pelmen gewandt. »Dir gedenke ich den Narren abzuwaschen.« Pelmen blieb regungslos stehen, als Ligne ein Tuch in das Wasser tauchte und ihm die weiße Fettschminke aus dem Antlitz wusch.

»Der erste Prophet!« rief Naquin aus und drehte sich dabei zu Serphimera um. »Schau, es ist dieser Prophet, der uns beiden soviel Elend bereitet hat!« Aber Serphimera antwortete nicht.

»Sie weiß es, Naquin«, erklärte die Königin und kam die Treppe herunter auf ihn zu. »Sie weiß es schon seit Tagen. Und gestern abend, als du Pelmen in ihrer Gegenwart schmähtest, wußte ich es auch.« Ligne wandte sich Pelmen zu, und ihre wohlgeformten Lippen kräuselten sich hohnlächelnd. »Oh, du hast dich gut gehalten, Pelmen. Du verstehst es, die Menschen zu täuschen – mich hast du gründlich hinters Licht geführt. Aber deine kleine Priesterin hier ist eine Offenbarerin, nicht eine Bewahrerin von Geheimnissen. Sie hatte mir bereits von ihren innigen Gefühlen für dich erzählt – seien sie nun Liebe oder Haß. Sie konnte diese Gefühle nicht vor mir verbergen – nicht vor *mir!*« endete die Königin mit einer dramatischen Gebärde.

»Ihr habt Euern Beruf verfehlt, Ligne«, stellte Pelmen leise fest. »Schauspielerin hättet Ihr werden sollen.«

»Hätte ich werden sollen? Ich bin Schauspielerin. Muß nicht jeder Herrscher auch irgendwie Schauspieler sein? Euer kleines Stück macht es doch deutlich: Die Hallen der Politik sind nicht der rechte Ort für arglose Unschuld.« Ligne lächelte spöttisch. »Doch damit hast du dich umgeben, Pelmen. Mit arglosen Narren.« Ligne wandte sich an Joss. »Ergreift sie!« Die Waffengarde wartete nicht, bis ihr Kommandant den Befehl weitergegeben hatte; unverzüglich erstürmten die Soldaten die Bühne, und wenig später waren alle Mitglieder der Schauspieltruppe ebenso fest gebunden wie Bronwynn. Unterdessen spazierte Ligne anmutig von der Estrade herunter und nahm wieder auf ihrem Thron Platz. Die Gefangenen wurden an den Rand der Bühne geführt und mußten sich dort vor ihr aufstellen. Offensichtlich hatte sie ihren Triumph sorgfältig choreographiert.

»Nun denn.« Sie lächelte. »Wie geht's weiter? Pelmen, wirst du uns keine Rede halten?«

»Zu welchem Behufe, Majestät?«

»Nun, ich nahm doch an, du würdest versuchen, den Pöbel gegen mich aufzustacheln. War das nicht dein Plan? Der Grund dafür, daß du dich bei jedem meiner Bediensteten eingeschmeichelt hast?«

»Es gab keinen Plan, Königin – bis auf den, Euch zu entfliehen.«

»Keinen Plan. Ich bitte dich.«

»Es ist, wie ich sage. Ich wollte nur meine Freunde beschützen und die, die mir nahestehen.«

»Wie ist dann dieses Prinzeßchen wieder in meine Festung gelangt?« Ligne sprang auf, lief zu Bronwynn und faßte sie unterm Kinn.

Pelmen hatte gehofft, daß Bronwynn unter ihrer Maske vielleicht unerkannt bleiben würde, aber auch in diesem Punkt sah er sich enttäuscht. »Derselbe Mann, der sie herausholte, hat sie auch wieder hereingebracht. Admon Faye.«

»Aha.« Ligne nickte. »Und wo steckt er, der häßliche Sklavenhändler?«

»Ich habe keine Ahnung.«

»Belüge mich nicht. Du weißt genau, wo er ist. Du hast mit ihm gemeinsame Sache gemacht.«

»Ihr irrt, Herrin.«

»Du willst bestreiten, daß ihr euch gemeinsam zu meinem Sturz verschworen habt?«

»Ich würde mich zu keinem Ende mit Admon Faye verschwören. Nicht einmal zu einem so notwendigen Unternehmen wie Eurer Beseitigung.«

»Hüte deine Zunge!«

»Ihr fragt. Ich antworte.«

»Willst du, daß ich dich auf der Stelle töte?«

»Es ist kaum von Bedeutung, wo ich sterbe, Gnädigste, wenn Ihr bereits beschlossen habt, daß es geschehen soll.«

»Ich dachte, ich gebe dir vielleicht Gelegenheit, das selbst zu entscheiden.« Ligne lächelte, und als sie Pelmens ratlose Miene sah, lachte sie laut.

»Ich weiß nicht, was Ihr meint.«

»Vielleicht wäre dazu eine ganz kleine Wette angebracht.«

»Eine Wette?«

»Auf einer Partie Drax. Gewinnst du, so magst du mit diesem Schauspielergesindel abziehen. Verlierst du, werde ich jeden einzelnen von euch eigenhändig umbringen ...«

»Abgemacht!« rief Pelmen, ohne einen Augenblick zu zögern.

»Pelmen«, setzte Gerrig an, doch der Macht-Former schnitt ihm das Wort ab.

»Gerrig, es ist die einzige Möglichkeit – und sie ist überraschend anständig.« Er sah Ligne an. »Ich danke Euch, Herrin, für diese Gelegenheit.«

»Du scheinst ja sehr erpicht darauf zu sein, Pelmen. Wie kommt's, nachdem du sechsmal hintereinander gegen mich verloren hast?«

»Ihr werdet vielleicht finden, daß ich ein wenig anders spiele, wenn mein Leben davon abhängt. Wie es der Brauch ist, wenn man die Herausforderung auf Leben und Tod annimmt, biete ich Euch die Wahl zwischen Rot und Blau.«

»Nur Rot und Blau?« fragte Ligne in gespielter Unschuld. »Nicht auch Grün?«

Pelmens Augen wurden schmal. »Eine solche Herausforderung bedeutet der Überlieferung nach, daß die grüne Farbe von einem Strohmann gespielt wird.« Nutzloses Gerede, dachte Pelmen bei sich. Es war in der Tat arglos gewesen, zu glauben, daß Ligne ihn ohne Hintergedanken herausfordern würde! Jetzt war klar, was sie vorhatte.

»Gerad' einen solchen Strohmann habe ich im Sinn. Kherda, meinen Premierminister.«

Bei diesen Worten ging leiser Protest wie eine Welle durch die Menge, denn Pelmen hatte ganz zu Recht angenommen, sie fordere ihn zu einer Partie Bauern-Drax heraus. Kherda war aufgebracht, nicht nur weil Ligne ihn beleidigt hatte, sondern auch wegen ihrer Ungerechtigkeit. Er stemmte sich hoch. »Aber Majestät! Das ist nicht recht!«

»Daß ich dich einen Strohmann nenne? Aber freilich ist es recht.«

»Eine solche Herausforderung meine ich. Die Überlieferung will ...«

»Dieser jämmerliche Schauspieler ist in mein Haus gekommen, um mir meinen Thron zu stehlen! Ich habe ihm Gelegenheit geboten, für sich und seine Freunde die Freiheit zu gewinnen, und er hat die Wette angenommen.«

»Ja, aber ...«

»Kherda, schweig still!« befahl Ligne, und der Alte schluckte und hielt den Mund. »Gerade du solltest wissen, daß deine Königin niemals Bauern-Drax spielt!« Anmutig wirbelte sie herum und sah Pelmen an. »Oder willst du kneifen?« Ihre blauen Augen funkelten spöttisch.

»Das wäre ein Verstoß gegen die Etikette, Majestät«, antwortete Pelmen tonlos. »Dergleichen darf man auf keinen Fall zulassen. Wollen wir spielen?«

Ligne klatschte entzückt in die Hände. »O ja, laß uns spielen!«

## Kapitel 22

## Messers Schneide

DIE SCHAUSPIELER BLIEBEN, von Gardisten umzingelt, auf der Bühne, während Ligne vor ihnen die Treppe hinaufging. Hilflos sahen sie zu, wie Rosha hinter ihr die weite Wendeltreppe hinaufgeschleift wurde; er trat und schlug um sich, bis er nicht mehr zu sehen war. Auch Serphimera wurde die Treppe hinaufgeführt, gefolgt von Naquin. Der bedauernswerte Himmelsjünger war völlig verwirrt. Wohl hatte er sein Leben lang die Gegenwart politischer Macht erlebt, aber noch nie hatte er ein so exzentrisches Benehmen mitangesehen, wie es diesen Hof beherrschte.

Pelmen schaute ihnen nach und sah dann Yona Parmi an. »Wie denkst du darüber?«

»Was soll ich schon denken?« knurrte Yona achselzuckend. »Beim Drax zu gewinnen, ist schwierig genug, wenn alle drei gegeneinander spielen. Zwei gegen einen – das ist unmöglich.«

»Warum bringt sie uns nicht einfach um? Dann haben wir es hinter uns«, meinte Danyilyn.

»Was?« schnaubte Gerrig. »Soll sie denn auf ihr Nachmittagsvergnügen verzichten?«

»Es tut mir leid«, sagte Pelmen leise, und alle starrten ihn an.

»Wieso?« fragte Yona Parmi. »Wir sind alle freiwillig hier.«

»Gerrig nicht.«

»Ich auch!« brauste Gerrig auf. Pelmen sah ihn ungläubig an. »Bevor du jetzt denkst, es sei deine Schuld, erinnere dich bitte, daß ich es war, der die Schlacht in den Höhlen geführt hat. Und gleich heute morgen würde ich es wieder tun.«

»Nun sind wir einmal hier«, unterbrach Danyilyn ungestüm. »Was mir Sorge bereitet, ist die Frage, wie wir wieder hinauskommen. Pelmen, du bist ein Macht-Former. Gibt es keinen …«

»Dir ist nicht klar, daß er erschöpft ist«, fiel Yona Parmi ihr ins Wort. »Was ein Macht-Former vermag, hat auch seine Grenzen, und an denen ist er angelangt.«

Danyilyns Blick wanderte zwischen den beiden hin und her. »So also sieht es aus? Es hängt jetzt alles vom Drax ab?«

Yona Parmi sah Pelmen an. »Vielleicht nicht.«

Pelmen wußte, was er dachte. »Die *Macht* wirkt durch Menschen, Yona. Vielleicht gibt es Grenzen sogar für die *Macht.*«

»Na«, brummte Danyilyn finster, »dann hoffe ich aber, du verstehst etwas von diesem Spiel.«

»Die Königin ist jetzt für dich bereit«, verkündete ein Diener von der Treppe her.

»Darauf würde ich wetten«, fauchte Danyilyn. Von den Wachen vorangedrängt, stiegen sie die Treppe hinauf.

Zuschauer drängten sich im Spielsaal und quollen zu beiden Türen auf die Gänge hinaus. Die Eskorte der Truppe mußte die Menschen beiseiteschieben, um die Schauspieler hindurchzuschaffen. Drinnen war die Wache nicht länger nötig, denn das Meer von Höflingen schlug im Kielwasser der Gefangenen wieder zusammen, so daß kein Fluchtweg offenblieb. Die schnatternde Menschenmenge und die überwältigende Farbenvielfalt ihrer Gewänder verwirrten Pelmen anfangs, und ratlos drehte er sich hierhin und dorthin und hielt Ausschau nach Ligne und dem Spieltisch. Lignes Rufen ging in dem Getöse unter, und schließlich wurde ein Diener ausgeschickt, der ihn bei der Hand nahm und zu der freien Fläche in der Mitte des Saales geleitete. Sein Erscheinen dort war für die Versammelten das Zeichen zum Schweigen. Als Pelmen den Blick senkte, bemerkte er das verschlungene Muster, das auf den Fußboden gemalt worden war. Er war erst zwei Tage zuvor hiergewesen, aber in der kurzen Frist hatte sich in dem Raum manches geändert. Dieser Teil des Fußbodens war früher mit Matten bedeckt gewesen und hatte als eine Art Turnhalle gedient, wo man Ringen und Fallen und Fechten geübt hatte. Mit einem Blick zur Wand stellte er fest, daß ein großer Teil der Übungsschwerter noch dort hing – was ihm aber wahrscheinlich nichts nützen würde, denn er würde niemals dorthin gelangen, um eines zu ergreifen. Sein Blick kehrte sich unwillkürlich wieder zu Boden.

»Was ist das alles?« fragte er, als die Königin der Garde befohlen hatte, die Zuschauermenge von der Bodenbemalung zurückzudrängen.

»Wie sieht es denn aus, Narr?« versetzte sie. »Du stehst auf einem gigantischen Drax-Brett. Denkst du, diese Leute könnten meinen Triumph mitansehen, wenn wir auf dem winzigen Brettchen spielten?«

Jetzt, als die Menge zurückwich, erkannte er es auch, und er sah überdies, daß Lignes Thron an der roten Seite aufgestellt war. Rosha saß mit einem Knebel im Mund auf dem kleineren Thron daneben und zerrte an den Fesseln, mit denen er dort angebunden war. »Ich nehme an, Ihr spielt Rot«, murmelte Pelmen, ohne den jungen Recken aus den Augen zu lassen.

»Du hast gesagt, ich kann es mir auswählen«, höhnte die Königin. Nicht genug damit, daß sie mit Kherda zusammen in der Übermacht war – sie hatte sich auch noch den Vorteil des ersten Zuges gesichert.

Pelmen wandte sich nach links und sah Kherda an. »Und der Premierminister hat Grün.« Kherda erwiderte unsicher seinen Blick.

»Damit bleibt Blau für dich.« Ligne lächelte. »Ich dachte, das würde dir gefallen, denn du scheinst ja eine gewisse Vorliebe für diese Farbe zu hegen.« Sie warf einen Seitenblick auf Serphimera, die noch immer eine jammervolle Miene machte.

»Wo sind die Figuren?« fragte Pelmen.

Ligne klatschte grinsend in die Hände. Die Garde bahnte einen neuerlichen Weg durch die Menge und führte zehn müde aussehende Kreaturen in die Mitte des Saales. Die Hälfte von ihnen war in leuchtend karmesinrote Gewänder gekleidet, die andere in grasgrüne, und alle hatten merkwürdige Kopfbedeckungen auf: Einer von jeder Farbe trug einen Dreispitz, zwei andere hohe, kegelförmige Mützen – und so weiter. Offensichtlich waren sie als Drax-Figuren kostümiert. »Bezaubernd, nicht wahr?« schnurrte die Königin. »Ich nenne sie mein lebendes Drax-Spiel.«

»Ich muß sagen, Ligne, Ihr habt Euren Triumph in Szene gesetzt, als sei nichts anderes Euer Beruf«, bekannte Pelmen.

»Ich danke dir, Narr. Es hat auch mehrere Tage in Anspruch genommen, aber es lag mir so viel daran, daß alles stimmt.«

»Aber wo sind die Blauen?«

»Kherda und ich haben unsere Figuren aus dem Kerker, aber ich dachte mir, es könnte Spaß machen, die Deinen aus den Reihen derer zu erwählen, die dir lieb und teuer sind. Mag sein, daß es deinem Spiel mehr Farbe verleiht, wenn du weißt, daß du mit jedem Zug, den du machst, das Leben deiner Figuren aufs Spiel setzt.«

Pelmen starrte sie an, und in der Niederlage war sein Gesicht so gelassen, als hätte er gewonnen. »Wie passend. Denn für Euch ist ja alles nur ein Spiel, nicht wahr? Eure Macht, Eure Krone – ein Spiel, mit dem Ihr Euch die Zeit vertreibt.«

»Und was für ein prachtvolles Spiel.« Sie lächelte, und ihre Zähne blitzten. »Nur schade, daß Admon Faye nicht bei uns sein kann, um sich mit uns daran zu freuen. Kleidet Gerrig in ein blaues Gewand«, wies sie ihre Diener an, »und setzt ihm den Dreispitz aufs Haupt.«

Pelmen ließ den Blick durch den Spielsaal wandern,

während er seine Energievorräte einer Prüfung unterzog. Es gab wohl das eine oder andere, was er tun könnte – aber für das Resultat konnte er nicht garantieren. Das Formen war in jedem Fall gefährlich – und die Müdigkeit machte es noch gefährlicher. Dennoch, wenn es nur laut genug knallte, könnte vielleicht jemand die Gelegenheit zur Flucht ergreifen ...

»Den mit dem Mondgesicht.« Ligne deutete auf Yona Parmi. »Ihn macht zur Säule. Und diese Schauspielerin wird zur Scheibe.« Sie packte Danyilyn beim Handgelenk. »Angesichts der miserablen Darstellung meiner Person, die sie gegeben hat.«

»Natürlich war es eine miserable Darstellung«, knirschte Danyilyn. »Ich hatte aber auch noch nie eine so miserable Person darzustellen.«

Feuer wäre das Überzeugendste, überlegte Pelmen. Vermutlich würde er die Halle binnen weniger Augenblicke leeren können. Dann würden sie natürlich zusammen mit Ligne verbrennen, aber vielleicht war es den Einsatz ihres Lebens ja wert, die Welt von dieser gefährlichen Königin zu befreien ...

Ligne ging auf Bronwynn zu und zerrte die gefesselte Prinzessin auf das Spielfeld. »Ich habe daran gedacht, Naquin als Würfel zu nehmen ...«

»He, he!« Naquin schnappte nach Luft. »Ich gehöre nicht zu diesem Mann!«

»... schließlich trägt er bereits ein blaues Gewand, und mit seinem Klotzkopf eignet er sich gut. Da du aber so freundlich warst, mir Bronwynn zu bringen ...«, sie schob das Mädchen einem Diener zu, »... machen wir sie zum Würfel.«

Oder eine Windexplosion? erwog Pelmen. Sie würde die Decke von der Halle reißen und die Zuschauer zermalmen. Aber das war das Dumme an der Magie – sie tötete ohne Ansehen der Person.

»Und natürlich Serphimera.«

Pelmen fuhr herum und starrte sie an. »Serphimera?«

»Natürlich Serphimera«, schnarrte Ligne.

»Sie hat Euch niemals bedroht.«

»Aber sie hat mich auch nicht gewarnt. Setzt ihr den Stern auf den Kopf. Ein blaues Gewand hat sie ja schon an.«

Aber Serphimera hatte ihm gesagt, sie werde unversehrt zum Tor hinausgehen. Zum erstenmal an diesem Tag verspürte Pelmen eine leise Hoffnung. Denn wenn es Serphimera bestimmt war, dies zu überleben ... »Verstehe ich recht, daß alle diese ums Leben kommen, wenn es mir nicht gelingt, Euch zu schlagen?«

»So haben wir gewettet«, höhnte Ligne zufrieden.

Ein Jahr zuvor hatte Serphimera prophezeit, daß Vicia-Heinox eine blaugewandete Gestalt entzweireißen werde. Sie hatte recht gehabt. Sie hatte auch recht gehabt, was die beiden Verschwörungen gegen Ligne anging, die zum Scheitern verdammt waren. Und Serphimera hatte sich zu Fuß zum Haupttor der Festung hinausgehen sehen.

Ligne machte ihren ersten Zug und warf Pelmen das Referenzbord zu. »Spiele dein Spiel, Narr. Das heißt, wenn du noch weißt, wie man es macht.«

Und in diesem Augenblick geschah es.

Pelmen hatte immer Mühe, in Worte zu fassen, was sich abspielte, aber er wußte augenblicklich, was geschehen war. Erri hätte es genau verstanden; Ligne hingegen hätte sich wahrscheinlich bei dem bloßen Gedanken totgelacht. Naquin hätte es vielleicht begriffen, während Jagd es als eine jener Täuschungen abgetan hätte, für die alle Lamathianer anfällig waren – eine simple Folge ihrer Erziehung.

Aber Pelmen wußte, was es war. Seine Lebensgeister schwangen sich in Höhen, die menschliches Erleben weit überstiegen. Im kritischen Augenblick, als er eben begonnen hatte, den letzten, verzweifelten Akt des Formens zu begehen, hatte er es gehört: »Warte!« Niemand in der Nähe hatte es gesagt, und das Haus schwieg noch immer. Und doch hatte er es gehört, und Pelmen verspürte wieder diese merkwürdige Mischung aus Hochstimmung und Grauen, die ihn schon so oft erfaßt hatte. Nicht er war mehr der Former – er wurde geformt, und sein letztendliches Schicksal, sei es nun Leben oder Tod, erschien trivial im Angesicht dieser rauschenden Wesenheit.

Bronwynn sah es. Geknebelt und an Händen und Füßen gefesselt, konnte sie nur mit den Augen lächeln. Das aber tat sie; ihre Augen strahlten vor Erregung. Sie kannte den Gesichtsausdruck, den Pelmen jetzt zur Schau trug, und sie wußte, das seltsam Zwingende daran kam von jenseits seiner selbst.

Auch Serphimera sah es, und sie erschrak. Lange schon bestritt sie, daß dergleichen jemandem außerhalb ihres eigenen Kreises widerfahren könne. Es schien unglaublich, daß sie eine solche Wandlung nunmehr miterleben sollte – aber so war es. Und es erfüllte sie mit einer unaussprechlichen Erregung.

Ligne musterte hämisch Pelmens angespanntes Gesicht. »Willst du deinen Zug nicht machen, Narr?«

Pelmen holte tief Luft und zwang sich, auf das Spielfeld zu starren. Dies war Folter. Er lechzte danach, sich der unermeßlichen Wärme hinzugeben, die ihn umfing, die Verantwortung für sich und seine Freunde von sich abzustreifen und sich von der Anwesenheit der *Macht* durchtränken zu lassen. Aber das ging nicht. Inmitten all dieser überschwenglichen Freude gab es nicht notwendigerweise auch Hoffnung. Die Macht formte ihn, das wußte er – aber er wußte auch, daß sein Wunsch nicht unbedingt der Wunsch der *Macht* sein mußte. Nur einen Augenblick lang mühte er sich, die Beherrschung zu behalten, doch dann fügte er sich. »Also gut«, sagte er leise zu Dem, der ihn zum Propheten gemacht hatte. »Hoffentlich weißt du, wie man dieses Spiel spielt.« Und er tat seinen ersten Zug.

Von Anfang an nahm das Spiel neue und verwirrende Formen an. Diese Partie folgte keinem der klassischen Muster – oder, wenn es dies doch tat, auf eine Weise, daß niemand es bemerkte. Die Größe des Spielbrettes und die wandelnden, wispernden Figuren hinderten jede wirkliche Perspektive. Je länger die drei Spieler sich zwischen ihren buntgewandeten Truppen hin und herbewegten, desto verdrossener wurde Ligne. Sie bewegte eine Scheibe drei Schritte weit über das Feld, nur um sie von einer unsichtbaren Säule schlagen zu lassen, die verborgen hinter Pelmens Stern gestanden hatte. »Ich kann nicht sehen, was ich tue!« schrie sie.

»Im Augenblick«, erklärte Pelmen mit beträchtlicher Anstrengung, »scheint Ihr zu verlieren.« Das entsprach indessen nicht ganz der Wahrheit. Sie hatten beide zwei Figuren eingebüßt, und Kherda drei, und der Spielstand war ausgeglichen. Aber Pelmen begriff, daß er weit besser spielte, als es seinen Fähigkeiten entsprochen hätte. Das furchtbare Resultat dieses Unterfangens kümmerte ihn nicht länger; er betrachtete sein Spiel mit objektiver Bewunderung. Es war eine notwendige geistige Anpassung, denn die Gedanken an die nahe Zukunft wären allzu gräßlich gewesen. Irgendwie half ihm die Macht dabei.

»Was geht da vor sich?« murmelten die Zuschauer untereinander. Aber all ihrer Verwirrung zum Trotz schienen die meisten die Dynamik dieses Kampfes besser zu begreifen als der ratlose Premierminister.

»Kherda!« kreischte Ligne. »Legst du es darauf an, daß ich verliere?«

»Nein, Majestät!« erwiderte Kherda heiser, und Pelmen empfand beinahe Mitleid mit dem Mann.

Das Referenzbord wechselte in rascher Folge ein dutzendmal die Hände – ein schwindelerregender Austausch blitzartiger Züge, der alle mit Benommenheit erfüllte. Dann war es vorbei, und Kherda verkündete: »Rasiermesser!«

Die Menge hielt den Atem an und brach dann in Jubel aus.

Pelmen runzelte die Stirn. Es war gespenstisch, wie oft es zu dieser Situation kam; ja, es geschah so häufig, daß die Händler dieser Konstellation schon vor langer Zeit ihren eigenen Namen verliehen hatten. Pelmen hatte Gerrig und Serphimera verloren, so daß ihm noch drei Figuren blieben. Auch Ligne hatte noch drei auf dem Brett. Kherda hatte alle bis auf eine eingebüßt, aber er hatte es mit der vollendeten Geschicklichkeit dessen getan, der das Verlieren geübt hatte. Von seiner letzten Figur aber hing nun das Ergebnis des Spieles ab. Er hielt die entscheidende Position – das ›Rasiermesser‹ –, und dessen Schritt würde den Sieger bestimmen.

Ligne kicherte. »Sieh an, sieh an.«

Kherda lächelte ihr zu. Mit seinem nächsten Zug könnte er Bronwynn nehmen – und dann stände es Ligne frei, Danyilyn zu schlagen: Drei zu eins zu eins, der Sieg für die Königin. Ebenso könnte er eine von Lignes Figuren rauben, und mit ihrem nachfolgenden Zug könnte sie Pelmen nicht mehr daran hindern, das gleiche Zahlenverhältnis zu seinem eigenen Sieg zu erreichen. Der Ruf ›Rasiermesser‹ war zumeist das Stichwort für lebhafte Verhandlungen unter den Spielern. Nicht selten verließ der Spieler mit dem Rasiermesser die Runde mit mehr Gold in seiner Tasche als der eigentliche Sieger. Aber Pelmen hatte kein Verlangen nach Verhandlungen. Er hatte verloren. Er fragte sich nur, weshalb Serphimera ausgerechnet diesmal unrecht gehabt hatte.

»Los doch!« befahl Ligne. »Schlag sie!«

Kherda sah Bronwynn in die Augen – und nahm Lignes Figur!

Königin Ligne glotzte ihn an. Dieser Akt war so unbegreiflich, daß es ihr die Sprache verschlug. Pelmen grunzte überrascht und glotzte ebenfalls. Es war unglaublich: Er hatte gewonnen. Dann merkte er, daß

Kherda ihn anstarrte. Ob er nun begriffen hatte, was die Veränderung in Pelmens Miene zu bedeuten hatte, oder nicht – Kherda hatte sich an die Freundlichkeit des Narren erinnert – und an Lignes Bosheit. Und jetzt hatte er es beiden vergolten.

»Tötet sie!« kreischte Ligne. »Tötet sie alle!« Noch ehe sie zu Ende gesprochen hatte, fuhren Schwerter zischend aus den Scheiden, und die bewaffnete Garde rückte gegen die Schauspieler vor.

– Sie mogelt nicht nur, sie betrügt auch noch beim Wetten! brüllte das Königliche Haus, und die Glocken an den Wänden begannen infernalisch zu klirren.

Pelmen warf den Kopf in den Nacken und lachte voller Freude. »Ich habe mich gefragt, wann wir endlich wieder von dir hören würden!«

Joss zögerte keinen Augenblick. Sein Schwert war bereits in der Luft, und er stürmte los, um erst Bronwynn, dann den Rest zur Strecke zu bringen. Lignes Spielchen hatte viel zu lange gedauert; es war an der Zeit, mit kaltem Stahl für etwas Disziplin in dieser Burg zu sorgen. »Halt, Joss!« rief jemand zu seiner Rechten, und er wirbelte herum, um zu sehen, wer sein Herausforderer sei. Er starrte auf die Klinge von Rosha mod Dorlyth.

»Wie bist du – Carlad!« donnerte er, als er sah, wie der Wächter zur Wand rannte, um ein weiteres Schwert herunterzureißen. Der Bewacher des Bengels entpuppte sich als Stinkspritze!

»Ja, Carlad hat mich losgeschnitten!« schrie Rosha und ließ die Klinge des Wächters über seinem Kopf wirbeln, als er zwischen Joss und die Schar der Schauspieler sprang. »Und Königin Bronwynn wird ihn dafür belohnen.«

– Für Moglerinnen ist kein Platz in diesen Mauern! trompetete das Haus, und der Saal begann zu beben. Das Haus war erzürnt – und endlich hatte es die Energie wiedergefunden, seinem Zorn auch Ausdruck zu geben.

Rosha trat einem Krieger das Schwert aus der Hand und schlug einem anderen das Visier vor der Nase zu, als der Fußboden erschauerte und sich aufbäumte. Soldaten wie Zuschauer fielen auf die Knie, und Panikgeschrei erfüllte den Raum. Menschen hasteten den Ausgängen zu und verstopften die Gänge dahinter ebenso, wie sie zuvor den Spielsaal verstopft hatten. Viele der Soldaten warfen die Waffen fort und stürmten hinterdrein. Andere fürchteten den Tadel ihres Herrn mehr als herabfallendes Mauerwerk, und sie rappelten sich auf und mühten sich voran. Wieder wallte der Boden, und die Wände schaukelten, und weitere Soldaten entschieden sich jetzt doch dafür, das Heil in der Flucht zu suchen. Die wenigen, die sich weiter durch das Gedränge schoben, sahen sich unversehens einem Dilemma gegenüber. Lignes durchdringende Stimme ertönte noch immer inmitten des allgemeinen Tosens, aber als sie die freie Fläche erreicht hatten, wo die Schauspieler sich zusammendrängten, versperrte die wirbelnde Klinge von Rosha mod Dorlyth ihnen den Weg. Stahl klirrte nur zufällig auf Stahl, wenn nämlich die Soldaten, die versuchten, in ihrem Sturmlauf rechtzeitig innezuhalten, doch noch in die Reichweite seiner Waffe gerieten. Niemand aber hatte die Absicht, sich mit diesem sehnigen Wilden anzulegen.

Niemand außer General Joss persönlich. »So komm, junger Recke!« rief er ingrimmig aus. »Wollen sehen, ob die Goldene Horde nicht am Sohn des Mari-Kommandanten für die Schlacht bei der Westlichen Öffnung gerächt werden kann!«

»Auch mich, Joss, gelüstet es nach Rache!« schäumte Rosha. »Rache für ein gebrochenes Versprechen und für feigen Verrat!« Und während der Saal von einer Seite zur anderen schwankte und das Geschrei unerträglich wurde, kreuzten die beiden Recken auf dem riesigen Drax-Brett die Klingen.

Pelmen verbrachte diese chaotischen Augenblicke

derweilen mit beruhigendem Geflüster und mit dem Nesteln an verknoteten Schnüren. »Nur ruhig, beschwichtigte er seine Gefährten. »Das Haus tobt wegen Ligne, nicht unseretwegen.«

»Mag ja sein.« Gerrig zitterte vor Entsetzen. »Aber bist du sicher, daß es in seiner Macht steht, zu entscheiden, auf wen seine Mauern fallen und auf wen nicht? Obacht!« Ein Kronleuchter krachte herab und zerschmetterte ein halbes Dutzend unglückseliger Zuschauer.

Pelmen wandte seine Aufmerksamkeit dem Schwertkampf zu. Joss ließ den jungen Kämpen alle Arbeit tun, umkreiste ihn wachsam und parierte jeden Streich mit einer aus der Erfahrung geborenen Gewandtheit. Rosha attackierte ihn stur, das Gesicht in finsterer Wildheit verzerrt. Zweimal klirrten die Schwerter gegeneinander, und dann fielen sie einander in die Arme. Joss trat Rosha behende gegen den Oberschenkel und rammte ihm den Ellbogen unter das Brustbein. Rosha wurde zurückgeschleudert; seine Brust war unverletzt, aber sein Bein verkrampfte sich. Er stemmte es gegen den Boden, um sich dem Ansturm des Generals entgegenzustellen, aber es gab unter seinem Gewicht nach, und Rosha stürzte. Joss grinste und durchbohrte den Jungen am Boden mit seinem Schwert ...

Das heißt, er glaubte ihn zu durchbohren. Aber als er den Griff herauszog, fühlte er keinen Widerstand – und dann sah er, daß seine Klinge sich verflüssigt hatte. Verdattert wich er zurück, schleuderte den nutzlosen Schwertknauf beiseite und riß seinen Dolch aus dem Gürtel. Aber bevor er ihn über den Kopf heben konnte, zerrann auch dessen Klinge, und taumelnd starrte er auf das unnütze Heft. Dann hob er den Kopf und sah Pelmen; er stand drei Schritte weit vor ihm, die Arme ausgestreckt, die Handflächen emporgewandt. »Bist ... bist du das?« würgte Joss hervor.

»O nein, nicht ich«, sagte Pelmen. »Aber es geschieht.«

Joss hob die Hände und wich zurück. »Wie soll ein Sterblicher solchen Mächten widerstehen?« rief er aus. Er fiel auf die Knie und senkte den Kopf. »Ich bin bereit, zu sterben«, erklärte er. Sein Leben lang hatte Joss stets nur die Freuden des Sieges geschmeckt. Dennoch hatte er bei all dem auch irgendwie gelernt, mit Anstand zu verlieren.

Pelmen seufzte. »Das ist das Schöne an Wundern«, sagte er zu Bronwynn und Serphimera. »Keins ist wie das andere.«

– Sie entkommt, meldete das Königliche Haus, und Pelmen hob lauschend den Kopf.

»Auf welchem Weg?« fragte er rasch.

– Durch die Mauern.

»Bronwynn, sie verschwindet durch die Mauern!«

»Ich weiß, wohin sie will. Mach mich los!« Pelmen nickte und fiel auf die Knie, um mit den Zähnen an den Knoten zu zerren.

»Hier«, grunzte Rosha, stieß ihn beiseite und durchtrennte die Bande mit Carlads Schwert. Ein zweiter schneller Hieb, und auch die Fußfesseln waren durchschnitten. Bronwynn eilte zur Wand und riß ein Übungsschwert herunter. Pelmen setzte ihr nach und raffte zwei Klingen an sich.

»Und wir?« brüllte Gerrig. Senkrecht über ihnen schaukelte ein Lüster, der genauso aussah wie der, welcher eben herabgekracht war, bedenklich hin und her. Gerrig ließ ihn nicht aus den Augen.

»Euch passiert schon nichts«, brüllte Pelmen, aber er kam zurück und hieb auf Gerrigs Fesseln ein. Carlad eilte herbei, und bald war der Schauspieler frei. »Hier. Beschütze die anderen.« Pelmen drückte Gerrig eines seiner Schwerter in die Hand und hastete hinter Bronwynn und Rosha drein, die durch ein klaffendes Loch in der Wand verschwunden waren.

»An der Nordfassade befindet sich ein winziger Bootssteg!« rief Bronwynn, als Pelmen sich eben in der

Finsternis eine gefährlich steile Treppe hinuntertastete. »Sie will das Fluchtboot nehmen!«

– Genaugenommen sitzt sie schon drin, korrigierte die Burg.

»Das Haus sagt, sie ist schon da«, rief Pelmen und stolperte. Es war unmöglich, schnell und vorsichtig zugleich zu sein. »Können wir sie aufhalten?«

»Wenn wir uns beeilen ...«, wollte Bronwynn erwidern, doch da erdröhnte ein dumpfer Schlag vor ihnen, und Bronwynn stöhnte auf. »Sie hat die Tür verriegelt!«

»Zurücktreten!« donnerte Rosha. Schnaubend wie ein rasender Bulle warf er sich mit seinem ganzen Gewicht gegen die Pforte, und sie zerbarst. Alle drei purzelten übereinander auf den nassen Bootssteg hinaus – und sahen noch, wie Lignes Boot auf den Fluß hinausglitt.

»Sie ist uns entkommen.« Pelmen seufzte. Bronwynn stöhnte laut, und Rosha schlug vor Enttäuschung mit seiner mächtigen Faust auf den Steg. Pelmen seufzte noch einmal; er konnte die Flucht der Frau nicht mehr verhindern. Er hatte sich bis an die Grenzen seiner Kraft verausgabt.

Aber das Haus war noch nicht fertig. Just als Lignes Boot unter seinen Mauern hervorglitt, erleichterte sich schon wieder eine große Taube über dem Dach.

– Das reicht! donnerte das Königliche Haus, und in seiner Wut erschauerte es so heftig wie nie zuvor. Das eiserne Aviarium war nie am Dach festgeschraubt gewesen, und nun begann es zu rutschen. Aufgeregt erzitterte das Haus noch einmal ...

Ligne, die aus Leibeskräften ruderte, hörte das Beben, und sie blickte gerade noch rechtzeitig an ihrem ehemaligen Heim empor, um das Aviarium fallen zu sehen. Sie fand noch einmal Gelegenheit, zu schreien, bevor der massige Käfig auf dem Wasser aufklatschte. Ihre winzige Nußschale zerbarst in tausend Splitter, als das verbogene Gitterwerk sich in den uralten Modder des Flußbettes bohrte. Ligne ging mit ihm unter.

Die drei Gestalten auf dem Steg starrten entsetzt hinaus, als das Eisen versank. Bronwynn und Rosha jubelten voller Freude, und auch Pelmen merkte, daß langsam ein Lächeln der Erleichterung sein Gesicht überzog. Und dann hörte er hinter sich das windige Lachen der Burg.

– Wie passend! kicherte das Königliche Haus. Die Moglerin ist begraben unter einem Riesenhaufen – Vogelscheiße!

## Kapitel 23

### Das Haus zieht sich zurück

Mit wenigen scharfen Kommandos übernahm Bronwynn das Regiment in ihrem Reich. Mit stakkatohaften Anweisungen entsandte sie Boten zu den Bürgermeistern aller großen Städte; sie bestätigte die meisten der geringeren Höflinge in ihrer Stellung bei Hofe und beauftragte die Garde, ihre alten Feinde in den Garten hinauszubefördern, wo sie ihrem Urteil entgegensehen sollten. Als sie mit Pelmen durch Wolken von Staub die von Schutt übersäte Wendeltreppe hinaufstieg, fiel ihr ein, daß Rosha vielleicht einen Flieger zu Erri würde entsenden wollen. »Falls eine Hochzeit stattfindet ...«, sie lächelte zuversichtlich, »... dann wollen wir ihn doch sicher dabei haben.«

Rosha strahlte. »Da eine stattfindet, sollte ich ihn rufen lassen. Wenn ich mich recht entsinne, wollte auch mein Vater benachrichtigt werden ...« Und Rosha ließ seine bemühte Lässigkeit fallen und sprang mit einem knabenhaften Freudenschrei die Treppe hinauf. Bronwynn sah Pelmen an, und ihr Antlitz war eine Studie in königlicher Selbstsicherheit. »Wie mache ich mich?«

»Bewundernswert.« Pelmen nickte. »Du bist in diesen Monaten des Leidens erwachsen geworden.«

Ihre Miene wurde erst sanft, dann nachdenklich. »Mag sein.«

»Aber etwas bereitet dir Sorge?« fragte Pelmen hoffnungsvoll.

»Sollte es das nicht tun? Vielleicht habe ich viel durchgemacht, seit wir uns das erstemal begegneten, aber ich glaube, nichts hat mich darauf vorbereitet, ein Land wiederherzustellen.«

»Dann hast du jetzt schon den ersten Schritt unternommen, der dich dennoch zum Erfolg führen wird. Du hast begriffen, daß du Hilfe brauchst. So weit ist Ligne nie gekommen.«

»Du wirst mir helfen, ja? Bitte, Pelmen, bleib und sei unser Premierminister.«

Liebevoll sah er sie an. »Danke, Majestät. Aber – nein.«

»Warum nicht? Du verstehst mehr von all dem als ich, und ...«

»Aber es gibt einen, der noch mehr davon versteht als wir beide. Und heute hat er uns das Leben gerettet.«

Bronwynn rümpfte die Nase. »Kherda? Aber der hat meinen Vater gestürzt.«

»Was aber wahrscheinlich nötig war, wie du selbst gesagt hast. Ich werde dir die Entscheidung nicht abnehmen. Du bist die Königin.« Die beiden traten auf die unterste Terrasse des Gartens hinaus. Jetzt, da das Aviarium nicht mehr an seinem Platz war, brannte die Sonne strahlend hell auf das üppig grüne Blattwerk herunter, und unwillkürlich blieben sie stehen und atmeten die Luft ein. Irgendwie wirkte sie frischer, und Pelmen machte eine entsprechende Bemerkung.

– Selbstverständlich riecht das Haus besser! zischte das Haus. Die Vögel sind ja weg!

Das stimmte nicht ganz, denn viele der ehemaligen Bewohner des Aviariums waren noch da. Da sie nun nicht mehr eingesperrt waren, blieben sie freiwillig, denn hier war ihr Zuhause in diesem nördlichen Lande. »Offenbar nicht alle«, widersprach deshalb Pelmen.

– Die anderen verschwinden schon, wenn erst der Winter kommt, meinte das Haus vergnügt.

»Die Pflanzen auch«, setzte Pelmen betrübt hinzu. »Aber nichts kann bleiben, wie es ist.«

»Was redet ihr da?« wollte Bronwynn wissen.

»Von den Vögeln und von der Veränderung«, antwortete Pelmen leise. Dann deutete er mit dem Kopf über ihre Schulter hinweg. Kherda und Joss standen mit einigen anderen im Garten und erwarteten ihr Schicksal. Bronwynn bedachte Kherda mit einem finsteren Blick und winkte ihn zu sich. Kherda räusperte sich nervös und trat vor. »Majestät, ich kann Euch nur um Gnade bitten. Wohl weiß ich ...«

»Kherda, könnt Ihr mir einen Überblick über die Lage in den Provinzen verschaffen?«

Kherda sah sie verdutzt an und beeilte sich dann, zu antworten. »Trockenheit im Osten. Allerdings läßt das Ansteigen der Flüsse vermuten, daß es endlich regnet. Insekten im Norden haben das Saatgut gefressen, aber wir haben genug hier in den städtischen Speichern, um Nachschub zu liefern, sobald der Befehl zur Verschiffung erteilt wird. Es war ein schlechtes Jahr für die Bauern – der Drachenbrand, und dann die Schlacht an der Westlichen Öffnung –, aber eine größere Hungersnot droht nicht, denn die Felder im Süden haben bisher ...«

»Könnt Ihr die Anweisung zur Verschiffung der notwendigen Güter vorbereiten?«

»Gewiß. Die Dokumente liegen bereits in meiner Schreibstube und harren der Unterschrift. Ich kann sie gleich ...« Kherda wandte sich ab, kam aber gleich wieder zurück. »Aber – es ist ja – nicht mehr – meine Schreibstube. Oder?«

»Wer hat sie Euch weggenommen?«

Kherdas große Augen wurden noch größer. Dann raffte er seine Gewänder hoch, lief flatternd davon und rief: »Ich bin gleich wieder da!«

Bronwynn warf einen angewiderten Blick auf den Rest der Gruppe und wandte sich dann Joss zu. Gerrig bewachte ihn aufmerksam und mit wildem Blick, aber Joss ignorierte ihn. Der Recke hielt Bronwynns Blick leidenschaftslos stand. Bronwynn sah wieder Pelmen an.

»Ja?« fragte er. »Was ist mit Joss?«

»Meine jüngsten Erfahrungen als Beinahe-Mörderin haben mich – irgendwie – davon überzeugt, daß eine Königin so etwas nicht tun sollte.«

»Und?«

»Und ich will meine Regentschaft nicht mit einem vollen Kerker beginnen.« Sie schaute ihn forschend an. »Joss hat so viel Erfahrung in politischen Angelegenheiten. Warum soll er nicht Botschafter in Lamath werden?«

Pelmen hob überrascht die Brauen. »Jedenfalls eine schöpferische Idee«, meinte er beifällig.

»Er steht loyal zu Chaomonous, das wissen wir. Und es würde ihm eine verantwortungsvolle Stellung geben, die ihn vielleicht daran hindert, eine Armee gegen mich aufzustellen. Er und Kherda wären voneinander getrennt – was wichtig ist, denn diese beiden streiten, seit ich auf der Welt bin ...« Sie brach ab, als sie sah, daß Pelmen lächelte. Sie erwiderte sein Lächeln. »Außerdem – wenn er eine gewisse Zeit in Lamath verbringt, lernt er vielleicht etwas. Ich habe etwas gelernt.«

Pelmen nickte, er lächelte noch immer. »Du bist die Königin.«

Gerrig führte den General heran und drehte ihn so, daß er Bronwynn gegenüberstand. »Herrin, soll ich ihn gleich hier zu Boden strecken?« fragte er dramatisch.

»Gerrig, dies ist kein Theaterstück. Stecke dein Schwert ein und laß uns allein. Aber sammle die Truppe; wir treffen uns heute abend bei Tisch. Ich glaube, die Rolle, die ich für dich ausgesucht habe, wird dir gefallen.«

»Eine neue Rolle!« Gerrig strahlte, und mit großartigem Lächeln stolzierte er zum Garten hinaus. Nichts machte Gerrig mehr Vergnügen als eine neue Rolle.

»Nun, Joss«, begann Bronwynn. »Was soll ich mit Euch anfangen?«

»Ich bitte nicht um Eure Gunst, Herrin. Ich habe die falsche Wahl getroffen. Jetzt gebührt mir der Tod.«

»Und wenn dir statt dessen die Entsendung zum Hofe von Lamath gebührte? Als Botschafter?« Der General blinzelte. Dann wurde sein harter Blick sanft. Er dachte an die Zeit, da diese Frau ein helläugiges kleines

Mädchen gewesen war – das ihm sein kampfgestähltes Herz mit einem Lächeln gestohlen hatte. »Joss«, fuhr sie leise fort, »das vergangene Jahr war ein Alptraum für uns alle. Vielleicht könnten wir jetzt ... aufwachen?«

»Ich werde Euch ein treuer Diener sein«, versprach Joss mit feierlich in Falten gelegter Stirn, und Bronwynn wußte, daß er es ernst meinte.

»Hier sind die (keuch) Dokumente.« Atemlos kam Kherda herbeigelaufen. »Bereit zur Ausgabe.«

Bronwynn nahm den Griffel, den er ihr darreichte, und unterzeichnete die Papiere schnell. »Was ist aus Jagd geworden?«

»Ich habe gesehen, wie er die Burg verließ. Ich kann ihn zurückrufen, wenn Ihr ...«

»O nein.« Bronwynn schüttelte den Kopf. »Ich bin froh, daß er weg ist. Aber die anderen Händler hier am Ort würde ich gern morgen sehen, und auch alle Freihändler, die Ihr zusammentrommeln könnt.«

»Freihändler?« Kherda runzelte die Stirn.

»Ich erwarte, daß sich unsere Geschäfte mit Lamath in nächster Zeit verstärken. Hier.« Sie gab ihm die Dokumente zurück, und der Premierminister ging davon, kopfschüttelnd und etwas über Freihändler in seinen Bart murmelnd. Bronwynn zwinkerte ihrem Mentor zu. »Ich glaube, die Sache wird mir Spaß machen.«

Pelmen lächelte, aber seine Augen blieben ernst, als er antwortete. »Das hoffe ich. Das hoffe ich wahrhaftig.«

»Die Flieger sind unterwegs«, meldete Rosha mod Dorlyth, der jetzt die Terrassen herunterkam.

»Und ihr beide habt noch viel zu besprechen. Ich lasse euch allein.« Pelmen wollte im Haus verschwinden.

»Du hast wohl auch noch etwas zu besprechen?« riet Bronwynn.

»Vielleicht.« Er nickte. Dann war er verschwunden.

Er suchte mehrere Stockwerke ab, bevor ihm einfiel, das Haus zu fragen, wo sie war.

– In deiner Kammer. Sie wartet auf dich.

Pelmen rannte zu ihr. »Serphimera?« fragte er, als er die Tür öffnete.

»Ich bin hier!« rief sie.

»Ich weiß. Das Haus hat es mir gesagt.«

Die Frau sah die Wände an. »Ist man denn nirgends ungestört?« wisperte sie.

»Es gibt Dinge, die kann es nicht hören«, wisperte er zurück, und er beugte sich zu ihr und küßte sie. Sie umarmte ihn kurz und heftig, wich aber gleich wieder zurück. Überrascht sah er sie an.

»Ich nehme an, deine beiden Neujünger werden heiraten«, sagte sie schließlich.

»Sie sind dabei, ihre Pläne zu schmieden. Und – und wir?« Zögernd stellte er ihr diese Frage.

Serphimeras dunkelgrüne Augen durchbohrten ihn. »Bist du schon fertig?«

»Fertig?«

»Mit dem, was deine Aufgabe ist?«

Pelmen starrte sie an. »Ich weiß es nicht.«

»Ich weiß es. Du bist es nicht.«

»Neue Visionen?« fragte Pelmen ein wenig schroff.

»Du bist nicht fertig. Ebenso wenig wie ich. Und wir müssen uns beide zunächst um diese Dinge kümmern.«

»Du wirst weiter von deinem Herrn, dem Drachen, predigen?« Pelmen wollte nicht so erbost klingen, wie er klang.

Serphimera lächelte verzeihend, biß sich auf die Unterlippe und schaute auf einen Punkt hinter seinem Kopf. »Unser Herr, der Drache«, seufzte sie. »Ich glaube, lange Zeit war der Drache für mich mehr ein Symbol denn irgend etwas anderes. Sein Bild ist mir vertraut – es hat eine tröstende Macht, die tief in meiner Kindheit wurzelt. Aber längst habe ich jeden Zusammenhang zwischen dieser Tröstlichkeit und dem schuppigen Ungeheuer, das du in Drachentor getötet hast, verworfen.«

Pelmen starrte sie mit offenem Mund an. »Und wem dienst du? Der *Macht?* Ihr diene ich auch.«

»Aber wann ...«

»Wann habe ich mich bekehrt?« Wieder nagte Serphimera an ihrer Unterlippe und versuchte, in Worte zu fassen, was sie fühlte. »Ich weiß es nicht. Nicht erst, als ich die Echse sterben sah. Früher.«

»Früher! Aber erst neulich sagtest du doch ...«

»Vielleicht, als ich die Bestie das erstemal sah und begriff, daß der, dem ich diente, nicht dort war – nicht in jenen mächtigen Schädeln. Vielleicht auch, als ich dir auf der Straße nach Serphila das erstemal begegnete und dich einen Ketzer nannte, derweil deine Blicke mich liebkosten.« Sie sah ihn wieder an. »Ich konnte es mir selbst erst heute eingestehen. Aber ich bin verändert.« Seufzend näherte sie sich ihm. »Gleichwohl wird sich noch anderes verändern – neue Herzenspein wird kommen.« Sie neigte sich nach vorn, bis ihre Stirn in ihren Händen ruhte. »Ich *weiß* es.«

»Und ... was ist mit uns?« flüsterte Pelmen; er sehnte sich, die Antwort zu hören, und fürchtete sie doch zugleich. Serphimera aber schwieg. »Sag mir, was du weißt!« verlangte er.

»Ich weiß, daß es Dinge gibt, die jeder von uns tun muß und die uns jeden Augenblick trennen können. Können wir darüber hinaus noch irgend etwas wissen?« Sie stand auf und wandte sich zur Tür. Er griff nach ihrer Hand und hielt sie fest.

»Wir sprechen noch darüber«, erklärte er entschlossen.

Serphimeras smaragdgrüne Augen blendeten ihn. Er sah eine Sehnsucht in ihnen, einen Eifer, der ihn erregte. Dann senkte sie die langen Wimpern, und der Ausdruck war verflogen. »Vielleicht«, sagte sie. Dann ging sie hinaus.

Als Erri eine Woche später eintraf, prangte die Stadt von Fahnen und Girlanden. Mit Hilfe von Pelmens alten Schauspielgefährten, denen Bronwynn die Leitung der verschiedenen Kulturministerien übertragen hatte, war es dem Premierminister gelungen, in aller Eile ein landesweites Fest zur Feier der Krönung und der Vermählung der Königin Bronwynn lan Rosha auf die Beine zu bringen. Chaomonous spürte, daß ein neues Zeitalter heraufdämmerte, und es erwachte zu farbenprächtigem Frühling, wie es sich für eine Stadt geziemte, die lange als die »Goldene« bekannt gewesen war. Das ganze Volk kam aus den Häusern, um die Ankunft des Propheten aus dem Norden mitzuerleben.

Aber wenn die Leute auf Pomp aus waren, so enttäuschte Erri sie. Auf einer dunklen Stute ritt er in die Stadt, begleitet von Naquin, der ihn in Drachentor abgeholt hatte. Und obgleich er lächelte und winkte, soweit es notwendig war, um den Schein zu wahren, beschäftigte er sich in Gedanken doch eher damit, Naquin aus erster Hand zu erklären, welche Rolle Pelmen bei der Neuerschaffung Lamaths gespielt hatte. Eine lange Kolonne von Reitern in gleichförmigen blaßblauen Gewändern folgte Erri, allerdings ohne die Präzision einer militärischen Einheit: die Reiter rutschten immer wieder von ihren Pferden herunter und mischten sich unter die jubelnde Menge, um plaudernd an der Paradestrecke entlangzuschlendern. In der Mitte der Prozession befand sich eine Schar Reiter mit ernsten Gesichtern; sie begleiteten vier Wagen mit vier blaudrapierten Särgen. Erri brachte die Leichen derer, die von den Sklavenhändlern zu Tode getrampelt worden waren, zur letzten Ruhe hierher in die Hauptstadt des Landes, das sie in seinem Auftrag hatten bekehren wollen. So erschien es ihm geziemend.

Als sie das Tor des Königlichen Hauses erreichten, lachten sie beide, er und Naquin, und Erris Lächeln wurde immer breiter, als er erst Bronwynn, dann Rosha und schließlich Pelmen umarmte wie ein Bär. Er wechselte ein paar leise Worte mit Serphimera, die ihm schüchtern antwortete, und dann nahm er sie bei der Hand und legte den anderen Arm um Pelmens Schulter, und zusammen folgten sie der neuen Königin in ihren Palast. Es war ein Freudentag.

Roshas Freude allerdings war gedämpft. Er hatte immer noch keine Nachricht von Dorlyth.

Wieder verging eine Woche. Länger konnte sie nicht warten. In der Stadt war alles bereit, und Erri mußte in die Heimat zurück. Bronwynn und Rosha kamen schließlich überein, nicht länger zu warten. Gleichwohl unternahm Rosha immer noch häufige Ausflüge auf das Dach, denn er hoffte weiter auf Nachricht von Dorlyth. Als es an der Zeit war, daß er sich in die prächtigen Gewänder hüllte, die Bronwynn zu diesem Anlaß in Auftrag gegeben hatte, schickte er Pelmen an seiner Statt nach oben.

Und so lehnte Pelmen nun an der Brüstung und spähte traurig über die Straße hin, die sich vom Tor zur Stadt herunterschlängelte. In der Hand hielt er ein zerknülltes Pergament.

– Diese Kunde ist traurig, aber vielleicht nicht ganz unerwartet, stellte das Haus fest.

Pelmen nickte. »Ich hatte nur nicht damit gerechnet, daß es so bald zu Schwierigkeiten kommt.«

– Ein Macht-Former, der kunstfertig genug ist, einer Festung Leben einzuhauchen, muß sehr ehrgeizig sein. Und wenn man aus dem Erwachen der Hohen Festung von Ngandib irgendwelche Schlüsse ziehen kann, dann den, daß dieser Flayh, von dem du sprichst, keine Zeit vergeuden wird, sondern sich nimmt, was er haben will.

Pelmen entrollte das Pergament und las noch einmal, was darauf stand:

SOHN – MEINEN SEGEN! WÜRDE KOMMEN, WENN ICH KÖNNTE, ABER FLAYH HAT PAHD IN DER HAND, UND DIE KONFÖDERATION FÜHRT NEUE KRIEGE. IN LIEBE – DORLYTH MEL ROSHA.

Die Unterschrift war vielsagend: Sie bedeutete: »Dorlyth, Vater des Rosha«, und es war der Gruß, mit dem ein Mari-Vater die Mannbarkeit seines Sohnes anerkannte. Pelmen sah es mit grimmigem Lächeln. Dorlyth hatte von allen Schwertkämpen schon immer die besten Manieren gehabt.

Aber die Kunde war nicht nur betrüblich. Sie war bedrohlich. Konföderationskriege – schon wieder. »Neue magische Kriege«, hauchte Pelmen.

– In der Tat, so ist es, pflichtete das Haus ihm bei. Schon spürt dieses Haus die Nachwehen der Formung, die in Mar stattfindet.

»In welcher Weise?«

– Im Augenblick ist es nur eine Art Wärme. Wenn die Kämpfe diese Gegend erreichen, wird es durchdringende Schmerzen geben – wie du wohl wissen dürftest.

»Ich ... ich bitte noch einmal um Vergebung für das, was ich dir angetan habe ...«

– Es ist vorbei, wenn auch nicht vergessen, sagte das Haus. Deine Entschuldigung – alle deine Entschuldigungen – sind angenommen. Aber der, gegen den du streitest, ist höchst unempfindlich für den Schmerz, den er seiner eigenen Festung zufügt. Die Hohe Festung mag ein übles Haus sein und schlechte Gesellschaft, aber nicht einmal sie hat solches Elend verdient.

Pelmen seufzte. »Ich kann mir vorstellen, wie sie leidet ...«

– Nein, das kannst du nicht, widersprach das Haus. Das kann niemand – abgesehen von diesem Haus. Und du bist vielleicht der einzige, der ihr helfen kann. Du, und natürlich die *Macht*.

»Du glaubst, was ich dir von der *Macht* erzählt habe?«

– Nicht nötig. Dieses Haus kennt die *Macht*. Zur *Macht* zieht dieses Haus sich zurück.

»Was meinst du damit?«

Bevor das Haus antworten konnte, wurde Pelmen am Ellbogen gepackt und herumgerissen. »Du hast die Nachricht?«

»Schau an!« rief der Macht-Former aus und tat dann, wie er selbst sich geheißen. Rosha funkelte im Sonnenschein. Sein Gewand schimmerte in allen Schattierungen von Blau; Bronwynn erinnerte damit an ihre Zeit als Novizen des Himmelsglaubens bei Pelmen. Was funkelte, war der Besatz: Das ganze Kostüm war mit zahllosen goldgefaßten Diamanten übersät. Rosha gab sich keine Mühe, seine Verlegenheit zu verbergen.

»Die Nachricht!« bettelte er. »Ein Bote hat mir gesagt, du hast sie!«

Pelmen runzelte die Stirn und gab Rosha das Pergament. Dann beugte er sich wieder über die Brüstung, während der Junge las. Gleich darauf lehnte Rosha sich neben ihn an die niedrige Mauer, und schweigend standen sie eine Zeitlang nebeneinander.

»Es tut mir leid«, sagte Pelmen schließlich.

»Er hat's eben nicht geschafft. Fertig.« Rusha zuckte die Achseln. Nur mühsam verbarg er seine Besorgnis.

Pelmen legte ihm einen Arm um die Schulter. »Ich weiß, woran du denkst, aber es würde nichts nützen. Auf dich wartet da unten eine Braut – und dein Vater kann allein auf sich achtgeben.«

»Du gehst hin«, knurrte Rosha.

»Woher willst du das wissen?«

»Ich kenne dich.«

»Na ja. Wir werden darüber reden. Aber jetzt wartet Bronwynn, und ich bin sicher, Erri brennt darauf, die Zeremonie hinter sich zu bringen.«

»Gut.« Rosha nickte und näherte sich dem klaffenden Loch, wo das Aviarium gestanden hatte. »Kommst du mit?«

»Gleich«, rief Pelmen. Rosha nickte noch einmal kurz und verließ rasch das Dach. »So. Was hast du eben gesagt?«

– Dieses Haus zieht sich zurück und begibt sich zur *Macht.*

»Das verstehe ich nicht.«

– Es ist klar, daß Burgen nicht zum Lachen geschaffen sind. Diese Steine, diese Mauern, dieses Haus – das alles hat sein eigenes Dasein, ganz unabhängig von dem des Menschen. Die Berge, die Flüsse – sie trachten nicht danach, den Menschen nachzuahmen. Dieses Haus sollte es auch nicht tun.

»Aber du lebst doch!«

– In einer Nachahmung des menschlichen Lebens, und nicht aus freien Stücken. Dieses Haus lebt aus menschlichem Planen und menschlichem Ehrgeiz. Aber Menschen können sich bewegen. Dieses Haus kann sich nicht bewegen. Menschen erfreuen sich an der Gesellschaft anderer. Dieses Haus hat keine Gesellschaft – außer dir und der Hohen Festung. Aber die hat einen grausamen Geist und all den gefährlichen Ehrgeiz eines sehr jungen Menschen. Und du wirst bald fortgehen – eben wegen dieser Festung. Menschen können in glücklicher Unkenntnis der magischen Kräfte leben, die rings um sie her geformt werden. Dieses Haus aber muß die notwendige Qual, die solches Formen hervorbringt, erdulden, ohne irgendwo Zuflucht nehmen zu können. Diese Qual läßt die kommenden Kriege um so schrecklicher erscheinen. Aus all diesen Gründen scheint es das beste zu sein, wenn dieses Haus – das Leben in diesem Haus – sich zurückzieht.

»Aber wohin willst du?«

– Zurück zur *Macht.* Denn es ist die *Macht,* die alles Leben formt.

»Alles Leben?« Pelmen dachte an das Leben, das jetzt die Hohe Festung erfüllte, und an seinen bösen Ursprung.

– Alles Leben. Entweder ist es die *Macht* ... oder es geschieht *durch* sie, künstlich.

»Dann kann ich nicht wieder mit dir sprechen?«

– Nur wenn die *Macht* es gestattet. Der Friede dieses Hauses sei mit dir, Pelmen Drachenbann. Kümmere dich um deine Aufgabe. Und auch um die Dame deines Herzens. Sie entschwindet just in diesem Augenblick durch das Haupttor. Vielleicht kannst du sie noch einholen.

»Serphimera!« schrie Pelmen. Er stürzte zur Brüstung und spähte hinunter. Fünf Stockwerke tiefer erblickte er die wehenden blauen Gewänder der Priesterin, die schnellen Schritts über das Kopfsteinpflaster zur Stadt hinuntereilte. »Serphimera, warte!« rief er. Mit einem Satz war er auf der Brüstung – und sprang.

Maliff, der Falkner, trat just in dem Augenblick aus seinem Stall, als Pelmen verschwand. »Heda!« schrie er entsetzt. Er stürzte zur Mauer und starrte hinunter, und er sah, wie der fallende Mann die Schwingen eines Vogels ausbreitete. Er glitt aufwärts und dann hinab und packte die Schultern einer blaugekleideten Frau. Maliff sah zu, wie Frau und Falke schließlich im Getümmel des Marktplatzes verschwanden. Dann schnalzte er mit der Zunge. »Warum hast du nicht gleich gesagt, daß du ein Falke bist. Ihr Vögel!« brummte er. »Immer zu dummen Streichen aufgelegt!« Maliff schlüpfte zurück ins kühle Halbdunkel seines Falkenschlages, und er kicherte immer noch.